김수영에서 김수영으로

시 생활 번역

시 · 생활 · 번역

김수영에서
김수영으로

김수영연구회 지음

솔

머리말

이 책은 김수영 시인 탄생 100주년을 기념하여 김수영연구회 회원들이 진행한 학술회의의 결과물들에 몇 편의 논문을 추가하여 만든 것이다. 김수영연구회는 2014년부터 김수영의 시와 산문을 읽으며 오래 이야기를 나눠왔고 그에 힘입어 회원들 각자의 생각들을 견주어가고 있는데, 이 책은 그것의 독립적인 결산인 셈이라고 할 수 있다.

김수영의 문학 세계가 수많은 관점들과 해석들을 만들어왔다는 점, 그리고 앞으로도 그러리라는 점은 이제 한국문학 현장에 있는 사람들 누구도 부인하지 못할 사실이 되었다. 그는 그 스스로 미지의 정신이어야 한다고 작정한 적도 있는데, 1964년에 쓴 산문 「시인의 정신은 미지」가 그것이다. "시인은 밤낮 달아나고 있어야 하는데 비평가는 필요에 따라서는 적어도 4, 5개월은 제자리걸음을 하고 있어야 한다"라는 문장에는 시를 창작하면서 월평을 쓰는 김수영의 두 갈래 마음이 잘 드러난다. 시인 자신이 미지의 어떤 세계를 형상화하고 있을 때, 비평가는 정해진 자리에서 그 시를 읽어야 하는 사람이라는 의미를 저 문장은 함축하고 있다. 이 문장이 시와 비평의 거리를 확인해준다면, 동시에 시인 자신도 알지 못하는 그 시를 잡아채 그럴듯하게 이야기해야 하는 비평가에게 시란 매 순간 의미들의 발산처일 수밖에 없다. 그의 시가 여전히 미발굴의 개척지인 이유이다.

아마 '시인의 정신과 방법'을 주제로 청탁받았음 직한 그 산문에서 김수영은 그의 글이 사기에 지나지 않는다는 뜻의 주장도 서슴지 않는다. 그리고 사기와 사기 아닌 것을 알아보는 사람이 바로 시인이라는 사실도 그는 덧붙여놓았다. 시인은 시를 발견하는 사람이기 때문이다. 그래서 김수영을 발견하는 사람은 시인을 발견하는 사람이고, 결국 시를 발견하는 사람이다.

그 시가 미지의 세계라고 김수영이 쓸 때, '시인도 알지 못하는 미지의 시'라는 말은 언어 앞에 선 시인의 겸손을 환기하면서도 그 불가능성을 언어로 만들어내는 시인의 위대함을 동시에 드러낸다. 요컨대 시인은 부지불식간에 세계를 창조하는 사람이다. 모든 비평은 바로 이 부지불식의 세계를 논리화해보려는 행위일 것이다. 그래서 위 산문에서 김수영이 말한 두 개의 문장, "진정한 시인은 죽은 후에 나온다"와 "나에게서 시인이 없어졌을 때 나는 시를 쓰기 시작했다"라는 문장을 함께 기억할 수 있다면, 시를 발견하는 모든 비평은 시인의 죽음이 불러온 현존과 동시에 시인의 실종이 초래하는 창조를 논리적으로 연결하는 행위이기도 하다. 이 책을 그 어려운 행위의 결과라고 이해해주시기 바란다.

이 책은 네 개의 부로 구성되어 있다. 1부에는 김수영론을 총괄하면서 김수영에 대해 더 관심을 기울일 만한 주제들을 살펴보는 글들을 모았다. 김수영을 해방 이후의 한국문학사와 견주어놓은 염무웅의 글은 이 책을 통틀어 김수영의 문학사적 위상을 가장 정확히 확인해준다. 그는 리얼리스트 김수영의 시에서 가장 주목해야 할 점이 현실과의 대결 정신임을 강조하면서 김수영의 외국 문학 독서 경험을 시인의 '피흘림이라는 봉납'으로 연결하여 이해하지 않는다면 제대로 된 이해가 아니라는 지적을 해둔다. 최근 김수영의 외국 문학 독서 경험을 주목하는 여러 연구들이 이어지는 상황에 중요한 참조점이 아닐 수 없다. 박성광은 최근의 김수영 연구 성과를 일목요연하게 정리하는 수고를 아끼지 않았다. 임동확은 김수영의 삶의 양상을 속물, 댄디, 선비라는 개념에 비춰본 후 진정한 지성과 양심의 현대성을 갖춘 멋쟁이 지식인으로 그를 규정한다. 남기택은 팬데믹시대의 이동권을 환기하는 여행이라는 화두로 김수영 시가 드러내는 모빌리티의 의미를 살펴본다. 여행의 상상은 이동이자 이행의 역학을 야기한다는 것이 그의 주장이다.

2부에서는 기존의 김수영론이 개척해놓은 영역들을 포함해 김수영의 시 세계를 다양한 측면에서 깊이 살펴보는 글들을 모았다. 이경수는 김수영의 시가 한국문학의 위태로운 경계를 체화하고 있다는 사실을 죽음, 사랑, 자유라는 주제어를 통해 확인해주고 있으며, 이성혁은 김수영의 초기 시에서 '바보보기'라는 주제 의식이 어떻게 발생하고 뿌리내려 확산하는지 살펴본다. 김응교는 김수영과 니체를 연결하고 이들의 차이에 주목함으로써 김수영이 구축한 독자적인 시 세계를 조명한다. 신동옥은 김수영 시의 중요한 동력으로 돈의 문제를 거론함으로써 당대의 반공 규율 국가와 그에 결합되고 압박되어 있을 생활의 설움을 분석한다. 이영준은 김수영의 대표 시 세 편이 정치적 참여시로 이해되어온 사태의 기원을 밝히고 이를 시학적으로 수정하는 작업을 진행하였다.

3부의 글들은 김수영과 번역 그리고 외국 문학이라는 주제로 묶었다. 오길영은 김수영이 번역하고 인용한 작가와 시인을 전체적으로 살펴보면서 그가 결국은 그 외국 문학을 어떻게 넘어서고 있는지, 그를 위해 그가 치러야 했던 고독의 대가가 무엇인지를 확인하는 작업을 진행하고 있다. 고봉준은 김수영의 번역 작업이 당대 한국의 정치, 경제, 문화와 어떻게 연결되어 있는지에 대해 분석하고 있으며, 오영진은 김수영의 시에 나타난 휘트먼의 흔적을 대비하고 겹쳐 읽으면서 자기 윤리와 현실 긍정성, 사랑이라는 주제들을 확인해준다.

4부에는 김수영 시인 탄생 100주년 기념 학술대회 당일에 발표된 논평들을 모았다. 이미 오랫동안 한국의 김수영 연구에 기여한 학자들의 글인데, 김상환은 공자와 휘트먼을 강조하고, 박지영은 김수영 번역 연구의 여러 과제를 제시한다. 흥미 있게 읽어볼 것은 김명인의 글이다. 그는 김수영과의 대화 형식을 빌려 그의 문학의 전체적 굴곡을 제시해줌으로써 이 책의 마무리 덮개 역할을 톡톡히 하고 있다.

김수영의 문학은 이후에도 계속 새 논점들을 끌어올 것이다. 이렇다는 것은 연구자에게나 한국문학에나 커다란 복이 아닐 수 없다. 하나의 문학을 그침 없이 다시 새롭게 읽는 일은 마르지 않는 저수지가 우리에게 비옥한 대지를 열어주는 일과 같기 때문이다. "팔이 아프도록 퍼내지 않으면 바닥이 보이지 않는" 시, 팔이 아프도록 퍼내도 바닥이 보이지 않는 문학이 이렇게 우리 앞에 있다.

2022년 5월
김수영 시인 탄생 100주년을 기념하며
김수영연구회

차례

1부
다시 보는 김수영

김수영이 수행한 문학사의 전환

―그의 역사적 위상에 관한 단상들

염무웅

1. 생전의 김수영, 사후의 김수영

　김수영 문학에 대한 사회적 성가聲價는 2021년 탄생 100주년을 맞으면서 최고조에 이른 느낌이다. 문단과 학계·출판계를 넘어 일반 언론까지 그를 특별하게 기리고 있다. 근대문학 역사상 이런 일은 아마 처음일 것이다. 과거 일제강점기에는 이광수가 타의 추종을 불허하는 사회적 명망을 누렸고 독재 시대에는 김동리·서정주가 상당한 지명도에 이르렀으나, 그들 모두는 어딘지 관제官製의 냄새가 났다. 오직 자신의 글과 품위만으로 살아생전 그런 위치에 오른 작가는 아마 박경리가 유일할 텐데, 김수영의 특이한 점은 생전이 아니라 사후에, 그것도 적지 않은 세월이 지나는 사이에 점점 더 그런 위상을 가지게 되었다는 사실이다. 그러면서도 그 자신의 본업인 시에서는 여전히 미지의 매장량이 많이 남아 있는 것으로 여겨지는 시인이 김수영이다. 오늘처럼 그를 논하는 자리가 거듭 마련되는 것도 그 증거인 셈이다.

잠깐 다른 데로 눈을 돌려 말머리를 찾아보자. 셰익스피어가 세상을 뜬 것은 1616년인데, 그로부터 200년쯤 지난 뒤에 괴테는 자신의 청년 시절 문학 활동을 회고하는 「셰익스피어와 불멸성Shakespeare und kein Ende」(1815)이란 에세이에서, 셰익스피어가 '너무도 풍부하고 너무도 강력하기 때문에' 그에 관한 어떤 언급도 '불충분할' 수밖에 없다고 말한 바 있다. 독문학도들이라면 아마 누구나 괴테의 이 언명을 듣고서, 오랫동안 프랑스 고전주의의 그늘을 벗어나지 못하던 독일 문학이 18세기 중엽 이후 반세기 동안에 클롭슈토크, 레싱, 헤르더, 괴테, 실러 등 걸출한 문인들이 잇따라 등장함으로써 단숨에 유럽 문학의 정상으로 올라선 사실을 상기하게 될 것이다.

독일의 이 문예부흥 과정에서 셰익스피어는 가장 중요한 자극의 역할을 했던바, 한 외국인 작가가 사후 적잖은 시간이 지난 뒤에 다른 나라의 문학에 이처럼 커다란 영향을 끼치는 일은 극히 드문 사례일 것이다. 대체 어떻게 이런 일이 가능했던가. 위의 괴테 언급에 대답의 핵심이 들어 있다고 나는 생각한다. 즉, 셰익스피어의 작품은 그 시대 독일 문인들에게 너무도 '풍부하고 강력한' 도전이자 영감의 원천이었던 것이다. 봉건 체제의 모순이 막바지를 향해가던 시대에 그들은 셰익스피어 텍스트에 구현된 생동하는 언어를 통해 지금까지의 틀에 박힌 형식으로서의 문학이 아니라 생명이 약동하는 삶 자체의 구현으로서의 문학을 보았을 것이다. 셰익스피어가 가리킨 길을 따라 그들 독일 작가들은 자기 자신의 현실로 돌아온 것이었다. 그럼으로써 독일 문학사는 이 시기에 근대 시민문학의 탄생이라는 역사적 전환을 이룩할 수 있었다.

그로부터 다시 200년이 흘러 우리 앞에는 김수영이 있다. 18세기의 독일과 20세기의 한국이 다르다는 것은 두말할 나위도 없다. 그럼에도 불구하고 잠시 독일의 경우를 참조한 것은 진정한 예술가의 고투는 시대와 국경을 넘어 역사에서 전환의 방향등 역할을 할 수도 있다는 점을 확인하기 위해서이다. 물론 김수영의 목소리는 살아생전에 이미 남다른 울림으로 동료와 후배들에게 각성의 촉매가 되었다. 그러나 그는 생전 20년보다 사후 50년 동안 점점 더 치열하게 작동하는 '살아 있는 김수영'으로서 한국문학사의 '김수영 이후 시대'를 열어왔다고 믿어진다.

그러나 어떤 위대한 인물도 평지돌출의 단독자일 수는 없다고 생각한다. 김수영도 과거로부터 물려받거나 바깥으로부터 넘겨받은 것을 껴안고 몸부림치면서 마침내 '김수영'이 되었다. 그는 시대의 한복판에서 국내외의 많은 동시대인들과 생활을 공유하고 생각을 주고받으면서 자기를 형성했다. 요컨대 우리는 김수영을 어떤 초월적 존재로서가 아니라 그가 살았던 시대의 역사 속에서 볼 필요가 있다. 이런 관점에서 나의 단편적인 생각들 몇 가지를 두서없이 나열하고자 한다.

2. 근대문학사의 전환들

1-1 잠시 거칠게나마 우리 근대문학의 전개 과정에서 이루어진 '전환'의 양상을 개괄해보고, 김수영의 문학사적 위치에 대해 생각

해보자. 누구나 알듯이 19세기 말~20세기 초의 과도기적 문학 형태들을 극복하고 지금도 읽을 만한 모습의 '우리말 문학'을 개척한 것은 이광수·김동인·염상섭·현진건 등의 소설가와 김억·한용운·김소월·이상화·김동환 등의 시인들이었다. 이들의 문학이 내재적으로는 조선시대 전통문학을 계승·발전시킨 것인가 아니면 서구 근대문학의 형식을 (주로 일본을 통해) 일방적으로 받아들인 것일 뿐인가는 단순한 양도논법의 문제가 아닐 것이다.

여하튼 이 시기에 성립된 한국문학의 개념과 틀은 기본적으로 오늘까지 지속되고 있다고 볼 수 있을 텐데, 이것이 거시적인 차원에서 바라본 (중세 문학으로부터의) 근대적 전환이다. 이 근대문학 안에서는 어떤 국면의 전환이 있었던가.

1-2 박영희·김팔봉·이상화·김동환 등은 근대문학 제1세대에 속하면서도 내부에서의 조반造反을 통해 신경향파를 불러들이고 카프(KAPF, 조선프롤레타리아예술가동맹) 조직에 발판을 깔았다.

뒤를 이어 활동한 카프의 주요 문인들, 이기영·한설야·최서해·김남천 등 소설가와 임화·김창술·박세영·권환 등 시인들의 이념적 목표는 계급 해방이었으나 그들이 내놓은 문학적 결과는 관념 과잉의 미숙한 조제품에 그치는 수가 많았고, 그나마 일본 좌파 문학을 어설프게 답습한 것이었다. 그럼에도 카프는 그 시대의 세계사적 조류에 힘입어 1925년부터 10년 동안 외형상 문단의 패권을 장악했다.

1-3 하지만 카프 헤게모니 아래에서도 그와 전혀 다른 문학이 성장하고 있었으니, 정지용·이태준·채만식·이효석·박태원뿐만 아니라 이른바 해외문학파들도 활동을 시작하고 있었다. 이런 분화分化

의 흐름 속에서 김유정·김정한·김동리·이상·김기림·신석정·이육사·백석·서정주·이용악 등 여러 색깔의 새로운 작가들이 등단함으로써 1930년대는 식민지 문단에 있어 다양한 경향들이 나름으로 화려하게 꽃을 피운 시기였다. 박영희·김팔봉의 뒤를 이어 최재서·백철·안함광·김문집·김환태 및 임화·김기림 등에 의해 전문직으로서의 문학비평이 성립된 것도 주목할 현상이다. 생각건대 일제강점기 한국문학은 1910~1920년대의 근대적 전환을 시발로 하여 1940년경의 조선어 사용 억압과 조선문 매체의 폐간에 이르기까지 30여 년 동안 대체로 일직선적인 발전과 확장을 거듭해왔다고 말할 수 있다.

2-1 방금 지적했듯 우리 문학은 1940년 전후 일제의 파쇼 정책 강화와 태평양전쟁의 발발로 인해 된서리를 맞고 심대한 타격을 입는다. 일본의 패전으로 전쟁이 끝나고, 그리하여 해방기 잠시 동안 문학은 초유의 언론 자유 속에서 활기를 띠는 듯하였다. 그러나 남북의 분단으로 인해 민족사의 새로운 고난이 시작되고, 결국 문단마저 기형적인 모습으로 재편성되고 말았다.

남한에서는 주요 작가들 상당수가 북으로 가고 박종화·김광섭·모윤숙·김동리·서정주·조연현 등이 주도하는 이른바 '순수문학'이 반공 독재정권에 순응하는 '문학 권력'으로 군림하게 되었다. 이 시기의 문학을 나는 1930년대 문학의 퇴행적 축소 재편성이라고 본다.

2-2 분단과 전쟁을 몸으로 겪어야 했던 젊은 세대는 보수적이고 순응적인 문학 체제에 체질적으로 동화되기 어렵다. 1950년대 중반부터 그들은 기성세대의 낡은 문학과 확연히 구별되는 다른 목소리를 가지고 문단에 나오기 시작했으니, 그로부터 1970년대 말까지

30여 년은 한국문학사에 있어서 유례없이 치열한 신구新舊논쟁 내지 신구교체의 시대였다고 말할 수 있다. 김동리·김우종·이어령 사이에 처음 불이 붙어 수많은 논자들에 의해 십수 년 지속된 참여문학 논쟁은 대표적인 사례일 것이다. 그런 뜻에서 전광용·김성한·이범선·추식·장용학·유주현·손창섭·선우휘 등의 소설가들, 구상·김수영·김종삼·김춘수 등의 시인들은 한국 근대문학사 제3세대의 첫 주자였던 셈이다.

2-3 한때 이들 일부는 학병 세대라 불리기도 했고, 더 일반적으로는 '전후문학'의 이름으로 묶이기도 했다. 하지만 이들 가운데 학병 경험자는 소수이며, 반면에 전후 세대라 부를 경우에는 이들보다 10년 가까이 연하인 오상원·서기원·하근찬·이호철·송병수·신동문·전봉건·신동엽·천상병 등은 물론이고 고은·박봉우·신경림·최인훈·서정인·이어령·유종호 등까지 포괄할 수도 있다. 그 뒤를 이은 것이 김승옥·박태순·이문구·조세희·윤흥길·황동규·정현종·이성부·조태일·김현·백낙청·김우창 등 1960년대 등단 문인들인데, 이들도 가장 넓은 의미에서는 전후 세대라 할 수 있다.

이런 구도 위에서 본다면 김수영은 한국 근대문학사의 제3세대 중에서 가장 선배 그룹에 속하는 시인이다. 그런데 그는 이런 구도 위의 한 위치를 차지하면서 동시에 끊임없는 사후 재해석을 통해 그 위치를 넘어서는 강력한 현재성을 획득했다고 여겨진다. 그 점을 생각해 보려는 것이 이 글의 목적이다.

3. 리얼리즘과 난해시

어느 자리에서 백낙청 교수는 김수영의 시를 '소박한 리얼리즘'으로 규정해서는 안 된다고 말한 바 있다. 물론 그렇다. 그러나 리얼리즘뿐만 아니라 모든 개념은 그 개념을 어떻게 정의하느냐에 따라서 용법이 달라질 수 있다. 어떤 개념이든 그것은 생겨나서 일정하게 의미가 생성되고 널리 사용되는 과정 속에서 역동적인 변화를 겪게 마련이다.

리얼리즘을 '소박하게' 생각하여 가령 사물을 직접적으로 재현하는 방식이라고 단순하게 정의한다면 그런 의미의 리얼리즘 개념은 당연히 김수영의 시와 거리가 멀다. 사실 백 교수는 김수영 시의 리얼리즘 여부를 판별하려고 한 것이 아닐 것이다. 김수영 자신도 산문에서 현대성 또는 모더니즘에 대한 언명은 여러 차례 했으나 자신의 문학을 리얼리즘 개념과 연관지어 언급한 흔적은 찾아보기 어렵다. 그러나 이 세계와 현실에 대한 정당한 이해와 그 미학적 전유專有를 리얼리즘이라고 정의할 때, 그런 리얼리즘에 김수영 시가 도달했느냐를 검토하는 것은 마땅히 비평이 해야 할 몫이다. 1970, 1980년대와 달리 요즘은 리얼리즘이란 말이 우리의 시야에서 멀어져 있지만, 나는 김수영에게서 현실과의 대결이라는 리얼리즘의 정신을 보지 않는다면 그의 문학의 핵심을 놓치는 것이라고 말하고 싶다. 현실의 어떤 차원에 부딪치든 전투 자세의 철두철미함에서 김수영은 누구보다 치열한 리얼리스트였다.

무엇보다 주목할 사실은 김수영의 문학에서 '현실'이 대체로 아주 사소한 일상의 모습으로 나타난다는 점이다. 그러나 너절하고 비루해 보이는 외관에도 불구하고 '김수영 현실'의 일상성은 저급한 트리비얼리즘(瑣末主義)으로 전락하지 않는다. 오히려 그것은 김수영 특유의 가차 없는 정직성과 치열한 자기 성찰의 용광로를 통과한 다음, 상투적 거대 담론의 공허와 속임수를 폭로하는 날카로운 무기로 재탄생되는 것이다. 이 단순치 않은 전화轉化의 과정에는 역설, 반어, 비약, 전도顚倒, 은폐 등 갖가지 수사학이 동원된다. 그 결과 많은 경우 김수영의 시는 손쉬운 상식적 이해를 초월하는 난해성을 띠게 되기도 한다. 그러나 기억해야 할 사실은 고통의 산물로서의 진정한 난해시와 억지로 꾸며낸 가짜 난해시를 구별하고 후자를 공격하는 데 누구보다 앞장선 인물이 김수영이었다는 점이다.

그런 점에서 김수영 난해시는 현실의 복잡성과 김수영 의식의 충돌이 빚어낸 불가피한 결과물이다. 동시에 이 지점에서, 너무 기계론적 해석일지 모르나, 그의 시대가 엄혹한 반공법·국가보안법의 족쇄 아래 묶여 있었던 사실도 반드시 기억해야 한다. 현실이 강제하는 온갖 법적 제약과 제도적 금기를 돌파하여 현실의 심층 안으로 들어가기 위해 어찌할 수 없이 난해의 외투tarnkappe로 자신을 보호할 수밖에 없었던 것이 아닐까. 시대의 산물로서의 이러한 시를 그는 '진정한 현대시'라고 불렀던 것이다.

4. 김수영과 4·19혁명

많은 시인들에게 그러했던 것처럼 김수영의 문학적 생애에서도 4·19혁명은 결정적인 분수령이었다. 이 무렵 그의 시는 평소의 딴 시들과 확연히 구별되는, 놀랄 만큼 직설적인 화법으로 독재자에 대한 증오를 토로하고 벅찬 가슴으로 해방의 감격을 노래한다. 어떤 글에서 나는 이 무렵의 김수영 시에 관해 다음과 같이 언급한 적이 있다.

> 4·19 이후 1년 동안 벌어진 현실정치는 퇴행과 변질, 타협과 배반의 연속이었다. 이 과정을 문학적으로 가장 생생하게 증언하는 문학 사례의 하나는 김수영의 시일 것이다. 이 무렵부터 불의의 교통사고로 작고하기까지 그의 작품에는 대부분 집필 일자가 붙어 있는데, 「하…… 그림자가 없다」(1960. 4. 3)부터 「그 방을 생각하며」(1960. 10. 30)까지 이어지는 김수영의 시작업은 그의 시적 사유가 4·19의 진행과 얼마나 긴밀하고도 숨 가쁘게 얽혀 있는지를 기록한, 시의 언어로 쓰여진 혁명일지와도 같은 것이다. 이 치열한 호흡을 따라가는 독자만이 "혁명은 안 되고 나는 방만 바꾸어버렸다/그 방의 벽에는 싸우라 싸우라 싸우라는 말이/헛소리처럼 아직도 어둠을 지키고 있을 것이다"(「그 방을 생각하며」)는 구절 속에서 혁명의 진정성에 대한 시인의 끝없는 열망과 패배의 예감에 떨고 있는 한 영혼의 불안을 감지할 수 있을 것이다.
>
> ─「신동문과 그의 동시대인들」, 『문학수첩』, 2005 봄호

이런 의미에서 김수영은 4·19혁명의 직접적인 참여자였다고 말할 수 있다. 혁명은 일차적으로는 각성한 군중이 궐기해서 부패하고 불의한 권력을 폭력으로 무너트리고 새로운 질서를 구축하는 정치투쟁이다. 김수영은 이승만 독재정권의 붕괴에 무한한 환희와 해방

의 감정을 가졌던바, 그러한 감정의 표현 자체가 혁명 과정에서 필수적으로 중요한 선전 활동이 된다. 따라서 그런 선전시가 난해한 언어로 쓰여질 수 없음은 자명하다. 그러나 혁명이 퇴조하고 압박이 강화되기 시작하자 그는 다시 현실과의 복잡한 싸움으로 돌아가는 것이다.

내 생각에 김수영의 내면을 평생 지배한 것은 외부 현실에 대한 두려움이었다. 특히 6·25전쟁의 고난을 겪은 이후에는 현실 세계가 주는 억압과 공포감이 그의 무의식을 장악했을 것이다. 의용군으로 잡혀가 잠깐 경험한 북한에서는 물론이고 번역이라는 생업에 매달려 소시민으로 냉전 반공 체제 아래 살았던 남한에서도 그를 위협한 불변의 생존 조건은 자유의 결핍과 처벌의 위험이었다. 따라서 김수영의 무의식 속에는 오늘날 우리가 상상하는 것보다 훨씬 더 심각한 공포감이 상시적으로 잠재되어 있었다고 나는 본다.

거듭된 지적이지만 그의 공포감은 6·25전쟁 시기 남북한 땅에서 겪은 치명적 경험으로부터 발원했을 것이다. 그런데 김수영의 남다른 점은 공포에 시달리면서도 끝내 공포에 굴복하지 않았다는 것이다. 공포 자체는 오히려 그에게는 진실의 현존을 말해주는 생생한 증거였을 것이다. 마치 박해 속에서 더 깊은 신앙을 얻었던 초기 기독교도처럼 그는 외부 세계의 공격성에 두려움을 느끼는 순간마다 자신을 찾아온 진실의 내방來訪을 감각했다.

그런데 김수영에게서 우리가 주목할 사실은 이 계시와도 같은 순간에 발하는 그의 언어가 추상적인 이념이나 도덕주의적 관념이 아니라는 점이다. 어린이가 엄마의 치맛자락을 붙들고 가면서 자기 손에 닿은 감각의 구체성으로 후일 엄마의 실존을 기억하듯이 그는 생활 속에서 부딪치는 작고 초라한 디테일에서 실밥처럼 드러나는 진실의 현존을 느끼고 그것을 자동기술하듯 받아적는 행위로 허위와 강제의 시대 한복판을 통과했다. 후세의 연구자들은 물론 그가 묘사한 비근한 일상성의 얼굴 뒤에 감추어진 더 큰 이념들, 가령 자유라든가 사회주의 같은 이념을 추출할 수도 있을 것이다. 하지만 그것은 비평가의 사후적인 의미 부여일 뿐이다.

　알다시피 김수영 자신은 비평적 논설도 때로는 시적 언어로 전개했다. 그가 문단을 넘어 지식인 사회 전체의 주목을 받은 것은 널리 알려져 있다시피 1968년 봄 『조선일보』에서 이어령과 벌인 논쟁을 통해서인데, 돌이켜보면 그때가 김수영 정신의 절정기였다. 그 무렵 부산에서 김수영이 한 강연 '시여 침을 뱉어라'는 우리나라 문학의 역사상 가장 탁월한 비평적 문건의 하나이다. 제목부터가 심상치 않다. '시여 침을 뱉어라'가 어떤 사람에게는 문학 강연의 제목으로 너무 파격이고 심지어 너무 속되다고 할 수도 있겠지만, 내가 볼 때는 더할 나위 없이 의미심장한 제목이다. 「눈」이란 시에도 다음과 같은 구절이 있다. "기침을 하자/젊은 시인이여 기침을 하자/눈을 바라보며/밤새도록 고인 가슴의 가래라도/마음껏 뱉자" 김수영의 생각의 구조에서 기침을 하고 침을 뱉는 행위는 단순한 신체적 반응이 아니다. 그것은 김수영의 의식 내부에서 진행되는 혼신의 전투, 즉 공포와의 전투, 거짓과의 전투, 온갖 찌질함과의 전투를 나타내는 증거이자 전투의 흔적으로서의 움직일 수 없는 부산물인 것이다.

5. '김수영-되기'에 관여한 것들

김수영은 글 쓰는 문제만 붙들고 투쟁해서 높은 경지에 이른 시인이 아니다. 그는 결코 글에 갇힌 사람이 아니었다. 물론 시를 쓰는 순간에는 그는 시에 자기의 존재 전체를 걸었다고 할 수 있다. 전후의 황량한 폐허와 궁핍 속에서 많은 사람들이 방황하며 술에 젖어들 때 그는 책을 읽고 번역을 했으며, 이 과정을 통해 유례없이 눈부신 지적 성장과 사상적 심화를 이룩했다. 물론 번역은 생계를 위한 것이기도 했다. 하지만 이에 그치지 않고 그는 번역을 통해 동시대 서구의 문예 경향을 학습했고, 나아가 하이데거와 프로이트의 번역을 밑줄 그어가며 열독했다. 중학 중퇴에 불과한 임화가 10대 후반부터 맹렬한 독서와 집요한 지적 탐구를 통해 자기 시대의 이념을 선도하는 위치에 올라섰던 것처럼 김수영도 부실한 정규 학교 수업 이후 10여 년 중단됐던 '진짜 공부'에 자기를 몰아넣었다.

하지만 이것은 김수영 문학의 진정한 성취를 이해하기 위해 필요하지만 충분하지는 않은 참고사항이라고 나는 생각한다. 가령, 하이데거만 하더라도, 일본어로 번역된 텍스트를 통해 그가 얼마나 하이데거 사유의 핵심에 들어갈 수 있었느냐는 간단치 않은 문제이다. 내가 학생 시절 조금 읽어본 바로는 하이데거의 독일어는 영어로도 완벽하게 번역되기 어렵다는 느낌이 들었다. 독일어는 영어에 비해 접두사와 복합어가 발달되어 있는데, 하이데거는 독일어의 그런 특징을 최대한 활용해서 복잡하고 심오한 언어 분석을 전개하고 이를 바탕으로 자신의 독특한 사유를 풀어나간다. 횔덜린이나 릴케의 시몇 구절 또는 한두 편을 가지고 저서 한 권이 될 만큼 분석해 들어가는데, 그렇기 때문에 영어 번역도 불완전하고 일본어나 한국어로는 더구나 하이데거 사유의 총량을 옮기는 것이 거의 불가능에 가깝다. 무엇보다 하이데거를 제대로 독해하자면 서구 철학사의 전개 과정 전체를 염두에 두어야 한다. 따라서 김수영이 하이데거를 읽었다고 하지만, 얼마나 이해했는가는 가늠하기 어려운 문제이다.

요컨대 김수영을 만드는 데 그의 외국어 독서가 매우 중요하지만 결정적인 것은 아니었다고 나는 생각한다. 하이데거의 사유와 프로이트의 개념에 도움을 받은 건 사실이겠지만, 하이데거를 읽었다고 모두 김수영이 되는 건 아니다. 당연한 얘기지만, 타인의 경험과 타인의 사유는 '자기 것'이 되는 과정을 거치기 이전에는 여전히 남의 것이다. 진정으로 독창적인 결과물이 나오기 위해서는 그 과정에 자신의 '피 흘림'이라는 치명적 봉납奉納이 바쳐져야 한다. 김수영은 하이데거 문장을 발판 삼아 자신의 사유를 전개한 것이고, 어쩌면 하이데거 없이도 우리가 아는 김수영이 되었을 것이라는 게 내 생각이다.

김수영이 내심 좋아하는 선배였다고 알려진 임화와 비교하여 김수영은 한국문학사에서 어떤 위상을 가질 수 있을까. 앞에서 잠깐 언급했듯이 임화의 공교육은 중학 중퇴에 불과하다. 그럼에도 불구하고 그는 1930년대 식민지 문단에서 일본 유학파 출신들 그 누구도 따를 수 없는 이론적 역량을 발휘했다. 주지하는 바와 같이 그는 10대 말부터 미친 듯이 독서에 몰입하면서 잠시 『백조白潮』의 이상화를 추종하기도 하고 다다이즘 흉내를 내기도 하다가 곧 마르크스주의자로서의 자기를 확립했다. 물론 그는 일본 좌파 문학의 학습을 통해 그렇게 된 것이 사실이다. 그러나 그는 학습한 좌파 이론의 핵심을 견지하면서도 그것을 기계적으로 추종하는 데 그치지 않고 이를 식민지 현실의 내적 필연성 안에서 논리화하고자 끊임없이 고심하였다. 그러한 고민의 결과로 탄생한 것이 일제강점기의 신문학사(론)이고 해방 후의 민족문학론이라고 나는 생각한다. 무엇보다도 임화는 자신이 받아들인 유물론적 세계관에 입각하여 이인직·이광수·염상섭 등을 비롯한 앞 세대 작가들의 작품을 읽고 이를 독자적으로 체계화함으로써 한국 근대문학사의 이론적 구도를 최초로 작성하였다.

임화에 비한다면 김수영에게는 그와 같은 의미의 '역사'가 없다. 유명한 「거대한 뿌리」나 「이 한국문학사」 같은 시는 우리 역사에 대한 그의 통찰이 아니라 민족의 과거에 대한 그의 학습 부족을 드러낸다. 그는 만해, 소월, 지용 등 선배 시인들을 체계적으로 읽은 흔적을 별로 남기지 않았다. 생각해보면 이것은 결코 이상한 일이 아니다. 왜냐하면 그의 청소년 시절은 그의 세대에게 제대로 우리 역사를 공부할 시간을 허용하지 않았기 때문이다. 무엇보다도 당시에는 우리 문학과 역사에 대한 근대적 연구의 축적 자체가 지극히 빈약한 상태였다. 어쩌면 이런 점들이 거꾸로 한국 시의 낡은 관행과 굳어진 타성으로부터 그의 자유를 가능케 했는지 모른다.

그러나 그는 김광섭, 김현승, 서정주, 박목월 등의 선배뿐 아니라 신동엽을 비롯한 동시대의 동료와 후배들의 시를 부지런히 읽어서 최선을 다해 시평을 썼다. 김수영은 어디까지나 현재에 밀착된 시인으로서, 오직 그 밀착을 통해서만 한국 시의 '김수영 이후'를 만들어 냈다.

6. 김수영의 정치적 입장

김수영의 정치의식에 대해 의문을 가지는 사람들이 있다. 한마디로 좌파 아니냐는 것인데, 좌파란 말도 쓰기 나름이다. 상식적인 의미에서 좌파에 가깝다고 볼 수는 있고, 보수주의자가 아닌 건 확실하다. 한마디로 진보주의자이다. 하지만 다시 한 번 임화에 견준다면 김수영은 결코 마르크스주의자가 아니었다. 6·25 경험을 통해 그가 북한 체제에 크게 실망한 것도 사실일 것이다. 어떤 점에서 그는 철저한 개인주의자였다는 생각도 든다.

6·25의 경험 이전에는 어땠을까. 그 시절 소위 중간파라 불리는 사람들이 있었다. 예를 들면 정치인 여운형이나 소설가 염상섭처럼 남북합작과 좌우연합을 추구하는 중간적인 노선인데, 정치적으로 김수영이 그런 중간적 노선을 취했다는 증거도 나는 찾지 못했다. 그가 임화를 좋아했다고 하지만, 당대 현실을 비판적으로 노래한 전위 시인으로서의 임화를 좋아한 것이지 임화가 속해 있던 남로당 정치 노선을 지지한 것은 결코 아닐 것이다. 신랄한 언어로 남쪽 미군정 체제를 공격한 월북 이전 임화 시의 선동적인 화법은 정치적인 찬반을 떠나 (나 같은 사람에게도) 지극히 매력적이다. 하지만 김수영이 1930년대 후반에 발표된 전성기 임화의 시와 논문을 읽은 흔적은 발견되지 않는다. 요컨대 해방기의 김수영은 다양한 가능성과 아방가르드 요소를 겸비한 초보 시인일 뿐이었다.

6·25를 겪고 난 뒤에야 비로소 김수영은 일정한 정치적 태도를 가지게 됐을 것으로 여겨지는데, 그것도 초기에는 자신의 창작 활동과 관련된 범위 안에서였을 것이다. 1950년대의 숨막히는 반공 냉

전 체제 속에서 그는 자신을 나타낼 정치적 언어를 발견하지 못했을 것이다. 설령 그가 언론 자유가 완전히 보장된 사회, 민주주의와 사회정의가 확립된 사회, 비록 소련이나 북한과는 다른 인간적 사회주의를 꿈꾸었다 하더라도 그 꿈을 개념화할 적절한 용어가 그에게는 아직 없었을 것이다. 어쨌든 1953년 포로수용소에서 풀려난 직후 그가 발표한 산문들을 보면 북한 공산 체제에 대한 거부감으로 가득 차 있음을 알 수 있다. 어쩌면 그것은 포로 신분을 갓 벗어난 처지에서 신변의 안전을 위해 작성된 자술서 같은 것이었는지 모른다. 그러나 여하튼 글을 써서 먹고살 길을 찾아야 하는 소시민적 지식인으로서 그가 다른 어떤 가치보다 자유의 가치를 중시했던 것은 분명해 보인다.

4·19혁명을 계기로 김수영의 정치의식은 제2의 포로 석방이라 할 만한 해방의 순간을 맞이한다. 그 점을 극적으로 보여주는 산문으로 가령 「책형대磔刑臺에 걸린 시: 인간해방의 경종을 울려라」(『경향신문』, 1960. 5. 20) 같은 산문을 예시할 수 있다. 나는 2016년 6월경 '4·19혁명과 한국문학'에 관한 글을 쓰려고 그 무렵의 신문들을 뒤적이다가 이 글을 발견했다. 제목이 어려운데, 사전에 찾아보니 '책형磔刑'은 '기둥에 묶어놓고 찔러 죽이거나 찢어 죽이는 형벌'이라고 풀이되어 있다. 그러니까 제목은 4·19의 흥분이 가라앉지 않은 '역사적 분수령' 위에서의 시인의 결의, 최후의 심판대 위에 자신의 시를 세우겠다는 비장한 결의를 나타내고 있다. 그러나 이 산문에서 주목되는 점은 그가 4·19의 의미를 단지 시적 차원에서만이 아니라 그것을 훨씬 넘어서는 근본적 혁명의 차원에서 바라보고 있다는 사실이다. 산문의 마지막 문장은 실로 준엄하다. "시대의 윤리의 명령

은 시 이상이라고 생각하기 때문에 이 거센 혁명의 마멸磨滅 속에서 나는 나의 시를 다시 한 번 책형대 위에 걸어놓았다."

책형대 위에 올려진 김수영 문학의 발전의 정점에서 태어난 작품 「사랑의 변주곡」은 그야말로 모든 의미에서 김수영 최고의 걸작이다. 열정에 넘친 가락과 풍부하기 짝이 없는 비유들로 직조된 그 작품에는 그의 시인적 재능뿐 아니라 사회적 미래상도 아름답게 농축되어 있음을 우리는 구절마다 체감한다. 물론 그것은 개념적 언어로 표현되지는 않았다. 하지만 우리는 읽을 수 있다. 미국의 패권도 끝나고 소련, 중국 같은 패권적 국가들의 욕심도 종식되어온 세계와 온 인류가 평등해지고, 각 나라 안에서도 모든 인민이 자유와 평등을 누리는 사회, 즉 진정한 사회주의를 지향하는 열망이 감출 수 없이 드러나 있음을 우리는 분명하게 느낄 수 있다.

이 지구에서 그런 이상이 실제로 이루어지는 것은 김수영 생전이나 사후 54년이 지난 오늘에나 불가능에 가까운 과제로 보인다. 하지만 김수영은 뭐라 했던가? 유명한 논설 「실험적인 문학과 정치적 자유」에서 그는 더할 나위 없이 선명하게 다음과 같이 선언했다. 이 문장들이야말로 김수영 평생의 영혼을 사로잡은 전위 문학 선언이고 진보주의 선언이라 할 만하지 않은가!

"모든 실험적인 문학은 필연적으로는 완전한 세계의 구현을 목표로 하는 진보의 편에 서지 않을 수 없게 되는 것이다. 모든 전위 문학은 불온하다. 그리고 모든 살아 있는 문화는 본질적으로 불온한 것이다. 그것은 두말할 것도 없이 문화의 본질이 꿈을 추구하는 것이고 불가능을 추구하는 것이기 때문이다."

7. 김수영과 조직활동

　8·15 직후 출범한 조선문학가동맹은 임화·김남천·이원조 등 옛 카프 계열이 주동이 되어 결성했지만 이병기·염상섭·정지용·이태준·김기림·안회남 등 원로 그룹과 옛 순수문학 계열 등 대다수 문인을 포괄하는 거대 조직으로 발전했다. 김수영과 가까웠던 젊은 전위 시인들 다수도 여기 가입했다. 그러나 김수영은 가입하지 않았다. 어떤 조직에도 가담하지 않는 것이 그의 의식적 선택이었는지, 아니면 정치적 혼란 속에서 입장이 정리되지 않아서 결정을 유보한 것이었는지 판단하기 어렵다.

　어쨌든 내 추측으로는 해방 시기의 혼란이 웬만큼 정리되어 어느 문인 단체에든 가입할 필요가 생기고 가입해도 좋은 자유가 주어지면 그는 틀림없이 조선문학가동맹에 가입했을 것이다. 하지만 결국 그런 일은 생기지 않았다. 1957년 2월 한국시인협회(시협)가 발족하고 문학상이 제정되어 제1회 시인협회상이 그에게 주어졌는데, 당시에 그가 가입할 만한 유일한 단체가 시협이었지만 역시 그의 가입 여부는 확인되지 않는다. 생전의 김수영이 단체 활동에 참가한 유일한 사례는 1965년 7월 9일 한일협정의 국회비준반대성명에 문인 84명의 1인으로 서명한 것으로 조사된다.(같은 해 11월 4일 탈고된 시 「어느 날 고궁을 나오면서」에는 "한번 정정당당하게/붙잡혀 간 소설가를 위해서/언론의 자유를 요구하고 월남 파병에 반대하는/자유를 이행하지 못하고"란 구절이 있다.)

　가끔 나는 이런 공상을 한다. 1970년대 들어 다수의 문인들이 박정희 유신 체제에 나름의 저항운동을 전개할 때, 만약 김수영이 살아 있었다면 어떻게 처신했을까. 알다시피 수십 년 군사독재 기간에 적지 않은 문인들은 수사기관에 불려가고 감옥살이를 하고 직장에서 쫓겨났다. 1970년대라고 해도 김수영은 불과 50대이고 후배 문인들은 당연히 누구보다 김수영보고 앞장서라고 간청했을 게 틀림 없다. 그랬을 경우 그에게서 어떤 반응이 나왔을까.

나는 그가 자유실천문인협의회 같은 단체에 가입하는 걸 거절했을지 모른다고 생각한다. 이건 물론 하나의 가정일 뿐이고, 반대로 열렬히 활동하다 감옥행을 했을 수도 없지는 않다. 하지만, "그대들의 취지에는 절대 동조하되 조직에는 가입하지 않는 것이 내 생리다", 이렇게 말했을 가능성이 높다는 것이 내 추론이다. 만약 그랬다면 젊은 나는 물론 실망했을 것이다. 1976년에 내가 「김수영론」을 쓰면서 은연중 의식한 것도 그런 점이었는데, 그의 생활의 일관된 소시민적 한계와 철저히 개인주의적인 성향에 대한 비판의 정서가 바탕에 있었다. 물론 그와 동시에 김수영 문학의 더 근본적 성취를 제대로 알아보지 못한 나의 미숙함도 드러나 있다. 하지만 그때로 돌아가 다시 쓴다면 또 그렇게 비판적으로 썼을 게 틀림없다.

아무튼 1987년 6월항쟁 이후까지 생존해 있을 경우 (1987년에 그는 겨우 66세이다) 김수영은 반정부적 단체 활동이나 조직 운동에 참가했을 수도 있고 안 했을 수도 있다. 서명까지는 하되 조직에는 안 들어왔을 가능성도 있다. 물론 어디까지나 가정이지만, 나는 어느 경우든 젊은 세대가 그를 이해하고 포용하는 것이 옳다고 지금에 와서는 생각한다. 글 쓰는 사람으로서 어디에도 구속받음 없이 자유롭게 자기 생각을 표현하고자 하는 욕구를 갖는 것은 어떤 상황에서나 원천적으로 정당한 것이기 때문이다.

김수영이 만약 젊은 날 조선문학가동맹이나 그 밖에 어떤 좌파 활동에 관여했다면 후일 그처럼 온몸을 바쳐 치열하게 사유하면서 열렬하게 문학에 임하지 못했을 수 있다고 생각할 필요도 있다. 카프 서기장에 이어 조선문학가동맹의 최고 지도자로서 모든 것을 조직하고 지휘했던 임화가 몇 해 지나지 않아 한반도의 남북에서 맞이한 처절한 운명을 상기하면 실로 착잡하고 비통한 마음을 갖게 된다. 다른 한편, 해방 시기 우익 진영에서 일했던 사람들, 가령 문익환 목사나 박형규 목사, 정경모 선생이나 리영희 선생처럼 미군 통역으로 복무했던 분들을 생각해보라. 장준하 선생도 1950년대에는 반공주의자였다고 하지 않는가. 그런 신분상의 안전판이 있었기에 그들은 군사독재 시대에 거침없이 정부 비판에 나설 수 있었고 인권운동과 민주화운동, 통일운동에 앞장설 수 있었을 거라고 추측할 수도 있다. 그들에 비하면 김수영이 8·15부터 6·25까지의 사이에 행한 발언과 처신은 신분 보장을 위한 최소한의 알리바이를 겨우 마련한 데 불과하다. 하지만 사람이 터무니없이 끌려가고 고문으로 폐인이 되고 죽고 하는 아수라 지옥에서 김수영이 그렇게라도 목숨을 부지한 것은 우리 문학사의 행운 아닌가.

8. 김수영과 모더니즘

리얼리즘과 모더니즘, 민족과 계급 등 여러 개념들은 알다시피 서양에서 수입된 것이다. 그런데 앞에서 말한 것처럼 어떤 개념이든 일정한 역사적 맥락 속에서 형성되고 발전하는 것이며, 따라서 누가 어떤 문맥에서 사용하느냐에 따라 의미가 달라지고 뉘앙스에 변화가 생기게 마련이다. 물론 개념이 무한대로 확장될 수 있는 것은 아니어서, 가령 도식적 관념주의나 몽상적 낭만주의는 어느 경우에나 리얼리즘과 적대적이다. 이런 점을 전제하고 김수영과 모더니즘의 관계에 대해 생각해보자.

서구 문예에서 모더니즘은 19세기 후반부터 전간기(戰間期, 양차 대전 사이의 기간)까지 사이에 출몰했던 여러 새로운 예술 사조들을 포괄해서 가리키는 것이 보통이지만, 그중 어느 특정 사조를 지칭하기도 한다. 그러니까 모더니즘은 상징주의, 표현주의, 초현실주의, 이미지즘, 주지주의 등을 뭉뚱그리는 개념일 수도 있지만 그중 어느 하나를 주로 가리킬 수도 있다. 예를 들어 1930년대의 김기림과 최재서는 영문학 전공자답게 주지주의를 중심으로 모더니즘을 논한 바 있다.

그런데 왜 이 시기 서구 문학예술에 모더니즘으로 불리는 변혁이 일어났는가. 생각해보면 이 시기 예술상의 변화는 더 근본적인 변화의 징후일 뿐이다. 표면 아래 더 심층적인 곳에서 진행된 세계 자체의 변화와 이에 결부된 세계관의 전환에 주목해야 하는데, 중세 봉건사회를 무너트린 18세기 근대 시민혁명이 이제 마지막 국면에 이르러 세계와 우주에 대한 인간의 이해에도 근본적 전환을 가져온 것이다. 미학적 모더니티로 묶일 수 있는 각종 새로운 문예사조들은 자기들 세계의 동요와 위기에 대한 서구인의 반응이자 위기의식의 산물이라고 볼 수 있고, 그런 점에서 서구 모더니즘은 나름으로 역사적 필연성의 소산이다.

그러나 한국 사회와 문학은 상식적으로 보더라도 서구와는 전혀 다른 역사적 시간 속에 있다. 알다시피 20세기 전반기 이 나라는 '식민지 근대화'의 모순을 겪고 있었다. 어쩌면 서구발 일본 경유의 모더니즘이 1930년대 문단에서 점차 중심적 지위를 획득하게 된 사실 자체가 '식민지 근대화'의 형용모순을 전형적으로 보여주는 사례일지 모른다. 나는 이 시기를 언제나 착잡한 눈으로 바라볼 수밖에 없는데, 왜냐하면 정지용·김기림·이상·박태원·최재서 등이 이룩한 문학적 성숙은 시대 현실의 부정성이라는 어두운 배경 앞에서 양가적兩價的인 것일 수밖에 없기 때문이다. 한국 모더니즘은 발생 초기부터 오늘까지 이 가치 분열로부터 자유로울 수 없다고 생각한다.

김수영도 넓은 의미에서는 이 모더니즘의 자장 아래에서 성장한 시인이다. 자타가 공인하듯 그의 지적인 원천과 사유의 뿌리는 서구 문학이고 서양 사상이다. 아주 어려서 한문 공부를 했다고 하지만, 초등학교 입학 이후 일본어로 학습을 했고 청년 시절 이후엔 주로 영어를 읽고 번역했다. "일본 말보다도 더 빨리 영어를 읽을 수 있게된/몇 차례의 언어의 이민을 한 내가/우리말을 너무 잘해서 곤란하게 된 내가…" 이것은 「거짓말의 여운 속에서」란 작품 속의 한 구절(제6연)인데, 여기에는 거의 평생 토착 문화와 모국어에 뿌리내리지 못하고 이방의 언어들 사이를 유랑해야만 했던 '언어 디아스포라'로서의 쓰라린 자의식이 반영되어 있다.

그러나 남의 것을 받아들이되 껍질만 받아들이는 데 그치는 사람과, 받아들인 남의 것을 소화해서 자기 알맹이의 일부로 만드는 사람의 구별은 본질적으로 중요하다. 일찍이 식민지 내지 반半식민지에서의 선진 외래문화 도입이 제기하는 문제를 날카롭게 인식하고 논리적으로 해명한 인물은 이 글이 거듭 호출하는 임화인바, 그는 일찍이 유명한 논문「신문학사의 방법」(『문학의 논리』所收, 1940)에서 "문화의 이식, 외국 문학의 수입은 이미 일정 한도로 축적된 자기 문화의 유산을 토대로 하지 않고는 불가능하다. […] 문화이식이 고도화되면 될수록 반대로 문화창조가 내부로부터 성숙한다"고 정확하게 갈파하였다.

외국어/외국 문화와의 그 나름의 전투를 통해 김수영이 수행한 작업은 바로 임화가 말한 '내부로부터의 성숙'이었다. 서구 모더니즘의 한국적 수용이라는 차원에서의 그의 역할도 그런 관점에서 평가할 수 있을 텐데, 오래전「김수영론」에서 내가 다음과 같이 말한 것도 그 점을 지적한 것이었다. 또, 그가 평론「참여시의 정리」에서 신동엽을 언급하는 가운데 "50년대에 모더니즘의 해독을 너무 안 받은 사람"이라고 설명한 것도 모더니즘에 대한 김수영의 (역설을 통과한 다음의) 긍정적 관계를 보여준다고 할 것이다.

> 한국 모더니즘의 역사에 있어서 김기림이 그 씨앗을 뿌린 사람이라면, 김수영은 모더니즘을 철저히 실천하려는 과정에서 한편으로 모더니즘을 완성하고 다른 편으로 그것에서 벗어나는 길을 틔워놓았다. 김수영은 한국 모더니즘의 허위와 불완전성을 철저히 깨닫고 이를 통렬하게 공격했으나, 그의 목표는 진정한 모더니즘의 실현이지 모더니즘 자체의 청산이 아니었다. 다시 말하면 그의 모든 문학적 사고는 넓은 의미에서 모더니즘의 틀 안에서 이루어졌다. 그러나 그의 모더니즘은 '진정한' 모더니즘으로 나아가고자 한 것이었기 때문에 ─ 다른 모든 진정한 사고와 행동의 역사적 작용에서 볼 수

있듯이 ― 한국 모더니즘의 기초를 분해하는 효소로서 작용하였다. 여기에 한국 모더니즘 역사에서 김수영의 역설적 위치가 있는지도 모른다.

― 졸고, 「김수영론」, 『창작과비평』, 1976 겨울호

돌이켜보면 그의 청소년 시절, 이 땅의 사회문화적 환경은 굳이 서당에 가서 한문 고전을 배우지 않았더라도 봉건유교적·가부장적 사고방식에 길들도록 만들었을 것이다. 그러나 동시에 그의 청년기는 적어도 지식 계층에서는 러시아 혁명 이후의 사회주의나 여성해방론 같은 신사조가 일본을 통해 물밀듯 들어오던 '급진적 계몽'의 시대이기도 했다. 김수영의 여성에 대한 태도를 보면 토착 봉건 문화와 외래 선진 사조 간의 공존과 유착 및 불가피한 길항 등 온갖 모순적 요소들의 착종을 확인할 수 있다. 그는 아내를 거의 언제나 '여편네'로 호칭하고 심지어 우산대로 쳤다고 고백하면서도 동시에 여성들 일반과의 관계에서 자신보다 20년 아래인 나 같은 사람보다 훨씬 더 자유롭고 개방적인 자세를 보여주기도 하였다. 이런 모순들을 양보 없이 살아내면서 남김없이 드러낸 것이야말로 남이 못한 김수영의 독자적인 위업이다.

강조하거니와 그는 자기 시대를 누구보다 철저히 산 사람이다. 시대 자체가 모순에 가득 차 있었으므로 그의 삶과 문학도 그러했다. 그는 항시 의심의 눈으로 현실을 바라보았고 자기 자신에 대해서도 가차 없는 반성적 시선으로 들여다보았다. 시에서나 산문에서 그가 가장 자주 사용한 단어 중 하나는 '거짓말'이다. 그는 끊임없이 자기 내부의 속임수를 적발해서 스스로 고발해 마지않았다. 우리 문학사

상 거의 유례가 없는 이 도저한 정직성과 치열성이야말로 김수영으로 하여금 모든 사회적 허위의식을 공격하고 기존의 껍질뿐인 문예 사조의 구속에서 벗어나게 만들었을 것이다. 김수영은 철저한 리얼리스트이자 탁월한 모더니스트이지만, 동시에 그 모두이기도 하고 또 그 모두를 넘어선 존재, 즉 가장 깊은 뜻에서 자기 자신에 도달한 시인이었다. 문학의 길에 들어선 우리 모두에게 언제나 새로운 목표로 다가오는 것이 바로 이 '자기 자신-되기'라고 할 때 김수영은 여전히 우리의 스승이다.

김수영, 생성하는 텍스트
—2천 년대 이후 연구사와 그 쟁점

▲

박성광

1. 들어가며

김수영(1921~1968)이 타계한 지도 반세기의 세월이 흘렀다. 그는 탁월한 시인이자 치열하게 현실 문제를 궁구窮究했던 지식인이었다. 그래서 김수영의 텍스트는 이미 고전의 반열에 올라 있다. 항용 고전이 그러하듯 그의 시와 산문은 '유령'이 아니라 여전히 생동하는 '실체'로서 독자에 의해 끊임없이 재해석되며 새로운 몸을 획득한다. 개별 문학작품의 생명력을 갱신의 가능성에서 찾을 수 있다면 김수영의 문학은 지금, 여기에서 생성하는 텍스트로서 여전히 왕성한 생명력을 지니고 있다고 할 것이다.

연구사를 조망하는 것만으로도 한국 지성사의 윤곽을 짐작하게 할 정도로, 김수영 연구사에는 특정 시기의 관심사, 연구 경향을 반영한 방대한 연구물이 축적되어 있다. 현재까지 제출된 박사학위 논문이 67편, 석사학위 논문이 230여 편, 평론과 학술 논문은 대략 860여 편을 상회하고 있는데, 이는 그의 문학이 지닌 매력과 더불어 다면적이고 입체적인 특성에서 기인한다. 김수영은 당대 현실의 문제를 총체적으로 고민했으며 이를 반영하듯 매우 다양한 소재와 대상, 사유들이 그의 텍스트에 용해되어 있다. 그리고 이에 연유하여 "어느 입장에서 해석을 해도 접근이 가능한, 그러면서도 어느 입장의 해석을 통해서도 다 해석되지 않는 난해한 '잉여'를 품고 있"[1]을 정도로 김수영의 텍스트는 개방적이다. 따라서 이질적인 성향을 지닌 연구자들이 김수영에 매혹되어 저마다의 입장에서 다종 다기한 논의를 전개할 수 있었던 것이다. 반면에 치열한 문제의식 없이 특정 이론을 기계적으로 적용해도 어느 정도 성과를 보장하는 "뜯어먹기 좋은 빵"[2]으로 취급된 측면도 없지는 않다.

비유컨대, 김수영의 텍스트는 난공불락의 성채이다. 그것도 안개로 잔뜩 에워싸여 있어 접근조차 용이하지 않다. 어느 한 지점을 타격한다 해서 온전히 정복할 수도 없을뿐더러 작은 균열조차 내기가 쉽지 않다. 그래서 중심 지점에는 접근하지도 못하고 안갯속만 배회하다 길을 잃은 이들은, 그를 신화로 다루거나 혹은 우상[3]이라며 침을 뱉고 돌아섰다. '신화'이건 '우상'이건 그것은 김수영에 대한 제몫의 평가가 아니다. 그의 텍스트는 육화되어야 하며 고유한 체취를 풍기며 우리에게 말을 걸어주는 실체가 되어야 한다.

현재까지 진행된 김수영 논의의 흐름을 연구 경향에 따라 살펴보면, 크게 김수영 사후부터 1980년대까지의 연구와 1990년대부터 현재까지의 연구로 구분할 수 있다. 논의의 편의상 두 시기로 구분하였지만 특정 연구가 이후에도 활발히 수행되어 수정·보완되며 쇄

신되는 측면이 없지 않다.

1980년대까지의 연구는 이후 전개될 연구의 예비적 고찰 단계의 성격을 지닌다고 할 수 있을 것이다. 참여, 순수 혹은 리얼리즘, 모더니즘과 관련해서 김수영의 문학사적 위치를 점검[4]하거나 자유, 정직, 양심, 사랑, 설움 등 특정 시어를 중심으로 전개된 주제 연구[5]가 주종을 이루고 있다. 초창기 연구이다 보니 김수영 문학의 계보와 주제 의식에 집중된 경향을 보이고 있는데 부분적으로 제시되기는 하였으나 현재 진행되는 연구의 단초가 이 시기에 마련되었다고 할 수 있다.

1990년대에 들어서면서 김수영 연구는 전환점에 놓이게 된다. 1980년대까지 전개되던 김수영 연구가 모더니즘, 현실 참여시, 민중주의, 산문시, 역사와 자유라는 화두 중심이었다면 1990년대에는 1980년대까지의 연구 경향과 더불어서 상당히 다채로운 입장의 논의가 진행되었다. 이는 1990년대의 변화된 상황이 역사주의라는 거대 서사의 심리적 부담을 다소 완화한 측면이 없지 않기 때문이다.[6]

이 시기 들어서 선행 연구의 축적과 김수영 문학을 종합적으로 조망할 수 있는 시야의 확보에 힘입어 파편적으로 진행되던 연구를 지양하고 총체적으로 접근할 수 있는 근거가 마련된다. 대표적으로 근대 담론을 중심으로 김수영을 고찰하는 연구들이 활성화된 점은 이를 뒷받침한다. 이들 연구는 주제 연구나 특정 문예사조에 입각한 논의에서는 포착할 수 없는 김수영 시의 전체 상을 제시했다. 또한 그간 상대적으로 미진하게 전개됐던 텍스트의 구조적 원리, 미학적 특성을 구명하는 논의,[7] 수용미학을 원용한 논의,[8] 현상학,[9] 정신분석학,[10] 페미니즘 등의 연구 방법론이 시도되었다.

특히 상호텍스트성에 입각해서 김수영 텍스트에 끼친 선행 텍스트의 영향 관계를 살핀 연구는 가장 활발히 진행되고 있다. 이는 김수영 문학을 이해하는 데 참조할 보충적 자료를 제공할 뿐만 아니라 그의 사유 형성 과정과 텍스트 기입에 대한 중요한 시사점을 제시한 데서 의미심장하다. 무수한 인유allusion가 용해되어 있는 김수영 텍스트의 성격상, 상호텍스트성을 고려하지 않고 제대로 된 독해에 이르기는 쉽지 않다. 이를 반영하듯 유교 경전, 김수영의 번역, 하이데거, 바타유 등 다양한 선행 텍스트와의 관련성 속에서 김수영의 문학이 해명되고 있다.

본고는 2천 년대 이후 김수영 문학 연구의 동향을 점검하여 쟁점을 제시하고 향후 연구의 지향점 모색을 목적으로 한다. 특히 2천 년대 이후 부각되고 있는 연구 성과에 주목하여 논의하도록 하겠다.

2. 2천 년대 연구의 경향

1) 이중언어 사용과 번역 체험

김수영은 이른바 '이중언어 세대'로 일본어를 모국어처럼 부릴 수 있었으며 심지어 한국어보다 일본어가 익숙할 정도였다. 실제로 해방 이후 초기에 창작된 김수영의 시는 일문日文으로 작성된 것을 국문國文으로 번역하는 방식으로 창작되기도 했다. 이중언어 사용자라는 측면에서 김수영의 텍스트를 고찰한다는 것은, 텍스트에 혼입되어 암호처럼 기능하는 일본식 표현을 해독할 여지를 마련한다는 것 이상의 의미를 지닌다. 특정 언어를 모국어처럼 구사한다는 것은 그것이 사유의 언어로 기능한다는 것을 의미한다. 언어 구조는 사유에까지 영향을 미친다. 복수의 언어로 사유할 수 있는 이중언어 화자話者의 경우, 모국어 화자에 비해 보다 확장되고 이질화된 사유가 가능하게 된다. 김수영 텍스트의 이질성을 고찰하는 데 이중언어 세대로서 접근하는 방식이 주효한 이유는 여기에 있다.

장인수는 김수영의 일본어 사용 문제에 대해 해방 이후 발생한 '언어의 공백'을 일본어 감각을 잔류시키는 언어적 정체성을 통해 메웠다고 상정하며 구체적인 사례를 통해 이를 검토하고 있다.[11] 이를테면 「아메리카 타임지」에 드러나는 '와사瓦斯의 정치가'는 '瓦斯を着る政治家'를 의미하며 이때의 '와사'는 '와사사'의 준말로 '와사사瓦斯絲로 만든 고급 양복을 입은 정치가'라는 의미임을 밝혀냈다. 「이[虱]」에서는 '도립倒立'이 일본어 'とうりつ'에서 왔고 「구라중화九羅重花」의 선조線條는 일본어로 'せんじょう'라고 읽고 그냥 선line을 의미하는 일본식 한자라는 것을 확인해주었다. 비록 이 연구에서 김수영 텍스트에 할애한 것은 5쪽 남짓 분량이지만 시사하는 바는 매우 크다. 일단 김수영이 구사한 일본식 한자 어휘를 밝혀냄으로써 과잉 해석을 방지할 계기를 마련하는 예비적 고찰로서 큰 의의가 있다. 김수영의 전체 텍스트를 대상으로 일본식 표현의 혼입 양상에 대한 본격적인 정리 작업이 필요하리라 본다.

강계숙은 김수영의 텍스트 생산과정을 이중언어 체계의 소산으로 파악하였다. 그래서 김수영의 세대적 특징, 일본어 글쓰기의 의미, 이상의 일문 시 번역과 김수영의 일본어 시작 노트의 관계, 일련의 번역 과정에서 대두된 '자코메티의 발견'의 의의 등을 기술하였다. 이 논문의 미덕은, 일본어로 글을 쓰는 행위가 해방 이후 전개된 이른바 모국어 순혈주의에 균열을 내려는 시도임과 동시에 일본어로 사유하여 얻어진 이질적인 정서, 세계에 대한 낯선 인식을 획득하기 위한 의도적인 행위임을 드러내고 있다는 것이다. 그리고 이를 보다 확장하여 일문으로 작성된 언어 텍스트를 국문으로 번역하는 행위가 시 창작의 모체임을 드러낸다. 번역이라는 것은 단순히 한 언어의 특정 어휘를 다른 언어의 유사한 어휘로 치환하는 행위가 아니다. 끊임없이 번역 가능성과 번역 불가능성이 교차하며 원문과는 이질적인 번역물을 산출하듯 시 창작도 형용 불가의 타자(성)를 끌어안는다는 점에서 번역을 기반으로 한 '사전의 시'가 될 수밖에 없다. 강계숙의 논의는 텍스트를 통해 구체적으로 실증하는 작업은 생략되어 있으나 번역 행위가 김수영의 시 창작에 미친 영향 관계를 해명하는 데 단초를 마련한 의의가 있다.[12]

홍성희는 김수영의 이중언어 사용을 사유 언어의 층위에서 고찰하고 있다. 이 논의에서 그는 김수영의 일본어 사용이 단지 단일언어주의에 저항하는 의미로서만이 아니라 동시에 충실한 표현에 대한 욕망을 수행하는 언어로서 기능하고 있음을 밝힌다. 홍성희에 의하면 김수영은 '일본어'와 '한국어'라는 '두 언어'의 경계 없이 자기 자신이 사용하는 '나의 언어'의 측면에서 이를 혼용하고 있으며 이들 언어에 내재한 '틈'을 통해 '과오인 언어'와 '자유의 언어'와 '침묵인 언어'는 이율배반적인 동시성을 기제로 수행되고 있다는 것이다. 이 논문은 사유 언어로서 이중언어 사용을 다루고 있다는 점에서 제 나름의 문제의식을 지닌다. 다만 김수영 시론에 기대어 논의를 전개하는 수준에 머무르고 있으며 실제 텍스트를 대상으로 본격적인 분석 작업까지 진행되고 있지는 못하다.[13]

김수영의 이중언어 사용 문제와 관련한 논의는 최근 들어 여러 논자들에 의해 개진되고 있다.[14] 이는 텍스트 분석을 위한 예비적 고찰의 의미뿐 아니라 텍스트 산출과 관련된 메타적 논의의 성격도 지니고 있는바, 보다 깊은 관심이 요구된다.

김수영의 번역과 김수영 문학 간의 상호텍스트성에 주목하여 논의된 연구는 2천 년대 들어 가장 활발히 전개되고 있다. 김수영은 생의 마지막 순간까지 번역에 매진했으며 "내 시의 비밀은 내 번역을 보면 안다"(「시작노트 6」)고 스스로 밝히고 있기까지 하다. 번역은 일반적인 독서나 작품 창작과 구별되는 대단히 진귀한 체험이다. 원본 텍스트를 제대로 번역하기 위해서는 텍스트에 제 자신이 녹아 들어가 저자의 삶을 살다 나와야 한다. 원본의 언어를 저자의 언어로 옮기는 과정은 번역 불가능성과 싸우는 일이며 역자에 의해 제3의 텍스트로 변조되는 과정이기도 하다. 따라서 번역 체험이 텍스트 산출에 개입되어 있을 가능성은 자명한 일이라 할 것이다. 실제로 그가 번역한 텍스트의 영향력이 시에 용융熔融되어 있다는 것은 여러 논자들에 의해 확인되고 있다.

조현일은 실증적으로 외국 문학과의 사상적 영향 관계 속에서 김수영의 문학을 추적하고 있다. 그는 김수영에게 영향을 미친 외국 문학을 추적하여 첫째로는 하루야마 유키오가 편집한 『시와 시론』동인, 둘째로는 W. H. 오든, S. 스펜더, C. 데이루이스 등의 오든 그룹, 셋째로는 하이데거의 「릴케론」을 들고 있다. 여기에 E. 윌슨, A. 카진, P. 라브, L. 트릴링 등의 뉴욕 지성인 학파의 입장을 대변하는 『파르티잔 리뷰』에 주목하여 영향 관계를 파악한다. 이들은 자유주의적 성향을 가진 동인 그룹이었으며, 이 중에서 L. 트릴링이 김수영에게 가장 많은 영향을 주었다. 조현일은 김수영 현대성론의 핵심을 '동시대성의 확립'이며 '새로움=자유'라는 도식으로 파악하며 이를 트릴링의 저작에서 실증적으로 논의하고 있다. 특히 김수영의 죽음 의식과 관련해서, 새로움을 얻는 순간을 트릴링이 언급한 죽음의 순간, 즉 쾌락을 거부하고 불쾌를 추구하는 현대적 정신성과 연결하여 고찰하고 있는데 김수영의 번역과 산문을 대조하는 과정에서 찾아낸 실증적인 연구물로서 의미가 있다.[15]

박지영은 김수영의 번역 작품을 중심으로 그의 심미적 인식을 고찰하고 있다. 그의 논의는 김수영의 번역물을 초기 번역물과 후기 번역물로 나누어 각각의 시기에 이루어진 번역 작업이 작품 창작에 끼친 영향 관계를 파악한다. 초기 번역물은 당대의 영미 시에 관한 것으로 스펜더와 오든이 중심이 된 오든 그룹, A. 매클리시, A. 테이트와 같은 신비평가 그룹의 논의가 중심으로 이루고 있으며 후기 번역물은 『파르티잔 리뷰』, 칼튼 레이크의 「자코메티의 지혜」나 로버트 포이리에의 「로버트 프로스트와의 대담」 같은 대가의 의식 세계를 탐구한 작품과 하이데거를 거론하고 있다. 김수영의 번역 작업이 초기에는 서구에 예속적인 태도를 지니고 수용에 급급했다면 후기에는 서구에 대한 예속에서 벗어나 자기 정립에 초점을 두어 진행되었음을 지적하며 각각의 번역물과 작품을 대조하여 면밀히 분석하고 있다.[16]

조현일과 박지영의 논의는 김수영의 시론이나 시 작품을 통해 실증적으로 영향 관계를 밝혀냈다는 데 그 의미가 있다. 김수영이 A. 테이트의 『현대문학의 영역』을 번역했다는 것에 집중해서 테이트의 '긴장의 시론'과 김수영 시론에 나타나는 '긴장'과 '힘'의 문제를 고찰한 강웅식의 논의[17]도 주목할 만한 성과물이다. 이밖에도 김수영의 번역 텍스트와 김수영 텍스트의 소재, 기법의 유사성 등에 착안하여 영향 관계를 피력한 논의가 있는데 로스케, 로웰, 비숍 등 고백파 시인들이 김수영 텍스트에 미친 영향 관계를 파악한 논의,[18] 김수영과 월트 휘트먼을 비교한 논의[19] 등이 있다.[20]

김수영의 번역과 텍스트 생성의 영향 관계를 추적하는 연구는 자료의 집적[21]에 따라 앞으로도 활발히 논의될 것으로 기대된다. 이와 관련하여 박수연은 김수영이 번역한 평론을 묶어 번역 평론집[22]을 편찬했는데, 이는 김수영과 번역 텍스트의 영향 관계를 파악하는 데 있어 귀한 자료를 제공했다는 의의가 있다.

2) 사상적 영향 관계

김수영의 텍스트는 타자의 향연이다. 무수한 타자의 목소리들이 직설적으로 혹은 문면文面에 감추어진 상태로 자기 목소리를 내고 있다. 김수영의 텍스트가 난해한 이유 중의 하나는 수많은 일종의 인유를 거느리고 있기 때문인데 그것도 익숙하지 않은 원천 텍스트, 그마저도 김수영에 의해 변조된 형태로 기입되어 그것의 원형을 판단하기조차 불분명한 측면이 있기 때문이다.

푸치Joseph Pucci에 의하면, 인유의 성립에서 가장 필수적인 요소는 작가의 의도가 아니라 텍스트에서 인유를 파악할 수 있는 강력한 독자의 존재이며 그에 의해서 텍스트는 새로운 관점에서 다시 쓰인다.[23] 푸치는 인유를 파악할 수 있는 독자를 '충분히 아는 독자(The full-knowing reader)'라고 명명했다. 김수영 연구자는 마땅히 '충분히 아는 독자'가 되어야 하며 그래서 김수영 텍스트의 이면에 숨겨진 타자의 목소리를 복원시키고 그들이 김수영과 소통하는 지점을 포착해야 한다.

김수영이 번역한 텍스트와 김수영 텍스트 사이의 상호텍스트성은 둘 사이의 섬세한 대조 과정을 통해 어느 정도 윤곽을 파악할 수 있지만, 문서화되지 않은 개인적 독서 체험을 반영하여 특정 사상이나 관념이 텍스트상에 침투한 경우는 포착이 용이하지 않다. 일단 대상 텍스트를 어디까지 상정할 것인가 하는 문제부터 특정 텍스트에 대한 김수영의 이해도가 어느 정도 수준인가를 가늠하는 문제, 특정 텍스트가 김수영에 의해 수용된 양상을 추적하는 문제 등 다양한 난제가 놓여 있다. 이를 위해서는 김수영의 개인사를 추적하여 신뢰할 만한 증언을 확보하는 것도 중요하지만 무엇보다 텍스트를 통해 실증적으로 구명하는 작업이 필수적일 것이다.

김수영 텍스트에 끼친 사상적 영향 관계를 추적한 연구 성과로는 『논어』, 『주역』,[24] 『장자』[25] 같은 동양 사상과 사르트르,[26] 키에르케고르, 바타유,[27] 모리스 블랑쇼[28] 하이데거 등의 서양 사상과 관련한 논의를 들 수 있다. 이 중에서 『장자』와 김수영 텍스트를 비교한 논의는 영향 관계 검토라기보다는 텍스트의 유사성에서 비롯된 단순 비교에 가까우며 실증적으로도 김수영이 『장자』를 독서했다는 아무런 근거는 없다. 『논어』는 「공자의 생활난」, 「풀」 등에서 인유의 형태로 삽입된 것이 명확하게 드러난다. 그러나 『주역』은 김수영 텍스트에서 직접적으로 언급이 되고 있지 않거니와 텍스트를 통해서도 영향 관계가 포착된다고 할 정도로 확연히 드러나지는 않는 실정이다. 더군다나 『논어』 정도는 당대 지식인들이 기본 교양 수준에서 읽었을 것이나 『주역』 같은 난해한 텍스트에 김수영이 접근할 수 있을 정도로 한학에 조예가 깊었는지는 의문이 든다. 사르트르, 키에르케고르, 바타유, 모리스 블랑쇼, 하이데거 등은 김수영의 언급 등으로 직간접적인 영향 관계가 포착된다.

『논어』와 관련한 논의는 「공자의 생활난」, 「풀」 등의 시 텍스트에서 문면에 직접적으로 드러나는 관계로 비교적 일찍부터 시작되었다.[29] 그러나 「공자의 생활난」, 「풀」 등에서 단편적으로 논의[30]가 진행되는 수준에 머무르고 있으며 좀처럼 텍스트 전편으로 논의가 확대되지는 않고 있는 실정이다.

김상환은 김수영의 시론, 시 텍스트 전편을 대상으로 『논어』, 『맹자』, 『중용』 등 유교 경전과 직접적인 영향 관계가 포착되거나 연상되는 내용을 추출하여 김수영론을 집대성했다. 이를테면 「폭포」에서 '직直'의 개념과 죽음에 맞닿아 있는 '선비 정신'을 추출하고 「나의 가족」에서 '유교적 온정주의'를 연상하고 있다.[31] 다만 이 논의는 유가 사상을 끌어들여 김수영의 문학을 해명하기보다는 김수영을 대상으로 유가 사상을 소개하는 유가 철학서에 가깝다는 인상을 준다. 일단 텍스트에 대한 꼼꼼한 분석이 결여되어 있으며 김수영의 산문 텍스트나 개인사에 대한 면밀한 검토가 부족하여 실증적인 분석에는 이르지 못하고 있다.[32] 하지만 이는 철학에 방점이 찍혀 있는 텍스트의 성격에서 기인하는 사항일 것이다. 이 연구의 미덕은 유학을 통해 김수영 텍스트를 접근할 때 훌륭한 참고 자료로 활용될 수 있다는 것이다. 유교 사상에 대한 김수영의 관심은 차치하더라도 김수영 당대에 유교가 지닌 영향력은 막강했으며 김수영 본인에게도 생애 초기 조건을 형성하는 강력한 기제로 작용했을 것이다. 이 논문과 관련한 신중한 검토가 요구되는 이유이다.

김수영의 하이데거 수용에 관한 논의[33]는 현재 가장 활발히 진행되고 있다. 김수영 본인이 「모리배」, 「반시론」, 「시여, 침을 뱉어라」 등에서 직접적으로 하이데거를 언급하고 있으며 그의 텍스트 곳곳에 하이데거의 목소리가 숨어 있기 때문이다.

김유중은 시인으로서의 김수영보다 사상가로서의 김수영에 주목한다. 그리고 김수영이 지닌 독특한 사유의 원류로서 하이데거를 지목한다. 김유중의 논의는 그간 파편적으로 제기되어왔던 하이데거 관련 논의를 종합적이고 심층적인 지점에서 집대성했다는 데 의미가 있다. '죽음', '시간', '언어', '세계와 대지', '양심', '기술', '역사' 등 하이데거의 중심 개념을 원용하여 김수영의 텍스트 전편을 총체적으로 섬세하게 분석하고 있다. 특히 김수영 텍스트의 고유한 성격이라 할 수 있는 이원 체계의 내파內波 문제를 하이데거 존재론을 통해 해명한다. 경계를 오고 가는 하이데거의 존재 사유 앞에 현실 참여와 모더니티, 리얼리즘과 모더니즘 등의 이원 체계는 이미 대립항으로서의 기능을 상실한다는 것이다.[34]

이미순은 기존 하이데거의 영향 관계 속에서 파악하던 「반시론」을 키에르케고르를 통해 접근한다. 이미순이 주목한 것은 하이데거를 언급하면서 하이데거와 다른 견해를 제기하는 김수영이다. 이를테면 하이데거는 세계와 대지의 연관 관계를 강조하지만, 김수영은 이들 간의 긴장을 강조하고 이 긴장 가운데 시의 본질이 드러난다고 주장한다. 이때 하이데거와 맞서고 있는 김수영 내부의 존재를 이미순은 키에르케고르로 보았다. 그가 키에르케고르에서 가져온 것은 아이러니 개념인데 실존의 아이러니, 현실성의 아이러니, 무한한 부정성의 아이러니를 통해 「반시론」을 다시 읽어내고 있다.[35]

김수영은 이론에 능했다. 일어는 모국어 수준이었으며 영어에도 능통했으므로 해외의 최신 이론을 날래게 수용할 수 있었다. 그렇다고 해서 그가 일방적으로 특정 사유 체계를 수용하기만 한 것은 아니다. 오히려 그는 사상과 대결했다. 그가 확보한 다양한 사상들은 그의 사유 안에서 지양되고 종합되었다. 따라서 단일 사상에 대한 연구 성과가 집적되어 어느 정도 여건이 성숙한다면 이를 종합적으로 고려해서 김수영 사유 체계의 지형도를 그려보는 작업도 고려해 볼 수 있을 것이다.

3) 반여성주의 혹은 자기혐오

여성주의와 관련하여 김수영의 여성 대상 텍스트를 독해하는 작업은, 2천 년대 들어 진행된 김수영 관련 논의에서 가장 예리하게 날선 지점을 형성하고 있다. 김수영 텍스트에서 여성에 대한 부정적인 시각을 노출하는 경우는 빈번하다. 그래서 여성 독자를 불편하게 만드는 측면도 없지 않다. 여성에 대한 부정적 시선의 기술을 단순히 정직성에서 초래된 것으로 처리하는 방식은 분명 문제가 있다. 여성에 대한 부정적 인식을 못마땅해하는 시선을 김수영도 의식하고 있었지만 그는 표현해야 했다. 그렇다면 왜 그럴 수밖에 없었는지에 집중해서 추적하는 것이 합당할 것이다.

김수영의 여성관과 관련한 논의는 크게 두 가지 방식으로 진행되고 있다. 한편에서 여성혐오의 혐의를 제기하는 입장과 다른 한편에서 김수영이 이룬 성과의 연장선상에서 이를 자기혐오의 다른 표현으로 해석하여 일종의 면죄부를 부여하는 입장[36]이 그것이다.

조영복은 생활, 현실을 무대로 했을 때 '여편네'라는 대상이 등장하는 것에 착안하여 '여편네'는 마누라의 속물근성을 지칭하기 위해 사용된 호칭이 아니라 남성 주체의 속물근성을 회피하고 정신의 긴장 상태를 유지하기 위해 의도적으로 사용되었다고 평가한다.[37] 그렇다면 여성에 대한 비하적 표현이 겨누고 있는 것은 여성혐오가 아니라 자기혐오, 즉 타자를 공격하는 것 같지만 실상은 자신을 공격하는 매저키즘적 담론의 한 양상으로 해석된다.

박지영도 '여편네'라는 호칭의 사용이 여성혐오의 맥락에서 비롯된 것이 아니라고 주장하는 점에서 조영복과 견해를 같이한다. 그는 김수영이 여편네라는 비하적 표현을 통해서 부인을 경계하는 듯 보이지만 실상 그의 부인은 '사랑하는 적', 곧 문학의 악을 실험하고 자신의 위선을 깨닫게 하는 '선'한 존재라고 의미 부여한다. 나아가 이들은 김수영의 내적 성숙을 추동하는 동인動因으로 작동한다. 김수영 시에 등장하는 여성 인물들은 위선을 모르는 순수직관의 표상인 관계로 이들의 존재성을 통해 김수영은 단순한 자연의 카오스적 운동이 곧 혁명의 진리임을 깨닫고 이를 시적인 경지로 승화시킬 수 있었기 때문이다. 박지영은 이를 「거대한 뿌리」에 주목하여 개진한다. 역사의 '무수한 반동'들을 승인하게 해주는 매개가 되는 것은, 결국 여성의 존재이다. 김수영이 선/악의 이분법적 도식을 뛰어넘어 진정한 '선'의 경지에 도달했듯, 여성이라는 적과의 대결을 통해서 남성/여성의 이분법적 도식을 뛰어넘는 존재론적 인식을 이룩했다고 박지영은 지적하고 있다.[38]

김수영의 여성 관련 텍스트를 단편적으로 분석하는 수준에서 그치는 것이 아니라 전체 텍스트와의 연계를 통해서 분석했다는 점에서 박지영의 논의는 돋보인다. 또한 젠더 문제에 초점을 맞추어 전개된 논의에서 놓칠 수 있는 타자의 문제를 아울렀다는 점도 이 논문의 미덕이다. 이렇게 되면 김수영의 여성 관련 시편詩篇은, '완악한 남성 주체의 성장 서사' 안에서 새롭게 읽힐 수 있는 가능성을 지니게 된다. 그러나 김수영에게 덧씌워진 여성혐오의 혐의가 이렇듯 명쾌하게 해결될 만큼 녹록하지는 않다. 이 지점은 조연정의 논의를 통해 확인해보자.

조연정은 궁극적으로 '남성적 보편'의 문학사 혹은 비평사를 재검토할 목적으로 김수영의 문학을 여성주의의 입장에서 조명한다. 조연정이 그간 진행된 김수영 옹호 논리에 비판하는 논점은 크게 세 가지이다.

첫째, 김수영의 여성혐오 혐의가 자기혐오와 관련 있다는 이유로 온전히 이해되거나 긍정될 수 없다는 것이다. 여성을 타자화함으로써 수행된 자기반성이 결국 자신을 스스로 단죄할 수 있다는 사실에 대한 일종의 우월감으로 작동하고 있는 점, 또한 자기혐오를 위해 타자에 대한 혐오를 이용하는 행태를 용인하는 태도는 현실에서의 젠더적, 계급적, 인종적 억압을 자연스럽게 받아들이도록 유도할 가능성이 있다는 것이다.

둘째, 김수영 텍스트에서 은폐된 여성혐오적 시선이 문제가 된다. 조연정은 「내실에 감금된 애욕의 탄식」, 「거대한 뿌리」를 통해 직접적 표현보다 텍스트에 내포된 형태로 작동하는 여성혐오의 문제를 거론한다. 이를테면 「내실에 감금된 애욕의 탄식」은 표면화된 여성 비하도 문제거니와 엘리자베스 비숍이라는 제국 여성의 시선에 사로잡힌 동양 여성의 타자화된 모습을 통해 자신의 상대적 우월감을 확인하는 심리가 피식민지 남성의 전형적인 태도라는 점을 지적하고 있다.

셋째, 「성性」, 「반시론」 등에 묘사된 여성의 성적 대상화가 지배 체제에 도전하는 불온성 혹은 전위성을 드러내지 못한다는 점이다. 특히 「반시론」에서 '여자를 산 일'이 '시적 자유'에 대한 비유로서 '외경에 찬 세계'로 묘사될 뿐이라면 이는 전복적이지도 않을뿐더 러 그 체험 안에서 여성은 철저히 물화物化되는 문제가 발생한다. 조 연정은 또한 자본주의적 소비의 대상이 되고 있는 여성에 대한 자각 이 전혀 없다는 점도 지적하고 있다.

조연정의 논문은 김수영의 여성 관련 텍스트에 대한 신랄하고 명 민한 지적을 남기고 있다. 이를 긍정하든 부정하든 김수영의 여성관 을 파악하기 위해서는 이에 대한 충분한 검토가 필요하리라 생각한 다. 특히 시대적 한계를 넘어서 급진적 전망을 제시했던 한 시인이, 유독 젠더 문제에 대해서는 그토록 무기력했는지를 성토하는 대목 은 곱씹을 부분이다.[39]

여성 담론과 관련한 김수영 텍스트에 대한 고찰은 현재 진행형에 있다. 여성 담론이 우리 사회에서 성숙하면 할수록 김수영 텍스트에 서 해명해야 할 지점도 그만큼 늘어날 것이다. 참고로 김수영은 「시 작노트 4」에서 "시에서 욕을 하는 것이 정말 욕이 되는 것은 아니지 만, 하여간 문학의 악惡의 언턱거리로 **여편네를 이용한다는 것은 좀 졸렬한 것** 같은 감이 없지 않다"고 피력했다. '여편네를 이용한다는 것'='졸렬한 것'이라고 김수영 본인도 어느 정도는 인정하고 있다. 이는 여성에 대한 대상화의 문제를 자세히는 몰라도 김수영도 어느 정도는 인지하고 있었다는 것을 의미하며 그래서 꺼림직한 반응을 보이는 것이다.

그간 김수영 시에 대한 여성주의적 접근은 여성혐오의 문제를 해명하기 위해서 파편적으로 접근한 측면이 없지 않다. 이를 보다 심화하여 논의하기 위해서는 약자 혹은 타자에 대한 김수영의 시선 전반을 점검하여 통합된 논의로 확장할 필요가 있다.

4) 근대성과 탈식민주의

김수영 논의에서 근대성의 문제는 중요한 화두이다. 그런데 이 문제는 대단히 이질적이고 중층적인 다양한 요소들이 불협화음을 내는 과정에서 발생한다. 소박하게는 생활양식의 문제에서 국가와 개인, 자본과 노동, 제국과 식민지, 미적 근대성의 문제 등 무수한 현안을 거느리고 있기 때문이다. 근대적 시민을 지칭할 때 그것은 독립된 개인이다. 여기서 '독립'이라는 말은 정치적이고 경제적이며 문화적인 다양한 범주에서 종속성을 벗어난 상태를 뜻한다. 근대적 시민과 관련해서 '윤리적 주체'[40]를 강조하는 것은 이런 이유에서이다.

김수영의 텍스트는 근대의 균열 속으로 들어가 여기저기 긁히고 찢겨진 상처가 재생하는 과정에서 생성되었다. 따라서 이를 섬세하게 독해한다는 것은 김수영 문학의 핵심을 건드리는 것이기도 하다. 이와 관련한 연구는 2천 년대 들어 활발하게 진행되고 있는데 이는 민주주의에 대한 환상이 파열되며 제도를 넘어서 근본적인 사회구조, 의식구조의 문제를 고민하게 된 현 상황과 무관하지 않을 것이다.

먼저 시간과 공간,[41] 속도,[42] 시선 등 현상학적 고찰을 통해 김수영의 근대 인식을 구명한 논의를 들 수 있다. 이들 논의의 공통점은 전근대와 근대, 근대 자체가 내재한 균열 속에서 소진하는 주체의 문제와 이에 대한 극복으로서 미학적 혹은 탈근대적 전망이 드러나고 있다는 지적이다.

조강석과 고봉준은 시간 의식을 통해 김수영 텍스트의 근대성을 조망한다. 이 두 논자는 공통적으로 주체의 불안한 의식을 반영하는 분열된 시간의 문제를 상정하고 그것의 극복으로서 '순간'의 시간을 포착하고 있다. 이 '순간'에 대한 해명이 조강석에게는 절대적 완전의 수행이 가능한 '시 고유의 시간'으로,[43] 고봉준에게는 '사랑'에 의한 과거와 현재의 통합으로 제시되는데[44] 이는 각각 미학적 전망, 윤리적 전망을 통해 김수영이 근대를 극복하는 지점을 섬세하게 읽어낸 것이다.

이광호와 김수이는 시선의 문제에 천착하여 논의를 진행하고 있다. 이광호는 관음과 조감으로 구성된 외부자의 시선에서 내부자의 시선으로 시적 주체의 시선이 변화하는 지점을 포착한다. 이는 가시성에서 불가시성으로, 냉소적인 변두리 도시인에서 내부를 성찰하여 사랑과 생명을 포착하는 윤리적 발견자로 주체가 이행했음을 의미한다.[45]

김수이의 경우는 근대의 지배 전략인 '시선 조작술'과 현실과 주체를 직시하고 교정함으로써 새로운 질서를 창출하는 '바로보기'를 대조한다. 김수영이 토로하는 피로감은 바로 이 둘 사이의 긴장에서 발생하며 이들을 변증법적으로 지양하는 단계에서 "눈 가늘게 뜨기", "눈을 떴다 감는 기술"로 텍스트에 표현된 '범감각을 품은 시선'이 발생한다고 분석했다.[46]

이광호와 김수이는 각각 시선의 방향성, 시선의 작동 방식에 집중하여 논의를 전개하고 있지만 결론적으로 김수영에게 있어 근대적 시선이 갱신되는 지점에서 근대 극복의 가능성을 발견하고 있다. 시선은 사유를 반영하기 때문이며 「공자의 생활난」에서부터 시선의 문제를 중시했던 김수영에게 이는 당연한 귀결일 것이다.

다음으로 탈식민주의와 관련하여 근대성을 추출한 논의를 들 수 있다. 식민 지배를 경험한 인민에게 근대적 지향은 탈식민주의 문제와 필연적으로 연동될 수밖에 없다. 이는 내부적으로 작동하는 식민 지배의 고착화, 이른바 신식민주의의 문제와 더불어 제국으로부터 수용된 근대성을 자국 실정에 맞게 재해석·재배치하는 문제와 직결된다. 이러한 이유로, 김승희의 논의[47]에서 촉발하여 탈식민주의와 관련한 김수영 연구[48]는 현재 활발하게 진행되고 있다.

조연정은 탈식민주의적 입장에서 김수영의 탈민족주의적 인식을 추적한다. 김수영에게 있어 탈민족주의는 민족주의 자체를 거부하는 것이 아니라 투박한 민족주의를 포함한 투박한 공리주의 자체에 대한 거부로 나타난다는 것을 지적한다. 이는 김수영이 특정한 '주의'가 배타적 절대주의로 흐를 수 있는 위험성, 공리적 태도로 말미암아 시를 망칠 수 있는 또 다른 위험성을 우려했기 때문이라는 설명이다. 따라서 조연정은 김수영이 민족적 지향을 상정하지 않고 자기동일성의 자유도 추구하지 않는 방식을 통해, 세계와 불화하는 탈식민적 사유로 확장될 수 있었으며 이로써 진정한 '해방의 정치'를 실천할 수 있었다고 평가한다.[49]

조연정의 논의는, 김수영이 자유로운 시민의 모습으로 존재하는 모든 식민성을 극복하려 했다는 인식을 보여준다. 식민주의, 국가주의, 쇼비니즘은 절대적 대상에 주체를 환원시킨다는 점에서 공통점을 지닌다. 그것은 주체를 상실하게 하는 종속의 다른 표현이다. 김수영이 모더니즘/리얼리즘, 순수시/참여시의 경계를 자유롭게 오고 가며 자신의 시 세계를 구축할 수 있었던 것도 '해방의 정치'와 무관하지 않을 것이다.

이경수는 김수영의 텍스트가 제국주의, 국가주의 양자를 거부하고 저항하는 가운데서 산출된 산물임을 지적했다. 탈식민의 시대이지만 문화 제국주의의 위력이 본격화된 김수영 당대의 상황은, '적과 아我'의 이분법으로는 파악되지 않는 복잡하고 혼종적인 양상을 지닌다. 김수영 텍스트의 특징인 모호성은 이러한 이분법을 극복하기 위한 시적 방법론이자 태도인데 김수영 시의 '윤리적 주체'는 양가적 시선을 통해 대상을 응시함으로써 도덕적 이분법에 빠지지 않고 비판적 거리를 확보할 수 있게 되었다는 것이다. 그리고 모호성은 이러한 양가적 시선에 의해 발생한다는 것인데 이경수는 이를 통해 김수영의 시가 '사랑'의 의미를 발견하고 '적과 아'를 포괄하는 민족의 역사를 끌어안으려는 태도로 나아갈 수 있었다고 분석했다.

이경수의 논의는 제국주의에 저항하는 동시에 '민족-국가'를 강조하는 지배 담론에 이중적으로 저항할 수밖에 없는 김수영의 의식적 태도를, 명령법과 반복법이라는 수사적 특징과 결부하여 구조화하고 있다. 탈식민 근대가 지닌 복잡하고 모호한 요소와 이를 온몸으로 맞서며 형성된 김수영 텍스트의 특수한 지점을 예리하게 포착한 의의가 있다.[50]

3. 나가며: 또 다른 생성을 위한 첨언

김수영뿐만 아니라 모든 텍스트는 독자에 의해 재창조된다. 이른바 '김수영학'을 모색할 만큼 김수영에 대한 관심이 고조되어 있는 것은, 지금 이 시대에도 김수영의 고민이 여전히 유효하다는 것을 방증한다. 혹은 김수영의 사유 속에서 난마처럼 얽힌 현실의 문제를 해소할 전망을 모색하는 것일 수도 있다. 이유가 어떠하든 김수영은 신화가 아니다. 누군가는 끊임없이 그에게 말을 건네야 하고 그의 말을 들어야 한다. 박제화된 신화가 아닌 생성하는 텍스트로서 그를 호명해야 한다. 김수영 문학의 또 다른 생성을 위해, 보잘것없는 몇 가지 첨언으로써 본고의 논의를 마무리하고자 한다.

첫째, 김수영의 이중언어 사용과 관련해서 텍스트에 드러난 일본식 표기를 정치하게 분석하는 작업이 요청된다. 일본어 어휘뿐만 아니라 문장 구성의 층위까지 검토가 필요하며 한국어 표현과 다른 어떠한 효과가 유발되는지를 점검할 필요도 있다.

둘째, 김수영의 사유는 여러 사상이 대결하고 지양되며 종합되는 과정에서 발생한다. 따라서 이질적인 여러 사상 체계가 혼용된 양상을 고찰하여 김수영 사유의 전모를 밝히는 작업이 필요할 것이다. 이는 김수영 텍스트에서 표면적으로 드러나는 진술 이면을 탐색하는 작업과 연동되어야 할 것이다. 김수영 텍스트는 중의적이며 중층적인 의미를 담고 있어 기계적인 독해를 허용하지 않는다. 특정한 사상가를 언급하며 진술하더라도 김수영에 의해 변형된 의미를 지닐 수 있기 때문이다.

셋째, 페미니즘 관련 논의는 보다 심화·확장하여 접근할 필요가 있다. 단순히 텍스트상에 전개된 여성관만을 추적하여 여성혐오의 문제로 논의를 국한할 것이 아니라 약자 혹은 타자를 보는 시선과 더불어 구명이 필요하다. 김수영 텍스트의 특성이 그러하듯 여성 관련 입장도 단일하게 전개되지는 않는다. 자본, 국가, 권력 등 다양한 요소와 관련지어 고찰해야 하며 유효하다면 탈식민주의, 정신분석학 등 다른 담론 체계와 통합하여 적용해볼 필요도 있다.

김수영 문학은 도저히 한 사람의 작업이라고는 생각할 수 없을 만큼 이질적인 요소들의 총합으로 구성되어 있다. 따라서 이를 구명하는 작업도 그만큼 품이 많이 들 수밖에 없다. 위에서 제시한 작업은 경우에 따라서 단독 연구보다는 공동 연구, 그것도 국문학 전공뿐만 아니라 일문학 전공, 철학 전공 등 다양한 전공 분야를 아우르는 학제 간 연구를 필요로 할지도 모른다. 아무쪼록 김수영이 영원히 낯설게 다가오기를, 그의 착실한 독자가 되어 숨죽여 기대해본다.

'세계의 촌부' 김수영과 댄디, 그리고 선비

임동확

2021년 탄생 100주년을 맞은 시인 김수영을 대표하는 사진 하나는 왼쪽 손으로 턱을 괸 채 먼 곳을 응시하면서 소파에 앉아 있는 모습이다. 김수영은 이 사진 속에서 그의 커다란 눈과 짙은 눈썹, 길게 뻗은 오똑한 코와 야무지게 다문 긴 입술, 넓은 이마와 뚜렷한 귓바퀴의 귀를 유감없이 노출시키고 있다.

하지만 그중에서도 가장 인상적인 것은 그의 눈매다. 뭔가를 향한 것 같기도 하고, 그냥 명상에 잠긴 것 같기도 한 그의 날카로운 눈매와 건드리면 쏟아질 것 같은 눈동자가 이를 지켜보는 이들로 하여금 팽팽한 긴장감을 일으킨다. 또 얼마 전에 이발한 듯 단정하지만, 굳이 위로 쓸어 올리지 않은 채 약간 흐트러진 머리칼은 또 어떤가! 젠틀하면서 터프한 넓은 이마를 살짝 감추면서도 그걸 충분히 드러내고 있는, 검고 풍성한 머리칼은 우릴 그의 마력에서 쉽사리 빠져나오지 못하도록 만든다.

그런데 우리가 카리스마가 넘치는 이 사진에서 자칫 놓치기 쉬운 장면의 하나가 바로 그의 런닝구 차림이다. 짐짓 우리들의 시선이 강건한 팔과 이목구비가 뚜렷한 그의 미남형 얼굴에 초점을 맞추는 동안, 그가 원래 운동 경기를 할 때 선수들이 입는 소매 없는 흰 러닝셔츠를 입고 있다는 사실을 간과하기 쉽다. 행여 천상의 신비를 올려다보면서도 '깊은 곳'에 숨어 있는 무언가를 응시하는 듯한 그의 크고 명석한 아폴론적 눈에 집중하다 보면, 적어도 이 사진의 3분의 1 이상의 비율을 차지하는 그의 언더웨어 차림의 의미가 반감되기 마련이다. 애써 상대방의 눈길과 마주치지 않으면서도 바로 그것 때문에 더욱 상대방을 마비시키는 아폴론적인 지성의 눈을 가진 그가 왜 하필 그와 대척점에 있는 디오니소스적인 자유의 속옷 차림을 하고 있는가에 대한 의문을 일으킨다.

　　그렇다고 속된 말로 '난닝구'로 불리는 이 속옷 차림을 누군가 의도적으로 연출한 것이라고 볼 수 없다. 분명 그 어떤 의도도 없이 자연스럽게 찍고, 찍힌 사진의 하나로 추정된다. 하지만 그 사실 여부야 어찌 됐든, 잘생긴 상체의 외모와 대비되는 그의 '언더웨어' 차림은 어쩐지 조금은 게으르고 퇴폐적인 삶의 스타일을 연상시킨다. 동시에 알맹이 없는 외양이나 옷차림에 신경 쓰지 않는, 자기 창조적이면서도 자기 절제력을 겸비한 자유인의 초상을 곁에서 보는 것처럼 느끼게 한다. 비록 우연하게 노출된 장면이라고 할지라도, 결과적으로 그의 속옷 차림에는 평소 '정장正裝'의 세계로 대변되는, 위선적이고 권위적인 세계를 거부하거나 조소해왔던 그의 성격의 일단이 들어 있다. 자신만의 독자적인 사상이나 신념을 위해 기존의 사회 틀에서 벗어나 행동하는 '댄디보이dandy boy'로서 그의 아이덴

티티Identity를 드러내는 중요한 곁텍스트para-text가 바로 그의 '난닝구 차림'이었던 셈이다.

하지만 생전에 누군가 그의 면전에서 자신을 깍듯한 외모와 세련된 언어 구사, 여유로운 취미 생활에 특별한 의미를 부여하는 자아 도취적인 '자아숭배cult of Self'의 '댄디보이'로 규정했다면, 아마도 그는 무척이나 화를 내거나 그걸 강하게 부인했을 게 틀림없다. 특히 그가 남긴 어느 텍스트에서도 자신이 '댄디보이'임을 밝히거나 이와 관련된 '댄디즘dandyism'에 대해 언급한 적이 없다는 점에서 더욱 그렇다. 하지만 조금만 주의를 기울여보면, 한때 그가 꿈꾸었던 '진정한 아웃사이더'(「마리서사」)는 댄디의 다른 이름이라는 것을 금세 눈치챌 수 있다. 그리고 바로 친구 사이였던 시인 박인환과 자신의 스승 격인 화가 박일영이 그 구체적인 댄디적 인물이었다고 할 수 있다.[1]

예컨대 박일영은 김수영이 볼 때 당대의 문학청년들에게 이른바 모더니즘을 가르쳐준 우상 같은 존재다. 특히 박일영은 양복 깃이 목을 바짝 둘러싸는 옷인 '쓰메에리'를 입은 박인환을 '브로드웨이 신사'로 만들어줌과 동시에 예술가의 양심과 세상의 허위를 가르쳐준 전위 예술가다. 하지만 초현실주의 화가라는 정체성을 숨긴 채 사인보드나 간판장이로 살아가는 '철저한 은자'이자 진정한 의미의 '아웃사이더'의 전형인 박일영을 따르는 일단의 청년 예술가들은, 자신의 그림을 신용하지 않을 정도로 일체의 허위를 용납하지 않으려 했던 박일영과 달리, 그의 예술 정신과 작가적 양심을 배우는 대신 그 포즈만 흉내 내는 데 그친다. 박인환을 비롯한 일군의 청년 작가들은 전문 직업 작가로서의 자질이나 책임감보다는 일종의 취미 내지 장식적인 코스튬costume 수준에 머무는 예술적 '딜레탕트 Dilettante'에 머문다.

하지만 그중의 한 명인 '박인환'을 그토록 '경멸'했던 김수영에게도 이 같은 댄디적인 측면이 완전히 해소된 것은 아니다. 그리고 이는 후진국 시인으로서 그저 "거대하고 찬란"하게 다가오는 "외국 문화"의 동향을 전해주는, "외국 잡지의 겉뚜껑을 바라보는" 이국 "취미"[2]에서 드러난다. 스스로를 "아름다움으로 병든 미친 사람"[3]으로 규정하거나 "도대체 문학을 한다고 하는 그 자체부터가 애초부터 비뚤어진 일같이" 생각하며 "더 타락"[4]해야 할 것인가 말 것인가 고민하고 갈등하는 데카당한 측면에서도 드러난다. 특히 "우리의 이상을 살리기 위하여 최소한도의 돈이 필요"[5]하다고 강조하는 장면에서 김수영은 자신의 마음속에 내재한 속물적인 근성을 가감 없이 드러내고 있다.

흔히 5·16군사쿠데타 이후 찾아온 4·19혁명의 좌절감을 반영하고 있다고 평가되는 연작시 「신귀거래」 가운데 한 편인 「모르지?」가 결정적인 증거다. 그는 여기서 그의 이런 댄디적인 측면을 유감없이 잘 보여주고 있다.

> 함경도 친구와 경상도 친구가 외국인처럼 생각돼서
> 술집에서는 반드시 표준어만 쓰는 이유,
> 모르지?
> 5월 혁명 이전에는 백양을 피우다
> 그 후부터는
> 아리랑을 피우고

와이셔츠 윗호주머니에는 한사코 색수건을 꽂아 뵈는 이유,

모르지?

아무리 더워도 베 와이셔츠의 에리를

안쪽으로 접어 넣지 않는 이유,

모르지?

아무리 혼자 있어도 베 와이셔츠의 에리를

안쪽으로 접어 넣지 않는 이유,

모르지?

술이 거나해서 아무리 졸려도

의젓한 포즈는

의젓한 포즈는 취하고 있는 이유,

모르지?

모르지?

—「모르지? —신귀거래 5」 부분

먼저 타 지역 친구들의 사투리가 외국어처럼 들리는 가운데 그가 표준어만 쓰는 이유는 무엇 때문인가? 단연 그건 자칫 몸과 말이 흐트러지거나 꼬이기 십상인 술집 같은 상황 속에서도 세련된 언어를 구사하며 자신만의 품격을 유지하기 위함이다. 또 5월 혁명 이전에는 값싼 '백양' 담배를 피우다가 돌연 비싼 '아리랑' 담배를 피우거나 와이셔츠 윗호주머니에 한사코 색수건을 꽂는 이유도 그렇다. 다분히 그건 남의 눈을 의식하며 의도적으로 행한 외모 가꾸기다. 제아무리 덥거나 설령 혼자 있어도 와이셔츠 옷깃을 안쪽으로 집어넣지 않거나 설령 만취해 졸리는 상황에 내몰려도 굳이 '의젓한 포즈'

를 취하는 이유 역시 마찬가지다. 이러한 몸짓들은 다분히 우아한 복장과 세련된 몸가짐을 통해 자신을 지켜보는 이들에게 정신적 우월감을 은연중에 과시하려는 몸짓이다. 일단의 대중들과 자신을 차별 지으면서 따로 떨어진 귀족적인 품위nonchalance를 보여주고자 하는 의도되고 연출된 행동의 연장이라 할 수 있다.

그래서일까? 매우 진지하고 엄격하게 느꼈을 일반인들의 선입견과 달리, 그의 시와 산문들에는 의외로 '옷'과 '멋'에 관련된 글들이 적지 않다. 특히 '옷'과 '멋'과 더불어 '멋쟁이'에 대해 매우 민감한 시인으로서 그에 관한 시와 단상들을 곧잘 확인할 수 있다.[6] 하지만 그렇다고 그가 장식적이고 가식적인 멋에 집착한 시인이었다고 말할 수 없다. 순전히 남의 눈을 의식하며 행동하는 댄디적 잔영이 어른거리는 것 같지만, 근본적으로 그는 "남이 보아줄 것을 염두에 둔 장식이나 치장"을 "대기大忌"[7]한 시인이다.

김수영이 지나치다고 할 정도로 몰인정하게 박인환을 타매唾罵하고 나선 것도 바로 이러한 이유 때문인데, 그가 볼 때 "박인환"은 "시인으로서의 소양이 없"는 "값싼 유행의 숭배자"[8]에 불과하다. 하지만 이러한 그의 비판은 딱히 박인환만을 겨냥했다고 볼 수는 없다. 크게 보아, 좁다란 바지통을 한 채 양서방洋書房의 카운터에 타이프라이터를 놓아 앉아 있는 어떤 '배미주의자拜美主義者' 사내나 외국 대사관 도서실 카드 상자 앞에 앉아 있는 청년과 같은 이른바 '고급 속물'들을 겨냥하고 있다. 자신의 결핍을 외적 과시로 보상하려는 얼치기 장사꾼이나 정작 자신이 찾고자 하는 영어 원서의 이름조차 모르는 당대의 지적 허영의 속물들을 향한 매서운 비판이었다고 할 수 있다.[9]

구체적으로 주로 매스컴을 통해 자신의 명성을 쌓은 자들로 신문 연재 소설가나 방송 작가들을 비롯한 관변의 문화예술단체장, 대학 교수나 학장, 아나운서나 신문기자 등과 같은 얼치기 속물들이 여기에 해당한다. 그들은 한결같이 대중적 인기에 영합하는 이른바 '유명세'를 먹고 산다. 하지만 그들은 대중을 계몽시킨다는 미명美名하에 실상 대중을 무시하고 모욕하는 자들이다. 특히 그들은 오직 '유명세'를 기준으로 서로를 잡아 누르려고 기를 쓰는 일종의 '레슬러'에 가깝다. 무엇보다도 그들은 '악화가 양화를 구축한다'는 '그레셤 법칙'처럼 '진짜 속물'들을 대체하며 당대의 사회를 지옥으로 만들고 있는 자들이다.[10]

하지만 그는 단지 그의 주변에 널려 있는 이른바 '저급 속물'들을 비판하는 데 그치지 않는다. 어쩌면 더 가혹하게 그 자신의 '속물성'을 되돌아본다. 그리고 그중의 하나가 자신의 창고 바깥에 쌓아둔 헌 목재들을 훔쳐간 도둑을 알고도 모른 척한 자신의 행위이다. 그는 실상 도둑이 누구인지 알고 있는데도 어설픈 인정주의 내지 온정주의에 사로잡혀 도둑에게 직접적으로 경고하거나 단죄하지 못하는 자신의 나약성이나 우유부단을 드러낸다. 특히 그는 내심 속물들이나 하는 짓이라고 하면서도, 정작 자신이 '매문賣文' 행위를 하고 있다고 자책한다. 자신이야말로 여느 속물들처럼 작가적 지명도를 높이거나 생활 자금을 확보하기 위해 매명賣名하고 있는 것은 아닌지 되묻고 있다.[11]

그러니까 김수영에게 진정한 댄디는 화려한 외모나 명성을 탐하는 지적 허영의 지식인들이 아니다. 이들이야말로 겉만 번지르르한 '저급 속물'에 속한다. 반면에 '아무한테도 보이지 않는 고독의 나이론 재킷을 입'거나 '자폭自爆을 할 줄 아는 속물'이 이른바 '거룩한 속물'이다. 무엇보다도 자신 또한 근본적으로 여느 인간들과 다름없는 '속물'이되, 그러나 최소한 자신이 그 '속물성'에서 자유롭지 않다는 것을 아는, 겉치레의 지명도나 유명세에서 자유로운 자가 이른바 '위대한 속물'이다.[12]

김수영이 생전에 가까이 지낸 소설가 김이석이 이러한 의미의 '위대한 속물'에 해당하는 인물이다. 예컨대 그는 김수영과 달리 계절이 바뀔 때마다 풀빛 단색 넥타이 등 멋있는 색깔의 넥타이를 매고 나타난다. 또한 그는 베레모와 털 스웨터, 구두도 어딘지 모르게 '도도'하거나 '세련된delicate' 복장을 하고 있다. 김수영과 한동네에 살기도 했던 그는 생활고에 시달릴 때도 '미식' 취미를 버리지 않았으며, 괴팍한 '주정벽'을 빼곤 항상 고운 얼굴과 단정한 옷차림을 하고 다니는 멋쟁이다.

그런데 여기까지만 보면, 김이석 또한 겉치레를 좋아하는 또 한 명의 속물에 지나지 않는다. 하지만 김이석이 늘 쓰던 베레모를 어느 날 등산모로 바꾼 것은, 그저 겉멋을 더 부리기 위한 것이 아니다. 단연 그것은 '고뇌하는 소설가'인 양 포즈를 취하는 '저급 속물'과 구별을 두기 위함이다. 그러니까 김수영이 볼 때, 김이석은 소설가적 포즈를 버릴수록 '더한층 소설가다운 소설가'에 접근한다. 정형화된 소설가의 포즈나 페르소나보다는 그걸 부정하고 거부할 때 더욱더 소설가로서 정체성이 빛난다. 비록 선천적으로 소시민 작가였다고 해도, 소설가로서 김이석은 적어도 자신의 문학과 문학 행위를 멸시할 줄 아는 이른바 '고급 속물'에 속한다.[13]

그렇다면 김수영은 김이석을 왜 하필 '고급 속물'로 보았던가? 자

첫 간과하기 쉽지만, 여기엔 모든 것을 평균화하는 대중민주주의에 저항하고 이를 거부하는, 오만하고 배타적인 사상과 새로운 종류의 귀족주의로서의 댄디즘과 김수영의 혈연성이 들어 있다. 곧 김수영에게 좋은 의미의 '고급 속물' 또는 '절대적인 멋쟁이'는 현란하게 발전하는 부르주아 사회에 기죽지 않는 정신적 우월감으로 무장한채 모든 것을 넘어서는 '차별화'를 꾀했던 보들레르적인 의미의 댄디와 결코 무관하지 않다.[14]

김수영의 산문 「연극하다가 시로 전향」에 나오는 시 「거리」가 그것을 방증한다. 김수영은 여기서 무심코 그의 이런 귀족주의적인 측면을 드러낸다.[15] 즉 그는 자신의 실질적인 첫 작품이며 그의 첫 시집 『달나라의 장난』에 넣고 싶었다는 이 작품 속에서 문득 "귀족처럼 이 거리를 걸을 것이다"라고 적고 있다. 특히 이 문제와 관련하여 김수영은 이 시의 문맥상 '귀족'보다는 '영웅'이라는 말로 대체하면 어떤가, 하는 김기림의 조언과 권유를 모독에 가까운 것으로 여기면서 강하게 거부한다.[16] 그리고 그의 이러한 단호한 태도와 행동을 통해서 우린 그가 당대의 여러 모더니스트 시인들과도 차별되는 시인으로서 자신과 현실 사이에 예리한 경계선을 긋고자 했다는 것을 능히 짐작할 수 있다.

김수영은 그런 점에서 '정신적 귀족주의자'이거나 미학적 수단과 방법을 통해 자신들의 개성을 확보하려 했던 댄디스트적 측면을 부인할 수 없다. '민간인 억류자' 신분으로 25개월간의 포로 생활을 회고하는 자리에서 자신이 "예수 그리스도가 되지 않았나 하는 신성한 착감錯感"(「조국에 돌아오신 상별포로 동지들에게」)에 빠지거나 "먹기 쉬운" "국수"(「공자의 생활난」)를 앞에 두고서도 '공자'와 자신을 동일시하고 있다는 점에서 일견 자기도취에 빠진 나르시시스트적 예술가의 면모를 엿볼 수 있다. 특히 "학자나 예술가"를 "국가를 초월한" "불가침의 존재"[17]로 보고 있다는 점에서 그의 무의식 속에 분명 귀족적이고 엘리트주의적인 측면이 엿보인다.

하지만 김수영은 그런 가운데서도 "바늘구멍만 한 예지의 저쪽에 사는 사람들"로 상징되는 민중들을 자신의 "현실"적 주인("메트르 maître")으로 삼는다. 또한 동시에 그들을 "어제와 함께 미래를 사는" "강력한 사람들"(「예지」)로 보고 있다. 특히 그는 4·19혁명을 계기로 "말갛게 개인 글 모르는 백성들의 마음"에서 "끝나고 시작"(「가다 오 나가다오」)되기를 반복하는 수평적이고 순환적인 영구 혁명을 지지하는 태도를 보인다. 무엇보다도 그는 "민중"을 "'빅'차도/지프차도/파발이 다 된/시골 버스도/맥을 못 추"게 하는 "눈"과 같은 힘을 가진 존재로 보면서 "민중은 영원히 앞서 있소이다"(「눈」)라고 되풀이하며 강조하고 있다. 그러니까 그의 귀족주의는 당대와 민중들과 괴리된 정신적 귀족주의에 그친 것이 아니다. '거대한 뿌리'로 상징되는 민중적 힘의 세계와 결합된 민중적 귀족주의를 지향하고 있다고 봐도 무방할 것이다.

하지만 "악마의 작업을 통해서라도" 자신의 "위치"를 "밝히고 싶"[18] 었던 김수영은, 정작 잘 차려입은 옷이나 감각적인 우아함을 추구하면서도 과도한 즐거움을 찾지 않으려 했던 서구적 댄디에만 주목하지는 않는다. 동아시아적 한자 문화권의 영향을 어떤 식으로든 배제할 수 없었던 그는 정신적인 측면의 귀족적인 우월감superiority과 절제력을 가진 서구적 댄디와 동아시적 '선비'를 연결시킨다. 무의식적이나마 귀족적인 '초연함' 또는 '신중한 절제력skeptical reserve'을 갖춘 서구적 댄디와 "슬퍼하되 상처를 입지 않고, 즐거워하되 음탕에 흐르지 말"[19]고자 했던 선비들과의 연계성을 꾀한다.

대표적으로 "눈을 찌르는" 현대적 "가옥과/집물과 사람들의 음성"들이 소란스런 "거리"에서 문득 "구차한 선비"(「거리1」)를 자처하는 것이 그 단적인 예이다. 그 누구보다도 첨예한 현실 인식과 '새로움' 추구에 앞장서는 모더니스트 시인을 자처하면서도, 한편으로 그는 "눈에 뜨이지 않게" "마지막까지 아름다운 정신을 위해 싸"우는 "지성인"이자 동시에 "정의"를 수호하기 위해 "자기 몸을 항시 항거할 수 있는 위치에 서 있는" "선비"[20]에 주목한다. 비록 "옆의 집에 그늘이 지는 것을 보고 집까지는 헐 용기가 없더라도 미안한 생각쯤을 가"[21]지면서 "높은 정신을 지키"는 동아시아적 "깨끗한 선비"[22]의 삶과 탈속spirituality과 금욕stoicism의 정신으로 무장한 서구적 댄디를 일맥상통한 존재들로 보고 있다.

달리 말해, 그는 그 어떤 사회적 지위도 탐하지 않은 채 그들 자신만의 미적 관념을 계발하면서 자신들의 모든 열정과 감정과 사유의 만족을 추구했던 서구적 댄디와 자신의 이기적 안위를 애쓰지 않고 정의를 위해 헌신하고자 했던 동아시아적 선비의 정신을 자연스레 연결 짓는다. 동서양의 경계를 넘어 그에게 "생명의 향수"를 "고민하면서 일체의 허위와 문명의 폐단을 싫어하고 미워하는 고귀한 정신"의 소유자이자 바로 그러한 정신을 "예술의 본질"로 삼은 "예술가"[23]가 다름 아닌 댄디이자 선비로 다가왔던 것이다.

하지만 일종의 '멋쟁이'로서 이러한 댄디나 선비는 단지 특정한 집단이나 계층만이 체험할 수 있는 것은 아니다. 누구든 한 번은 자신의 죽음을 죽음으로서 진지하게 성찰할 수 있는 인간이라면, 적

어도 일생에 한 번은 '멋있는 때'를 경험할 수 있으며 진정한 의미의 '멋쟁이'가 될 수 있다.[24]

> 내가 시에 있어서 영향을 받은 것은 불란서의 쉬르라고 남들
> 은 말하고 있는데 내가 동경하고 있는 시인들은 이미지스트
> 의 일군이다. 그들은 시에 있어서의 멋쟁이였기 때문이다. 그
> 러나 이들 이미지스트들도 오든보다는 현실에 있어서 깊이
> 있는 멋쟁이가 아니다. 앞서가는 현실을 포착하는 데 있어서
> 오든은 이미지스트들보다는 훨씬 몸이 날쌔다. 그것은 오든
> 에게는 어깨 위에 진 짐이 없기 때문이다.[25]

그 누구보다도 전위적이고 현대적인 시인이고자 했던 김수영은
남들이 자신의 시가 프랑스 초현실주의 영향을 받은 것이라는 말에
크게 개의치 않는다. 어디까지나 그의 관심사는 그가 자신에게 영향
을 끼친 쉬르레알리스트 시인들보다 감각과 지성의 결합을 꾀하는
이미지스트들이다. 적어도 시에 있어서 그들이 초현실주의 시인들
보다는 현대적인 '멋쟁이'로 다가왔던 까닭이다. 하지만 그는 이러
한 이미지스트 시인들보다도 오든을 비롯한 스티븐 스펜더, C. 데이
루이스, 루이스 맥니스 등 이른바 '오든 그룹'의 시인들을 더 좋아한
다. 그들은 오든 그룹에 비해 '앞서가는 현실'을 포착하는 데 있어 둔
하기 때문이다. 날로 변화하는 현대적 시간 속에서 단지 미학적 구
경꾼이 아니라 현대성을 선취하는 능동적 주체로 서고자 했던 오든
그룹이 그에겐 '훨씬 몸이 날쌘' '깊이 있는 멋쟁이'로 다가왔던 것
이다.

그런 김수영은 '멋'을 절대적인 것과 상대적인 것으로 구분한다. 그러면서 남과의 비교와 우월성을 염두에 둔 '상대적인 멋'보다 남의 눈을 굳이 의식치 않는 '절대적인 멋'을 옹호한다. 그리고 일종의 '괴짜'들은 세속적인 멋은 부리지 않는, '절대적인 멋'을 '인식'하거나 '체득'한 자들이다. 하지만 이러한 '절대적인 멋'을 체득한 일종의 사회적 국외자로서 '괴짜 시인'들은 오로지 자기만의 생각과 개성을 추구하는 시인들을 가리키지 않는다. 진정한 의미의 '아웃사이더'로서 '괴짜 시인'은 "오늘날의 시"가 "가장" "골몰해야 할 큰 문제"인 "인간성 회복"을 위하여 "언어를 통하여 자유를 읊고, 또" 그 "자유"를 "시와 같이 살 수 있는"[26] 자이다. 무엇보다도 "시 무용론"을 "최고의 혐오인 동시에 최고의 목표"로 삼는 "프론티어"적 "시인"[27] 을 가리킨다.

김수영이 생전에 자신의 삶과 문학의 과제로 삼은 "멋진 세계의 촌부"(「시작노트 2」)는 이렇게 탄생한다. '절대적인 멋'을 체득한 자로서 '멋진 세계의 촌부'는 다름 아닌 자신들의 미학을 살아 있는 종교적 차원으로 승화시키려 했던 일단의 댄디들처럼 자신의 "문학을 통하여 자유의 경간徑間을 넓혀 가"며 "세계의 창을 내다볼 수 있는 소수"의 "작가"(「히프레스 문학론」)들이다. 자신들이 추구하는 "시적 이상理想"을 바로 "자신의 시 속에 담"으면서 "하나의 전체로서" "정상적이고 정열적이며, 사리를 분별"할 줄 아는 "자아" 또는 "인격"을 갖춘 자가 바로 진정한 '멋쟁이'이자 "위대한 시인"[28] 이다.

하지만 여기서 간과해서는 안 될 것은, 김수영이 꿈꾼 바 있는 '세계의 촌부'라는 그 용어 자체가 처음부터 모순적이고 대립적인 이율배반을 품고 있다는 점이다. 논리적으로 볼 때, 서로 양립하거나 공존할 수 없는 모순을 안고 있는 게 '세계의 촌부'라는 점이다. 달리 말해, '멋진 세계의 촌부'는 보편성이 갖고 있는 중대한 역설을 추상적인 법칙이나 논리적 해결책으로 곡예함으로써 달성되지 않는다. 일견 그 자체로 분열적이고 모순적으로 보이는 민족주의자와 세계주의자, 모더니스트와 리얼리스트, 지식인과 민중 사이에 뒤얽혀 있는 온갖 이율배반들과 부딪치고 그걸 견디는 힘든 과정을 통해 얻어진다.

예컨대 그의 산문「시여, 침을 뱉어라」의 한 구절이 대표적이다.

> 시는 문화를 염두에 두지 않고, 민족을 염두에 두지 않고, 인류를 염두에 두지 않는다. 그러면서도 그것은 문화와 민족과 인류에 공헌하고 평화에 공헌한다.[29]

얼핏 볼 때, 당대의 어느 시인보다도 한국 현대사의 부조리와 고통에 분노하고 아파한 김수영이, 시가 특정의 문화와 민족과 인류를 염두에 두지 않을 때 바로 그것들에 공헌한다고 말하고 있는 것은 어불성설이다. 분명 자신이 앞에서 한 주장을 곧바로 뒤에서 부정하고 있다는 점에서 일종의 형용모순에 속한다. 하지만 세계의 본질과 인간 속성의 통일된 표기로서 보편적인 것이야말로 특정의 문화와 민족과 인류의 기반 없이 성립될 수 없는 것이기 때문에, 그의 이러한 모순어법적인 주장과 신념은 과장되거나 틀렸다고 할 수 없다. 그야말로 '세계(인)'과 '촌부'는 평행선을 긋는 공존 불가능한 사이가 아니라 이른바 뫼비우스 띠처럼 사실상 존재의 두 측면을 의미하고 있는 것이다.

달리 말해, 한낱 어느 민족 집단이나 종족의 문화나 사상을 넘어 사물과 세계의 영원한 본질에 입각한 사유와 가치를 담고 있는 시라면, 동시에 한 집단과 민족, 그리고 인류에게 그 의미와 방향을 제시하면서 궁극적으로 인류의 평화에 공헌할 수 있다. 무엇보다도 모든 민족과 인종 또는 계급과 국민에게 두루 적용되는 보편적인 세계사가 불가능한 이상에 불과하다면, 결국 한국문학의 보편성은 우리들의 역사의 내부 또는 문화 전통으로 획득될 수밖에 없다. 문학적 보편성은 어디까지나 직접적인 공감이 되는 개인적 체험을 넘어서는, 동일한 상황에서 동일하게 사고할 수 있는 '절대적 의식'(사르트르) 속에서 획득되는 그 무엇이라고 할 수 있기 때문이다.[30]

그러니까 김수영이 "세상 사람들이 모두 시인이 되기 전에는 이 나라는 구원을 받지 못한다"[31]는 시인적 자부심이 깃든 주장이나 "인류의 문제를 자기의 문제처럼 생각하고, 인류의 고민을 자신의 고민처럼 고민"할 줄 아는 "지식인"[32]이 참된 지성인이라는 신념은 그냥 나온 '헛소리'나 '허튼 소리'가 아니다.

그것들은 현대와 전통, 혁명과 고독, 꽃과 (거대한) 뿌리, 자유와 (대지에의) 구속, 첨단과 정지 등 그 사이에 끼여 꼼짝달싹할 수 없는 속칭 '이다바사미',[33] 곧 건널 수 없는 모순과 이율배반을 오랫동안 '온몸'으로 극복하고자 했던 삶의 치열성 속에서 배어 나온 발언들이다. '예수크리스트와 전쟁 포로', '긍지와 비참', '속죄와 축복', '일과 휴식', '병과 건강', '풀과 바람' 등 얼핏 양립 불가능한 시차적인 차이를 종합하고 구성하는 삶을 살아냄으로써 그는 문득 자신도 모르게 "우주의 안경을 쓴" "정말 '세계적인' 놈"(「일기초抄·편지·후기」)으로 거듭날 수 있었다고 할 수 있다.

김수영의 부인 김현경 여사에 따르면, 그런 김수영은 시를 쓸 때 나 번역 작업을 할 때 자주 거울을 들여다보는 이상한 버릇(?)이 있었다고 한다. 그러다가 행여 그녀와 시선이 마주치기라도 하면 그걸 계면쩍어하면서 딴전을 부렸다고 전한다.[34] 하지만 그의 '거울 보기'는 그만의 '이상한 버릇'이나 습관이 아니다. 정확히 그건 어떤 거리낌도 없이 위대해지기를 바라며 '거울 앞에서 살고 잠드는 자'이고자 했던 전형적인 댄디의 한 모습이다. '거울 앞에서 살고 죽는 것'을 자신들의 슬로건으로 삼았던 댄디의 전형적인 모습을 연상시킨다. 어디까지나 그의 '거울 보기'는 타인들을 '거울'로 삼으며 타인들의 얼굴 표정을 통해서만 자신들만의 독특한 개성을 확신할 수 있었던 댄디의 한 측면을 드러내는 사건이라 할 수 있다.

하지만 평소 자신의 아내에게 "난 인류를 위해 시를 쓰고 있다"고 말하곤 했다는 이러한 그의 '거울 보기'는 타인의 눈에 비친 자신의 모습에 전전긍긍하는 댄디와 다르다. 궁극적으로 그의 '거울 보기'는 남의 시선을 의식하는 일단의 댄디들과 달리 "외양만이라도 남들과 같이 살아간다는 것"마저 "쑥스러"(「구름의 파수병」)워 하는, 자신의 양심에 비친 제 모습의 들여다보기 또는 동아시아적 자기 성찰과 깊게 연결되어 있다. "모든 것을 속"이더라도 단 "한 가지를 안 속이려"(「거짓말의 여운 속에서」) 했던, 보이지 않는 "곧은" 양심의 "소리"(「폭포」)를 듣는 귀이자 보는 눈이 그의 거울이었다는 생각 때문이다.

일찍이 쿠바혁명의 사태를 지켜보며 "인간의 심장에는 하등에 다를 것이 없"[35]다고 절규한 바 있던 그는, 스스로의 의지와 선택에 상관없이 '떠맡겨진' 자기 시대의 역사와 운명을 기꺼이 '떠맡음'으로써 마침내 진정한 지성과 양심의 현대성을 갖춘 멋쟁이이자 '세계의 촌부'로서 또 다른 '100주년'을 기약하는 미래의 시인으로 우리 앞에 우뚝 설 수 있었던 것이다.

김수영 시와 여행, 모빌리티

▲

남기택

1. 이동에 대한 감각

2020년 들어 지구촌을 잠식한 팬데믹 상황은 이동에 대한 관점을 재구성하였다. '거리두기'라는 공공의 이데올로기가 사회 전 영역에 예외 없이 작동하였고, 일체의 여행이 금기시되었다. 인류는 코로나 이전의 문화로 되돌아가기 어렵다는 진단이 기정사실로 통용되고 있다. 한편 봉쇄되다시피 했던 이동의 자유는 역으로 비대면 의사소통 문화를 급속도로 확장시켰다. 접촉의 금지가 소통의 다양성을 개방한 셈이니 위대한 역설이라 할 만하다.

팬데믹이 야기한 금기된 여행의 시대에 '이동'에 관한 문학적 사유를 환기하는 사례로 다시 김수영이 떠오른다. 그는 1950~1960년대 한국문학장에서 '속도'의 문제를 시적으로 성찰했던 대표적 예시로 알려져 있다. 속도는 단위 시간 내의 위치 변화, 즉 이동을 전제로 한다. 속도와 이동은 근대 기술 문명에 바탕하는 모더니티의 핵심 기제로서 김수영 시 세계 전체를 관통하고 있다. 지금까지 많은 연구들이 김수영 시에 나타난 근대 문명의 상징으로서 속도를 주목해왔다. 그중 표제로부터 속도를 강조한 사례로서 노용무는 김수영의 초기 시를 근대화 담론을 따라가는 속도주의적 경향으로, 후기 시를 속도주의의 억압적 이데올로기를 재인식하는 과정으로 대별하였다.[1] 이를 이어받아 여태천은 김수영이 근대 기술 문명의 과잉 속도가 지닌 폭력성을 이해하고 있었으며, 정지 혹은 중지의 연습과 휴식의 마음으로 속도주의를 극복하려 했다고 분석한 바 있다.[2] 이 글은 그로부터 나아가 김수영 시에 나타난 이동, 즉 모빌리티의 감각을 여행과 관련지어 논의하고자 한다.

제한된 이동은 속도의 정지를 뜻한다. 과잉 혹은 결여의 판단이 원천적으로 불가능한 모빌리티의 부재 상황과도 같다. 하지만 존재는 이동을 멈출 수 없다. 이동은 인간뿐만 아니라 모든 존재의 본성이기도 하다. 모빌리티는 인간과 비인간의 '근본적 과정'인 것이다. 베르그송이 대변하는 바와 같이 실재를 지각하는 개인 능력의 바탕에는 모빌리티 및 '과정-중의-세계'에 대한 제반 관념이 전제되어 있다. 이때 '이동의 존재론'이라는 범주가 성립 가능하며, 모든 모빌리티는 동시에 부동성과 관련된다. 피터 애디는 과정의 철학자로 알려진 베르그송의 『창조적 진화』, 『물질과 기억』 등을 전유하며 이 점을 강조하는데, 특히 고정된 사물에 대한 인식조차 물질 흐름의 세계에 대한 이해의 과정이라는 점에 착안하여 '과정-중의-세계'에 대한 입론을 정립하고 있다.[3] 김수영 역시 여행을 비롯한 자유로운 이동이 지극히 제한된 시대를 살았고, 그리하여 그가 행한 이동에 대한 성찰은 위와 같은 존재론적 본성에 관한 감각을 포함할 뿐만 아니라 모더니티의 근본 기제인 속도에 집중되고 있다.

인간의 문화 중에서 이동을 전제하는 대표적 양식이 여행일 것이다. 여행은 행복을 추구하는 인간 활동의 역동성을 그 무엇보다 풍부하게 드러내며, 일과 생존 투쟁의 제약을 받지 않는 삶의 실체를 입증하는 행위이다.[4] 그런 여행을 김수영은 동경했다. 그는 "멀리 여행을 하고 싶은 억누른 정열"[5]을 간직하며 살았다. 하지만 실제 삶에 있어서는 많은 여행을 다니지 못했다. 김수영은 "세계 여행을 하는 꿈"을 꾸기도 하는데, 비행기와 기차와 자동차를 오르내렸을 때를 제외하고는 눈을 감고 있었기에 "한국에서도 볼 수 있는 것만"[6]을 구경할 수밖에 없었다. 이를 통해 역설적 속물론을 펼치는 국면이기는 하나, 구체적 경험이 없기에 꿈속에서도 이국 풍경을 보지 못하는 모습은 안타까운 장면이 아닐 수 없다. 여동생 김수명의 회고에 따르면 김수영은 움직이는 것을 싫어했다고 한다.[7] 그리하여 실제 자유롭게 이동하면서 문학적 거리와 모빌리티를 사유한 경우는 많지 않다. 평생 동안 여행을 동경하면서도 그의 삶은, 일제강점기 잠깐의 일본 유학과 현실이 강제한 만주 이주를 제외하고는, 대부분 고향 서울에 정주하고 있었다.

모더니티의 본성으로서 이동과 속도에 대해 시력詩歷 내내 천착했던 내면과 움직이기를 싫어하고 많은 여행을 다니지 못했던 외면 사이에는 일종의 거리감이 자리하고 있다. 그러한 모순적 구도 위에서 여행을 모티프로 하는 일부 시와 산문이 조직되었다. 현실적이고 구체적인 형태를 벗어나 존재와 문학의 이동을 사유한 김수영이었기에 여행은 시학적, 철학적 범주로 확장된다. 이 지점에서 김수영의 여행은 인류사를 점철해왔던 모빌리티의 욕망과 교차한다. 문제적인 측면은 속도 사회의 종착지가 곧 소멸이자 사라짐일지도 모른다는 전망이다.[8] 김수영의 시적 여행은 이러한 이동의 본성과 모순, 나아가 중층적 가능성의 차원을 감각적으로 체현하는 기제일 수 있다.

2. 외서, 대체된 여정

　김수영의 산문 「나에게도 취미가 있다면」은 여행에 대한 그의 철학을 엿볼 수 있는 구체적 자료에 해당되기에 상세히 분석될 필요가 있다. 이는 김수영이 1950년대 자신의 취미에 대해 적은 글이다. 취미란 『애틀랜틱』이나 『하퍼스』와 같은 외국 잡지를 사서 보는 일인데, 김수영은 자신의 취미가 보잘것없는 것이라고 자학적으로 묘사하고 있다. 정기 구독을 하거나 서점에서 정식으로 구입하는 것이 아니라 푼돈이 생기면 종로 노점상에서 두어 달이나 지난 잡지를 구하여 겉뚜껑만 바라보는 일이기에 그렇다. 한편 그것은 거대한 희망의 일상이기도 하다. 자신의 현실은 지극히 절망적인 상태인데, 그 절망의 실재를 발견하고 현실을 구원할 자유가 잡지 겉뚜껑에 포함되어 있기 때문이다. 김수영이 느낀 현실의 비루함은 그야말로 절실한 감각이었던 듯하다. 생활을 찾지 못하는 김수영은 외국 잡지를 사서 일견하는 일을 '절체절명의 위안'이라고까지 표현하였다. 따라서 이런 취미가 하나의 의무로서 반복되고 있다. 외국 잡지의 겉뚜껑을 바라보는 과정이 구체적으로 묘사되고 있는 장면은 다음과 같다.

『하퍼스』7월 호에는 표지의 바탕이 황색에다가 육각형 안경을 쓴 현대식 미국 신사가 스프링코트 같은 것을 오른손에 끼고 정면에 서 있고 그 신사의 배경을 장식하는 그림은 발자크 소설에 나오는 것 같은 18세기 서양 귀족 사회의 풍속을 펜화로 그린 것이다. 앞에 선 현대 청년은 이마가 훨씬 넓고 입매는 복잡한 미소를 띠우고 왼편 새끼손가락에는 굵은 반지를 끼고 있는 것인데 이것을 그야말로 엑스퍼트expert다운 세련된 필치와 농담濃淡을 가지고 흑색으로 그려 세워놓고 그 배후의 일세기 전 풍경은 농담을 무시한 적황색 일색의 펜화로서 한쪽으로 치켜 지은 별장 아래에서 세 사람의 중노인들이 술잔을 들고 있는 것이 보이며 그 세 사람이 앉아 있는 고원에서 멀리 바라다보이는 산 아래 벌판을 여객을 만재한 역마차가 고을을 향하여 들어오는 것이 보인다.[9]

이 글에서 김수영이 구체적으로 예시하는 잡지는 『하퍼스』1954년 7월 호이다. 인용문은 해당 잡지의 표지화에 대해 아주 상세하게 묘사하고 있다. 『하퍼스』는 1850년 6월, 뉴욕의 출판 회사인 'Harper & Brothers'에 의해 제작된 잡지이다. 7500부가 발행된 초기 부수는 즉시 매진되었고, 6개월 만

뉴욕 정치계의 거물이었던 데사피오가 실린 『하퍼스』표지(1954년 7월 호).

에 5만 부까지 판매되었다. 초기 호는 대부분 영국에서 이미 출판된 자료로 구성되어 있었지만, 곧 자국 예술가와 작가의 작품을 다루기 시작하였다.[10] 당대 미국의 대표적인 문화 예술 잡지였던 셈이다.

앞에서 김수영이 주목해서 본 표지 인물은 당시 뉴욕 정치계의 거물이었던 데사피오Carmine G. DeSapio[11]를 묘사한 것이다. 김수영이 기사 본문을 주의 깊게 봤다면 당대 뉴욕의 정치 구도에 대한 데사피오의 이력을 간과했을 리 없다. 하지만 실업가 같기도 하고 과학자 같기도 하다며 '표지의 청년'을 주관적 인상으로 소개하는 맥락은 김수영 산문의 보편적 성격, 즉 당대의 이론가 면모를 드러내는 문장과 정치한 문맥 등에 비해 다소 낭만적인 단순화 국면으로 보인다. 표지 속의 인물과 스스로를 비교하는 데 있어서도 지나친 과장이자 주관적 해석이 드러나고 있다.

여기서 주목하고자 하는 점은 이 글의 제반 화소들을 연결하는 주요 매개로 여행이 등장한다는 사실이다.[12] 김수영은 "정말 여행을 하고 싶다"[13]고까지 적시하였다. 하지만 현실에서는 여행을 수행하기 어렵다. 자유로운 여행이 불가능한 현실이기에 절망 위를 걷는 생활이라는 시적 유비가 파생된다. 김수영의 외국 문학 탐독과 번역을 여행의 일환으로 볼 수 있는 근거가 김수영 스스로의 언급에 의해 마련되는 국면이다.

VOGUE야 넌 잡지가 아냐
섹스도 아냐 유물론도 아냐 선망조차도
아냐―선망이란 어지간히 따라갈 가망성이 있는
상대자에 대한 시기심이 아니냐, 그러니까 너는

선망도 아냐

—「VOGUE야」부분¹⁴

　그렇다고 해서 외서가 무분별한 동경의 장소로 일반화되는 것은 물론 아니었다. 이와 관련해서는 1967년에 작성된 작품「VOGUE야」를 주목할 필요가 있다. 낙후된 현실 속에서 외국 잡지는 모든 황홀감의 거처임이 분명하다. 하지만 후기 김수영의 외서에 대한 감각은 남다른 지양 단계를 거친다.「VOGUE야」를 보면, 화자는 "VOGUE야 넌 잡지가 아"니라고 고백한다.

　세계적인 패션 잡지를 영문판으로 보며 호명하는 김수영은 잡지 자체를 대상으로 하여 문명이나 문자(언어)에 관한 사유를 드러내었다. "거대하고 찬란한 외국 문화를 나에게 소개해주는 유일한 중개인"¹⁵이었던 외국 잡지가 명백히 부정되고 있는 장면이다. 이 작품에서 화자는『보그』를 잡지도 아니라고 단언한다. 나아가 선망의 대상조차도 아니라고 하였다. 화자의 현실과는 너무도 동떨어진, 전혀 다른 세계의 매체이자 존재일 수밖에 없다. 시인의 감각은 죽음의 표식만을 지켜온, 빈곤에 마비된 눈이었을 뿐이다. 그리하여『보그』는 시인의 실재 너머, 하늘을 가리키는 잡지가 된다.¹⁶

　화자의 인식은 가상의 이미지보다는 현실에 집중된다. 이때 급진적인 단어를 비교 대상으로 호명한다. 당대 한국 사회에서 섹스와 유물론 등의 표현이 명문화되는 것이 일상적 상황은 아니었을 것이다. 종합해보면 우리의 현실과 동경이 접합점을 구성할 때 비로소 외서 본연의 의미를 지닐 수 있다는 판단이 반영되어 있는 형국이라고 할 수 있다.

그는 "시를 계속 쓸 가능성"도 있고 시론도 쓰고 싶어한다. 그러나 보다 자기 것을 의식하는 조약돌의 역할을 현재 하고 있는 번역일이라는 것. 번역을 콘덕터(지휘자)로, 번역을 '반역' 아닌 '재창조'로 보는 이 시인은 번역을 통해서만이 '깡패와 창부의 문화'를 계몽하는 첩경이라고 주장한다. 세계문학 번역을 기획하고 있었음을 알려준다.[17]

김수영에게 있어 외서는 대체된 여로旅路로서의 의미를 지닌다. 번역은 외서에 대한 동경과 지평이 구체적 삶의 과정 속에서 구조화된 양상으로 볼 수 있다. 후기 김수영은 자신의 작품을 포기하면서까지 번역에 집중하려는 의지를 피력했다. 1967년에 김수영을 인터뷰한 위 『동아일보』 기사는 당시 김수영이 세계문학 번역을 기획하고 있었음을 증거한다.[18] 김수영에 따르면 예술가나 시인은 "평화로운 사회가 이룩되기 위한 조그마한 조약돌"이요, 그 조약돌의 공헌은 진정한 '마음의 대화'에 이바지하는 기능으로 실현된다. 또한 그는 시작도 시론도 아닌 번역을 통해서만 낙후된 문화를 계몽할 수 있다고 믿었다. 그리하여 필생의 작업으로 현대시와 시론들을 국역, 장대한 『세계현대시집』을 기획하고 있었음을 고백했다.

그렇듯 김수영은 작고 직전까지 번역을 했고, 실제로 당대의 번역가이자 외국 문학에 가장 능통한 한국 문인이었다. 이러한 사실은 당대 영문학자의 분석 속에서도 "현대의 미국 시인들의 작품까지 읽으면서 그들을 애써 소화시키려고 하는 한국 시인은 김수영 씨 뿐"[19]이었다는 판단으로 확인된다. 이처럼 번역은 김수영의 문학적 여로에 있어서 중요한 노선이었다. 그 여정이 이르러야 할 최대 정점에 세계문학 번역이 있었고, 김수영은 그 진정성을 스스로의 실천과 실력으로써 증거하였다.

3. 여수, 생성의 기제

평소 여행을 동경했음에도 불구하고 김수영은 생애 속에서 제대로 된 여행을 경험하지는 못한 것 같다. 일본 유학과 만주 체류 혹은 포로수용소 경험은 여행이라고 보기 어려운, 필연적인 삶의 일환이라는 성격이 강하다. 이때의 경험을 시적 소재로 형상화한 경우가 드물다는 사실은 그것이 여행이라기보다는 시작을 계기하지 못하는 실존의 순간이었기 때문일 것이다. 한국전쟁기에 겪었던 민간억류인으로서의 모빌리티를 포함하여 그것들은 "떳떳하지 않은 여행"[20]일 수밖에 없었다. 이처럼 여행 경험 자체가 많지 않았던 김수영이기에 시 세계에서 그것을 소재로 한 작품이 많지 않다.

여행의 범주를 확장해서 보자면, 자신이 걸었던 삶의 여정을 '길'이라는 상징을 통해 반추하며 시작에 임하는 태도는 초기 작품에서부터 발견된다. 1947년에 작성된 「아메리카 타임지」가 대표적 예시이다. 여기서 그는 "기회와 유적 그리고 능금/올바로 정신을 가다듬으면서/나는 수없이 길을 걸어왔다"고 썼다. "내가 옛날 아메리카에서 돌아오던 길"이라며 가상의 여정을 등장시키기도 한다. 길은 일정한 너비를 지닌 물리적 공간이기도 하면서 삶이나 사회적 혹은 역사적 발전이 전개되는 과정이기도 하다. 또한 삶과 사회의 방향이나 지침을 가리키는 등 다층적 의미망을 지닌다. 김수영의 길은 이 같은 중층적 의미의 시적 여정을 생성하는 상징으로 시 세계를 전조하고 있다.

　　종로 네거리도 행길에 가까운 일부러 떠들썩한 찻집을 택하여 나는 앉아 있다
　　이것이 도회 안에 사는 나로서는 어디보다도 조용한 곳이라고 생각하고 있기 때문이다
　　그러한 나의 반역성을 조소하는 듯이 스무 살도 넘을까 말까 한 노는 계집애와 머리가 고슴도치처럼 부스스하게 일어난 쓰메에리의 학생복을 입은 청년이 들어와서 커피니 오트밀이니 사과니 어수선하게 벌여 놓고 계통 없이 처먹고 있다
　　신이라든지 하느님이라든지가 어디 있느냐고 나를 고루하다고 비웃은 어제저녁의 술친구의 천박한 머리를 생각한다
　　그다음에는 나는 중앙선 어느 협곡에 있는 역에서 백여 리나 떨어진 광산촌에 두고 온 잃어버린 겨울 모자를 생각한다
　　그것은 갈색 낙타 모자
　　[…]
　　서울에 돌아온 지 일주일도 못 되는 나에게는 도회의 소음과 광증狂症과 속도와 허위가 새삼스럽게 밉고 서글프게 느껴지고
　　그러할 때마다 잃어버려서 아깝지 않은 잃어버리고 온 모자 생각이 불현듯이 난다

　　　　　　　　　　　　　　　　　　　　─「시골 선물」부분

1954년에 작성된 이 작품은 시골 여행을 다녀온 이후의 정서 변화를 드러내고 있다. 김수영은 "중앙선 어느 협곡에 있는 역에서 백여 리나 떨어진 광산촌"에 "갈색 낙타 모자"를 두고 온다. 시골 여행은 "도회의 소음과 광증과 속도와 허위"를 깨닫는 인식론적 기제가 된다. 이처럼 여행을 통해 현실과 그 너머를 대비하고, 이로부터 문학적 지평을 상상하는 방식은 김수영 시 세계에 있어서 하나의 메커니즘으로 반복되는 양상이다.

김수영에게 여행은 필경 문학과의 관련성을 지니는 활동으로 변주된다. 평전의 기록에 등장하는 파리 여행의 꿈 역시 문학적 현대성을 향한 여정과 등치되고 있다. 김수영은 5·16군사정변 직후, 김이석과 술을 마실 때 파리로 가서 현대문학과 예술을 공부하겠노라 주정했다. 모든 것이 낙후된 절망의 환경을 벗어나 진정한 현대성을 찾을 수 있는 파리행을 동경했던 것이다.[21]

이 무렵 쓴 산문 「생명의 향수를 찾아: 화가 고갱을 생각하고」에서도 김수영은 자신이 얼마나 절실히 여행을 바라는지를 솔직히 그린다. "화가 고갱이 처자와 가족과 문명을 헌신짝같이 버리고 생명과 휴식을 찾아서 타히티로 떠난 것이 서른다섯 살 적이었다면 나도 올해는 타히티의 고도孤島가 아닌 그 어디로인지 떠나야 할 나이"[22]라고 적었다. 문학적 이상과 삶의 여유를 위해 여행을 기원했던 김수영의 심정이 잘 드러나는 문맥이다. 나아가 김수영은 여행 자체의 범주를 확장하여 타히티를 사유하는 계기로서 한국전쟁을 환기하고, 그것의 목적과 의미가 자유를 향한 여정이라는 특유의 주장을 고도화해나갔다.[23]

김수영이 피력하는 여행에의 동경이 단순히 낭만적 꿈은 아니었다. 그는 진정으로 문학적 여정의 계기로서 여행을 사유했다. 어쩌면 그것은 문학을 포함한 모든 예술이 구체적 삶의 체험에서 기인한다는 보편적 상식의 발로이기도 하다. 문학적 계기로서의 여행을 강조하는 맥락은 김수영 스스로의 진술에서 분명히 확인된다. 이와 관련하여 『조선일보』 1964년 9월 23일 자 '작가와 생활'란에 실린 대담 기사에 집중할 필요가 있다. 이는 그간 주목되지 않은 자료이다. 이날 해당 지면은 '김송·안수길·김수영 제씨가 말하는 한국적 비애 이것저것'이라는 타이틀의 좌담 기사를 실었다. '김이석 씨 급서를 슬퍼하며'라는 부제가 달려 있다.[24] 김수영은 김이석이 작가로서 괜찮은 위치에 있는 사람이었지만 결국 생활에 쫓긴 과로 때문에 급서할 수밖에 없었다고 안타까워한다. 이어서 도서관법 시행 등으로 작가의 환경을 개선해야 함을 역설하였다. 주목할 언급은 "고료뿐 아니라 번역도서의 선택부터가 전혀 출판사의 일방적인 의사에서 결정되는 일이 대부분입니다. 그래서 나는 한편으로 그런 한국의 시인이나 소설가가 용하다고 생각해요. 나부터도 1년 내내 여행 한번 안하고 시를 쓴다고 하니"[25] 와 같이 여행이 부재하는 작가로서의 모순적인 현실을 한탄하였다. 김수영에게 여행은 문학의 필수 조건이었음이 확인된다.

이와 같은 여행관, 즉 문학적 계기로서의 여행에 따르는 정서로는 '여수'가 부각된다. 김수영은 "나의 생명의 양식을 풍부하게 해줄 소리"의 근원을 "먼 여수旅愁에 대한 동경"[26]으로 설명하였다. 여수가 축자적으로 환기하는 쓸쓸한 감정 값은 이역의 장소가 지닌 물성에 해당된다. 한편 나의 신체는 절망의 현실 속에 위치한다. 절망의 생활은 곧 유일한 생활이고, 그 속에서 자유를 찾아야 한다. 여수의 정

서는 이와 같은 모순적 역학 또는 문학적으로 승화된 중층의 정동일
수 있다. 여수라는 개념 자체가 지닌 생성의 층위일 것이다.

　　　시멘트로 만든 뜰에
　　　겨울이 와 있었다
　　　아무 소리 없이 떠난
　　　여행에서
　　　전보도 안 치고
　　　돌아오기를 잘했지

　　　이 뜰에서
　　　나는 내가 없는 동안의
　　　아내의 비밀을 탐지하고
　　　또
　　　내가 없는 그날의
　　　그의 비밀을
　　　탐지할 수도 있었다

　　　그대로 나는 조금도
　　　놀라지 않았다
　　　(그러기에는 나는 너무나
　　　지쳤는지도 모른다)
　　　여행이 나를
　　　놀랠 수 없었던 것과 같이

나는 집에 와서도

그동안의 부재에도

놀라서는 안 된다

상식에 취한 놈

상식에 취한

상식

상…… 하면서

나는 무엇인가에

여전히 바쁘기만 하다

아직도

소록도의 하얀 바다에

두고

버리고

던지고 온 취기가

가시지 않은 탓이라고 생각한다……

—「여수旅愁」 전문

　이 작품 역시 김수영이 자신의 여행을 직접적 소재로 다룬 대표적
예시에 해당된다. 생명의 양식이자 창작의 기제로서 여수를 표면에
내세운 작품이기도 하다. 창작 일자는 1961년 11월 10일로 부기되
어 있다. 4·19혁명 이후의 시적 반성을 「신귀거래」 연작으로 기획
했던 즈음, 그 마지막 작품인 자학의 자화상 「이놈이 무엇이지—신
귀거래 9」를 작성한 이후의 세 달 사이에 여행을 떠났을 것이다. 『김

수영 전집 1: 시』에 따르면 그 사이에「먼 곳에서부터」,「아픈 몸이」,
「시」등의 세 편의 시가 창작되었다.「여수」에 반영된 여행 장소는
"소록도의 하얀 바다/두고/버리고/던지고 온 취기"에서 드러나듯
소록도인데, 관련 배경이 산문「소록도 사죄기」에 잘 나타나 있다.
이 기록에 따르면 김수영은 잡지사에 르포를 써주기로 약속을 하고
소록도 취재를 다녀온 듯하다.[27] 비교적 구체적으로 적시된 소록도
여정의 과정과 목적에도 불구하고 시「여수」의 내용은 전혀 다른 층
위를 구성한다. 시적으로 전유된 새로운 여정의 양상이다.

　작품 속에서 화자는 여행을 다녀온 직후의 "그동안의 부재"에 대
해 놀라지 않는다고 다짐한다. "아내의 비밀"과 "그의 비밀"을 인지
하는 예민한 감각이 이미 화자의 것이다. 그럼에도 불구하고 동요하
지 않는다. 상식에 취한 상태로 여전히 바쁜 일상이 반복되고 있는
현실만을 한탄할 뿐이다. 새로운 정동의 지평이 여행을 통해 체현되
고 있는 국면이다. 전체적인 분위기는 비의적이고 부정적이다. 소록
도 바다에 남긴 취기가 그 미결의 영역을 개방한다. 그것의 실체는
모호하기만 하다. 김수영은 미완의 정서를 시적 생성의 영역으로 남
겨 놓았다. 분명한 것은 상식에 취한 자신의 감각적 매너리즘을 반
성하는 태도이다. 소록도 바다에 남긴 취기를 "두고/버리고/던지고
온" 행위로 반복 고조되는 시적 감각이 반성의 태도를 환기하고 있
다. 여수가 계기하는 또 다른 생성의 국면일 것이다.

　　　우리 동네엔 미대사관에서 쓰는 타이프 용지가 없다우
　　　편지를 쓰려고 그걸 사 오라니까 밀용인찰지를 사 왔드라우
　　　(밀용인찰지인지 밀양인찰지인지 미룡인찰지인지

사전을 찾아보아두 없드라우)

편지지뿐만 아니라 봉투도 마찬가지지 밀용지 넉 장에

봉투 두 장을 4원에 사가지고 왔으니 알지 않겠소

이것이 편지를 쓰다 만 내력이오ㅡ꽉 막히는구려

꽉 막히는 이것이 나의 생활의 자연의 시초요

바다와 별장과 용솟음치는 파도와 조니 워커와

조크와 미인과 패티 김과 애교와 호담豪談과

남자와 포부의 미련에 대한

편지는 못 쓰겠소 매부 돌아오는 길에

차창에서 내다본 중앙선의 복선 공사에 동원된

갈대보다도 더 약한 소년들과 부녀자들의

노동의 참경慘景에 대한 편지도 못 쓰겠소 매부

ㅡ「미농인찰지美濃印札紙」 부분

1967년 8월 15일로 창작 일자가 부기된 이 작품은 김수영의 강릉 여행을 소재로 하고 있다. 당시 김수영은 강릉의 누이 내외 집을 방문했다. 위에 형상화된 내용을 따르자면 그는 동해안에 인접한 별장에서 고급 양주를 위시해 풍성한 환대를 받는다. 누이 내외의 재력이 있었기에 가능한 체험이었을 것이다. 강릉 여행에서 돌아온 후 매부에게 감사 서한을 준비하는 과정에서 이 작품이 제작되었다. 특유의 요설을 사용하며 지극한 자의식을 담아내는 형식이기에 의미 파악이 어려운 작품이다. 화자는 편지를 쉽게 완성하지 못하는데, "편지를 쓰다 만 내력"에 체증을 느끼고 "꽉 막히는 이것이 나의 생활"이기에 미안하지 않다고 말하고 있다. 중단된 편지는 식모가 잘못 사온 고급 인찰지 때문이다. 비루한 나의 생활을 고급 인찰지에 적을 수 없고, 그 때문에 매부에게 미안할 것 없다는 식이다.

이 작품이 지닌 중요한 의미는 현실의 속악함 속에 스스로의 위선을 드러내며 시작 태도, 또한 그것이 지닌 역설적 의미를 구조화하는 시 의식의 차원일 것이다. 이 글에서 강조하고자 하는 바는 이 역설적 발견을 사유하는 계기로서 여행의 과정이 직접적으로 작동하고 있다는 점이다. 대표적 예가 여정 속에서 "갈대보다도 더 약한 소년들과 부녀자들의/노동의 참경"을 직시하는 장면이다. 이 풍경을 강릉을 다녀오던 김수영이 '중앙선', 즉 청량리와 경주를 잇는 철도 위에서 보게 되었다는 국면이 흥미롭다. 아래 지도에서 보는 바와 같이 1967년 당시 서울에서 강릉으로 직접 가는 철로는 없었다. 강릉행을 위해서는 중앙선을 타고 경북 영주까지 내려가 다시 영동선으로 올라가는 여정이 필수적이었던 것이다.

비참한 노동환경에 대한 문제적 인식은 중층적 의미를 산파한다. 미농지라는 고품질의 종이 위에 자신의 속된 생활을 담을 수 없다는 인식 자체가 위선적인 것인데, 노동의 참경은 그러한 속악함을 기만

중앙선-영동선 연결(1950) 및 동해북부선 개통(1962).[28]

하는 일종의 숭고함에 비견되는 것이다.[29] 이때의 강릉 여행이 회고
되고 있는 또 다른 글은 산문 「민락기民樂記」이다.

> 이런 경험을 나는 올여름에 강릉에 놀러 가서 손아래 매부한
> 테서 느꼈다. 결혼식 때 보고 나서 근 10년 만에 처음 만나는
> 이 매부는, 10년 전에 비해서 체중이 한두 배는 늘었을 것이
> 다. 그가 맥주를 따라 주면서 나한테 이런 얘기 저런 얘기를
> 들려주는데, 그의 태도는 틀림없는 강자强者나 장자長者의 태
> 도다.[30]

강자는 남의 말을 듣지 않는다는 전제로 시작되는 이 글은 관련된
예로 강릉 여행에서 만난 손아래 매부를 든다. 그러고는 그것을 '힘
의 마력, 행동의 마력'이라고 이해하고 있다. 재력가였던 매부 내외
의 모습을 통해서 일종의 경이와 불안감을 느끼고 있는 것이다.[31] 이
처럼 여행을 통한 양가감정의 각성은 문학적 감각으로 전유된다. 김
수영은 그러한 양가감정을 '시의 마력, 말의 마력'에 유비하였다. 이
러한 전환은 여수의 정서가 힘과 이행의 영역으로 확장되는 국면이
라 하겠다. 실로 김수영은 자신의 최고 지양의 시론 「시여, 침을 뱉
어라」의 부제를 '힘으로서의 시의 존재'라고 달았다.

생성의 기제로서 여수와 관련하여 자연으로의 여행이 부기되어
야 한다. 현실의 여행이 여의치 않은 실정 속에서 김수영은 자연을
소요하는 모습을 종종 연출한다. 모든 존재의 본성을 함의하고 있는
자연은 그 자체로 여행의 의미 역시 체현하고 있다. 마포 구수동 시
절의 자연에의 재발견, 도봉산 농장에서의 자연과의 조우 등은 김수

영 시 세계를 성숙시키는 중요한 계기였다. 김수영은 「반시론」에서
자신의 글이 수정당하는 등 언론 자유의 억압으로 인한 격정의 시간
을 '지일至日'로 정하여 어머니가 있는 농장으로 나간다는 습관을 기
록한 바 있다. 지일의 상징은 김수영이 자신의 문장으로 자연으로의
여행을 각인한 경우로 보인다. 자연으로의 여정 속에서 김수영은 시
「누이의 방—신귀거래 8」과 산문 「반시론」 등을 썼다. 자연의 내면
화는 문학으로서의 여행이 수반하는 여수라는 인위적 감각을 개방
해 나간다. 여수의 정동은 이행의 여정을 예비하는 중요한 기항지이
자 모종의 경계 사유였던 셈이다.

4. 이행, 문학적 모빌리티

　김수영 시 세계에서 여행이라는 소재와 시어가 전경화되는 대표
적 시점은 4·19혁명을 전후한 때이다. 여행을 직접적 소재로 사용
하는 경우가 많지 않음에도 불구하고 1960년 무렵에 발표된 일련의
작품들에서 그 단어가 연속해서 등장하고 있다. 여행과 관련된 시
세계의 논구에 있어서 흥미로운 국면이라 하겠다.

　　①
　　풀잎 끝에서 일어나듯이
　　태양은 자기가 내린 것을 거둬들이는데
　　시들은 자국을 남기지만 도처에서
　　도처에서

즉결하는 영혼이여
완전한 놈……
구름 끝에 혀를 대는 잎사귀처럼
몸을 떨며
귀 기울이려 할 때
그 무수한 말 중의 제일 첫마디는
"나는 졌노라……"

    *

자연은 '여행'을 하지 않는다

                              —「말복」 부분

②
우리들의 싸움의 모습은 초토작전이나
「건 힐의 혈투」 모양으로 활발하지도 않고 보기 좋은 것도
아니다
그러나 우리들은 언제나 싸우고 있다
아침에도 낮에도 밤에도 밥을 먹을 때에도
거리를 걸을 때도 환담을 할 때도
장사를 할 때도 토목 공사를 할 때도
여행을 할 때도 울 때도 웃을 때도
풋나물을 먹을 때도
시장에 가서 비린 생선 냄새를 맡을 때도

배가 부를 때도 목이 마를 때도

연애를 할 때도 졸음이 올 때도 꿈속에서도

깨어나서도 또 깨어나서도 또 깨어나서도……

수업을 할 때도 퇴근시에도

사이렌 소리에 시계를 맞출 때도 구두를 닦을 때도……

우리들의 싸움은 쉬지 않는다

—「하…… 그림자가 없다」부분

③

여행을

안 한다

가지고 있는

이데올로기도 없다

밀모密謀는

전혀 없다

담배마저 안 피우는

날이 올지도 모른다

그때에는

성급해지면 아무 데나 재를 떠는

이 우주의 폭력마저

없어질지도 모른다

정적靜寂이

필요 없다

그 이유를

말할 필요도 없다

　　　　　　—「이놈이 무엇이지?—신귀거래 9」부분

　①은 1959년에 작성된 작품이다. 이 작품은 말복 즈음에 자연을 관찰하며 경이로운 생명력을 묘사하고 있다. 여기에는 경구처럼 "자연은 '여행'을 하지 않는다"라는 문장이 독립된 연으로 배치되었다. 이 무렵에 제작된 작품들은 당대 김수영의 생활과 사유 습관을 잘 보여주고 있다. 김수영이 마포 구수동으로 이주한 것이 1956년 6월이니「말복」은 양계를 하며 지낸 몇 년 동안의 경험을 반영하고 있을 것이다. 자연에 대한 세심한 관찰을 통해 이 시의 화자는 "즉결하는 영혼"과 "완전한 놈"을 감각한다. 무성한 자연의 이미지들 속에서 평화로운 질서로서의 자연 본성이 부각되는 형상이다. 자연이 여행을 하지 않는다는 선언은 이처럼 궁극적 존재의 의미 자체를 현전하려는 수사로 보인다.

　4·19혁명 직전인 1960년 4월 3일에 씌어진 ②에서 여행은 여타의 일상적 행위들과 마찬가지로 존재의 구체적 형태를 예시하는 소재로 사용된다. '싸움'의 항상성을 강조하기 위한 도구의 일환으로 여행 역시 배치되고 있다. "여행을 할 때도" 우리들이 수행하는 싸움은 멈추지 않는 것이다. 이 작품에서 싸움의 일상성은 적의 항상성과 양립한다. 일촉즉발의 긴장된 현실을 구체적으로 나열하는 요설투 구도 속에서 여행의 의미가 특별히 부각되는 것은 아니다. 다만 일상적 배경 속에 오롯이 자리하는 여행의 형상을 통해 삶의 배경으로 기능하는 여행이라는 요소, 전후기 여행관의 변주 양상을 매개하는 인식소 등을 확인할 수 있겠다.

다음으로 등장하는 여행은 바로 한 해 후의 작품인 ③에서이다. 잘 알려진 바와 같이 4·19혁명의 경험은 김수영 시 세계를 변화시킨 중요한 사건이었다. 「신귀거래」 연작은 4·19혁명을 위시하여 당대의 정황과 인식을 드러내는 대표적 작품군에 해당된다. 그 속에도 여행은 중요한 계기로 작동하고 있다. 1961년 8월 25일로 창작 일자가 부기된 이 작품은 「신귀거래」 연작의 마지막 위치에 배치된다. 일련의 귀거래 연작을 마무리하는 모두에, "여행을/안 한다"라는 선언이 등장한다. 이 작품에서 강조되고 있는 자학적 포즈는 반어적 효과를 동반한다. 현실의 부정 속에는 강한 긍정이 내포되어 있다. 여행마저 할 필요가 없는 단절의 세계 속에서 굳이 그 이유를 언표하려 하지 않는다. 반성을 향한 정언명령이 무언의 이미지로 체현된 양상일 것이다.

이상의 시적 의미망을 연결 지어 보자면, 자연은 여행을 하지 않음에도 불구하고 스스로의 존재로써 이행을 실천한다. 반면 인간의 여행은 끊임없는 싸움의 과정이다. 즉 목적의식적 인위의 과정으로서 여행이 유비되고 있다. 그것이 불가능할 때 여행도 중지된다. 여행을 하지 않는다는 선언은 이처럼 이행으로서의 여행이라는 의미가 성립되지 못하는 현실적 조건 속에서 화자가 취한 선언적 태도라고 할 수 있다.

여행을 안 한다는 시적 규정에도 불구하고 김수영은 여행을 다녀왔다. 그는 「신귀거래」 연작의 기획 작업을 마친 직후 소록도를 다녀왔으며, 앞에서 본 「여수」를 썼다. 김수영의 마지막 여행은 1968년 부산이었다. 펜클럽PEN club 주최로 열린 문학 세미나 발표를 위해 백철, 모윤숙, 이헌구, 안수길 등과 함께 부산으로 향한다. 이때

발표문이 「시여, 침을 뱉어라: 힘으로서의 시의 존재」이다. 이 명문
은 김수영 최후의 여정을 배경으로 지닌 글이 되었다. 생애 마지막
으로 쓴 시 「풀」이 여기에 연동된다. 이들 산문과 시의 공통점은 '이
행'의 메커니즘이다. 시작詩作은 "온몸으로 동시에 밀고 나가는 것"³²
이요 산문은 "세계의 개진"³³이다. 문학의 본령인 진정한 모험은 "자
유의 이행"³⁴이다. 모빌리티에 대한 사유의 집중 속에서 스스로를
지양한 결과 이행의 의미가 제고되고 있는 국면이라 하겠다.

이행에 대한 김수영의 강조는 다른 사람의 작품을 평가하는 경우
에도 적용된다. 1967년 9월 26일로 창작 일자가 부기된 「세계 일주」
는 타자의 여행을 소재로 한 경우에 해당된다. 여기서 김수영은 "그
대의 길은 잘못된 길이다/―세계 일주를 하고 온 길은 잘못된 길이
다/―세계 일주를 떠났다는 것이 잘못된 길이다/너무나 먼 잘못된
길이다/너무나 많은 잘못된 나라다"라고 반복해서 부정하고 있다.
그 이유는 "잘못된 출발"을 전제하고 있기 때문이다. 이행의 의미를
지니지 못하는 모빌리티는 참다운 여행이 될 수 없다.

이행을 긍정하는 대표적 사례는 김재원 시를 바라보는 시선 속에
서 발견된다. 산문 「제정신을 갖고 사는 사람은 없는가」는 『청맥』
1966년 5월 호에 발표되었다. 잡지는 '제정신을 갖고 사는 사람은
없는가'라는 주제로 기획 청탁을 했는데, 김수영은 그것을 작금의
사회 현상에 대한 고발성 답변을 시사하라는 의미로 받아들인다. 그
리고 이 논제를 '제 시를 쓸 수 있는 사람은 없는가'로 바꾸어 생각해
본다. 시인다운 시인이란 이 시대의 지성을 갖추고 시정신의 새로운
육성을 발할 수 있는 사람이며, 그렇게 볼 때 전망은 매우 희망적이
다. 이때 주목해야 할 논지가 '제정신'을 갖고 산다는 것은 정지된 상

태로 불가능하다는 역설이다. '남'도 그렇고 '나'도 그렇고, '제정신을 가진' 비평의 객체나 주체가 되기 위해서는 창조 생활을 한다는 전제가 필요하다. 모든 창조 생활은 유동적이고 발전적이다. 여기에는 순간을 다투는 윤리가 있으니, 이것이 현대의 양심이다. 김수영은 김재원의 「입춘에 묶여 온 개나리」를 통해 나와의 관계에서 윤리의 밀도를 강조한다. 자신의 작품 「엔카운터지」의 고민을 뚫고 나옴으로써 그를 살리고 나를 살리고, 양자를 '제정신을 가진 사람'으로 볼 수 있었다. 요컨대 제정신을 갖고 사는 사람이란 끊임없는 창조의 향상을 도모하면서, 순간 속에 진리와 미의 전신 이행을 위탁하는 사람이다. 그는 특정한 시간이나 인물이 아니라 끊임없이 이행하는 모빌리티의 존재인 것이다.

친하게 지내던 김이석의 죽음 이후 쓴 「김이석의 죽음을 슬퍼하면서」는 이행으로서의 여행을 존재론적 층위로 변주하는 사례라 하겠다. 김수영은 이 글에서 "자서전이나 전기물 유"를 선천적으로 좋아하지 않노라는 입장을 분명히 드러낸다. 또한 그런 종류의 글을 제작할 때 동반되어야 할 태도가 분명한 자의식으로 명시되어 있다. 실제로 그는 김이석에 대한 일방적 상찬이나 감상적 회고보다는 '피양(평양)' 출신 작가가 지닌 '이종移種'의 어려움, "할 수 없는 말이 할 수 있는 말보다 더 많은" 김이석과 자신의 문학적 운명을 강조하였다.[35]

이행으로서의 여행이라는 독특한 감각은 그의 번역에서도 예의 드러난다. 번역서 『황하는 흐른다』[36]는 상징적 사례이다. 이 번역서는 수잔느 라방Suzanne Labin의 *La Condition humaine en Chine communiste*(공산주의 중국의 인간 조건, 1959)를 대상으로 삼아 번역한 것이다. 이 번역물을 최초로 주목한 윤영도에 따르면, 내용은 수잔느 라방이 공산화된 중국에서 홍콩으로 피난 온 난민들을 인터뷰한 것으로서 주로 사회주의 건설기 중국에서의 피해 경험이나 부정적 기억을 담고 있다. 냉전 지형 속에서 사회주의 건설기의 중국에 대한 비판적 배경을 지니지만, 김수영 번역에서 특이점은 프랑스어판 원제나 영어판 제목과 부제를 사용하지 않고 전혀 다른 맥락의 제목을 붙였다는 점이다. '흐르는 황하'는 흔히 중국의 유구한 역사를 의미하며, 따라서 중공을 비판하는 본문 내용과 거리감을 지닌다. 도도히 흐르는 강물과 같은 민중의 역사라는 의미를 함축하고 있는 것이다. 부제 역시 역사적 비극이 중국 인민의 것이라기보다는 홍콩 피난민의 것임을 강조하고 있다는 점에서 프랑스어판과 영어판의 의도로부터 벗어나고자 했던 의도를 추측할 수 있다.[37] 그렇게 볼 때 김수영은 번역의 과정 속에서도 스스로의 이행을 실천했다. 김수영의 시, 비평, 번역 등 제반 분야에서 드러난 문학적 모빌리티가 이토록 견고하게 이행의 지평을 형성하고 있다.

5. 나가며

1950~1960년대의 한국 사회에서 자유로운 여행은 대다수 사람들에게 있어서 사치였을 것이다. 김수영 역시 일생 동안 자유롭게 여행하는 시간은 많지 않았다. 그는 "해방 후에 한 번도 외국이라곤 가본 일이 없는 20여 년의 답답한 세월은 훌륭한 일종의 감금 생활"이었음을 알았고, 그것을 "자발적 감금 생활" 혹은 "적극적 감금 생

활"[38]로서 전유하였다. 김수영에게 여행은 삶의 태도였고 문학적 길이었으며, 이행의 미학을 향해 시 세계 전체를 관류하는 화소였다.

타히티섬의 고갱을 그렸던 산문 「생명의 향수를 찾아」는 "결국은 죽는 날까지 나는 고갱같이 나의 타히티도 찾지 못하고 서울의 뒷골목을 다람쥐 모양으로 매암을 돌다만 꼴을 마치게 될지 모르지만 그래도 나는 조금도 서러워하지 않을 것이지만 여하튼 죽는 날까지는 칠전팔기하여 싸우고 또 싸워 가야 할 것만은 틀림없는 사실일 것 같다"[39]라는 문장으로 마무리된다. 서른다섯의 김수영은 고갱을 생각하며 여행을 희구하면서도 실제 자신의 삶에서 낙원을 찾는 여행이 영원히 불가할 것이라고 전망한다. 마치 자신의 운명을 예견한 듯한 장면이다.

그럼에도 불구하고 김수영은 여행을 포기하지 않았다. 문학을 통해 일생을 바친 여정을 스스로 개척했다. 그 속에서 문학의 자유와 진정한 현대성을 선취하게 된다. 한때 동경했던 파리 여행은 예술의 모더니티를 갈구하는 목적지였으나 끝내 이르지는 못한 물리적 장소로 남았다. 하지만 이 역시 스스로의 사유를 통해 지양 단계에 이르는데, 십여 년에 이르는 외서를 통한 여행의 결과로서 파리는 최종 목적지가 아니었음을 확인한다. 1967년에 작성된 시 「거짓말의 여운 속에서」는 그 결과를 "나는 한 가지를 안 속이려고 모든 것을 속였다/이 죄의 여운에는 사과의 길이 없다 불란서에 가더라도/금방 불란서에 가더라도 금방 자유가 온다 해도"라고 고백한 바 있다. 고갱의 타히티섬과 같은 이상의 장소는 진정한 자유와 정직한 삶 자체였던 것이다.

김수영에게 있어서 외국 잡지는 현실 너머를 바라볼 수 있는 동경의 대상이었다. 산문 「나에게도 취미가 있다면」, 시 「VOGUE야」 등을 통해 김수영의 여행에 대한 동경, 그 대체물로서의 외서의 위상을 엿볼 수 있다. 번역은 그의 문학적 여정이 다다를 최후의 종착지이기도 했다.

「시골 선물」, 「여수」, 「미농인찰지」 등은 구체적 여행을 소재로 한 작품들이다. 이들 작품에는 중층의 길을 개방하는 여행이 형상화되고 있다. 여수는 문학적 생성을 환기하는 김수영식 여행의 정동이었다. 여수의 정서는 자연으로의 소요와 결합되면서 생활과 힘의 역학을 파생하게 된다.

김수영 시의 여행은 이행으로서의 실천으로 변주된다. 4·19혁명을 전후하여 「말복」, 「하…… 그림자가 없다」, 「이놈이 무엇이지?」 등 일련의 작품들을 통해 김수영은 스스로의 여행관이 지양되는 계기를 구성한다. 그의 마지막 여행인 부산행에서는 온몸으로 동시에 밀고 나가는, 자유의 이행을 문학의 정수로 간주하는 여행관이 정립된다. 김수영에게 있어서 "모험의 발견"[40]은 곧 여행의 진정한 의미이자 문학의 본령과 다르지 않았다.°

° 이 글은 「김수영 시와 여행」(『한국문학과 예술』 40, 한국문학과예술연구소, 2021. 12)을 부분적으로 수정한 것이다.

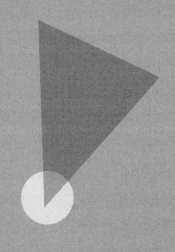

2부
다시 쓰는 김수영

경계의 시인 김수영

—죽음과 사랑과 자유에 대한 사유를 경유하여

이경수

1. 들어가며

한국 현대시사에서 드물게 리얼리즘과 모더니즘 양쪽 진영에서 모두 환영받은 시인 김수영은 역설적으로 한국 현대시단의 고질적인 진영 논리를 횡단하며 극복할 수 있는 가능성을 상징적으로 보여준다. '리얼리즘과 모더니즘의 회통'[1]이라는 사유를 가능케 했던 시인 김수영. 그의 대표적인 시론 「시여, 침을 뱉어라」에서도 그는 사실상 내용과 형식의 분리가 아닌 일치를 주장하기도 했다.[2]

이 글은 무엇이 시인 김수영을 완강한 진영 논리를 넘나들며 경계인으로 살게 하고, 무엇이 그의 시를 고질적인 문단의 진영 논리를 넘나들며 자유를 획득하게 했는지 살펴보려는 목적에서 시작되었다. 이 글의 궁극적인 관심은 오늘날 우리가 김수영의 시를 다시 읽는다고 했을 때 무엇을 계승하고 선취해야 하는지, 김수영의 시에 어떻게 새로운 생명력을 부여할 수 있을 것인지를 향하고 있다. 젠더 감수성이 달라지고 시에 대한 기대가 달라진 시대에 김수영의 시를 다시 읽으며 그의 시의 어떤 미덕을 건져 올리고 그의 시에 새로운 의미와 가치를 어떻게 부여할 수 있을지 심문하는 것이 이 글에 주어진 몫이다.

이러한 문제의식 아래 김수영 시의 대표적인 주제어들을 경유하며 경계를 자유롭게 넘나드는 경계인이자 경계를 예민하게 사유하고 의식하게 하는 경계의 시인으로서 김수영을 새롭게 읽고자 한다. 김수영의 시는, 무언가를 나누고 구획하는 경계선이기도 하고 어딘가에 속할 것을 요구하는 완고한 진영 논리이기도 한 경계를 끊임없이 환기하면서도, 그런 경계를 넘어서고자 하는 시인의 고투를 마주하게 한다는 점에서 이 글에서는 김수영을 경계의 시인으로 명명한다. 죽음과 사랑과 자유와 혁명에 대한 김수영의 사유를 경유하며 그의 시가 어느 한쪽으로 기울지 않고 어떻게 경계의 시인으로서의 위상을 구축해가는지 살펴보고자 한다. 이러한 과정을 통해 경계인이자 실존주의자로서의 김수영의 면모를 확인하게 될 것이다. 주지하다시피 김수영의 시에는 몇 가지 변모의 계기가 있었다. 한국전쟁과 4·19혁명, 그리고 5·16군사정변. 한국 현대사의 격변기를 온몸으로 통과한 시인 김수영은 한국전쟁과 4·19혁명과 5·16군사정변의 경험을 온몸으로 시에 아로새긴다. 누구보다도 치열하게 한국 현대사의 격변을 겪었기 때문에 그는 누구보다 치열하게 흔들리며 시작에 몰두할 수 있었다.

임화에 경도되었던 해방기와 한국전쟁기의 의용군과 포로수용소 체험이, 이후 반공주의가 지배하고 서구 문화의 영향이 밀려 들어오던 시기를 살았던 김수영의 시에 어떤 흔적을 남겼고, 4·19혁명과 5·16군사정변으로 이어지는 실패의 경험이 김수영의 시에 어떤 태도를 낳았는지 살펴봄으로써 김수영을 혁명의 시인이나 온몸의 시인이라는 수식어 대신 경계의 시인으로 호명할 수 있기를 기대한다. 시를 쓴다는 것, 시인으로서 살아간다는 것이 지니는 의미를 누구보다 치열하게 인식했던 김수영이 시인으로서의 자신의 실존을 어떻게 써 내려갔는지를 그의 시에 드러난 이론의 흔적을 좇는 방식이 아니라, 시에 지배적으로 드러나는 시어이자 주제어인 죽음, 사랑, 자유를 따라가는 방식으로 살펴보고자 한다. 아직 오지 않은 김수영의 시를 불러내는 질문을 이 글이 던질 수 있기를 기대해 본다.

2. 죽음을 통해 삶을 바로 본 시인의 실존

김수영의 등단작으로 알려진 「묘정의 노래」는 김수영 시의 개성과는 거리가 먼 초기작으로 평가되어왔지만[3] '묘정'을 배경으로 하고 있는 점, 무덤에서 듣는 울음소리 등을 고려할 때 초기작에서부터 김수영이 죽음의 문제에 관심을 드러내고 있었음을 확인할 수 있다. "어드매에 담기려고/칠흑의 벽판壁板 위로/향연香烟을 찍어/백련을 무늬 놓는/이 밤 화공의 소맷자락 무거이 적셔/오늘도 우는/아아 짐승이냐 사람이냐"(「묘정廟庭의 노래」)에서 확인되듯이, 묘정에서 들려오는 울음소리는 짐승의 것인지 사람의 것인지 분간이 되지 않는 울음소리이기도 하다. 즐비한 죽음의 장소에서 듣는 생명의 울음소리는 김수영 시의 죽음에 대한 태도의 일단을 엿보게 한다. 죽음과 삶이 멀리 있지 않음을, 죽음의 장소에서 생명의 울음소리를 들을 수 있음을, 그리고 그것이 짐승과 사람의 경계를 지우며 들려옴을 이 시는 보여준다.

> 꽃이 열매의 상부에 피었을 때
> 너는 줄넘기 작란作亂을 한다
>
> 나는 발산한 형상을 구하였으나
> 그것은 작전 같은 것이기에 어려웁다
>
> 국수―이태리어로는 마카로니라고
> 먹기 쉬운 것은 나의 반란성叛亂性일까
>
> 동무여 이제 나는 바로 보마
> 사물과 사물의 생리와
> 사물의 수량과 한도와
> 사물의 우매와 사물의 명석성을
>
> 그리고 나는 죽을 것이다
>
> ―「공자의 생활난」 전문

1945년에 쓰인 「공자의 생활난」은 해방 직후 김수영이 세계를 인식하는 태도를 짐작게 한다. 1~3연은 타자를 인식함으로써 주체가 바로 서기 전의 혼란스러운 상태를 보여준다. 꽃이 피고 수정을 거쳐 진 후에 열매가 맺히는 것이 일반적인 자연의 섭리인데 1연은 꽃이 열매의 상부에 피어 있는 기이하고 혼란스러운 모습과 "줄넘기 작란"이라는 세상을 속이는 장난스러운 방식으로 그에 대응하는 '너'의 모습을 보여준다. 2연의 "발산한 형상"은 꽃이 활짝 피어 있는 모습을 자연스럽게 연상케 하는데, 이후 김수영 시가 추구한 꽃의 원형을 여기서 읽을 수 있다는 점에서 그가 추구한 '시'의 상징으로 읽을 수 있다. 그것에 도달하기 어려움을 시의 주체는 알고 있다. 국수는 전통적인 음식인데 "이태리어로는 마카로니라고"라는 부연 설명이 붙음으로써 전통적인 것과 새로운 것이 뒤섞여 혼란스러웠던 해방 직후를 자연스럽게 연상시킨다. 이 혼란 속에서도 "먹기 쉬운 것"을 "나의 반란성"이라고 말하면서도 '-일까'라는 의문형 종결어미를 통해 시의 주체는 일말의 의심을 거두지 않는다.

모두가 혼란스러운 시기에 현상을 진단하는 것도 어떤 가치를 선택하는 것도 장난스럽거나 쉬워 보이는 상황에 대해 성찰하며 시의 주체는 4연에서 주체로 바로 서기 위한 깨달음을 선언을 통해 드러낸다. "동무여 이제 나는 바로 보마"라는 시적 주체의 선언은 오래도록 정시正視의 태도이자 실천으로 김수영의 시에 지속된다. 장난에 속지 않고 쉬운 길을 선택하지 않으며 사물의 생리와 수량과 한도와 우매와 명석성을 바로 보는 행위를 통해서야 비로소 "발산한 형상"을 구하는 새로운 길이 열릴 것임을 시의 주체는 깨달은 것이다. 타자에 대한 바로보기, 그것을 통한 주체의 갱신이 없이는 변화무쌍하고 혼란스러운 세계를 제대로 인식하는 것도 그 속에서 시를 추구하며 살아가는 것도 쉽지 않을 것임을 시의 주체는 정확히 인식한다.

사물의 본질을 바로 보는 행위와 태도를 보여준 후 "그리고 나는 죽을 것이다"라는 문장이 이어지는 것은 "아침에 도를 깨달으면 저녁에 죽어도 좋다(朝聞道 夕死可矣)"라는 『논어』, 「이인里仁」 편에 나오는 구절을 연상시킨다. 불우했던 공자의 삶을 떠올리면서 김수영은 시인으로서 자신의 앞날에 대해 일종의 예언적 선언을 한 셈이다.

> 팽이가 돈다
> 어린아해이고 어른이고 살아가는 것이 신기로워
> 물끄러미 보고 있기를 좋아하는 나의 너무 큰 눈 앞에서
> 아이가 팽이를 돌린다
> 살림을 사는 아해들도 아름답듯이
> 노는 아해도 아름다워 보인다고 생각하면서
> 손님으로 온 나는 이 집 주인과의 이야기도 잊어버리고
> 또 한번 팽이를 돌려 주었으면 하고 원하는 것이다
> 도회 안에서 쫓겨 다니는 듯이 사는
> 나의 일이며
> 어느 소설보다도 신기로운 나의 생활이며
> 모두 다 내던지고
> 점잖이 앉은 나의 나이와 나이가 준 나의 무게를 생각하면서
> 정말 속임 없는 눈으로
> 지금 팽이가 도는 것을 본다
> 그러면 팽이가 까맣게 변하여 서서 있는 것이다
> 누구 집을 가 보아도 나 사는 곳보다는 여유가 있고
> 바쁘지도 않으니

마치 별세계같이 보인다

팽이가 돈다

팽이가 돈다

팽이 밑바닥에 끈을 돌려 매이니 이상하고

손가락 사이에 끈을 한끝 잡고 방바닥에 내어던지니

소리 없이 회색빛으로 도는 것이

오래 보지 못한 달나라의 장난 같다

팽이가 돈다

팽이가 돌면서 나를 울린다

제트기 벽화 밑의 나보다 더 뚱뚱한 주인 앞에서

나는 결코 울어야 할 사람은 아니며

영원히 나 자신을 고쳐 가야 할 운명과 사명에 놓여 있는 이

밤에

나는 한사코 방심조차 하여서는 아니 될 터인데

팽이는 나를 비웃는 듯이 돌고 있다

비행기 프로펠러보다는 팽이가 기억이 멀고

강한 것보다는 약한 것이 더 많은 나의 착한 마음이기에

팽이는 지금 수천 년 전의 성인과 같이

내 앞에서 돈다

생각하면 서러운 것인데

너도 나도 스스로 도는 힘을 위하여

공통된 그 무엇을 위하여 울어서는 아니 된다는 듯이

서서 돌고 있는 것인가

팽이가 돈다

팽이가 돈다

　　　　　—「달나라의 장난」 전문

　김수영은 의용군에 동원되어 갔다가 훈련소에서 탈출해 나온 후 붙잡혀 부산 거제리 포로수용소 제14 야전병원에 억류되어 있다가, 거제도 포로수용소를 잠시 거쳐 다시 거제리로 돌아와서 1952년 11월 28일 민간인 억류자로 석방된다. 이 시는 포로수용소에서 놓여난 후 부산에 기거하고 있던 1953년에 쓴 시로 알려져 있다. 몇 차례 죽음의 고비를 넘기고 자유의 몸이 된 후 바라보는 세상은 이전과는 달라 보였을 것이다. 어쩌면 해방이라는 역사적 사건보다도 시인 개인에게 미친 영향이 훨씬 컸을지도 모른다. 이해할 수 없는 죽음을 수도 없이 목격했을 이 무렵의 김수영 시의 주체는 "어린아해이고 어른이고 살아가는 것이 신기로워/물끄러미 보고 있기를 좋아하는" 상태에 놓였을 법도 하다. "손님으로 온" 집에서 우연히 팽이를 돌리며 노는 어린 아이를 본 시의 주체는 주인과의 용건도 잊은 채 "도회 안에서 쫓겨 다니는 듯이 사는/나의 일이며/어느 소설보다도 신기로운 나의 생활이며/모두 다 내던지고" 팽이가 도는 것을 바라본다. 흥미로운 것은 그렇게 이유도 모른 채 넋 놓고 빠져드는 상황에서도 그가 "정말 속임 없는 눈으로" 팽이가 도는 것을 본다는 데 있다.

　자신을 뺀 다른 사람들이 살아가는 모습이 "마치 별세계같이" 보이는 그런 상황 속에서도 시의 주체는 "정말 속임 없는 눈으로" 눈앞의 팽이를 바라보고자 한다. 속도가 붙어 멈추지 않고 잘 돌아가는 팽이는 "까맣게 변하여 서서 있"다. 처음에는 "손가락 사이에 끈을 한끝 잡고 방바닥에 내어던"지듯 누군가의 손을 빌려야 하지만 돌면서 속도가 붙어 "스스로 도는 힘"을 지니게 되면 "까맣게 변하"는 팽이처럼 원래의 모습과 전혀 다른 새로운 모습으로 거듭나게 되는 신비를 거기서 목격했을 것이다. 속임 없는 눈으로 물끄러미 정시하며 이미 알고 있던 대상에서 새로운 발견과 깨달음의 순간을 만나게 된 것이겠다. 가족도 신념도, 가지고 있다고 생각했던 많은 것이 빈손임을 인정할 수밖에 없었을 당시 김수영에게는 팽이의 환골탈태가 묵직하고 뭉클한 각성의 순간을 가져다주었을 것이다. 자신의 실존을 돌아보고 존재자의 초월을 꿈꾸는 순간을 빛나는 예지로 목격하지는 않았을까? "팽이가 돌면서 나를 울"리는 까닭은 여기에 있을 것이다. "영원히 나 자신을 고쳐 가야 할 운명과 사명에 놓여 있는 이 밤에/나는 한사코 방심조차 하여서는 아니" 된다고 생각하는 주체의 마음을 울컥하게 하고 서러움이라는 감정과 마주하게 하는 것은 마치 "달나라의 장난" 같은 팽이의 회전이었다. "너도 나도 스스로 도는 힘을 위하여/공통된 그 무엇을 위하여 울어서는 아니 된다는 듯이" 묵묵히 "서서 돌고 있는" 팽이를 바라보며 시의 주체는 서러운 자신의 현존재와 스스로 도는 힘을 만들어내며 살아가야 할 시인으로서의 자신의 미래를 보았을지도 모르겠다.

김수영 시에서 '죽음'은 생명을 지닌 현존재가 누구나 맞닥뜨리는 실제의 죽음이기도 하고 시인의 실존을 성찰하게 하는 상징적인 죽음으로 나타나기도 한다. 실제의 죽음은 한국전쟁과 포로수용소 체험과 4·19혁명과 5·16군사정변 등 격동의 현대사를 온몸으로 겪은 김수영의 실제 체험이 반영된 것이라면 「구라중화」에 나오는 "사실은 벌써 멸하여 있을 너의 꽃잎 위에/이중의 봉오리를 맺고 날개를 펴고/죽음 위에 죽음 위에 죽음을 거듭하리/구라중화九羅重花"는 글라디올러스 꽃잎 모양에서 연상해 죽음 위에 죽음 위에 죽음을 거듭하는 삶의 태도를 연상시킨다. 「네이팜 탄」에서도 "죽음이 싫으면서/너를 딛고 일어서고/시간이 싫으면서/너를 타고 가야 한다"라는 삶의 태도를 읽어낼 수 있다. "창조를 위하여/방향은 현대—"로 향하는 네이팜 탄처럼 죽음은 김수영의 시에서 시적 창조를 위해 끊임없이 통과하고 극복해야 하는 것으로 그려진다.

누이야
풍자가 아니면 해탈이다
너는 이 말의 뜻을 아느냐
너의 방에 걸어 놓은 오빠의 사진
나에게는 '동생의 사진'을 보고도
나는 몇 번이고 그의 진혼가를 피해 왔다
그전에 돌아간 아버지의 진혼가가 우스꽝스러웠던 것을
생각하고
그래서 나는 그 사진을 십 년 만에 곰곰이 정시正視하면서
이내 거북해서 너의 방을 뛰쳐나오고 말았다
십 년이란 한 사람이 준 상처를 다스리기에는 너무나 짧은
세월이다

누이야
풍자가 아니면 해탈이다
네가 그렇고
내가 그렇고

네가 아니면 내가 그렇다

우스운 것이 사람의 죽음이다

우스워하지 않고서 생각할 수 없는 것이 사람의 죽음이다

팔월의 하늘은 높다

높다는 것도 이렇게 웃음을 자아낸다

누이야

나는 분명히 그의 앞에 절을 했노라

그의 앞에 엎드렸노라

모르는 것 앞에는 엎드리는 것이

모르는 것 앞에는 무조건하고 숭배하는 것이

나의 습관이니까

동생뿐이 아니라

그의 죽음뿐이 아니라

혹은 그의 실종뿐이 아니라

그를 생각하는

그를 생각할 수 있는

너까지도 다 함께 숭배하고 마는 것이

숭배할 줄 아는 것이

나의 인내이니까

"누이야 장하고나!"

나는 쾌활한 마음으로 말할 수 있다

이 광대한 여름날의 착잡한 숲 속에

홀로 서서

나는 돌풍처럼 너한테 말할 수 있다

모든 산봉우리를 걸쳐 온 돌풍처럼

당돌하고 시원하게

도회에서 달아나온 나는 말할 수 있다

"누이야 장하고나!"

　　　　　　　　　　—「누이야 장하고나! —신귀거래 7」 전문

　그런가 하면 이 시처럼 실제로 있었던 오래전 아버지의 죽음과 동
생의 사회적 죽음이 등장하기도 하는데 이 경우 역시 그로부터 유발
되는 실존적 사유와 태도를 확인할 수 있다. 시에 드러난 정황은 이
러하다. 시의 주체는 누이의 방에 '동생의 사진'이 걸려 있는 것을 본
다. 1950년 한국전쟁 당시 김수영뿐 아니라 그의 동생 김수경도 의
용군에 강제 입대하게 되는데 남아 있는 가족과는 소식이 끊겨버리
지만 북에 가족이 있다는 이유로 한국전쟁 당시는 물론 10년 가까이
가족들은 숨죽이고 살았다고 한다.[4] 이어령과 불온시 논쟁을 벌인
1968년에도 북에서 관현악단의 클라리넷 주자로 활동한 동생 김수
경의 일로 가족들이 조사를 받았다고 하니 김수영이 느꼈을 압박감
은 짐작할 만하다.

　5·16군사정변이 일어나고 약 석 달이 채 안 된 시점에서 쓰인 이
시에서 시의 주체는 오랫동안 동생의 사진을 정시하지 못한 것은 말
할 것도 없고 진혼가를 부르는 일조차 피해왔음을 고백한다. 1949년
에 쓴 「아버지의 사진」이라는 시에서 돌아가신 아버지의 사진조차
숨어서 봐야 했던 자신에 대해 고백한 바 있는데 우스꽝스러운 진혼

가였다는 후회까지 더해지면서 동생의 진혼가를 부를 생각은 더욱 하지 못했다는 것이다. 동생의 사진은 한편으로는 아버지의 사진과 장남으로서의 아버지에 대한 부채 의식을 떠올리게 했을 것이고 다른 한편으로는 의용군에 갔다가 탈출해서 빠져나와 포로수용소 생활을 해야 했던 자신의 과거를 떠올리게 했을 것이다. 아니, 그것은 단지 과거의 상처에 그치지 않고 '오빠'를 잊지 못하고 사진을 걸어두고 있는 동생을 통해 짐작할 수 있듯이 현재진행형의 상처와 그리움으로 존재했을 것이다. 그러면서도 그리움 자체가 위협이 되는 시대를 살아야 했을 김수영과 그의 가족의 실존적 상황을 고려하지 않고는 이 시를 읽을 수 없을 것이다.

　비판적 태도를 염두에 둔 풍자를 선택할 수 없다면 해탈의 경지에 이르지 않고서는 이 복잡한 상황을 견디기는 어려웠을 것이다. 시의 주체가 해탈, 즉 초월의 태도로 한발 비켜서 있었다면 누이는 연락이 닿지 않고 행방을 정확히 알 수 없는 '오빠'를 향해 그리움이라는 감정 그대로를 숨기지 않고 내비친다. 공공연히 이야기할 수 없는 것은 가족 모두 마찬가지였겠지만 애써 모른 척하며 피해온 시의 주체와는 달리 자기 방에라도 오빠의 사진을 걸어놓음으로써 그리움을 숨기지 않은 누이를 향해 시의 주체는 "쾌활한 마음으로" 말한다. "누이야 장하고나!"라고. 그것은 "우스운 것이 사람의 죽음"임을 깨달은 이의 해탈이기도 하다. 그런데 "모든 산봉우리를 걸쳐 온 돌풍처럼/당돌하고 시원하게" 장하다고 말하는 시의 주체의 해탈이 돌풍 같은 바람을 타고 온 것임을 눈여겨볼 필요가 있다. 경계를 넘어 초월하는 김수영 시의 상상력은 종종 바람을 동반한다.

나무뿌리가 좀 더 깊이 겨울을 향해 가라앉았다
이제 내 몸은 내 몸이 아니다
이 가슴의 동계動悸도 기침도 한기寒氣도 내 것이 아니다
이 집도 아내도 아들도 어머니도 다시 내 것이 아니다
오늘도 여전히 일을 하고 걱정하고
돈을 벌고 싸우고 오늘부터의 할 일을 하지만
내 생명은 이미 맡기어진 생명
나의 질서는 죽음의 질서
온 세상이 죽음의 가치로 변해 버렸다

익살스러울 만치 모든 거리距離가 단축되고
익살스러울 만치 모든 질문이 없어지고
모든 사람에게 고해야 할 너무나 많은 말을 갖고 있지만
세상은 나의 말에 귀를 기울이지 않는다

이 무언의 말
이 때문에 아내를 다루기 어려워지고
자식을 다루기 어려워지고 친구를
다루기 어려워지고
이 너무나 큰 어려움에 나는 입을 봉하고 있는 셈이고
무서운 무성의를 자행하고 있다

이 무언의 말
하늘의 빛이요 물의 빛이요 우연의 빛이요 우연의 말

죽음을 꿰뚫는 가장 무력한 말

죽음을 위한 말 죽음에 섬기는 말

고지식한 것을 제일 싫어하는 말

이 만능의 말

겨울의 말이자 봄의 말

이제 내 말은 내 말이 아니다

—「말」 전문

　1964년 11월 16일에 썼다는 메모가 적혀 있고 『문학춘추』 1965년 2월 호에 발표된 이 시는 '말'을 직접적인 소재이자 제목으로 삼고 있다는 점에서 우선 눈에 띈다. "나무뿌리가 좀 더 깊이 겨울을 향해 가라앉았다"라는 첫 문장은 겨울이라는, 죽음을 상징하는 시간의 무게를 전달하며 1연 마지막 문장 "온 세상이 죽음의 가치로 변해 버렸다"라는 문장을 예비한다. 시의 주체는 "이제 내 몸은 내 몸이 아니"고 몸이 느끼는 동계, 기침, 한기와 같은 감각은 물론 "이 집도 아내도 아들도 어머니도" "내 것이 아니"라고 말한다. '나'는 모든 것을 상실한 자이다. "내 생명은 이미 맡기어진 생명"이고 "나의 질서는 죽음의 질서"이다. "온 세상이 죽음의 가치로 변해 버렸다"고 느낄 만큼 절망적인 상황은 어디에서 연유한 것일까? 2연에 그려진 "익살스러울 만치 모든 거리가 단축되고/익살스러울 만치 모든 질문이 없어"진 상황에서 그 원인을 찾아볼 수 있겠다. 거리는 세상과 나, 타자와 주체 간에 놓인 최소한의 비평적 거리를 뜻하는 것일 텐데 "익살스러울 만치 모든 거리가 단축"었다는 것은 바로 그런 비평적 거리가 사라졌음을 가리킨다. 그런 상황을 시의 주체는 "익살스러울 만치"라고 표현함으로써 역설적으로 최소한의 비평적 거리를 유지한다. 비평적 거리가 좁혀졌으니 모든 질문이 없어지는 것은 자연스러운 수순일지도 모르겠다. 그런 상황에서도 시의 주체는 "모든 사람에게 고해야 할 너무나 많은 말을 갖고 있지만/세상은 나의 말에 귀를 기울이지 않는다"고 말한다. 비평적 거리와 질문이 사라진 시대에 누가 시인의 말에 귀 기울이겠는가?

그러므로 시의 주체는 자신의 말을, 다시 말해 시를 "이 무언의 말"이라고 부른다. '무언의 말'이라는 모순이야말로 김수영에게 시의 존재론이자 시인의 존재론에 대한 사유를 가능케 하는 출발의 자리다. 너무나 많은 말을 가지고 있지만 소통해야 하는 대상에게 전달되지 않는 말이라면 그것은 현실에서 아무런 힘을 발휘할 수 없는 무언의 말, "무서운 무성의를 자행하고 있"는 무력한 말일 수밖에 없겠다. 무언의 말은 잠재성으로 존재하고 아직 전달되지 않았다는 점에서 "하늘의 빛이요 물의 빛이요 우연의 빛이요 우연의 말"이 될 수 있는 무한한 가능성을 지닌 말이지만, "온 세상이 죽음의 가치로 변해" 버린 곳에서는 "죽음을 꿰뚫는 가장 무력한 말"이자 "죽음을 위한 말 죽음에 섬기는 말"이 될 수밖에 없다. "만능의 말"이자 "가장 무력한 말", "겨울의 말이자 봄의 말"이다.

그러나 한편으로 "이제 내 말은 내 말이 아니다"라는 선언은 앞서 1연 2행에 등장하는 "이제 내 몸은 내 몸이 아니다"라는 절망의 반복은 아니다. "이제 내 말은 내 말이 아니다" 바로 앞에 "이 만능의 말"이 "겨울의 말이자 봄의 말"임을 슬그머니 끼워 넣고 있음을 눈여겨볼 필요가 있다. "나무뿌리가 좀 더 깊이 겨울을 향해 가라앉았"지만 겨울이 깊을수록 봄을 향한 기다림도 깊어지고 결국 그 열망으로 봄을 불러올 수 있게 된다. "이 무언의 말"이자 "만능의 말"은 "겨울의 말"에 그치지 않고 "봄의 말"이 될 가능성을 배태하고 있다. 그러므로 "이제 내 말은 내 말이 아니다"라는 고백이자 선언은, 시적 주체의 절망을 드러내는 것이면서 동시에 절망을 뚫고 일어나 '내 말'의 한계를 넘어설 가능성을 보여준다. 1958년에 쓴 「말」에서 "나의 〈말〉을 하지 못하는 나를 미워하였"던 김수영 시의 주체는 1964년의 「말」에 와서는 "내 말은 내 말이 아니"게 되었음에 절망하면서 동시에 바로 그 절망의 겨울에 침잠함으로써 절망을 극복하고 '내 말'의 한계를 넘어 '봄의 말'에 다가가고자 끈질긴 싸움을 벌인다.

3. 금 간 사랑의 존재론

김수영의 시에서 사랑이라는 말이 제일 먼저 확인되는 시는 「애정지둔」이다. 1953년에 쓴 것으로 알려진 「애정지둔」은 김수영 시에서 사랑에 대한 인식이 어디서 발생했는지 짐작게 한다. "조용한 시절은 돌아오지 않았다/그 대신 사랑이 생기었다/굵다란 사랑"이라는 시의 첫 부분에서 드러나듯이 1953년 부산 거제리 포로수용소 제14 야전병원에서 풀려나온 후 시의 주체가 마주한 세상이 달라졌음을 알 수 있다. 조용한 시절은 가버렸지만 그 대신 시의 주체는 사랑과 생활의 백골을 마주하게 되었다. 사랑이 떠나자 비로소 사랑을 인식하는 모순을 시의 주체는 "사랑은 고독이라고 내가 나에게 재긍정하는 것"을 통해 드러낸다.

고색이 창연한 우리 집에도
어느덧 물결과 바람이
신선한 기운을 가지고 쏟아져 들어왔다

이렇게 많은 식구들이
아침이면 눈을 부비고 나가서
저녁에 들어올 때마다
먼지처럼 인색하게 묻혀 가지고 들어온 것

얼마나 장구한 세월이 흘러갔던가
파도처럼 옆으로
혹은 세대를 가리키는 지층의 단면처럼 억세고도 아름다
운 색깔―

누구 한 사람의 입김이 아니라
모든 가족의 입김이 합치어진 것
그것은 저 넓은 문창호의 수많은
틈 사이로 흘러들어 오는 겨울바람보다도 나의 눈을 밝게
한다

조용하고 늠름한 불빛 아래
가족들이 저마다 떠드는 소리도
귀에 거슬리지 않는 것은
내가 그들에게 전령全靈을 맡긴 탓인가

내가 지금 순한 고개를 숙이고
온 마음을 다하여 즐기고 있는 서책은
위대한 고대 조각의 사진

그렇지만
구차한 나의 머리에
성스러운 향수鄕愁와 우주의 위대감을 담아 주는 삽시간의
자극을
나의 가족들의 기미 많은 얼굴에 비하여 보아서는 아니 될
것이다

제각각 자기 생각에 빠져 있으면서
그래도 조금이나 부자연한 곳이 없는
이 가족의 조화와 통일을
나는 무엇이라고 불러야 할 것이냐

차라리 위대한 것을 바라지 말았으면
유순한 가족들이 모여서
죄 없는 말을 주고받는
좁아도 좋고 넓어도 좋은 방 안에서
나의 위대의 소재所在를 생각하고 더듬어 보고 짚어 보지 않
았으면

거칠기 짝이 없는 우리 집안의

한없이 순하고 아득한 바람과 물결—

이것이 사랑이냐

낡아도 좋은 것은 사랑뿐이냐

—「나의 가족」 전문

　현실의 사랑을 상실을 통해 노래하기 시작한 김수영 시에서 사랑의 의미가 변화하기 시작하는 것은 「나의 가족」에 와서이다. 1954년에 쓴 것으로 알려진 이 시는 시에 드러난 정황으로 미루어보건대 포로수용소에서 놓여난 후 부산에 머물다 서울에 올라온 김수영이 신당동에서 다른 가족과 함께 살던 시기에 쓴 것으로 판단된다. 피난지에서 김현경 여사가 올라온 뒤 성북동으로 분가해 나가기 전에 쓴 시로 보인다. 개개의 가족 구성원을 역할명으로 부르지 않고 '가족'이라고 통칭한 점도 김수영의 다른 시와 비교할 때 눈에 띄는 특징이다.

　'나의 가족'에게 일어난 변화에 주목하는 이 시에서 "물결과 바람"이 "신선한 기운을 가지고 쏟아져 들어"오면서 가족에게 변화가 일어났다고 인식하는 부분을 눈여겨볼 필요가 있다. 김수영의 시에서 고정된 자리에 갇히지 않고 경계를 넘나들게 하는 변화와 월경을 가능하게 하는 것은 대개 바람의 상상력에 기대고 있다. 이 시에서도 '우리 집'에 불기 시작한 신선한 기운을 "이렇게 많은 식구들이/아침이면 눈을 부비고 나가서/저녁에 들어올 때마다/먼지처럼 인색하게 묻혀 가지고 들어온 것"으로 풀어내고 있다. 그것은 개개의 주체가 생활인으로서 살아가며 획득하는 생활의 기운이자 세월의 바람 같은 것이겠다. "누구 한 사람의 입김이 아니라/모든 가족의 입김이 합치어진" 그것은 "나의 눈을 밝게 한다". "가족들이 저마다 떠드는 소리도/귀에 거슬리지 않"고, "구차한 나의 머리에/성스러운 향수鄕愁와 우주의 위대감을 담아 주는 삽시간의 자극을" 제공하는 "위대한 고대 조각의 사진"이 들어 있는 서책도 "나의 가족들의 기미 많은 얼굴에 비하여 보아서는 아니"된다고 시의 주체는 말한다. 위대함을 서책이나 고대 조각 같은 예술작품에서만 찾던 시의 주체는 "제각각 자기 생각에 빠져 있으면서/그래도 조금이나 부자연한 곳이 없는/이 가족의 조화와 통일"에서 생활의 가치를 발견한다. 그것은 서책이나 예술작품이 주는 새로운 자극이나 위대함과는 분명 다르지만 그 또한 "거칠기 짝이 없는 우리 집안의/한없이 순하고 아득한 바람과 물결"임을 시의 주체는 인정한다. "이것이 사랑이냐"고 물을 때 김수영 시에서 사랑의 의미는 다시 한 번 확장된다. 그러나 시의 마지막 전언이 닫히는 형식이 아니라 의문을 품고 열리는 형식으로 마무리되면서 "낡아도 좋은 것은 사랑뿐이냐"는 물음이 확신의 형식이라기보다는 의심을 품고 있는 형식임을, 그리하여 "한없이 순하고 아득한 바람과 물결"이 여기서 잦아드는 것이 아니라 또 다른 바람과 물결을 불러올 수도 있음을 상상하게 한다.

김수영이 어떤 대상을 사랑한다고 말할 때 때로는 부정적인 대상까지도 그 안에 포함된다. 「사랑의 변주곡」은 그 절정을 보여주는 시이지만, 그 이전에 쓴 「모리배」 같은 시에서도 "나의 팔을 지배하고 나의/밥을 지배하고 나의 욕심을 지배"하며 "언어의 단련을 받는" "모리배", "우둔한 그들을 사랑한다"고 말한 바 있다. 『신태양』 1959년 5월에 발표된 이 시의 창작 계기는 「시작詩作에 있어서의 한자 문제」[5]라는 산문에 밝혀져 있다. 당시 생업으로 번역일을 하던 김수영은 절반가량 먼저 번역을 해서 보낸 원고를 출판사 사환 아이가 도로 가지고 와서 한자가 많으니 우리말로 쉽게 풀어 써달라는 출판사 사장의 말을 전하자 화를 내며 돌려보낸 뒤 그날 밤 「모리배」라는 시를 썼다는 것이다. 이 시에 대해 김수영은 "시 「모리배」에서 '시작에 있어서의 한자 문제'의 구체적 해결책을 기대하는 독자라면 반드시 환멸을 느낄 것이니" 그런 독자들은 이 시를 찾아보지 말 것을 명시하고 있기도 하다. 생업으로 번역일을 하면서 출판사 사장의 요구를 무시할 수만은 없었던 김수영의 처지가 이런 자조적인 태도를 낳기도 했지만 "생활과 언어가 이렇게까지 나에게/밀접해진 일은 없다"라는 고백처럼 번역을 통해 단련되면서 터득한 언어 역시 그에게 소중한 것임을 그는 이미 알고 있었을 것이다.

시인을 누구보다 존중하고 철학자에 비견되는 가능성을 그로부터 찾고자 했던 하이데거뿐만 아니라 출판사 사장 같은 "모리배" 역시 그의 언어를 단련시키는 존재라는 점에서 기꺼이 사랑의 대상이 된다. 자신의 처지에 대한 자조마저도 끌어안는 태도야말로 고정된 생각에 갇히지 않고 끊임없이 경계를 의심하고 사랑의 대상을 확장하며 자신의 존재를 실험하는 김수영의 사랑의 성격을 보여주는 것은 아닐까. '하이데거'와 '모리배'는 멀리 떨어져 있지만 "내 시의 비밀은 내 번역을 보면 안다"[6]고 말한 김수영의 말을 기억할 때 그 거리는 사실상 그렇게 멀지 않음을 짐작하게 된다. "아아 모리배여 모리배여/나의 화신이여"라는 구절로 이 시가 마무리되는 것은 모리배의 언어마저 "나의 가슴"에 품을 수 있을 때 하이데거가 말한 '존재의 집'으로서의 언어이자 시의 자리에 가닿을 수 있음을 깨달았기 때문일 것이다.

어둠 속에서도 불빛 속에서도 변치 않는
사랑을 배웠다 너로 해서

그러나 너의 얼굴은
어둠에서 불빛으로 넘어가는
그 찰나에 꺼졌다 살아났다
너의 얼굴은 그만큼 불안하다

번개처럼
번개처럼
금이 간 너의 얼굴은

—「사랑」전문

　　김수영의 시에서 '사랑'의 의미는 끊임없이 변화하며 성장하는
데, 그것은 달리 말하면 사랑하는 대상에 대한 깊은 이해로부터 비
롯되는 것이다. 1960년 1월 31일 자 『동아일보』에 발표된 이 시는 불
변의 감정으로서의 사랑에서 더 나아가 "어둠에서 불빛으로 넘어가
는/그 찰나에 꺼졌다 살아났다" 하는 '불안'의 감정과 순간성까지도
끌어안는 사랑의 의미를 발견하기에 이른다. 사랑은 불변하고 영원
히 지속되는 완결된 감정만이 아니라 불안한 '너'의 얼굴만큼이나
찰나에 꺼졌다 살아나는 변화무쌍하고 순간적인 감정이기도 함을
"너로 해서" 배웠다고 시의 주체는 고백한다. "어둠 속에서도 불빛
속에서도 변치 않는/사랑을""너로" 인해 배웠다고 생각했지만 '너'
라는 대상은 고정되어 있지 않고 늘 변하게 마련이다. "너의 얼굴"에

서 찰나의 불안까지 읽게 된 시의 주체는 더 이상 불변의 사랑을 믿지는 못할 것이다. 불변의 사랑이 아니라 불안 속에서 끊임없이 변하는 것이야말로 사랑의 속성임을 알아버렸을 테니 말이다. "번개처럼/번개처럼/금이 간 너의 얼굴은" 요동치며 변화하게 될 사랑을 예고한다. 영원불변의 일방적이고 고정된 관계가 아니라 끊임없이 변화하며 주고받는 상호적인 관계가 사랑임을 시의 주체는 불안 속에서 예감했을 것이다.[7] "금이 간 너의 얼굴"은 사랑의 불안하고 위태로운 존재론을 가장 잘 보여주는 상징이라고 볼 수 있다.

삶은 계란의 껍질이
벗겨지듯
묵은 사랑이
벗겨질 때
붉은 파밭의 푸른 새싹을 보아라
얻는다는 것은 곧 잃는 것이다

먼지 앉은 석경 너머로
너의 그림자가
움직이듯
묵은 사랑이
움직일 때
붉은 파밭의 푸른 새싹을 보아라
얻는다는 것은 곧 잃는 것이다

새벽에 준 조로의 물이

대낮이 지나도록 마르지 않고

젖어 있듯이

묵은 사랑이

뉘우치는 마음의 한복판에

젖어 있을 때

붉은 파밭의 푸른 새싹을 보아라

얻는다는 것은 곧 잃는 것이다

—「파밭 가에서」 전문

『자유문학』 1960년 5월 호에 발표된 이 시에서도 사랑은 새로운 의미를 획득한다. 이 시에서 김수영의 사랑에 새로운 인식을 더해주는 것은 자연이다. 「파밭 가에서」는 김수영이 자연에서 발견한 사랑의 역설을 보여준다는 점에서 주목을 요한다. 3연으로 구성된 이 시는 "-이(가)/-듯/묵은 사랑이/~(으)ㄹ 때/붉은 파밭의 푸른 새싹을 보아라/얻는다는 것은 곧 잃는 것이다"라는 표현이 연마다 반복되는 구조를 띠고 있다. 각 연을 구성하는 마지막 2행은 동일하게 반복되지만, 그 앞에 오는 동일한 구문의 표현은 조금씩 변주되어서 1연은 6행, 2연은 7행, 3연은 8행으로 점층적으로 확장되는 구조를 띠고 있는 것도 특기할 만하다. 2연에서는 "먼지 앉은 석경 너머로"가 제일 앞에 삽입되어 7행을 이루고, 3연에서는 각 절의 주어와 술어 사이에 한 행씩이 더 삽입되어 8행을 이루고 있다. 1연에서는 삶은 계란의 껍질이 벗겨지는 것과 묵은 사랑이 벗겨지는 것이, 2연에서는 먼지 앉은 석경 너머로 너의 그림자가 움직이는 것과 묵은 사랑이 움직이는 것이, 3연에서는 새벽에 준 조로의 물이 대낮이 지나도록 마르지 않고 젖어 있는 것과 묵은 사랑이 뉘우치는 마음의 한복판에 젖어 있는 것이 나란히 비유된다. 묵은 사랑이 벗겨지고 움직이고 젖어 있을 때 새로운 사랑이자 새로운 생명이 솟아날 수 있음을 시인은 자연으로부터 배운다.

각 연의 마지막 행에 등장하는 "얻는다는 것은 곧 잃는 것이다"라는 문장은 시적 역설인데, 이것은 '잃는다는 것은 곧 얻는 것이다'라는 의미이기도 하다. 자연을 통해 김수영의 사랑은 얻는 것이 곧 잃는 것이고 잃는 것이 곧 얻는 것이라는 역설에 도달한다. 이때 벗겨지고 움직이고 젖어 있는 동사들은 모두 하나의 경계를 넘어 이동하거나 번지는 것을 가리킨다는 점을 기억할 필요가 있다. 김수영의 사랑은 이렇게 경계를 넘어 이동하고 번지는 상상력과 긴밀히 연관되어 "붉은 파밭의 푸른 새싹" 같은 생명력을 획득한다.

김수영이 4·19혁명을 온몸으로 겪으며 기대와 실망감을 느끼고, 일찌감치 가지고 있던 혁명의 실패에 대한 불안한 예감을 현실화한 5·16군사정변으로 인해 좌절과 모멸감을 경험하면서, 김수영 시의 사랑은 다시 한 번 성찰의 기회를 얻는다. 김수영 시의 주체는 한없이 작아져 침잠하는 자신의 부끄러움을 정시正視하고 마침내 그런 자신마저 사랑하고야 만다. 1961년 6월 3일에 탈고해 1961년 12월에 『현대문학』에 발표한 「여편네의 방에 와서—신귀거래 1」은 그런 사랑의 의미 이동을 잘 보여주는 시이다. 시의 주체는 "점점 어린애/태양 아래의 단 하나의 어린애", "점의 어린애"가 된 자신을 "오히려" "더 사랑하고" 더 나아가 확장된 나, 그리고 나를 둘러싼 존재들까지도 사랑하는 법을 알게 된다. 지독한 침잠의 시간을 거쳐 본래적 존재로서의 자기를 만나고 마침내 자신이 관계 맺고 있는 세계로 시선을 확장할 가능성을 열어준다는 점에서 이 시는 '사랑'이라는 주제의 측면에서도 주목할 만하다.

> 욕망이여 입을 열어라 그 속에서
> 사랑을 발견하겠다 도시의 끝에
> 사그러져 가는 라디오의 재갈거리는 소리가
> 사랑처럼 들리고 그 소리가 지워지는
> 강이 흐르고 그 강 건너에 사랑하는
> 암흑이 있고 삼월을 바라보는 마른 나무들이
> 사랑이 봉오리를 준비하고 그 봉오리의
> 속삭임이 안개처럼 이는 저쪽에 쪽빛
> 산이
>
> 사랑의 기차가 지나갈 때마다 우리들의
> 슬픔처럼 자라나고 도야지우리의 밥찌끼
> 같은 서울의 등불을 무시한다
> 이제 가시밭, 덩쿨장미의 기나긴 가시 가지
> 까지도 사랑이다
>
> 왜 이렇게 벅차게 사랑의 숲은 밀려닥치느냐
> 사랑의 음식이 사랑이라는 것을 알 때까지
>
> 난로 위에 끓어오르는 주전자의 물이 아슬

아슬하게 넘지 않는 것처럼 사랑의 절도節度는

열렬하다

간단間斷도 사랑

이 방에서 저 방으로 할머니가 계신 방에서

심부름하는 놈이 있는 방까지 죽음 같은

암흑 속을 고양이의 반짝거리는 푸른 눈망울처럼

사랑이 이어져 가는 밤을 안다

그리고 이 사랑을 만드는 기술을 안다

눈을 떴다 감는 기술―불란서 혁명의 기술

최근 우리들이 4·19에서 배운 기술

그러나 이제 우리들은 소리 내어 외치지 않는다

복사씨와 살구씨와 곶감씨의 아름다운 단단함이여

고요함과 사랑이 이루어 놓은 폭풍의 간악한

신념이여

봄베이도 뉴욕도 서울도 마찬가지다

신념보다도 더 큰

내가 묻혀 사는 사랑의 위대한 도시에 비하면

너는 개미이냐

아들아 너에게 광신을 가르치기 위한 것이 아니다

사랑을 알 때까지 자라라

인류의 종언의 날에

너의 술을 다 마시고 난 날에

미대륙에서 석유가 고갈되는 날에

그렇게 먼 날까지 가기 전에 너의 가슴에

새겨 둘 말을 너는 도시의 피로에서

배울 거다

이 단단한 고요함을 배울 거다

복사씨가 사랑으로 만들어진 것이 아닌가 하고

의심할 거다!

복사씨와 살구씨가

한번은 이렇게

사랑에 미쳐 날뛸 날이 올 거다!

그리고 그것은 아버지 같은 잘못된 시간의

그릇된 명상이 아닐 거다

—「사랑의 변주곡」전문

　　김수영의 시에서 사랑은 이후 「거대한 뿌리」(『사상계』, 1964. 5),
「65년의 새해」(『조선일보』, 1965. 1. 1) 등을 거치며 자연스럽게 이 땅
의 역사를 품어 안게 된다. 이미 부정성마저 끌어안는 사랑의 모습
을 보여줬던 김수영의 시는 그 크기마저 역사와 전통을 향해 확장하
며 "더러운 전통"(「거대한 뿌리」)과 "38선 안"과 "밖에서 받은 모든 굴
욕"(「65년의 새해」)까지도 사랑하게 된다. 이 시들이야말로 「사랑의
변주곡」의 예고편이었는지도 모른다.

　　1967년 2월 15일에 탈고하고 나서 1년이 넘도록 지면에 발표하지
않아 「풀」과 함께 『현대문학』 1968년 8월 호에 유고로 발표된 「사랑
의 변주곡」은 단 한 편으로도 압도적인 존재감을 드러내는 김수영

의 사랑론이자 사랑의 존재론이다. 사랑에 대한 김수영의 시적 사유의 결정판이자 발표 시기로 인해 후대에게 남긴 유언이자 예언처럼 읽히기도 하는 시이다. '사랑의 봉오리'가 "가시밭, 덩쿨장미의 기나긴 가시 가지"를 거쳐 벅차게 밀려오는 "사랑의 숲"을 이루는 이 시는 사랑을 발견하고 의심하고 확장하며 시인으로서 김수영이 살아낸 질곡의 시간과 그로부터 발명한 사랑의 의미를 보여주고 있다. 마치 "사랑의 기차가 지나"가듯이 1연에서는 '도시의 끝-강-강 건너-삼월을 바라보는 마른 나무-쪽빛 산'으로 이어지는 공간의 이동과 시간의 흐름이 그려지며 사랑의 의미가 어떻게 발명되어가는지 보여준다.

"난로 위에 끓어오르는 주전자의 물이 아슬/아슬하게 넘지 않는" "사랑의 절도"를 깨닫기까지 시의 주체는 "이 방에서 저 방으로 할머니가 계신 방에서/심부름하는 놈이 있는 방까지 죽음 같은/암흑 속을 고양이의 반짝거리는 푸른 눈망울처럼/사랑이 이어져 가는 밤"을 보내야 했을 것이다. "불란서 혁명", "4·19" 등 역사의 실패를 통해서도 "사랑을 만드는 기술", 즉 혁명의 시간보다 혁명 이후의 시간을 살아가는 것이 더 중요함을 절감했을 것이다. 그리하여 마침내 "복사씨와 살구씨와 곶감씨의 아름다운 단단함"이라는 사랑의 의미를 발명하기에 이른다. "복사씨와 살구씨가/한번은 이렇게/사랑에 미쳐 날뛸 날이 올" 것임을 예언하는 사랑의 말은 시인이 세상을 등진 해로부터 54년이 지나고 시인이 태어난 해로부터 100년이 지난 오늘날에도 여전히 살아 숨 쉬고 있다. 김수영 시의 생명력은 "아버지 같은 잘못된 시간의/그릇된 명상"을 인정하는 태도로부터 오는 것이기도 하다. 오래전 미리 사랑의 씨앗을 심어놓은 김수영은 오늘날을 살아가는 후대의 독자들에게 기꺼이 몸을 내주며 자신의 시를 넘어설 자리를 마련해준다.[8] 이 사랑의 존재론에 난로 위 주전자의 물이 끓으면서도 넘치지 않고 아슬아슬하게 경계를 오가는 상상력이나 공간을 이동하며 사랑이 이어져가는 상상력, 시간의 경계를 지나가는 상상력, 복사씨와 살구씨가 사랑에 미쳐 날뛰며 꽃을 피우고 열매를 맺게 하는 폭발과 확산의 상상력이 작용하고 있음을 또한 각별히 기억해야 할 것이다.

4. 끝나지 않은 혁명, 자유의 다른 이름

김수영에게 자유와 혁명은 동전의 양면과도 같은 관계이다. 1921년 식민지 조선에서 태어나 1945년 해방을 맞이하며 자유의 의미와 가치를 실감했을 시인은 해방된 조국에서 선후배 동료 문인들과 어울리며 연극에서 시로 전향하고 '신시론' 동인과 함께『새로운 도시와 시민들의 합창』을 내기도 하면서 활발히 활동한다. 하지만 한국전쟁이 발발하며 김수영의 삶은 걷잡을 수 없는 소용돌이에 휘말리게 된다. 의용군 입대와 탈출, 부산 거제리 포로수용소 제14 야전병원에서의 포로 생활과 석방 등등.

1953년 5월 5일에 탈고한 미발표시「조국에 돌아오신 상병포로 동지들에게」는 한국전쟁을 겪고 난 후 1953년 무렵의 김수영의 사유를 짐작게 하는 시이다. 1953년 봄 휴전협정과 포로 교환 논의가 진행되면서 부상당한 포로들을 먼저 교환하기로 했는데 이 시는 바로 조국에 돌아오는 상병포로들에게 바치는 시이자[9] 한국전쟁기 김수영의 행적을 짐작게 하는 시이다. 김수영은 한국전쟁기 자신의 행보를 한마디로 "그것은 자유를 찾기 위하여서의 여정이었다"라고 정리한다. "나는 자유를 찾아서 포로수용소에 온 것"이라는 표현은 매우 역설적이지만 이 시기 김수영의 행적을 떠올리면 충분히 납득이 되는 표현이기도 하다. 사실 이 시는 김수영이 상병포로에게 바치는 시를 빌려 최소한의 자기변호를 시도한 시로도 읽을 수 있다. 흥미로운 것은 이 시가 지면에 발표되지 않았다는 점, 그리고 나름의 목적을 가진 시임에도 1951년 3월 16일 거제도 제61 수용소와 제62 적색수용소 사이에서 일어난 우익 포로와 좌익 포로 간의 무력충돌을 언급하고 있다는 점, "나는 지금 자유를 연구하기 위하여 『나는 자유를 선택하였다』의 두꺼운 책장을 들춰 볼 필요가 없다"라는 다소 중의적으로 읽히는 표현과 "포로수용소가 너무나 자유의 천당이었"다는 강한 역설의 표현을 드러내고 있다는 점이다. 분명하게 체제 지향적인 이런 시에서조차 김수영은 고정된 경계를 뛰어넘는 상상력을 드러내고 있다. 한국전쟁이 김수영에게 자유의 의미를 자각하게 하는 계기가 된 것만은 분명하다. 이후 시인으로서 김수영의 삶과 시 쓰기는 그야말로 "자유를 찾기 위하여서의 여정"이 된다. 한 개인으로서의 정치적 자유와 시인으로서의 문학적 자유, 더 나아가 초월적 자유에 이르기까지 자유를 찾기 위한 고투가 그의 삶과 함께 계속된 셈이다.

　　사람이란 사람이 모두 고민하고 있는
　　어두운 대지를 차고 이륙하는 것이
　　이다지도 힘이 들지 않는다는 것을 처음 깨달은 것은

우매한 나라의 어린 시인들이었다

헬리콥터가 풍선보다도 가벼웁게 상승하는 것을 보고

놀랄 수 있는 사람은 설움을 아는 사람이지만

또한 이것을 보고 놀라지 않는 것도 설움을 아는 사람일 것
이다

그들은 너무나 오랫동안 자기의 말을 잊고

남의 말을 하여 왔으며

그것도 간신히 더듬는 목소리로밖에는 못해 왔기 때문이다

설움이 설움을 먹었던 시절이 있었다

이러한 젊은 시절보다도 더 젊은 것이

헬리콥터의 영원한 생리生理이다

1950년 7월 이후에 헬리콥터는

이 나라의 비좁은 산맥 위에 자태를 보이었고

이것이 처음 탄생한 것은 물론 그 이전이지만

그래도 제트기나 카고보다는 늦게 나왔다

그렇지만 린드버그가 헬리콥터를 타고서

대서양을 횡단하지 않았기 때문에

우리는 지금 동양의 풍자諷刺를 그의 기체機體 안에 느끼고
야 만다

비애의 수직선을 그리면서 날아가는 그의 설운 모양을

우리는 좁은 뜰 안에서뿐만 아니라

심지어는 항아리 속에서부터라도 내어다볼 수 있고

이러한 우리의 순수한 치정痴情을

헬리콥터에서도 내려다볼 수 있을 것을 짐작하기 때문에
"헬리콥터여 너는 설운 동물이다"

―자유
―비애

더 넓은 전망이 필요 없는 이 무제한의 시간 위에서
산도 없고 바다도 없고 진흙도 없고 진창도 없고 미련도 없이
앙상한 육체의 투명한 골격과 세포와 신경과 안구까지
모조리 노출 낙하시켜 가면서
안개처럼 가벼웁게 날아가는 과감한 너의 의사 속에는
남을 보기 전에 네 자신을 먼저 보이는
긍지와 선의가 있다
너의 조상들이 우리의 조상과 함께
손을 잡고 초동물超動物 세계 속에서 영위하던
자유의 정신의 아름다운 원형을
너는 또한 우리가 발견하고 규정하기 전에 가지고 있었으며
오늘에 네가 전하는 자유의 마지막 파편에
스스로 겸손의 침묵을 지켜 가며 울고 있는 것이다
                                    ―「헬리콥터」전문

　헬리콥터는 중의적인 대상이다. 착륙과 이륙의 장소에 상대적으로 덜 구애받고 "풍선보다도 가벼웁게 상승"하고 "안개처럼 가벼웁게 날아가는" 비행 물체라는 점에서 자유의 상징으로 그려지지만

한편으로는 헬리콥터가 한국전쟁과 함께 이 땅에 본격적으로 출현했다는 점에서 우리에게는 한국전쟁을 상기시키는 비애의 물체이기도 하다. 이 시는 헬리콥터라는 대상을 향한 바로 이 양가감정에 기반하고 있다. 헬리콥터를 보며 시의 주체가 설움이라는 감정을 떠올리는 까닭은 헬리콥터에서 "자유의 정신의 아름다운 원형"을 발견했기 때문이다. 그것은 동시에 일제강점기와 한국전쟁을 거치며 부자유한 삶을 오래도록 살아야 했던 우리들을 떠올리게 한다. 1955년에 탈고해 1956년 4월 10일 『신세계』 3호에 발표된 이 시에는 한국전쟁의 체험과 기억이 자연스럽게 녹아 있다. "그들은 너무나 오랫동안 자기의 말을 잊고/남의 말을 하여 왔으며/그것도 간신히 더듬는 목소리로밖에는 못해 왔기 때문이다"라고 시의 주체가 말할 때 '그들'이 지칭하는 대상에 김수영을 비롯한 김수영 세대가 대입되는 것은 자연스러운 연상이다.

일제강점기를 거치며 너무나 오랫동안 자기의 말을 잊고 남의 말을 해온 사람들에게 자유는 더없이 소중한 것이었다고 할 수 있다. 하지만 해방을 맞은 지 불과 5년이 채 안 되어 다시 이 땅은 전쟁에 휘말리게 된다. 같은 민족끼리 이념에 따라 나뉘고 총칼을 겨누어야 했던 비극적인 전쟁이었다. 헬리콥터를 보며 "동양의 풍자"를 느끼는 것 또한 동양의 많은 나라들이 피식민지가 되는 운명을 겪은 사실과도 무관하지 않을 것이다. 일제의 식민지였던 경험이 온전히 자율적이지 못한 해방을 불러왔고 다시 미소 냉전 체제에서 이념의 대리전이 된 이 땅이 한국전쟁에 휘말려야 했음을, 그리고 더없이 처참했던 전쟁의 기억이 아직도 이 땅에 심한 상흔을 남겼던 시기에 이 시가 쓰였음을 기억할 때 헬리콥터를 바라보는 주체의 양가감정은 이해되고도 남는 것이다.

헬리콥터를 "설운 동물"이라 지칭한 후 헬리콥터로부터 자유와 비애를 발견한 시의 주체는 "앙상한 육체의 투명한 골격과 세포와 신경과 안구까지/모조리 노출 낙하시켜 가면서/안개처럼 가벼웁게 날아가는 과감한" 존재로 헬리콥터의 성격을 규정한다. '제트기나 카고' 같은 다른 비행기에 비해 앙상한 육체의 투명한 골격을 노출하고 있는 볼품없는 모습의 헬리콥터가 오히려 활주로도 필요 없이 수직으로 자유롭게 비상하고 이동 방향도 자유로운 모습을 "남을 보기 전에 네 자신을 먼저 보이는/긍지와 선의"로 해석하는 부분이 특히 인상적이다. 헬리콥터에서 시의 주체는 어떤 실존적 태도를 발견하는데 그것은 "자유의 정신의 아름다운 원형"이 된다.

……활자는 반짝거리면서 하늘 아래에서
간간이
자유를 말하는데
나의 영靈은 죽어 있는 것이 아니냐

벗이여
그대의 말을 고개 숙이고 듣는 것이
그대는 마음에 들지 않겠지
마음에 들지 않아라

모두 다 마음에 들지 않아라
이 황혼도 저 돌벽 아래 잡초도

담장의 푸른 페인트빛도
저 고요함도 이 고요함도

그대의 정의도 우리들의 섬세도
행동이 죽음에서 나오는
이 욕된 교외에서는
어제도 오늘도 내일도 마음에 들지 않아라

그대는 반짝거리면서 하늘 아래에서
간간이
자유를 말하는데
우스워라 나의 영은 죽어 있는 것이 아니냐

— 「사령死靈」 전문

「사령」은 1959년에 탈고해 『신문예』 1959년 8·9월 합병호에 발표한 시이다. '사령'은 '죽은 사람의 넋'을 가리키는 말인데 이 시에서는 죽은 것과 다름없는 무기력한 상태의 시의 주체를 자조적으로 비유하고 있다. 4·19혁명이 일어나기 전 부정부패와 부조리로 가득하고 희망 없던 한국 사회 전반에 퍼진 무기력한 분위기를 이 시에서 읽을 수 있다. "간간이/자유를 말하는" "활자"가 없었던 것은 아니지만 떨치고 일어날 만한 기운이 시의 주체에게는 없어 보인다. '벗'은 "그대의 말을 고개 숙이고 듣는" '나'를 마음에 들지 않아 하고 나 또한 "모두 다 마음에 들지 않"기는 매한가지다. "이 황혼도 저 돌벽 아래 잡초도/담장의 푸른 페인트빛도/저 고요함도 이 고요함도" "그대의 정의도 우리들의 섬세도" "어제도 오늘도 내일도 마음에 들지 않"는다고 시의 주체는 말한다. 푸른빛조차 빛을 잃은(게다가 자연의 빛이 아니라 푸른 페인트빛이다) 살아 있으되 살아 있는 것이 아닌 자신을 보며 "우스워라 나의 영靈은 죽어 있는 것이 아니냐" 자조하지만 좀처럼 죽은 넋의 상태에서 깨어날 것처럼 보이지 않는다. 그나마 '사령'과 대립되는 자리에 놓여 있는 것이 간간이 말해지는 '자유'임은 주목할 필요가 있다. 지독한 무기력과 절망감에 빠져 있는 시의 주체는 죽음과도 같은 상태를 경험하고 비로소 바닥을 치고 올라올 가능성을 예비했을 테니 말이다. "간간이/자유를 말하는" "활자"가 하늘 아래에서 반짝거린다는 사실 또한 눈여겨볼 필요가 있지 않을까? 죽어 있는 것과 같은 상태의 시의 주체가 바닥으로 가라앉고 침잠하고 있다면, 자유는 비록 간간이 말해지지만 "반짝거리면서 하늘 아래에서" 있다. 모든 것이 빛을 잃은 곳에서 자유를 말하는 활자만이 그나마 반짝거리고 있는 것이다. 그것도 하늘 아래에서. 죽은 듯한 상태에서 떨쳐 일어날 에너지를 얻는다면 '사령'에서 자유를 말하는 반짝거리는 영으로 탈바꿈하게 되는지도 모른다. 이 시는 그런 가능성을 예비하고 있어서 무기력하고 암울한 시대마다 호명되곤 했다.

푸른 하늘을 제압하는
노고지리가 자유로웠다고
부러워하던
어느 시인의 말은 수정되어야 한다

자유를 위해서

비상하여 본 일이 있는

사람이면 알지

노고지리가

무엇을 보고

노래하는가를

어째서 자유에는

피의 냄새가 섞여 있는가를

혁명은

왜 고독한 것인가를

혁명은

왜 고독해야 하는 것인가를

—「푸른 하늘을」 전문

    1960년 6월 15일에 탈고해『동아일보』1960년 7월 7일 자에 발표한 「푸른 하늘을」은 4·19가 일어난 지 두 달이 채 못 되는 시점에서 쓴 시이다. 이미 4·19가 일어나고 한 달이 된 시점에서 쓴 시 「기도」에서 "시를 쓰는 마음으로/꽃을 꺾는 마음으로/자는 아이의 고운 숨소리를 듣는 마음으로/죽은 옛 연인을 찾는 마음으로/잊어버린 길을 다시 찾은 반가운 마음으로/우리는 우리가 찾은 혁명을 마지막까지 이룩하자"고 간절한 염원을 담아 기도하는 마음으로 노래했던 김수영은 그때 이미 혁명의 완수가 쉽지 않음을, 이 혁명이 실패할 것임을 예감하고 있었던 것으로 보인다. 4·19가 일어난 지 일주일

만에 이승만은 하야했지만, 쉽게 목적을 이루었다는 생각에 불과 한 달이 지난 시점에서 이미 4·19혁명의 의미는 퇴색해가고 있었다. 김수영은 "4·26혁명은 혁명이 될 수 없다"(「육법전서와 혁명」)고 단언하며 "아아 슬프게도 슬프게도 이번에는/우리가 혁명이 성취되는 마지막날에는/그런 사나운 추잡한 놈이 되고 말더라도"(「기도」), 다시 말해 우리 자신이 청산의 대상이 되더라도 멈추지 말고 애초에 목표로 했던 혁명을 완수해야 함을 노래하지만, 김수영 시의 목소리가 절실할수록 역설적으로 혁명이 실패하리라는 예감에 그가 그때 이미 사로잡혀 있었음을 증언하고 있기도 하다.

　「기도」와 「육법전서와 혁명」을 먼저 쓰고 바로 이어서 쓴 「푸른 하늘을」에는 4·19혁명의 열기와 실패를 모두 체험한 시인이 깨달은, 자유와 혁명에 대한 진전된 사유가 담겨 있다. '자유' 또는 '자유롭다'는 말을 우리는 일상에서 흔히 쉽게 쓰지만 자유의 쟁취가 얼마나 어려운지 뼈아프게 절감한 김수영 시의 주체는 자유라는 말을 함부로 쓰는 것을 용납하기가 힘들었을 것이다. "푸른 하늘을 제압하는/노고지리가 자유로웠다고/부러워하던/어느 시인의 말은 수정되어야 한다"고 강경하게 그가 말하는 까닭은 여기에 있다. 노고지리가 자유롭다고, 또는 노고지리의 자유로움을 부러워한다고 말하기는 쉽지만 노고지리의 자유에도 "피의 냄새가 섞여 있"음을 이제 그는 알았을 것이다. 체험에 기반한 자유의 의미에 대한 새로운 성찰을 보여준다는 점에서도 이 구절은 주목되어야 하지만 아무것도 하지 않고 노고지리가 비상하는 모습을 바라보며 자유로움을 부러워하는 어느 시인의 말에 시의 주체는 더 강하게 문제 제기를 하고 있는 것이기도 하겠다. 아무것도 하지 않으면서 쉽게 자유를 말하는 태도를 시의 주체는 문제 삼고 싶었을 것이다. 4·19혁명의 열기와 실패를 모두 경험한 김수영은 이제 "어째서 자유에는/피의 냄새가 섞여 있는가를" 알게 되었고, "혁명은/왜 고독한 것인가를" 또한 알게 되었다. 혁명은 우르르 몰려다니며 목소리를 높인다고 성취할 수 있는 것이 아님을, 오히려 "고독한 것"이고 "고독해야 하는 것"임을 이제 그는 알게 되었다. 혁명이 고독한 것임을 깨달은 김수영의 인식은 자유에 피의 냄새가 섞여 있음을 깨달은 것만큼이나 선구적인 것이라 볼 수 있다. 혁명의 실패와 혁명 이후에 대해 누구보다 치열하게 사유했던 김수영이 아니었다면 자유와 혁명에 대한 남다른 인식에 도달하기는 어려웠을 것이다.

    31일까지 준다고 한 3만 원

    29일까지 된다고 하고 그러나 넉넉잡고 내일까지 기다리
라고 한 3만 원
    이것을 받아야 할 사람은 1·4후퇴 때 나온
    친구의 부인
    이것을 떼먹은 년은 여편네가 든 계契의 오야가 주재하는
    우리 여편네는 들지 않은 백만 원짜리 계의 멤버로 인형을
만들어 파는 년이라나
    이 3만 원을 달러 이자라도 내서 갚아 달라고 대드는 바람에
    집문서를 갖고 가서 무이자로 15개월만
    돌려 달라고 우리가 강청한 사람은 이 돈을 받을 사람과 한
고향인 함경도 친구

이 돈이 31일까지 나올 가망성이 없다
전화를 걸어 보니 아직도 해결이 안 됐느냐고
오히려 반문하는 품이 벌써 이상스럽다
이것이 안 되면 어떻게 하나 그 생각을
그 마지막 대책을 나는 일부러 생각하지
않고 있다
31일까지!

31일 오오 나의 판문점이여
벌판이여 암흑의 바보의
장막이여 이 돈은 원은 10월 말일이
기한이고
내 날짜로는 그것이 기한이고
삼팔선의 날짜로는 8월 15일이 기한인데
3만 원을 돌려 달라고 우리가 부탁한 친구가
돈을 받은 1·4후퇴의 친구 부인하고
한 고향이라는 것을
31일까지 돌려주겠다고 아니 29일까지
돌려주겠다고 집문서로 가지고 간 친구에게
말한 것이 잘못이었나 보다
이것이 이남 사람인 우리 부부의 오산이었나 보다
삼팔선에 대한
또 한해의 터무니 없는 감상이었나 보다

그렇지?

—「판문점의 감상」 전문

김수영에게 자유는 종종 시 쓰기와 연관된다. 시인으로서의 실존적 인식이 자유에 대한 김수영의 사유와 상당 부분 닿아 있다고도 말할 수 있다. 「격문—신귀거래 2」에서도 "무엇보다도/내가 정말 시인이 됐으니 시원하고/인제 정말/진짜 시인이 될 수 있으니 시원하고/시원하다고 말하지 않아도 되니/이건 진짜 시원하고/이 시원함은 진짜이고/자유다"라는 구절이 등장하는데 아이러니가 작동하는 구절이기는 하지만 여기서도 정말 시인이 되는 것과 자유는 나란히 놓인다. 5·16군사정변 이후 느낀 지독한 절망감을 '이제 진짜 시인이 되겠구나'라는 불안을 동반한 예감으로 극복한 시인은 자유를 향한 추구를 멈추지 않는다. 그것만이 그를 시인으로 살아가게 하는 동력이었을지도 모른다. 이토록 자유를 꿈꾼 시인이기에 그의 사유는 늘 경계를 넘어 움직이고 이동했다. 그는 한곳에 머물러 있으면서 정체되거나 부패하는 것을 견디지 못하는 사람이었다.

인용한 시 「판문점의 감상」은 『경향신문』 1966년 12월 30일 자에 게재되었는데 「시작노트 8」에 따르면 송년시를 써달라는 신문사의 주문을 받고 쓴 일종의 행사시였다. 원래는 판문점 사진 아래 들어가는 시라는 이야기를 듣고 구상한 시였는데 판문점의 야경 사진 대신 서울의 만화경 같은 야경 사진과 함께 시가 실리게 되었다. 이 시에서 판문점은 남북한의 비무장지대 사이에 있는 장소를 가리키는 동시에 어떤 경계를 지시하는 표상이기도 하다. 판문점이라는 남과 북의 분단을 지시하는 장소를 소재로 시를 쓰면서 김수영은 빌린 돈

3만 원을 갚기로 한 최후의 시한인 31일을 "오오 나의 판문점이여"
라고 부른다. "삼팔선"과 함께 판문점은 남과 북의 경계를 넘어 편을
가르고 나누는 경계를 가리키는 보편적인 상징이 된다. 돈을 갚기로
한 10월 말일도, 8월 15일[10]도 기한이자 경계인 셈이다. 1·4후퇴 때
내려온 고향이 같은 이북 사람끼리 도울 것이라는 "우리 부부의 오
산"은 "삼팔선에 대한/또 한해의 터무니 없는 감상"이었다고 자조하
는 이 시에서도 정치적 분단의 경계마저도 지우는 생활의 분단을 발
견할 수 있다는 점이 흥미롭다. 경계에 이토록 예민한 시인은 그 분
할선을 자유자재로 넘나드는 돈의 위력을 일찌감치 발견한 것인지
도 모른다. 「시작노트 8」에서 김수영은 이 시를 쓰게 된 앞뒤의 상황
과 시가 발표된 이후에 하게 된 생각을 펼쳐놓는다. 행사시를 시로
서 인정하지 않으려고 했던 시인은 "나는 시인으로서 하지 못할 일
을 한 폭이 된다"[11]고 자조하면서도 "사실은 행사시가 싫어서 써 보
았는지도 모른다"[12]는 말을 덧붙인다. 이런 태도는 "시인은, 너는 진
지하지 않은 시인이라는 말을 듣기도 싫지만, 너는 진지한 시인이라
는 말도 듣기 싫어한다"[13]라는 문장에서도 드러난다. 좋아하거나 싫
어하는 것에 대한 분명한 선호를 가지고 있으면서도 끊임없이 그것
을 의심하는 태도를 지니고 있었기 때문에 김수영은 어느 한쪽에 완
강하게 갇히기보다는 경계를 예민하게 의식하며 자유롭게 경계를
횡단하는 상상력을 보여왔던 것인지도 모른다.

　　　풀이 눕는다
　　　비를 몰아오는 동풍에 나부껴
　　　풀은 눕고

드디어 울었다
날이 흐려서 더 울다가
다시 누웠다

풀이 눕는다
바람보다도 더 빨리 눕는다
바람보다도 더 빨리 울고
바람보다 먼저 일어난다

날이 흐리고 풀이 눕는다
발목까지
발밑까지 눕는다
바람보다 늦게 누워도
바람보다 먼저 일어나고
바람보다 늦게 울어도
바람보다 먼저 웃는다
날이 흐리고 풀뿌리가 눕는다

—「풀」전문

경계를 넘나드는 자유로운 상상력은 김수영의 시에서 종종 소리
의 이동이나 바람으로 표현되곤 한다. 경계를 자의적으로 나누지 않
는다는 점에서 자연 또한 김수영 시의 상상력을 촉발하는 매개로 작
용한다. 혁명에 대한 그의 사유에서 자연이 종종 발견되는 까닭은
여기에 있다. 1968년 5월 29일에 탈고하여 시인이 작고한 후『현대

문학』1968년 8월 호에 실린「풀」에서도 자연의 풍경에서 촉발된 상상력이 역동적인 생명력에 대한 시인의 사유를 어떻게 견인해가는지 잘 보여준다. 눕고 울고 일어나고 하는 풀의 움직임을 처음 불러오는 것은 바람이라는 점도 기억할 필요가 있다.

1연에서 "비를 몰아오는 동풍에 나부껴/풀은 눕고/드디어 울었다". 바람이 비를 불러오고 바람에 의해 누웠던 풀이 비를 맞고 우는 장면을 자연스럽게 연상하며 1연을 읽게 된다. 바람과 풀의 관계를 파악하는 것은 이 시를 읽는 데 중요한 열쇠가 된다. 그런데 2연에 오면 바람이 불어서 풀이 눕거나 울거나 일어나는 인과관계에서 풀과 바람의 관계가 벗어난다. 풀이 눕는데 "바람보다도 더 빨리 눕"고 "바람보다도 더 빨리 울고/바람보다 먼저 일어난다". 풀과 바람의 새로운 관계에 의해 풀은 새로운 상징적 의미를 획득하게 된다. 바람에 의해 일방적인 영향을 받는 관계가 아니라 바람을 의식하면서도 풀의 움직임은 바람보다 앞서 일어난다. 풀이 자발성과 독자성을 획득하는 순간이다.

3연에 오면 '발목'과 '발밑'이라는 시어가 등장하며 풀의 신체성이 좀 더 두드러진다.[14] 신체성을 지니고 있는 풀은 자연스럽게 '온몸의 시론'을 떠올리게 한다. 풀이야말로 그 자체가 온몸인 생명체가 아닌가. 머리와 몸통, 팔다리를 구분할 필요가 없는 그런 구분의 경계를 지운 온몸이라는 것을 상상해 형상화한다면 그건 풀과 같은 형태가 아닐까. 3연에 오면 이제 바람과의 관계 속에서 풀의 움직임은 한 차원 더 나아간다. 바람을 예측해 그보다 먼저 눕거나 일어나는 데서 더 나아가 "바람보다 늦게 누워도/바람보다 먼저 일어나고/바람보다 늦게 울어도/바람보다 먼저 웃는다". 풀은 바람을 예측해 자발성과 독자성을 획득한 데 이어 더 강해진 바람의 자극에도 그것을 극복하고 일어나고 웃을 수 있는 긍정성을 획득한다. 김수영이 시에서 종종 노래한 긍지의 힘이 바로 이런 것인지도 모르겠다. 3연 마지막 행에서 처음 등장하는 풀뿌리는 앞서의 풍경을 반복하면서도 풀과 바람의 관계에 더해 풀과 땅의 관계를 생각하게 한다. 이제 풀의 자발성과 독자성, 긍지의 힘을 지닌 풀의 생명력은 땅에 뿌리내려 땅까지 들어 올리는 변혁의 힘을 발휘할지도 모른다. 풀에서 신체성을 발견함으로써, 그리고 바람과 풀, 풀과 땅의 관계 속에 풀이 존재하게 함으로써 김수영은 시를 쓰는 내내 꿈꾸었던 자유의 실현을 예비했던 것은 아닐까 생각해본다.

5. 나가며

마르크시즘과 헤겔의 변증법은 물론 하이데거, 사르트르의 실존철학까지 김수영은 독서 체험을 통해 읽고 학습했다고 볼 수 있지만 이 모든 체험은 김수영의 시 세계에 영향의 흔적으로는 남아 있을지언정 어느 하나의 사상에 경도되었다고 보기는 어렵다. 그는 어느 한쪽에도 완전히 속하지 않는 진정한 의미에서의 경계인, 경계선상에 있으면서 치열하게 경계를 사유했던 경계의 시인이었다. 진영 논리가 강하게 지배하고 있었던 1980년대에도 김수영의 시가 리얼리즘과 모더니즘 양 진영에서 모두 인정받은 데에는 그의 시가 태생적으로 가지고 있는 경계의 시인으로서의 정체성이 작용하고 있었기 때문일 것이다. 시인 김수영이 마주했던 실존적 고뇌와 진보적 혁명

사상을 경유해 우리가 던져야 하는 질문은 어쩌면 지금부터 다시 시작되어야 할지도 모른다.

「기도」에서 시인 스스로 자신이 "사나운 추잡한 놈이 되고 말더라도" 우리들의 혁명을 끝까지 완수하자고 한 말을 여기서 되새길 필요가 있다. 그는 후대의 사람들을 향해 마치 예언이라도 하듯이 이렇게 말했다. 마치 오늘날 김수영의 후예들이라고 자처해 온 이들에 의해 김수영의 언어가 위악의 언어로 주목받아 온 것을 예감하기라도 한 듯이, 여성혐오의 상상력으로 그의 시가 읽힐 것을 또한 예감하기라도 한 듯이 말이다. 시인은 기꺼이 청산의 대상이 되겠다고 선언한 것인지도 모른다.

평생을 불안에 시달려왔지만 어느 한쪽의 진영을 선택하기보다는 시인으로서의 자리를 끝까지 포기하지 않았던 김수영을 다시 생각해본다. 시인이 태어난 지 100주년이 되는 지금, 김수영이 남긴 유산에 대해 생각해본다. 평생을 경계의 시인으로 긴장을 늦추지 않고 시를 포기하지 않고 살고자 했던 김수영이 남긴 유산을 어떻게 계승해야 할 것인지 하는 문제가 우리에게 숙제로 주어져 있다. 두려움 속에서도 한발 내딛는 것을 포기하지 않았던 시인의 정신을 생각해본다. 죽음을 가까이 두고 매 순간을 살아왔던 시인의 삶을, 그가 평생에 걸쳐 갱신해간 사랑과 자유의 의미를 떠올려본다. 패배를 말하는 순간에도 포기하지 않는 정신의 빛나는 순간을 그의 시에서 읽는다.

100주년이 지나고 더 긴 시간이 지나도 그의 시는 살아남을 것이다. 다만 무엇을 김수영의 유산으로 계승할 것인지는 이제 우리 몫으로 우리 앞에 가로놓여 있다. 한국 현대사의 격동기를 온몸으로 겪으며 불안 속에서도 늘 경계를 의식하며 고정된 경계를 지우고 자유로워지고자 했던 시인을 생각한다. '너도 나도 스스로 도는 힘'으로 시인이 못다 걸은 길을 걸어갈 때 경계의 시인 김수영의 유산은 스스로 자기 극복의 힘을 발휘해 오래도록 아직 오지 않은 독자들에게도 읽힐 것이다.

김수영 시의 사물 '바로보기'
—1950년대 전반기 시를 중심으로

▲

이성혁

동무여 이제 나는 바로 보마

사물과 사물의 생리와

사물의 수량과 한도와

사물의 우매와 사물의 명석성을

그리고 나는 죽을 것이다

—「공자의 생활난」 부분

시인으로서의 출사표와 같은 시로 평가되는 「공자의 생활난」에서, 김수영 시인은 위와 같이 써놓았다. 한국 시를 읽는 이는 다 알고 있을, 너무나도 유명한 구절이다. 위의 구절에서 김수영은, 자신의 감정을 표출하거나 무의식을 탐색하는 자로서의 시인이 아니라 사물을 보는 자로서의 시인으로 자신을 규정한다. 시인으로서 자신의 과제는 사물을 바로 보는 일이며, 그것은 사물의 생리, 수량과 한도, 우매와 명석성을 투시하는 일이다. 시인이 서정의 표출이 아니라 대상의 이미지를 제시하는 데에서 시적 과제를 찾는 경우는 이미지즘에서 이미 볼 수 있었다. 그런데 김수영의 경우는 사물의 이미지를 뚫고 사물 내부의 '생리'를 '바로' 보고자 하는 점에서 이미지즘과 차이가 있다.

그런데 사물을 바로 보고 죽겠다는 저 1945년의 선언은, 죽을 고비를 넘긴 김수영이 휴전 직후에 발표한 시에서 본격적으로 실현된다. 1950년대 전반기에서 중반기에 이르는 김수영의 시편들에서는, 사물—꽃이나 곤충과 같은 생물을 포함한—을 '바로 봄'으로써 그 사물의 생리를 꿰뚫어보고자 하는 시들, 즉 '사물시'라고 부를 수 있는 시들을 다수 찾아볼 수 있다. 풍뎅이, 구라중화(글라디올러스), 거미, 향로, 플라스터plaster, 나비, 영사판, 책, 헬리콥터, 팽이, 수은로, 유리창, 연기, 네이팜 탄, 흰개미, 병풍, 눈, 지구의, 자, 폭포, 하루살이, 꽃, 비 등 1950년대 김수영은 사물의 시인이라고 할 만큼 사물을 주제로 하여 많은 시를 쓰고 있다. 1952년 말 포로수용소를 나온 이후, 최초로 발표한 시인 「달나라의 장난」(1953)에서부터 저 「공자의 생활난」에서의 사물을 "바로 보마"라는 다짐을 본격적으로 실행하고 있다.

「달나라의 장난」에서 사유의 대상이 되는 '사물'은 알다시피 팽이이다.

　　도회 안에서 쫓겨 다니는 듯이 사는
　　나의 일이며

어느 소설보다도 신기로운 나의 생활이며

모두 다 내던지고

점잖이 앉은 나의 나이와 나이가 준 나의 무게를 생각하면서

정말 속임 없는 눈으로

지금 팽이가 도는 것을 본다

그러면 팽이가 까맣게 변하여 서서 있는 것이다

—「달나라의 장난」 부분

팽이치기는 아이들의 전통 놀이이다. 팽이치기는 무심한 유희이자 토속 놀이라는 점에서 '도회'를 사는 성인들의 "어느 소설보다도 신기로운" 생활과는 대조적인 공간을 만든다. 이 현대의 일상과 대조적인 공간에서 팽이치기를 바라보는 시인은 현대를 벗어날 수 있게 되며, '속임 없는 눈'을 가질 수 있게 된다. 그런데 그 바라봄은 동심의 세계로 돌아가는 것을 말하지 않는다. 동심의 세계로 돌아간다는 것은 돌아가는 팽이를 바라보면서 무심의 상태에 빠지는 것이다. 이와는 달리 김수영은 저 돌고 있는 팽이로부터 "나의 나이와 나이가 준 나의 무게"를 생각하고 있다. 여기서 바라봄을 통해 어떤 인식을 얻으려는, 즉 바로 보려는 김수영의 시작 태도를 다시 확인할 수 있다. 김수영은 저 팽이가 돌 수 있는 것은 나이의 무게를 축으로 삼았기 때문이라고 생각하면서 팽이의 의미를 인식하려고 하는 것이다. 그것은 자신의 삶(나이의 무게)과 '봄'의 대상(도는 팽이)을 연관시키려는 의지를 보여주기도 하는 것이다.

현대적 일상생활이란 껍데기를 "모두 다 내던지고" 나면, 우리에게 남아 있는 삶이란 자기 자신 자체일 것이다. 다시 말하면, 결국 남

게 되는 것은 쫓겨 다니며 해야 했던 '일'이 아니라, 그 일을 해야 했던 '자신'뿐이다. 하지만 그것만이 삶에 무게를 나가게 한다. '나의 일'이며 '생활'은 덧없이 변화하는 일상 속에서 쫓기듯이 갈아입어야 했던 껍데기, 그래서 쉽게 내던질 수 있는 껍데기다. 한편 껍데기를 벗은 자신의 개인적 역사, 나이의 무게를 김수영은 돌고 있는 팽이에서 감지한다. 그래서 그 팽이는 "까맣게 변"해 있다고 김수영은 쓰고 있는 것이다. "너무 자주 설움과 입을 맞추었기 때문에" "몸이 까맣게 타 버"(「거미」)린 '거미'처럼, 까맣게 변하여 서 있는 자기 자신, 그러나 서서 돌고 있지 않으면 쓰러지는 운명을 살아야 하는 자기 자신을 쓰러질 듯 위태롭게 돌고 있는 팽이를 보면서 인식하고 있는 것이다.

'나'에게서 현대적 삶을 내던지고 남은 무엇을 팽이라고 한다면, 그것은 내 속에 있는 뿌리와 같은 것이라고 할 수 있다. 팽이치기가 전통 놀이이자 아이들의 놀이라는 것을 생각한다면, 팽이는 '나'에게 남아 있는 어떤 전통과 뿌리를 상징한다고 볼 수 있는 것이다. 그렇다면 팽이는 한국의 역사(전통)와 김수영을 만나게 하는 매개체인 셈이다. 그 만남은 외면적이 아니라 내면적으로 이루어진다. 김수영의 내면과 역사의 내면의 겹침을 통해, 이 시는 방대한 시야와 수천 년의 깊이로 심화·확대되기 시작한다.

영원히 나 자신을 고쳐 가야 할 운명과 사명에 놓여 있는 이
밤에
나는 한사코 방심조차 하여서는 아니 될 터인데
팽이는 나를 비웃는 듯이 돌고 있다

비행기 프로펠러보다는 팽이가 기억이 멀고

[…]

팽이는 지금 수천 년 전의 성인과 같이

내 앞에서 돈다

생각하면 서러운 것인데

너도 나도 스스로 도는 힘을 위하여

공통된 그 무엇을 위하여 울어서는 아니 된다는 듯이

서서 돌고 있는 것인가

팽이가 돈다

팽이가 돈다

— 「달나라의 장난」 부분

    현대적 삶은 반복적인 일을 하며 살아야 하는 권태로운 삶이기도 하지만 끊임없이 자신을 변화시키지 않으면 살아날 수 없는 삶—현대성의 삶—이다. 그 변화는 일상을 넘어서려고 하는 것이기도 하지만 한편으로는 변화 자체가 일상적이게 된다. 즉, 변화 자체가 변화의 내용이 되는 추상적인 변화에 빠져버릴 수 있는 것이 또한 현대성의 삶이다. 전통에 의지하지 않는다면, 현대의 변화는 변화를 위한 변화, 일상적인 변화를 낳는다. 현대적 삶의 일상성이란 바로 변화를 일상의 반복에 포섭한다. 시인은 일상의 반복에서 벗어나기 위하여 "영원히 나 자신을 고쳐 가야 할 운명과 사명"을 생각하고 한순간의 방심도 하지 말아야 한다고 다짐하지만, 그것은 비행기 프로펠러와 같은 외래적이고 현대적인 사물의 일상적 수입과 같은 성격을 갖는 것은 아닌지 생각한다. 시인에게 한곳에 서서 계속 돌고 있는 팽이는 그런 자신을 비웃는다고 생각된다. 그것은, 엔진도 없이 혼자서 돌아야만 했던 팽이─전통─에 대해서는 기억이 멀어져버린 뿌리 없는 현대성을 꼬집고 있는 것처럼 보이기 때문이다.

팽이가 시인 자신의 알맹이, 뿌리이자, 한국의 역사, 전통이라고 한다면, 그것은 현대적 일상 속에서 변화의 '운명과 사명'을 짊어지고 '방심조차' 할 수 없는 삶을 살아가고 있는 시인에게는 '성인'과 같이 생각된다. 수천 년 동안 이어져 내려온 정신으로서의 성인. 그렇다면 팽이의 회전을 바라보고 있는 것은 성인의 정신을 바라보고 있는 것과 같다. 성인의 정신과 지혜는 시인에게 삶의 교훈을 알려줄 것이다. 그것은 팽이에서 볼 수 있듯이, 계속 돌고 있어야 삶을 유지할 수 있다는 교훈이다. 그 쉴 수 없음이 시인을 서럽게 한다. 하지만 팽이는 스스로 돌고 있음을 보여줌으로써, "스스로 도는 힘을 위하여" "울어서는 아니 된다는" 교훈을 시인에게 전해준다. 이러한 교훈을 통해 팽이─'전통'─와 '나'는 2인칭인 '너'와 '나'로 내면적으로 연결되면서 "공통된 그 무엇을 위하"게 된다.

물론 이 교훈은 시인의 '바로 봄'을 통해 얻을 수 있는 것이다. 물끄러미 바라본다는 것은 시적 자아가 대상에 어떤 변화를 일으키지 않는 상태에 있다는 것이다. 그러나 '바라봄'을 통해 '바로 봄'에 이르렀을 때, 김수영은 대상과의 내면적 연락聯絡을 맺을 수 있었다. 「달나라의 장난」은 대상에 대한 응시에서 대상의 내면적 인식으로 나아가면서 대상과 시적 주체와의 내면적 관계를 수립하는 김수영의 시적 방법의 하나를 보여준다. 아래의 「풍뎅이」에서도 그러한 사물과 내면적 관계를 맺는 시인의 모습을 볼 수 있다.

너의 앞에서는 우둔한 얼굴을 하고 있어도 좋았다

백 년이나 천 년이 결코 긴 세월이 아니라는 것은

내가 사랑의 테두리 속에 끼여 있기 때문이 아니리라

추한 나의 발밑에서 풍뎅이처럼 너는 하늘을 보고 운다

그 넓은 등판으로 땅을 쓸어 가면서

네가 부르는 노래가 어디서 오는 것을

너보다는 내가 더 잘 알고 있는 것이다

내가 추악하고 우둔한 얼굴을 하고 있으면

너도 우둔한 얼굴을 만들 줄 안다

너의 이름과 너와 나와의 관계가 무엇인지 알아질 때까지

소금 같은 이 세계가 존속할 것이며

의심할 것인데

등 등판에 광택 거대한 여울

미끄러져 가는 나의 의지

나의 의지보다 더 빠른 너의 노래

너의 노래보다 더한층 신축성이 있는

너의 사랑

——「풍뎅이」전문

　「풍뎅이」가 탈고된 해는 1953년인데, 이 해는 「달나라의 장난」이 발표된 해이기도 하다. 「달나라의 장난」에 전개된 시인의 사유는 이 「풍뎅이」를 쓸 때의 시적 사유와 일맥상통하리라는 것을 짐작할 수 있겠다. 이 시 역시 김수영이 사물의 선명한 이미지를 포착하고자

하는 이미지즘이나 사물을 지성으로 파악하고자 하는 모더니즘에서 더 나아가고 있음을 보여준다. 그는 사물의 보이지 않는 안쪽으로 파고들어 가는 '바로보기'를 통해 사물의 이면을 포착하고, 그 사물의 이면을 자신의 윤리적 삶과 연결한다. 나아가 그 사물의 이면에서 도출한 이미지를 자신의 삶을 갱신하는 힘이 되는 이미지로 변환한다. 즉 김수영은 사물과 자신과의 관계 속에서 사물을 바로 봄으로써, 사물의 이면에 있는 이미지를 부상浮上시키고 또한 변환시킨다.

위의 시의 화자—김수영이라고 표현하자—는 "너의 이름과 너와 나와의 관계가 무엇인지 알아질 때까지" '너-풍뎅이'를 관찰한다(풍뎅이와 너는 직유로 동일화되고 있다). 그런데 김수영은 '너-풍뎅이'의 어떤 모습을 보고 있는가? "그 넓은 등판으로 땅을 쓸어가면서" "하늘을 보고" 우는 모습이다. 누구나 풍뎅이가 뒤집혀 빙빙 땅을 쓸며 돌면서 하늘을 향해 우는 모습을 본 일이 있을 것이다. 바로 그 모습을 김수영은 너로부터 보고 있는 것이다. 뒤집힌 채 제자리에서 빙빙 돌면서 노래 부르는 '너-풍뎅이'의 모습은 안쓰럽다. 하늘을 보고 있지만 앞으로 걸어가지 못하고 땅 위를 빙빙 제자리에서 돌면서 부르는 노래. 시인은 "네가 부르는 노래가 어디서 오는 것을/너보다는 내가 더 잘 알고 있는 것"이라고 말한다. 그렇게 노래 부를 수밖에 없는 풍뎅이의 속성을 포착하면서, 노래 부르고 있는 당사자인 '너-풍뎅이'보다 '내가' 너의 안쓰러운 노래의 연원을 더 잘 알 수 있다는 것이다.

그렇기에 김수영은 자신을 추하다고 말하고 있다. 자신은 "사랑의 테두리 속에 끼여있"지 않기 때문이다. 그는 노래 바깥에 있다. 그 노래 바깥에서, 전통의 팽이(「달나라의 장난」을 기억하자)처럼 빙빙 돌면서 백 년이고 천 년이고("백 년이나 천 년이 결코 긴 세월이 아니라는 것") 땅을 쓸며 노래 부르는 풍뎅이의 저 슬픈 모습 앞에서, '나'는 "추악하고 우둔한 얼굴"로 서 있는 것이다. 하지만 '너-풍뎅이' 앞에서는 "우둔한 얼굴을 하고 있어도 좋았다"고 김수영은 말한다. 왜냐하면 '나'의 우둔한 얼굴을 따라 "너도 우둔한 얼굴을 만들 줄" 알기 때문이다. 나는 '너-풍뎅이'의 외부에 서 있지만, "너와 나와의" 알지 못할 관계가 있음을 김수영은 그렇게 감지한다. 그리하여 그 관계가 무엇인지 알 때까지 '의심'하면서, '너-풍뎅이'와 김수영은 함께 '공共-존재'하게 될 것이다. 그렇게 "너의 이름과 너와 나와의 관계가 무엇인지" 알기 위한 '바로 봄'의 '의심'을 통해 두 존재자가 '공-존재'할 수 있게 되는 시간은, "소금 같은 이 세계가 존속"하는 시간이다.

그리하여, 김수영 시인은 계속 의심하고자 하는 의지를 가질 터이다. 그러나 저 '너-풍뎅이'의 등판이 새로운 이미지로 변환되면서 그 의지는 미끄러지기 시작한다. 오랜 기간 땅을 쓸면서 매끄러워진 '너-풍뎅이'의 등판은 광택을 띨 정도까지 이르고, 그 광택은 '거대한 여울'의 이미지로 변환되는 것이다. 이 '광택-여울'에 시인의 의지가 미끄러져 가면서, 시인은 "너의 노래"가 "나의 의지보다 더 빠"르다는 것을 인식한다. 바로 보려는 의지보다 더 빠른 그 노래는 시인을 거대한 여울 속으로 밀어 넣는다. 위의 시의 마지막 부분에서 김수영은 그 노래가 가지게 된 여울의 힘은 바로 '너의 사랑'으로부터 비롯된 것임을 깨닫는다. 그 사랑은 "너의 노래보다 더한층 신축성이 있"다. 노래는 앎에의 의지보다 빠르고 사랑은 노래보다 신축성이 있다……. 이를 이렇게 다시 말할 수 있지 않을까. "더한층 신축성이 있는" "너의 사랑"은 "나의 의지"보다 빠른 '노래'를 끌어당기고, 노래는 광택 있는 여울처럼 넘실거리면서 '너-풍뎅이'와 내가 공존하며 존속되는 이 세계―너와 나의 관계로 이루어진―를 물들인다. 그리고 '나'의 의지는 그 노래의 여울에서 미끄러진다…….

이렇게 보면 김수영에게 '너-풍뎅이'는 나와는 무관하게 나의 외부에 존재해 있는 객관적 대상이라기보다는 나와 함께 세계를 구성하면서 나를 변모시키는 사물이다. 그리고 그것은 시인에 의해 의미화되는 알레고리적 상징으로서의 사물이기도 하다. 알레고리적 상징으로서의 그것은 백 년이고 천 년이고 역사적으로 지속되어온 존재, "등판으로 땅을 쓸어가면서" "하늘을 보고" 울음의 노래를 부르며 존재해온 민중의 전통적인 이미지라고도 해석될 수 있다(팽이 역시 민중의 전통적인 놀이이다). 그렇다면 이렇게 다시 말할 수 있으리라. '너-풍뎅이-민중'의 옆에 추하고 우둔한 얼굴로 서서, 땅 위를 빙빙 제자리에서 돌고 있는 '너-풍뎅이-민중'을 바로 보며 그 상징―너의 이름―과 나와의 관계를 알고자 하는 '나'는, 그렇게 땅을 쓸다가 생긴 '너-풍뎅이-민중'의 등판의 상처가 광택을 띠며 "거대한 여울"이 되는 놀라운 이미지 변신을 상상한다. 그리고 그 상상을 통해 시인은 자신이 "너의 노래"를 이끌고 있는 "너의 사랑" 속에 있음을 깨닫게 된다.

위의 시 「풍뎅이」에서 사물은 '나'와 관계 맺는('공-존재'하는) 상징적 이미지이며, 그 이미지는 상상력을 통해 변모되어 시인의 인식 변화를 낳는다. 한편, 위의 시들을 탈고한 후 다음 해인 1954년에 발표된 「PLASTER」에서는, 김수영의 '바로보기'는 그 사물의 생리를

명석하게 인식하는 데에서 시인의 삶을 반성적으로 성찰하는 데로
나아간다. 즉 이 시에서 '바로보기'의 대상은 자기 자신이며, 그 자
신이 대상 사물로서 성찰되는 것이다.

나의 천성은 깨어졌다
더러운 붓끝에서 흔들리는 오욕
바다보다 아름다운 세월을 건너와서
나는 태양을 주웠다고 생각하지는 않았지만
설마 이런 것이 올 줄이야
괴물이여

지금 고갈枯渴 시인의 절정에 서서

이름도 모르는 뼈와 뼈
어디까지나 뒤퉁그러져 나왔구나
―그것을 내가 아는 가장 비참한 친구가 붙이고 간 명칭으
로 나는 정리하고 있는가

나의 명예는 부서졌다
비 대신 황사가 퍼붓는 하늘아래
누가 지어논 무덤이냐
그러나 그 속에서 부패하고 있는 것
―그것은 나의 앙상한 생명生命
PLASTER가 연상燃上하는 냄새가 이러할 것이다

오욕 · 뼈 · PLASTER · 뼈 · 뼈

뼈 · 뼈······················

—「PLASTER」 전문

　김수영 시인이 자신을 '바로 보'았을 때 나타난 모습은 무엇이었는가? 위의 시 「PLASTER」에 따르면 '천성'이 깨지고 남은 '괴물'이다. 그는 시인으로서 자신이 원했던 삶—태양을 줍는 삶—을 살았다고는 생각하지 않았지만, 괴물로서의 삶이 자신에게 다가올 줄은 생각하지 못했다고 말한다. 자신이 괴물이 되었다는 것을 알게 된 것은 시를 쓰면서였을 것이다. "더러운 붓끝에서" 오욕이 '흔들리'며 흘러나온다는 것을 깨달았을 때였을 것이다. 시 쓰기란 자신을 바로 보는 작업인 것이다. 괴물로서의 자신은 김수영이 쓰고 있는 시에서 비로소 형체를 얻어 나타나며, 명예가 산산이 부서져 쌓인 오욕의 무덤 속에서 부패해가는 삶을 살아간다. 괴물은 프랑켄슈타인이 만든 이름 없는 '그것'처럼 자신의 존재에 대해 질문하며 고달픈 삶을 살아나갈 터, 천성이 깨어져 나타난 존재인 그 괴물은 자신이 누구인지 무엇이 될지 알 수 없다. 그래서 그에게는 어떤 희망에 따라 열리는 미래가 펼쳐져 있지 않은 것, '시인-괴물'의 바싹 메말라버린 삶은 '고갈'의 '절정'에 서 있다. 그에게 하늘은 "비 대신 황사"를 퍼부을 뿐이다.

　괴물의 모습은 어떠한가? "이름도 모르는 뼈와 뼈/어디까지나 뒤퉁그러져 나"온 모습이다('뒤퉁그러지다'라는 낱말은 사전에 없지만 용례를 볼 때 뒤틀리고 튀어나온 모습을 나타내는 말로 보인다). 부패해가는 괴물의 삶이 흉하게 드러내는 뼈들, 다시 말해서 오욕의 삶이 그 뼈들의 존재를 드러내는 것이다. 그 뼈들이 자신에게 있었는지도 모르는 양, 김수영은 그 뼈들에 대해 "이름도 모르는" 것이라고 말한다. 그런데 그 뼈들이 "가장 비참한 친구"와 관련된다는 것은 분명하다. 시인은 그 뼈들에 대해 그가 "붙이고 간 명칭으로 나는 정리하고 있는가"라고 말하고 있으니 말이다. "가장 비참한 친구"란 누구인가? 전쟁으로 죽은 이 아닐까? 아니면 실종된 이일 수도 있겠다. 아무튼 그 친구가 '생명'이 오욕으로 말라가며 앙상하게 드러낸 뼈들에게 이름을 붙인다는 말은, 김수영이 그의 '생명'에서 마지막 남은 무엇―뼈들―을 그 비참한 친구의 시선 또는 입장에서 '정리'하고 있음을 의미한다.

김수영이 '바로보기'를 통해 포착한 자기 자신의 이면은 결국 자신의 내면 안쪽에 있는 친구의 존재―자신 속에 있는 친구에 대한 기억―를 드러낸다(떠올린다). 그리고 이 친구의 존재가 자신의 괴물성―자신의 '살-삶'에서 흉하게 삐져나온 뼈들―을 가시화한다. 그래서 위의 시에서 '바로보기'란 가장 비참한 친구를 시인의 내면에서 살려내어 그의 시선으로 자기 자신을 보는 것으로서 이루어진다고 할 수 있다. 그런데 저 흉한 뼈란 브레히트가 말한 '살아남은 자들의 슬픔'과 같은 것 아니겠는가? 그렇다면 김수영의 오욕의 실체는 바로 그 살아남음의 슬픔, 아니 나아가 부끄러움 아닐까? 그 뼈들이 비참한 친구로부터 이름 붙여질 때, '뒤퉁그러진' 형체의 괴물은 비로소 주체화될 것이다. 주체화가 호명을 통해 이루어진다고 한다면 말이다. 비참한 친구에 의해 시인은 오욕과 부끄러움으로 주체화된다. 오욕으로 훼손당한 삶은 무덤 속에서 부패해가는 삶이다. 그 무덤은 "누가 지어논 무덤"인가? 비통한 역사가, 사회가, 그 속에서 가장 비참하게 되어버린 친구가 지어놓은 것일 터이다.

시인의 기억 안쪽에 있는 "가장 비참한 친구"의 호명을 통해, 시인의 오욕으로 흔들리는 삶은 무덤으로서 형체화되고, 주체화된다. 이 흉하게 훼손당한 무덤과 같은 삶의 형체, 그 괴물로서의 삶의 형체가 시인의 흰 뼈들로 반죽된 'plaster'일 것이다. 시인의 삶은 친구가 반죽한 뼈의 플라스터로 무덤을 지으며 형체화되고 있으며, 그래서 그 무덤에는 플라스터가 타오르는('燃上') 냄새 ─ 부패의 냄새 ─ 가 퍼질 것이다. 플라스터로 형체화 ─ 주체화 ─ 되는 괴물의 삶, 그것은 시의 마지막 연에서 시각적으로 보여주고 있듯이 '오욕-뼈'가 끝없이 연장되어 '뒤퉁그러져' 나오는 삶이다. 뼈가 튀어나온 괴물의 삶에 마침표는 없다. 김수영은 위의 시를 쓰면서 괴물의 삶을 어떻게든 견디어내면서 살아야 한다고 직감했을 터, 그런데 괴물이란 한편으로 끝없이 변형되는 존재이기도 한 것이다. 오욕 ─ 뼈 ─ 의 반죽인 플라스터로 여러 형체를 만들 수 있듯이 말이다. 시인에게 오욕으로 이루어진 그 형체는 시로 현재화될 것이며, 그렇게 괴물과 같은 성격을 가지게 될 그의 시는 계속 변형되어갈 것이다. 괴물 역시 진화한다. 그래서 위의 시는 시인이 그 진화 과정의 첫 발자국을 떼고 있는 모습을 보여주고 있다고 말할 수 있다.

어떤 감동적인 전화가 이루어진다. 시인은 '바로보기'의 작업 ─ 시 쓰기 ─ 을 통해 자신에게서 "가장 비참한 친구"가 이름 붙인 뼈 ─ 오욕 ─ 밖에 남지 않은 모습으로 살아나가는 무덤 속의 괴물을 발견했다. 그리고 그는 오욕 ─ 뼈 ─ 을 재료로 한 플라스터 ─ 시 ─ 로 반죽되면서 영원히 변형되며 살아나가게 될 운명임을 깨닫는다. 여기서 그는 이 괴물로서의 운명을 받아들인다. 니체가 말했듯이, 자신의 운명을 사랑하게 될 때 생성하는 삶의 길은 새로이 열리기 시작한다. 가장 비참한 상황을 직시함—'바로 봄'—으로써 시인은 삶의 주체적 윤리를 체화한다. 그는 기성의 삶의 죽음을 받아들이고 괴물로서의 삶, 미지의 삶을 살아가는 시인의 삶을 살 것을 다짐한다. 이러한 폐허 속에서 주체성을 다시 세우는 작업은 자신을 바로 볼 때 비로소 이루어지는 것인데, 아래의 시에서도 이러한 주체성의 윤리를 읽어낼 수 있다.

고통의 영사판映寫板 뒤에 서서
어룽대며 변하여 가는 찬란한 현실을 잡으려고
나는 어떠한 몸짓을 하여야 되는가

하기는 현실이 고귀한 것이 아니라
영사판을 받치고 있는 주야를 가리지 않는 어둠이
표면에 비치는 현실보다 한 치쯤은 더
소중하고 신성하기도 한 것인지 모르지만

나의 두 어깨는 꺼부러지고
영사판 위에 비치는 길 잃은 비둘기와 같이 가련하게 된다

고통되는 점은
피가 통하는 듯이 느껴지는 것은
비둘기의 울음소리

구 구 구구구 구구

시원치 않은 이 울음소리만이
어째서 나의 뼈를 뚫고 총알같이 날쌔게 달아나는가

이때이다—
나의 온 정신에 화룡점정이 이루어지는 순간이

영사판 위의 모-든 검은 현실이 저마다 색깔을 입고
이미 멀리 달아나버린 비둘기의 두 눈동자에까지
붉은 광채가 떠오르는 것을 보다

영사판 양편에 하나씩 서 있는
설움이 합쳐지는 내 마음 위에

—「영사판」전문

　1950년대 김수영의 시편들에는, 직접적으로 한국전쟁을 내용으로 하는 시는 많지 않지만 '설움'에 대해 읊은 것들은 많다. 그 '설움'은, 물론 김수영 개인사를 통해 가지게 된 감정이겠지만, 사람들의 희망이 잿더미가 되어버린 한국의 역사적 상황과 무관하지 않다. 그런데 김수영은 이 설움을 고통의 상태로부터의 재활을 위한 지렛대로 삼으려고 했다.
　위의 시에서 '영사판'이란 어떤 의미를 가질까? 시인의 기억 혹은 현재 상황을 비추어주는 스크린 같은 것 아닐까? 영사판에 비치는 현실의 상들은 그를 고통스러운 기억으로 이끈다. 김수영은 분단과 전쟁이라는 한국 근대사의 고통을 절절하게 체험해야 했던 시인이다. 알다시피 그는 한국전쟁 때 북한군에 징집되었다가 포로로 잡힌 후 2년 넘게 포로수용소에 갇혀 있어야 했다. 1955년에 발표된 위의 시에는 그러한 체험이 녹아들어 있다. 영사판에 영사되고 있는 시인의 삶은 고통의 기록이 대부분일 것이다. 그리고 전후 남한의 형편없는 상황처럼, 1955년 당시 시인도 지리멸렬한 삶을 살아야 했을 것이다. 게다가 시인은 포로였다가 천신만고 끝에 석방된 인물이었기 때문에, 위의 시를 쓸 당시엔 의욕과 자신감이 상당히 꺾여 있었을 것이다. 그래서 그는 "두 어깨는 꺼부러지고/ 영사판 위에 비치는 길 잃은 비둘기와 같이 가련하게 된" 생활을 하고 있었을 것이다.

위의 시에서 시인은 극장에서 영화를 보고 있는 것 같다. 하지만 영사판 위에 영사되는 이미지는 고통의 기억을 불러일으킨다(저 영사판은 시인의 기억이 비추어지는 의식의 면을 비유하는 것으로 읽을 수 있다). 그는 그 "고통의 영사판 뒤에" 선다. 어룽대며 영사되는 이미지 뒤의 "찬란한 현실을 잡"기 위해서다. 다시 말하면 영사판 위에 영사되는 고통의 이미지들을 '바로보기' 위해서다. 그런데 이렇게 영사판 뒤에 서 있음으로 해서, 그는 "주야를 가리지 않는 어둠이" "영사판을 받치고 있"다는 것을 새삼 깨닫게 된다. 하여 그 어둠이 "표면에 비치는 현실보다 한 치쯤은 더/소중하고 신성하기도 한 것인지" 모른다고 생각을 고친다. 그 어둠이 한국의 비통하고 처참하며 서러운 현실을 말하는 것이라면, 그 어둠의 현실이 있기에 현재의 삶이 조명되어 이미지화될 수 있다고 하겠기에. 그런데 한 개인이 느끼는 삶의 고통은 서러운 현실의 어둠에 용해되거나 사라지지 않는다. 즉 영사판에 비치는 가련한 삶, 그 삶의 "고통되는 점"은 영사판 주위의 어둠이 소중하고 신성하다는 것을 인정하더라도 없어지지 않는 것이다.

이에 시인은 영사판 위에 지금 비추어지고 있는 가련한 "길 잃은 비둘기"가 자신의 모습이라고 상상한다. 그런데 시인과 동일시되고 있던 그 비둘기의 "시원치 않은" "울음소리"가 "나의 뼈를 뚫고 총알같이 날쌔게 달아나는" 것을 시인은 아프게 감지한다. 이때 시인은 고통스럽게 "피가 통하는 듯이 느껴지"면서, 순간적으로 "검은 현실이 저마다 색깔을 입"는 것을 "화룡점정이 이루어지"듯 발견하게 된다. 시인과 동일시되고 있는 가련한 비둘기가 만약 한국 민중을 의미한다고 한다면(관습적 상징이긴 하지만 평화의 상징인 비둘기는 보통 백성을 의미한다고 할 때), 방금 읽은 구절을 민중의 "시원치 않은" "울음소리"가 시인의 존재를 뚫어버리면서 시인은 어둠에 묻힌 현실의 다채로운 색깔을 재발견하게 되었다고 다시 말할 수 있겠다. 이와 동시에 시인은 "멀리 달아나버린 비둘기의 두 눈동자에까지/ 붉은 광채가 떠오르는 것"을 발견할 수 있게 된다. 이는 민중 역시 가련한 존재였던 것만은 아니었으며, 그래서 민중의 일원인 자신 역시 어깨 꺼부러진 존재만은 아니었다는 것을 시인이 인식하게 되었음을, 그리하여 그 역시 민중처럼 "붉은 광채"와 같은 삶의 의지를, 주체성의 윤리를 갖게 되었음을 의미한다고 해석할 수 있다.

그 "붉은 광채"는 "영사판 양편에 하나씩 서 있는/설움이 합쳐지는 내 마음 위에"서 빛나고 있다. 즉 설움의 마음 위에서 삶의 붉은 의지는 자신의 색깔을 드러내는 것이다. 이 부분을 좀 더 확장시켜 해석하면, 아마도 분단 상황과 관련되어 있을 "양편에 하나씩 서 있는/설움"이 어둠 위에서 새로이 붉게 빛나기 시작한다고 할 수 있겠다. 그렇다면 이 시는, 시인을 포함한 민중 개개인이 역사의 상처에 의한 고통을 통해 다른 민중과 소통하게 될 때, 어둠의 현실은 자신의 숨겨진 희망—저마다의 색깔—을 드러내고 현실의 설움은 미래를 향한 민중의 붉은 의지로 전환된다는 전망을 담고 있다고 말할 수 있다. 다시 말하면 김수영 시인은, 민중이 서로 "피가 통하는 듯이 느껴지는" 고통으로 소통함으로써 미래의 삶에 대한 힘 있는 비전—'설움'에서 꽃을 피우는—을 확보할 수 있음을 발견하고 있는 것이다. 그리고 그는 그 비전이 "내 마음 위에" 비추어지고 있다는 것, 즉 자신의 시에 드러낼 수 있다는 것을 시의 마지막 행에 암시하고 있다.

위의 시를 통해 김수영은 '영사판'에 비추어진 이미지를 '바로 봄'으로써 고통의 현실 속에 감추어진 어떤 잠재성과 비전을 발견하고, 그 비전을 비출 자신의 시의 미래에 대해서도 사유한다. 자신의 시는 어둠 속에서 영사판에 영사되는 현실의 이미지를 담아내는 동시에, 그 너머 '떠오르는' '붉은 광채'를 포착하여 드러내는 또 다른 영사판이 되어야 한다는 미래 말이다. 그런데 영사판 역시 '현대'가 낳은 사물이라는 점에 주목된다. 영화야말로 대표적인 현대 문화의 사물인 것이다. 그래서 자신의 시가 또 다른 영사판이 되고자 한다는 말은, 자신의 시 역시 현대의 산물이고자 한다는 것을 의미한다. 자신의 주체성을 괴물이자 플라스터로 규정했을 때, 김수영은 이미 자신의 미래를 현대성과 긴밀히 관련시킨 셈이었다. 김수영은 자신의 시가 또 다른 영사판(현대성)이 됨으로써, 즉 현대성을 성취함으로써 한국 현실의 서러운 이면과 민중적 비전—찬란한 현실—을 비추어내고자 한다. 그러한 현대성은 '비행기 프로펠러'와 같은 현대성과는 다른 한국적(동양적) 독특성을 가지고 있다. 이러한 독특한 현대성을 김수영은 헬리콥터를 '바로 보면서' 찾아낸다. 아래에 부분 인용되는 「헬리콥터」는 1956년에 발표되었지만 탈고된 일시는 「영사판」과 마찬가지로 1955년이다.

> 1950년 7월 이후에 헬리콥터는
> 이 나라의 비좁은 산맥 위에 자태를 보이었고
> 이것이 탄생한 것은 물론 그 이전이지만
> 그래도 제트기나 카고보다는 늦게 나왔다
> 그렇지만 린드버그가 헬리콥터를 타고서
> 대서양을 횡단하지 않았기 때문에
> 우리는 지금 동양의 풍자諷刺를 그의 기체機體 안에 느끼고
> 야 만다
> 비애의 수직선을 그리면서 날아가는 그의 설운 모양을
> 우리는 좁은 뜰 안에서뿐만 아니라
> 심지어는 항아리 속에서부터라도 내어다볼 수 있고
> 이러한 우리의 순수한 치정癡情을
> 헬리콥터에서도 내려다볼 수 있을 것을 짐작하기 때문에
> "헬리콥터여 너는 설운 동물이다"
>
> —「헬리콥터」 부분

한국전쟁 발발 이후에 한국에 등장한 헬리콥터는, 위의 시에서 한

국전쟁 이후의 한국 현실 자체를 보여주는 사물로 등장하는 것 같다. 한국이란 후진국에서의 현대성, 그러나 그 현대성은 첨단 문물이라 할 제트기보다 늦게 나왔음에도 불구하고 '대서양 횡단'을 하지 못할 정도로 무능하다. 헬리콥터는 그러므로 "동양의 풍자"를 느끼게 한다. 최근의 문물이지만 능력 면으로는 이전 것보다 뒤진 헬리콥터와 같은 동양의 현대성. 그래서 그것은 비애를 품고 있고 설운 모양을 하고 있다.

하지만 헬리콥터—동양의 근대—는 바로 우리 눈앞에 보이는 것이다. 왜냐하면 그 속에서 우리가 살고 있기 때문이다. 제트기는 날아가는 모습이 보이지 않는다. 하지만 헬리콥터는 뒤뚱, 수직으로 땅을 치고 오른 후 자신의 배를 까 보인 상태에서 열심히 프로펠러를 돌리며 날아간다. 그 헬리콥터의 모습을 우리는 쉽게 "내어다볼 수" 있으며, 헬리콥터도 우리의 모습을 "내려다볼 수" 있을 정도로 우리와 헬리콥터의 관계는 가깝다. 헬리콥터가 동양 속의 서양, 동양의 현대성을 상징한다고 할 수 있다면, 헬리콥터를 보면서 우리는 동양의 서러운 현대성을 볼 수 있으며, 반대로 동양의 현대성을 통해 "항아리" 속의 "순수한 치정", 서러운 우리 자신을 볼 수 있기도 하다. 동양의 현대성과 우리의 삶은 서로 서러움으로 얽혀 있다. 그러나 헬리콥터는 서러운 동물이기만 한 것은 아니다. 헬리콥터가 자신의 배를 보여주면서 수직 이륙하는 모습에서는, 설움을 '과감'하게 보여주는 '선의와 긍지'가 있다.

앙상한 육체의 투명한 골격과 세포와 신경과 안구까지
모조리 노출 낙하시켜가면서

안개처럼 가벼웁게 날아가는 과감한 너의 의사 속에는

남을 보기 전에 네 자신을 먼저 보이는

긍지와 선의가 있다

—「헬리콥터」부분

김수영은「달나라의 장난」에서 전통과 근대적 생활 간의 모순 속에서 계속 '돌아야' 한다는 설움을 '팽이'의 입장에서, 즉 전통의 입장에서 보여주었다. 여기서는 '헬리콥터'의 입장, 동양적 현대성의 입장에서 설움을 느낀다. 그런데 헬리콥터에서 김수영은 '팽이'와는 달리 안개처럼 "가벼웁게" 이륙하여 날아가는 모습을 본다. 헬리콥터도 자신의 프로펠러를 돌리지 않으면 추락한다는 면에서 돌지 않으면 쓰러지는 팽이와 같지만, 헬리콥터의 운동의 요체는 이륙이라는 점에 주목한 것이다. 이 이륙은 자신의 '배'를 스스로 보여준다는 면에서 설움만이 아닌 다른 의미를 가진다. 헬리콥터는 서러운 자기 자신의 육신 모두—"앙상한 육체의 투명한 골격과 세포와 신경과 안구까지"—를 우리에게 그대로 보여준다. 이 "남을 보기 전에" "자신을 먼저 보이는" "과감한 너의 의사"는, 비록 못났더라도 자신의 모습에 대한 "긍지와 선의"가 있기 때문에 가능하다는 것이다. 그래서 그것은 "자유의 정신의 아름다운 원형"이다. 자신에 대한 긍지와 타인에 대한 선의가 자유의 정신을 잉태할 수 있기 때문이다.

「헬리콥터」에서 김수영은 헬리콥터를 '바로 보'면서 그것이 한국의 독특한 '설움의 현대성'을 드러내고 있다는 것을, 그리고 그 독특한 현대성에는 자유의 정신이 잠재해 있다는 것을 찾아내었다. 지금까지 살펴본 다섯 편의 시는 모두 사물을 바로 보면서 그 사물의 이면을 꿰뚫어보는 김수영의 투시력을 보여준다. 다른 김수영의 '사물시' 역시 김수영 특유의 '바로보기'의 현장을 찾아낼 수 있을 것이다. 이는 여전히 깊이 읽을 만한 김수영의 시가 많다는 것을 말해준다. 하나 이 글은 전통(팽이, 풍뎅이)과 현대성(헬리콥터, 영사판), 그리고 고통을 겪고 있는 한국의 민중(풍뎅이, 비둘기)과 시인 자신(영사판, 플라스터)의 관계를 '바로 보'면서 '성찰-인식'하고 있는 1950년대 전반기 시 다섯 편만 깊이 읽어보는 것으로 만족하고자 한다.

김수영 글에서 니체가 보일 때

﹀

김응교

1. 시인의 스승은 현실이다

"스승 없다. 국내의 선배 시인한테 사숙한 일도 없고 해외 시인 중에서 특별히 영향을 받은 시인도 없다. 시집이고 일반 서적이고 읽고나면 반드시 잊어버리는 습관이 있어서 퍽 편리하다."[1]

김수영은 스승이 없다고 썼다. 다만 정규 과정의 문학 교육을 받은 적 없이 독학으로 학벌의 격차를 뛰어넘은 김수영에게는 유별난 스승이 있었다.

<u>시인의 스승은 현실이다.</u> 나는 우리의 현실이 시대에 뒤떨어진 것을 부끄럽고 안타깝게 생각하지만, 그보다도 더 안타깝고 부끄러운 것은 이 뒤떨어진 현실을 직시하지 못하는 시인의 태도이다. 오늘날의 현대시의 양심과 작업은 이 뒤떨어진

현실에 대한 자각이 모체가 되어야 할 것 같다.[2]

김수영에게는 두 가지 안타깝고 부끄러운 것이 있었다. 첫째는 시대에 뒤떨어진 한국 사회, 둘째는 이 뒤떨어진 현실을 직시하지 못하는 시인의 태도였다. 그는 두 가지를 극복하려 했다. 스승이 없으면서도, 현실만이 스승이라는 태도 덕에 그는 자신만의 독특한 매혹을 남겼다.

사실 스승이 없다고 하지만 그의 시에는 여러 흔적이 보인다. 김수영의 글을 읽다가 누군가의 흔적을 몇 번 만나면, 그 누군가와 얼마나 비슷한지 '영향' 관계를 찾아보려는 욕구가 생긴다. 의도를 갖고 찾다 보면 계속 비슷한 문구나 사유가 보인다. 급기야 김수영은 누군가의 영향을 받았다고 성급하게 단정하기 십상이다.

특히 니체를 떠올리게 하는 흔적이 보인다. 김수영의 시와 산문을 읽다가 니체의 흔적을 자주 보고, 필자는 첫 논문 「김수영 시와 니체의 철학」[3]을 썼다. 이 논문에서 「긍지의 날」, 「꽃잎 2」와 니체 사상을 비교했지만, 이후에 김수영의 글에서 니체의 문장과 비슷한 표현이나 생각을 더 만났다.

니체 안에는 이미 성경, 불경, 스피노자, 쇼펜하우어, 도스토옙스키 등의 흔적이 나온다. 이런 흔적도 모두 니체 것으로 생각하면 김수영뿐만 아니라, 많은 시인의 작품에서 니체스러운 것을 만날 수밖에 없다. 명백한 영향 관계가 없는데도, 한 작가가 전혀 다른 시대의 작가와 유사성을 보이는 경우는 얼마든지 있다.

김수영 글에도 공자, 하이데거 등 살아가면서 얻은 정보들이 우리 호흡에 공간의 공기가 스며들듯 당연히 섞여 있다. 앞서 썼듯이 김수영 자신은 어느 누구에게도 영향받은 바가 없다고 쓴 바 있다. 어차피 풍성한 사상의 숲 지대에서 발생한 풍성한 공기를 호흡하는 세상에서, 표절하지 않는 한 그 공기의 출처를 제시할 필요는 없을 것이다.

2차세계대전 이후에 '영향' 관계를 찾는 진화론적인 비교문학·비교문화 연구는 급격히 사라졌다. 도쿄대학교 비교문학 연구실에서도 1990년대 이전에 영향 관계를 찾는, 우열을 가르는 진화론적 연구 방법을 가르치는 교수는 대부분 사라졌다.[4] 이후에는 영향이든 아니든, 두 가지 항목에서 '차이'를 부각해서 보는 연구 방식이 장려되었다. 이 글 역시 영향 관계보다는 차이에 주목하려 한다.

한국에서 니체는 천도교의 월간지 『개벽』 창간호(1920. 6. 25)를 통해 알려졌다. 1930년대 들어 니체는 서정주, 유치환, 이육사, 김동리 등에 큰 영향을 끼친다.[5] 1940년대에도 이육사, 김동리, 조연현 문학에서 니체의 영향[6]이 보인다. 1945년경에 해방을 맞이했을 때 니체 붐이 한국 지성사에 크게 일어났는데, 사상 공부에 관심이 있던 김수영이 니체를 모를 리는 없겠다.

연구 대상으로는 첫째, 김수영의 산문에 나오는 니체에 대한 언급이 있다. "모리스 블랑쇼의 『불꽃의 문학焔の文学』을 일본 번역책으로 읽었는데, 너무 마음에 들어서 읽고 나자마자 즉시 팔아버렸다"[7]라고 썼는데 김수영이 읽은 『불꽃의 문학』에는 다소 긴 「니체론」이 한 편 있다.

둘째는 김수영의 유품 중에 일본어로 번역된 하이데거 저서 『니체의 말, 「신은 죽었다」』[8]가 있다[사진1]. 이 책의 앞부분은 '신의 죽음' 이후 니힐리즘은 인간에게 가치전환과 함께 '힘에의 의지Wille zur

사진1 김수영이 남긴 니체 관련 저서.

Macht'를 일으킨다는 니체의 핵심 사상이 설명되어 있다. 뒷부분은 하이데거가 니체 사상과 대결하는 내용이다.

두 가지 연구 대상을 검토하면서, 이 글에서는 두 인물 사이의 영향 관계보다는, 니체와 달리 김수영이 어떻게 자신의 세계를 직조해냈는지, 그 독창성에 주목하려 한다.

첫째는 '인용'의 부분으로, 김수영이 니체를 언급한 부분을 분석하려 한다. 둘째는 '닮음'의 부분으로, 김수영의 시에서 니체의 사상과 비슷한 면모를 살피려 한다. 마지막으로 '다름' 곧 차이의 부분으로, 니체에게 없는 김수영 문학의 중요성에 대해 제시하려 한다. 이를 통해 '스승이 없다' 하고 '시의 스승은 오직 현실'이라고 했던 김수영의 독자성을 잘 설명할 수 있다면 다행이겠다.

인문학의 무한 산소를 마신 김수영은 '온몸'이라는 필터를 거쳐 참신한 작품을 길러냈다. 이 글에서는 이식移植이나 영향 관계를 찾기보다는 '닮음'과 '다름'을 비교하는 방식을 취하려 한다. 이 글의 목표는 김수영을 분석하는 것, 니체를 이해하는 것 양자 모두를 포함한다.

2. 나는 인간에 대한 것은 그 어떤 것도 남의 일로 보지 않는다[9]

니체 이름은 김수영의 시에는 없고 산문에 몇 번[10] 나온다. 그중에 김수영 자신의 생각을 설명하면서 니체를 언급한 산문을 보자. 니체가 언급되기까지 '메멘토 모리memento mori'를 설명하는 부분이 중요하여, 길지만 인용한다.

> 메멘토 모리라는 라틴어의 뜻은 '죽음을 잊지 말라'는 것인데, 이 말이 유럽 문명 속에 뿌리를 내리게 된 관념의 기원은 적어도 고대 이집트에까지 소급되고 있는 것 같다. 이집트에서는 잔치를 베푸는 자리에 미라나 사람의 해골을 갖다 놓는 습관이 있었다. 손님들이 그것을 구경하고 있으면 주인은 〈죽음을 잊지 말라〉라는 주지主旨의 인사말을 한다. [⋯]
> 로마의 장군들은 개선凱旋을 해가지고 행진해 들어올 때면, 자기의 전차에 노예를 하나 태워가지고 들어왔다. 영광에 싸인 장군의 귓전에서, 노예는 끊임없이 이런 말을 속삭인다─ "뒤를 돌아다보아라. 그대가 단지 하나의 인간이라는 것을 잊지 않기 위해서". 제정 러시아에서는 대관식 때에 여러 종류의 대리석을 날라 들여오는 관례가 있었다. 새 황제는 즉위하는 날 신중하게 자기의 묘석을 고르는 것이다. [⋯]
> 테렌티우스의 희극에 나오는, 뼈를 넣는 고항古缸에는 그 후에 <u>니체가 즐겨 쓴 그 소름이 끼치는 명銘─"인간에 관한 어떠한 일도 나에게는 무연無緣치 않으니라"</u>─이 새겨져 있었다.[11]

김수영은 죽음을 직시하는 자만이 현실을 바로 볼 수 있다고 썼다. 김수영의 좌우명은 늘 죽음을 생각하며 살아야 한다, 곧 '상주사심常住死心'[12]이었다. 살면서 늘 죽음을 생각하라는 '메멘토 모리'는 김수영에게 핵심적인 표현이다. 니체가 즐겨 쓴 "인간에 관한 어떠한 일도 나에게는 무연無緣치 않으니라"라는 말을 김수영은 인용했다. 니체가 "즐겨 쓴" 이 말을 김수영은 어떻게 알았을까.

"나는 인간이다, 나는 인간에 대한 것은 그 어떤 것도 남의 일로 보지 않는다(Homo sum, humani nil a me alienum puto)." 이 말은 푸블리우스 테렌티우스 아페르(Publius Terentius Afer, B.C. 195?~B.C. 159)의 희곡 『고행자Heauton Timorumenos』 1막 1장 77행에 나오는 라틴어 대사다. 기원전 2세기에 로마가 헬레니즘 세계를 정복하기 시작했을 때, 헬레니즘 문명은 서쪽 로마로 유입되기 시작한다. 수많은 그리스인들이 전쟁 포로, 노예, 또는 상인으로서 로마에 왔다. 그들과 함께 그리스 문학, 철학, 수사학 등을 수준 높은 그리스의 유산들이 로마로 들어갔다.[13]

사진2 스트라스부르크에서 출판된 『테렌티우스 희곡집』(1496)의 권두화.

그 무렵 기원전 180년쯤, 리비아 카르타고에서 태어난 한 아이가 로마 원로원 의원 테렌티우스 루카누스 집에 노예로 팔려온다. 가능성을 눈여겨본 주인 덕분에 아이는 교육을 받는다. 몇 년 뒤 주인에게서 해방된 그 아이가 바로 노예 출신의 작가로 알려진 테렌티우스다. 저명한 로마의 귀족들과 교류하며 로마에서 작품을 상연할 수 있는 테렌티우스의 삶 자체가 믿기 어려운 연극이었다. 30세 무렵 여행 중 사망한 그가 쓴 희극 6편은 모두 그대로 남았다. 테렌티우스의 세태극은 중세에도 출판[사진2]되는 등 지금까지 주목받아왔다. 테렌티우스의 코미디는 당시 로마인들의 물질적 욕망을 잘 드러낸다. 그의 대표 명언을 쉬운 말로 다시 풀면, "나는 인간이다. 인간이기 때문에 인간에 관한 일은 무엇이든 나와 상관없다고 생각하지 않는다"이다. 니체는 이 문장을 『아침놀』(1881) 등에 인용했다.

49. 새로운 근본적 감정: 우리의 궁극적인 무상無常 — 옛날 사람들은 자신들이 신적인 기원을 지녔다고 생각함으로써 인간의 위대함을 느끼고자 했다. 이것은 현재는 금지된 길이 되었다. 왜냐하면 그 길의 입구에는 소름 끼치는 다른 동물과 나란히 원숭이가 서 있고 "이 방향으로는 더 갈 수 없다."라고 말하기라도 하는 것처럼 이빨을 드러내고 있기 때문이다. 따라서 사람들은 이제 반대 방향에서 인간의 위대함을 느끼려 한다. 인류가 향하는 그 길은 인류의 위대함과 신과의 친족관계를 증명하는 데 도움이 되어야 한다. 그러나 아, 이 길도 헛되다! 이 길의 끝에는 최후의 인간이자 무덤 파는 사람의 납골 항아리가 있다(그 묘비에는 "인간적인 어떤 것도 나와 무관하지 않다."라고 새겨져 있다). 인류가 아무리 많이 발전했다 하더라도 인류에게 더욱 고차원적인 질서로 이르는 통로는 없다. 이는 개미나 집게벌레가 '생의 역정'의 최후에 신과의 친족관계나 영원으로 격상되지 않는 것과 같다.[14]

36세의 니체가 대학에 사직서를 내고, 두통과 씨름하며 집필하여 이듬해 1881년에 낸 『아침놀』의 한 부분이다. 니체가 보았을 때 인간의 삶은 궁극적으로 무상無常, 곧 늘(常) 덧없을(無) 뿐이다. "우리의 궁극적인 무상"은 영어로는 "Our Final Corruptibility" 곧 '우리의 마지막은 부패성'이라고 더 강하게 번역됐다. 죽으면 부패하여 없어질 인간은 신이 아니라, 원숭이 같은 존재일 뿐이다. 인류에게 고차원적 수준으로 이르는 통로는 없다. 인간을 위대하다고 상찬하는 "그따위 감상적인 생각일랑 집어치우라!"라는 아포리즘이다. 인류가 신적인 존재가 되는 길은 꽉 막혀 있다. 이제 인간이 할 수 있는 일은 전혀 다른 차원에서 자신을 포월匍越하는 방법뿐이다. 이 지점에서 위버멘쉬Übermensch[15] 사상이 움트는 단초가 보인다. 『아침놀』에서 다윈주의에 따라 절망했던 니체는 5년이 지나 『차라투스트라는 이렇게 말했다』에서 위버멘쉬를 호명한다.

여기서 우리가 주목할 것은 니체가 "인간적인 어떤 것도 나와 무관하지 않다"라는 구절을 왜 삽입했는가, 이 말이 무슨 뜻인가, 하는 점이다. 이것을 설명해야 김수영이 이것을 인용한 까닭을 푸는 데 참조할 수 있기 때문이다.

이 말은 여러 뜻으로 해석할 수 있다. 인간이 느끼는 모든 무상, 헛된 것들이 남에게만 있는 것이 아니라, 나도 마찬가지로 허망하다는 공감으로 읽을 수 있다. 반대로 적극적인 의미로 해석하여 고통받는 인간의 그 어떤 것도 나와 상관없지 않다는 '보편주의universalism'로 해석할 수 있다. 어떻게 해석하든 인간이라면 남의 문제에 관심을 가질 수밖에 없다는 뜻이다.

이 문장은 '인용구의 수용사reception-history'를 따로 연구해야 할 만치 많은 작가나 사상가들이 인용해왔다. 몽테뉴(1533~1592)는 서른여덟 살 때 법관직에서 물러나 성城의 원형 탑 3층에 1천여 권의 책을 넣고, 그 안에서 성찰하며 글을 썼다. 기둥과 서까래에 꼭 필요한 명언을 새겨놓고, 세상의 이치를 사색했다. 서재 지붕 서까래에 쓰인 라틴어 경구 중 하나가 테렌티우스의 명구였다[사진3].

벤자민 프랭클린(1706~1790)은 1771년에 발표한 칼럼 「멀리 떨어진 가난한 나라들을 돕기 위한 계획」에서 궁핍한 뉴질랜드 마오리족에게 가축과 상품을 원조하자고 제안했다. 프랭클린은 다른 민족도 사랑하자는 박애博愛를 제안하면서 이 문장을 변용해서 인용했다. "비록 멀리 떨어져 있을지라도, 다른 민족들은 진정 우리와 관련이 있으며, 그들의 관심사는 모든 사람과 어느 정도 관계된다."[16] 프랭클린의 제안은 성공하지는 못했지만 타자를 향한 관심, 특히 서구 사회에 타민족을 생각하는 세계적 박애 사상을 알린 제안이었다. 칼 마르크스도 이 문구를 좋아했다. 프롤레타리아, 만국의 노동자를 염려했던 마르크스에게 어울리는 문구다. 도스토옙스키는 『죄와 벌』의 4부 1장 서두에서 주인공 라스콜니코프에게 자기 입장을 호소하는 지주 스비드리가일로프의 대사에 이 문구를 넣었다.

사진3 몽테뉴의 서재 지붕 서까래에 써 있는 문구 "Homo sum humani a me nihil alienum puto".

"자기 집에 있는 의지할 데 없는 아가씨의 꽁무니를 쫓아다니다가, 〈추잡한 제안으로 그 아가씨를 모욕했다〉는 건가요? 그래요, 내가 먼저 자진해서 그 얘기를 하지요! 하지만 잘 생각해 보십시오, 나도 인간이므로 뭔가 인간적인 면이 있다 그 겁니다et nihil humanum……. 한마디로 말해서 나도 반할 수 있고, 사랑에도 빠질 수 있다 그 말입니다(물론 이건 우리 뜻대로 되는 일은 아니지요). 이렇게 생각해 보면 만사가 자연스럽게 설명될 수 있는 겁니다. 그런데 이때 문제는 내가 악당이냐 아니면 희생자이냐 그 점에 있겠지요. 어떻게 희생자일 수 있냐고요? 내가 사랑하는 사람에게 미국이나 스위스로 도망가자고 제안했을 때는, 어쩌면 나도 고귀한 감정을 품었을 수도 있고, 서로 간에 행복을 만들어 보자고 생각했을 수도 있다는 말입니다……!"[17]

"et nihil humanum"은 "나도 사람이라서 인간적인 것은 무엇이건 낯설지 않단 말이오(Homo sum et nihil humanum a me alienum puto)"를 줄여서 한 말이다. 주인공 라스콜니코프의 여동생 두냐를 사랑하지만 거절당하는 스비드리가일로프가 자신도 모든 인간을 사랑하는 마음이 있다는 것을 호소하며 인용한 경우다.

사진4 프랑스어판 『테렌티우스 희곡집』(1772).

사실 테렌티우스의 세태

극『고행자』의 1장 신scene 1에 나오는 이 말은 박애주의라고 할 만한 내용이 아니다. 아테네 근교의 시골 마을에 지주 크레메스Chremes와 가족이 살고 있다. 옆집에 새로 이사 온 메네데무스Menedemus는 아테네 폴리스에서 시골로 귀농한 귀족이었다. 첫 장면에서 크레메스는 이사온 메네데무스를 찾아가 장광설을 늘어놓는다. 메네데무스는 귀찮아서 지나친 관심을 사양한다. 그 부분을 읽어보자.

시골 거리에서 메네데무스가 무거운 갈퀴를 들고 집으로 걸어가는데, 이웃인 크레메스가 그에게 말하려고 집에서 나온다.

크레메스 우리가 알게 된 지 얼마 되지 않았죠. 사실 모든 것은 당신이 내 옆에 있는 농장을 사면서 시작되었고, 우리가 정말 많은 일을 한 것은 이번이 처음입니다. 우리는 이웃이고, 나는 항상 친구가 되는 것은 좋은 것이라고 생각합니다. 다만 당신 행동은 당신 나이와 상황에 맞지 않는 거 같습니다. 당신은 도대체 무엇을 원하는지요? 예순 살인 당신보다 더 가치 있는 더 좋은 땅을 가진 사람은 없을 겁니다. 당신은 일을 할 노예가 많이 있는데도, 마치 아무도 도울 이가 없는 듯이 노예가 해야할 일을 혼자 하고 있습니다. 아침에 일찍 나가 저녁 늦게 집에 돌아와도 밭에서 일하고 땅을 파거나 쟁기질 하는 당신을 봅니다. 당신은 한시도 게으름을 피우거나 자신에 대해 생각하지 않으며, 그것으로 즐거워하는 것 같지도 않습니다.

메네데무스 다른 사람 이야기를 듣기 위해 잠시 실례해도 될지요?

크레메스 나는 인간이기에 남의 일이 모두 내 관심사입니다
(Homo sum; humani nil a me alienum puto). 당신이 좋다면 호기심이
라고 불러도 좋습니다. 당신이 옳다면 나는 당신을 따라할 것
이고 당신이 틀리다면 나는 당신이 당신 길을 고칠 수 있도록
도울 겁니다.[18]

대본에서 보듯이 크레메스가 장광설을 늘어놓고 메네데무스가
말을 피하려 하자 그때 크레메스가 한 말이 바로 명구로 알려진 말
이다. 대본으로 보면 뭐든 참견하기 좋아하는 사람의 쓸데없는 말투
를 풍자하는 정황이다. 테렌티우스의 작품은 성실하게 일하는 견실
한 로마 시민의 자질을 덕목으로 하는 전통적인 농민적 로마의 가치
관이 자유분방한 도시 생활과 개인의 행복을 우선하는 아테네적 교
육관과 충돌하는 모습을 보여준다.[19]

원작을 보면 남의 고통에 함께한다는 자선의 의미를 찾기는 어
렵다. 지나치게 남의 일에 참견하는 사람을 풍자하는 말이 박애사
상으로 바뀌어버린 것이다. 풍자적인 말이 계몽주의적 세계주의
Enlightenment cosmopolitanism의 표어로 바뀐 과정에 몽테뉴, 프랭클린,
칼 마르크스의 인용이 있다. 반대로 도스토옙스키의『죄와 벌』은 원
전의 의미를 가장 잘 살린 인용이라고 할 수 있을까. 니체는 이 말을
비틀고 변용하여 인용했다.『인간적인 너무나 인간적인』(1878) 2권
에 인용한 경우를 보자.

204. 광신자들과 어울리는 것 ─사려 깊고 자신의 오성을 확
신하는 사람이라면 이 열대에서 10년 정도 공상가들과 어울

려 적절한 광기에 몸을 내맡겨봄으로써 무엇인가를 얻을 수 있다. 이렇게 함으로써 그는 "나에게 정신적인 것은 더 이상 아무 것도 낯설지 않다"고 자만하지 않고 말할 수 있는 저 정신의 세계시민주의에 도달하기 위한 길에 궁극적으로 한 걸음 더 나아간 셈이 된다.[20]

이 글에서 '광신자'는 여러 사상에 몰입해 사는 사상가들을 떠올리게 한다. 그 광신자들은 다음에 공상가들로 바뀐다. 니체는 "10년 정도 공상가들과 어울려 적절한 광기에 몸을 내맡겨" 보는 경험, 곧 10년 정도 다양한 서적을 읽으며 자신도 어떤 광기에 몰입해보는 경험을 해야 한다고 썼다. 이런 태도를 니체는 "나에게 정신적인 것은 더 이상 아무것도 낯설지 않다(nichts Geistiges ist mir mehr fremd.: nothing of the spirit is foreign to me any longer.)"라고 표현했다. 어떤 이단이든 고급 사상이든 나와 관계있다고 생각하고 다가갈 때, "저 정신의 세계시민주의에 도달하기 위한 길에 궁극적으로 한 걸음 더 나아간 셈"이 된다. 세계의 여러 사상을 온몸으로 접해봐야 세계시민주의를 조금이라도 이해하는 한 걸음을 디딜 수 있다는 뜻이다. 이 의미도 김수영의 정보 습득 과정과 다르지 않다.

김수영이 "테렌티우스의 희극에 나오는, 뼈를 넣는 고항古缸에는 그 후에 니체가 즐겨 쓴 그 소름이 끼치는 명銘―'인간에 관한 어떠한 일도 나에게는 무연無緣치 않으니라'―이 새겨져 있었다"라고 인용한 것은 원전의 풍자적 의미가 아니다. 죽음으로 향하는 존재로서 세계와 타자에게서 일어나는 일에 외면할 수는 없다는 의미로 김수영은 인용했을 것이다.

지식인이라는 것은 인류의 문제를 자기의 문제처럼 생각하고, 인류의 고민을 자기의 고민처럼 고민하는 사람이다. 우리나라에 지식인이 없지는 않은데 그 존재가 지극히 미약하다. 지식인의 존재가 미약하다는 것은 그들의 발언이 민중의 귀에 닿지 않는다는 말이다. 닿는다 해도 기껏 모기소리 정도로 들릴까 말까 하다는 것이다.[21]

테렌티우스의 명구를 인용해온 박애주의와 비슷한 김수영식 표현이라면 이런 식이 아닐까. 김수영은 삶에서 이웃, 인류, 북한에 대한 관심을 놓치지 않으려 했다. 김수영은 "이북 작가들의 작품이 한국에서 출판되고 연구되어야 한다"[22]라고 주장했다. 타자의 모든 일이 자신과 관계있다고 생각하는 태도는 관념이 아니었다. 김수영에게 "인간이 없는 정치, 사랑이 없는 정치, 시가 없는 사회는 중심이 없는 원",[23] 곧 의미가 없는 헛것이다.

3. 스스로 도는 힘, 영원회귀: 「달나라의 장난」, 「헬리콥터」

1952년 11월 28일에 김수영은 포로수용소에서 석방된다. 김수영은 25개월간의 수감 기간 중 무려 20개월을 부산 거제리 포로수용소에서 보냈다. 「달나라의 장난」은 1953년 『자유세계』 4월 호에 발표되었는데, 1952년 12월경 김수영이 포로수용소에서 석방된 것을 생각하면, 석방되자마자 쓴 첫 작품이라 할 수 있겠다.

팽이가 돈다

어린아해이고 어른이고 살아가는 것이 신기로워

물끄러미 보고 있기를 좋아하는 나의 너무 큰 눈 앞에서

아이가 팽이를 돌린다

살림을 사는 아해들도 아름다웁듯이

노는 아해도 아름다워 보인다고 생각하면서

손님으로 온 나는 이 집 주인과의 이야기도 잊어버리고

또 한번 팽이를 돌려 주었으면 하고 원하는 것이다.

도회都會 안에서 쫓겨다니는 듯이 사는

나의 일이며

어느 소설小說보다도 신기로운 나의 생활生活이며

모두 다 내던지고

점잖이 앉은 나의 나이와 나이가 준 나의 무게를 생각하면서

정말 속임 없는 눈으로

지금 팽이가 도는 것을 본다

그러면 팽이가 까맣게 변하여 서서 있는 것이다

누구 집을 가 보아도 나 사는 곳보다는 여유餘裕가 있고

바쁘지도 않으니

마치 별세계別世界같이 보인다

팽이가 돈다

팽이가 돈다

팽이 밑바닥에 끈을 돌려 매이니 이상하고

손가락 사이에 끈을 한끝 잡고 방바닥에 내어던지니

소리 없이 회색빛으로 도는 것이

오래 보지 못한 달나라의 장난 같다

팽이가 돈다

팽이가 돌면서 나를 울린다

제트기機 벽화壁畵 밑의 나보다 더 뚱뚱한 주인 앞에서

나는 결코 울어야 할 사람은 아니며

영원히 나 자신을 고쳐 가야 할 운명運命과 사명使命에 놓여

있는 이 밤에

나는 한사코 방심放心조차 하여서는 아니 될 터인데

팽이는 나를 비웃는 듯이 돌고 있다

비행기 프로펠러보다는 팽이가 기억記憶이 멀고

강한 것보다는 약한 것이 더 많은 나의 착한 마음이기에

팽이는 지금 수천 년 전의 성인聖人과 같이

내 앞에서 돈다

생각하면 서러운 것인데

너도 나도 스스로 도는 힘을 위하여

공통된 그 무엇을 위하여 울어서는 아니 된다는 듯이

서서 돌고 있는 것인가

팽이가 돈다

팽이가 돈다

—「달나라의 장난」 전문

25개월 만에 석방된 김수영은 김현경을 만났으나 살길이 막막했다. '나'는 어느 집에 "손님으로" 갔다. 주인과 대화해야 하는데 아이들이 팽이를 돌린다. "모두 다 내던지고" 더는 희망을 품을 수 없는 상

황에 있던 나는 계속 돌고 있는 팽이를 보며 자신의 삶도 성찰한다.

첫 행에 "팽이가 돈다"라는 문장은 이 시 전체가 하고자 하는 말을 응축한다. 돌고 있는 팽이의 모습은 이 시에서 11회 나온다. 팽이는 홀로 돌아간다. 화자는 쓰러지지 않고 돌고 있는 팽이를 본다. 저 팽이야말로 화자가 회복해야 할 '단독자의 반복'이다.

이 시에서 '나'는 15회 나온다. 전쟁 이후 비극적 상황에서 '나'는 "어린아해이고 어른이고 살아가는 것이 신기로워/물끄러미 보고 있기를 좋아"한다. 좋아한다고 썼지만 얼마나 비극인가. '나'는 팽이가 어떻게 비극을 견뎌야 할지 주목한다. 이 시를 쓰는 '나'는 "도회都會 안에서 쫓겨다니는 듯이" 주변인으로 살고 있다. "어느 소설小說보다도 신기로운 나의 생활生活"을 해나간다.

"팽이 밑바닥에 끈을 돌려 매이"(22행)는 당연한 것도 이상하게 보인다. "손가락 사이에 끈을 한끝 잡고"(23행) 과감하게 던지면 팽이는 "소리없이 회색빛으로"(24행) 돌아간다. 팽이가 중심을 잡고 돌아갈 때 마치 어둠 속에서 돌지만 도는 모습이 안 보이고 정지해 있는 "달나라의 장난"(25행)처럼 보인다.

"제트기 벽화"나 "비행기 프로펠러"는 무엇일까. 실제로 그 집 벽에 제트기 그림이 그려져 있었을 수도 있겠다. 현대 기계문명이 저리도 적극적인데 나는 도대체 어떻게 살고 있냐는 물음을 주는 기계 이미지일까. "비행기 프로펠러보다는 팽이가 기억記憶이 멀고"라는 표현은, 비행기 프로펠러는 전쟁 중에 자주 볼 수 있었으나 팽이를 돌리던 동심의 기억은 까마득하다는 뜻일까.

쓰러지지 않고 돌아가는 팽이가 "나를 울린다"(27행)고 할 정도로 견디며 산다는 것은 고되다. 이런 비애는 김수영이 평생 벗어나지 못했던 운명적인 비애였다. "나는 결코 울어야 할 사람은 아니"(29행)라며 스스로 다독인다. 수용소 생활 게다가 아내와의 결별은 더이상 울 수 없도록, 울음을 잊게 한 사건들이었다. "영원히 나 자신을 고쳐가야 할 운명運命과 사명使命에 놓여" 있는 존재이지만, 그래도 설움과 절망에 빠져 있다. 내 태도를 보고 "팽이는 나를 비웃는 듯이 돌고" 있다.

"강한 것보다는 약한 것이 더 많은 나의 착한 마음"이란 나약하고 소심하지만 그래도 스스로 "착한 마음"을 가진 자로 본다. 착한 마음으로 팽이를 볼 때, 돌고 있는 팽이는 "지금 수천 년 전의 성인聖人"처럼 내 눈앞에 보인다.

1) 힘에의 의지

더 이상 자포자기하면 안 된다는 이 시는 니체를 떠올리게 한다.[24] "너도 나도 스스로 도는 힘을 위하여" 화자는 다시 힘을 낸다. "서서 돌고 있는" 팽이처럼 다시 내 운명을 살아야 한다고 다짐한다.

"너도 나도 스스로 도는 힘을 위하여"라는 구절에서 "스스로"라는 부사는 중요하다. 니체의 저서 『이 사람을 보라』의 부제는 '사람은 어떻게 자기 자신이 되는가'이다. 김수영과 니체의 공통점은 "스스로" 끊임없이 자기 자신에게 도달하려고 했다는 사실이다. 니체에게 강력한 니힐리즘, 힘에의 의지, 영원회귀, 위버멘쉬는 모두 '나'를 찾는 반복의 일상이었다.

김수영의 시나 산문에 '힘'이라는 단어가 여러 번 나온다.[25] "땅과 몸이 일체가 되기를 원하며 그것만을 힘삼고 있었는데"(「구슬픈 육체」) 같은 표현은 니체의 대지大地와 몸의 사상을 그대로 보는 듯하다. 위버멘쉬는 '대지에서' 구현되어야 할 이상적 인간 유형이다. 니체는 "보라 나는 너희들에게 위버멘쉬를 가르치노라! 위버멘쉬가 이 대지의 뜻이다. 너희들의 의지로 하여금 말하도록 하라. 위버멘쉬가 대지의 뜻이 되어야 한다고!"[26]라고 썼다. "땅에 충실하라(Biebt der Erde)"고 니체는 강조했다. 위버멘쉬는 자신이 대지에 충실한 유한성의 존재라는 것을 인식하는 자다. 「시여, 침을 뱉어라: 힘으로서의 시의 존재」라는 글의 부제가 '힘으로서의 시의 존재'라는 점도 돋보인다.

김수영이 유품으로 남긴 하이데거의 『ニーチェの言葉・「神は死せり」ヘーゲルの「経験」概念 : ハイデッガー選集』(1967)에서 핵심 용어는 바로 '힘에의 의지'다. 물론 김수영이 이 책을 안 읽었을 수도 있다. 이 책은 1882년 니체가 『즐거운 학문』에서 쓴 '신은 죽었다'는 말에서 시작한다. 이 말로 이제 초강성적 세계는 끝났다고 하이데거는 본다. 그렇다고 무신론이 니힐리즘을 만든 것은 아니라면서, 니체가 쇼펜하우어에 이어 소수자 위버멘쉬에 의한 '강력한 염세주의(Pessimismus der Stärke, 強さのペッシミズム)'[27]를 제시했다고 하이데거는 평가한다. 이때 니힐리즘은 '가장 충만한 삶의 의지'가 된다. 니체에게 '힘에의 의지'는 "생성한다"이다. 생성한다는 것은 종래의 가치와 비교하여 새로운 가치로 전환하는 것이다. 곧 '힘에의 의지'는 '가치전도의 원리(價値の顚倒の原理)'[28]이다.

'힘에의 의지'라는 표현에서 '힘'이라는 낱말은, 의지가 '명령하는' 것인 한에서 '이러한 의지가 자기 자신을 의욕하는 그런 방식'의 본질을 일컫는 것일 뿐이다. '명령하는' 것으로서

의지는 자기를 '자기 자신'과, 즉 '자기에 의해 의욕된 것'과 통합한다. 이러한 자기통합이 곧 '힘을 의욕하는 힘 자체의 본질(das Machten der Macht)'이다.[29]

이 말을 빌려 김수영의 「시여, 침을 뱉어라: 힘으로서의 시의 존재」에서 부제 '힘으로서의 시의 존재'를 설명해보자. 이 말을 니체식으로 풀면, '힘으로서의 시'란 과거의 가치에서 새로운 가치로 '가치 전도'하는 시를 말한다.

「달나라의 장난」을 니체식으로 풀면, 나나 팽이나 모두 "서러운 것"이다. "너도 나도 스스로 도는 힘을 위하여/공통된 그 무엇을 위하여 울어서는 아니 된다는 듯이/서서 돌고 있는 것인가/팽이가 돈다/팽이가 돈다"는 말은 팽이를 빌려 시인의 내면이 명령하는 것이다. 쓰러질 듯 견디며 도는 팽이는 화자에게 견디며 살아가라고 명령하는 것이다.

2) 스스로 도는 수레바퀴

둘째, 김수영이나 니체의 그 '힘'은 가만있지 않고 빙글빙글 돌아간다. 수레바퀴, 팽이, 헬리콥터 프로펠러 이미지는 쓰러질 듯 돌아가면서도 그 존재를 일으켜 세우는 근본 동기다. 한 존재가 즐겁게 홀로 돌아가는 모습을 니체는 『차라투스트라는 이렇게 말했다』에서 위버멘쉬의 한 특성으로 정의했다.

아이는 순진무구함이며 망각이며 새로운 출발, 높이, 스스로 도는 수레바퀴, 최초의 움직임이며 성스러운 긍정이다

(Unschuld ist das Kind und Vergessen, ein Neubeginnen, ein Spiel, ein aus sich rollendes Rad, eine erste Bewegung, ein heiliges Ja-sagen).[30]

니체는 위버멘쉬를 "스스로 도는 바퀴(ein aus sich rollendes Rad)"라고 표현했다. 무언가 억지로 하는 이가 아니라, 자기가 좋아서 스스로 창조하는 존재다. 영원회귀를 긍정하는 자는 스스로 도는 수레바퀴로 자신의 세계를 짓는다. 김수영이 쓴 "너도 나도 스스로 도는 힘을 위하여"라는 구절은 니체의 위버멘쉬와 힘에의 의지가 충일하게 담겨 있다. 니체는 위버멘쉬의 존재를 "존재의 수레바퀴"로 표현하기도 했다.

> 모든 것은 가고, 모든 것이 되돌아온다. 존재의 수레바퀴는 영원히 돌고 돈다. 모든 것은 시들고 모든 것은 다시 피어난다. 존재의 해[年]는 영원히 흐른다.
>
> 모든 것은 부서지고, 모든 것은 다시 짜 맞춰진다. 동일한 존재의 집이 영원히 지어진다. 모든 것은 헤어지며, 모든 것은 다시 만나 인사를 나눈다. 존재의 바퀴는 이렇듯 영원히 자신에게 충실하다.
>
> 매 순간마다 존재는 시작된다. 모든 여기를 중심으로 저기의 공[球]이 굴러간다. 중심은 도처에 있다. 영원이라는 오솔길은 굽어 있다.[31]

이 글은 『차라투스트라는 이렇게 말했다』 제3부에 실린 문장이다. 제3부의 제목은 '건강을 되찾고 있는 자' 혹은 '쾌유하는 자'로 번역되어 있다. 전통적인 이원론에서는 신神이나 천국에 세계의 중심이 있었으나, 니체는 전혀 다르게 본다. 이 땅을 굴러가는 수레바퀴, 머물지 않고 굴러가는 수레바퀴로 영원회귀를 긍정하는 자에게 세계의 중심이 있다.

영원회귀의 세계에서 모든 것은 권태롭고 짜증 나는 모습으로 똑같이 돌고 도는 인생이 아니다. 영원한 생성과 반복, 회귀, 다시 돌아오는 것, 존재의 수레바퀴는 이 대지에 흔적을 남기면서 끊임없이 새롭게 회전하며, 생성한다. 존재의 수레바퀴는 매 순간순간마다 거룩한 긍정으로 돌 때마다 새롭다.

김수영이야말로 이제 포로 생활에서 자신을 치료하고 새롭게 도는 존재의 수레바퀴가 되기를 바란다. 그는 "서로 서로 스스로 도는 힘을 위하여"라는 구절을 팽이에서 찾아낸다. 전쟁 이후 모든 희망을 잃고 절망에 빠진 독자에게 주는 희망의 전갈일 수도 있겠다.

줄기차게 돌면서 '스스로 도는 힘'을 가질 것을 반복하는 「달나라의 장난」은 1949년 김수영이 「아버지의 사진」을 쓰고 그로부터 4년이 지난 후의 첫 작품이다. 가장으로서 작가로서 제대로 서 있지 못하던 그는 쓰러지지 않고 돌고 있는 팽이가 부러웠을 것이다.

3) 영원회귀

팽이처럼 혹은 수레바퀴처럼 도는 사물에 대한 김수영의 기대는 「헬리콥터」에서도 나타난다.

> 헬리콥터가 풍선風船보다도 가벼웁게 상승上昇하는 것을 보고
> 놀랄 수 있는 사람은 설움을 아는 사람이지만

또한 이것을 보고 놀라지 않는 것도 설움을 아는 사람일 것
이다

그들은 너무나 오랫동안 자기自己의 말을 잊고

남의 말을 하여 왔으며

그것도 간신히 더듬는 목소리로밖에는 못해 왔기 때문이다

설움이 설움을 먹었던 시절時節이 있었다

이러한 젊은 시절時節보다도 더 젊은 것이

헬리콥터의 영원永遠한 생리生理이다

　　　　　　　　　　　　　　　—「헬리콥터」부분

헬리콥터를 보고 놀랄 수 있는 사람은 설움을 아는 사람이고, 놀
라지 않는 것도 설움을 아는 사람이다. "설움이 설움을 먹었던 시
절", 곧 너무도 서럽기 때문에, 설움이 내면에 박히고 굳어져 더 이상
서럽지 않을 정도가 되었기에 놀라지 않는 것일까.

헬리콥터라는 거대한 물체는 "풍선보다도 가벼웁게 상승하"(1연
5행)며, 정지하고 전후좌우로 자유롭게 비상한다. "젊은 시절보다도
더 젊은 것이/헬리콥터의 영원한 생리"라는 구절은 시인이 말하고
싶은 바를 일찍 드러낸 구절이다.

김수영 시에서 잘 주목되지 않는 부분이 있다. 그가 가장 현실적
인 것을 스승으로 여기면서도 미래와 영원을 중요시한다는 사실이
다. 그의 시는 영원을 겨냥한다.

나는 결코 울어야 할 사람은 아니며

영원히 나 자신을 고쳐가야 할 운명運命과 사명使命에 놓여

있는 이 밤에

—「달나라의 장난」 부분

결코 울어서는 안 되는 까닭은 '나'는 "영원히 나 자신을 고쳐가
야 할 운명運命과 사명使命에 놓여 있는" 존재이기 때문이다. "자유가
살고 있는 영원한 길을 찾아/[…] /그것을 자유를 위한 영원한 여
정"(「조국에 돌아오신 상병포로 동지들에게」)으로 그에게 자유는 영
원히 필요한 길이다. "나는 영원히 피로할 것이기에"(「긍지의 날」) 긍
지를 잃지 않으려 한다. "민중은 영원히 앞서 있소이다"(「눈」, 1961)
라며 영원한 민중을 강조한다. 그에게는 "인간은 영원하고 사랑
도 그렇다"(「거대한 뿌리」). 혁명의 상징 노란 꽃은 "영원히 떨리면
서"(「꽃잎 2」) 피어 있다.

니체는 『즐거운 학문』에서 "현존재의 영원한 모래시계는 항상 다
시 되돌아온다"[32]며 영원회귀 사상을 제시했다.

> 아득하고 낯선 천상의 행복과 은총과 은혜를 꿈꾸며 학수고
> 대하지 말고, 다시 한 번 살고 싶어 하며, 영원히 그렇게 살고
> 싶은 것처럼 그렇게 살 것! — 우리의 사명은 매 순간 우리 가
> 까이 다가온다.[33]

니체가 말하는 '동일한 것의 영원회귀'[34]란 기독교의 부활이나 불
교의 윤회 같은 개념이 아니다. 사실 니체는 영원회귀를 물리적으로
충분히 설명하지 못했다. 최소한 이해한다면 허무한 일상에서도 운
명을 흔쾌히 긍정하며 절대 행복을 만끽하는 '실존적이고 의미론적

인 영원회귀'라 할 수 있겠다. 여기서 영원한 순간, 그 운명을 사랑하라는 아모르파티Amor fati가 나온다.

> 네 운명을 사랑하라Amor fati : 이것이 지금부터 나의 사랑이 될 것이다! 나는 추한 것과 전쟁을 벌이지 않으련다. 나는 비난하지 않으련다. 나를 비난하는 자도 비난하지 않으련다. 눈길을 돌리는 것이 나의 유일한 부정이 될 것이다! 나는 언젠가는 긍정하는 자가 될 것이다![35]

실스마리아에서 '영원회귀'를 깨닫기 전에 니체는 스피노자의 자유와 긍정의 철학을 탐독하며 상찬한다. "모든 것은 가며, 모든 것은 되돌아온다. 존재의 수레바퀴는 영원히 돌고 돈다."[36] 환희의 순간도 고통의 순간도 영원회귀한다. 가장 비극적인 전쟁의 순간에 김수영은 헬리콥터의 비상을 꿈꾼다. 설움이 가득한 시대에 헬리콥터에 숨겨진 영원한 힘은 젊음보다도 더 젊은 원초적인 어린 힘에서 나온다. 김수영은 "부끄러움도 모르고/밝은 빛만으로" "투명"하게 살아왔다고 쓰고 있다. 과감히 자신의 고유성을 숨기지 않고 드러내는 것은 자기를 넘어감(Über-sich-hinaus-gehen)이며 곧 자기를 극복(Sich-Überwinden)하는 길이다.

"너의 조상祖上들이 우리의 조상祖上과 함께/손을 잡고 초동물세계超動物世界 속에서 영위營爲하던"이라는 구절에서 "초동물세계"라는 구절이 눈에 띈다. 헬리콥터라는 초인적 존재, 니체의 언어를 빌리자면 위버멘쉬는 평범한 인간이 도달할 수 있는 존재다. 말종 인간은 더욱 아니며, 굴종하는 낙타나 냉소만 하는 사자 같은 동물세계가 아니다. 날 수도 있고, 땅에 내릴 수도 있지만 동물세계를 넘어선다. 그것은 인간이 갖고 있는 어린아이의 고유성, 동물의 세계를 넘어서는[超] 초동물세계다.

"자유自由의 정신精神의 아름다운 원형原型을/너는 또한 우리가 발견發見하고 규정規定하기 전에 가지고 있었으며"라며 김수영은 헬리콥터에서 "자유의 정신의 아름다운 원형"(4연 10행)을 본다. 헬리콥터는 "자유의 정신의 아름다운 원형" 그 자체다. 헬리콥터를 자유의 화신으로 보는 태도, "긍지와 선의"의 상징으로 보는 태도는 니체가 말한 위버멘쉬와 유사한 성격을 보인다.

"스스로 겸손謙遜의 침묵沈黙을 지켜가며 울고 있는 것"이라는 구절에서 김수영이 전하고자 하는 것은 뚜렷이 보인다. 이상적인 인간상 위버멘쉬는 고통과 질병을 견디며 넘어서는 존재다. 위버멘쉬는 쓰러질 듯하면서도 돌고 또 도는 팽이처럼 자기초극(自己超克, Selbstuberwindung)을 영원히 반복하는 존재이며, '힘에의 의지'를 강력하게 추동시키는 내재적인 자기초극의 존재다. 위버멘쉬는 영원회귀, 디오니소스적 명랑성과도 이어진다. 니체는 위버멘쉬적인 삶을, 김수영은 팽이나 헬리콥터 같은 삶을 우러른다.

	김수영의 헬리콥터	니체의 위버멘쉬
회전	끊임없이 돌아가며 상상하는 프로펠러	혼자 돌아가는 바퀴
상승	헬리콥터, 노고지리	독수리
하강	비애, 착륙	"천국을 생각하지 말고, 대지를 생각하라"
성격	초동물세계	어린아이의 단계

김수영의 「헬리콥터」 1연의 도입부는 독자에게 묻는 질문이다. "고민苦悶하고 있는/어두운 대지大地를 차고 이륙離陸하는" 헬리콥터처럼, 진정 자유로운 삶을 살려고 박차고 일어서고 있는가. 김수영은 자신에게 묻는다. 독자에게 묻는다. 끔찍한 일상과 미래에 맞짱뜨는 실존주의적인 영원회귀의 자세를 요구하는 것이 아닐까.

4. 영원을 향하여

이 글에서는 첫째, 김수영이 산문에 니체를 인용한 부분을 살펴보았다. 니체가 즐겨 썼다면서 김수영이 인용한 "Homo sum, humani nil a me alienum puto"가 김수영의 세계관과 겹친다는 사실을 확인했다.

둘째, 「달나라의 장난」과 「헬리콥터」에 나오는 "스스로 도는 힘"이 위버멘쉬와 통한다는 것을 확인했다. 이 시를 썼을 때 김수영이 니체를 읽지 않았을 수도 있다. 그렇다면 우리는 우연히 겹쳐 있는 두 작가의 글을 만난 것이다. 그 "스스로 도는 힘"은 위버멘쉬와 통하고 영원회귀와도 통한다는 것을 확인했다.

김수영과 니체의 관계를 한 편의 논문으로 다 쓸 수 없었다. 아직써야 할 내용이 많다. 「폭포」에 나오는 "떨어진다"는 동사와 니체의 몰락과의 비교 등은 전혀 언급하지 못했다. 김수영과 니체 사이의 '창조적 차이'에 대해서, 니체에게 보이지 않고 김수영에게 보이는 '식물성 다중(多衆, multitude)적 혁명론'[37]에 대해서는 전혀 쓰지못했다. 김수영의 공동체론은 니체보다는 스피노자의 『정치론』에가깝다. 나아가 스피노자를 해석한 네그리의 『전복적 스피노자』나

『다중』에 나오는 스피노자 해석에 가깝다.

> 우리에게 있어서 정말 그리운 건 평화이고 온 세계의 하늘과
> 항구마다 나팔 소리가 빛날 날을 가슴 졸이며 기다리는 우리
> 들의 오늘과 내일을 위하여 시는 과연 얼마만한 믿음과 힘을
> 돋우어 줄 것인가.[38]

    니체가 살아 있다면 충분히 공감했을 시론에 대해서도 전혀 언급
하지 못했다. 몇 번을 연속해서 써야 할 과제다. 두 사람은 시대도 다
르지만, 두 사람의 생각에는 닮음과 다름이 있다. 둘 사이의 닮음, 둘
사이의 다름은 여전히 미래를 열어가는 유효한 시각을 제시한다.°

° 이 글은 2021년 7월 16일 한국외국어대학교 외국문학연구소 주최로 열린 정기학술대회 '문학
과 불멸'에서 발표한 논문이다. 이날 정확히 조언해주신 신형철 교수(조선대)께 감사드린다.

김수영 시의 자본 담론

▲

신동옥

1. 들어가며

오규원은 김수영의 시에서 자신을 '압박'하는 것은, '설사'(「설사의 알리바이」)라든가 "50원짜리 갈비가 기름 덩어리만 나왔다는 데 대한 분개"(「어느날 고궁을 나오면서」)에서 읽을 수 있는 '정신적 건강'이었다고 고백했다. "조금의 거짓도 없는 진실로 다가오는 떨림", 떨림을 주조하는 방법론적 긴장은 오규원이 읽은 김수영의 생채였다.[1] 관념성이 아니라 육체성이 빚어내는 긴장과 떨림은 김수영에 대한 평가의 최대공약수로 꼽을 수 있는 자질이다. '정직성'과 '요설'이 그것이다.

김인환은 김수영의 작시법의 특징을 "비유 대신 진술을, 진술 대신 요설"을 늘어놓는 데서 찾는다. 여러 편의 시와 산문에서 김수영은 빚놀이, 양계, 번역일, 협량한 속셈 등 일상 쇄사瑣事와 무의식 영

213

역의 치부, 감정의 찌꺼기를 가감 없이 폭로한다. 김인환은 이러한 양상을 자기비판과 자기부정을 동시에 수행하는 정직성으로 규정했다. 김인환은 "시의 현실주의와 형식주의를 한데 용인하면서, 그것들보다 더 깊고 더 가까운 데 자리한 역사에 눈을 돌리며 시대의 근본 문제로 육박해 들어간 지점"에서 김수영의 시사詩史적 좌표를 들여다보았다. 김수영에게 사회라는 관념은 "노동을 소유하고 있지 않은 사람"이라는 자기 선언에서 출발한다는 분석이나 "사회 구성 원리로서 자본주의에 절망하고 다른 미래를 희망했다"는 분석은 주의를 기울일 대목이다. 김수영의 시력詩歷은 생활을 사회적 관계 구조로 전도하는 과정을 밟아가는 것으로 정리될 수 있기 때문이다.[2]

오규원을 압박했던 어휘인 '50원짜리 갈비', 김인환이 해석한 "노동을 소유하지 않은 자가 천착한 자본주의에 대한 절망"은 넓은 관점에서 김수영의 생활론을 경유해서 태동한 감정 구조이며 해석소다. 근래에 개정 발간된 시문학사에서도 이러한 논리를 확인할 수 있다. 1950년대 김수영 시는 일제강점기에서 한국전쟁기를 거치는 과정에서 '얻은' 경험적 현실에 포박된 자아와 이를 비판적으로 재인식하는 자아 사이의 괴리에서 출발한다. 김수영의 자기부정은 '생활'의 문제 즉, 현실에 대한 비판적 거리감과 그 인식이 좌절되는 순간의 경험적(존재론적) 조건의 결절점에서 야기되는 자기모순으로 극화된다. 그것은 '설움'이다.[3] 1960년대 김수영 시에서 역시 중점은 '사회적 현실과 생활의 전면화'에 있다. 생활 무능은 풍자의 대상이 된다. 저 혁명의 경험이 안겨준 즉시적 수행성의 결여로 읽힐 수 있기 때문이다. 김수영의 풍자와 자기비판은 사회적인 문제들을 현재화한 결과라는 해석이 가능해지는 지점이다.[4]

김수영은 "현대시를 쓰려면 돈이 있어야 한다는 깨달음은 만 권의 책에 육화된 지혜"[5]와 같으며, "나는 지금 매문을 하고 있으며, 매문은 고급 속물이나 하는 짓"[6]이라고 썼다. 쌀 팔기 위해 몸을 파는 물질 노동과 글을 팔기 위해서 이름을 파는 비물질 노동은 김수영의 언어 안에서는 거의 같은 값이었다.

> 나에게는 아직도 해결하지 못하고 있는, 그리고 앞으로도 좀처럼 해결하지 못할 것 같은 세 가지 문제가 있다. 죽음과 가난과 매명賣名이다. 죽음의 구원. 아직도 나는 시를 통한 구원을 받지 못하고 있는 것처럼 죽음에 대한 구원을 받지 못하고 있다. 그런 의미에서는 40여 년을 문자 그대로 헛 산 셈이다. 가난의 구원. 길가에서 매일같이 만나는 신문 파는 불쌍한 아이들을 볼 때마다 느끼는 자책감에서 헤어날 길이 없다. 역사를 긴 눈으로 보라고 하지만, 그들의 천진난만한 모습을 볼 때마다 왜 저애들은 내 자식만큼도 행복하지 못한가 하는 막다른 수치감에서 헤어날 길이 없다. 나는 40여 년 동안을 문자 그대로 피해 살기만 한 셈이다. 매명의 구원. 지난 1년 동안에만 하더라도 나의 산문행위는 모두가 원고료를 벌기 위한 매문·매명 행위였다. 그리고 지금 이 순간에 하고 있는 것도 그것이다. 진정한 「나」의 생활로부터는 점점 거리가 멀어지고, 나의 머리는 출판사와 잡지사에서 받을 원고료의 금액에서 헤어날 사이가 없다.[7]

그러나 김수영은 돈이 있어야 현대시를 쓸 수 있다는 경전 만 권에 육박하는 지혜도 그것을 "잊어버리는 완전한 속화俗化"를 통해 완결될 수 있으며, 매문은 속물들이나 하는 짓이지만 진정한 고급 속물들이 하는 짓이라고 덧붙였다. 위에서 인용한 맥락에서 '죽음'과 '가난'과 '매명'의 문제는 김수영의 시력을 관통해온 주제인데, 김수영은 각각에 '구원'이라는 목적론적 종결부를 덧대었다. 염무웅은 위 구절을 인용한 다음, 매문과 매명을 견디지 못하는 마음과 진정한 자신에 가까워지려는 마음이 일으키는 갈등, 그런 마음과 생활 즉 의식과 존재의 모순 대립을 '수락'함으로써 빚어지는 도덕적 긴장 구도를 시로 그린 데 김수영의 특장이 있다고 지적했다.[8]

김수영이 창출한 방법론적인 긴장은 역설과 전도의 문법에 뿌리를 대고 있다. 위의 고백 속에는 '사후적으로 구성된 자기 역사'에서 '신화로 기능하는 서사적인 이본異本'을 빚어내는 원초적인 동학動學이 전제되어 있다. '노동, 생산'의 문제와 결부된 사회적 관계들의 외적인 양상들을 '고유한 심리학적 특성으로 전가'하는 것은 이데올로기적 발로이며 신비화에 가깝다. 전도의 구조는 '틀frame'의 논리로 설명 가능하다. 생활은 탈신비화될 수 있다. 그러나 생활의 틀 이면에 도사리는 기제를 드러내는 데서 한 걸음 나아가도 생활의 틀은 그 자체 자율적 구조로 온존한다. 죽음의, 가난의, 매명의 구원 이후에도 틀 잡힌 구도 속에서 생활은 영위된다. 틀은 그 너머의 현실을 외양으로 변모시키기 때문이다. 현상적 현실과 대비되는 '중립적 현실'은 없다. 현실은 이미 틀 지어져 있고, 틀을 통해 드러난다.[9]

본고에서는 김수영 시에서 생활이라는 틀을 직조하는 작인으로 자본 담론을 주목한다.[10] 비슷한 문제의식을 천착한 연구로 박지영, 조연정, 김영희의 논고가 주목에 값한다. 박지영은 김수영이 검열과 싸우며 온몸의 시학을 주창하게 되고, 그 과정에서 자본주의적 유용성과 성적 억압에 대항하는 노동과 성의 의미를 톺아간다는 주장을 펼쳤다. 개발독재의 서사에 대항하고 자본주의적 유용성의 허위를 폭로하는 무위의 철학이 불온의 정치성을 드러낸다는 주장은 곱씹어볼 대목이다.[11] 조연정은 1960년대 문학의 정치성·미학성의 젠더적 한계가 주변화된 남성의 자기비판이 불우한 지식인 예술가상으로 전형화·낭만화되는 양상에서 노출된다고 지적한다. 남성적 보편은 여성을 타자화하고, 재생산 영역 내지는 경제적 토대 영역에 복무시킴으로써 거머쥔 약탈적 자율성의 윤리로 읽힐 수도 있기 때문이다.[12] 김영희는 김수영 시의 다의성을 발화의 비인과 구조에서 찾으며, 그 심층구조를 알레고리적 중층성으로 설정한다. 김영희는 김수영의 시편에서 '돈/미국/경제 원조' 등의 은유 구조의 난맥상을 촘촘히 해석한 끝에, 비유의 심연에는 자본주의적 진리의 구조가 자리하고 있다고 논파했다. 바로 거기서 김수영은 속물주의라는 반어적 의미의 진리에 도달한다는 것이 결론이다.[13]

심도 있는 결론을 끌어낸 기왕의 견해들을 경청하면서, 본고는 김수영의 시력을 관통하는 동학으로 '자본 담론'의 중층성에 주목한다. 이러한 가정은 김수영 시학의 전체 틀을 변증화하는 작업이라는 데 의미가 있을 것이다. 프레드릭 제임슨은 자본주의가 "자체의 공시적인 체제라는 특권화된 계기와 역사적 과정 전반을 아우르는 일반화 내지 알레고리적 은유화"를 동시에 지시한다고 했거니와[14] 자본 담론은 중층적이다. 자유, 사랑과 같은 이념적 테제에서부터 설움, 분노와 같은 감정 구조를 아우르는 김수영 시 연구의 총론들은 속도, 세속성, 불온성, 양심과 윤리 등에 대한 메타적이고 각론적인 접근들로 대리보충되어왔다. 한 시인에게서 파생될 수 있는 키워드의 최대치를 보여준다고 할 수 있다. 이러한 형편은 결과적으로 김수영이 구축해간 이론가 시인의 이미지를 재추인하는 양상으로 귀착된다. 김수영 스스로 '知의 세계화'라는 견지에서 시학적인 담론을 공시적으로 구축해갔다고 할 수 있겠는데, 이는 부분적으로 한국전쟁과 혁명, 쿠데타로 이어지는 역사의 전개 과정을 호흡하는 '구축주의적인 인식론적 구성' 작업이라는 의미를 지닌다. 김수영 개인사적인 견지에서는 '반공 규율 국가'로 가파르게 선회하는 현실 여건을 내파하며 시를 통한 발언 가능성의 최량을 찾는 작업이기도 했을 것이다.

김수영 시에서 자본 담론은 '반공 규율 국가'의 역상으로서 '마르크스주의와 소련'을 호출하는 근거가 되기도 하며, 1960년 혁명 이후의 현실을 앞자리에서 들여다볼 총안銃眼을 틔워주는 동시에 삶 그 자체의 토대를 재현할 동력을 제공하기도 했다. 본고는 김수영 시학의 기저, 심층의 동학을 자본 담론으로 설정한다. 미시적인 분석을 통해 확증해가는 방식으로 논의를 이어갈 것이다. 논의는 김수영 시력에 따라 장을 나누어 편년編年하는 방식으로 전개한다. 2장은 1950년대, 3장은 4·19혁명에서 5·16쿠데타를 전후한 기간, 4장은 1960년대의 김수영 시력에 논의를 할당한다.

2. 생활의 미학화 기제로서의 자본

시인 김수영의 이미지는 김수영의 급작스런 사망과 동시적으로 추출되었다. "자유와 새로운 역사에 대한 희구를 시화하면서 새로운 가능성을 탐구"했다고 정리한 다음 김수영이 놓친 역사성을 신동엽이 보완했다는 최하림의 평가[15]나, "1960년대 전 시기를 통해서 언제나 훌륭한 시인이요 가장 용감한 이론가였던 김수영"[16]이라는 염무웅의 평가가 대표적이다. 이후, 김수영이라는 고유명은 시인 지성인이 가진 이미지 표상의 최량에 육박해갔다. 『엔카운터』와 『파르티잔 리뷰』를 한국어보다 능숙하게 읽어내고, 열정적으로 소개했던 시인의 약력은 이런 심상 지형에 확증을 더한다. 『파르티잔 리뷰』의 이념적 근거는 뉴욕 지식인 가운데 '트로츠키주의'에 근거했으나 2차세계대전 이후 '전향 좌파'적인 자유주의를 표방하고 있었다.[17] 『엔카운터』 『파르티잔 리뷰』 등은 김수영이 구성한 '지知'의 이념 지형의 한 축이었다. 김수영은 스스로 "요즈음은 문화책보다도 경제 방면의 책을 훨씬 더 많이 읽게 된다. 그래야만 사회에 대한 무슨 속죄라도 되는 것 같고 적이 흐뭇한 마음이 든다. 또 하나 '4월' 이후에 달라진 것은 국내 잡지를 읽게 되었다는 것이다"[18]라고 고백하기도 했다. 1961년 김수영이 쓴 '경제 방면의 관심'을 시학적 근거로 되묻는 데서 본고의 논의는 출발한다. 논의의 편의를 위해 우선 '자본 담론'과 문학적 재현에 전제될 수 있는 일반론적인 관점을 정리할 필요가 있을 것이다.

경제의 주제는 고전주의, 낭만주의 문학의 몫이 아니었다. 생산 관계 속에서 구조화되는 인간과 그 과정에서 발생하는 '사회적, 이데올로기적 관계'를 천착한 근대 리얼리즘 소설의 거장은 발자크다. 발자크의 문학은 이른바 '돈의 소란'으로 인해 오해와 비난을 사기도 했다. 그러나 발자크가 '인간 희극'의 공시적 구조를 천착할 때

문학은 비로소 '자유로운 행위의 동기부여와 자본주의의 합목적성의 소멸을 내포'하게 된다.[19]

토마 피케티에 따르면, 근대 자본주의의 가파른 성장 곡선에 비해, 문학 영역에서 경제 재현 방식에 전환이 일어난 것은 이른바 전간기戰間期 즈음이었다. 근대 초기까지 화폐는 안정적으로 통화가치를 부여받았고, 한번 부여받은 가치는 영속할 것처럼 여겨졌다. 19세기 서구 근대소설에서 돈은 손에 잡히는 구체적인 현실을 보여주는 장치였다. 인물을 통해 들여다볼 수 있는 사회적 지위의 알레고리는 화폐의 숫자로 재현되었으며, 그렇게 재현된 경제 지표는 안정적이고 탄탄한 현실을 반영했다. 20세기에 이르러 두 차례의 세계대전이 발발하면서 경제 영역과 정치 영역은 떼려야 뗄 수 없는 관계를 형성했다. 동시에 사회, 문화, 문학, 정치, 경제 영역은 과거 세기와는 다르게 뚜렷한 단절을 보였다. '안정적인 통화가치의 상실'이 초래한 결과였다. 그 이전의 문학에서 돈은 수치화할 수 있는 완고한 현실을 상징했다. 돈은 문학에서 여전히 현실 내지는 토대에 대한 인식을 드러내는 동시에 사회의 구조와 계층 및 계급의 갈등을 드러내는 장치로 쓰일 수 있다. 근대 초기에도 현재에도 자본은 다양하고 역동적인 속성을 보여준다. 그러나 물질적, 비물질적 자본의 성격과 사회구조 및 체제가 변한 것이다.[20]

돈은 자유와 구속 사이의 이념적 관계를 새로 쓰면서 개체성과 내적 독립성의 폭을 넓히는 모순적 기능을 동시에 수행한다. 돈의 출현으로 인해 왕이나 지역의 영주와 같은 소수로부터 독립된 강력한 개인주의의 영역이 구축된다. 객관적 경제 행위를 개인의 고유성으로부터 분리하는 기제는 자본이며, 자본의 동학은 개인이 내면적 자율성으로 회귀할 수 있는 동력을 제공한다. 자본은 노동과 재생산구조를 매개하면서 개인적인 것의 독립성과 자율성을 보존하는 데 기여한다. 모든 것에 동일한 가치를 매기며 등가성을 선취하는 한편 가치를 스스로 소진하기에 자본은 비천하다. 자본에 매개되는 순간 개체는 가장 낮은 수준으로 떨어진다. 세속화가 시작되는 것이다.[21]

김수영은 조지 스타이너의 「맑스주의와 문학비평」을 번역, 소개한 바 있다. 스타이너의 글은 마르크스, 엥겔스의 경제학을 경유하여, 골드만, 벤야민 등을 호출하는 박람강기의 평문이다. 스타이너의 글에서 김수영이 주목한 부면은 "'변증법의 생활'과 문학 원본을 넘어선 자유로운 유희로서의 문학의 자유"[22]에 있을 것이다. 문학을 원본으로 하여 역사와 세계를 변증화할 토대가 되는 '생활' 영역은 어떻게 파지할 것인가? 이 물음 앞에서 19세기 리얼리즘의 거장 발자크를 우선 떠올릴 수 있다. 한국문학사의 알레고리를 톺아 읽자면 염상섭을 발자크에 대응시킬 수 있을 것이다. 김수영은 두 차례 염상섭을 언급했다. 김수영의 '염상섭 코멘트'를 근거로 논의의 물꼬를 틀 수 있다.

일찍이 염상섭은 『삼대』, 『무화과』를 통해 문벌門閥, 족보라는 동일성의 증식 체제에서 축적되는 재산과 급변하는 식민지 자본주의의 현실 속에서 증식하는 화폐를 둘러싼 이념적, 현실적 만화경을 그려 보였다. 문벌을 통해 재생산되는 생활필수품과 경제체제의 조작적 구조 속에서 생산되는 산업 생산물의 괴리는 노동과 돈을 바라보는 관점에서 즉각적으로 드러난다. 한국전쟁 개전 초기 3개월을 다룬 『취우驟雨』에서 중심 오브제로 등장하는 '김학수의 보스턴백'에 이르기까지 사회구조의 '얼룩'으로 기능하는 돈의 문제에 대한 염상섭의 천착은 지속된다. 김현은 염상섭과 발자크의 공통점으로 '주인공이 사회'이며, 바로 그 '사회를 움직이는 가장 큰 동인은 돈'이라고 정리했다. "이때 돈은 추구의 목적이 아니라 인간을 '만드는' 상황 중에서 가장 중요한 상황이다." 돈은 '삶에의 의지'를 재확인하게 만드는 동력이기도 하다.[23]

김수영은 일기와 산문을 통해 두 차례, 단편적으로 염상섭을 언급했다. 처음은 1954년 11월 31일에서 12월 3일 사이에 쓰인 일기다. 불을 끄고 누워 있자니 염상섭의 소설 「흑백」이 떠올랐다고 시작된다. 노름을 하러 다니는 아들에게 허황된 기대를 품는 소설 속 노인에 대한 인상을 전한 뒤, 원치 않는 중매 자리에 흔들리는 마음을 다잡으며 돈 많은 여자를 바라는 환상을 물리자고 다짐한다. 시 청탁과 원고료를 둘러싼 승강이를 겪으며 '이름을 파는 광대 근성'에 대해 반성하는 것으로 일기는 끝맺는다.[24] 염상섭이 「흑백」을 발표한 매체는 『현대공론』이다. 소설은 1954년 7월 호에 실렸다.

김수영은 1954년 『현대공론』 8월 호에 시 「여름 뜰」을 발표한다. "무엇 때문에 부자유한 생활을 하고 있으며/무엇 때문에 자유스러운 생활을 피하고 있느냐/여름 뜰이여/나의 눈만이 혼자서 볼 수 있는 주름살이 있다 굴곡이 있다"[25]로 시작되는 작품이다. 매명, 매문, 노동과 생활의 주제는 김수영의 문학에서 연조年條가 깊다는 것을 재확인할 수 있는 대목이다. 그러나 김수영이 "질서와 무질서의 사이에/움직이는 나의 생활은/섧지가 않아 시체나 다름없는 것이다"[26]라고 시 후반부를 이끌어갈 때, 생활 담론은 사회구조를 향하는 것이 아니라 '설움'과 맞닿는다. 이러한 감수성은 현대화 과정에서 등장한 중간 계층이 '감정과 감수성 및 취미의 통제된 발산을 통해 일상을 미학화하며 향유'하는 양상과 상통하는 것처럼 보이기도 한다. 대중이라는 그로테스크한 타자로부터 자신을 분리하여 개인의 주체적 감정의 고유성을 지키려는 태도는 '애수나 비애'와 같은 형태로 드러나기 십상이다.[27]

김수영의 서지에 염상섭이 다시 등장하는 것은 1965년의 일이다. '한국인의 애수'를 다룬 글에서 김수영은 "진정한 예술은 애수를 넘어선 힘의 세계"에 이르도록 승화된 애수에 있다고 전제한 다음, 소월 이래의 시편을 분석하며 글을 이어간다. 그러나, 윤곤강, 김종한 등과 같이 작품을 통해 애수를 승화된 수준까지 끌어올린 사례는 드물다. '염상섭'이 만년에 남긴 단편에서야 '서민 생활의 페이소스'를 읽을 수 있다고 김수영은 썼다.[28] 염상섭 문학의 일관된 주제는 '돈과의 고투라는 근대의 드라마'였다.[29]

시차를 두고 염상섭을 언급하는 맥락에 보이는 공통점은 시인 자신의 노동 생산 조건을 둘러싼 성찰이 논리화되는 과정이다. 인간적 가치로 집중되어야 할 글쓰기, 노동, 사회적 관계가 대상화되고 사물화된다. 남는 것은 설움, 페이소스다. 인간이 대상화되고, 사물이 인격화되는 공간에서 진동하는 것은 자본의 생리다. 일반적인 등가물이 화폐로 변하면서 물신이라는 주술이 태동한다. 상품 변증법의 진행 과정이다. "물신 숭배라는 허상은 화폐적 상징과 그 상징적 권력 안에 본질적으로 육화되어 있다." 자본의 신비적 속성은 때때로 종교적 망상과 연결된다.[30] 김수영은 '자동식 문명', '지폐', '신용', '수입', '광고' 등의 어사를 동원하며 아메리카에서 수입된 흰개미를 노래했다. "백의의 비극은 그가 현대의 경제학을 등한히 하였을 때에서부터 시작되었던 것이다"[31](「백의」, 1956. 3)라고 결론적으로 정리하며 김수영이 염두에 둔 것은 그러한 의미에서 생활의 문제였을 것이다. 아래의 시는 자본의 질서가 작동하는 순간을 특징적으로 보여주는 작품으로 읽힌다.

남의 집 마당에 와서 마음을 쉬다

매일같이 마시는 술이며 모욕이며
보기 싫은 나의 얼굴이며
다 잊어버리고
돈 없는 나는 남의 집 마당에 와서
비로소 마음을 쉬다

잣나무 전나무 집뽕나무 상나무
연못 위 흰 바위
이러한 것들이 나를 속이는가
어두운 그늘 밑에 드나드는 쥐새끼들

마음을 쉰다는 것이 남에게도 나에게도
속임을 받는 일이라는 것을
(쉰다는 것이 무엇이라는 것을 알면서)
쉬어야 하는 설움이여

멀리서 산이 보이고
개울 대신 실가락처럼 먼지 나는

군용로가 보이는

고요한 마당 위에서
나는 나를 속이고 역사까지 속이고
구태여 낯익은 하늘을 보지 않고
구렁이같이 태연하게 앉아서
마음을 쉬다

마당은 주인의 마음이 숨어 있지 않은 것처럼 안온한데
나 역시 이 마당에 무슨 원한이 있겠느냐
비록 내가 자란 터전같이 호화로운
꿈을 꾸는 마당이라고 해서

—「휴식」 전문[32]

 '남의 집'이라는 공간으로 신체를 옮겨온 다음에라야 온전한 '나
의 휴식'이 시작된다. 시선은 서서히 응시로 바뀌고, 보이지 않던 것
들이 눈에 들어오기 시작한다. '마음을 쉰다는 것은 나와 내가 동시
에 속임을 받는 일'이기에 휴식은 곧 '쉬어야 하는 설움'이다. 꿈, 안
온함, 가정이 있는 것은 '돈이 있는 주인집' 쪽이다. 돈이 없는 내 몫
으로 주어진 것은 바로 그러한 현실이 감정적으로 소비되는 시간을
성찰적으로 응시할 수 있는 감각이다. 작품에서 중요한 국면은 분리
의 감각에 있다. 어딘지 낯설지 않은 분리의 감각은 1950년대에 쓰
인 다수의 작품에서 공통적으로 확인할 수 있다. 그대로 시집 제목
이 된 「달나라의 장난」은 내 집이 아닌 '남의 집 마당'에서, 어른이

아닌 '아이'가, '노동'이 아닌 '놀이'를 보여주는 데서 길어 올린 시였다. 노동의 공간과 일상의 공간, 재생산 공간과 생산 공간의 분리가 일어난다. "남이 일하는 곳에 와서 덧없이 앉았으면 비로소 설워진다/어떻게 하리"[33] (「사무실」, 1954)에서 읽을 수 있는 것도 그런 양상이다. "도회에서 태어나서 도회에서 죽어 가는 사람들은/젊은 몸으로 죽어 가는 전선前線의 전사에 못지않게 불쌍하다고 생각하며/그러한 생각을 함으로써 하루하루 도회의 때가 묻어 가는 나의 몸을 분하다고 한탄한다"[34] (「미숙한 도적」, 1953)에 이르면, 김수영이 설정하는 '생활'이라는 공간은 한편으로 물신物神과의 전장戰場에 가깝다는 것을 알 수 있다. 김수영의 시에서 전역적인 구도로 자주 등장하는 어휘는 '도회'와 '거리'이며, 그곳은 대개 "서울에 돌아온 지 일주일도 못 되는 나에게는 도회의 소음과 광증狂症과 속도와 허위가 새삼스럽게 미웁고 서글프게 느껴지"[35] (「시골 선물」, 1954. 1. 1)는 것으로 그려진다. '소음과 광증과 속도와 허위'는 자본이 초래하는 이데올로기적 사후 효과일 수 있다.

가정이라는 공간에서는 근대 이전 자연 경제의 준칙이 보존된다. 그 안마당에서 '속이는/속임 받는' 부산한 마음의 움직임으로 인해 '역사마저 속여지는' 무의식의 경제는 가족 로맨스다. 가정에는 인격성과 사물 사이에 공동체적, 연합체적 성격이 잔존한다. 가족 구성원 개인 간의 차서次序에 따라 자연스레 지위가 결정된다. 인격성을 바탕으로 사물이 상호 의존하는 관계에 놓여 있기에 가정 경제 안에서는 시장이 삶의 공동체, 결사체의 역할을 떠안으며 지역으로 확장된다. 그러나, 화폐경제는 인격성과 사물 간의 관계를 해체한다. 특성 없는 돈과 화폐가치가 개인 사이의 상호 의존성에 균열을 가하고, 소유관계를 통해 공동체적 관계는 매개된 관계로 치환된다. 이런 방식이다. "모두들 공부하는 속에 와 보면 나도 옛날에 공부하던 생각이 난다/그리고 그 당시의 시대가 지금보다 훨씬 좋았다고/누구나 어른들은 말하고 있으나/나는 그 우열을 따지고 싶지는 않다/그러나 '그때는 그때이고 지금은 지금이라'고/구태여 달관하고 있는 지금의 내 마음에/샘솟아 나오려는 이 설움은 무엇인가/모독당한 과거일까/약탈된 소유권일까/그대들 어린 학도들과 나 사이에 놓여 있는/연령의 넘지 못할 차이일까……"[36] (「국립도서관」, 1955. 8. 17) 가정과 거리, 공동체적 관계와 소유를 매개로 한 관계를 매개하는 정서는 설움이다. 설움은 생활공간의 분리에서 기인하며, 감정을 포함한 재생산구조를 비판적으로 재점검하는 성찰적 시선 속에서 촉발된다.

> 지프차를 타고 가는 어느 젊은 사람이
> 유쾌한 표정으로 활발하게 길을 건너가는 나에게
> 인사를 한다
> 옛날의 동창생인가 하고 고개를 기웃거려 보았으나
> 그는 그 사람이 아니라
> ○○부의 어마어마한 자리에 앉은 과장이며 명사名士이다
>
> 사막의 한끝을 찾아가는 먼 나라의 외국 사람처럼 나는 어디로 가야 할지 모르겠다
>
> 지금은 이 번잡한 현실 위에 하나하나 환상을 붙여서 보지

않아도 좋다

　꺼먼 얼굴이며 노란 얼굴이며 찌그러진 얼굴이며가 모두
환상과 현실의 중간에 서서 있기에

　나는 식인종같이 잔인한 탐욕과 강렬한 의욕으로 그중의
하나하나를 일일이 뚫어져라 하고 들여다보는 것이지만

　나의 마음은 달과 바람 모양으로 서늘하다

　[…]

　여기는 좁은 서울에서도 가장 번거로운 거리의 한 모퉁이

　우울 대신에 수많은 기폭을 흔드는 쾌활

　잊어버린 수많은 시편詩篇을 밟고 가는 길가에

　영광의 집들이여 점포여 역사여

　바람은 면도날처럼 날카로움건만

　어디까지 명랑한 나의 마음이냐

　구두여 양복이여 노점상이여

　인쇄소여 입장권이여 부채負債여 여인이여

　그리고 여인 중에도 가장 아름다운 그네여

　돈을 버는 거리의 부인들의 어색한 모습이여

                              —「거리 2」 부분[37]

　인용한 부분 이전에 화자는 알 수 없이 기분 좋은 마음에 들떠서
거리를 활보한다. 그러는 어느새 '거리의 운명'을 본 듯한 착각마저
인다. 화자는 지난날의 꿈을 떠올리기도 하는데, 그 순간만큼은 설

움조차 '거리에 굴러다니는 보잘것없는' 감정이다. 생활과 유리되어 있기에 환상에 더욱 밀착할 수 있는 것이다. 급기야 "나는 그네들의 고민에 대해서만은 투철할 자신이 있다"며 호기를 부리기까지 한다. 상상력과 공감으로 이어지는 언술이 시인에게는 '사회적으로 훈육된 행위'일 수 있다. 그러나, 호기롭던 마음이 '어디로 가야 할지 모를 당혹감'으로 바뀌는 것은 한순간이다. 오래전 알고 지내던 젊은 사람이 길을 건너던 화자에게 인사를 건네는데, 그는 '어마어마한 자리에 앉은 명사名士'이다. 산책은 잉여, 여가의 시간이다. 보상과 재생산을 위한 시간이라고 '착각'을 했지만, 어느 순간 "환상과 현실의 중간에 서" 있는 자신을 발견하게 된다. 소비를 위한 시간 역시 '상품화'되어 있기 때문이다. 그것을 깨닫게 하는 이는 '생산의 첨병'인 '젊은 명사'이고, 그 거리의 첨병은 늘 '어색한 모습'으로 "돈을 버는 거리의 부인"들이다.

자본의 질서가 끼어드는 순간 '현실과 환상' 사이에 틈이 벌어진다. 자유롭게 운신하는 터라고 여겨졌던 생활공간은 생산관계에 따라 서열화된 일종의 색인으로 재배치된 곳일 수도 있기 때문이다. '생산의 리듬 속에는 도피처도 없을뿐더러 도피할 시간도 없다.'[38] 바로 그 순간 일어나는 괴리감, 분리 감각으로 인해 '구두', '양복', '노점상', '인쇄소', '입장권', '부채負債'마저도 미학적 대상으로 호명될 수 있었던 것이다. 거리의 시간은 소비의 시간이다. 거리를 활보하며 상점과 행인을 들여다보는 시선에는 '신체의 기술들이 사회적으로 습합된 관성'을 발견할 수 있다. 소비는 신체적 훈육이 습관화된 패턴을 드러내기 때문이다. 사회적으로 훈육된 행위의 패턴이 거리의 리듬을 지배한다.[39]

3. '예외상태'의 인식론적 토대로서의 자본

혁명, '예외상태', 비상 상태 아래서 자본의 가치 변동은 통치 구조의 항상성을 가늠하는 중요한 지표로 간주된다. '예외상태'는 상이한 권력 형태들이 '아직 구분되지 않은 원초적 상태로 되돌아가는 것'을 의미한다. 법의 공백 상태이기에, 원초적인 법 권력과 법 감정으로 충만한 자연 상태와 유사한 '법적 신화소'가 기능하는 지대이다.[40] '현대에는 정치적, 군사적 비상 상태와 경제적 위기가 수렴되는 경향'을 보이며,[41] 예외상태와 혁명 사이의 모호하고 불확실한 영역에서 긴급상태가 나타난다.[42] 1960년 4·19혁명에서 1961년 5·16쿠데타에 이르는 시기는 혁명과 예외상태 사이에서 비상 상태가 나타나는 과정으로 요약될 수 있다.

이 시기에 김수영이 발표한 시편들에서는 금값, 쌀값, 계란값 등의 물가物價, 나날의 생산에 복무하는 장삼이사의 생활 양태가 곳곳에 등장한다. "대구에서/대구에서/쌀난리가/났지 않아/이만하면 아직도/혁명은/살아 있는 셈이지"[43] (「쌀난리」)가 대표적인 예이다. 「쌀난리」는 1961년 1월 28일 『민족일보』 창간호(1961. 2. 13)에 신기 위해 탈고한 시이다. '쌀난리'가 난 것이 왜 혁명의 건강성을 입증하는 사례로 해석되는 것일까? 1959년 사라호 태풍에 이어 1960년 카르멘은 대구 이하 남부 지방의 경제를 파탄 직전으로 몰고 갔다. 1960년 장면 내각은 남부 지방의 경제 안정화에 대한 정책을 따로 마련했을 정도였다. 1961년 1월 중순 무렵에는 전국적으로 쌀값이 폭등했다. 이 작품에서 '대구의 쌀난리'에 대해서는 약간의 부연이 필요하다. 1961년 1월 13일 금요일 대구의 쌀값은 한 가마에 만 오천 환이었다. 그런데 서울의 쌀값은 가마당 만 팔천 환이었고, 삼천 환의 차익으로 대구 지역의 쌀이 씨가 마를 지경이 된다. 지방 및 중앙 정부는 '정부미를 배급'하는 것으로 '쌀난리' 해결을 모색한다.[44] 당시의 쌀은 사회구조의 통치 역량과 개인의 인간적 역량을 상징화한 '절대적 금액'을 상징하는 가치 규준이었고, 1960년대에 '쌀값 통제와 배급'은 통치의 효율성과 직결되는 문제였다. 「쌀난리」의 비유는 혁명으로 촉발된 예외상태를 수습하는 과정에서 통치성이 건강하게 작동하기 시작했다는 반증이다. 아래 글의 표현을 빌리자면 '선정善政'의 알레고리다.

> 필자는 생업으로 양계를 하고 있는 지가 오래되는데 뉴캐슬 예방주사에 커미션을 내지 않고 맞혀보기는 이번 봄이 처음이다. 여편네는 너무나 기뻐서 눈물을 흘리더라. 백성들은 요만한 선정善政에도 이렇게 감사한다. 참으로 우리들은 너무나 선정에 굶주렸다. 그러나 아직 안심하기는 빠르다. 모이값이 떨어지지 않고 있기 때문이다. 모이값은 나라꼴이 되어가는 형편을 재어보는 가장 정확한 나의 저울눈이 될 수 있는데, 이것이 지금 같아서는 형편없이 불안하니 걱정이다. 또 모이값이 떨어지려면 미국에서 도입 농산물자가 들어와야 한다는데, 언제까지 우리들은 미국놈들의 턱밑만 바라보고 있어야 하나?[45]

4·19혁명 1주년을 기념하는 이 산문에서 김수영은 '나라와 역사를 움직이는 힘이 민중에게 있다는 자각'이 광범위하게 뿌리내리는

현상에 대해 기술하고 있다. 김수영은 아직도 나라의 운명에 냉담한 지식인층이 있고 부패와 타성에 길든 사회 지도층 인사들이 널렸다고 일갈한다. 김수영은 이 글에서도 대구의 데모를 언급한다. 1960년에 이른바 '교원 노조 파동'이 있었다. 이때 대구 지역 교사 1천 500여 명이 단식하고, 중고생 1만 4천여 명이 단식에 동참했다. 이 글에서 '모이값'은 가격이 상품 속에 포함되게 마련인 나날의 노동이 가져야 할 '항상적인 수치'에 가깝다. 인간은 노동 생산을 통해 감정 구조의 항상성을 유지한다. 혁명의 질서가 일상에 뿌리내리는 과정에서 자연스럽게 현행 제도가 폐지되고 새로운 규범이 자리를 채운다. 현행 제도는 새로운 질서의 요구를 수렴하며 전복되지만, 그 근거에는 '모이값'으로 은유되는 제도의 항상성에 대한 고려가 자리한다. 이 시기에 쓰인 대표작 「육법전서와 혁명」에서 '쌀난리'의 쌀값은 '금값'으로, 모이값은 '달걀값'으로 그려진다.

> 기성 육법전서를 기준으로 하고
> 혁명을 바라는 자는 바보다
> 혁명이란
> 방법부터가 혁명적이어야 할 터인데
> 이게 도대체 무슨 개수작이냐
> 불쌍한 백성들아
> 불쌍한 것은 그대들뿐이다
> 천국이 온다고 바라고 있는 그대들뿐이다
> 최소한도로
> 자유당이 감행한 정도의 불법을

혁명정부가 구육법전서를 떠나서
합법적으로 불법을 해도 될까 말까 한
혁명을—
불쌍한 것은 이래저래 그대들뿐이다
그놈들이 배불리 먹고 있을 때도
고생한 것은 그대들이고
그놈들이 망하고 난 후에도 진짜 곯고 있는 것은
그대들인데
불쌍한 그대들은 천국이 온다고 바라고 있는 것이다

그놈들은 털끝만치도 다치지 않고 있다
보라 항간에 금값이 오르고 있는 것을
그놈들은 털끝만치도 다치지 않으려고
버둥거리고 있다
보라 금값이 갑자기 8,900환이다
달걀값은 여전히 영하 28환인데

—「육법전서와 혁명」부분[46]

   혁명적 저항권과 예외상태적 규범은 '법 전체가 제거된 인간 행동 영역의 존재를 배제한다'는 공통점을 보여준다. 한쪽에서는 규범과의 일치를, 다른 한쪽에서는 규범을 넘어서는 제도를 요구하기 때문이다.[47] 하지만 새로운 요구("혁명")를 고려하면서 현존하는 질서("구육법전서")를 '전복한다'는 발상은 자가당착이다. 두 세계는 마치 동전의 양면과 같으며, 같은 언어로 통역될 수 없는 질서이기 때문이다. "기성 육법전서를 기준으로 하고/혁명을 바라보는 자는 바보다", "합법적으로 불법을 해도 될까 말까 한/혁명"의 의미는 바로 그것이다. '혁명의 육법전서는 혁명' 그 자체다. 민주주의의 민주화라는 견지에서 혁명은 자유와 평등을 순차적으로 실현하는 과정이 아니라 평등-자유를 동시에 실현하는 과정이다. 이렇게 볼 때, "우리들의 싸움은 하늘과 땅 사이에 가득 차 있다/민주주의의 싸움이니까 싸우는 방법도 민주주의식으로 싸워야 한다/하늘에 그림자가 없듯이 민주주의의 싸움에도 그림자가 없다"[48](「하······ 그림자가 없다」, 1960)에서의 '민주주의식으로'는 「육법전서와 혁명」의 '합법적으로 불법을'과 같은 방법론의 다른 표현이다.

기존 질서의 영역에서 '구육법전서'를 옹호한 '적'들 역시 자본 담론 안에서 가치를 실현한다. 적들 역시 '식당에 가고 술 마시고 웃고 떠들다가 동정하고 진지하게 토론하는 얼굴을 하다가도 돌연 바쁘다고 서두르며 일하고, 시를 쓰는 나와 마찬가지로 원고를 쓰기도 하며, 그러는 어느새 치부도 하며 서울에도 시골에도 해변에도 산에도 영화관에도' 있다. 적에게는 심지어 '애교도 있다.' 우리 안의 적, 우리 안의 파시즘, 우리 안의 독재, 우리 안의 자본에 대한 인식은 이런 과격한 요구를 내놓기에 이른다. "너도 나도 누나도 언니도 어머니도/철수도 용식이도 미스터 강도 유중사도/ 강중령도 그놈의 속을 모르는 바는 아니었지만/무서워서 편리하게 살기 위해서/빨갱이라고 할까 보아 무서워서/돈을 벌기 위해서는 편리해서/가련한 목숨을 이어 가기 위해서/신주처럼 모셔 놓던 의젓한 얼굴의/그놈의 속을 창자 밑까지도 다 알고는 있었으나/타성같이 습관같이/그저그저 쉬쉬하면서/할 말도 다 못하고/기진맥진해서/그저그저 걸어만 두었던/흉악한 그놈의 사진을/오늘은 서슴지 않고 떼어 놓아야 할 날이다"[49]("우선 그놈의 사진을 떼어서 밑씻개로 하자」, 1960. 4. 26. 초고, 『새벽』 1960. 5. 15. 6월 호 발표). 「육법전서와 혁명」에서 '금값 8,900환' '달걀값 영하 28환'의 의미는 바로 이것이다. '그놈들은 털끝만치도 다치지 않고 있는데' '금값이 오르고 달걀값이 곤두박질친다.' 쌀난리는 해결될 기미가 안 보이고, '커미션' 없이는 사료 한 포대 사기 힘들다. 김수영은 바깥으로 눈을 돌린다.

이유는 없다―
나가다오 너희들 다 나가다오
너희들 미국인들과 소련인은 하루바삐 나가다오
말갛게 행주질한 비어홀의 카운터에
돈을 거둬들인 카운터 위에
적막이 오듯이
혁명이 끝나고 또 시작되고
혁명이 끝나고 또 시작되는 것은
돈을 내면 또 거둬들이고
돈을 내면 또 거둬들이고 돈을 내면
또 거둬들이는
석양에 비쳐 눈부신 카운터 같기도 한 것이니

[…]

가다오 가다오

'4월 혁명'이 끝나고 또 시작되고

끝나고 또 시작되고 끝나고 또 시작되는 것은

잿님이 할아버지가 상추씨, 아욱씨, 근대씨를 뿌린 다음에

호박씨, 배추씨, 무씨를 또 뿌리고

호박씨, 배추씨를 뿌린 다음에

시금치씨, 파씨를 또 뿌리는

석양에 비쳐 눈부신

일 년 열두 달 쉬는 법이 없는

걸쩍한 강변밭 같기도 할 것이니

지금 참외와 수박을

지나치게 풍년이 들어

오이 호박의 손자며느리 값도 안 되게

헐값으로 넘겨 버려 울화가 치받쳐서

고요해진 명수 할버이의

잿물거리는 눈이

비둘기 울음소리를 듣고 있을 동안에

나쁜 말은 안 하니

가다오 가다오

　　　　　　　　　　　　　—「가다오 나가다오」부분[50]

　「가다오 나가다오」에는 석양이 내리깔리는 두 폭의 '만종晚鐘'이
있다. "돈을 내면/또 거둬들이는/석양에 비쳐 눈부신 카운터"로 미
국과 소련으로 대표되는 제국주의 자본의 카운터가 첫 번째 그림이

다. "석양에 비쳐 눈부신/일 년 열두 달 쉬는 법이 없는/걸찍한 강변밭"이 두 번째 그림이다. 그 가치가 몸에 새겨진 노동이 반복되는 살림살이의 터전이다. 두 그림은 대비된다. 강변 돌밭에 씨를 뿌리고 뿌려서 얻어낸 소출의 은유는 생산구조 속에서는 선취할 수 없는 오롯한 자존감일 것이다. "호박씨, 배추씨, 무씨"를 뿌리는 노동은 상품의 형태를 빚어내는 물신의 작용을 겨냥한다. "상품−형태는 하나의 세계를 구성하거나 세계를 구성하는 하나의 형태를 표상한다."[51] 노동을 매개로 인간과 사물의 총체성이라는 형태가 표상되지만, 이것은 다시 물신이라는 환영의 지배 아래 놓이게 마련이다.

　'타성', '습관'은 중간 계급 고유의 사고방식을 가리킬 것이다. 프레드릭 제임슨이 경험적 실재론이라고 명명한 사유 구조다. 그런 사고방식은 "변증법적 사고를 위협으로 간주하며, 또 본질적으로 경제적인 문제에 법률적·윤리적 해답을 부여할 수 있게 하고, 경제적 불평등을 정치적 평등의 언어로, 자본주의 자체에 대한 의심을 자유에 대한 고려로 바꾸어놓음으로써, 사회의식의 저지를 돕"다. 이러한 사고방식은 다양한 방식으로 위장되어 나타난다. 그 결과 대다수는 "현실을 밀폐된 칸막이로 분할하고 경제적인 것과 정치적인 것, 정치적인 것과 법률적인 것, 역사적인 것과 사회학적인 것을 면밀히 구분함으로써 특정 문제에 함축된 모든 의미를 결코 알 수 없도록 하며, 또한 사회생활 전체에 대한 통찰로 나아갈지도 모를 어떤 사변적·총체적 사고도 배제하기 위해 모든 진술을 불연속적이며 직접 검증 가능한 것에만 국한한다."[52] 타성이나 관습은 외부적·구조적 요인이기에 앞서 내부적·개인적 요인이다. 혁명과 예외상태의 격동기를 건넌 후, 김수영의 시선은 '내부'로 정향되어간다.

4. 쇄말주의/세속주의/역경주의

김수영과 염상섭의 공통점 가운데는 트리비얼리즘(trivialism, 쇄말주의)이 있을 것이다. 쇄말주의는 상품 물신의 주술, 신비함에 대한 매혹에 뿌리를 둔다. 쇄말주의는 미학화를 주요한 과제로 거느린다. 암흑기에 근원 김용준, 상허 이태준 등이 고동서화古董書畵에 골몰했던 이유다. 자넷 풀Janet Poole은 식민지 말기 문학장을 정치하게 재구성하면서 '일상의 디테일화'에 주목했다. 산책자의 디테일을 구성하는 기제는 시각장을 경유하는데, 그가 걷는 길은 '외부에 의해 구성된 내부'라는 의미에서 전도된 시각장에 가까워진다. 일찍이 임화는 1930년대 중후반기의 세태소설의 트리비얼리즘이 묘사의 과잉에 의한 인물의 해체 및 플롯의 와해와 결부된다고 정리했다. 임화의 초점은 내러티브의 흐름에 걸림돌이 되는 디테일이 아니라, 디테일의 형성 과정에 기여하는 재현 기제에 주어졌다. 임화의 논의는 자연스럽게 생활의 논리로 넘어간다. 임화에게 물질적·경제적 영역인 생활의 재발견은 공시적·통시적 좌표에 당대적 서사의 자리를 기입하는 단초였던 셈이다. 임화의 생활, 김남천의 풍속, 박태원의 고현학 등의 방법론은 재현 대상에 대한 핍진한 태도 이전에 재현 방법의 적확성을 통해 사회적인 것의 실상을 드러내는 전략으로 읽힐 수도 있다. 자넷 풀은 이러한 전략을 '자본주의의 위기가 혁명의 상상을 소진해버린' 암흑기 작가들의 암중모색으로 규정했다.[53]

정치적인 것과 짝을 이루는 장場, 나날의 쇄사로 점철된 소비주의의 영역과 가정의 테두리가 바로 일상성의 세계이며, 생활이라는 장은 지체되었으나 엄존하는 현실 영역이다. 혁명과 계엄으로 이어지는 예외상태를 체화한 후 김수영은 아래와 같은 시를 발표한다.

수입에 대해서 생각하는 것은 너나 나나 매일반이다
모이 한 가마니에 430원이니
한 달에 12, 3만 원이 소리 없이 들어가고
알은 하루에 60개밖에 안 나오니
묵은 닭까지 합한 닭모이값이
일주일에 6일을 먹고
사람은 하루를 먹는 편이다

모르는 사람은 봄에 알을 많이 받을 것이니
마찬가지라고 하지만
봄에는 알값이 떨어진다
여편네의 계산에 의하면 7할을 낳아도
만용이(닭 시중하는 놈)의 학비를 빼면
아무것도 안 남는다고 한다

나는 점등點燈을 하고 새벽 모이를 주자고 주장하지만
여편네는 지금 주는 것으로 충분하다는 것이다
아니 430원짜리 한 가마니면 이틀은 먹을 터인데
어떻게 된 셈이냐고 오늘 아침에도 뇌까렸다

이렇게 주기적인 수입 소동이 날 때만은
네가 부리는 독살에도 나는 지지 않는다

무능한 내가 지지 않는 것은 이때만이다

너의 독기가 예에 없이 걸레쪽같이 보이고

너와 내가 반반—

"어디 마음대로 화를 부려 보려무나!"

—「만용에게」전문[54]

「만용에게」는 원래 1963년 2월 『자유문학』에 「장시」가운데 '3'
으로 발표한 작품이다. 「장시 1」, 「만용에게」, 「피아노」는 동일한 계
열 모티프를 가진 작품으로 간주할 수 있다. 모이값, 달걀값에 임금
과 전기세 등의 감가상각 비용 계상이 시의 주된 내용이다. 작품에
덧대 읽을 수 있는 산문은 「양계 변명」(1964. 5)이다. 김수영에 따르
면 양계와 시작詩作의 공통점은 비참한 노동 생산성에 있다. 산문에
서 김수영은 만용이 사료 두 가마니를 자전거째 도둑맞고 돌아와 울
던 날의 풍경을 전한다. 어느 날 집에 도둑이 들어 식구와 대치한다.
도둑은 자본 담론의 기식자고 상수다. 대거리하던 도둑은 순순히 길
을 터주는 김수영에게 '어디로 나가는 겁니까?' 되묻는다. 어이없는
대답에 김수영은 자신이 고단하게 양계를 계속하는 이유, 즉 양계
변명을 내어놓는다. "도둑은 나고 나는 만용이입니다. 철조망을 넘
어온 나는 만용이에게 '백번 죽여주십쇼, 백번 죽여주십쇼' 하고 노
상 손이 발이 되도록 빌면서 '어디로 나가는 겁니까? 어디로 나가는
겁니까?' 하고 떼를 쓰고 있는지도 모릅니다."[55]

주객의 변증법적 전도 상황에 가까우리만치 만용과 김수영의 관
계는 역전되어 있다. 만용이 본인의 노동에 의미를 부여하고 양계

를 삶으로 끌어안는다면, 김수영에게 양계는 '주기적인 수입 소동'
이며 그야말로 '계륵'으로 치부되는 것처럼 보인다. 김수영은 이런
자신을 두고 "요컨대 나는 이런 속물이다. 역설의 속물이다"[56] (「시작
노트 4」, 1965)라고 썼다. 앞 장에서 살폈듯, 「육법전서와 혁명」을 쓰
던 시기까지 김수영에게 양계로 대표되는 물질 노동은 '매문, 매명'
과 같은 비물질 노동과 같은 값으로 그려졌다. 그러나, 김수영이 자
신의 노동을 타자화해서 바라보는 순간 양계는 '자발적 가난', '자발
적 감금' 나아가 '적극적 감금'으로 수행하는 자의식적 '욕망의 재생
산'과 다름없어진다. 훗날 김수영은 자신의 노동이 '부삽을 쥔 어머
니의 노동'과 같아질 수 없는 이유를 '지일의 휴식'이라는 논리로 풀
어낸다. 마치 돈으로 여자를 사고 새벽 거리에서 느끼는 이방인의
자유 감각처럼, 그리고 그 기원을 알 수 없는 자유를 흩트리는 청소
부의 일사불란한 움직임에서 느끼는 반감처럼, 인력과 척력을 동시
에 가진 자신의 육체노동은 '감정노동'으로 치환되기 일쑤라는 것
이다.

　「반시론」(1968)에서 김수영은 "거지가 돼야 한다. 거지가 안 되고
는 청소부의 심정도 행인들의 표정도 밑바닥까지 꿰뚫어볼 수는 없
다"[57]라고 다짐한다. 늙은 어머니, 아우의 노동하는 '시꺼멓게 갈라
진 손'을 집안 이야기로 아무렇지도 않게 쓸 수 있으리만치 여유가
생긴 시인 자신은 '노동'뿐만 아니라 '생산' 행위 자체에 비추어 불
순해졌다. "나는 농부가 아니다. 그렇기 때문에 부삽질을 한다. 진짜
농부는 부삽질을 하는 게 아니다. 그는 자기의 노동을 모르고 있다.
내가 나의 시를 모르듯이 그는 그의 노동을 모르고 있다"[58]에 이르면
시인의 '속물론'은 이중 전도를 거쳐 '진정한 속물 내지는 고급 속

물'의 함의에 가닿는다.

"겨자씨같이 조그맣게 살면 돼/복숭아 가지나 아가위 가지에 앉은/배부른 흰 새 모양으로/잠깐 앉았다가 떨어지면 돼/연기 나는 속으로 떨어지면 돼/구겨진 휴지처럼 노래하면 돼//가정을 알려면 돈을 떼여 보면 돼/숲을 알려면 땅벌에 물려 보면 돼"[59]([「장시 1」, 1962. 9. 26)에서 다짐의 형태로 암시한 '쇄말주의의 방법론'은 '겨자씨같이 조그맣게 살고, 구겨진 휴지처럼 노래하기'로 그려진다. 디테일의 미학이다. 이것은 김수영이 일찌감치 '부산 포로수용소 제14 야전병원' '스펀지를 만들고 거즈를 접고 있던 너어스들'(「어느 날 고궁을 나오면서」, 1965. 11)에게 배운 바다. "나의 여자들의 더러운 발은 생활의 숙제"[60](「반주곡」, 1958. 6. 3)였던 시절에는 여자들이 지닌 '노동의 흔적'이 압력 내지는 하중이었다. 그러던 것이 이제는 "고난이 나를 집중시켰고/이런 집중이 여자의 선천적인 집중도와/기적적으로 마주치게 한 것은 전쟁이라고 생각했다/그런 의미에서 나는 전쟁에 축복을 드렸다"[61](「여자」, 1963. 6)라고 고백하리만치 새로운 발견의 단초가 된다. 혁명이 끝나고 지체된 생활이라는 장 속에서 일상성이 복권되었기 때문이다. 그 중심에는 노동에 대한 예각화된 자의식이 있다.

> 낮잠을 자고 나서 들어 보면
> 후란넬 저고리도 훨씬 무거워졌다
> 거지의 누더기가 될락 말락 한
> 저놈은 어제 비를 맞았다
> 저놈은 나의 노동의 상징

호주머니 속의 소눈깔만 한 호주머니에 들은

물뿌리와 담배 부스러기의 오랜 친근

윗호주머니나 혹은 속호주머니에 들은

치부책 노릇을 하는 종이쪽

그러나 돈은 없다

—돈이 없다는 것도 오랜 친근이다

—그리고 그 무게는 돈이 없는 무게이기도 하다

또 무엇이 있나 나의 호주머니에는?

연필쪽!

옛날 추억이 들은 그러나 일 년 내내 한번도 펴 본 일이 없는

죽은 기억의 휴지

아무것도 집어넣어 본 일이 없는 왼쪽 안 호주머니

—여기에는 혹시 휴식의 갈망이 들어 있는지도 모른다

—휴식의 갈망도 나의 오랜 친근한 친구이다……

—「후란넬 저고리」전문⁶²

1963년에 남긴 「시작노트 3」에서 김수영은 이 작품은 원래 40여 행이었는데, 거듭된 퇴고로 19행으로 줄었다고 써두었다. 고치고 고친 끝에 본래 담으려 했던 '노동의 찬미'가 '자살의 찬미'로 바뀌었다는 것이 김수영 자신의 진단이다. 시인이 초고와 더불어 남긴 원래 구도는 아래와 같다.[63]

갱생更生 = 변모變貌 = 「자기 개조」 = 력力 = 생生 = 자의식의 = 애정
                      생리의 변경   괴멸

언젠가 시인은 강릉에 사는 손아래 매부를 찾아갔다가 '돈을 물 같이 쓰는 그들의 환대'에 압도당해 '충격을 받고' 돌아온다. 김수영이 그들의 환대에서 읽은 것은 '행동의 마력'이었다. "힘의 마력, 그것은 행동의 마력이다. 시의 마력, 즉 말의 마력도 원은 행동의 마력이다."[64] (「민락기」, 1967) 환대를 위해 돈을 물 쓰듯이 쓰는 행동의 마력이란 무엇인가?

'후란넬 저고리'를 무겁게 만드는 것은 그것을 입은 사람이 흘린 땀이 아니다. 호주머니 속 담배 파이프, '치부책 노릇을 하는 쪽지', 가난의 무게, 연필 쪼가리 등이 노동복이 된 저고리를 무겁게 만든다. 무엇보다 번번이 좌절되는 '휴식의 갈망'처럼, 한 번도 손을 넣어보지 않은 허방void과 같은 안쪽 호주머니가 저고리에 하중을 더한다. 김수영이 원래 전하려 했던 메시지는 '생리가 바뀌고, 자의식이 사라지는 순간의 사랑'이었을 것이다. "매문을 하지 않으려고 주의를 하면서 매문을 하듯"[65] (「이 일 저 일」, 1965) 진정한 노동은 휴식의 갈망 속에서 실현된다. '삶=힘'의 구도 속에서 실현된다. 그 논리는 자의식을 모두 소진하고서야 끌어안는 애정, 즉 사랑의 동학과 유사하다.

인간적인 역량은 '자본으로 환원된 가치'에 종속될 수 없다. 김수영이 「후란넬 저고리」 초고 여백에 적어둔 도식은 가격으로 수렴된 인간적인 역량을 '행위의 마력', '힘이 삶'이 되고 자의식이 괴멸되리만치 애정으로 다시 태어나는 '노동'의 순간에 대한 메시지다. 산문 「토끼」(1965)에서 김수영은 닭이든, 토끼든, 열대어든, 메추리든 수지 타산에 밝은 이들은 '그들의 문학까지도 경멸'하고 싶을 정도라고 썼다. "무슨 일이든 얼마가 남느냐가 아니라 얼마나 힘이 드느

나를 먼저 생각하는 버릇"[66]을 시인은 '역경주의力耕主義'라고 명명했다. 이렇게 정리할 수 있다. 김수영은 쇄말주의의 디테일로 생활을 미학화한다. 생활의 잉여 지대에서 촉발되는 감정을 행위의 동력으로 삼는다. 노동할수록 오롯하게 떠오는 속물근성을 속물근성으로 전도하는 힘을 김수영은 '역경주의'의 방법론에서 찾을 수 있었던 것이다.

5. 나가며

물적 조건으로서 토대와 정신적 반영으로서 상부구조의 구도는 건축학적 은유에 뿌리를 둔다. 김수영의 시에 일관되게 나타나는 생활과 정신의 변증법적 길항 역시 유사한 구도로 읽힌다. 김수영은 생활을 사회적인 관계의 구도로 전도하여 바라보았기 때문이다. 이는 김수영 시 세계의 주요 무대가 도회와 거리였다는 데서도 드러난다. 문화적인 교류와 욕망의 변형이 동시에 이루어지는 곳이라는 면에서 거리는 역설적으로 실제 삶의 세계와 단절된 공간인 셈이다. 남의 살림이 나의 살림을 비추듯, 그곳에서 차이는 증식하고 경계는 부식된다. 인격이 대상화되고 사물이 인격화되는 전도가 일어나며 정체성은 사물에 용해되기도 한다. 이러한 전도와 역전의 동학을 제공하는 인자는 '돈'이다.

돈은 가치의 척도를 제공하는 자[尺]가 되는 동시에 상품을 유통하는 매개 수단의 역할을 동시에 떠맡는다. 돈은 노동과 생산의 가치를 동기화시키기도 하지만, 물신적인 신비화를 불러오기도 한다.

인간의 신체는 화폐, 노동, 생산과 재생산의 과정에서 끝없이 양화되는 한도와 수량의 일부이기도 한 까닭이다. 모든 노동은 '값어치가 이미 상품 속에 포함된 노동'이라는 의미에서 통치성의 정당성과 한계를 수치화하는 인간 역량에 속한다.[67] '죽음, 가난, 매명과 매문'은 김수영의 '생활론'을 이끄는 동력이자 모순이었다. 설령 구원 즉 해탈에 이른다 해도 생활은 틀 잡힌 구도 속에서 자율적으로 영위된다. 이는 1950년대를 넘어 4·19에서 5·16으로 이어지는 혁명과 긴급사태를 접하며 김수영이 깨달은 것 가운데 하나였다.

본고에서는 이러한 문제의식 아래 김수영 시에서 생활이라는 틀을 직조하는 근본 동력으로 기능하는 '자본 담론'의 시적 재현 양상을 살펴보았다. 김수영은 줄곧 자신의 노동 생산 조건을 비판적으로 바라보았다. 인간적 가치로 집중되어야 할 글쓰기, 노동, 사회관계가 대상화되고 사물화되며 남는 것은 설움이었다. 인간은 대상화되고 사물은 외려 인격화되는 공간에서 진동하는 것은 자본의 생리다. 물신의 주술은 노동으로 실현된 인간적 역량이 사물이 아니라, 화폐라는 제도에 편입되는 순간 시작된다. '생활'은 물신과의 전장에 가깝다. 공간의 분리에서 설움이 촉발되고, 감정을 포함한 재생산 구도를 비판적으로 바라보는 시선이 도드라진다.

혁명과 쿠데타를 바라보며 김수영의 시에는 물가, 직업, 다양한 직종의 다양한 생활사가 가감 없이 등장한다. 물가에 따라 현물의 시세가 결정되듯, 새로운 요구를 고려하면서 현존하는 질서를 전복할 수는 없다. 혁명의 육법전서는 혁명 그 자체다. 민주주의의 민주화, 평등-자유를 동시에 실현해야 한다는 요구는 좌절된다. 김수영의 시선은 내부로 정향된다. 정치적인 것과 짝을 이루는 장은 나날의 자잘한 일들로 점철된 일상의 영역이다. 소비주의와 가정의 결합으로 이루어진 생활이라는 장은 지체되었으나 엄존하는 현실적 욕망의 장인 까닭이다. 1960년대 김수영의 시학에서 '트리비얼리즘'과 '세큘러리즘(secularism, 세속주의)'은 재현의 동력을 제공하는 주요 인자였다. 생활론을 디테일의 형성에 기여하는 재현 기제로 바꾸는 동력은 쇄말주의의 방법론을 미학으로 전용하는 과정과 상통한다. 김수영은 자신의 노동을 타자화해서 응시하며 육체노동조차 감정노동으로 치환하는 속물근성을 '갱생'의 논리로 다시 쓰며 '역경주의'라 명명한다. 삶이 힘의 되는 역학장 속에서, 자의식을 모두 괴멸시키고서 끌어안는 애정, 즉 사랑의 동학이 바로 김수영이 갈파한 '역경주의'의 시학일 것이다.°

° 이 글은 『한국언어문화』 76집(한국언어문화학회, 2021)에 게재된 논문을 부분적으로 수정한 것이다.

김수영 시의 시간

―김현승의 김수영 시 해설에 대한 재검토

이영준

1. 우리가 아는 김수영, 우리가 모르는 김수영

김수영 신화라는 말이 있지만 김수영 연구자들 사이에서 오래된 신화가 하나 있다. 김수영의 대표작으로 가장 자주 거론되는「풀」에서 풀을 민중으로, 바람을 억압 세력으로 읽는 해석을 처음 제시한 사람이 누구인지 김수영 사후 50년이 지나도록 밝혀지지 않았다. 1980년대 이후 그 해석에 반대하고 그것을 논파하려는 노력이 계속되었지만 아직도 일반 독자에게는 통상적인 해석으로 널리 받아들여지고 있다. 특히 고등학교 문학 교과서는 이 해석을 부동의 교과서적 해석으로 채택하고 있다. 누가 그런 해석을 처음 제시했는지 모른다고 해서 그 해석을 비판하지 못할 이유는 없다. 문제는 그 해석의 타당성이며 독자가 어떤 해석을 선택할 것인지는 우리 시대가 제공하는 해석 지평이 결정할 것이다.

풀을 민중으로, 바람을 압제 세력으로 보는 해석이 있다고 제시하고 그런 해석을 처음으로 비판한 것은 황동규다. 황동규는 누가 그런 해석을 했는지 밝히지 못한 채 반론을 폈다. 「풀」에서 "비를 몰아오는 동풍"은 풀에게 필요한 비를 제공해주는 존재이므로 풀과 바람은 생태 생물학적으로 서로 적이 될 수 없다는 황동규의 논의는 반박하기 힘들다.[1] 이에 대해 백낙청은 의미를 껴안고 들어가 무의미에 도달한 이 시는 "마치 동요와도 같은 '소리의 울림'과 더불어 무궁무진한 '의미의 울림'이 담겨" 있다고 지적하고 "풀과도 같은 민중의 삶에 대한 생각"은 결코 군더더기가 아니라고 민중주의적 해석을 간접적으로 옹호했다.[2]

백낙청의 옹호에도 불구하고 풀을 민중으로 보고 바람은 민중을 억압하는 세력으로 읽는 독법은 논리적으로 궁색한 것에는 틀림이 없다. 하지만 지금까지도 수험용 학습참고서에 변치 않고 남아 있는 이 민중주의적 해석의 완강함은 놀랍다. 물론 여기에도 근거가 없지는 않다. 김수영의 다른 시, 예를 들면 「꽃잎」 같은 시에서 풀은 민중의 상징으로 읽힐 수 있다. 그리고 우리말에서 예로부터 '민초'라는 표현이 있었으니 민중의 여러 모습 중 하나로 볼 수도 있다. 좀 더 나아가서, 유교의 대표 경전인 『논어』의 「안연」 편에는 군자의 덕이 바람이라면 그 덕에 교화를 받는 민중은 풀처럼 눕는다는 구절이 나온다는 점이 여러 연구자들에 의해 반복적으로 지적되었다. 물론 이 해석은 민중주의적 해석을 근본적으로 부정하는 관점에 선다. 최근의 최원식의 해석이 바로 그것이다.[3] 지금까지 참고서 집필자들이 이러한 반론들에도 불구하고 민중주의적 해석을 포기하지 않고 있다면 그 근본을 찾아 이유를 알아내는 문제가 정말로 중요할 것이다.[4]

본고는 이 오래된 질문에 답하고자 한다. 필자가 판단하기로는 김수영 시「풀」에 대한 민중주의적 해석을 처음으로 제시한 것은 김현승이다. 관동출판사가 1972년에 펴낸『한국현대시해설』에서 김현승은 김수영의 시 세 편에 대한 해설을 했다. 김현승은 김수영의 시 중에서「현대식 교량」,「풀」,「눈」세 편에 대해 분석하고 해설을 썼으며 그중「풀」에 대한 해설에서 민중주의적 해석이 명확하게 제시되었다. 그리고 그 해설 내용은 그 책이 출판된 지 50년이 지난 지금까지 각종 고등학교 국어 참고서가 따르고 있는 것으로 보인다. 본고는 그 책에서 김현승이 제시한 독해를 검토하여 평가하고 그 독해에서 미진한 부분을 보충하여 제시하고자 한다.

2. 김현승의 김수영 시 해설

1) 김현승의『한국현대시해설』

김현승이 저술한『한국현대시해설』은 1972년에 초판이 출판되었다. 국립중앙도서관이나 여러 대학 도서관이 소장하고 있는 것으로 검색되는 판본은 대부분 1972년 초판과 1975년에 출판된 증보판이다. 1972년판은 282쪽, 1975년의 증보판은 354쪽으로 나타난다. 서울대학교 도서관 소장의 1977년판은 서지 사항에 389쪽으로 나타나는데 실물을 확인하지 못했다. 1986년에 시인사에서 발간한『김현승 전집』3권에도 이 책이 실렸다. 2013년에 다형김현승기념사업회가 펴낸『다형 김현승 전집』2권은『세계문예사조사』와『한국현대시해설』두 권의 책을 합본해서 싣고 있다. 이 전집은 1972년

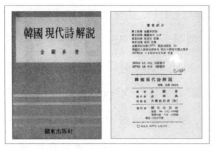

김현승, 『한국현대시해설』
표지와 판권. ©오영식

초판을 수록해놓았다. 1975년의 증보판이 훨씬 많은 수의 작품 해설을 싣고 있는데 왜 1972년판을 전집 판본으로 채택했는지 아무런 설명도 제공하지 않고 있어서 저간의 사정을 알 수는 없다. 그리고 일부 책의 판권에는 '1972년판'이라고 상단에 인쇄되어 있을 뿐인쇄일과 발행일이 표시되어 있지 않다. 서지 연구가 오영식의 소장본 판권에는 이 책이 1972년 4월 10일에 초판이 발행되었고 2년 뒤인 1974년 4월 10일에 4판을 발행한 것으로 인쇄되어 있다. 판권에서 나타난 바 그대로 1972년에 펴낸 김현승의 『한국현대시해설』은 1970년대 본고사 세대들에게 널리 알려진 베스트셀러의 지위를 누렸다.[5] 이 책을 펴낸 관동출판사는 『고전국어정해』라는 참고서로도 1970년대 학번들에게 널리 알려져 있었다. 이 출판사는 1980년대 후반 이후로는 출판을 하지 않는 것으로 판단된다.[6]

김현승은 이 책의 서문을 다음과 같이 시작한다.

> 보다 좋은 시를 창조하는 것은 물론 가치 있는 일이지만, 창조된 시를 해설하여 전달을 쉽게 만드는 일도 또한 가치 있는 일인 줄 안다. 그 이유는 올바른 해설이 없이 시의 심오하고 미묘한 세계가 시의 전문가가 아닌 일반 독자들에게까지 올바

로 전달되기란 실제에 있어 매우 힘들기 때문이다.

김현승은 이어서 시의 전문가들이 이 작업을 등한히 했고 간단한 감상 정도로 만족하였고 때로는 그 내용이 독자들을 잘못 이끄는 무책임한 것들이었다고 하면서 이 일의 일부라도 담당하여 보려는 의도에서 이 저작을 착수했다고 한다. 그리고 "시란 가장 극단적인 주관의 산물"이어서 의견도 구구하지만 그것이 "과학적인 방정식은 없다 하여도 견해의 보편적인 타당성은 엄존하는 것"이라고 주장한다. 그리고 그 타당성은 "해설자의 시에 대한 고도의 양식과 풍부한 경험과 뛰어난 감수성에 오로지 의존하는 것으로 안다"고 힘주어 말한다. 당시 『현대문학』에서 10여 년 동안 시 추천 심사 위원으로 활동한 시 분야 권위자의 목소리가 아닐 수 없다. 그는 이 해설 작업에서 "내가 가질 수 있는 양식과 경험과 감수성을 나로서는 성의를 다하여 이 해설에 기울였다고 말할 수는 있다"고 쓴다. 그리고 이 해설서의 수록 작품은 한국의 신 시사에서 중요하다고 판단되는 백여 편을 골랐으며, 최근 작품도 상당수 골라서 현대시에 대한 지식을 얻는 데 도움을 주고자 했고, 30대 이하의 시인들 작품은 시적 비중과 상관없이 취급하지 않았다고 밝힌다.

김현승이 확고한 의지와 자신감으로 쓴 이 책의 체제는 다음과 같다. 우선 작품을 제시하고 이어서 '구조 분석' 그다음엔 '감상' 그리고 '주제'를 요약한다. 작품 해설 말미에는 작가의 간단한 약력을 첨부하는 것으로 그 시인의 시 해설은 완료된다. 이러한 구성은 독자들의 편의를 위한 구성이면서도 교실에서 학생들을 가르치는 교사에게도 도움이 되는 방식이라고 할 수 있다. 이 책에서 언급되는 시인들을 가장 많은 작품이 실린 순서대로 적자면 서정주 7편, 유치환 5편, 김현승 5편, 이육사 4편, 김광균 4편, 박두진 4편, 박목월 4편, 김소월 3편, 한용운 3편, 주요한 3편, 이상 3편, 조지훈 3편, 김춘수 3편, 김수영 3편 등이다. 자신의 작품을 5편이나 포함시키고 자신의 작품을 자신이 해설하는 드문 장면을 연출하는 것이 이채롭긴 하지만 이 책은 시 해설서의 선구적인 작품으로 충분히 가치가 있다.

1972년에 발간된 초판에 이어 1975년의 증보판에서 교과서 수록시를 포함시키면서 수록 작품 수가 늘어나지만 본문의 해설은 조금도 바뀌지 않고 유지된다. 김현승 시인이 작고한 후 1986년에 시인사가 발간한 『김현승 전집』이나 다형김현승기념사업회가 2013년에 발간한 전집에도 이 책은 원본의 체제와 문장을 하나도 손대지 않고 그대로 옮겨 실려 있다. 교과서 수록 작품을 망라하기 위해 작품을 추가한 1975년의 증보판이 아니라 1972년의 초판을 저본으로 해서 재수록하고 있다는 점이 특이하다. 이 책의 성가를 잘 보여준다고 할 수 있다.

책의 체제는 작품을 먼저 제시하고 그다음에 해설이 펼쳐지는데 해설은 삼 단계로 진행된다. 처음에 '구성의 분석'으로 시가 몇 개의 연으로 되어 있는지 그 시의 성격이 무엇인지 제시하고 그다음에 각 연을 순서로 설명한다. 그리고 '감상'에서 그 시의 전체적인 내용과 의미가 해설자의 주관적 감상과 함께 제시된다. 그리고 '주제'가 한 구절로 요약되어 제시된다. 작품 마지막에는 저자 약력이 간단히 소개된다. 김수영의 경우에도 이 순서대로 해설이 제공된다.

이 책에서 쉽게 눈에 띄는 결점은 이 책이 지금으로부터 거의 50년 전에 출판된 책이라는 사실을 감안하더라도 안타깝다. 가장 먼저 드러나는 흠은 이 책에 수록된 김수영의 시 세 편에 문장마다 모두 마침표가 찍혀 있다는 사실이다. 김수영이 그렇게 애를 써서 마침표를 뺐는데, 여기서는 모두 김수영이 찍지 않은 마침표를 자의적으로 판단해서 삽입하고 있다. 그렇다고 해서 이 책에 수록된 다른 시인들의 시 모두에 마침표가 사용되고 있는 것은 아니다. 김수영이 마침표를 넣지 않고 발표한 시에다 마침표를 넣은 것이 저자 김현승의 결정인지 관동출판사 편집진의 결정인지는 알 수 없다. 책의 저자인 김현승이나 관동출판사 편집자가 문장이 끝나면 반드시 마침표를 찍어야 한다고 규범적으로 생각하지는 않았는지 이육사의 「청포도」 같은 작품에는 마침표가 없다.[7] 그런가 하면 이어진 「광야」에는 매 연 뒤에 마침표를 넣고 있다. 마침표의 사용 여부에 대해서는 별다른 의식이 없었고 어떤 의미에서는 마침표 추가는 부주의 탓이었던 것으로 판단할 수도 있고 당시에는 마침표에 대한 기준이 없었기 때문에 야기된 혼란으로 이해할 수도 있다. 하지만 이미 1925년에 김소월이 당시의 편집자 김동인에게 보낸 편지에서 자신의 원고에서 점 하나도 바꾸지 말라고 신신당부했다는 사실을 기억한다면, 또한 이 책이 후대에 미친 영향력을 고려한다면 아쉬운 장면이 아닐 수 없다.

이 책에 소개된 약력에도 오류가 보인다. "연희대학교 영문과 졸업. 1948년 시단에 등장. 저속에의 항거, 신화적인 지향 등이 그의 시 정신 속에 엿보인다. 시집 『새로운 도시와 시민들의 합창』 『평화의 증언』 등이 있다"라고 소개하고 있다. 김수영은 연희대학교 영문과에 편입했다가 한 학기 만에 중퇴했지만 약력에는 자신이 '중퇴'라고 써도 '졸업'으로 인쇄되어 나온다고 불평한 적이 있는데 과연, 여기에도 그렇게 적혀 있다. 그리고 그가 등단한 것은 『예술부락』 창간호에 「묘정의 노래」를 발표한 1946년인데 1948년에 시단에 등장했다고 쓴 부분도 무성의하게 보인다. 그리고 본문 해설과는 달리 "저속에의 항거" "신화적인 지향"이 그의 시적 특징이라고 쓴 부분도 고개를 갸웃거리게 만든다. 김현승이 그렇게 적은 것으로 보기 어렵지 않은가 싶다. 그리고 무엇보다도 그의 시집 『달나라의 장난』이 언급되지 않은 것은 충격적이다. 그 대신 합동 시집이 두 권 언급되었는데, 『평화에의 증언』이 『평화의 증언』으로 적힌 것도 실수다. 이렇게 부실한 약력 소개에도 불구하고 김현승의 해설이 독자들에게 강력하게 다가갔고, 우리가 아는 바대로 50년간 교과서적 권위를 유지한 것은 김현승의 해설의 힘이라고 판단할 수밖에 없다.

이 책에서 김수영의 시는 세 편, 「현대식 교량」, 「풀」, 「눈」이 선정되어서 해설되었다. 「현대식 교량」은 1965년 『현대문학』 7월 호에 발표된 작품이다. 김현승이 김수영의 시 중에서 특별히 관심을 가진 작품이다. 김수영 작고 후에 김현승은 『창작과비평』에서 마련한 추모 특집에 「김수영의 시사적 위치와 업적」이라는 글을 썼는데 이 글에서도 「현대식 교량」은 다른 작품보다 긴 분량의 분석의 대상이 된 적이 있다. 이 책에서 「현대식 교량」은 두 페이지 반 분량의 해설을 받고 있다. 수록 시의 대부분이 한 페이지 정도의 해설이 제공되고 예외적으로 긴 해설도 없지 않지만 두 페이지 반 분량은 상당히 긴 해설이다. 이 책을 전체적으로 보면 대부분의 시들이 〈구성 분석〉, 〈감상〉, 〈주제〉 다 합쳐서 한 페이지 내에서 끝나고 몇몇 시들만이 두세 페이지를 할애받고 있다. 그리고 이상의 「오감도」에 대해서는 여덟 페이지에 걸쳐 긴 해설을 하고 있는가 하면 서정주의 시들은 전체적으로 세 페이지 분량의 해설이 많다. 그에 비하면 김수영의 「풀」과 「눈」에 대한 해설은 각각 한 페이지다. 즉, 김수영의 시들이 김현승의 해설서에서 특별한 주목을 받은 것은 아니다. 특히 「풀」과 「눈」의 해설은 소략하다. 하지만 김현승의 해설은 강력한 단언을 포함하고 있다.

2) 김현승의 「현대식 교량」 해설

김수영 시 중에서 첫 번째로 「현대식 교량」의 해설을 보자. 사진으로 보는 바와 같이 이 책에서 김수영이 『현대문학』에서 발표한 당시의 판본에서 사용된 한자는 모두 제거되어 있다. 그리고 모든 문장의 뒤에는 마침표가 더해졌다. 가장 큰 문제로 여겨지는 것은 마지막 세 행을 따로 떼어내 독립된 하나의 연으로 처리한 것이다. 그래서 원래 발표본은 3연인데 '구성의 분석' 첫 줄에서 "4연으로 된 현대시"라고 쓰고 4연에 대해서도 따로 독립된 문단을 부여하면서 분석을 하고 있다. 김현승은 『현대문학』에서 오랜 기간 서정주와 공동으로 시 추천 심사 위원을 했으므로 『현대문학』을 잘 알고 그 잡지 또한 소장하고 있었을 것으로 판단되는데, 이러한 편집을 방치하고 있다는 것은 이해하기 힘들다. 그리고 이 책이 베스트셀러가 되어서 판을 거듭하였는데도 잘못이 고쳐지지 않았고 2013년의 『다형 김현승 전집』 2권에도 마침표 추가한 것이나 연 구분이 잘못된 해설을 바로잡지 않고 오류 그대로 싣고 있다.[8]

『한국현대시해설』(경희대학교 도서관 소장본, 242~243쪽).

김현승은 이 시의 주제가 "사회발전의 기본 원리로서의 이해와 애정"이라고 요약한다. 다소 길게 분석하는 듯하지만 해설 내용은 간단명료하다. 과도기적 사회에서 모순과 반발과 갈등보다는 협조와 동정과 화해를 강조하고 있다고 '감상'에서 요약하고 있다. 식민지를 경험한 세대와 현재의 젊은 세대가 서로를 이해하고 사랑에 기초해 화해하는 "사회발전의 기본 원리로서의 이해와 애정"이 이 시의 주제로 요약되어 제시되고 있다. 김현승에 의하면 현대시가 독자를 고려하지 않고 마음대로 표현하는 경향 때문에 이해하기 힘든 경우가 많은데 이 시도 그런 난해성이 있지만 시의 의미 내용 즉, 세대 간의 화해라는 핵심을 잡으면 쉽게 이해된다는 것이다. 김현승의 이 해설은 다소 평이하게 읽히는데 김수영이 이 시에서 내장시켜둔 시간의 감각을 감지하지 못한 듯하다. 그렇게 단순한 내용을 말하기 위해 이렇게 난해한 구절을 늘어놓았다고 읽은 김현승의 해설은 어떤 독자에게는 쾌도난마의 즐거움을 줄지도 모르겠지만 작품에 대한 진지하지 않은 접근처럼 판단될 가능성을 배제할 수 없다. 당시 사회에서 세대 간 갈등이 어느 정도로 심각한 문제였는지는 알 수 없지만 세대 문제는 어느 시대에나 있는 보편적인 사안이라고 할 수 있다. 김수영이 그러한 협조와 동정과 화해를 강조하는 시로서 「현대식 교량」을 썼는지는 김현승의 해설만으로는 납득하기가 충분하지 않다.

3) 김현승의 「풀」 해설

「풀」에 대한 김현승의 해설은 간단명료하다.

〈구성의 분석〉

3연으로 된 주지시.

제1연. 비를 몰아오는 바람에 풀이 눕고 풀은 울었다.

제2연. 풀은 바람보다 더 빨리 눕고 울었으나 바람보다 먼저 일어났다(바람보다 빨리 눕고 울고 일어나는 것을 반드시 시간적인 순서로만 생각할 필요는 없다).

제3연. 풀이 바람에 눕는데 더 심하게 밑둥까지 눕는다. 그러나 곧 일어난다. 바람보다 늦게 누워도 바람보다 먼저 일어나고 바람보다 늦게 울어도 바람보다 먼저 웃는다. 제2연에는 바람보다 더 빨리 누워도 바람보다 더 빨리 일어난다고 표현하였고, 제3연에서는 그와 반대로 바람보다 늦게 누워도 바람보다 더 빨리 일어난다고 표현하였다. 그러나 이 두 표현이 반드시 어떤 깊은 의미를 가진 구별 같지는 않다. 다만 이런 경우건 저런 경우건 풀은 바람보다도 일찍 일어난다는 사실만이 더 중요하다.

이상의 김현승의 분석에서 특별한 것은 없다. 독자를 위해 조언을 하는 부분이 눈길을 끈다. 흥미롭게도 2연에 대해서, 풀이 바람보다 더 빨리 눕고 먼저 일어났다는 부분에 대해서 "시간적인 순서로만 생각할 필요는 없다"고 해놓고는 3연에 대해서는 다른 말을 한다. 즉 "이런 경우건 저런 경우건 풀은 바람보다도 일찍 일어난다는 사실만이 더 중요하다"고 강조한 부분은 앞의 언급과는 배치되는 발언이다. 시간적인 선후 관계나 인과관계나 그것을 질서로 만드는 구조나 그런 것은 상관없고 오직 "일찍 일어난다는 사실" 그것만이 중요하다는 말이다. 김현승은 여기서 자신이 말하는 "일찍"이라는 부사가 "빨리"라는 부사와 함께 환기되는 속도에 관련된 것인지 아니면 사건의 시점이 앞서 있다는 것인지에 대해서도 생각할 필요가 없다고 여기는 듯하다. 그가 보기에 중요한 것은 풀이 바람과의 비교에서 앞선다는 사실만이 중요하다. 그것만이 왜 중요한지 그 이유는 다음의 '감상'에서 밝혀진다.

〈감상〉

　크게는 민족의, 작게는 민중의 끈질긴 생명력을, 풀의 강인한 생명력으로 상징하였다고 볼 수 있다. 이 시의 바람은 불의와 부당한 탄압의 바람으로 볼 수 있고, 그 바람에 무력하게 쓰러지지만, 그 바람보다도 먼저―즉 그 바람의 세력을 능가하는 세력으로 일어나는 것이 의로운 민족과 의로운 생명의 집단이다.

　바람은 풀을 쉽사리 쓰러뜨린다. 그 밑둥까지도 쓰러뜨릴 수 있다. 그러나 그 뿌리를 뽑지는 못한다. 그리하여 풀은 바람보다도 먼저 일어나고 만다. 이것은 역사의 법칙이요, 삶의 진리이다. 이 가장 위대한 근본적인 진리를, 풀의 이미지를 통하여 아무런 설명도 없이 가장 구체적이고 가장 암시 깊게 노래하고 있는 점에, 이 시인의 잔 기교를 초월한 가장 세련된 특색이 있다 할 것이다.

이 감상이야말로 지난 50년간 김수영 독해를 이끈 결정적 강점을 잘 보여준다. 풀은 "의로운 민족, 의로운 생명의 집단"을 상징한다는 김현승의 거침없는 척결은 독단이라 부를 만하다. 그리고는 김현승은 다음과 같이 '주제'를 간단히 요약한다.

〈주제〉 약자의 강인한 생명력.

풀이 약자이지만 그래서 쓰러뜨리고 밑둥까지도 쓰러뜨릴 수 있지만 뿌리를 뽑지는 못한다. 결국에는 바람보다 먼저 일어난다. 이것이 역사의 법칙이요, 삶의 진리라는 이 강력한 전언을 김현승은 아주 단순하게 간략히, 주저 없이 전달한다. 여기에 일말의 망설임도 없다. "이 가장 위대한 근본적인 진리를" 김수영은 "아무런 설명도 없이" "가장 구체적이고 가장 암시 깊게" 노래한다고 칭찬한다. 마지막 구절에서 "풀 뿌리가 눕는다"에 드리워진 일말의 느림과 고요에 눈길조차 주지 않는다.

1980년대 이후 거의 40년간 축적된 김수영 연구에서 「풀」에 대한 논의는 김현승의 저 단순한 독해를 넘어선 지 오래라고 말할 수 있다. 황동규로부터 시작된, 민중주의 해석에 대한 비판에도 불구하고, 여전히 남아 있는 '소리의 울림', '의미의 울림'은 김현승의 저 단순하기 그지없는 해설에도 울린다. 이 단순한 읽기는 계속된다.

김현승의 이 독해가 지난 50년간 한국 사회에 미친 영향은 반대로, 한국 사회가 이런 독해를 필요로 했기 때문에 유지되었다고 보는 것이 온당할 것이다. 한국전쟁을 겪고 전쟁 중에 자식을 잃은 독

『한국현대시해설』(경희대학교 도서관 소장본, 246~247쪽).

실한 기독교인 김현승이 반공주의적인 입장을 유지하면서도 1960
년대 이후에 현실 참여적인 문학을 옹호한 것은 잘 알려져 있다.[9] 김
수영의 작품에 대해서도 선구적인 비평을 남긴 그에게 풀이 민중주
의적으로 읽힌 것은 의미심장하다. 이 문제에 관한 새로운 관점의
연구가 기대된다.

4) 김현승의 「눈」 해설

이 시에서도 김수영 시의 원본에 없는 마침표가 모든 문장 뒤에
찍혀 있다. 우선 김현승이 제시하는 '구성의 분석'을 보자.

〈구성의 분석〉 4연으로 된 주지시.

제1연. 눈(雪)이 간밤에 나려 마당에 쌓여 있는 것을 사실대
로 묘사한 것이 아니라, "마당 위에 떨어진 눈은 살아 있다"라
는 표현으로써, 순수한 생명의 한 상징으로써 눈을 보고 있다.

제2연. 이 순수한 생명인 눈과 대조되는, 일상성에 더럽힐
대로 더럽힌 시인을 향하여 눈 위에 대고 기침을 하라고 한다.
모든 더럽고 불순한 삶의 건더기들을 토해 버리라는 뜻이다.

제3연. 간밤에 내린 눈은, 이 순수한 생명체는 새벽이 지나
도록 살아 있다. 왜? 죽음 따위는 잊어버린 지 오랜 죽음을 초
월한―즉 죽음을 초월하였으니 그보다는 훨씬 덜 고통스러
운 세상의 모든 불순한 욕망 따위는 이미 초월한 지 오랜 가장
순수한 생명인 영혼과 육체를 지속하기 위하여, 눈은 새벽이
되도록 녹지 않고 살아 있다.

제4연. 젊은 시인은 가장 순수해야 할 터인데, 일상성의 번

뇌와 욕망에 사로잡혀 가래가 목구멍에 고이듯 울분과 실의와 퇴폐로 가득 차 있다. 이 불순한 것들을 순수한 생명의 상징인 듯 결백한 눈 위에다 내어 뱉으라고 젊은 시인에게 기침을 권한다.

독자가 왼쪽 페이지에 제시된 시를 읽고 나서 가장 먼저 접하는 것이 '구성의 분석'이다. 그 첫 구절은 "4연으로 된 주지시"라는 규정이다. 이 말이 주는 효과는 강렬하다. 이 시는 '주지시'이므로 '서정시'를 읽는 기분으로 읽어서는 안 되고 '지성적'으로 읽도록 유도한다. 즉, 이 시에서 나타나는 이미지나 의미는 지적으로 통제된 것이므로 독자가 자신이 느끼는 대로 감상할 것이 아니라 지적으로 이해할 것을 지시하고 있다고 할 수 있다.

이어서 제1연에 대한 분석이 제시된다. "마당 위에 떨어진 눈은 살아 있다"라는 표현이 사실을 사실대로 묘사한 것이 아니라 "순수한 생명의 한 상징으로써" 눈을 보고 있다고 말한다. 이 주장은 지난 50년간 국어 교사들에게 읽히고 교실에서 학생들에게 전파되어서 각종 고등학교 참고서에서 반복되고 있다. 그런데, 김현승의 이 분석은 타당한가? "살아 있다"라는 표현을 "생명"을 가진 사물을 표현하는 구절로 읽는 것은 너무나 상식적이어서 재론의 여지가 없어 보인다. 하지만 '눈' 자체는 생명체가 아니므로 그는 '상징'을 넣어서 '생명의 한 상징'이라고 해설한다. 과연 그러한가? 눈이 "살아 있다"고 할

『한국현대시해설』
(1972년판, 248~249쪽).

때 그 살아 있다는 표현이 다르게 읽힐 여지가 있는데도 김현승의 해설은 아주 단도직입적으로 판단을 내린다. 눈이 과연 '생명체로서' 살아 있다고 김수영이 쓴 것일까? 눈이 내린 상태가 주는 상쾌한 느낌이 살아 있다는 뜻으로 읽을 수도 있다는 것을 유종호의 섬세한 독해는 잘 보여준다. 아침에 문을 열고 마루로 나와보니 마당에 눈이 내려 있다. "새벽이 지나도록" 남아 있는 것이라고 했으니 그리 많지는 않은 눈이 간밤에 내렸고 일부는 녹았고 일부는 남았다고 할 수 있다. 그러므로, 녹아버린 눈은 이미 죽은 눈이고 아직 남아 있는 눈은 아직 "살아 있다"고 표현할 수도 있다. 그리고 무엇보다도 그 눈은 "떨어진" 눈이다. 우리말의 관습에서 눈은 '내린다'나 '온다'는 동사를 술어로 사용하는 것이 일반적이다. '눈이 떨어진다'고 표현하는 것이 불가능한 것은 아니지만 그것은 어느 장소에 머물다가 밑으로 떨어지는, 즉 지붕 위에 얹혀 있다가 마당으로 떨어진다거나 하는 경우에 쓸 수 있다. 하지만 하늘에서 땅으로 내리는 눈을 두고 '눈이 떨어진다'고 하진 않는다. 김수영이 이 시의 1연 2행의 "떨어진 눈"과 3행의 "마당 위에 떨어진 눈"으로 반복하면서 "떨어진"이라는 말을 강조하는 것은 왜 김현승 시인의 주의를 끌지 못한 것일까? "떨어진" 눈이 세 번이나 반복된 "살아 있다"는 표현에 대조되는 것은 명확하다. 즉, 떨어졌는데도 불구하고, 떨어졌으니 죽는 것이 당연한데도 불구하고, 저 눈은 "살아 있다"는 뜻으로 읽어야 하지 않을까? 김현승의 해설에서 중심을 차지하는 것은 눈과 기침(혹은 가래)의 대조다. 그래서 그는 "떨어진"이라는 말의 반복과 김수영이 의도한 독특한 의미를 놓치고 있다. 그 대신 김현승은 자신이 주관적으로 이입한 의미 구조에 이 시를 갖다 맞추고 있다. 김현승이 사용한

"순수한 생명"이라는 구절이 바로 그것이다. 눈이 가진 흰색이 순수를 상징한다고 해설서들은 말하고 있지만 그 말이 주관적으로 이입된 것이 아닌지 우리는 의심할 수 있다.

제2연 해설에서 김현승은 자신이 1연 해설에서 제시한 "순수"와 대조되는 "불순"을 제시한다. "일상성에 더럽힐 대로 더럽힌 시인"이라는 해설은 우리의 눈을 의심케 한다. 이 시에서 젊은 시인이 현실에서 더럽혀진 존재라는 언급은 어디에도 없다. 그런데 왜 김현승은 젊은 시인이 이미 더럽힐 대로 더럽혀진 존재라고 판단했을까. 김현승은 독실한 기독교인으로서 순수와 불순의 대조를 쉽게 말할 수 있을는지 모르지만 시인더러 기침을 하라는 구절을 두고 기침의 이유가 불순을 토해버리라는 뜻이라고 해석하는 것은 지나치다고 할 수 있다. 기침이라는 말이 그러한 불순성의 표지가 되는 것인가? 한국인의 생활 관습에서 기침은 여러 가지 기호로 사용된다. 물론 가장 우선적으로는 육체의 생물학적인 현상에 대한 반응으로서 기침을 할 수 있다. 호흡기와 관련이 있을 수도 있고 인후 관련 염증이 있을 수도 있다. 하지만 이 시에서는 기침이 화자가 새벽에 방에서 나와 마당의 눈을 본 것에 대한 시인의 반응이라는 점에 유의해야 한다. 이러한 때의 기침은 저쪽의 존재에 대해 알아차린 이쪽이 '나 여기 있소'의 뜻으로 하는 것이 일반적이다. 이쪽의 존재를 알리거나 어떤 의사 표현의 방법으로 기침하는 것을 우리말로 헛기침을 한다고 하는데 이 시에서 사용되는 기침도 헛기침의 일종이라고 할 수 있다. 특이하게도 이 시에서 5행으로 이루어진 2연에서 기침은 네 번 반복된다. 즉, 이 기침은 매우 의도적이고 강조된 헛기침이라고 할 수 있다. 이 기침은 겨우 3행으로 이루어진 1연에서 3번이나 반복된 "살아 있다"에 대조된다. 김현승은 1연과 2연의 대조를 "순수"와 "불순"의 대조로 읽고 있지만 시 자체로 봐서는 "살아 있다"와 "기침을 하자"의 대조라고 할 수 있다. 아주 단순화하자면 '어 거기 눈이 왔군. 새벽까지 거기 있었어? 나, 여기 있네. 밤새 자고 이제야 나왔네. 자네, 거기 새벽이 되도록 남아(살아) 있었군.' 이런 심정의 표현으로 읽는 것이 우리 문화의 관습에서 자연스럽다고 할 수 있다.

제3연의 해설에서 김현승은 순수와 불순의 대조를 극단화한다. "죽음 따위는 잊어버린 지 오랜" "죽음을 초월한" "순수한 생명체"인 눈은 "가장 순수한 생명인 영혼과 육체를 지속하기 위하여" 새벽이 되도록 녹지 않고 살아 있다고 해설한다. 이 해설은 자세히 뜯어보면 자가당착적이다. 영혼과 육체가 가장 순수한 생명이라는 것은 김현승이 그렇게 생각하는 것이지 시에서 그렇게 주장한 것은 아니다. 시에서는 "죽음을 잊어버린 영혼과 육체를 위하여" 눈은 살아 있다고 한다. 이 구절은 아주 복합적인 독해 가능성을 내포하고 있다. 매 단어마다 이해를 돕기 위한 사전 지표나 설명 없이 제시되었기 때문에 "죽음" "잊어버린" "영혼과 육체" "위하여" 모두가 무슨 뜻인지 명료하지 않다. 무엇보다 이 발언이 누구에게 향해진 것인지 확실하지 않다. 여기서 영혼과 육체가 누구의 영혼과 육체를 위한 것인지 적시되어 있지 않아서 생기는 혼란도 난해성을 가중시킨다. 이 시에 등장하는 젊은 시인을 포함해 영혼과 육체를 가진 존재들 중에서 "죽음을 잊어버린" 존재들을 "위하여" 눈은 "살아 있다"고 할 수 있다. 이 구절에 대한 해석은 지난 몇십 년간 연구가 진척되어왔다.

"죽음을 잊어버린" 육체와 영혼을 김현승은 죽음을 초월한 존재로 판단했으나 최근에는 대해 괄목할 만한 독해가 제시되고 있다.

가령 이남호는 김수영이 번역한 뮤리엘 스파크Muriel Spark의 소설 제목에서도 사용된 적이 있는 '메멘토 모리'의 사상을 언급하면서 김수영이 죽음을 부정적으로 사용하거나 긍정적으로 사용한 것으로 양분되어 있는 기존 연구를 넘어서 삶의 조건으로서 죽음을 수용하는 입장의 독해를 제시한 바 있다.[10] 김수영 연구사에서 죽음에 대한 연구만으로도 연구사를 쓸 수 있을 정도로 많은 연구가 축적되었다고 할 수 있다.

제4연 분석에서 김현승은 "젊은 시인은 가장 순수해야 할 터인데" 그렇질 못하고 "일상성의 번뇌에 욕망에 사로잡혀" 있다고 간주한다. 이 시 어디에도 저 젊은 시인이 그런 일상을 보내고 있다는 진술은 없다. 그런데 왜 김현승은 그런 해석에 도달했을까. 김현승이 그런 판단을 내린 근거는 시에서 "밤새도록 가슴에 고인 가래"라는 구절 때문인 듯하다. 김현승은 "일상성의 번뇌에 욕망에 사로잡혀 가래가 목구멍에 고이듯"이라고 쓰고 있다. 즉, 이 시인의 목에 가래가 생긴 것은 일상의 번뇌와 욕망에 사로잡혀 있기 때문이라는 것이다. 김현승의 이런 진단에 동의할 사람이 얼마나 많을지 알 수는 없다. 지금은 완전히 달라졌지만 한국전쟁 후에 한국을 방문했던 외국인들이 한국인들이 일상생활에서 아무 데서나 침을 뱉는 습관이 있어서 깜짝 놀랐다는 회고담이 더러 있다. 김수영 세대만 하더라도 길바닥에 침을 뱉는 것이 아주 이상한 행동은 아니었다고 할 수 있다. 하지만 21세기의 독자들에게 침이나 가래를 뱉은 행동은 추한 행동으로 비칠 수 있다. 이러한 맥락에서 보면 김현승이 "가래"를 "울분과 실의와 퇴폐"와 같은 것으로 보는 것이 아주 이상한 관점은 아니다. 단지 그렇게 판단할 수 있는 근거가 작품 속에 있지 않다는 점이 문제다.

"이 불순한 것들"을 "결백한 눈 위에다 내어 뱉으라고" 젊은 시인에게 기침을 권한다고 김현승은 분석했다. 김현승의 이러한 분석은 읽어 넣기가 과도한 것이 분명하다. 김수영 시인이 시에서 제공하지 않은 외부적인 정보를 앞세워 김현승은 자신만의 추정과 독단으로 시를 해석하고 있다. 앞의 2연에 대한 논의에서 이미 지적했듯이 새벽에 잠자리에서 나온 시인에게 눈은 세상이 바뀌는 가능성에 대한 지표로 남아 있다. 김수영 시인에게 시란 새로움을 추구하는 예술이다. 이 새로움이란 물론 새로운 세상에 대한 비전을 포함하고 있어야 한다. 그것을 새삼스레 알리는 눈 앞에서 시인은 기침을 권한다. 즉, 너 또한 새로운 세상을 꿈꾸는 일을 알고 있다고 그것을 잊지 않고 있다고 헛기침으로 긍정의 신호를 보내라는 것이다. 그것이 기침을 넘어 가래가 되더라도 눈 앞에서 자신에 대한 존재 이유, 존재 증명으로서 뱉으라는 것이다. 그런데 김현승은 그렇게 읽지 않고 자신의 불순한 것들을 순수한 생명의 상징인 "결백한 눈" 위에다 내어 뱉으라고 젊은 시인에게 기침을 권한다고 해설한다. 이러한 해석이 한편으로는 이데올로기적인 대치 상황이 지배하는 냉전적 담론 상황에 의해 영향받고 다른 한편으로는 기독교적인 "순수"와 "퇴폐", "불순"의 대립적 구도에 영향받은 것이 아닌가 추론할 수도 있겠다. 하지만 무엇보다 확실한 것은 김현승의 해석이 시 자체에 기초한 것이 아니라 외부적으로 구성된, 자신이 개인적으로 상상해서 구성한 그런 대립적 담론 체제에 시를 집어넣은 해석의 방식으로 이루어졌다는 사실이다.

이어서 김현승 시인은 다음과 같이 〈감상〉을 제시한다.

〈감상〉

눈을 소재로 하여, 순수한 생명과 불순한 일상성을 대조시킴으로써 현실의 울분을 토로하면서도 순수한 생명을 갈망하고 있다. 시인의 포회한 순수에의 갈망을 아무런 설명을 가하지 않고, 눈과 기침과 가래침의 이미지를 통하여 가장 구체적이면서도 가장 암시적으로 표현하고 있는 수법에 주의를 기울여야 할 것이다.

이어서 김현승 시인은 다음과 같이 〈주제〉를 요약해서 제시한다.

〈주제〉 순수한 생명에의 갈망과 고뇌.

이상의 해설은 김현승 시인의 해설이라는 권위에 힘입어 1970년대 본고사 세대들의 뇌리에 깊이 각인되는 교과서적 해설의 전범이 되었다. 지금도 고등학교 문학 교실의 강의를 SNS에서 찾아보면 이 해설에서 조금도 벗어나지 않는다.

3. 김현승 해설의 유산

1) 김현승 해설의 특징

김현승 해설에서 가장 두드러진 특징은 이항 대립적 사고라고 할 수 있다. 「현대식 교량」에서 다리를 중간에 두고 식민지 세대와 현재의 젊은 세대가 마주 보고 선 장면을 그리는 것은 김현승이다.

「풀」에서는 압제의 힘을 행사하는 바람과 그에 저항하는 끈질긴 생명력의 민중을 대립시킨다. 「눈」에서도 눈과 시인은 대립한다. 순수한 생명과 불순한 일상이 대립된다. 다리에선 애정을 확인하고 화해를 확인해보지만 풀이 펼쳐진 벌판에는 투쟁이 있고 눈 내린 마당에도 불순에 대한 질책이 있다.

김현승의 이항 대립적 사유는 김수영에 대한 최초의 본격적 비평이라고 할 수 있는 「김수영의 시적 위치」에서 이미 드러난다. 이 비평문에서 김현승은 우리 현대시를 순수시와 참여시의 두 유파로 나눈다. 이는 그 뿌리를 서구에서도 찾을 수 있고 우리 문학사에서는 예술성을 추구하는 순수파와 사상성 및 현실성과 효용성을 추구하는 참여파의 대립이 1930년대의 카프 논쟁에서부터 지속되어왔다고 주장하는 데서 뚜렷이 드러난다. 김현승은 김수영이 이 두 진영에서 "참여파의 총수격으로 지목되는 것 같다"고 판단하며 그러나 엄밀히 따져보면 그것이 반드시 옳은 것은 아니라고 한다. 그가 보기에 김수영은 어떤 시에서 나타나는 예술적 기교면에서는 예술파 시인처럼 보이고 또 다른 시에서는 참여파에 속하는 것처럼 보이는데 시론은 분명히 참여파를 옹호하고 있다고 여긴다. 이 글의 뒷부분에서 드러나는 대로 김수영에 대한 이 평문은 그가 김수영에게서 기대한 것이 예술성과 사상성이 집결되어 조화를 이룬 작품인데 『현대문학』 1967년 7월 호에 게재된 김수영의 「꽃잎」에서 바로 그 결실을 보았다는 보고서라고 할 수 있다. 이 작품이 김수영이라는 한 시인의 성장만이 아니라 우리 시가 그만큼 성장했다는 증거라고 말하는 김현승의 이 평문은 지금에 와서 읽어봐도 기념비적이다.

하지만 우리는 김현승의 평문에서 드러나는 이항 대립적 사고의 한계를 지적해두어야 한다. 김수영이 작고하고 나서『창작과비평』에서 마련한 김수영 추모 특집에 기고한 김현승의「김수영의 시사적 위치와 업적」은 이보다 일 년 먼저 발표한「김수영의 시적 위치」를 확장해서 개고한 글이라고 할 수 있다. 여기서도 김현승은 예술파와 참여파의 이분법적 관점으로 한국문학사를 요약한다. 그리고 그러한 한계를 뛰어넘는 대표적인 작품으로「눈」,「봄 밤」,「현대식교량」,「꽃잎」등을 들고 있다. 이 글에서「눈」과「현대식 교량」에 대해서는 분석을 가하고 있지만「꽃잎」에 대해서는 상찬을 아끼지 않으면서도 '꽃잎'이라는 주제의 사상성이 깔려 있다고만 언급할 뿐 아무런 분석적 언급은 없다.『한국현대시해설』에서는 전체적인 길이가 부담스러운「꽃잎」[11]보다는 길이 면에서 손쉬운「풀」을 택한 것으로 여겨진다.

　김현승은 우리 문학사에서 김수영의 시적 업적을 가장 먼저 발견하고 문학사적 맥락에서 김수영의 업적이 차지하는 위상에 의미를 부여했다. 예술파와 참여파의 대립 구도에서 김수영을 양자의 조화와 종합을 대표하는 시인으로 파악한 그의 판단은 지금도 유효하다고 할 수 있다. 하지만 그의 주장의 세부, 특히 작품 분석을 살펴보면 문제적인 부분이 적지 않아서 시대적인 한계를 절감하게 한다. 반세기가 지나서 우리가 지적하는 김현승의 한계는 개인의 한계이기도 하겠지만 그 시대의 한계이기도 하다는 점에서 사태의 엄중함이 있다고 할 수 있다.

　「현대식 교량」에서 보여준 김현승의 독해는 아직까지도 그다지 큰 반발이 예상되지는 않는다. 과거와 현재를 잇는 문명적 장치의 역할을 하는 현대식 교량을 통해 앞선 세대와 그 뒤를 잇는 세대의 엇갈림에 대해 고찰한다는 주장은 충분히 설득력이 있다. 문제는 「풀」과 「눈」에서 심각해진다.

「풀」에서 김현승은 바람과 풀의 대립을 전면적으로 내세우고 있고 많은 참고서들이 그의 해설을 지금도 따르고 있다. 풀을 민중으로 보는 김현승과 백낙청의 관점에 대한 비판은 황동규와 김현의 뒤를 이은 이남호, 정과리, 강웅식 그리고 그들의 뒤를 이은 최근의 정한아, 장철환에 이르기까지 하나의 연구사를 이루고 있다. 이러한 연구사는 풀을 민중으로 보는 관점이 얼마나 강력한 은유의 기반을 가지고 있는가를 드러낸다. 여기에는 나름의 문화적 이유가 있다고 보아야 할 것이다. 시 자체에 내재한 풀과 바람에 대한 묘사와는 별개로 풀을 민중으로 보는 문화적 전통이 공자의 『논어』에서부터 시작된다는 관측은 최동호를 거쳐 최근의 최원식까지의 논의를 떠받치는 강력한 논거다. 한국어에서 '민초'라는 말이 오래도록 사용되어 왔고 사회·역사적 변동의 근본 동력이 민중의 힘이라는 근대적 관점은 20세기 한국의 역사에서 힘을 얻었다고 할 수 있다. 김현승의 해석은 어떤 측면에서는 식민지와 전쟁으로 인해 힘든 현실을 겪어온 한국의 사회·문화적 맥락에서 형성된 시대적 요구의 핵심을 건드렸다고 할 수 있다. 그 해석이 틀렸다고 지적하는 것이 한편으로는 손쉬운 일이라는 것은 강웅식이나 장철환의 논의에 이르면 이미 재론의 여지도 없이 명백하게 드러난다고 할 수 있다.[12] 가장 핵심적인 반박의 논거는 이 시의 마지막 행에서 풀뿌리가 눕는다는 사실이다. 이것은 민중이 아무리 끈질긴 생명력을 보여주더라도 결국 민중의 패배나 굴종이 아니냐는 반박에 대해 민중주의적 해석은 대답하기 쉽지 않다. 바람과 풀을 대립적으로 읽어낸 민중주의적 해석은 이제 완전히 포기되고 서로 친화적 관계로 읽히는 단계로 들어간 것은 최근의 최원식의 논의에서 잘 드러난다.[13] 하지만 학자들의 이러한 논의와 달리 시를 가르치는 고등학교 현장에서는 여전히 김현승의 독해가 압도적으로 참조되고 있는 현상은 시 작품의 독해가 사회·문화적 현상의 일부라는 점을 잘 보여준다고 할 수 있다. 시대 문화와 사회 언어적 현상이 얽힌 이 문제는 본고의 범위를 초과하는 주제이므로 또 다른 연구를 기다려야 할 것이다.

「눈」에 대한 김현승의 해설에서는 그의 독해가 가진 한계가 예각적으로 드러난다고 할 수 있다. 김현승에 의하면 눈은 순수의 상징이고 이와 대조되는 시인은 일상에 의해 더럽혀질 대로 더럽혀진 존재, 마치 가래침과 같은 존재다. 눈은 순수하고 그것을 바라보는 인간은 추하고 더럽혀진 존재라는 인식을 고등학교 교실에서 주입식으로 가르치는 것은 바람직하다고 할 수 없다. 더구나 아무런 사전 정보 없이 '젊은 시인'이라고 하면 그야말로 때 묻지 않은 젊은 사람이라고 생각하는 것이 일반적인 인식이라고 할 수 있을 텐데, 김현승의 해설에 의하면 반대로 인식된다. 김현승의 해설에 의하면 그 시인은 기침을 하고 가래를 뱉는 존재인데 바로 그 이유만으로 일상의 번뇌와 욕망에 사로잡혀 있다는 선고를 받는다. 이런 식의 독법이 교사들이나 독자들의 반발을 사지 않고 이토록 오래, 교과서적인 해석으로 받아들여진 것은 의문스러운 현상이 아닐 수 없다.

김현승 시인은 전쟁 체험 세대로서 분단과 전쟁의 영향을 깊게 받았다. 평양에서 신학교를 다니던 그는 부친을 따라 남한으로 내려왔고 전쟁 중에는 자녀를 잃는 고통을 겪었다. 그는 문학의 현실 참여를 옹호했지만 또한 반공 의식이 매우 투철한 지식인이었다. 그는 매우 균형 잡힌 지식인으로서 문학에서도 어느 한쪽의 정치적 입장을 편들지 않았고 사회참여적인 문학도 작품으로서 일정 정도 격을 갖춘다면 적극 옹호한 사람으로 알려져 있다.[14] 하지만 김현승 시인도 전쟁을 겪고 분단 상황이 지속되는 가운데 이데올로기적 대립이 가져오는 이항 대립적 인식 구조의 영향을 크게 벗어나지 못한 예를 「눈」의 해석에서 보여주고 있다고 할 수 있다. 물론 그것이 김현승 개인의 한계로만 지적되어선 안 된다. 심지어는 김수영에게서도 이항 대립적 사유의 흔적은 쉽게 발견되며 양극의 합치를 위한 그의 노력은 잘 알려져 있다고 할 수 있다. 김현승의 독해가 당대의 자장 안에서 이루어진 부분은 지금에 와서는 쉽게 한계라고 지적할 수 있지만 당시로서는 설득력의 원천이 된다. 김수영에 대한 일반적인 인식, 즉 참여 시인으로서 사회 현실에서의 정의 실현을 위해 적극적으로 발언하는 김수영 시인이라는 정형화된 이해에 맞추어진 시 해석은 당시의 해석 지평이라는 든든한 기반 위에 구축된 것이라고 할 수 있다. 시에 대한 이해가 일천한 일반인이나 학생들에게 참여 시인 김수영의 대표적인 시정신이 함축적으로 표현된 내용을 작품 속에서 찾아서 명확하게 보여주려는 의도가 적용된 것이 김현승의 해설이다. 그의 해설이 이토록 오래도록 교과서적 해석의 권위를 유지한 것은 우리 사회가 그 해석의 틀을 요구한 측면이 있기 때문이다.

2) 김현승 해설의 권위

김현승이 제시한 현대시 해설은 50년이 지난 지금도 교과서에 수록된 많은 작품에 대한 표준적인 해석으로 받아들여지고 있다. 김수영의 시에 대해서도 마찬가지다. 「풀」에 대한 일반적인 독법은 앞에서 언급한 대로 풀은 민중, 바람은 민중을 억압하는 세력으로 읽는 것이다. 이에 대한 논의는 이미 길게 설명했으므로 「눈」을 예로 들어보자. EBS 해설서에서는 이 작품의 주제를 "순수하고 정의로운 삶에 대한 소망"이라고 요약하고 이 시의 특징을 ① '눈'과 '기침(가래)'의 이미지가 대조를 이룸 ②동일한 문장의 반복 및 점층적인 전개를 통해 의미 강조, 운율감 형성이라고 정리하고 있다. 이어서 '작품 자세히 읽기'에서는 김수영이 "초기의 모더니즘 경향이 강한 시를 주로 썼고, 독자들이 이해하기에 지나치게 어렵다는 이유로 난해시 논란을 일으키기도 했는데 이런 시 경향은 4·19혁명 이후에 많이 달라졌고 「눈」은 이런 특징을 잘 드러내고 있다"고 소개하고 있다. 이는 이 작품이 4·19 이전인 1957년도 작품이라는 사실을 고려하지 않은 설명으로 결정적 오류다. EBS 해설서는 "이런 시들의 경향을 참여시 혹은 참여문학으로 일"컬으며 "「눈」은 이런 특징을 잘 드러내고 있다"고 하면서 아래와 같은 설명을 덧붙이고 있다.

> 순수하고 정의로운 삶에 대한 소망은 현실 속 더러움과 부패한 현실에 대한 기침을 하고 가래를 뱉어내는 행위와 불가분의 관계를 가진다. 억압, 불의에 대한 저항이 있어야 순수와 정의는 현실 속에서 이루어진다는 것이다.[15]

이러한 인식은 다른 참고서에서도 크게 다르지 않다. 창비에서 발행한 『창비 고등 국어 자습서』[16]나 상당한 인기를 누리는 대표적인 참고서인 『해법 문학 현대시』[17]에서도 김현승의 해설은 거의 동일하게 반복되고 있다. 유튜브의 수능특강 관련 영상에서도 김수영의

「눈」 해설은 2021년 7월 20일 기준 일곱 가지가 뜨는데 모두가 김현승의 해설과 대동소이라고 해도 과언이 아니다.[18]

『창비 고등 국어 자습서』에서는 그나마 이 작품이 1957년 작품이라는 점을 밝히면서 4·19 이후 참여시로 오도하는 것만은 피하고 있다. 하지만 이 작품의 시대 배경으로 1954년에 있었던 이승만 정권의 삼선 개헌을 제시하고 있어서 이 시를 참여 시인의 정치적 현실 참여시로 읽도록 유도하고 있다. 그리고 이 시에 대한 연구 논문들을 참조한 듯 '죽음을 잊어버린 영혼과 육체'의 해석이 이중적일 수 있다고 박스 해설을 제공하고 있다. "보편적인 인간 존재는 죽음을 회피하고자 하며, 죽을 위기에 처하거나 죽음이 다가오면 그것을 벗어나고자 삶에 대한 의지를 불태운다"고 제시한다. 이 관점에서 생각하면 '죽음을 잊어버린 영혼과 육체'는 삶에 대한 의지를 잃어버린 존재, 고통마저 외면한 무기력한 존재라고 할 수 있으므로 '눈'은 이들에게 각성의 역할을 한다는 것이다.

그리고 이와 반대로, 죽음을 의식한다는 것이 삶에 대한 욕망으로 해석된다면, '죽음을 잊어버린 영혼과 육체'는 죽음을 무릅쓰고 부정적인 현실에 맞서 살아가면서 삶에 대한 집착에 초연한 존재로도 해석할 수 있다고 설명한다. 즉, 눈과 죽음을 대조시키면서 '눈'은 화자에게 정신 차리고 살라고 다그치는 각성의 계기로 읽히거나 아니면 반대로 죽음 따위는 초연하게 생각하고 당당하게 현실에 맞서라고 하면서 화자를 위로하고 힘을 주는 역할을 하는 것으로 읽힐 수도 있다는 것이다.

이 두 가지 해석은 '죽음'을 부정적으로 볼 것인가 아니면 반대로 긍정적으로 볼 것인가에 의해 분기된 것인데, 이 두 가지 해석의 가능성은 김현승이 '죽음'을 부정적으로만 보고 '눈'은 이미 죽음을 초월한 순수에 도달해서 현실의 더러운 일상에 속해 있는 시인에게 순수해지라고 가르치고 있다는 해석에서 한 단계 나아간 해석이다. 사실 이 해석은 직접 언급하고 있지는 않지만 최근의 김수영 연구가 보여주고 있는 진전된 이해, 가령 이남호나 박수연의 연구에 빚지고 있는 것으로 보여진다.[19] 하지만 정작 연습 문제에 들어가면 질문과 대답은 모두 눈과 기침을 대립시키고 눈과 현실, 순수와 죽음을 대립시키는 김현승의 독해로 원점 회귀한다.

3) 김현승 해설이 보지 못한 김수영 시의 시간

김현승의 김수영 시 해설은 50년 전에 작성된 것이다. 현재의 김수영 연구 상황과 비교해보면 많은 부분에서 한계를 지적할 수 있다. 본고에서는 가장 대표적인 측면 한 가지만을 예로 들어 논의하고자 한다. 김현승은 김수영의 시가 당대의 시적 흐름을 아우르면서 예술파와 참여파의 조화로운 합일을 시도했다고 판단했는데 이 판단에 반대할 연구자들은 많지 않을 것이다. 하지만 지금까지 검토한 바대로 김현승은 이항 대립적 상황을 김수영 시에 나타나는 핵심적 사유 구조로 파악하고 있다. 김수영이 김현승의 시 「파도」에 대한 월평에서 생명과 죽음의 격투를 지적한 바와 같이 김수영 시에서도 이분법적 갈등과 대립이 자주 발견되는 것 또한 이론의 여지가 없는 사실이라고 할 수 있다.

하지만 그러한 이항 대립이 대립적 상황 그 자체에 머무르는 것이 아니라 극적 변전으로 이르는 과정, 혹은 그 변전의 감각이 김수영 시의 바탕에 깔려 있다는 인식은 김현승에게 결여되어 있는 것으로 여겨진다. 즉, 어떤 주제나 대상을 언어의 그림으로 표현하는 시 예술에서 주제나 대상 이미지를 시간이 결여된 정적인 그림으로 파악하는 것이 기존의 시였다면 김수영은 그것을 변화의 관점, 변전의 관점에서 그려낸다. 김수영의 시에서 시간의 관점이 매우 중요하다는 것은 상당히 많은 연구에서 지적된 바 있다.[20] 시간에 관한 관점은 또한 김수영 시의 핵심적 주제로 널리 알려진 사랑과 죽음과도 연관되어 있기 때문에 매우 중요한 주제라고 할 수 있다.

김수영에게서 모든 사물은 정지된 사물이 아니다. 모든 사물은 외부적으로 부과된 언어에 의해 포박되어 있지만 그 언어는 끊임없이 사물의 내재적인 힘에 의해 갱생되어야 한다. 그는 산문 「시여, 침을 뱉어라」에서 "지극히 오해를 받을 우려가 있는 말이지만 나는 소설을 쓰는 마음으로 시를 쓰고 있다"고 썼다. 그가 한국 현대시에서 일상어를 도입하고 심지어 욕설이나 성행위까지도 도입한 것은 이미 널리 알려져 있다. 김수영이 도입한 언어의 확장은 현실에 포박된 시적 언어를 해방시킨 것이며 그가 사용한 언어는 무의식을 포함하여 변화하는 현실에서 포착한 언어다. 그리고 그가 말한 "소설을 쓰는 마음"이란 정태적인 이미지가 아니라 세계의 변화, 사물을 변화를 보고 그려내는 태도를 말한다. 세계의 변화, 사물의 변화를 그려내는 시는 고정된 사물의 묘사와는 완전히 다른 세계에 속한다. 즉 시간성의 흐름 속에 사물이 놓이게 되고 여기서 그의 유명한 자유 선언이 나온다. 그는 「생활 현실과 시」라는 산문에서 시인은 "언어를 통해서 자유를 읊고, 또 자유를 산다"고 하면서 같은 글에서 "새로움은 자유고 자유는 새로움이다"라고 말했는데, 이 구절은 김수영의 세계관을 결정한 시간관을 잘 보여준다.

그의 시 세계 전체를 아우르는 중심적 주제인 시간성을 구현한 대표적 이미지가 꽃이다. 김수영 시에 나타나는 꽃 이미지에 관한 기존 연구[21]에 의하면 김수영에게 꽃이 중요한 이유는 그것이 과거의 종말과 새로운 세계의 도래를 의미하는 상징이기 때문이다. 그것은 「구라중화」에서 죽음을 거듭하면서 새로운 세상, 새로운 존재로 거듭남을 기도하는 상징이 된다. 김수영에 관한 최초의 본격적인 평론이라 할 수 있는 「김수영의 시적 위치」에서 김현승으로 하여금 김수영의 문학사적 위치를 당당하게 부여하게 만든 「꽃잎」에서는 한편으로 꽃의 죽음이 먼저 제시되고 그 꽃의 죽음이 새로운 혁명의 시간을 불러오는 것으로 발전된다. 그 꽃은 혁명의 순간에는 바위를 깨고 떨어지는 엄중한 죽음이지만 혁명의 시간을 통과할 때는 글자가 비뚤어지듯 혁명의 의미가 변천을 겪는 그런 시간성 속에 놓인 꽃이다. 꽃이 피는 것을 두고 하나의 세계가 열린다고 보고 "문 열어라 꽃아"라고 서정주도 노래한 바 있듯이 꽃을 죽음과 갱생에 관련된 것으로 상상하는 것은 김수영만의 특이한 상상력이라고 할 수는 없다. 하지만 그것을 시간성 속에 위치 지우고 과거를 부정하고 새로운 미래를 여는 현재의 순간에 주목할 때는 김수영만의 독특한 사유가 작동한다. 현재의 시간이 새로운 시간으로의 변전의 순간에 있다는 자각은 그로 하여금 시와 혁명이 동일한 지평에서 작동하는 것으로 이해하도록 이끈다. 그는 「생활의 극복」이라는 산문에서 다음과 같이 쓴다.

이런 여유가 고민으로 생각되는 것은 우리들이 이것을 '고정된' 사실로 보기 때문이다. 이것을 흘러가는 순간에서 포착할 때 이것은 고민이 아니다. 모든 사물을 외부에서 보지 말고 내부로부터 볼 때, 모든 사태는 행동이 되고, 내가 되고, 기쁨이 된다. 모든 사물과 현상을 씨(동기)로부터 본다—이것이 나의 새봄의 담뱃갑에 적은 새 메모다.[22]

이와 같은 김수영의 시간관을 이해하고 나서 다시 김현승이 해설한 작품들로 돌아가 보자. 「현대식 교량」과 「눈」과 「풀」에 나타나는 존재들은 모두 시간을 뚜렷하게 의식하고 과거의 시간과 현재의 시간을 넘어 미래의 시간을 예비하는 이미지의 흐름을 읽을 수 있다. 가령 「현대식 교량」에서 화자는 젊음과 늙음이 교차하는 경이의 순간을 경험한다고 진술하는데 이 순간은 앞서 말한 시간성의 맥락에서 보면 꽃이 과거와 미래가 교차하는 순간에 피는 것과 병치해볼 수 있다. 비록 그 현대식 교량이 우리 힘으로, 정당한 노동을 통해 건설된 것이 아니라 건설 과정에서 많은 죄악이 저질러진 다리이기 때문에 화자는 그 다리를 지날 때마다 심장이 멎는 것 같은 느낌을 가진다. 그렇지만 젊은 세대는 그런 과거의 기억이 없을 뿐만 아니라 "선생님 이야기는 20년 전 이야기이지요"라고 말할 수 있는 미래 세대다. 「현대식 교량」의 해설에서 김현승은 이 둘의 엇갈림의 순간, 그 정지를 과도기의 시기에 생길 수 있는 갈등이 아니라 "조화"의 시간, 사랑의 시간을 말하는 것이라고 읽는다. 즉, 김현승의 독해에서는 시간성이 배면으로 물러나고 현재 다리 위에서 구세대와 신세대가 갈등하지 않고 조화롭게 서로 사랑하는 장면으로 해설한다. 만일 김현승이 김수영의 시가 작동하는 끊임없는 변화의 순간에서 사물을 내재적으로 파악한다고 이해했더라면 다른 해석을 제공했을 것이다.

「풀」의 해석에서도 시간 의식이 도입되면 기존 해석과는 완전히 다른 접근이 이루어진다. 앞서 인용한 「생활의 극복」에서 김수영이 말한 바대로 사물을 고정된 사실로 보게 되면 풀은 언제나 땅에 붙박혀서 바람에 의해 휘둘리는 피동적인 사물이 될 것이다. 김현승의 해설이 제기하고 지금까지의 독자 대중이 받아들인 것처럼 풀이 강인한 생명력을 가진 존재라면 그러한 피동성은 외부적 시선에 의해 규정된, 부당한 인식의 폭력이다. 자신의 입장에서 주체적으로, 내부적 동기로부터 파악하게 되면 피식민자들은 식민자들이 내세우는, 힘 있는 자가 힘없는 자를 지배하는 고정된 사물의 논리를 거부할 것이다.

김수영의 이 논법을 동일하게 「풀」에 그려진 풀에 관해 적용할 수 있다. 풀을 김현승식의 민중주의적 독법으로 읽든, 아니면 황동규식으로 순수시로 읽든, 풀의 해석에 적용되는 각자의 사유 속에서 참조되는 의미가 만일 (김수영식으로 말해서) "고정된" 사실로 보는 관점을 택한다면 김수영의 시를 잘못 읽는 것이 될 것이다. 김수영에게는 흘러가는 시간 속에서 사물을 보는 것이 핵심적이기 때문에 「엔카운터지」라는 시에서 친구에게 잡지를 빌려주지 않는 이유가 "시간"이 중요하기 때문이라고 말한다. 그러므로 시 「풀」에서 풀은 지금까지의 연구사가 말해주듯 풀과 바람이 보여주는 광경 속에 서 있는 화자가 체험하는, 광대한 벌판에서 한순간에 집약된 삶의 전체성에 대한 느낌을 표현한 시로 읽을 수 있게 된다. 이는 어떤 사람에게는 바람을 신성한 종교적 초월의 느낌을 주는 존재로 인지하게 할 수도 있고, 아니면 자연 속에서 느끼는 확장된 일체감으로 인지하게 할 수도 있다.[23] 그리고 무엇보다도 기존 해석이 유지해온, 풀이 민중의 상징으로 읽힐 가능성을 배제할 필요도 없다. 한국어 속에서 오랜 기간 축적되어온 풀이라는 말의 해석적 자산은 시간성의 맥락 속에서 더욱 풍부해질 것이다. 풀을 고정된 사실의 고정된 명칭으로 보는 관점에 갇히게 되면 풀은 지배와 피지배의 틀에서 벗어나지 못할 것이다. 이것은 시대 문화가 감염시킨 협소한 사고 틀에 매인 폭력적 해석에 지나지 않을 것이다.

「눈」의 독해에서는 문제가 조금 더 복잡해진다. 눈이란 우리에게 익숙한 기존의 세계를 하루아침에 하얀 세상으로 바꾸는 힘이 있다. 눈이 익숙한 세계를 하얗게 지워버리고 새로운 세계를 보여주는 환상적인 상징이 되는 것은 매우 자연스럽다. 새로운 세계를 꿈꾸는 시인 김수영이 시와 정치적 혁명의 비전을 새로움의 추구라는 동일한 지평에 놓은 것은 그가 1960년 4·19혁명 직후에 쓴 시들에서 잘 나타난다. 우리는 「눈」이라는 동일한 제목의 세 편의 시가 보여주는 변화를 통해 시적 비전과 정치적 비전의 진화 과정을 볼 수 있다. 이 세 편의 시가 김수영의 시적인 전환을 보여준다고 판단한 조강석과 장석원의 판단은 경청할 만하다.[24] 그가 남긴 세 편의 「눈」을 모두 세상을 바꾸려는 그의 정치적 비전이 시적 비전과 합치되어 있는 작품으로 보는 최근의 연구 성과를 수용하는 관점에 서게 되면 50년 전 김현승의 「눈」 해설이 가진 한계가 뚜렷이 드러난다.

"마당에 떨어진 눈은 살아 있다"는 구절에서 눈이 '내려온' 것이 아니라 "떨어진" 것이라고 표현된 것은 김현승의 주의를 끌지 못한 듯하다. 이 눈은 하늘에서 가볍게 살랑거리며 내려앉은 눈이 아니다. 춤추듯 내려온 것도 아니다. 눈이 하늘로부터 하강한 속도에 대한 어떤 정보도 없다. 한국어에서 눈과 연결될 술어로 쓰일 확률이 가장 높은 "내린"이라는 표현을 쓰지 않고 "떨어진"이라는 표현을 쓴 것에는 이유가 있다. 다른 곳이 아니라 "마당에" 떨어졌기 때문이다. 딴 곳에는 떨어지건 내리건 내려앉았든, 그 눈은 이미 죽었을 것이다. 그런데, 이 마당, 젊은 시인의 마당에 떨어진 눈은 내려앉은 게 아니라 추락, 떨어졌는데도 살아 있다. 왜? 어떻게? 그 눈은 젊은 시인의 마당에 떨어졌기 때문에, 그 젊은 시인에게 전할 말이 있기 때문에 비유로서 살아 있다고 할 수 있다.[25] 눈을 본 젊은 시인은 자신이 깜박 "죽음을 잊어버린" 것을 깨닫는다. 죽음에 그다지 괘념치 않는 것이 젊음이다. 눈은 젊은 시인에게 보여줄 것이 있다. 눈이 그것을 보여주고 싶은 사람은 다른 사람이 아니라 젊은 시인이다. 눈이 만나려는 젊은 시인은 김현승이 묘사한, 일상에 의해 불순해진 존재가 아니다. 그 젊은 시인이 죽음을 망각하지 않도록 마당 위에 떨어진 눈은 하얗게 남아 있다.

하얀 눈은 이 세상을 덮으면서 이미 있던 세상이 사라지는 광경을 보여준다. 눈은 기존의 세상이 가진 시각적 이미지, 그 형상을 완전히 무시하고 없애버린다. 그것은 혁명의 이미지가 될 수 있다. 김수영이 1961년작 「눈」에서 본 것이 바로 이것이다. 눈은 죽음을 "잊어버린" 자를 위하여 살아 있다고 한 이 부분은 엘리엇의 황무지에서 "forgetful snow"를 떠올리게 한다. 눈은 대지를 덮어서 봄이 다가오기 위해 벌이는 대지 속의 쟁투를 잊어버리게 만든다는 의미에서 엘리엇은 "forgetful snow"라는 말을 썼는데, 김수영은 여기서 엘리엇과 마찬가지 의미로 눈 이미지를 사용하고 있다고 할 수 있다.[26] 그런데 김수영은 그 망각의 매체는 눈이지만 망각의 내용은 죽음이라는 사실로서 전체적인 망각의 구도를 시간성에 위치하게 만든다. 즉 눈이 기존 세계를 지우는 것만을 의미하지 않고 눈이 내린 전후 관계를 시간성 속에 파악하게 되면 우리가 앞서 논의한 꽃의 이미지와 눈의 이미지는 유사하게 혁명의 이미지, 변화와 갱생의 이미지, 죽음의 이미지와 겹치게 된다.

김수영에게 사물은 전래되어 내려오던 관습적 언어 사용 방식에서 벗어난다. 그에게 눈은 "순결한 생명"으로 읽히지 않는다. 영원히 변치 않고 거기 있는 "순결한 생명"의 이미지는 현대성이 요구하는 "새로움"에 걸맞지 않는다. 김수영에게 새로움은 자유이고 자유는 새로움이다. 새로움이 자유가 되고 자유가 새로움이 되는 이유는 그것이 시간성 속에 존재하기 때문이다. 사물로서의 눈은 하얗고 하늘에서 내려와 사물을 뒤덮는다. 그것은 고정된 사실을 부정하는 죽음의 전령이다. 시인은 그것을 망각해서는 안 된다. 바로 그 메시지를 알려주기 위해 눈은 새벽까지 녹지 않고 살아 있어야 한다. 다리와 풀도 마찬가지다. 시인은 다리와 풀이 가진 사물성과 그 사물의 본질적인 측면에 대해 다시 한 번 사유한다. 다리는 연결하지만 그건 단절의 증거이기도 하다. 꽃이 단절과 연속을 동시에 의미하듯 다리도 단절과 연속을 동시에 의미한다. 풀을 민초라고 부르는 것은 사물을 내부의 동기로부터 보지 못하고 외부에서 부과한 의미로 보기 때문이다. 풀의 웃음과 울음, 일어나고 눕는 것을 대립의 관점에서만 보는 것은 그것을 외부적 시선, 대상을 고착시켜 보는 관점에 갇혀 있기 때문이다. 우리가 김현승의 해석이 가진 한계를 개인적 한계가 아니라 냉전적 세계 질서의 틀 안에서 이해할 수 있는 길도 그런 측면에서 가능하다고 할 수 있다.

김수영은 꽃을 아름답다는 뜻으로 사용하지 않고 생물학적으로 꽃이 피고 지면서 생기는 번식 기능에 맞추어 꽃의 의미를 발전시켰다. 꽃이 피고 져야 새로운 생명이 시작된다는 점에서 김수영 시에서 꽃은 죽음을 표상한다. 다른 많은 시인들이 꽃을 아름다움의 표상으로 사용하는 것에 비하면 본질적이라고 말할 수 있다. 눈도 마찬가지다. 김현승은 눈이 "순수한 생명의 상징"이라고 했는데, 이런 식의 전근대적인 관념 투사는 더 이상 독자들을 설득할 수 없다. 이런 식의 해석을 읽고 암기한 학생들은 시를 주체적으로 읽고 느끼고 사유하는 능력이 거세되어버린다. 우리말이 의미하는 본원적 사실에서 출발해서 현실 속에서 변화하고 새로운 양상으로 바뀌는 상상을 펼쳐가는 방식이 김수영이 시도한, 오류를 넘어가면서 확장해가는 언어적 상상의 방법이다. 그런 의미에서 김수영은 다리와 풀과 눈에서 연속과 단절을 보여주고, 단절에서는 죽음을, 연속에서는 사랑을 배치한다고 할 수 있다.

김현승 해설이 보여주는 이항 대립적 갈등의 틀로부터 시간성의 수용이라는 근래의 김수영 연구에 도달하는 데 김수영 사후 50년이 필요했다는 것을 우리는 인정해야 할 것이다. 그리고 그 김현승의 독해 또한 우리 한국어의 역사가 경험해온 근대, 즉 식민지 경험과 분단 현실이 만들어낸 필연의 결과라는 사실을 우리는 인정해야 할 것이다. 그 시대가 필요한 설명을 김현승이 제공했을 뿐, 그가 없었다면 다른 이가 동일한 해석을 제공했을지도 모른다. 어떤 의미에서 김현승의 시대를 살았던 한국어 사용자들에게 눈은 순결해야 했고, 풀은 짓밟혔던 시대였다. 어쩌면 순결한 것이라고는 눈밖에 없었던 것인지도 모른다. 어쩌면 나날의 일상은 언제나 풀처럼 짓밟히고 있었던 것인지도 모른다. 교사들은, 독자들은 이 김현승의 독해야말로 자신들의 처지를 정말로 대변한다고 믿었던 것인지도 모른다. 그렇지 않고서야 50년을 숨어 있을 수 있었을까. 어떻게 이런 현상이 가능했던가에 대한 설명을 하려면 별도의 연구가 필요할 것이다.

4. 나가며

김수영 사후 50여 년간 한국 현대시 연구는 많은 발전을 이루었고 김수영 시에 관한 이해도 매우 증진되었다. 김수영의 시 중에서 가장 널리 알려진 「풀」의 민중주의적 해석은 이미 1980년대 초반부터 비판받았다. 풀을 민중으로 보고 바람은 민중을 억압하는 세력으로 읽는 독법은 지속적인 비판에도 불구하고 현재까지 지배적인 독해로 끈질기게 살아남았다. 지금까지 어느 연구도 정확하게 그 해석이 누구로부터 시작되었는지 밝히지 못했기 때문인지도 모른다. 본고는 그러한 해석의 뿌리가 어디에 있는가를 조사하고 1972년에 발간된 김현승의 현대시 해설서 『한국현대시해설』에 그 출발점이 있다고 판단했다. 김현승은 「풀」에 대한 민중주의적 해석 외에도 「눈」에서 눈은 순수한 생명의 상징으로, 가래와 기침은 불순한 일상의 상징으로 해설한다. 그러한 해석은 김현승의 자의적인 해석이며 김수영 시 세계의 전체적인 이해와는 거리가 있다는 것이 본고의 주장이다.

본고는 지금까지 김수영 연구사에서 가장 결정적으로 오해되거나 누락된 부분이 김수영이 사용한 언어가 가진 초현실주의적 측면과 이에 못지않게 김수영이 가진 세계관에서 시간이 가진 역할이라고 본다. 김수영은 사물을 시간적 변화의 관점에서 보며 이 세계는 시간에 따른 변화와 재탄생의 도상에 있는 것으로 본다. 그래서 기존의 세계에 머무르지 않고 새로운 세계에 대한 비전을 제공하는 것을 시와 예술의 본질적 기능으로 보고 있다.

김현승은 김수영을 정치적 참여시의 범주 속에 파악해서 협소한 관점에서 「현대식 교량」과 「눈」과 「풀」을 해석하였다. 현재의 고등학교 교과서와 참고서 집필자들은 최근의 연구 성과를 수용하지 못하고 50년 전에 제시된 김현승의 독해를 아직도 따르고 있다. 본고는 김현승에 의해 시작된 이러한 해석 전통에 반대하여 김수영의 시와 산문에 근거한 최근의 연구 성과를 종합해서 새로운 독법을 제시하고자 했다.

본고의 이 독법에 의하면 1957년작 「눈」에서는 이미 여러 선행 연구들이 알려주는 바대로 '죽음'이 핵심 주제이지만 그 '죽음'은 부정적인 의미의 죽음이 아니라 새로운 생명이 탄생하기 위해서 필연적으로 와야 할 하나의 단절을 의미한다. 눈은 그러므로 김현승이 말하는 "순수한 생명"의 상징이 아니라 죽음이 이 세계를 하얀 백지상태로 되돌릴 수 있다는 것을 시인에게 알려준다는 것으로 읽어야 한다. 즉, 눈은 시간의 흐름에 따라 존재의 소멸과 생성이 계속되고 있다는 하나의 지표인 것이다. 과거가 소멸하고 새로운 세상으로 바뀐다는 소식을 알린다는 의미에서 김수영의 시 세계를 관통하는 꽃과 유사성이 있는 이미지라고 할 수 있다.

김수영의 시적 상상력에는 시간이 개재되어 있다는 점에서 다른 시인들의 동일성의 시학과는 구별된다. 시간의 관점, 변화의 관점은 김수영의 시 세계 전체에 광범위하게 적용될 수 있으며 정적인 이미지 중심의 수사학으로 파악되지 않던 김수영의 많은 난해시들을 보다 용이하게 이해하게 해준다. 김수영이 말한 대로 사물을 고정된 의미 속에 가두지 말고 동기의 관점으로 풀어놓게 되면 김현승식의 이항 대립적 사고가 야기하는 갈등의 상상력을 벗어나 광대한 자유의 새로움이 전개될 수 있다. 사물이 시간성 속에 놓이게 되면 변화나 망각이 죽음처럼 보이는 것이 아니라 변화에 따른 새로운 세계의 도래를 보는 지평이 열리기 때문이다. 이 관점을 적용하면 「풀」 또한 이해의 폭이 획기적으로 넓어진다. 생명의 활동이 마지막에 이르러 풀뿌리가 눕는 것으로 표현되는 것은 김수영이 풀로 파악한 생명의 전체적인 모습을 한순간에 포착한 것으로 읽힌다. 김수영이 파악한 시간 속에서 재탄생하는 사물은 시에서는 전에 없던 새로운 세계가 나타나는 충격을 주는 새로움의 시학이 되고 정치적으로는 영구 혁명이 된다고 할 수 있다. 김수영이 발견하고 제시한 이 시간성의 시학은 지금까지 정태적인 동일성의 시학 속에 갇힌 기존의 독법으로는 이해되기 힘든 것이었다. 김현승의 해설은 그러한 시대적 한계의 산물이었다고 할 수 있다. 이제는 신화의 뿌리가 들추어졌으니 그 신화의 그늘에서 벗어날 시간이다.°

° 이 글은 『현대문학의 연구』 75호(한국문학연구학회, 2021)에 게재된 논문을 부분적으로 수정한 것이다.

3부
'번역 체험'으로 보는 김수영

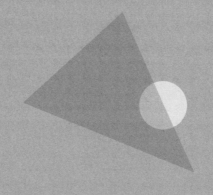

이식과 변용
—김수영 시론과 번역

▲

오길영

1. 들어가며

나는 김수영 전공자가 아니다. 시 전공자도 아니다. 아일랜드 문학 연구자이자 틈틈이 비평도 쓰는 평론가이다. 이런 이유로 이 글에서는 내가 읽은 김수영의 번역 문집인 『시인의 거점』[1]과 『김수영 전집 2: 산문』[2]에 나타난, 김수영의 번역론, 혹은 김수영이 당대의 외국 문학 동향에 대해 가졌던 생각과 그가 제기한 시론의 관계를 산발적으로 짚어보려 한다.

오래전에 읽었던 임화를 다룬 한 탁월한 글에서 임화의 문학사론을 이식과 창조의 변증법으로 정리한 대목이 기억난다.[3] 임화의 이식 문학론을 단편적으로 분석하는 시각을 넘어서 외부로부터 이식된 문학론을 갖고 어떻게 창조적 변용을 이룰 것인가를 임화가 어떻게 궁구했는지를 해명한 글이다. 나는 여기서 '이식'이라는 표현에 눈길이 갔다. 무엇이 이식되었는가? 식물학적 비유인 이식의 개념은 한마디로 외부에서 와서 이곳의 토양에 뿌리내린 것이다. 문학에서 내·외부를 구분하는 것이 간단치 않지만 범박하게 말하면 작가나 시인이 자기 세계를 세우는 법은 두 경로를 통해서다. 하나는 자신이 속한 문학의 전통에서 배운 것을 통해서 그렇게 한다. 고유한 전통의 역할이다. 이는 한국문학 전공자가 아닌 나로서는 논할 수 있는 주제가 아니다. 그런데 이번에 김수영 전집 두 권을 다시 통독하면서 든 인상은 김수영이 의외로 한국문학사의 전통과 유산에 별 관심이 없다는 것이다. 시인이 자기 세계를 세워가는 다른 경로는 외국 문학의 수용을 통해서다. 임화가 언급한 이식을 좁은 의미에서 해석할 때 연결되는 지점이다. 그리고 번역문학·번역문화는 문화 이식의 구체적 형태다. 김수영에게 한국문학사의 전통이 끼친 영향 관계를 나는 잘 알지 못하지만, 번역을 통해 그가 받은 영향을 무시할 수 없다는 것을 이 글을 쓰면서 확인했다. 상식적 판단이지만 김수영이 주로 활동했던 1950~1960년대는 우리 시대와 달리 나라 밖 정보의 습득이 어려웠던 시대다. 거의 번역을 통해서만 외국 문학과 문화 동향을 파악할 수 있었다.

그런 시대에 김수영에게 번역은 무슨 의미였을까? 잘 알려진 발언이 있다. "나는 번역에 지나치게 열중해 있다. 내 시의 비밀은 내 번역을 보면 안다. 내 시가 번역 냄새가 나는 스타일이라고 말하지 말라. 비밀은 그런 천박한 것은 아니다."(553쪽) 그런데 이 발언도 잘 따져보면 의미가 명료하지는 않다. 김수영 시의 비밀을 이해하는 것과 그의 번역 작업이 그렇게 직접적으로 연결될까? 찬찬히 살펴보겠지만 그것도 단순치 않다. 김수영의 번역과 그의 시론(시 창작이 아니라) 사이에 직접적인 영향 관계가 드러나는 경우도 있다. 예컨대 카뮈의 글 「각서」 번역이 그렇다. "용기와 이행. 윤리가 아니라, 이행履行이다. 그리고 사랑의 이행 이외에는 다른 이행은 없다."(『거점』, 576쪽) 이 표현은 김수영 시론에 거의 그대로 반복된다. "그런데 시의 사변에서 볼 때, 이러한 온몸에 의한 온몸의 이행이 사랑이라는 것을 알게 되고, 그것이 바로 시의 형식이라는 것을 알게 된다."(498쪽) 시 창작의 경우와는 별개로 김수영 시론에 그가 번역한 다양한 종류의 문헌이 미친 직간접적 영향이 드러난다. 김수영의 뛰어난 점은 그런 문헌을 수동적으로 받아들여 이식하는 데 그치지 않고 변용해서 자신만의 것으로 만들었다는 것이다. 더 흥미로운 점은 그가 "번역에 지나치게 열중"한 이유다. 뭐니 뭐니 해도 그 이유는 번역이 김수영에게 중요한 생활의 물적 기반이었다는 점이다. 한마디로 김수영에게 번역의 의미는 생활이고 먹고사는 문제였다.[4] 시인도 시인이기 전에 먼저 생활인이다. 이 점을 인정하고 김수영과 번역의 문제를 논하는 게 필요하다.

2. 번역과 생활

현대 미국 소설가 레이먼드 카버는 작가를 신비화하려는 시각을 거부하며 생활인으로서 작가의 존재를 규정한다. "아무도 저에게 작가가 되라고 요구한 적은 없어요. 그러나 살아남고, 공과금을 내고, 식구들을 먹이고, 동시에 자신을 작가로 생각하고 글쓰기를 배우는 일은 참 어려운 일입니다. 여러 해 동안 쓰레기 같은 일을 하고,

아이들을 키우고, 글을 쓰려고 애쓰면서 제가 빨리 끝낼 수 있는 걸 써야 한다는 것을 깨달았답니다. […] 다음 해나 3년 후가 아니라 당장 보수를 지급받을 수 있는 것을 써야 했습니다. 그래서 단편이나 시를 썼지요."[5] 김수영도 "당장 보수를 지급받을 수 있는 것"을 해야 해서 번역을 했다. "번역이라도 부지런히 해서 '과학 서적'과 기타 '진지한 서적'을 사서 읽자."(720쪽) 김수영은 그가 잘 구사할 수 있는 두 개의 외국어 번역이 가능했다. 영어와 일본어. 1921년생인 김수영은 그 세대가 그렇듯이 일본어를 더 자유롭게 구사할 수 있었다. "모 문학잡지사에 가서 오래간만에 일본문학지를 들춰 보다가 『분가카이』에 나온 시 평론을 읽어 보았다."(575쪽)

어떤 면에서 시인에게는 한국어가 일종의 외국어였다. 김수영의 산문을 보면 이런 언어적 자의식이 종종 드러난다. 김수영은 자신이 "일본말 속에서 살고 있는 건지도 모른다"(728쪽)라고 쓸쓸하게 되묻는다. 김수영은 당대의 지적 동향을 알기 위해 사르트르나 하이데거를 일본어 책으로 읽었다고 밝힌다. 그의 번역문 중 상당수는 영어 글이지만 어떤 글은 일본어 중역을 한 것도 있다. 이 역시 김수영 세대에게는 자연스러운 일이었을 것이다. "따라서 35세 이상은 대체로 일본어를 통해서 문학의 자양을 흡수한 사람이고, 그 미만은 영어나 우리말을 통해서 그것을 흡수한 사람이다."(369쪽) 김수영에게 일본어 사용 문제는 "복잡한 식민지의 배경"(369쪽)과 관련된다. 식민지 언어인 일본어에 대해 지닌 양가적 감정 때문에 김수영이 영어로 된 글을 통해 외국 문예 동향을 그 나름대로 직접 수용하려는 태도를 보였을 여지도 짐작해본다. 나는 김수영의 영어 실력이 어땠는지, 그가 내놓은 적지 않은 영어 번역이 얼마나 정확하고 뛰어난지를 평가할 생각이나 능력도 없다. 그의 번역문과 원문을 비교 분석하는 일도 하지 않았다. 이런 일도 필요한 작업이지만, 그것이 김수영과 번역의 관계를 따지는 데 관건이라고 보지 않기 때문이다.

3. 김수영이 옮기고 인용한 작가와 시인

김수영 시론과 번역의 관계를 논하기 전에 그가 무엇을 번역했는 지를 먼저 살펴볼 필요가 있다. 그가 먹고살기 위해 번역했던 다양한 종류의 외국 문학작품 번역은 논하지 않는다. 『시인의 거점』에 묶인 김수영의 번역문은 그야말로 다채롭다. 가장 많은 비중을 차지하는 건 역시 시와 시론에 대한 평문이다. 거기에는 시인과 신문의 관계를 다룬 글도 있다. 미국 현대시 동향, 20세기의 가장 중요한 시인 중 한 명인 아일랜드 시인 예이츠를 다룬 글이 포함된다. 시론은 단지 영미권에서 나온 시에 관한 글만 번역한 게 아니다. 불란서(프랑스) 현대시 전망을 짚은 글도 옮겼다. 현대 영미 소설론, 토마스 만이 쓴 소설가 앙드레 지드에 관한 글 등의 소설론, 셰익스피어, 테네시 윌리엄스, 이오네스코 등 극작가에 대한 글도 있다. 덧붙여 사르트르가 쓴 미국에 관한 사회 평론 성격의 글(이건 일본어 중역으로 보인다), 신비평과 불란서 비평의 현황, 실존주의(사르트르와 카뮈)를 논한 글, 정신분석과 현대문학, 문학과 정치의 관계를 다룬 글, 미용산업, 조각가 자코메티, 쏘련(러시아) 등 사회주의와 마르크스주의, 마르크스주의와 문학비평에 대한 글도 목록에 들어간다.

대충만 살펴봐도 김수영의 관심이 다양한 영역에 걸쳐 있다는 걸 알 수 있다. 김수영의 번역은 대상 글을 전부 옮기는 전역全譯과 원문에서 발췌 번역한 출역出譯 등이 섞여 있다. 출역의 경우는 번역자의 판단이 더 크게 작용한다. 원문에서 김수영이 중요하다고 여기는 부분을 번역한 것이다. 그가 번역한 글과 대목을 보면 시인의 관심이 어디에 있는지를 대충 짐작할 수 있다. 1950~1960년대의 시대 상황에서 김수영이 마르크스주의에 보인 관심은 주목을 요한다. 뒤에 좀 더 상세하게 살펴보겠지만 김수영이 특히 관심을 기울인 건 "파시스트형의 테러리스트인 스탈린보다도 자기들이 한층 더 우수한 맑스주의자라고 자인"(『거점』, 269쪽)하는 "쏘련"의 작가와 비평가였다. 이런 번역문에는 다채로운 이름들이 나오는데 김수영 사후 20년 정도 뒤인 1980년대 한국 문예운동사에 강력한 영향력을 미친 루카치도 있다. "죠오지 루카치가 동구라파의 공산주의적 국제 생활의 회색 풍경 속에 고적하게 빛나는 탑처럼 솟아 있는 것이다. 비평가 겸 미학 이론가로서의 그의 위치는 이미 확고부동하다. 도량 큰 지성과 폭넓은 기량에 있어서 그는 우리들의 시대의 대비평가들과 어깨를 나란히 하고 있다."(『거점』, 318쪽) 김수영은 다양한 종류의 매체에 실린 글을 번역했다. 그가 관심을 두고 읽은 잡지는 『애틀랜틱』, 『파르티잔 리뷰』, 『엔카운터』 등이다. 이들 잡지는 당대의 주류 마르크스주의(스탈린주의라 통칭할 수 있는)와는 거리를 둔, 지식인 독자를 대상으로 한 비주류 (좌파)문예지 범주에 속한다.

　김수영이 번역한 글의 경향과 꼭 일치하는 건 아니지만 그가 쓴 산문에서 언급되는 외국 작가, 시인, 작품도 다양한 경향을 아우른다. 시인으로는 영국 낭만주의 시인 바이런, 모더니즘 시 운동의 대표자이자 20세기 전반부 신비평과 이미지즘 시론을 주창한 T. S. 엘리엇, 김수영이 민주주의 시인이라고 부른 미국 시인 칼 샌드버그, 19세기 프랑스 시인 보들레르와 랭보, 초현실주의 시론의 대표자인 앙드레 브르통, 인도 시인 타고르 등이 언급된다. 영국 비평가 C. 데이루이스의 시론도 나온다. 에커만이 쓴 『괴테와의 대화』도 읽었다고 적는다. 소설가로는 헤밍웨이, 사르트르, 르 클레지오, 노먼 메일러, 카뮈, 폴란드 출신의 노벨상 수상 작가 시엔키에비치를 인용한다. 눈길을 끄는 건 김수영 당대의 영국 소설을 대표하는 중견 작가인 아이리스 머독, 그레이엄 그린, 앵거스 윌슨, 콤프턴버넷, C. P. 스노, 존 웨인, 뮤리엘 스파크를 다룬 글이다. 김수영은 이들이 공유하는 문제의식을 1960년대 영국 문학의 새로운 특징으로 간주할 수 있다고 판단한다. 그밖에도 현대 러시아 작가 파스테르나크가 쓴 여러 장르에 걸친 작품, 극작가 이오네스코, 미국의 비평가 수전 손택의 「스타일론」을 언급한다. C. 라이트 밀즈가 쓴 『들어라 양키들아』를 인상 깊게 읽은 걸 고백한다. 하이데거가 쓴 릴케론도 언급한다. 김수영이 지적으로 얼마나 부지런했는지를 보여주는 목록이다.

4. 시인과 공부

김수영이 번역하고 인용했던 다양한 작가와 시인을 그가 얼마나 깊이 있게 이해했는지는 알 수 없다. 그것도 김수영 전공자들이 밝힐 일이다. 그러나 적어도 김수영이 당대 외국 문학, 특히 그 시대의 압도적 영향력을 행사했던 유럽 문학 동향에 예민한 촉각을 대고 있었다는 건 분명하다. 김수영은 작가와 시인이 공부하길 바란다. 이

때 공부가 단지 책을 통한 지식의 축적만을 뜻하지는 않는다. 생활 속에서 겪는 다양한 경험도 포함한다. 김수영은 자신이 한편으로는 먹고살려고 했던 여러 노동 속에서 얻은 경험을 그의 시 세계 안에 갈무리했다. 여기서 길게 논할 수는 없지만 나는 김수영을 정의하는 개념 속에 생활의 시인이라는 규정이 포함되어야 한다고 생각한다.

> 내가 보기에는 우리 시단의 시는 시의 언어의 서술 면에서나 시의 언어의 작용면에서나 다 같이 미숙하다. 쉽게 말하자면 우리의 생활 현실도 제대로 담겨 있지 않고, 난해한 시라고 하지만 제대로 난해한 시도 없다. 이 두 가지 시가 통할 수 있는 최대공약수가 있다면 그것은 사상인데, 이 사상이 어느 쪽에도 없으니까 그럴 수밖에 없다.(353쪽)

김수영이 시에서 사상의 역할을 되풀이 강조한 건 잘 알려진 사실이지만, 그때 사상은 언제나 "생활 현실"과 밀착된 사상이었다. 그는 추상적이고 공소한 사상을 싫어했다. "현대의 의식의 위기를 극복하는 길은 어디까지나 common sense(상식)와 normality(정상화)이기 때문이다."(329쪽) 여기서 김수영이 말하는 상식과 정상화가 무엇인지는 좀 더 세부적인 논의가 필요하다. 그러나 이런 개념들이 철학적 개념 풀이가 아니라 생활 현실과 결합된 것이라는 인상은 강하게 받는다. 김수영이 박두진 시를 높게 평가한 근거도 여기 있다. "어구만 보면 진부한 지복至福 1천 년의 삼위일체를 논한 것 같지만 그렇지 않다. 여기에는 경건한 종교인 박두진의 생활의 피가 스며 있다. 그의 당당하고 침착한 사상의 전개를 볼 때 밉살스러운 감조차도 들지만 그는 역시 진지한 종교인이며 진정한 시인이다."(337쪽) 시에서 관건은 "생활의 피"다. 그로부터 "당당하고 침착한 사상"이 나온다.

공부에 대한 김수영의 견해는 여러 곳에서 나타난다. "부디 공부 좀 해라. 공부를 지독하게 하고 나서 지금의 그 발랄한 생리와 반짝거리는 이미지와 축복받은 독기가 죽지 않을 때, 고은은 한국의 장주네가 될 수 있다. 철학을 통해서 현대 공부를 철저히 하고 대성하라. 부탁한다."(739쪽) 김수영이 아꼈다고 하는 후배 시인 고은에게 쓴 편지에는 김수영 시론의 문제의식이 요약된다. 시인에게 "발랄한 생리와 반짝거리는 이미지와 축복받은 독기"는 필요하다. 아마 이런 요소가 김수영 당대에 유행했던 현대시의 특징이라고 평가되었을 것이다. 그러나 그것만으로 충분치는 않다. 이런 요소를 묶어주는 것은 "현대 공부"다. 비슷한 조언을 김영태에게도 한다.

> 그러나 일본의 무라노 시로村野四郞 정도와 맞서려면 이 정도로는 모자랍니다. 철학 공부를 좀 더 하세요. 샤갈을 좋아하니 말이지만 샤갈이 사상적으로 얼마나 세련되었습니까. 프로이트나 파블로프나 마르크스 정도를 다 졸업했거든요. 그리고 영태 씨는 좀 예술적인 냄새가 짙어요. 샤갈, 바흐, 뷔페 등등을 좀 더 시의 재료 면에서 좀 더 의식적으로 쓰세요. 좀 더 지식인이 되세요. 좀 더 고민을 하세요.(740쪽)

좋은 시인이 되려면 "좀 더 지식인"이 되어야 한다. 김수영에게 번역은 그런 공부의 한 방도였다.

5. 한국문학과 번역

자신이 속한 문화의 밖을 알아야 안을 알 수 있다. 정체성은 관계에서만 정해진다. 나는 김수영을 모더니즘의 계보 속에서만 규정하려는 시각이 일면적이라고 보는데, 김수영이 번역 등을 통해 접촉하고 수용했던 외국 문학과 사상의 흐름은 그만큼 폭이 넓고 깊다. 세계를 알아야 자신을 알 수 있는 법이다. 여기서 세계는 단지 한국의 현실이나 한국문학의 전통만을 뜻하지 않는다.

하기는 저 거대하고 찬란한 외국 문화를 나에게 소개해 주는 유일한 중개인이 우리나라에 있어서는 이 가난한 노점 상인들밖에는 없구나 생각하면 어이가 없어지다 못해 웃음까지 나오는 일이 있지만 또한 이것도 멋이라고 생각하면 멋있는 일이 아닐 수 없으리라.

서적 장사들이 나를 부르는 별명이 있으니 그것은 '애틀랜틱'(미국 월간 잡지 이름)이다. 내가 언제나 물어보는 것이 『애틀랜틱』 나왔느냐는 말이요, 그들의 대답은 한사코 없다는 것인데 "왜 밤낮 그 구하기 어려운 애틀랜틱만 찾으시오? 다른 것도 좋은 게 많은데" 하면서 『애틀랜틱』이나 『하퍼스』 같은 것밖에는 눈이 돌아가지 않고 일본 월간 잡지는 값이 분에 넘쳐서 사지를 못하고 시무룩한 표정을 한 채 번번이 그냥 빈손으로 돌아가는 나를 보고 그들이 붙인 별명이 '애틀랜틱'이었다. […] 친구들 중에는 이러한 나를 보고 사대사상이니 감각적이니 하고 비웃을 사람도 있겠지만 생활을 찾지 못하

고 아직도 허덕거리고만 있는 불쌍한 나 같은 사람에게는 이
만한 위안이라도 없으면 정말 질식을 하여 죽어 버릴 것 같은
생각이 든다. 정말 사람이 고독하게 되면 벌레 소리 하나에서
도 우주의 진리를 찾아낸다고 하지 않느냐.

　　내가 외국 서적이나 외국 신문을 좋아하는 것은 멀리 여행
을 하고 싶은 억누른 정열의 어찌할 수 없는 최소한도의 미립
자적 표정인지도 모른다.(80~82쪽)

　　인용문들에도 김수영 특유의 복합적 태도가 드러난다. 번역에
대한 자의식도 읽을 수 있다. 누군가에게 번역은 "사대사상이나
감각적"인 것으로 보일 수 있다. 시인에게 "외국 서적이나 외국 신
문"은 "위안"의 수단이다. 단지 여행 욕구의 대리 충족이 아니라 지
식의 통로이다. 윗글은 1955년, 한국전쟁 종료 직후에 쓴 것이다.
1950~1960년대 문화 풍토에서 서양 문물은 일차적으로 모방 대상
이었다. '저들'은 우월하고 '우리'는 열등했다. "그러니까 이 정도의
흉내는 낼 수 있을 것 같다. 구라파의 아방가르드의 새 문학에 면역
이 되기까지도"(183쪽). 여기에서도 "흉내"와 "면역"의 관계가 흥미
롭다. 흉내 내는 과정에만 주목하면 "사대사상"에 그치지만 그 과정
을 거쳐서 면역이 되어야만 자신만의 것을 창조할 수 있다. "우리의
현대시가 서구 시의 식민지 시대로부터 해방을 하려는 노력은 물론
중요하지만, 그러기 위해서 서구의 현대시의 교육을 먼저 받아야 한
다. 그것도 철저한 교육을 받아야 한다."(460쪽) 남들에게서 배울 건
배워야 한다. 변용은 그다음 일이다. 흉내와 면역과 변용은 그렇게
결합된다. 김수영은 자신에게 너무 강하게 영향을 미칠 외국 사상에

대해 거리를 둔다. "요즘 시론으로는 조르주 바타유의 『문학의 악』
과 모리스 블랑쇼의 『불꽃의 문학』을 일본 번역 책으로 읽었는데,
너무 마음에 들어서 읽고 나자마자 즉시 팔아버렸다. 너무 좋은 책
은 집에 두고 싶지 않다."(542쪽) 여기에는 영향의 두려움이 작동한
다. 어쨌든 김수영에게 번역은 "세계의 조류"에 닿는 통로였다.

> 우리의 문학이 얼마나 세계의 조류를 등지고 있는가를 측량
> 할 수 있다. […] 우리나라의 펜클럽은 예프투센코를 모르
> 고, 보즈네센스키를 모르고, 카자코프를 모르고, 「해빙기」
> 의 투쟁을 모르고, 앨런 테이트의 『현대작가론』을 모르고,
> Communication과 Communion을 식별할 줄을 모른다. 우리나
> 라의 대가연하는 소설가나 평론가들이 술을 마시기 전에 문
> 학청년에게 침을 주는 말이 있다. ― 이거 봐, 어려운 이야기
> 는 하지 말아!(372쪽)

김수영의 사상에서 지성의 빈곤은 늘 비판의 대상이었다. 그런 빈
곤의 뿌리는 "세계의 조류"를 모른다는 것이다. "우리 작가들은 외국
문학을 보지 않는 것을 명예처럼 생각하게 되었고, 다시 피부에 맞
는 간편한 일본 문학으로 고개를 돌이키게 되었다."(374쪽)

김수영이 자신의 시론을 세우고 한국 시단의 문제점을 조망하는
데는 그가 번역한 글에서 얻은 시사점이 많다. "평자는 요즘 미국의
평론가 스티븐 마커스의 「오늘의 소설」이란 논문을 번역하면서 오
늘날 우리의 시단의 젊은 세대들의 작품이 유별나게 심미적 내지 기
교적으로 흐르는 원인으로도 해석할 수 있는 재미있는 시사를 얻

을 수 있었"(606쪽)다고 밝힌다. 이런 태도는 여러 군데서 확인된다. "엘리엇도 그의 온건하고 주밀한 논문 「시의 음악」의 끝머리에서 '시는 언제나 끊임없는 모험 앞에 서 있다.'라는 말로 의미의 도를 달고 있다. 나의 시론이나 시평이 전부가 모험이라는 말은 아니지만, 나는 그것들을 통해서 상당한 부분에서 모험의 의미를 연습을 해 보았다."(499쪽)

김수영이 활발하게 활동했던 1950~1960년대는 문학비평 이론으로는 신비평New Criticism이, 사상적으로는 김수영도 번역했던 사르트르나 카뮈 등이 대표하는 실존주의가 득세했다. 20세기 탁월한 시인이자 시 비평가였던 T. S. 엘리엇, 신비평 그룹 비평가 앨런 테이트의 시론을 번역하면서 김수영은 그 점을 의식한다. "그 밖의 시에서도 나는 앨런 테이트의 시론을 충실히 지키고 있다. Tension(긴장)의 시론이다. 그러나 그의 시론은 검사檢查를 위한 시론이다. 수동적 시론이다. 진위를 밝히는 도구로서는 우선 편리하지만 위대성의 여부를 자극하는 발동기의 역할은 못 한다. 이것은 오히려 시론의 숙명이다."(555쪽) 여기서도 드러나지만 김수영은 자신이 수용한 외국의 시론을 수동적으로 받아들이지 않고 그 한계를 예리하게 인식한다. 시의 위대성은 신비평 같은 내재적 관점으로만 해명할 수 없다는 태도를 유지한다. "요즘 나는 라이오넬 트릴링의 「쾌락의 운명」이란 논문을 번역하면서, 트릴링의 수준으로 본다면 나의 현대시의 출발은 어디에서 시작되었나 하고 생각해 보기도 했다."(426쪽)

신비평에서는 당대의 러시아 형식주의the Russian formalism에 공명하면서 시의 형식적 특징에 초점을 맞춘다. 이런 신비평적 형식주의에 거리를 두면서 김수영은 되풀이해서 시의 사상을 강조한다. 김수영이 보기에 한국 시단의 "소위 모더니즘 시인 중에서 명료한 사상을 명료한 형태에 넣는다는 현대시의 가장 초보적인 명제를 실천한 시인이 없고"(581쪽), "사실은 우리 시단의 너무나도 많은 현대시의 실험이 방황에서 와서 방황에서 그치는 너무도 얄팍한 포즈 같은 인상을 주기 때문이다."(596쪽) 김수영에게 시가 표현하는 모더니티는 형식만의 문제가 아니다. "시의 모더니티란 외부로부터 부과하는 감각이 아니라 내면에서 우러나오는 지성의 화염이며, 따라서 그것은 시인이 육체로서 추구할 것이지, 시가 기술 면으로 추구할 것이 아니다."(576쪽) 관건은 "지성의 화염"이고 그것은 단지 기술의 문제가 아니다. 시의 육체성, 널리 알려진 표현으로는 온몸으로 밀고 나가는 시학의 문제다. 김수영은 그가 번역하고 영향을 받기도 했던 신비평의 지평을 넘어섰다.

6. 시론과 번역

김수영이 번역했던 글을 편의상 장르별로 나눠보고 번역을 통해 김수영이 얻은 것과 변용하려 했던 것이 무엇인지를 좀 더 자세히 살펴보자. 이런 구분은 편의적이다. 어떤 장르의 글을 번역하든 김수영은 일관된 문제의식으로 그런 글을 발췌해서 옮긴다. 그에게는 번역도 밥벌이의 수단만이 아니라 자신의 시 세계를 건축하는 데 필요한 자재였다. 시인이자 시 비평가로서 김수영이 관심을 기울인 주요 대상은 당대 유럽과 미국 문학의 시 세계였다. 김수영은 당대 시론을 지배했던 이미지즘이나 형식주의를 의식하면서도 그와는 다른 길을 걸은 시인과 시론에 주목한다. "그러나 이들 이미지스트들도 오든보다는 현실에 있어서 깊이 있는 멋쟁이가 아니다. 앞서가는 현실을 포착하는 데 있어서 오든은 이미지스트들보다는 훨씬 몸이 날쌔다."(86쪽) 오든은 신비평에서 좋아할 만한 스타일과 기술적인 뛰어남도 지닌 시인이었지만 그 시가 다루는 정치적이고 종교적인 깊이로 20세기를 대표하는 시인이 되었다. 중요한 것은 "앞서가는 현실을 포착"하는 능력이다. 그것은 넓은 의미에서 신비평이 무시했던 도덕과 종교의 문제이다. "즉 예술의 세계에 도덕과 종교의 문제를 삽입하는 것은 침입이라고 생각하고 문학작품은 도덕적 진공 지대에서 연구되어야 하고 또한 연구될 수 있다고 생각하고 있다."(『거점』, 15쪽)

그러므로 김수영이 보기에 형식은 형식주의적으로 평가해서는 안 된다. "플롯은 운율과 후렴이 소규모로 하고 있는 것과 거의 똑같은 일을 대규모로 하고 있다. 따라서 만약에 우리들이 손바닥 속에서 무한을 보고 한 시간 속에서 영원을 보지 못한다면, 적어도 그것들을 알지 못할 것이다."(『거점』, 201쪽) 이 번역문에서 사용된 비유는 영국 낭만주의 시인 윌리엄 블레이크에 기댄 것이다. 이런 시각은 "큰 눈으로 작은 것을 봐야 한다"는 김수영의 시론으로 이어진다. 김수영이 현대시론과 초현실주의에서 배운 것도 기법보다는 세계를 바라보는 시각과 태도와 정신이다.

> 1919년의 전후기는 다다의 허무주의적인 삽화 후에 초현실주의자의 반항의 대두를 보았다. 앙드레 부르똥은 그의 운동을 광명을 창조하는 것이라고 생각하였다. 오늘날에 있어서

는 그와 같은 새로운 불놀이는 없다. 우리들의 시대의 가장 뜻 있는 시인들은 초현실적인 환경에 있어서가 아니라 오히려 현실적인 환경에 있어서 현상대로의 인간 조건의 암흑에 대한 끈기 있는 투쟁에 전심하고 있다.(『거점』, 86쪽)

김수영은 현대시의 동향에 매우 민감하게 반응하면서 브르통이 대표하는 초현실주의의 문제의식에 공감한다. 하지만 그때 김수영이 공감한 대상은 "현실적인 환경에 있어서 현상대로의 인간 조건의 암흑에 대한 끈기 있는 투쟁"이었다. 시의 기술은 이 투쟁과 관련될 때 의미를 지닌다. "시의 기술은 양심을 통한 기술인데 작금의 시나 시론에는 양심은 보이지 않고 기술만이 보인다. 아니 그들은 양심이 없는 기술만을 구사하는 시를 주지적主知的이고 현대적인 시라고 생각하고 있는 모양이다. 사기를 세련된 현대성이라고 오해하고 있는 모양이다."(364쪽)

그렇다면 양심은 시에서 어떻게 표현되는가? 이 질문에 김수영은 명쾌한 답을 내놓지 않지만 지성의 문제가 관건이라는 것을 되풀이해서 밝히고 있다. 그건 시적 형식으로는 힘의 문제가 된다. "진정한 시를 식별하는 가장 손쉬운 첩경이 이 힘의 소재를 밝혀내는 일이다."(358쪽) 김수영 전문가가 아닌 나로서는 김수영이 관심을 기울인 "힘의 소재"가 무엇인지를 구체적으로 설명할 수 없다. 궁금한 지점이다. 그러나 이 힘이 바로 현대적인 시나 형식주의 시론에서 강조하는 새로움과 별개의 것이 아니라는 건 강조한다. 시의 힘은 사물의 사물다움을 그대로 포착하는 능력과도 관련된다.

과학은 어떠한 방법으로서 그 지식을 우리들의 두뇌 안에 소개할 수 있다─아마 우리들의 두뇌라는 것이 추상적이 되기 때문인지도 모른다. 그러나 시는 추상을 하지 않는 것이라는 것을 우리들은 안다. 시는 나타내는 것이다. 시는 사물을 사물 그대로 나타내는 것이다. 그리고 사물을 사물이 있는 그대로의 모습으로서 안다는 것이─임금을 임금으로서 안다는 것이─가능한 일이라는 것을 우리들은 이해하지 않는다.(『거점』, 17~18쪽)

이 번역문은 김수영이 평생에 걸쳐 고민했던 시 창작의 쟁점, 즉 시 언어와 사물의 관계, "사물을 사물이 있는 그대로의 모습"으로 나타내는 시의 가능성을 제기한다. 시의 새로움은 사물의 사물다움을 새롭게 포착하는 것이다. "따라서 우리의 생활 현실이 담겨 있느냐 아니냐의 기준도, 진정한 난해시냐 가짜 난해시냐의 기준도 이 새로움이 있느냐 없느냐에서 결정되는 것이다. 새로움은 자유다, 자유는 새로움이다."(355쪽) 이때의 새로움은 신비평의 주요 개념인 낯설게 하기de-familiarization와는 구별된다.

이런 문제의식에서 김수영은 현대 영미시의 동향에서 엘리엇이나 에즈라 파운드같은 모더니스트가 아니라 예이츠나 월리스 스티븐스처럼 전통파이면서도 시적 혁신을 고민하는 시인들, 생활과 결합된 시를 쓴 시인에 주목한다. "『쿠레의 들백조』의 예이쓰와 『바위』의 스티븐스는 에리옷 씨나 파운드 씨보다도 오히려 새로운 시인들에게 올바른 '공중公衆' 시의 방향을 가리켜 주게 될 것이다. 즉, 인간의 지성과 생에 대한 존경과 평범한 감정 생활에의 협찬을 주장하는 시

의 방향을 가리켜 주게 될 것이다."(『거점』, 306쪽) 아일랜드 문학 전
공자인 나로서는 김수영이 예이츠에게 쏟는 특별한 관심에 눈길이
간다. 통상 예이츠는 엘리엇이나 파운드로 대표되는 현대주의적 경
향과는 다른 길을 택한 시인으로 평가된다. 예이츠는 낭만파적 경향
에서 시작해서 몇 번에 걸쳐 시적 전환을 감행한 시인이다. 그 점이
그를 위대한 시인으로 만들었다. "그[예이츠]의 시가 현실적인 색채
를 띠게 된 것은 자기의 초기 시에 대한 반성과 더불어 자신이 처한
현실적 위치가 복잡해진 데 있다 하겠다."(383쪽) 예이츠가 시극詩劇
에 관심을 둔 것도 김수영의 관심을 끈다. 드라마에 대한 김수영의
관심은 평생 이어졌는데 이 점은 김수영 시론을 해명하는 데 중요한
포인트라는 생각만 적어둔다. "그[예이츠]는 쉽게 젊지도, 쉽게 노쇠
하지도 않는 뮤즈를 지닌 유일한 시인이었던 것이다."(385쪽) 예이츠
시는 지속적으로 변화를 시도하는 영구 혁명의 시다. 김수영은 예이
츠 시의 특징으로 "수식이 없이 간결한 시구, 나긋나긋하지 않고 오
히려 단호한 아름다움, 예리함, 통일성, 객관성"(385쪽)을 언급하는
데 어떤 점에서 이런 특징은 김수영 시가 지향하는 것이다.

예이츠와 함께 김수영이 관심을 기울여 번역하고 소개한 시인은
미국 현대시인 스티븐스다. 스티븐스도 당대의 형식주의 시 경향과
는 다른 독특한 시 세계를 개척한 시인이지만, 김수영이 주목하는
건 그런 특징보다도 스티븐스가 생활인으로서 보험회사 임원이라
는 직업을 갖고 시작을 병행했다는 것이다.

서두에서 나는 스티븐스의 태도를 아마추어 시인의 태도라
고 특징지어 놓았다. 지금 나는 그 태도의 내용이 어떠한 것

인가를 감히 말하여 보겠다. 일반적으로 말하자면, 대부분의 시간을 다른 사무에 종사하고 있는 아마추어 시인은 시작품을 가지고 사랑이나 죽음이나 우정과 같은 어느 특별한 사연에 응답하고 있다. [⋯] 스티븐스에게 있어서는 사업의 의무에서 도덕적으로 해방되는 순간이 산문에서부터 운문에까지 이르는 음악운동이 시작되는 순간이었다.(『거점』, 59쪽)

여기서 "아마추어 시인"이라는 표현은 비판이 아니다. 생활인의 감각을 지닌 시인이 보여주는 독특한 태도를 가리킨다. "스티븐스의 시는, 시인들의 '천직'을 엄숙하고 중요한 것이라고 변호하는 시인들의 노력에 의하여 특징지어진, 현대시의 주류적인 분위기로 되어 있는 것에서부터 통쾌하게 해방되어 있다."(『거점』, 63쪽) 시를 신비화하고, "시인들의 천직" 운운하는 태도에 김수영이 거리를 뒀던 것이 표현된다. 김수영이 번역을 통해 배웠던 태도다. 필요한 건 주류에서 "통쾌하게 해방"되는 것이고 그 해방에는 생활의 논리가 작동한다. 범박하게 말하면 생활의 질은 시의 질과 깊이 관련된다.

우리들의 시대의 진정한 비극은, 일찍이 세계가 겪어보지 못한 거창한 사치 속에서도 헤아릴 수 없을 만한 사람들이 현대과학의 시계를 역전시키려고 애를 쓰고, 마르크스와 다윈과 프로이드를 우리들의 우주적인 전능을 빼앗아갔다고 비난하려고 애를 쓰는 것이 당연하게 생각될 만큼, 전체적이고 광범위한 패배주의적인 허무주의이다. 이런 사람들은 희망을 잃고 있지만, 현대 정신에 대한 그들의 고발에는 하나의 비극적 진실의 요소가 있다. 그것은 점점 더 많은 사람들이 20세기의 끊임없는 충격과 변화에 동화해 나갈 만한 전통의 감각을 상실해 가고 있다는 것이다.(『거점』, 367쪽)

이 번역문에는 김수영이 바라본 시대 진단이 있다. 그는 당대를 "전체적이고 광범위한 패배주의적인 허무주의"가 득세하는 때로 본다. 김수영도 부분적으로 관심을 기울인 실존주의는 이에 맞서는 하나의 사상적 흐름이었다. 하지만 시인으로서 김수영에게는 "20세기의 끊임없는 충격과 변화에 동화해나갈 만한 전통의 감각"이 중요했다. 김수영에게 전통은 한국 시의 전통이기보다는 그가 살았던 동세대 문학이 지닌 전통과 동향이었다. 김수영의 독특한 위치는 그를 민족주의 시인과 현대 모더니즘 시인의 이분법적 틀 안에 가둘 수 없다는 것이다.

시인으로서 김수영에게 문명의 위기는 상상력의 위기였다.

우리들의 사회생활의 진정한 위기는 상상의 생활의 위기이다. 대륙 횡단 유도탄이나 도덕의 재무장再武裝이나 종교의 부흥復興 같은 것도 우리들에게는 필요하지만, 그것보다도 몇 배 더 필요한 것은 다시 한번 생기 있는 마음을 회복하고, 모든 원시문명의 기초가 되던 씩씩한 상상력—콜릿지가 말하는 '인간의 전령全靈'이 생동하고 지식이 알려질 수 있는 '종합적이며 마력적인 힘'—을 회복하는 일이다.(『거점』, 233쪽)

몇 가지 표현이 주목을 요한다. 사회생활, 상상의 생활, 생기 있는 마음, 그리고 씩씩한 상상력. 이 개념들은 긴밀히 연결된다. 가장 중요한 것은 "생기 있는 마음"이고 "씩씩한 상상력"의 회복이다. 이들이 있을 때 생명력 있는 사회생활이 가능하다. 뛰어난 시는 그런 상상력의 교육에 긴요하다. "우리들에게는 어떠한 전 세대보다도 더 많은 사실이 공급되고 있지만, 반드시 우리들이 그러한 사실에 대한 더 많은 지식을 소유하고 있는 것은 아니다."(『거점』, 229~230쪽) 더 많은 사실을 아는 것이 더 많은 지식을 낳는 건 아니다. 여기에는 씩씩한 상상력이 필요하다. 김수영이 여러 번에 걸쳐 언론 자유에 대해 관심을 기울인 이유도 생활의 언어가 지닌 질이 시의 언어가 지닌 수준에 영향을 미치기 때문이다. "오늘날의 신문은 더 많은 뉴스를 보다 더 조속히 시간 내에 수집해서 그것을 보다 더 정확하게 제시하고 있다. 그러나 그러한 언어의 분열이 적어도 시에 대해서는 나쁘고 문명에 대해서도 나쁘다는 것은 말할 수 있다."(『거점』, 225쪽) 이런 언급은 마치 우리 시대 언론 상황을 앞질러 본 듯하다. 더 많은 뉴스는 더 많은 진실이 아니라 "언어의 분열"을 낳는다. 생활 언어의 위기다. 그리고 생활의 위기는 시 언어의 위기, 문명의 위기를 낳는다.

예이츠, 스티븐스와 더불어 김수영이 주목한 시인은 브레히트다. 1950~1960년대를 지배한 반공주의 분위기에서 좌파 극작가이자 시인인 브레히트를 김수영이 여러 번 언급하는 건 흥미롭다. 그때도 브레히트 시의 장단점을 논하는 것보다는 그런 시가 나올 수 있는 사회적 조건을 먼저 언급한다. "그러나 브레히트 같은 시가 나오려면 지금 한국의 사회 사정하고는 엄청나게 다른 자유로운 사회가 실현되어야 한다."(350쪽) 한마디로 자유로운 사회가 자유로운 시를 낳는다. 브레히트 시의 가치를 언급할 때도 김수영은 참여시와 형식주의 시를 구분하는 이분법을 넘어서려 한다.

> 그러고 보면 우리에게는 진정한 참여시가 없는 반면에 진정한 포멀리스트의 절대시나 초월시도 없다고 보는 것이 타당할 것이다. 브레히트와 같은 참여시 속에 범용한 포멀리스트가 따라갈 수 없는 기술화된 형태의 축도縮圖를 찾아볼 수 있고, 전형적인 포멀리스트의 한 사람인 앙리 미쇼의 작품에서 예리하고 탁월한 문명비평의 훈시를 받을 수 있는 것을 생각해 볼 때, 참여시와 포멀리즘과의 관계는 결코 간단하게 구별할 수 있는 문제도 아니고 고정된 정의를 내릴 수 있는 문제도 아니다.(655쪽)

김수영에게 좋은 시는 내용과 형식이 하나가 된 시, 그래서 "기술화된 형태의 축도"와 "예리하고 탁월한 문명비평의 훈시"가 결합된 시다. 그런 경지에서는 참여시나 포멀리스트의 구분은 의미가 없어진다는 걸 김수영은 통찰한다.

7. 다른 장르의 번역

김수영은 시인이자 뛰어난 시 비평가였지만 그가 번역한 글이나 시론에서 인용하는 문학인들이 시인에만 한정되지는 않는다. 이 점도 넓은 의미의 공부를 게을리하지 않았던 김수영의 관심사를 보여준다. 김수영이 현대 프랑스 소설가 앙드레 지드에게 배운 것은 극단의 사유다. "지이드는 '중용中庸'의 인간이 아니다―이것은 그가 가장 경멸하여 마지않는 것이다. 그의 임무는 극단極端을 육성하는데 있다. 불확실한 조화에서 제종諸種의 극단을 포착捕提하는 것이 그의 일생의 사명이며, 따라서 그것은 오히려 교활한 사명이기도 한 것이다."(『거점』, 29쪽) 김수영에게도 시의 임무는 "극단을 육성"하는 것이다. 그런 극한적 사유의 모험에서 새로운 시가 탄생한다. 그런 사유의 모험은 염세주의와는 거리가 멀다. 김수영이 19세기 영국소설의 마지막 대표자인 토머스 하디에게 주목하는 것도 그 지점이다. "토마스 하디는 지난날 그의 숭배자에게 염세적厭世的으로 되려면 그다지 많은 지성이 필요 없다고 고백한 일이 있었다. 염세주의의 보호 밑에서 생각하고 쓰고 싶은 유혹은 오늘날 같은 시기에 있어서는 매우 절실하다―그리고 바로 그렇기 때문에 그 유혹은 막아내야 한다."(646쪽) 이런 염세주의의 유혹은 김수영이 살았던 시대에는 특히 강했을 것이다. 김수영의 신산스러운 개인사를 살펴봐도 그렇다. 김수영은 염세주의와 허무주의의 유혹에 맞서는 투쟁을 포기하지 않았고 그게 그의 시와 시론을 살아남게 만드는 힘이다.

　김수영이 해방 전부터 극작에 관심을 갖고 있었던 건 알려진 사실이다. 시와 연극의 관계에 김수영은 지속적인 관심을 기울였고 연극 관련 글도 적지 않게 번역했다. 극에 관해 김수영이 특히 관심을 가지고 주목하는 건 태도이다. "이것이 셰익스피어의 독창성의 진정한 본질이다. 그의 정신은 사물의 표면에서는 놀지 않았다. 그의 정신은 가장 깊은 심층에서 출발해서 위를 향해 솟아올랐고, 그러면서 자료를 수집하고 그것을 변형시켰다."(『거점』, 489쪽) 시에서도 사물의 표면이 아니라 깊은 심층이 중요하다. 그렇게 깊은 심층에서 위로 솟구치는 힘의 소재가 중요하다. 김수영이 좋아한 외국 시인들도 연극성과 관련된다. "나는 오랫동안 영시英詩에서는 피터 비어레크하고, 불란서 시에서는 쥘 쉬페르비엘을 좋아한 일이 있었다. 두 시인이 다 얼마간의 연극성을 지니고 있는 것이 나를 매료한 원인이 되었을지도 모른다."(320쪽) 김수영은 이들 시인의 시에 매료되는 이유로 재미와 구성성을 꼽는다. 특히 "추상적인 술어의 나열"(320쪽)이 없다는 점을 주목한다. 이 점도 생활의 시인으로서 김수영의 시각과 관련된다. 생활에서 추상적인 술어는 의미가 없다.

　시, 소설, 연극 등의 창작만이 아니라 비평 이론 관련 글도 김수영은 번역하고 참조한다. 특히 마르크스주의 비평 관련 글을 적지 않게 번역한 것이 특기할 만하다. "맑스주의자의 문학에 대한 개념은, 그것이 비교회주의와 잔학행위를 자행하고는 있지만, 미국에서 실천되고 있는 일부의 '신비평'의 방법 같은 아카데믹한 것도 아니며, 현대의 수많은 영국인의 비평같이 지방적인 것도 아니다. 우선 그것은 경솔하지가 않다."(『거점』, 338쪽) 여기에도 신비평이나 형식주의 비평의 문제점을 보완하는 마르크스주의 비평의 시각을 참조하려는 김수영의 시각이 작동한다. 1920~1950년대는 신비평 전성기였고 1950년대는 실존주의가 힘을 행사했다. 마르크스주의 비평은 1930년대 주목을 받은 이후 한국전쟁을 겪으면서 이념적 재단의 대상이 되었다. 김수영은 1960년대 초반에 번역을 통해 당대 주류 문예이론과는 다른 좌파적 동향을 소개한다. 김수영의 이념적 입장을 뭐라고 규정할지는 모르지만 적어도 당대 좌파 문예 동향에 대한 관심을 계속 갖고 있었다는 건 분명하다.

김수영이 주목한 건 소련 등이 내세운 관변 사회주의가 아니다. 여기서도 김수영만의 삐딱한 시각이 엿보인다. "요즘 외국 잡지를 보면, 소련 같은 무서운 독재주의 국가에 있어서도 에렌베르크 같은 작가는 소위 작가 동맹의 횡포와 야만을 막기 위해서 작가들의 단결을 호소했다 하거늘, 항차 인권의 최위기最危機에 처한 우리나라 지성인들이란 너 나 할 것 없이 무엇을 하고 있는 것인지 모를 일이다."(234쪽) 김수영의 관심은 "인권의 최위기"에 있고 그에 대한 작가들의 대응에 놓인다. 김수영이 관변 사회주의에 거리를 둔 건 분명하지만 당대 한국 사회를 포함해서 현대자본주의 체제가 작가에게 미친 파괴적 영향을 놓치지 않는다.

> 현대 작가가 파괴하려고 애를 쓰는 가장 직접적인 외양만의 행복은 두말할 것도 없이 부르주아 세계의 습관과 풍속과 제가치諸價値 등인데, 그것은 다만 이러한 것들이, 야비성이나 불리한 처지에 있는 사람들에 대한 착취 같은 수많은 악랄한 것들과 관련을 갖고 있기 때문만이 아니라, 또 다른 이유 때문에, 즉 이러한 것들이 자유를 위한 개인의 정신의 운동을 저해沮害하고, 더 많은 생명의 도달을 방해하기 때문에 그렇게 된다.(『거점』, 533쪽)

김수영의 관심은 "사람들에 대한 착취 같은 수많은 악랄한 것"과 함께 "자유를 위한 개인의 정신의 운동"에 놓인다. 자유의 시인으로서 김수영은 그것이 부르주아 세계이든 관변 사회주의 세계이든 자유로운 정신의 운동을 저해하는 움직임을 날카롭게 비판한다. 자유로운 세계가 될 때 자유로운 시의 지평이 열리기 때문이다. "사회조직이 완전한 조화를 이룬 생활을 하는 기회를 모든 사람에게 부여할 때, 편집적인 악덕에 쏠리는 환경의 자극이나 유전적 경향이 없어질 때, 그때에 비로소 모든 남녀는 아름답게 될 것이다. 다시 말하자면, 모든 남녀가 전부 아름답게 되는 일은 결코 없을 것이다."(『거점』, 452쪽) 사회의 아름다움과 시의 아름다움은 그렇게 뗄 수 없는 관계를 맺는다.

김수영의 번역에서 또 하나 놀라운 점은 프로이트 정신분석학에 쏟는 관심이다. "우리들의 시대에서, 이 영적 생활의 사실이 문학에 있어서 현저한 지배적인 주제로 되었다는 것과, 또한 그것이 프로이트의 심령학에의 중요한 침입에 의해서 영적 생활의 한 사실로서 명시되고, 불가불 우리들의 의식 위에 오르게 되었다는 것이다."(『거점』, 542쪽) 김수영은 쾌락의 역할과 운명에 관심을 두고 "프로이트의 심령학"(정신분석학)의 역할을 살핀다. 아마도 그 이유는 자유로운 영혼과 자유로운 사회의 가능성을 사유하는 김수영 사상의 궤적에서 개인의 정신의 운동에 접근하는 유력한 방법 중 하나인 프로이트가 시야에 들어왔기 때문일 것이다. 김수영이 얼마나 프로이트를 깊이 이해했는지는 의문이다. metapsychology를 심령학으로 번역한 것도 오역이다. 하지만 핵심은 그의 문제의식이다. "이성을 부인하는 프로이트의 정신분석의 혁명이 우리나라의 시의 경우에 어느 만큼 실감 있게 받아들여졌는가를 검토해 보는 것은 우리의 시사詩史의 커다란 하나의 숙제다."(486쪽) 조심스러운 판단이지만 이는 지금 이 글을 쓰고 있는 우리 시대에도 남아 있는 커다란 숙제이다.

김수영은 스위스 출신 현대 조각가 자코메티 관련 글도 번역한다.

만약 당신이 눈으로 보는 것처럼 머리를 만들고 싶다면, 당신
은 머리 밑에 있는 해골의 구조를 감지해야 해요. 당신이 머리
를 가지고 오랫동안 일을 하면 할수록 더욱더 당신은 그 구조
를 느끼게 돼요. 드디어 당신이 머리를 완성하게 되면, 그 구
조는 표면 밑으로 다시 또 사라져 버리지요. 그러나 그 표면을
세우려면, 그 밑에 그 단단한 구조를 가질 필요가 있어요. 그
리고 당신은 그것을 느끼게 돼요. 그런 느낌이 없다면, 당신이
하고 있는 일은 아무 보람 없는 일이지요.(『거점』, 598쪽)

이 번역문의 취지는 김수영의 시론에서도 확인된다. 사물을 사물
그대로 파악하는 시, 표면이 아니라 "해골의 구조"처럼 사물의 구조
를 파악하는 시. 그렇게 "단단한 구조"를 가진 시. 김수영이 생각하
는 좋은 시의 요건이다.[6]

김수영의 산문에서 종종 느끼는 것은 그의 고독감이다. 언론의 자
유, 시의 자유가 용인되지 않는 당대의 지배적 문예사조나 사상에
비판적 거리를 유지하려 했던 김수영에게 대중과의 관계를 어떻게
설정할지는 쉽지 않은 문제였다.

산더미같이 쌓여 있는 인쇄문자 속에서 가장 심오하고 가장
독창적인 작품이 일반 대중의 눈에 띄어서 그들의 주의를 끄
는 기회가 없는 것은 물론이고, 그러한 것을 완독할 만한 자격
을 가진 상당수의 독자의 주의를 끄는 일조차도 드뭅니다. 일
시적인 유행이나 시대적인 단순한 정서에 아첨하는 사상이
영향하는 바는 훨씬 더 큽니다.(『거점』, 379쪽)

김수영이 평생에 걸쳐 싸운 건 "일시적인 유행이나 시대적인 단순한 정서에 아첨하는 사상"이었다. 그런 것들은 김수영이 생각한 지성의 화염과는 거리가 먼 것이다. 그러므로 김수영 같은 시인은 고독하게 된다. "고독이나 절망도 마음대로 되는 것이 아니다. 고독이나 절망이 용납되지 않는 생활이라도 그것이 오늘의 내가 처하고 있는 현실이라면 조용히 받아들이는 것이 오히려 순수하고 남자다운 일이라고 생각한다."(87쪽) 이런 태도가 있기에 우리는 김수영이 남긴 시와 시론, 그리고 그가 쓴 시의 비밀을 드러내는 번역을 갖게 되었다. 그가 치른 고독의 대가다.°

° 이 글은 2021년도 충남대학교 학술연구비 지원을 받았다.

너머를 상상하는 '번역'과 변화하는 시론

―1950~1960년대를 중심으로

고봉준

1. 들어가며

　1950~1960년대는 '번역의 시대'였다. 8·15 해방을 계기로 사상, 문화, 지식의 중심은 일본에서 미국으로 급속하게 이동했고, 그 흐름은 한국전쟁 이후 '냉전'이라는 세계사적 조건 속에서 한층 강화되었다. 이 시기 미국은 한국의 정치, 경제, 문화 등에 깊숙이 개입해 이른바 '냉전 문화정치'를 수행했는데,[1] 반공주의를 앞세워 강력한 지배 체제를 구축하려던 한국의 지배 세력은 '미국'을 한국이 나아가야 할 국가적 모델로 인식하고 사회 전 분야에서 미국화를 추진했다. 이러한 변화는 '문학'에도 영향을 끼쳤는데, 김수영은 이 변화를 "해방과 동시에 낡은 필터 대신에 미국이라는 새 필터를 꽂은 우리 문학"[2]이라고 표현하기도 했다. 이 시기 '번역'은 문학과 문화 영역에서 중요한 모방 장치 가운데 하나였다. 미 공보원은 1951년 3월부

터 1966년 11월까지 사회, 문화, 정치 등 각 분야의 서적 412종을 번역·출판함으로써 한국의 미국화를 도왔다.[3] 전후 한국 사회에서는 미 공보원이 사실상 이념적 '필터' 역할을 했다.[4] 김수영은 이런 조건에서 시를 쓰고 번역을 했다.

김수영은 전후 한국 사회의 중요한 문인 번역자 가운데 한 명이었다. 김수영의 번역 능력은 공공연하게 알려진 것이었으니, 1968년 6월 그의 죽음을 알리는 일간지 기사에는 김수영의 "최근의 직업은 번역업"[5]이라고 소개되어 있다. 김수영은 "내 시의 비밀은 내 번역을 보면 안다"[6]라는 유명한 말을 남기기도 했다. 하지만 지금껏 그의 '번역'은 몇몇 제한적인 부분만 집중적으로 연구되었을 뿐 전체 번역물을 대상으로 한 논의는 이루어지지 못했다. 일찍이 김현이, 김수영이 이야기한 이 '비밀'을 해명하기 위해서는 "그의 시, 산문에 나오는 책, 사람 이름의 목록이라도 만들고, 어떻게 그가 그 책이나 사람을 읽었는가를 알아야 한다"[7]라고 지적했지만, 번역의 범위와 규모 등으로 인해 그 작업은 제한적인 범위 내에서만 진행되었다.

지금까지 김수영의 '번역'에 대한 연구 경향은 번역 텍스트와 목록에 대한 실증적 확인에서부터 독서에서 번역을 거쳐 창작으로 이어지는 연속성을 추적하는 것,[8] 번역 작업이 김수영의 문학에 끼친 영향을 해명하는 작업,[9] 김수영의 번역 작업을 '냉전 문화의 번역'이라는 틀에서 해석하는 작업,[10] 그리고 영미 시론과 김수영 문학의 영향 관계를 해명하는 작업,[11] 번역에 대한 김수영의 생각을 통해 서구 중심주의를 넘어서는 세계문학의 가능성을 모색하려는 시도[12] 등으로 정리할 수 있다. 그 가운데 최근에 주목받고 있는 것은 영미 시론과 김수영 문학의 연관성, '냉전 문화 번역'이라는 관점에서 김수영의 번역 작업이 갖는 의미를 살피는 것이다. 그런데 사후 50주기를 맞이하여 김수영이 번역하여 각종 매체에 수록했던 평론들이 정리되어 출간(『시인의 거점』)됨으로써 향후 번역이 김수영의 문학에 끼친 영향이나 비교 연구가 활발해질 전망이다. 다만 사후 50주기를 맞아 새로 출간된 전집에 '번역'에 대한 서지 사항 등이 제대로 정리되지 못한 것은 아쉽다.

이 글은 김수영의 '번역'을 전체적으로 조망하고, 번역 과정에서 마주친 텍스트 경험이 문학에 대한 김수영의 사유나 글쓰기에 어떤 영향을 끼쳤는가를 제한적으로나마 살펴보려 한다. 특히 김수영이 1950~1960년대에 중앙문화사에서 일련의 단행본들을 번역하여 출간한 과정, 그리고 1960년대 중반 이후 시와 시론의 변화에 끼친 '번역'의 영향을 해명하는 것이 이 글의 구체적인 관심사이다.

김수영은 여러 산문에서 자신의 번역을 가리켜 '청부 번역', '수지도 맞지 않는 구걸 번역', '200자 한 장에 20원도 못 받는 덤핑 출판사의 번역일', '담뱃값 벌기 위하여 어쩌다가 얻어걸리는 미국 잡지의 번역물을 골라 파는 일'처럼 부정적인 평가를 반복했다. 시인 자신의 이러한 고백과 평가는 그의 번역 작업이 학문적인 주목을 덜 받은 이유 가운데 하나이기도 하다. 생활비를 번다는 실용적 용도의 번역이 많았던 것은 사실이다. 하지만 전후 시기 김수영에게 번역을 통해 접한 텍스트의 의미는 경제적인 것으로 환원되지 않는다.

그는 자신이 살고 있는 시대, 즉 1950~1960년대를 문화적 후진성이 지배하는 시대로 인식했다. 그런 그에게 '번역'은 그 후진성을 견딜 수 있는 힘의 원천이었고, 때로는 그 속악한 세계 '너머'를 상상하도록 만든 자극이기도 했다. 김수영은 번역을 통해 이 세계를 사유했고, 그 과정에서 문학적 현대성의 새로운 방향을 모색했다. 요컨대 김수영의 시와 시론에서 목격되는 변화의 원인은 4·19 같은 정치적 현실에서도 찾을 수 있지만, 그가 독서와 번역을 통해 마주친 텍스트들에서도 다수 발견된다. 이 글은 특히 후자의 관점에서 그의 번역을 살피고자 한다.

2. 김수영의 초기 번역과 냉전의 문화정치

김수영은 생계를 위해 '번역'을 시작했다. 그가 자신의 '번역'을 '부업'이라고 소개한 것, 그리고 그의 시와 산문에 "한 장에 30원씩 받고 하는 청부 번역"(「번역자의 고독」), "덤삥출판사의 20원짜리나 20원 이하의 고료를 받고 일하는/14원이나 13원이나 12원짜리 번역일을 하는/불쌍한 나나 내 부근의 친구들"(「이 한국문학사」) 등처럼 '번역'의 고달픔을 토로하는 대목이 자주 등장하는 것은 이런 맥락에서 이해할 수 있다. 알려진 바에 따르면 김수영은 노점 서적상 등에서 『애틀랜틱』, 『엔카운터』 같은 외국 잡지를 구입한 후 일부를 번역하여 잡지사에 판매하는 방식으로 생활비를 벌었는데, 이러한 일화는 그가 1950년대 중반에 쓴 일기[13]와 산문[14]에서도 분명히 확인된다.

하지만 이 일화에 등장하는 것은 그의 번역 가운데 일부일 뿐이다. 김수영이 생계를 위해 '번역'을 시작한 것은 사실이지만, 점차 그것은 '문학'에 대한 김수영의 생각과 태도에 영향을 끼치기 시작했다. "내 시의 비밀은 내 번역을 보면 안다"라는 진술은 이러한 맥락을 전제하고 읽어야 하며, 그의 번역을 생활비를 벌기 위해 반半강제적으로 행해진 행위라고 판단하면 이 변화의 양상은 물론 영향 관계도 제대로 포착되지 않는다. 요컨대 '청부 번역'이라는 표현에서 암시되듯이 1950년대 김수영의 번역은 우연히 구한 잡지의 일부를 번역하여 판매함으로써 생활비를 버는 것 외에도 출판사의 요청 등에 의해 비교적 체계적으로 행해진 것들이 다수 존재한다. 이 가운데 특히 중요한 것들은 번역 문학가인 원응서, 그리고 그가 운영한 출판사 '중앙문화사'에서 출간한 단행본들이다.

> 우리는 외국문학 편집을 위해 다달이 구입한 문학지, 혹은 종합지로서는 영어로 된 것은 『아틀랜틱』, 『파티즌 리뷰』, 『런든 매거진』, 『인카운터』이고, 프랑스어로는 『프레브』, 때로는 독일어의 『모나트』지를 구입했다. 이런 외국지들을 내부에서 읽고 가려내기도 하고, 혹은 외부인사들에게 위촉하여 편집에 도움을 받았다. 여기에 손을 도와준 분으로는 박태진, 김수영, 곽소진, 김용권 제씨와 『뉴 디렉션』의 장서를 빌려 준 맥타가드 씨 외에도 많은 분이 도움을 주었다.[15]

1971년 문인협회가 출간한 『해방문학 20년』에 수록된 원응서의 회고이다. 『문학예술』은 1954년 주간 오영수, 부주간 원응서, 편집 박남수 등 평안도 출신의 월남 문인들이 중심이 되어 창간한 월간 문예지이다. 이 잡지는 '외국 문학'과 '문학 이외의 예술 분야'에 많은 지면을 할애한 것으로 유명한데, 그것은 원응서가 외국 문학 전공자였고, 당시 문단 내에서 이 잡지의 영향력이 크지 않아 기성 문인들의 신작을 구하기 어려웠기 때문이다. 위의 인용에서 우리가 주목할 것은 편집진들이 다양한 외국 잡지를 구독하고 번역했으며, 이 작업에 김수영도 참여했다는 사실이다. 김수영은 산문 「김이석의 죽음을 슬퍼하면서」에서 "박태진의 소개로 원응서 씨를 찾아갔을 때 문학예술사의 편집실에서" 김이석을 처음 만났다고 진술하고 있다. 박태진은 원응서와 일본 릿쿄立敎 대학 영미학부 동문이다. 그러니까 김수영은 박태진의 소개를 받아 원응서를 알게 되었고, 원응서를 만나러 간 문학예술사에서 김이석을 처음 만난 것이다.

김수영을 처음 만나고 얼마 후 김이석은 『문학예술』의 편집진에 합류한다. 『문학예술』의 주간은 오영진이었지만 이 잡지의 실질적인 리더는 원응서였다. 그는 일본 릿쿄 대학 영미학부를 졸업한 영문학도로서 이 잡지가 미국의 문학과 사상을 번역·소개하는 데 중심적인 역할을 했다. 특히 그는 '중앙문화사'를 운영하며 미국의 문학과 사회과학 등을 번역·출판하는 데 최선을 다했다.[16] 김수영의 초기 번역에서 원응서(『문학예술』과 '중앙문화사')와의 관계가 차지하는 비중은 결정적이다.

이 시기 『문학예술』을 비롯하여 '자매 관계'[17]에 있던 '중앙문화사'의 운영 주체들은 '미국'을 번역·소개하는 데 집중했다. 이들의 출간물에서는 전후 아메리카니즘과 반공주의가 결합된 형태가 뚜렷하게 드러난다. 『문학예술』 자체가 미 공보원과 아시아재단의 재정 보조를 받아서 발간된 것이기도 했다. 레몽 아롱의 『지식인의 아편』(1961)이 후자의 대표적 사례라면, 김수영이 번역한 책들은 전자에 해당하는 것들이라고 말할 수 있다. 김수영은 '중앙문화사'에서 여섯 권의 단행본을 번역·출간했으며, 구체적 서지 사항은 다음과 같다.

① R. W. 에머슨, 『문화, 정치, 예술』, 1956.
② 벌 아이브스, 『아리온데의 사랑』, 1958.
③ 안나 P. 로우즈, 『나의 사랑 안드리스』, 1958.
④ 프란시스 브라운 엮음, 『20세기 문학평론』, 1961.
⑤ 앨런 테이트, 『현대문학의 영역』, 1962.
⑥ 수잔느 라방, 『황하는 흐른다』, 1963.

이 시기에 김수영은 이들 단행본 외에도 『현대문학』, 『자유문학』, 『문학예술』 등에 적지 않은 양의 번역을 실었다. 김수영이 번역한 이 책들은 영문학자인 원응서가 직접 선택한 것이거나 "『뉴 디렉션』의 장서를 빌려 준 맥타가드 씨"라는 회고에 등장하는 맥타가드를 통해 구했을 가능성이 높다. 1915년 미국 인디애나주에서 출생한 아서 J. 맥타가드는 코넬 대학에서 비교문학을 전공하던 중 전쟁이 발발하여 군에 입대했고 군 복무 이후 스탠퍼드 대학에서 교육학 박사 학위를 받았다. 그는 1953년 미 국무성 공무원 자격으로 한국에 왔으며 1965년 베트남 미국 문화원으로 자리를 옮길 때까지 한국에서 화가 이중섭, 시인 구상 등의 문화 예술인들과 친분을 유지했다. 특히 김용권이 번역한 루이스 보건Louise Bogan의 『20세기 미국 시론』(박문출판사, 1955)의 서문을 쓰는 등 학술적 활동을 하기도 했다.
　김수영이 번역한 책들의 내용을 잠시 살펴보자. ①은 미국의 시인이자 사상가인 랄프 왈도 에머슨의 책을 번역한 것인데, 에머슨은

지금까지도 미국 문화를 대표하는 사상가로 평가된다. ⑤는 1950년
을 전후하여 비평 이론의 새로운 주류로 부상한 '신비평'의 대표적
이론가 앨런 테이트의 책을 번역한 것이다. ④는 프란시스 브라운이
편집한 *Highlights of modern literature*를 번역한 것인데, 이 책은『뉴욕타
임즈 북리뷰』에서 뽑은 58개의 에세이를 편집한 것이며, 1954년 미
국에서 출판되었다. 김수영은 이 책에 수록된 58개의 글 가운데 일
부를 선택하여 번역하였다. ②는 미국의 유명한 가수이자 영화배우
인 벌 아이브스가 자신이 살아오면서 경험한 일들을 기록한 일종의
에세이집으로 미국 사회의 가장 평범한 인물들에 관한 이야기를 수
록한 책으로 유명하다. 이 책도 1954년 미국에서 출판되었다. ③은
안나 P. 로우즈Anna Perrott Rose의 *The gentle house*를 번역한 책이다. 이 책
은 젊은 라트비아 고아인 안드리스가 한 여교사에 의해 미국으로 입
양되어 전쟁의 상처와 트라우마를 극복하는 과정을 기록한 책으로
1950년대 미국에서 아동교육 관련 서적으로 유명했다. 이 책의 원
제인 '젠틀 하우스'는 곧 안드리스가 입양된 미국(사회)를 의미하는
데, 이 책 또한 미국에서 1954년에 처음 출간되었다.

　⑥은 프랑스의 국제사회학 전공자 수잔느 라방의 *The Anthill: the
human condition in communist China*(1960)를 번역한 책이다. 이 책은
1959년에 불어판(*La Condition humaine en Chine communiste*)이 출간되었
고 이듬해에 영어로 번역되었다. 김수영은 '개미집: 공산주의 중국
의 인간 조건'이라는 원래의 제목 대신 '황하는 흐른다'라는 색다른
제목을 붙였고, 1장의 제목인 '홍콩 피난민의 비극'을 부제로 가져
다 썼다. 부제에서 드러나듯이 이 책은 공산주의를 피해 중국에서
홍콩으로 피난 온 난민들의 인터뷰 모음집이다. 수잔느 라방은 냉

전 체제가 지배하던 시기에 공산주의를 비판하는 책들을 다수 집필하여 유명해진 반공주의자로서 1954년에는 이승만과 장개석이 만든 '아시아 민족 반공연맹'의 프랑스 옵서버였고, 박정희 정권하에서는 국제 정치전회의(ICPW: International Conference of Political Warfare)의 사무총장으로 활동하면서 박정희와 서신을 주고받기도 했다. 이 책의 번역과 관련하여 김수영이 '자유'에 남다른 관심을 갖고 있었기에 "'중공' 인민들의 부자유와 핍박을 고발하는 내용"[18]에 이끌려 번역했을 것이라는 주장이 있지만 이는 현실성이 떨어진다. 오히려 이 책은 공산주의의 잔혹성을 앞세워 반공주의를 전파하려고 노력한 중앙문화사, 그리고 오영진-원응서로 연결되는 월남 문인들의 반공주의가 선택한 것으로 김수영이 "한 장에 30원씩 받고 하는 청부 번역-번역책의 레퍼토리 선정은 물론 완전히 출판사 측에 있다"(「번역자의 고독」)라고 불만을 토로한 사례에 해당한다고 보는 것이 타당할 것이다.

김수영이 1956~1963년에 중앙문화사에서 번역·출간한 책들은 전후 한국 사회의 지배적 이념이었던 '아메리카니즘'과 '반공주의'의 맥락에 정확히 부합하는 것들이었다. 번역자의 의지와 상관없이 그것들은 아메리카니즘을 이식하는 기능을 수행했다. 하지만 이것은 김수영이 그 이념들에 동의했느냐는 것과는 다른 문제이다. 실제로 이 책들 가운데 김수영이 지속적으로 관심을 갖고 있던 것은 앨런 테이트밖에 없었다. 앨런 테이트의 번역서가 중앙문화사에서 출간된 것은 1962년의 일이다. 따라서 1960년 12월의 일기에 등장하는 구절, 즉 "우선 앨런 테이트 것을 빨리 하고 다시 전선戰線을 갖추자"[19]는 『현대문학의 영역』의 번역을 가리킨다고 볼 수 있다. 그런데 김수영은 1964년 10월에 발표된 글에서 "우리나라의 펜클럽은 […] 앨런 테이트의 『현대작가론』을 모르고"(「히프레스 문학론」)처럼 앨런 테이트의 이름과 책을 언급한다. 여기에서 언급되고 있는 책(또는 글)은 그가 번역한 『현대문학의 영역』에는 수록되어 있지 않으므로 김수영은 번역과 별개로 앨런 테이트의 다른 텍스트를 읽은 것으로 보인다. 게다가 1965년에는 "당분간은 영미의 시론을 좀 더 연구해 보기로 하자"(「시작노트 4」)라고, 1966년에는 "나는 앨런 테이트의 시론을 충실히 지키고 있다. 텐션의 시론이다"(「시작노트 6」)라고 썼다. 이것은 앨런 테이트에 대한 관심이 상당히 오래 지속되었음을 말해준다.[20]

> 상실이라는 가장 큰 비극으로 통일되어 있고, 이 비참의 통일을 영광의 통일로 이끌고 나가야 하는 것은 시인의 임무다. 그는 언어를 통해 자유를 읊고, 또 자유를 산다. 여기에 시의 새로움이 있고, 또 그 새로움이 문제되어야 한다. 시의 언어의 서술이나 시의 언어의 작용은 이 새로움이라는 면에서 같은 감동의 차원을 차지하게 된다. 따라서 우리의 생활 현실이 담겨 있느냐 아니냐의 기준도, 진정한 난해시냐 가짜 난해시냐의 기준도 이 새로움이 있느냐 없느냐에서 결정되는 것이다. 새로움은 자유다, 자유는 새로움이다.[21]

1964년 10월에 발표된 이 글은 김수영이 앨런 테이트에 대해 관심을 기울이고 있던 시기에 그가 문학에 대해 어떤 고민을 갖고 있었는가를 명확하게 보여준다. 1960년 이후 김수영은 물질 만능주의가 지배하는 세계 속에서 시(인)의 임무는 "정신의 구원"(「자유란 생명과 더불어」)에 있다고 주장했다. 그리고 같은 맥락에서 그는 "인간의 상실이라는 가장 큰 비극"이 지배하고 있는 상황에서 시는 '인간의 회복'을 임무로 삼아야 하며, 그것은 '언어', 즉 의미 전달이라는 실용적 기능으로 회수되지 않는 언어인 '시'가 담당해야 한다고 생각했다. 같은 시기 『조선일보』 지면에서 행해진 좌담에서도 김수영은 현대사회의 문제를 '기아', '핵무기', '인간소외'라고 지적하고 "인간들 사이의 인간적인 […] 소통을 가능케 하는 것이 문학작품"이며, 곧 문학의 사명이라고 주장한다.²²

이러한 사유는 문학에 대한 앨런 테이트의 생각과 일맥상통하는 지점이 많다. 즉 김수영에게 앨런 테이트는 '미국', 아메리카니즘의 맥락에서 주어진 것이었으나, 정작 그가 앨런 테이트에게서 발견한 것은 '미국'이 아니라 현대사회에서 '문학'의 위치와 의미 같은 입법적인 목소리였다. 이것은 김수영이 「히프레스 문학론」의 마지막 부분에서 앨런 테이트의 「현대 작가론」을 인용하면서 주장하는 내용과 일치한다. "미국의 민주주의의 성격이나 그의 수출 태도나 자유의 본질을 논하는 것은 나의 능력 이외의 일이며, 다만 내가 여기서 말하고 싶은 것은 언어의 문화를 주관하는 것이 작가의 임무이며, 그밖의 문화는 언어의 문화에 따르는 종속적인 것이며, 우리들의 언어가 인간의 정당한 목적을 향해서 전진하는 것을 중단했을 때 우리들에게 경고하는 것이 작가의 임무라는 것이다." 그가 앨런 테이트를 인용하면서 말하고 싶었던 것은 시인의 임무, 바로 그것이었다.

3. 김수영의 후기 번역과 시(론)의 변화 양상: 이오네스코, 하이데거의 릴케

요즘 나는, 부끄러운 말이지만, 200자 한 장에 20원도 못 받는 덤핑 출판사의 번역일을 해 주고 있다. 이 덤핑 출판사의 사장이라는 젊은 청년과 나와의 거래의 경위를 간단히 말해 둘 필요가 있다. 이 청년은 나다니엘 호손의 유명한 소설 『주홍글씨』를 20원씩에 해달라고 통신사 친구의 소개를 받아 가지고 와서 지극히 겸손하게 자기 사업의 군색한 사정을 말하면서 부탁한다. […] 다음 찾아온 청년 사장을 보고, 원고 매수가 예정보다 퍽 초과된다는 것과 애초에 생각했던 것보다 일이 퍽 어렵다는 것을 말하면서 20원씩으로는 도저히 안 되겠다고 말하자, 이 청년은 지극히 난처한 얼굴을 하고 장시간 궁리에 궁리를 거듭한 끝에, 그러면 헤밍웨이의 소설을 자기의 출판사에서 몇 년 전에 출판한 게 있는데 그것은 번역도 어지간히 된 것이니까 그것을 약간 수정 — 원고지에 쓸 것도 없이 교정 보는 식으로 책의 여백에 고쳐 넣을 정도면 된다는 것이다 — 해서 내 이름으로 내고 전부 합해서 4만 원에 하자는 것이다.[23]

이 흥정은 결국 5만 원에 두 권으로 결정되었다. 이 글에 등장하는 덤핑 출판사는 '창우사'이고, 젊은 청년 사장은 소설가 황순원의 동생 황순필이다. 김수영은 이 출판사에서 『주홍글씨』를 번역·출판했고, 1967년에는 과거 중앙문화사에서 출판했던 『20세기 문학평론』을 『현대인의 문학』이라는 제목으로 고쳐서 재출간했다. 물론 그가 약속한 헤밍웨이의 '전쟁소설'(『무기여 잘 있거라』)은 끝내 출간되지 못했다. 김수영은 이 출판사를 '덤핑 출판사'라고 불렀다. 하지만 창우사는 당시 황순원 전집을 출판하여 상당한 이익을 얻었고, 황순원의 인맥을 이용하여 월남 문인들의 책을 잇달아 출간함으로써 나름의 명성도 쌓아가고 있었다. 황동규의 첫 시집과 공동시집 『평균율』 등이 이 출판사에서 출간된 것은 당연한 일이었는지도 모른다. 김수영이 이 글을 쓸 무렵, 창우사는 김승옥의 첫 작품집 『서울, 1964년 겨울』(1966. 2. 17)을 출간하였는데, 이 책은 출간과 동시에 베스트셀러가 되었다. 또 다른 산문에서 김수영은 『주홍글씨』를 번역하고 있는 상황을 가리켜 "나는 전세를 빼 주느라고, 진 빚을 갚느라고, 호손의 「주홍 글자」의 번역에 골몰하고 있"(「마당과 동대문」)다고 쓰기도 했다. 이처럼 김수영은 1960년대 중반에도 달갑지 않은, 그렇지만 생계를 꾸려야 한다는 현실적인 이유로 번역에 상당한 시간과 에너지를 써야 했다.

그런데 1960년대에 김수영이 번역한 책들은 1950년대 후반 중앙문화사에서 출간한 책들과는 성격 자체가 사뭇 다르다. 김수영은 생애 후반기를 신동문과 가깝게 지내면서 신구문화사가 기획한 '전집' 번역에 여러 차례 참여했다. 신동문은 시인들 가운데 김수영과 신동엽을 가장 좋아했다. 개인적인 친분만이 아니라 외국어 능력과 문학적 감수성 모두를 갖춘 김수영은 '전집'의 시대를 맞이하여 세계문학을 번역하던 신구문화사에는 최고의 번역자였을 것이다. 그렇지만 김수영은 이 시기에도 『파르티잔 리뷰』, 『엔카운터』, 『런던 매거진』 등에 실린 비평을 번역하여 여러 문예지에 게재했고, 몇몇 출판사들의 의뢰를 받아 단행본을 번역했다. 신태양사, 계몽사, 탐구당, 코리아사, 신양사, 창우사가 그 출판사들이다. 하지만 이 책들의 대부분은 문학작품(단행본)이었는데, 그것은 이 시기에 세계문학 전집 붐이 일었기 때문으로 추측된다. 1950년대 말에서 1960년대 초에 걸쳐 발생한 번역문학, 그리고 문학 전집 붐은 매우 특이한 현상이었다. 앞에서 살폈듯이 전후의 아메리카니즘은 '중앙문화사'가 번역한 책들처럼 강력한 '반공주의' 이념을 앞세운 사회과학이 대부분이었는데, 이 시기의 아메리카니즘은 미국 공보원이나 아시아재단 같은 문화적 기구들의 후원에 힘입어 주로 '문화'의 영역에서 미국적인 것의 영향력을 확대하는 방향으로 나타났다.[24] 이러한 문화적 아메리카니즘의 대표적 사례 가운데 하나가 바로 세계문학 전집이었다. 그런데 4·19로 인해 이승만 정권이 물러나자 출판계에는 돌연 일본 문학 번역이 유행하기 시작한다. 거기에 더하여 민중서관 등의 출판 자본이 한국문학 전집을 출간하고 전국 주요 도시를 순회하는 '문예 강연회' 등을 기획하자 '전집'을 둘러싼 출판 시장에서의 경쟁이 격화되기 시작했다.[25] 이 시기 김수영이 번역자로 참여한 신구문화사의 '전집'은 다음과 같다.

① 『세계전후문학전집』(총 10권, 1960)
② 『(세계전기문학전집) 세계의 인간상』(총 12권, 1962~1964)
③ 『노오벨상문학전집』(1964)
④ 『현대세계문학전집』(1968)

김수영은 『노오벨상문학전집』에 T. S. 엘리엇의 시와 산문, 예이츠의 시, 버나드 쇼의 희곡, 파스테르나크, 안드레이 시냐프스키(필명 아브람 테르츠), 미겔 아스투리아스의 소설을 번역하고 간략한 해설을 썼다. 『김수영 전집 2: 산문』에 실려 있는 「신비주의와 민족주의의 시인 예이츠」, 「도덕적 갈망자 파스테르나크」, 「안드레이 시냐프스키와 문학에 대하여」 등은 김수영이 이 기획에 참여하여 쓴 글들이다. 김수영이 신구문화사의 '전집' 기획에 번역자로 참여하여 번역한 글들은 그 대부분이 광의의 문학, 문화, 예술에 관한 것들이었다. 전후 아메리카니즘을 떠받치고 있던 학술서와 달리 이 무렵 김수영은 집중적으로 세계문학을 번역하기 시작했다. 또한 김수영은 『세계전후문제시집』에 참여하여 엘리자베스 비숍, 시어도어 로스케, 델모어 슈왈츠, 로버트 로웰 같은 동시대 시인들의 작품을, 메프리 무어의 비평 「미국의 현대시」를 번역했다. 그리고 『(세계전기문학전집) 세계의 인간상』에는 A. 베크하르트가 쓴 아인슈타인 전기 「우주의 등대: 아인쉬타인」을, 『현대세계문학전집』에는 제임스 볼드윈의 『또 하나의 나라』와 뮤리엘 스파크의 『메멘토 모리』를 번역했다. 한편 김수영은 일본 문학의 일시적인 유행 때문에 기획된 『일본대표작가백인집』(희망출판사)에도 고다 아야, 이토 케이이치, 구니키다 돗포, 오오카 쇼헤이, 다무라 다이지로, 나와 후미오, 사토 하루오 등을 번역했다.

  김수영은 일기와 산문 등에 자신이 번역하거나 구입한, 그리고 읽은 책들에 관한 이야기를 자주 썼다. 가령 "이것은 어떤 시지에 줄 시론을 번역하다 얻은 말인데"(「생활의 극복」)나 "요즘 보부아르의 『타인의 피』를 읽으면서 그중에서 가장 감격한 문구는 이것이다"(「시작노트 6」, 1966. 2. 20) 같은 구절들이 대표적인 경우이다. 그 책들 가운데 일부는 '번역'의 대상이고, 나머지는 순수한 '독서'의 대상이다. 이는 김수영의 삶에서 '책'이 차지하는 비중이 얼마나 큰 것이었는지 잘 보여준다. 김수영은 자신의 번역 행위를 생활비를 벌기 위한 '부업'이나 '매문'이라고 낮게 평가했지만, "벌써 그런 생각을 먹었다는 것만으로 내가 실제 그의 번역을 베끼지 않게 된다 하더라도 반은 죄를 지은 셈이다"(「모기와 개미」), "나는 번역에 지나치게 열중해 있다. 내 시의 비밀은 내 번역을 보면 안다"(「시작노트 6」) 등처럼 막상 번역을 할 때에는 최선을 다했다. 자신의 잘못, 이를테면 "'Who? Who'를 '누구의 누구'라고 번역한 웃지 못할 미스"(「번역자의 고독」)를 두고 재판 교정을 운운하는 장면은 번역이 단순한 '부업' 이상이었음을 보여준다.

따라서 일기와 산문에 등장하는 책의 목록을 재구성하고 시간적 순서에 따라 배열하면 그의 문학, 혹은 사유의 흐름이 이 책들과 어떤 연관성을 갖고 있는가를 살펴볼 수도 있을 것이다. 앨런 테이트와의 영향 관계, 비숍의 책이 「거대한 뿌리」에 끼친 영향, 그리고 자코메티적 변모와 언어를 통한 리얼리티의 포착 등에 관한 연구는 이런 관점에서 진행된 것들이다.

사람을 알려면 그 사람의 '벽'을 보면 된다. '벽'이란 한계점이다. 고치려야 고칠 수 없는 막다른 골목이다. 숙명이다. 이 '벽'에 한두 번이나 열 번 스무 번이 아니라 수없이 부닥치는 동안에 내 딴에는 인간 전체에 대한 체념이랄까—그런 것이 생긴다. […] 쥐어도 안 잡히고, 쥐어도 안 잡히고, 쥐어도, 쥐어도, 안 잡힌다. '벽'이다. 이렇게 되면 화를 내는 편만 손해를 본다.

그래도 눈앞이 캄캄해지도록 화가 날 때가 많다. 이것도 또 나
의 '벽'이다.[26]

이 글에서 '벽'은 버릇이나 습관[癖]을 뜻한다. 시인은 다양한 에
피소드를 '벽'이라는 기호를 통해 연결시킨다. 가령 "로션 마개를 돌
려 놓지 않고 그대로 걸쳐만 두는" 아내의 습관과 "잉크병 마개를 노
상 그 식으로 해 두어서 책가방과 손수건이 꼴이 아"니게 만드는 '큰
놈'의 습관이 '벽'이라는 기호로 이어진다. 하지만 이 글에서 '벽'의
의미는 그것에 한정되지 않는다. 김수영은 비닐 장판에 붙은 머리카
락을 떼어내기 위해 손톱으로 집으려고 노력해도 집어지지 않는 것
도 '벽'이라고 주장하고, 그럴 때면 눈앞이 캄캄해지도록 혼자 화를
내는 것도 '벽'이라고 주장한다. 이처럼 '벽'은 일차적으로 버릇이나
습관을 가리키는 것이지만, 김수영은 거기에서 한 개인의 '한계'를
읽는다. 그리고 그것을 가리켜 한 인간의 '숙명'이자 '한계점'이라고
말한다. 김수영은 이 글의 발표를 전후하여 외젠 이오네스코의 「벽」
을 번역하여 월간 『문학』에 세 차례(9~11월) 나누어 실었다. 이 잡
지는 원응서가 주간을 맡고 소설가 김승옥이 편집을 맡고 있었으므
로 이오네스코의 작품을 수록하기에는 이상적인 매체였을 것이다.
    1960년대에는 한국의 연극계에서도 이오네스코의 인기가 점차
높아졌다. 1960년대 초에는 해외, 특히 프랑스 연극계의 상황을 소
개하는 글들이 신문에 실리기도 했다. 가령 『동아일보』 1961년 12월
23일 자 '해외연극' 코너에는 이오네스코의 작품들이 프랑스의 유
쉐트 극장에서 속연續演되고 있는 상황을 알리는 글이 발표되기도
했다.[27] 1963년 11월 19~21일 극단 '민중'이 아시아재단의 후원을

받아 반도 호텔에서 이오네스코의 「대머리 여가수」와 사샤 기트리의 「별장을 팝니다」를 상연했다. 김수영은 이러한 문화적 분위기 속에서 이오네스코의 작품을 읽고 그것을 번역하여 잡지에 발표한 것이다. 여기에서 「벽」의 내용을 자세하게 분석할 수는 없지만, 이 작품은 1960년대 중반 이후 김수영이 갖고 있었던 문제의식과 긴밀하게 연결된다. 이오네스코는 "우리들의 자유로움을 방해하는 세 가지 장애물"에 대한 프로이트의 설명을 정리하는 것으로 글을 시작하고 있다. 그리고 그는 이 장애물 가운데 하나로 '죽음'("죽는 법을 배우는 일")을 언급하면서 그것을 "내 앞에는 거대한 벽이, 올라갈 수 없는 절벽이 솟아올라 있다"처럼 '벽=장애물'의 문제를 끄집어낸다. 요컨대 이오네스코는 이 자유를 가로막는 장애물, 즉 '벽'의 문제에 집착했고, 어떻게 하면 그것을 뛰어넘을 수 있을까 고민하면서 문학 활동을 한 것이다.

① 어떻게 하면 나는 이 곤란을 설복시킬 수 있을까, 어떻게 하면 나는 내 꿈에 나타나는 거대한 벽을 기어 올라갈 수 있을까, 혹은 그것을 무너뜨릴 수 있을까? 어떻게 하면 나는 이 궁경에 나를 몰아넣은—우리들을 몰아넣은—장벽을 제거할 수 있을까?[28]

② 벽은 감옥소의 벽이다. 나의 감옥이다. 그것은 멀리서 보면 공동묘지같이 보이기 때문에, 그것은 죽음이다. 그것은 교회의 벽이고, 그것은 나를 사회로부터 떼어 놓는다. 그러니까 그것은 나의 고독의 표현이고, 무언의 표현이다. 나는 다른 사람

에게도 통할 수 없고, 다른 사람들은 나에게도 통할 수 없다. 동시에 그것은 지식을 막는 장벽이다. 그것은 생명과 진실을 감추는 장벽이다. 요컨대 내가 이해하려고 애를 쓰고 있는 것은 삶과 죽음의 신비다.[29]

③ 나는 꿰뚫을 수 없는 벽으로 단절되어 있다. 무엇이 그 벽을 구성하고 있는지를 모르고 있으니, 모든 이런 일을 알았대야 무슨 소용이 있겠는가? […] 벽은 또한 나의 인간으로서의 극복할 수 없는 한계를 나타내고 있다. […] 문제는 벽 너머의 그 다른 지방으로 내가 돌아갈 수 있는 길을 어떻게 발견하느냐 하는 것이다.[30]

④ 말은 이제 길을 가리키지 못한다. 말은 게으른 잡담이거나, 단순한 문학이거나, 현실도피이다. 말은 침묵이 이야기하는 것을 막는다. 말은 귀를 멍하게 한다. 그것은 행동이 되지 않고, 행동을 못 하게 하기 때문에 이럭저럭 우리들에게 위안을 준다. 말은 고갈枯渴하고, 사상에 피해를 입힌다. 침묵은 금이다. 침묵은 말을 위해서 보증인이 되어야 할 것이다. 아아 언어는, 역시 한 개의 낱말에 지나지 않는 인플레로 고통을 받고 있다. 이런 문명이 어디 있는가?[31]

이상은 김수영이 번역한 이오네스코의 「벽」에서 가려 뽑은 것들이다. 여기에서 이오네스코는 인간의 한계를 '벽'이라고 표현한다. 그리고 인간적 관계를 가로막고 있는 일체의 것들 또한 '벽'이라고

표현한다. 그의 부조리극은 바로 이 '벽'에 대한 희곡적 응전이자 그
것을 극복하고자 하는 시도였다고 말할 수 있다. 그런데 이러한 문
제의식은 김수영의 산문 「벽」이 말하고 있는 내용과 놀랍도록 비슷
하며, 특히 4·19 이후 김수영이 '시'에 대해 고민했던 지점들의 상
당 부분을 선취하고 있다. 이오네스코는 「벽」에서 자신의 희곡을 번
역한 비네아라는 인물의 문학에 대한 관념을 이렇게 요약하고 있다.
"진정한 교제는 씌어진 말을 통해서, 즉 고백을 통해서, 다시 말하자
면 남의 세계 속으로 파고들어 가서, 그의 가장 깊은 마음의 심저心底
를 측정해봄으로써 비로소 이루어질 수 있는 것이다. 적어도 여기에
우리들의 문학의 존재 이유가 있다."[32] 하지만 이오네스코는 이 말
에 흔쾌히 동의하지 않는다. "이런 말은 빈번히 발설되고 있지만 실
제로는 그것은 좀처럼 이루어지기 어려운 일"이라는 것이다. 부조
리극의 작가인 그는 ④에서 주장하고 있듯이 '말(언어)'을 신뢰하지
않는다. 그리고 이 '말'에 대한 불신은 "문학은 에너지를 소모시키는
한 방법에 지나지 않는다", "문학은 나의 감정을 가볍게 해준다. 그
것은 하나의 알리바이다. 그것은 행동을 회피하는 데 대한 하나의
변명이다" 같은 '문학'에 대한 근본적 불신으로 나타난다.

　　김수영의 산문 「벽」을 이오네스코의 「벽」과 나란히 놓을 수 있다
면, 같은 시기(1966)에 쓴 「시작노트 7」을 이오네스코의 주장에 대
한 김수영의 응답으로 읽을 수 있다. 김수영은 "시의 어머니는 어디
까지나 언어"(「시작노트 2」)라는 사실을 의심하지 않는다. 시에 관한
그의 생각들은 늘 '언어'를 중심으로 수축과 이완을 반복한다.[33] 김
수영은 「시작노트 7」에서 현대문학의 흐름을 자신의 방식으로 요약
하고 있다. "현대의 작가들은 자기들의 문학을 불신한다는 카뮈의

선언"이나 "시는 절대적으로 현대적이어야 한다는 랭보의 말"은 오늘의 '척도', 즉 문학적 현대성의 핵심을 표현한 것인데, 다만 그것은 "말로 하면 싱겁다"라는 것이다. 그것은 말해져야 할 것이 아니라 작가가 혼자 알고 있어야 할 것, 즉 '고독'에 속하는 것으로, '침묵' 속에서 '이행'되어야 할 것이다. 하지만 이오네스코가 규탄한 현대가 이 이행을 용서하지 않고, 그리하여 "고독을 고독대로 두지 않"는다는 이유로 '미친 문명'이라고 비판했다.

김수영은 이러한 주장에 대해 '소음의 철학'을 제시한다. 그는 자신이 철창을 만드는 공장의 땜질 소리 같은 '소음' 속에서 글을 써야 하는 상황에 있음을 고백하고, "이 소리를 듣고도 안 들릴 만한 글을 써야 한다"라고 자신의 각오를 밝힌다. 들리는 소음을 듣지 않는 것이 가능할까? 김수영은 "한 1초나 2초가량 안 들리는 순간"이 "있다고 하기도 없다고 하기도 말하기 어려운 문제"라고 이야기한다. 그러면서 그것을 말하면 '문학'이 된다고 쓰고 있다. 그는 이러한 '소음'의 문제를 '요설饒舌'의 문제와 연결시킨다. 자신의 시에 '요설'이 존재한다는 사람들의 평가를 인정하면서 김수영은 '요설'은 "소음을 들을 때 소음을 죽이려고" 하는 것, 즉 "소음에 대한 변명"이라는 것이다. 그리고 그는 이 "요설에 대한 변명이 '문학'"이라고 주장한다.

여기에서 김수영은 '문학'을 메타적인 언어의 세계로 규정하고 있다. 즉 문학은 소음이 들리는 것과 들리지 않는 것 가운데 하나의 경험을 언어화하는 일이 아니라 "있다고 하기도 없다고 하기도 말하기 어려운 문제"에 관한 진술이고, 또한 문학은 소음에 대한 변명의 일종으로 탄생한 요설, 그것을 변명함으로써 탄생하는 것이다. 김수영은 왜 이러한 논의를 이어나가는 것일까? 그것은 바로 문학에 대한 생각이 이오네스코의 그것과 다름을 드러내기 위해서이다. 이 차이는 뒤따르는 「전화 이야기」에서 명시적으로 드러난다. 김수영은 글을 쓰는 것과 (글을 써서 원고료를 받는) 돈벌이의 구분하려는 선망의 피상성을 비판하면서 중요한 것은 "글을 써서 돈벌이를 하면서, 글을 써서 돈벌이를 하는 자기 자신과 싸워가는 수밖에 없다"라고 주장한다. '글을 쓰는 것'과 '돈벌이' 가운데 하나를 선택하는 것이 아니라 글을 써서 돈벌이를 하면서 그런 자신과 싸우고 성찰하는 것이 중요하다는 것이다. 이것은 "휴식을 바라서는 아니 되고 소음이 그치는 것을 바라서는 아니 된다. 싸우는 중에, 싸우는 한가운데에서 휴식을 얻는다"라는 주장과 동일한 논리이다. '휴식'과 '싸움' 가운데 하나를 선택하는 문제가 아니라 싸움의 과정에서 휴식을 얻는 것, 그것이 바로 '문학'인 것이다.

　김수영 문학에서 이러한 '운산運算'의 의미는 무엇일까? 그것은 「시작노트 7」의 끝부분에 등장한다. 여기에서 김수영은 벌거벗음에 대한 이오네스코의 진술을 인용한다. "우리들은 발가벗어야 한다. 부단히 발가벗어야 한다. 이 부단히 발가벗어야겠다는 욕구조차도 없어질 때까지 발가벗어야 한다. 이것은 이오네스코의 말이다."[34] 그런데 이 인용은 적극적인 긍정이나 동의의 의미를 지닌 인용이 아니다. 김수영은 긍정 대신에 "문학에 시에 진정으로 절망하고 있지 않다. 진정으로 절망해야겠다는 것조차가 벌써 야심이 있어서 하는 말이다"라고 씀으로써 자신이 나아갈 방향이 이오네스코의 그것과 다르다는 사실을 암시한다. 앞에서 살폈듯이 이오네스코는 현대사회의 문제점을 '인간소외'에서 찾는다는 점에서는 김수영과 문제의식을 같이 했지만, 그는 '언어' 자체를 신뢰하지 않음으로써 '반反연극'이라는 새로운 스타일을 창안했다. 이것이 베케트와 이오네스코의 차이점이기도 하고, 또한 김수영과 이오네스코의 차이점이기도 하다. 베케트 역시 '언어'를 신뢰하지 않았지만, 그렇다고 이오네스코처럼 '언어'를 버리지도 않았다. 마찬가지로 김수영 또한 '문학'과 '언어'에 대한 신뢰를 버리지 않았고, 시인이기에 버릴 수도 없었다. 이 지점에서 이오네스코의 '반反연극'과 김수영의 '반反시론'은 갈라진다.[35]

김수영은 문학의 새로움을 사유하는 과정에서 번역을 통해 이오네스코의 주장을 접했다. 이들의 만남은 문학의 현대성에 대한 사유에 있어 흥미로운 논점을 제시하는데, 문제의식은 유사했으나 방향성은 달랐기 때문이다. 그리고 김수영은 「반시론」(1968)에 이르러 중요한 사유의 전환을 보여준다. 여기에서는 김수영은 하이데거의 '릴케론'과의 대결을 거쳐 '존재로서의 시'[36]에 이른다. 김수영이 왜 이 글에 '반시론'이라는 제목을 붙였는지는 명확하게 설명된 바가 없다.[37] 다만 앞에서 살폈듯이 김수영이 1960년대 중반 이후 새로운 시론(출구)을 모색하는 과정에서 이오네스코가 주장한 '반연극'과의 대결을 경유했고, 1960년대 중반에는 이오네스코와 베케트를 중심으로 한 부조리극이 꽤 유행했으며, 당시 언론들은 이오네스코를 '반극의 기수', '반극의 창시자' 등으로 표현하면서 새로운 문학적 흐름으로 조명했다는 사실은 참고할 수 있을 듯하다. 게다가 김수영이 번역자로 참여한 신구문화사의 『세계전후문학전집』의 3권과 10권에 이오네스코의 작품이 수록되기도 했다. 전후문학의 중요한 흐름으로 평가되는 이오네스코의 '반연극'은 문학의 근본 조건이라고 말할 수 있는 언어를 파괴하고 사물의 명칭을 삭제함으로써 연극의 새로운 장을 열었다. 하지만 김수영은 '시'와 '언어'를 포기하지 않고 "새로운 시를 개척해나가는 무한한 보고寶庫"(「반시론」)를 적극적으로 찾으려고 몸부림쳤고 그 과정에서 '반시론'이라는 문제를 떠올리게 된 것이다. 요컨대 이오네스코와 달리 김수영에게 있어서 '반反'은 "다음의 작품을 쓰기 위한 몸부림"(「시작노트 7」)에 가까운 것으로, 김수영은 "부르주아의 손색 없는 시"로 떨어지지 않기 위해 고민하는 과정에서 하이데거의 '릴케론'을 마주치게 된 것이다.

　김수영이 하이데거의 릴케론에 대해 어떻게 반응했는가는 이 글의 직접적인 관심사는 아니다. 다만 김수영이 「반시론」에서 인용하고 있는 「오르페우스에게 바치는 송가」의 1절("배워라/그대의 격한 노래를 잊어버리는 법을. 그것은 아무짝에도 소용없는 것이다.", "노래는 존재다.")은 그가 릴케와의 만남을 통해 새로운 단계로 넘어가고 있음을 분명히 보여준다.

　그는 '반反시론', 즉 "다음의 작품을 쓰기 위한 몸부림"의 과정에서 '존재로서의 시'를 사유하기 시작했는데, 그것은 그동안 자신이 써왔던 "격한 노래"와는 다른 차원의 것이다. "격한 노래"를 잊어버림으로써 도달하게 되는 '존재로서의 시'가 어떤 것인지는 쉽게 설명하기 어렵지만, 그가 인용한 「오르페우스에게 바치는 송가」의 한 구절("참다운 노래가 나오는 것은 다른 입김이다./아무것도 바라지 않는 입김./바람.")을 읽어보면, 그의 시적 경향이 확연히 바뀌고 있음을 느낄 수 있다. 김수영은 그에 대한 고뇌의 흔적을 「반시론」의 끝부분에서 '반시론의 반어'라는 이름으로 제시한다.[38]

4. 나가며

지금까지 김수영의 시 세계는 4·19를 분기점으로 변화한 것으로 이해되었다. 4·19가 '자유'에 대한 새로운 감각을 불러왔다는 점에서 이러한 분석이 틀린 것은 아니지만, '번역'의 관점에서 바라보면 기존의 해석과는 조금 다른 궤적을 그릴 수도 있다. 주지하듯이 김수영은 시와 시론에 대한 변화를 거듭하면서 1960년대 후반에 이르렀다. 그리고 이 변화를 견인한 중요한 요소는 바로 그의 '번역'과 '독서' 경험이었다. 김수영은 다양한 텍스트를 읽고 번역하는 과정을 경험하면서 문학의 현대성, 이른바 새로운 시의 가능성을 타진했다. 1960년대 초반 앨런 테이트와의 만남이 그 하나라면, 1960년대 후반 이오네스코, 하이데거를 경유한 릴케와의 만남이 다른 하나라고 말할 수 있다. 하지만 김수영은 일정한 범위 내에서 그 영향을 수용하면서도 항상 그것을 뛰어넘으려고 시도했다. 늘 새로운 시의 가능성을 고민했던 김수영은 자신을 자극하는 텍스트를 발견할 때마다 기뻐했으나 일방적인 수용이 아닌 그것과의 싸움에서 오는 긴장을 더 좋아했다.

김수영에게 '번역'을 통해 만난 텍스트들은 "빠져나갈 구멍"(「반시론」)을 발견해야 할 극복의 대상이었다. 하지만 "뚫고 나가고 난 뒤보다는 뚫고 나가기 전이 더 아슬아슬하고 재미있다"라는 표현에서 확인되듯이 그는 이 싸움의 과정을 통해 '새로운 시'에 이르고자 했다. 이런 맥락에서 「풀」 또한 최종적인 도착점이 아니라 과정적 산물로 이해되어야 한다. 요컨대 그 작품은 "격한 노래"를 잊어버림으로써 도달한 "존재로서의 시"의 한 사례일 수 있다. 사정이 이러하다면 김수영의 시적 변화에서 '독서', '번역', 그리고 '4·19'로 대표되는 정치적 현실 등은 한 시인의 시 세계에 변화를 강제하는 외부적 요소, 즉 '타자들'이라는 점에서 동등하게 평가될 수 있다. 또한 이것은 김수영이 죽기 직전에 남긴 시와 산문들이 그가 이 싸움에서 도달한 과정의 산물임을 의미한다. 김수영에게 번역은 '생계'라는 현실의 문제에서 시작되었지만 매 순간 예고 없이 침입하여 시에 대한 그의 사유를 뒤흔들고 변화를 강제하는 타자였다. 따라서 김수영의 문학은 이 타자와의 관계에서 생산된 것이라고 말할 수 있다.°

° 이 글은 『한국시학연구』 68호(한국시학회, 2021)에 게재된 논문을 부분적으로 수정한 것이다.

'사랑'의 방법론
—김수영과 월트 휘트먼

▲

오영진

1. 김수영의 독서 목록 속 휘트먼

김수영의 문학을 둘러싼 연구사 전체가 점점 방대한 데이터베이스를 축적해나갈수록 김수영은 인문학의 자유로운 실험 공간이자, 연구자 저마다의 욕망이 투영되는 순수한 텅 빈 기표 그 자체가 되어가는 것처럼 보인다. 이러한 김수영 문학의 특성은 "먹기 좋은 빵",[1] "리트머스 시험지",[2] "안 부러지고 갈수록 씽씽"한 "철봉"[3] 등으로 표현되곤 했다. 그의 문학이 해석의 다양성을 뒷받침하는 '다채로운 레퍼토리'[4]를 보유하고 있기도 하거니와 근본적으로 문학의 방향에 대한 이중적 태도를 동시에 보유하고 있기 때문이다.

김현승은 일찍이 순수파와 참여파적인 경향의 공존 사례로 김수영을 들면서, 양적으로 반반의 비율이 아니라 "예술파적인 기교를 가진 참여 시인", "참여의 정신이 농후한 순수 시인"으로서 소통이 힘든 양측을 가로지르는 작가로서 그를 평가[5]하였다. 사실 앞에서 언급한 김수영 연구사에 대한 일련의 수사들은 양쪽 중 어느 한쪽에 치우쳐 연구자 자신을 반영하는 차원에 그치고 있다는 비난의 뉘앙스가 담겨 있다. 때문에 편파성을 극복하기 위해 횡단의 논리에 주목하려는 경향은 이후 연구자들에게 과제로 남겨지게 되었는데, 예를 들어 '자유'라는 주제에 있어서, 내면적이고 형이상학적인 '자유'(순수)와 언론의 '자유'(참여)에의 요구 문제가 김수영이라는 단일한 작가에게 어떻게 연속적인 논리에 의해 구현되는지[6]를 살펴보려 하거나 '죽음'이라는 주제가 어떻게 자기 파괴 충동에서 타자 긍정의 논리로서 '사랑'으로 전이될 수 있는가[7]에 대해 연구를 하는 방식이다. 문학의 시기 구분에 있어서도 4·19혁명의 경험을 그의 문학 안에서 단절적인 계기로 인식하지 않고 일관되게 내재한, 부정성이라는 시적 논리가 혁명이라는 촉매를 만나 발화하게 된 사건으로 보는 경향이 이러한 관점에서 나왔다.

한편, 김수영 문학의 이중성에 대한 해명이 아닌 새로운 관점을 확보하려는 노력도 진행되었는데, 그의 독서 목록을 살펴보고 이를 그의 문학에 대한 해명으로 삼는 방식이 그 대표적 사례일 것이다. 조현일은 이 같은 관점에서 "그의 사상적 궤적을 외국 문학과의 사상적 영향 관계 속에서 실증적으로 밝히는 데 소홀히 함으로써 자의적 해석만 무성했지 않은가"[8]하고 반문했다. 이 같은 경향은 연구자가 유사 실증적인 관점으로 돌아섬으로써 자신의 욕망을 절연하는 것처럼 보인다는 점에서는 진일보한 전략이다. 실제로 김수영의 독서 목록을 참조해 시도된 비교 연구들은, 너무 축약되어 있어 다소 난해할 수도 있는 김수영의 시·시론에 보다 상세한 주석을 달아주었다. 특히 그의 독서 목록과의 연관성을 다룬 연구들은 '번역 체험'을 중심으로 이루어졌는데, 이는 그가 「시작노트」를 통해서 "내 시의 비밀은 내 번역을 보면 안다"고 진술함으로써 그에게 번역이 생계 수단 이상으로 창작에 관여하고 있음을 고백했기 때문이다. 박지영은 이를 "독서→번역→창작"의 "삼자의 대조"[9]로 이어지는 창작의 기제로 보았다.

하지만 이같이 독서-번역과 창작 간의 관계를 시학적으로 고찰한 경우를 제외하고 대개는 김수영 연구 초기의 풍경이 재탕되는 것에 불과할 수도 있다. 그 이유는 이들의 작업이 결국은 김수영이라는 문학 속에서 하이데거[10]나 사르트르,[11] 바타유,[12] 블랑쇼,[13] 앨런 테이트[14] 등의 공간을 발견·확보하는 소박한 차원에 여전히 머물고 있기 때문이다.[15] 다른 맥락에서지만 같은 뜻으로 황동규는 이를 "경마용 視野좁히개"[16]라고 표현했다. 더구나 이러한 접근은 언뜻 화해가 불가능해 보이는 목록들, 예를 들어 하이데거와 사르트르의 결별 지점이 김수영 문학 속에서는 왜 결합되고 있는지에 대한 물음에는 대답이 소홀하다. 해외의 특정 문학가나 철학자와의 비교는 그것이 단순 비교에 그쳤을 경우 결국 김수영 문학의 이중성 중 양극단에 서는 편이 되어 결국 핵심을 놓친 채 희미한 흔적만을 증명할 뿐인 것이다. 1967년 영문학자 김용권金容權의 「한국문학에 끼친 미국의 영향과 그 연구」라는 논문에는 다음과 같은 언급이 있다.

> 대체로 우리나라 詩人은 동료작가들과 다름없이 누구의 影響을 받았다든가 하는 精神의 系譜에 관해서 말하는 경우가 극히 드물고, 될 수 있는 대로 自手成家 혹은 天衣無縫의 境地를 내

세우는 경향이 있어 보인다. 美國文學에 대한 態度는 예의 精神
文化 대 物質文明이라는 傳統的 文明觀을 가지고 있음인지 대체
로 否定的이다. [⋯] 筆者가 알기에는 上記한 英美詩人 이외에
Robert Lowell, A. Ginsberg, K. Shapiro, Richard Wilbur 등의 現代의
美國詩人들의 作品까지 읽으면서 **그들을 애써 消化시키려고 하
는 韓國詩人은 단 한 名 뿐이다.**[17]

여기서 김용권의 논문 본문에는 한 명뿐인 한국 시인으로 모호하
게 지칭했으나 후에 황동규가 김용권이 "대부분 시인들이 자기들이
받은 영향으로 릴케와 발레리 등을 꼽고 있는 데 반해 김수영만이 휘
트먼을 영향으로 들더라"[18]라고 술회했다고 진술함으로써 그 작가
가 김수영임을 알 수 있다. 그가 최대한 다양한 국적과 장르에 걸친
작가들에 대한 탐독 결과를 모두 고스란히 자신의 문학으로 가져가
려 했다는 점에서, 김수영과 독서의 문제에 있어 중요한 것은 각 부
분들이 아니라 때로는 이질적인 부분들의 합이 가능한 김수영 자체
의 논리적 정합성임을 추론해볼 수 있다. 즉 김수영과 독서 목록 간
의 관계는 각 사례의 1:1 대응보다는 언제나 1:多의 관계임을 주지[19]
해야 하는 것이다. 예를 들어 김수영이라는 문학적 공간 안에서 하이
데거는 그대로의 하이데거가 아니라 사르트르와 결합 가능한, 굴절
된 하이데거라는 것이고, 그처럼 무수한 많은 굴절된 상들이 김수영
문학 안으로 수렴되어 있다는 것이다.
  그런데 김수영이 생전 하이데거가 쓴 '릴케론'의 일역판을 "거의
안 보고 외울 만큼 샅샅이 진단"[20]해본 것은 잘 알려진 사실이다. 그
가 다른 시인들과는 다르게 휘트먼을 도드라지게 언급한 이유는 무

엇일까? 김수영은 전후 세대의 문학적 역량에 대해 논평한 글 「히프레스 문학론」에서 식민지 세대가 『군조郡像』, 『분가쿠카이文學界』, 『쇼세츠 신쵸小說新朝』 등으로 대표되는 일본 문고의 수혜를 입은 데 비해 전후 세대는 미 대사관 문화과에 의지해 박약한 문학 자양을 받았다고 분석하고 이것이 그들에게 좋은 작품이 나오지 않는 이유라 일갈하고 있다. 기본적으로 문학가의 역량이 개인의 기질이나 재주가 아니라 문학적 환경, 그러니까 작가가 어떤 책을 읽고 자랐느냐에 대해 따르는 것이라는 것을 김수영 자신은 너무도 잘 알고 있었다. 그런 의미에서 그가 자신에게 영향력을 끼친 작가로서 특정 작가를 지칭한 것은 단지 기호의 차원이 아니라 그의 문학적 DNA를 밝힌 것이라 생각해볼 수 있겠다. 그렇다면 비록 구술 진술이지만 그가 산문들에서 숱하게 언급했던 수많은 문학가의 이름[21]을 두고 휘트먼을 선택한 것에 대해 고민해볼 필요가 있다. 휘트먼의 영향력이 그의 문학 세계에 있어 단지 한 부분이 아니라 보다 넓게 펴져 있는 것을 의미하는 것이 아닌가 하는 가설을 가능케 하는 것이다.

필자는 이러한 가설에서 시작하며 김수영과 월트 휘트먼 간 비교 연구를 진행하려 한다. 그런데 이는 당연히 김수영 문학에 나타난 휘트먼의 흔적을 단순하게 찾는 일이 되어서는 안 될 것이다. 앞서 주지했듯이 김수영은 자신의 독서 목록을 모두 자양분으로 삼으려 했던 작가이다. 김수영 문학과 독서 목록 간의 관계는 1:多이므로 이런 방식이라면 끝없이 끌려오는 독서 목록을 증명하는 일 이상이 되지 못한다. 이에 반해 본 연구가 시작된 것은 월트 휘트먼의 문학 세계가 김수영 문학의 큰 밑그림이 된다고 보았기 때문이다. 즉 1:多의 관계 이상일 가능성에 대해 탐구하겠다는 것이다.[22] 물론 이때 휘트먼은 굴절을 겪은 김수영의 휘트먼이라 하겠다. 황동규는 김수영 과 휘트먼 간의 관계가 "기존 형식의 무시", "경험의 자유로운 投射", "자유의 이행" 등의 관계에서 친연성이 있으며, 이에 대해 규명할 필 요가 있다고 보았다.[23] 박연희의 경우 이러한 황동규의 언급을 토대 로, 김수영과 휘트먼의 관계에 대해 논하고 있다.[24] 그는 해방기 이 후 김수영이 미국 문학의 저항적 가능성에 깊이 인상받은 경험을 논 하며 그 안에 휘트먼을 배치한다. 즉 휘트먼은 '자유'의 가치를 상징 적으로 지닌 작가이고, 김수영은 이를 미국의 영향력이 증대되는 가 운데 흡수하였다는 지적이다.

사실 월트 휘트먼(1819~1892)에 대한 김수영의 직접적인 인용이 나 언급은 시 「미스터 리에게」 도입에 인용된 휘트먼의 시 구절 "그 는 재판관처럼 판단을 내리는 게 아니라 구제의 길이 없는 사물의 주위에 떨어지는 태양처럼 판단을 내린다"와 산문 「자유란 생명과 더불어」에서 간접 인용된 문구 "자유란 것은 두 번째나 세 번째나 혹 은 다섯 번째로 없어지는 것이 아니라 맨 마지막으로 생명과 더불어 없어지는 것"이 전부이다. 그 외에는 휘트먼이 따로 거론되지 않았 고 휘트먼과 관련한 번역물이 발견되지 못했다. 이 점이 그동안 김 수영과 휘트먼 비교 연구가 몇몇 연구자들의 예감에도 불구하고 시 도되지 못한 이유이기도 하다.

하지만 단독 시인으로서 휘트먼이 아니라 소위 초절주의의 영향 권으로, 그 범위를 넓히면 그 친연의 가능성은 곳곳에서 발견된다. 이는 랄프 왈도 에머슨(1803~1882)의 영향력을 같이 고려한다는 것 이다. 배개화의 경우 「김수영 시에 나타난 양가적 의식」[25]이란 논문 에서 김수영과 에머슨의 초절주의를 비교하면서[26] 시 「미스터 리에게」에 인용된 시가 에머슨의 것이라고 적고 있는데, 물론 이는 논란의 여지없이 단순한 실수이고 그 이유는 에머슨과 휘트먼이 겹쳐 보였기 때문일 것이다. 에머슨은 휘트먼의 시집 『풀잎』이 나온후, 휘트먼의 요청에 응답해 "미국이 지금까지 이룩한 재기와 지혜 중 가장 탁월하다"는 논평을 해주었다. 이것이 자작시 12편에 불과한 『풀잎』초판이 이듬해 "위대한 이력을 시작하는 당신을 환영한다 (I Greet You at the Beginning of a Great Career)"라는 에머슨의 안내글과 더불어 32편으로 증보되는 결정적 계기가 된다. 에머슨은 자신의 초절주의 사상이 휘트먼의 시 속에서 구현되고 있는 것을 발견했다. 휘트먼은 자신의 시를 통해 미국의 자연을 그 심미적·정서적 차원으로 바라보았으며 드디어 만물의 신비로운 조화 즉, 종교적 차원으로까지 이해했다. 에머슨의 초절주의가 빚지고 있던 인도 동양철학의 개념에 거의 근접해 들어간 것이다. 요점은 휘트먼과 에머슨의 관련성이고, 이런 점에서 김수영이 에머슨의 에세이집인 『文化·政治·藝術』(중앙문화사, 1956)[27] 을 번역했다는 사실이 주목된다. 이는 그가 평소 간헐적으로 행하던 부분 번역이 아닌 몇 안 되는 전체 번역의 사례로서 그가 에머슨의 사상에 대해 직접적으로 이해했다는 증거가 된다.

이런 관점에서 보면 휘트먼 개인보다는 오히려 에머슨을 중심으로 한 초절주의의 영향을 살펴보는 것이 더 온당하게 보인다. 허윤회는 "닻, 병풍, 점지한다 등 김수영의 시에서 산견되는 단어들"이 김수영의 에머슨 번역에서도 "동일하게 보이고 있는 점은 김수영과 에머슨의 세계가"[28] 가진 친연성을 증명한다고 말했다. 그럼에도 불구하고 본 연구가 되레 휘트먼에 방점을 찍는 이유는 다음과 같다.

첫째, 에머슨은 문학가이지만 휘트먼에 비한다면 사상에 더 치우친 감이 없지 않다. 때문에 구체적으로 문학작품의 측면에서 비교할 만한 근거가 많지 않다. 이는 에머슨과 휘트먼 간 비교를 시도한 배개화, 허윤회의 연구를 보면 알 수 있다. 이들 연구에서 도출된 것은 김수영이 받아들였던 것이 에머슨의 초절주의라기보다는 그들 각자가 공유할 수 있었던 넓은 초절주의라는 사실이다. 그렇다면 이때 참조점이 에머슨일 필요는 없다. 오히려 문학적 구현 형태로서의 초절주의자-휘트먼이 김수영 문학과의 구체적인 비교가 더 많이 가능할 것이다. 즉 김수영은 초절주의자 그룹의 영향을 받았던 정황이 있고, 이에 대한 연구를 진행한다고 하면, 휘트먼을 중심으로 하는 것이 논의의 구체성을 확보하는 방법이라는 것이다.

둘째, 1880년대 후반 라포르그(Jules Laforgue, 1860~1887)의 번역을 통해 휘트먼의 시가 본격적으로 프랑스에 소개되고 프랑스 시인들이 그의 시적 비전과 기법을 자신들의 것으로 받아들였다는 것은 종종 간과되는 사실이다. 보들레르, 말라르메, 랭보가 휘트먼에게 진 빚을 고려했을 때, 휘트먼의 위상은 현대시의 계보적 기원에 서 있다. 휘트먼은 소위 '시어다운 시어'가 아니라 일상의 경험을 기반으로 한 소재를 '시어답지 않은 시어'로 구사했다. 이 반역성과 함께 현대시가 시작된다. 이 관점에서 김수영 본인이 영향받은 시인으로서 휘트먼을 꼽은 언급의 중요성을 고려해야 할 것이다. 앞에서 언급한 박연희의 경우, 김수영이 『현대미국시가집』의 서문을 발췌, 번역하면서(『세계전후문제시집』, 신구문화사, 1962) 미국 시의 전통을 크게 휘트먼류와 비휘트먼류, 랜섬, 테이트, 워렌 류의 지방주의로 구분하고 있다는 점을 지적한다. 이는 김수영이 휘트먼의 위상을 어떻게 배치하고 있는지 보여주는 중요한 사례일 것이다.

이를 위해서 무엇보다 휘트먼 시의 주요한 특징을 먼저 검토하는 것이 우선되어야 하겠다. 본고가 김수영과의 비교점으로 두고 있는 휘트먼 시의 특징은 형식적 측면에서는 '1인칭 화자의 빈번한 사용'과 '카탈로그적 구성', 주제적 측면에서는 '육체에 대한 긍정'이다. 이들은 휘트먼 문학을 이해하는 데 주요한 요소들이다. 이 세 가지 특징을 밑그림으로 김수영 문학을 덧대어 보는 작업을 시도하는 것이 본고의 목적이다.

2. 성인 페르소나로서의 '나'

월트 휘트먼은 에머슨의 평론 『시인*The Poet*』(1844)을 점심 도시락에 넣고 다니며 탐독했던 것으로 알려졌는데, 그 책에서 에머슨의 요지란 삼위일체 시학이라고 명명되는 것으로, 시인이 '모세 법의 재해석을 요구하며 법과 전통에 대한 새로운 해석을 제시하는 그리스도'가 되어야 한다고 주장하고 있다. 독자의 눈을 열어 자연을 있는 그대로 보게 도와주어야 하며 또한, 인간의 무한성을 보게 도와주어야 하는 자로서 시인은 "아는 자, 행동하는 자, 말하는 자"[29]의 삼위일체를 구현할 사명에 놓여 있다고 책을 통해 에머슨은 말했다. 이런 에머슨의 글에 휘트먼은 강력히 추동되어 시인이 되기로 결심하고 실행에 옮기게 된다. 휘트먼은 이를 "나는 보글보글, 보글보글, 보글보글하고 있었는데, 에머슨이 나를 끓어오르게 했다"[30]고 표현했다. 휘트먼이 받아들인 시인의 운명은 애초 종교적 책무를 강하게 포함하고 있었던 것이다. 또한, 휘트먼은 기타 모든 문학보다 성경을 더 좋아했던 것으로 알려졌다. 이 같은 취향과 에머슨에 대한 탐독의 결과로서 휘트먼은 시인으로서의 사명을 예언자적 역할에서 찾았다고 볼 수 있다. 역설적이게도 휘트먼은 당대 교회에 대해선 거부감을 느꼈는데, 형식화된 교리와 제도 때문이었다. 대신 그는 인간의 '죄'를 부정하는 힉스의 퀘이커 신학만은 받아들였다.

휘트먼의 종교적 심성을 이해할 때 주목할 점은 그가 그리스도와 같은 시인의 사명을 받아들인다는 것이지 기존 성경을 풀어 쓰거나 반복하는 것은 아니라는 점이다. 그는 예수에 대해 말하기보다는 예수로서 말하려 한다. 휘트먼은 1857년 『풀잎』의 3판을 계획하며 자신의 작품을 "새로운 성경을 위한 위대한 구성(The Great Construction of the New Bible)"[31]이라 부르고 있는데, 시집에서 자신의 페르소나를 어떻게 위치시키고 있는지 짐작하게 만드는 대목이다. 때문에 『풀잎』에 유독 '나'라는 화자가 많은 까닭을 이렇게 성인-예언자의 페르소나가 독자에게 대화를 시도하고 있는 탓으로 볼 수 있다.

나는 연설가들의 이야기를, 그 이야기의 **시작과 끝**을 들어왔다.
그러나 나는 시작이나 끝을 말하지 않으리라.

지금이라는 것보다 더 나은 시작이란 결코 없었고,
지금이라는 것보다 더 나은 젊음이나 늙음도 없었다.
그리고 지금이라는 것보다 더 나은 완벽이란 없을 것이고,

지금이라는 것보다 더 나은 천국이나 지옥도 없을 것이다.
—「나 자신의 노래 3」 부분[32]

여기서 "시작과 끝"이란 「요한계시록」의 22장 13절 "나는 알파와 오메가요 처음과 마지막이요 시작과 마침이라"의 인유이다. 이를 화자인 '나'가 "나는 시작이나 끝을 말하지 않으리라"고 말함으로써 자신의 페르소나를 성인-예언자로 규정하면서도 예수와는 다른 시인으로서의 사명을 표명하는 것을 볼 수 있다. '새로운 성경'으로서 『풀잎』을 통해 시인은 "지금"을 강조한다. 이는 시간적인 차원에서 과거나 미래에 대비되는 현재만을 강조하는 것이 아니라 '여기'라는 현실적인 조건에 대한 긍정과 밀접히 연관되어 있다. 시인은 증명되지 못할 모호한 과거나 미래를 말하는 자가 아니라 '지금'을 관찰하고 그 가능성을 드러내어 주는 자이다. 『풀잎』 초판의 서문에서 그는 시인을 "조화를 꾀하는 인간(the equalizer of his age and land)"[33]으로 규정하는데, 각기 사물들에 적절한 몫을 부여하고 그 조화로움를 일깨우는 자로서 자신의 시대에 복무한다는 점에서 그렇다.

나는 한쪽 면에서 균형을 발견하고, 그 반대쪽 면에서도 균형을 발견한다.
부드러운 교의는 안정된 교의와 마찬가지로 확고한 도움을 준다.
현재의 사고와 행동, 우리의 각성과 이른 출발에.
—「나 자신의 노래 22」 부분[34]

이처럼 휘트먼이 생각하는 시인은 어떤 사명감에 강하게 사로잡혀 있다. '나'는 성인의 페르소나를 취하고, 시인은 '나'의 의무 속에서 살아가기 때문이다. 필자는 이 점이 김수영과 비교되어야 한다고 생각한다. 김수영의 시에 빈번하게 발생하는 명령법은 명령의 내용이나 대상만큼이나 그 명령의 주체인 '나'를 강조하고 있는 것이기 때문이다. 특별히 '나'라는 화자가 등장하지 않는 경우까지도 여기에 포함된다. 휘트먼 시의 특징, '빈번한 1인칭 화자'의 문제는 '나'의 위상과 내용을 밝힘으로써 해명될 수 있으며, 이는 김수영에게도 동일하게 적용될 수 있는 것이다.[35] 이에 대해서는 후술할 것이다. 다시 돌아와서 『풀잎』에서 강조된 화자 '나'는 에고의 과잉이 아니라 독자와 열정적으로 담화하려는 의지의 반영이다. 게다가 '나'는 '나' 개인의 문제가 아니라 곧 우리의 문제가 되는데, 그 이유는 "내게 속하는 것은 그대에게 속하는 것"[36]이기 때문이다.

> 나는 확대하면서 적응한다
> 조심해야 하는 늙은 행상인들에게 처음부터 더 비싼 값을
> 부르고,
> 야훼와 같은 차원에 나를 맞추고,
> 크로노스, 그의 아들 제우스, 그리고 그의 손자 헤라클레스
> 를 석판으로 새기고,
> 오시리스, 이시스, 벨루스, 브라마, 부처의 초상을 산다.
> 내 포트폴리오에는, 염료 칠이 되지 않은 매니토, 나뭇잎에
> 그려진 알라, 조각된 예수의 십자가가 들어 있고,
> 한 푼도 더 보태지 않고, 그들이 받아야 할 값어치대로 그들

모두를 평가하고,

그들이 살아생전에 한 일들을 인정한다.

—「나 자신의 노래 41」부분**[37]**

위의 시에서 휘트먼은 이제 우리 스스로가 성인이 될 것을 주문한
다. 개인은 무한의 가능성을 갖고 있으며 존엄하고 신비로운 존재
이다. 신은 초월적인 차원에 있지 않고 바로 내 안에 있다. 그러기에
"야훼와 같은 차원에 나를 맞"출수 있게 된다. 연작「나 자신의 노래」
의 시편들은 무한한 가능성을 지닌 '나'에 대한 찬양으로 가득하며,
이는 곧 '너', 그리고 '우리'에 대한 찬양으로 읽힌다. 휘트먼의 시가
독자에게 일으키는 긍지Pride는 시의 기교나 감수성의 결과가 아니
라 시인이 시를 쓰는 최초의 태도에서 이미 부여된 것이다. 사명감
에서 나오는 의연한 태도가 독자를 고양시키고, 시인의 자기 찬미를
질투하지 않고 공유할 수 있도록 만든다.

나는 물에 여름하늘이 비치는 것을 보았다.

나의 눈은 길게 끌리는 반짝이는 햇빛으로 눈부셨다.

나는 햇살 쪼이는 강물에 비친 내 머리의 형체를 에워싸는,
아름다운 원심적 광륜光輪을 바라보았다.

[…]

나의 시를 읽는 이들이여, 내가 남모르게 너희들을 바라보
고 있지나 않는가를 생각하라.

강가의 난간이여, 견고하라, 그리하여 부질없이 기대고 빠
른 흐름 따라 서둘러 가는 자들을 떠받쳐라.

날아가라, 해조여! 옆으로 날고, 혹은 하늘 높이 큰 원을 그
리며 빙빙 돌아라.

여름 하늘을 비쳐라, 흐르는 물이여, 그리고 굽어보는 사람
들의 눈이 그것을 너희에게서 받을 때까지 충실히 비쳐라.

아름다운 빛살이여, 햇빛 어린 물에 비친 내 머리의 형상에
서, 또는 누구의 머리의 형상에서 갈라져 비쳐 나가라!

　　　　　　　　　　　　—「브루클린 도선장을 건너」부분[38]

위 시에서 강물에 비친 화자는 마치 성자의 후광처럼 "아름다운
원심적 광륜"이 에워싸고 있는 것으로 묘사된다. 더욱이 화자는 자
신의 머리 주변에 비치는 후광을 모든 사람들에게로 확장함으로써
각 개인이 빛을 발하는 귀한 성자 같은 존재임을 인식시키고 있다.
이것이 가능한 것은 화자가 자신의 역능을 발휘하여 강물 속의 풍경
을 향해 명령하고 있기 때문이다. 휘트먼의 화자는 시 속의 대상 혹
은 시를 읽는 독자의 잠재적인 힘을 추동시키는 방식으로 명령하고
있다. 시적 화자가 성인의 위치에 자리해 명령의 권위를 획득하고
자신의 힘을 다 같이 나눠 갖는 것은 휘트먼 시의 중요한 특징이라
할 수 있다.

이제 '나'에게 '성인의 페르소나로 부여된 시인의 사명감'이라는
관점에서, 김수영의 시 「공자의 생활난」을 읽어보자.

꽃이 열매의 상부에 피었을 때
너는 줄넘기 작란을 한다

나는 발산한 형상을 구하였으나

그것은 작전 같은 것이기에 어려웁다

국수―이태리어로는 마카로니라고

먹기 쉬운 것은 나의 반란성일까

동무여 이제 나는 바로 보마

사물과 사물의 생리와

사물의 수량과 한도와

사물의 우매와 사물의 명석성을

그리고 나는 죽을 것이다

　　　　　　　　　　　　　―「공자의 생활난」 전문[39]

　김수영 본인이 「공자의 생활난」을 두고 "히야까시ひやかし[40]하기
위해 쓴 시라고 말한 탓에 이 시는 그간 김수영 연구에서 큰 의미를
부여받지는 못했다. 물론 이러한 작가 본인의 증언 말고도 좀처럼
해석되지 않은 1, 2연의 구절 탓도 크다. "열매의 상부"에 핀 꽃, "줄
넘기 작란", "발산한 형상", "작전" 같은 시어들은 지금까지 해석자들
의 동의가 이루어지지 않은 채 제각각 해석되어오는 형편이다. 「공
자의 생활난」은 진지하게 해석할 만한 시가 되지 못하거나 해석하
기에는 난감한 시였다. 하지만 여전히 논자들에게 「공자의 생활난」
이 회자되는 이유는 "동무여 이제 나는 바로 보마"와 "그리고 나는
죽을 것이다"와 같은 구절들 속에 울림이 있기 때문일 것이다. 전체

적으로 난해한 시 분위기임에도 4, 5연은 유사한 시어의 반복적 리듬감을 통해 '바로 봄'의 의지를 극대화시키고 있다. 어쩌면 1, 2, 3연의 알쏭달쏭한 난해함이 4, 5연의 명료한 메시지를 돋보이게 한다고 평가할 수도 있을 것이다. 그렇다면 『논어』의 「이인」 편에 나오는 "조문도 석사가의朝聞道 夕死可矣" 즉 아침에 도를 알면 저녁에 죽어도 괜찮다는 공자의 말씀이 이 시의 핵심 주제라 할 만하다.

이승훈의 경우 '공자'를 전근대적 질서로 파악했고 '생활난'을 그러한 전근대적 질서가 현대와 충돌하는 모습으로 해석한다.[41] 어려운 "작전" 속에서 "발산한 형상"을 구하는 것은 경제적 하부구조를 고려치 않는 유생의 모습이며, 국수-마카로니를 먹는 일은 이와는 대비되는 현대의 실재라는 것이다. 즉 '공자의 생활난' 중 '생활난'에 강조점을 맞추고 있으며 '공자'는 풍자의 대상이 된다. 그가 이러한 해석을 통해 얻으려는 것은 김수영 문학에 있어 '현대성의 강조'일 것이다.

그러나 "발산한 형상을 구하"기 어려운 생활난 속에서도 기꺼이 '바로 봄'의 의지가 표명되는 이 시는 한낱 서생의 비유-풍자로서의 '공자'가 아니라 생활난 속의 진짜 '공자'로 읽혀야 마땅하다. 대만 학자 황준걸은 "해석해 낸 의미significance가 경전 자체의 본래적 의미 meaning보다 훨씬 크"다는 것과 "경학자가 항상 구체적 실존의 상황에서 경전을 읽고 자신의 존재에 근거해서 본질을 논하는"[42] 것이 2천 년 동안의 동아시아 유학자들이 보여준 공자 해석의 특징이며 역사라고 지적하고 있다. 즉 김수영이 '공자'를 현대의 '생활난' 속에서 사유했다고 보는 일은 공자 해석학에 있어 매우 자연스러운 일로 볼 수 있는 것이다. 그렇기에 "그리고 나는 죽을 것이다"의 비장미는 공자의 페르소나를 진지하게 취했기에 얻어진 결과라고 할 수 있다. '공자'의 페르소나는 시인에게 사명감을 부여한다. 다음은 「토끼」의 일부이다.

> 생후의 토끼가 살기 위하여서는
> 전쟁이나 혹은 나의 진실성 모양으로 서 있어야 하였다
> 누가 서 있는 게 아니라
> 토끼가 서 있어야 하였다
> 그러나 그는 캥거루의 일족은 아니다
> 수우나 생어같이
> 음정을 맞추어 우는 법도
> 습득하지는 못하였다
> 그는 고개를 들고 서 있어야 하였다
>
> 몽매와 연령이 언제 그에게
> 나타날는지 모르는 까닭에
> **잠시 그는 별과 또 하나의 것을 쳐다보고 있어야 하는 것이다**
> **또 하나의 것이란 우리의 육안에는 보이지 않는 곡선 같은**
> **것일까**
>
> ─「토끼」 부분⁴³

"캥거루의 일족"도 아니고 "음정을 맞추어 우는 법"도 습득하지 못하는 토끼는 "살기 위하여" "서서 있어야" 한다. 이 시에서 토끼는 그 무엇을 위해 부단히 노력해야 하는 운명에 놓여 있다. 게다가 강조

한 두 문장을 결합하여 알 수 있는 것은 토끼는 '별과 우리의 육안에는 보이지 않는 곡선을 쳐다보고 있어야' 한다는 것이다. 김수영 시의 수사가 많은 부분 명령법으로 이루어졌다는 것은 이미 잘 알려져 있다. 그런데 이 명령의 대상은 기실 자기 자신일 경우가 많다. 이 시에서 강조되는 '~어야 하였다'라든가 '~어야 한다' 등의 단정적 진술도 토끼로 형상화된 화자 스스로에게 내리는 명령문으로서 기능하고 있다. 토끼는 "진실성 모양으로 서서 있어야" 하는 존재로 자기 수양의 존재라 하겠다. 자기 수양이란 단지 방법상으로 자신 관리의 기술에 그치는 것이 아니라 미래에 투영된 '자신 구속의 선'을 그리고 이에 따르는 일이다.

앞서 「공자의 생활난」에서 사물의 '생리', '수량', '한도', '우매', '명석성'을 "바로 보"는 일은 『논어』 「위정爲政」 편에서 공자가 자신의 학문 여정을 "50세에 천명을 알았다.(五十而知天命)"고 설명하는 구절을 떠오르게 한다. 사물들의 이치를 아는 일이 천명을 아는 일이기 때문이다.[44] 공자는 주周나라 초 정립되어 "종교적 신앙의 의미가 강했던 '천명天命'을, 인간의 심성 수양과 밀접하게 감응하고 상호작용하는 '천명'으로 그 의미를 전환"[45]시켰다. 그때 '천명'은 결정론과 자유의지론을 모두 함축하고 있는 개념이라 하겠다. 하늘의 명을 받드는 일을 좌우하는 것은 사람의 힘으로는 미칠 수 없는 것이며, '지천명'이란 하늘이 나에게 전도傳道의 임무를 명해준 것이기 때문에 결정론적이며, 또한 스스로 학문에 뜻을 두어 도를 구하는 데에 이르러 '심心'의 주체성이 건립되는 과정이기 때문에 자유의지적이다. 모순적으로 보이는 이 두 가지 상반된 입장이 자기 수양 문제에 있어 자기 명령의 기제를 낳는다. 즉 하늘의 뜻을 따르는 것이지만 그 과정은 철저히 자기 자신의 역량인 것이다. 특히 위 시에서도 언급된 시어지만 "연령年齡"은 주체가 따라야 하는 규준이다. 공자가 15세에 학문의 뜻이 두고(志學), 30세에 섰으며(而立), 40세에 망설임이 없고(不惑), 50세에 하늘의 뜻을 알게 되며(知天命), 60세에 남의 말을 그냥 듣게 되고(耳順), 70세에 마음대로 해도 도리를 어긋나지 않음(從心)을 논한 것은 '천명'을 얻고 수행하기 위한 시종始終의 요지를 제공하기 위함이다. 이는 성인의 마음속에 시시각각 천칙天則이 먼저 존재하여 규범으로서 작용하고 있음을 의미한다. 이 관계가 바로 「토끼」의 화자가 따르고 있는 "우리의 육안에는 보이지 않는 곡선"이라 하겠다. 다음은 김수영이 시 중에서 연령의 문제가 선험적 규준으로 드러난 시들이다.

등잔은 바다를 보고
살아 있는 듯이 나비가 죽어 누운
무덤 앞에서
나는 나의 할 일을 생각한다

나비의 지분이
그리고 나의 나이가
무서운 인생의 공백을 가르쳐 주려 할 때
나비의 지분에
나의 나이가 덮이려 할 때
나비야
나는 긴 숲속을 헤치고

너의 무덤을 다시 찾아오마

[…]

나비야 나비야 더러운 나비야
네가 죽어서 지분을 남기듯이
내가 죽은 뒤에는 고독의 명맥을 남기지 않으려고
나는 이다지도 주야를 무릅쓰고 애를 쓰고 있단다
　　　　　　　　　　—「나비의 무덤」 부분[46]

이제는 나의 이 늙지도 젊지도 않은 몸에
해묵은
1961개의
곰팡내를 풍겨 넣어라
오 썩어 가는 탑
나의 연령
혹은
4294알의
구슬이라도 된다

아픈 몸이
아프지 않을 때까지 가자
온갖 식구와 온갖 친구와
온갖 적들과 함게

적들의 적들과 함께

무한한 연습과 함께

　　　　　　　　　　　　　　　—「아픈 몸이」부분[47]

　　두 시에서 '나이' 혹은 '연령'은 화자를 마치 쫓고 있는 듯 보인다. 나비의 지분脂粉은 죽어서 남는 더러운 것이다. 내가 죽어서 남길 "고독의 명맥" 또한 마찬가지이다. 나이를 먹는다는 것은 바로 그 죽음을 향하는 것이다. 그래서 나이는 '나'에게 "무서운 인생의 공백"을 경고하고 있다. 마찬가지로 "늙지도 젊지도 않은" 내 몸은 "나의 연령"을 깨달음으로써 "1961개의/곰팡내를 풍"기는[48] "썩어가는 탑"이 된다. 이는 비관적인 의식이 아니라 반성적인 의식으로 작동한다. '연령'은 나의 양심을 깨우고 "아픈 몸이/아프지 않을 때까지 가자"고 명령하고 있는 것이다. 이렇게 '나이' 혹은 '연령'이 시적 화자가 도달해야 하는 어떤 정신적 척도로 작동하는 가운데 그것과의 불일치 속에서 화자는 서글픔을 느끼게 된다. 그래서 "나는 쉴 사이 없이 가야 하는 몸이기에/구슬픈 육체여"(「구슬픈 육체」)라고 말하는가 하면 "영원히 나 자신을 고쳐가야 할 운명과 사명에 놓여 있는 이 밤에/나는 한사코 방심조차 하여서는 아니 될 터인데"라며 자조하고 "생각하면 서러운 것"(「달나라의 장난」)이라고 말한다.

　　다시 「공자의 생활난」으로 돌아가 볼 필요가 있다. 공자적 의미에서 사물의 이치를 안다는 것은 그 원리에 대한 '이해'에서 그치지 않고 천명에 순응하는 일까지도 요구한다. 천명에 도달하는 주체는 스스로 깨우치는 주체이지만 또한 깨우쳐야만 하는 주체이기도 한 것이다. 김수영에게 있어 '양심'이 조건 없이 작동하는 윤리적 기제(정언명령)임은 여러 논자들이 지적한 바 있다. 그의 '양심'은 항상 선험적인 규준을 의식하고 있다. 김수영이 공자의 페르소나를 가진다는 지적은 이러한 윤리적 기제의 원인을 해명하게 해줄 것이다.

이로써 휘트먼에게는 '예수'의 페르소나가 김수영에게는 '공자'의 페르소나가 작동하고 있다고 보인다. 차이가 있다면 휘트먼의 '나'는 자신을 비롯해 이웃을 찬양하는 방식으로 외향적으로 사명을 수행하는 반면, 김수영의 '나'는 끊임없이 자신에게 사물의 이치에 합당한 행동을 요구·명령하고 다시 되묻는 방식으로 내향적으로 사명을 수행한다는 것이다. 물론 김수영은 시 「사랑의 변주곡」에서 후세대에 대한 무한한 믿음을 보여주고 있다. 이를 자기 수양의 문제를 넘어선 외향적 경향이라고 평가할 수도 있지만 그것은 어디까지나 아들에게 "아버지 같은 잘못된 시간의/그릇된 명상"이라고 말할 수 있는 철저한 자기반성 위에서만 가능했던 것이다.

필자는 휘트먼의 시가 기독교 교리를 구현하고 있고, 김수영의 시가 유교적 색채를 띤다고 말하려고 하는 것이 아니다. 중요한 것은 이 두 시인이 빈번하게 '나'라는 화자를 강조하고 있으며, 이들이 어떤 사명감에서 부여된 '시인으로서의 운명'을 사는 것처럼 보인다는 것이다. 이 사명감의 원인은 그들이 자신의 페르소나로 삼는 성인들의 모델에서 찾아야 할 것이다. 그러나 주의할 것은 예수나 공자와 같은 성인 페르소나를 사용한다고 했을 때, 이들이 초월적인 가치나 장소를 향하는 것이 아니라 매우 현실적인 조건 위에서 기투하고 있다는 것이다. 그래서 휘트먼이나 김수영의 시에서 가난한 이웃이나 자신의 궁핍한 생활 속에 서 있는 성인을 자주 볼 수 있는 것이다. 이는 다음 주제와도 관련을 맺는다.

3. 육체성의 강조

　휘트먼은 노래하는 사람은 스스로가 노래 그 자체가 된다는 견해를 가지고 있다. 다시 말해서, 그는 시의 창작은 자신의 피를 비롯한 신체의 일부를 시 속에 담아내는 과정이라고 생각했으므로 자신의 시를 자신의 몸과 동일시하고 있다. 그에게 정신과 육체는 동일한 차원에 있다. 그는 "나는 정신이 육체 이상은 아니라고 말해 왔다,/나는 또한 육체가 정신 이상은 아니라고 말해 왔다"[49]([「나 자신의 노래 48」)라고 말한다. 애초부터 그에게 육체를 초월하는 정신의 자리는 존재하지 않았던 것이다. 그는 "육체를 노래하는 시인이고,/그리고 영혼을 노래하는 시인"[50]이었다.(「나 자신의 노래 21」)

　　　인간의 자아를 나는 노래한다, 독립된, 하나의 소박한 개인을,
　　　그러면서도 '민주적'이라는 말, '대중과 함께'라는 말도 입
　　에 올린다

　　　머리끝부터 발끝까지, 인체에 대해 노래한다.
　　　얼굴만이, 두뇌만이 뮤즈 신에게 가치 있는 것은 아니라고,
　　　완전한 인체의 형상이야말로 훨씬 더 가치 있는 것이라고,
　　나는 말한다,
　　　여성도 남성과 동등하게 노래한다.
　　　　　　　　　　　—「인간의 자아를 나는 노래한다」 부분[51]

　그의 시에 있어 성기를 포함한 신체의 각 부분들이 노래되었던 것

도 육체가 신성한 것이기 때문에 본능적 충동도 성스럽다는 신념에서 비롯된 것이었다. "얼굴"이나 "두뇌"보다도 "완전한 인체의 형상이야말로 훨씬 더 가치 있는 것"이 된다. 그는 "인간의 몸, 그것이 나의 모델이다―나는 나의 몸에서 발견하는 것을 거부하지 않는다―내가 왜 부끄러워해야 하나?"[52] (『일기와 비망록』 Vol.3) 하고 되묻는다. 때로는 육체가 정신보다 우월한 지위에 놓이는 것처럼 보이기도 한다.

> 나는 겉이나 속이나 모두 신성하다, 나는 내가 만지는 것,
> 내게 닿는 것, 모두를 신성하게 여긴다,
> 이 겨드랑이에서 나는 냄새는 기도보다 더 훌륭한 방향제다,
> 이 머리는 교회나 성경이나 그 어떤 교리보다 더 훌륭하다.
> ―「나 자신의 노래 24」 부분[53]

위의 시처럼 휘트먼의 육체에 대한 찬미는 나의 찬미로 발전하여 나를 신의 경지로 올릴 수 있게 했다. 이러한 육체성에 대해 찬미하는 태도는 에머슨의 사상과 자연스럽게 연관을 맺게 되는데 에머슨은 우리의 정신이 실은 물질적이거나 육체적인 기원을 가지고 있음을 설파했다. 예를 들어 그는 "바르다right는 반듯하다straight를 의미하고 부정한wrong은 구부러졌다twisted를 의미한다. 정신spirit은 원래는 바람wind을 의미하고, 위반trangression은 선line을 넘는 것을 의미하고, 오만한supercilious은 눈썹을 치켜올리는 것을 의미한다"[54]고 말했다.

성의 성스러움을 노래하는 휘트먼의 시는 육체의 욕망을 죄의 근원으로 생각했던 청교도의 교리와 정면으로 대치되는 것이었다. 그

가 보기에 청교도들은 이브가 아담을 부추겨 금단의 열매를 따먹도록 한 데서 인간의 타락이 시작되었다는 『구약성경』「창세기」 3장의 기록을 글자 그대로 해석하여 몸의 정욕, 즉 성적 욕망을 죄의 근원으로 받아들였고, 여자를 정욕의 화신, 곧 유혹자로 폄하하였다. 그리고 그들은 인간을 정욕의 씨앗으로 보았기 때문에 모든 인간이 죄인이라고 믿었다. 그러나 휘트먼은 성을 죄의 근원이 아니라 성스러운 것으로 믿었다. 그는 동물들에게서 육체의 욕망을 죄악시하는 경향 없는 천진함의 자유를 보았던 것이다. 그는 금기시하던 육체를 노골적으로 묘사하고 솟구치는 욕정을 스스럼없이 표현했다. 이는 보다 해방된 '나'로 나아가기 위한 방편이었다. 감각에 자신을 모두 맡길 때 우리는 우주와 합일되어 신과도 같은 경지에 이른다. 그는 다음과 같이 말한다. "어둠을 뚫고 나와, 적수에게 대항하라—늘 물질과 생성을, 늘 섹스를,/늘 일련의 자아정체성을—늘 구별을, 늘 생명의 번식을 진보시켜라."[55]

다음은 이와 비교해볼 김수영의 산문, 「원죄」이다.

며칠 전에 아내와 그 일을 하던 것을 생각하다가 우연히 육체가 욕이고 죄라는 생각을 하면서 희열에 싸였다. 내가 느낀 죄감이 원죄에 해당하는 것인지 분명치 않은 채 내 생각은 자꾸 앞으로만 달린다. 내가 느끼는 죄감은 성에 대한 죄의식도 아니고 육체 그 자체도 아니다. 어떤 육체의 구조—정확히 말하면 나의 아내의 짤막짤막한 사지, 그리고 단단하디단단한 살집, 그리고 그런 자기의 육체를 자기가 모르고 있다는 사실, 또한 알아도 할 수 없다는 사실—즉 그녀의 운명, 그리고 모든 여자의 운명, 모든 사람의 운명.

　그래서 나는 겨우 이런 메모를 해본다―〈원죄는 죄(=성교) 이전의 죄〉라고. 하지만 나의 새로운 발견이 새로운 연유는, 인간의 타락설도 아니고 원죄론의 긍정도 아니고, 한 사람의 육체를 맑은 눈으로 보고 느꼈다는 사실이다. 그것도 20여 년을 같이 살아온 사람의 육체를 (그리고 정신까지도 합해서) 비로소 완전히 객관적으로 바라볼 수 있었다는 사실이다.[56]

　시인은 성교에 원죄가 있지 않다는 것을 깨닫는다. 이러한 판단은 우선 그가 "아내의 짤막짤막한 사지, 그리고 단단하디단단한 살집"을 그대로 발견했기에 가능하다. 자기 자신도 모르는 육체의 무한한 가능성이 시인의 맑은 눈에 포착된다. 김수영은 이러한 발견을 통해 육체를 찬미하거나 죄 자체를 부정하는 수준에서 멈추지 않고 원죄는 죄 이전의 죄라는 사실을 깨닫는다. 이런 논리 속에서 육체는 원죄를 부인하지 않는 방식으로 스스로 발견되는 것이다.

　나는 아직도 앉는 법을 모른다
　어쩌다 셋이서 술을 마신다 둘은 한 발을 무릎 위에 얹고
　도사리지 않는다 나는 어느새 남쪽식으로
　도사리고 앉았다 그럴 때는 이 둘은 반드시
　이북 친구들이기 때문에 나는 나의 앉음새를 고친다
　8·15 후에 김병욱이란 시인은 두 발을 뒤로 꼬고
　언제나 일본 여자처럼 앉아서 변론을 일삼았지만
　그는 일본 대학에 다니면서 4년 동안을 제철회사에서

노동을 한 강자다

ㅡ「거대한 뿌리」부분⁵⁷

　　육체는 인간 삶의 정직한 반영이다. 육체의 폼은 단순히 자세의 문제가 아니라 그가 살아온 흔적을 그대로 보여준다. 이북 친구들과 만날 때 그가 남쪽 식으로 도사려 앉는 것을 조심하는 것은 그들은 도사리지 않기 때문이다. 단순히 습관의 문제가 아니다. 기질과 성격의 차이가 이 조그마한 자세의 차이에도 드러나기 때문이다. 마찬가지로 김병욱이 그 앞에서 "일본 여자처럼 앉아서 변론을 일삼았"어도 김병욱이 일본 대학을 나왔으며 제철회사에서 4년 동안 노동을 한 강자라는 것을 알고 있기에 함부로 대할 수가 없다. 김병욱의 앉는 스타일에는 "뿌리"가 있기 때문이다. 「거대한 뿌리」에서 화자는 "전통은 아무리 더러운 전통이라도 좋다"고 말했다. 이 시에서 "피혁점, 곰보, 애꾸, 애 못 낳는 여자, 무식쟁이"가 좋은 이유는 그들이 "뿌리"를 가진 존재들이기 때문이다. 그가 이들을 찬란하고 자랑스러운 전통의 계보 속에서 찾았기에 긍정하는 것이 아니다. 「원죄」에서 시인이 아내의 몸을 바로 그 자체 맑은 눈으로 발견했듯이, "더러운 진창" 같은 우리 역사의 비루한 육체를 아무런 선입견 없이 그대로 발견했기 때문이다.

　　문학 하는 사람들의 촌티. 사진을 찍기 좋아하는 소설가나 시인이 너무 많다. 새로 나온 시인들의 처녀 시집에 저자의 사진이 들어 있는 것처럼 천하게 보이는 것은 없다. 멋을 생각하지 않고 있다가도 이런 것을 보게 되면 구역질이 난다. 넥타이를 깍듯이 매고, 혹은 베레모를 쓰고 파이프를 들고 있는 사진. [⋯] 돌아간 염상섭 씨 같은 분은 사진을 찍는 데도 일본 작가의 흉내가 아닌 자기의 개성이 있었다. 혹은 개성이 있는 것같이 보였다. 소설이 돼 있으니까 사진도 그렇게 보였는지 모른다. 좌우간 그의 이마의 혹은 일본 작가를 본딴 것은 아니다.[58]

멋이란 자신의 진솔한 스타일에서 나오는 것이지 남들을 흉내 내거나 특정한 미의 기준을 따르는 데에서 오는 것이 아니라는 것이 김수영의 생각이었다. 김수영은 "시나 소설을 쓴다는 것은 그것이 곧 그것을 쓰는 사람의 사는 방식이 되는 것이다"[59]라고 말한다. 위에서 인용한 글에서 김수영은 문단의 인물들에 대해 언뜻 외모 품평을 하는 듯 보이지만, 사실은 그들의 작품에 대해 넌지시 논평하고 있는 것이다. 염상섭 작가의 얼굴에 난 혹은 그 누구도 흉내 낸 것이 아니다. 이 말은 염상섭은 자신의 사는 방식이 곧 작품이 되어 있는 사람이라는 것이다. 마찬가지로 김수영이 박태진의 시를 논평하면서 박태진의 시「역사가 알리 없는⋯⋯」에서 육체에서 현대성이 나왔다고 평가한 구절은, "내 이마를 소리없이 적실 그리고/소리없이 젖을 가로수의 리듬을/나는 진정 알고 있다"라는 부분이다. 그에 앞서 평가한 박태진의 다른 시는 '연민', '감정', '고독', '상징' 등의 지독한 추상성이 문제였지만 이 시에서만큼은 음악적인 리듬을 획득하면서 동시에 자신의 체험 속에서 도시적인 애수를 끌어냈기 때문이다. 현대성이 육체에서 기인해야 한다는 말은 단지 핍진성을 강조하는 것이 아니다. '지금' '여기' 말고는 다른 것은 없다는 것, 현세에의 강한 확신, 모든 의미의 육체적 기원을 이해하는 일에서만 가능한 것이다.

휘트먼의 경우, 육체의 강조는 말씀이 곧 육화된다는 기독교의 논리에서 기인한다. 자연과 인간이야말로 육화된 말씀이다. 때문에 강한 현세 긍정으로 이어질 수밖에 없게 된다. 휘트먼은 같은 논리에서 자신의 육체를 긍정했다. 성기를 비롯한 신체의 은밀한 부위들을 적극적으로 시어로 사용했다. 이는 자신의 육체뿐 아니라 이웃의 육체를 긍정하는 계기로 발전한다.

김수영의 경우, 사물이나 대상을 그 어떠한 선입견 없이 "맑은 눈"으로 보게 된다. 아내의 몸을 통해 원죄가 '죄 이전이 죄'라는 것을 깨달은 것처럼, 자신의 낙후한 역사 혹은 이웃을 열등함의 틀에서 벗겨내어 관찰할 수 있게 된다. 이로써 그는 사물의 현재 모습뿐 아니라 미래의 모습, 잠재성까지도 사유할 수 있는 길을 얻게 된다. 그의 후기 시에 주로 금전의 어려움이나 성의 문제 같이 통속적인 주제가 자주 등장하는 것은 이러한 통속성이야말로 감출 수 없는 육체적 진실이기 때문이다. 이로써 그는 "미역국 위에 뜨는 기름"[60]을 통해서도 빈궁 속 환희를 읽어내거나 부인을 구타한 일을 고백하며 자신의 비겁함과 죄의식을 반성[61]하고, "설사"[62] 같은 소재를 통해서도 성과 윤리를 넘어서는 리비도적 탈출을 모색한다. 이는 설령 비유로 쓰였을지라도 현재 자신의 물적 조건에 대한 강한 긍정 없이는 차용하기 힘든 주제나 소재들이다. 이는 휘트먼이 당대에 언어 사용이 거칠고 야만적이라고 비난 들었던 사실과 궤를 같이한다.

이 점에서 오세영이 김수영을 비판한 논평은 다시 재고되어야 한다. 「우상의 가면」(『현대시』, 2005. 2)이란 글에서 그는 김수영이 구사한 현실 참여의 논리를 사르트르적인 것으로 단정 짓고, 사르트르가 산문문학에 국한해 이야기한 '앙가주망'을 김수영이 무리하게 혹은 무지하게 시에 적용했다고 비판했다. 그러나 김수영의 현실 참여는 도구화된 시, 무기로서의 문학 이전에 인식론적으로 현실에 대한 강한 긍정을 기반으로 함을 우리는 주목해야 한다. 또한, 오세영은 "일상어, 구어, 속어, 비어 등이 무절제하게 구사"된 것을 비판하면서, "시의 본질적 요소라 할 이미지나 은유, 상징과 같은 비유법이 거의 배제되다시피 하고 모든 진술이 평이하고도 전달적인 일상어로 된 이유는 그의 시가 드라마적 특성을 지닌 산문 형식의 문학이기 때문이라고 평가한다. 필자는 평가라기보다는 힐난에 가까운 이같은 논평이 김수영 문학의 주요 주제 의식인 '육체성에 대한 긍정'을 제대로 읽어내지 못했기 때문에 발생한다고 판단한다. 일상어의 빈번한 사용은 산문문학적인 특징에서 기인한 것이 아니라 바로 그 '일상'에 대한 강한 긍정에서 기인한 것이기 때문이다.

4. 현실성과 현대성 사이: '거미'에 대한 상반된 해석

지금까지 주로 초절주의의 사상적 지주로서의 에머슨과 그 문학적 구현자로서 휘트먼, 이를 자신의 맥락에서 받아들인 김수영 간의 관계를 1인칭 화자 페르소나 설정 문제와 육체성에 천착해 정리해 보았다면, 이 절에서는 휘트먼, 김수영의 작품에서 각각 거미의 모티브가 나타나는 바를 포착하고, 이를 살펴봄으로써 이들 사이의 영향과 굴절의 모습을 앞 절보다는 구체적으로 살펴보려 한다.

인내심 있는 조용한 거미 한 마리

조그만 돌출 구에 매달려 있는 거미를 나는 보았다.

그가 어떻게 삭막한 주변을 정복해 가는가를,

거미는 자기 몸에서 가는 실, 가는 실, 가는 실을 계속 뽑아
내고

쉴 새 없이 뽑아내며 지칠 줄 모르고 속도를 더해 가는 것을.

그리고 너, 오 나의 영혼이여 네가 서 있는 곳은

한량없는 공간의 대양에 둘러싸여 격리되어 있는 곳,

쉬지 않고 생각하며, 나아가며, 실을 던지며,

연결할 구球체를 너는 찾고 있다. 다리가 놓이고 부드러운
닻이 내려질 때까지,

내던진 너의 가느다란 실이, 어디엔 가 걸릴 때까지, 오 나
의 영혼이여.

　　　　　　　　　　—「인내심 있는 조용한 거미」 전문[63]

　로젠필드에 의하면 에머슨의 에세이 『역사』는 휘트먼의 「인내심
있는 조용한 거미 한 마리」의 모태가 된 것으로 추정된다.[64] 에머슨
은 『역사』에서 인간과 자연의 관계를 로마의 공도公道가 동서남북으
로 뻗어나갔던 것에 비유하면서 "인간의 마음에서 자연계에 존재하
는 일체의 대상물 하나하나"까지 고속도로가 틔어 있다고 말한다.
즉 인간은 무수한 관계의 "한 다발이며 많은 뿌리의 매듭"이라는 것
이다. 이를 휘트먼의 시 「인내심 있는 조용한 거미 한 마리」에서 거
미가 하려는 행동—가는 실을 뽑아내고 실을 던지며 연결하는 일과
연관시켜 이해해볼 수 있겠다. 거미의 거미줄 짓기는 로마의 도로와

같이 자신과 자연 만물 간의 끊임없는 관계 맺기의 행위이다. 오늘날 우리가 온라인 네트워크를 웹으로 비유하여 명하는 것도 거미의 오래된 상징적 쓰임이다. 다만, 여기서 에머슨과 휘트먼의 차이점도 드러나게 되는데, 에머슨이 자연 만물 간 관계의 다발로서의 인간을 직시하고 자연의 신비로운 시스템을 사상적으로 논하는데 반하여, 휘트먼은 끊임없이 관계를 만들어가는 능동적인 주체의 생생한 측면을 문학적인 방식으로 노래하고 있다는 점이다. 그래서 휘트먼의 '개인'은 에머슨이 말하는 '대령Oversoul'에 흡수되는 존재가 아니라 당당하게 자신의 지위를 인정받으며 자연 만물과 조화를 꾀하는 존재이며 동시에 꾀해야만 사명을 가진 존재가 된다. 그에 반해 다음은 김수영이 시, 「거미」의 전문이다.

> 내가 으스러지게 설움에 몸을 태우는 것은 내가 바라는 것
> 이 있기 때문이다
>
> 그러나 나는 그 으스러진 설움의 풍경마저 싫어진다
>
> 나는 너무나 자주 설움과 입을 맞추었기 때문에
> 가을바람에 늙어가는 거미처럼 몸이 까맣게 타 버렸다
> ─「거미」 전문[65]

김수영의 시에서 '거미'는 더 이상 관계 맺음의 사명감을 지닌 존재가 아니다. 가을바람에 늙어간다고 할 때, 거미와 함께 연상되는 것은 "연결할 구체"가 아무것도 없어 달랑거리며 바람에 날리는 쓸

쓸한 거미줄이다. 손으로 한 줌 쓸어내리면 사라지고 말 운명에 처해 있는 거미처럼 시적 화자는 그 무엇과도 관계하지 못하는 상황에 놓여있다. 여기서 거미줄 만들기의 리좀적 생산력은 욕망에 동반한 설움 때문에 상쇄되어 버리고 만다. 영혼의 관계 맺기라는 휘트먼적 거미 모티브는 김수영에게는 "바라는 것" 즉 욕망의 문제로 전환되어 있는 것이다.

휘트먼이 '거미'를 영혼들의 관계망을 잇는 "인내심 있는 조용한" 존재로 보고 이를 통해 성인의 수행을 그렸다면, 김수영은 그러한 성인의 경지를 바랐을 때, 환기되는 자신의 비루한 현실과 "까맣게 타 버"린 내면을 "가을바람에 늙어가는 거미"로 표현했다고 볼 수 있다. 휘트먼의 '나'에서는 발견할 수 없는 정념의 고통이 김수영의 '나'에게는 있다. 자아와 세계의 조화가 이루어져야 한다는 명제에도 불구하고 이것이 순탄할 리 없는 한국의 피폐한 도회적 삶을 김수영은 살고 있었기 때문이다. 말하자면 에머슨에 비하면 휘트먼이 현실적이고, 휘트먼에 비하면 김수영이 더 현대적인 것이다. 이 논의를 따로 진행한 이유는 휘트먼과 김수영 사이의 공통점을 논하는 데 있어서 사실은 그 두 사람 사이에 화해할 수 없는 차이가 분명히 존재하기 때문이다. 휘트먼이 주로 스스로에 대한 찬미와 자연에 대한 경탄과 이웃에 대한 조건 없는 사랑을 자신의 시 세계에서 구현했다면, 김수영은 우선 내면의 수양과 고독의 문제로 씨름한 흔적을 보여준다. 필자는 이것을 휘트먼이 김수영에게 흡수되는 데 있어 발생한 필연적인 낙차라고 생각한다. 현대성의 문제가 끼어들었기 때문이다.

5. 카탈로그식 열거법으로 나타난 '사랑'의 수평적 이미저리

휘트먼의 수사적 특징을 꼽을 때, '1인칭 화자', '명령법' 말고 중요한 것은 '카탈로그식 열거법'을 들 수 있다. 휘트먼의 시는 대부분 수십 페이지가 넘는 장시들인데, 이러한 장시가 쓰여지는 이유 중 하나는 휘트먼이 다양한 인종의 군상들을 묘사하며 나열하고 있기 때문이다. 그의 시는 극적인 구성 없이 이러한 나열만으로도 상당한 양을 할애한다. 카탈로그식 열거는 휘트먼이 아메리카를 재현하는 방식이다. 앞서 소개한 「브루클린 도선장을 건너」 같은 시에서 작은 선착장을 묘사하는 데 휘트먼이 소요한 행은 열거법으로만 13행에 달한다.

스쿠너나 외돛배의 흰 돛을 보고, 닻을 내린 배들도 보았다,/ 색구에서, 또는 가로대에 걸터앉아 작업을 하는 인부들,/둥근 마스트, 선체의 동요, 가느다란 배암 같은 장기, 달리고 있는 크고 작은 기선, 조타실에 있는 키잡이들,/항로 뒤에 남는 하얀 물자국, 타륜의 급속한 진동에서 오는 회전,/여러 나라의 국기, 해질녘의 그 국기의 강하,/황혼의 빛을 받는 부채꼴로 날선 물이랑, 물 퍼낸 컵 같은 희롱하는 물마루와 그 섬광,/점점 희미해져 가는 저쪽의 전망, 부두의 회강암, 석조 창고의 회색 벽,/강 위의 희미한 무리들, 양 쪽에 짐배가 바싹 다가붙어 있는 예인용 중기선, 건초 실은 배, 길 늦은 거룻배,/가까운 기슭에, 주물공장 굴뚝에서 높이 시뻘겋게 밤하늘에 타는 불,/집들의 요란한 빨강 노랑의 불빛과 대조되는 아물대는

어둠이 집집의 옥상에, 그리고 거리거리의 틈새에 덮이는 것
을 나는 보았다.
　　　　　　　—「브루클린의 도선장의 건너」 chapter 3 부분[66]

　이렇게 압도적인 물량의 이미저리를 통해 휘트먼의 시는 공간적
지평을 얻는 데 성공한다. 휘트먼의 시적 주제인 '사랑'이 수평적인
이미저리를 통해 말 그대로 육화되는 데 성공한 것이다. 즉 단순히
리듬이나 배치의 묘사를 위한 열거법으로 볼 일이 아닌 것이다. 휘
트먼 시에 있어 수평적으로 펼쳐지는 이미저리는 단지 한 도시에 국
한되지 않고 미국을 포함하며, 나아가다가 세계 보편을 지향한다.
이 점에서 휘트먼의「자는 사람들」의 일부와 김수영의「풀의 영상」
의 부분을 교차해서 읽어보도록 하자.

　　옷을 벗고 누워
　　　　자는 이들은 아주 아름답다,
　　그들이 서로 손잡고 흘러서
　　　　온 지구를 휘덮는다,
　　　　동쪽에서 서쪽까지
　　　　옷 벗고 누운 그대로
　　아시아 사람들과 아프리카 사람들이 서로 손잡고,
　　　　유럽 사람들과 아메리카 사람들이
　　　　서로 손잡고,
　　배운 사람과 못 배운 사람들이 서로 손잡고,
　　　　남자와 여자가 서로

손을 잡는다,

—「자는 사람들」부분[67]

봄이 오기 전에 속옷을 벗고 너무 시원해서 설워지듯이
성급한 우리들은 이 발견과 실감 앞에 서럽기까지도 하다
　　　전 아시아의 후진국 전 아프리카의 후진국
　　　그 섬조각 반도조각 대륙조각이
　　　이 발견의 봄이 오기 전에 옷을 벗으려고
　　　뚜껑이 열렸다 닫히는 소리

[…]

나는 옷을 벗는다 엉클 샘을 위해서
아시아와 아프리카의 무거운 겨울옷을 벗는다
　　　겨울옷의 영상도 충분하다 누더기 누빈 옷
　　　가죽옷 융옷 솜이 몰린 솜옷……
그러다가 드디어 나는 월남인이 되기까지도 했다
엉클 샘에게 학살당한
월남인이 되기까지도 했다

—「풀의 영상」부분[68]

　옷을 벗는다는 표현은 휘트먼 시에 빈번하게 출현한다. 옷을 벗고
맨몸을 보이는 일은 날것 그대로의 육체를 찬미하기 위한 행동으로
그려진다. 휘트먼은 위 시에서 아시아와 아프리카, 유럽과 아메리카

네 대륙을 열거하면서 세계사적인 전망을 보여주고 있다. 이는 불과 반세기 전 헤겔(1770~1831)이 자신의 저서 『역사철학강의』에서 아메리카 대륙을 제외하고 세계를 세 대륙(유럽, 아시아, 아프리카)로 나눈 것을 떠올리게 한다. 더욱이 헤겔의 심상 지리에서 아시아는 미성숙한 어린아이로, 아프리카는 신과 법률이 없는 자연 그대로의 원시로 그려졌다는 사실을 고려해야 할 것이다. 월트 휘트먼은 '조화를 꾀하는 인간(the equalizer of his age and land)'으로서 아메리카 대륙의 독립성을 주장했고, 마찬가지로 아시아와 아프리카 대륙의 독립성을 인정했다.

반면, 김수영의 시에서 옷을 벗는다는 행위는 조금 더 복잡한 의미를 함의하고 있다. 그것이 "누더기 누빈" "무거운 겨울옷"이기 때문이다. "엉클 샘"들의 식민지였던 아시아·아프리카 대륙의 사람들은 손쉽게 열등감을 떨쳐낼 수가 없다. 오랫동안 자유와 평등을 맛보지 못했기에 봄이 오는 것은 반갑지만 "이 발견과 실감 앞에" 새삼스러운 것이다.

그런데 화자는 드디어 무거운 겨울옷을 벗게 된 환희와 설움에 도취되지 않는다. 그는 오히려 아시아·아프리카 대륙을 침략했던 '엉클 샘'을 위해 옷을 벗는다. 그는 "이제 적을 형제로 만드는 실증"[69]을 실천하고 있는 것이다. 더구나 '엉클 샘'이 공격하고 있는 월남인이 되기까지 한다. 이 '엉클 샘'의 공격엔 화자도 가담하고 있었다. 정정당당하게 "언론의 자유를 요구하고 월남 파병에 반대하"[70]지 못했던 화자는 스스로 월남인이 되는 방식으로 속죄와 화해를 모색하고 있는 것이다.

욕망이여 입을 열어라 그 속에서
사랑을 발견하겠다 도시의 끝에
사그러져가는 라디오의 재잘거리는 소리가
사랑처럼 들리고 그 소리가 지워지는
강이 흐르고 그 강 건너에 사랑하는
암흑이 있고 삼월을 바라보는 마른 나무들이
사랑의 봉오리를 준비하고 그 봉오리의
속삭임이 **안개처럼 이는 저쪽에 쪽빛**
산이

사랑의 기차가 지나갈 때마다 우리들의
슬픔처럼 자라나고 도야지우리의 밥찌끼
같은 **서울의 등불**을 무시한다
이제 **가시밭, 덩쿨장미의 기나긴 가시 가지**
까지도 사랑이다

왜 이렇게 벅차게 사랑의 숲은 밀려닥치느냐
사랑의 음식이 사랑이라는 것을 알 때까지

난로 위에 끓어오르는 주전자의 물이 아슬
아슬하게 넘지 않는 것처럼 사랑의 절도는
열렬하다
간단間斷도 사랑
이 방에서 저 방으로 할머니가 계신 방에서

심부름하는 놈이 있는 방까지 죽음 같은

암흑 속을 고양이의 반짝거리는 푸른 눈망울처럼

사랑이 이어져 가는 밤을 안다

그리고 이 사랑을 만드는 기술을 안다

눈을 떴다 감는 기술 ― 불란서 혁명의 기술

최근 우리들이 4·19에서 배운 기술

그러나 이제 우리들은 소리 내어 외치지 않는다

복사씨와 살구씨와 곶감씨의 아름다운 단단함이여

고요함과 사랑이 이루어 놓은 폭풍의 간악한

신념이여

봄베이도 뉴욕도 서울도 마찬가지다

신념보다도 더 큰

내가 묻혀 사는 사랑의 위대한 도시에 비하면

너는 개미이냐

―「사랑의 변주곡」부분

　　김수영에게 있어 '사랑'이 수평적으로 펼쳐진 이미저리로 가장 잘 드러난 시는 「사랑의 변주곡」일 것이다. 이 시에서 '사랑'은 "사그러져가는 라디오의 재잘거리는 소리"에서부터 시작해 "3월을 바라보는 마른 나무들", "가시밭", "덩쿨장미", "할머니가 계신 방", "심부름하는" 아이의 방으로 이어져 간다. 그것은 "사랑의 음식이 사랑"인 것을 알 때까지 밀어닥친다. 이어 "봄베이도 뉴욕도 서울도 마찬가지"로 사랑의 폭풍이 분다. '사랑'은 공간적으로 볼 때 수평적으로 확장되고 있지만 동시에 "미대륙에서 석유가 고갈되는 날"처럼 미래로 시간적으로 펼쳐져 있기도 하다. 마침내 화자는 아들에게 "아버지 같은 잘못된 시간의/그릇된 명상"이 아니길 부탁한다. 김수영 시 전반의 난해함에도 불구하고, 그의 작품이 사랑받는 이유는 「사랑의 변주곡」 같은 작품에 드러나듯, 읽는 이로 하여금 벅차오르게 만드는 사랑에 대한 열정 때문일 것이다. 이는 "사그러져 가는 라디오" 소리처럼 미약한 것에서 이 방 저 방, 이 도시, 저 도시를 거쳐 "고요함과 사랑이 이루어 놓은 폭풍"이 된다. 세계 보편에 대한 시인의 인식은 추상적인 것, 선험적인 것이 아니다. 그것은 수평적 이미저리 즉 사랑의 점진적인 운동 속에서 구체적으로 발명되고 있는 것이다.[71] 이는 제국이 만들어낸 위계의 질서를 벗어난 새로운 세계 보편을 꿈꾸는 일이다.

휘트먼은 수에즈 운하의 개통(1869)과 미국 대륙 횡단철도 건설(1869), 태평양과 대서양 사이의 해저 전신선의 부설(1866)에 영감을 받아 「인도로 향한 항로」라는 시를 썼다고 한다. 거미가 새로운 구체를 찾아 거미줄로 연결하듯이 인류는 유래 없는 교통 통신 수단의 발달로 한데 이어지게 된 것이다. 휘트먼은 이러한 테크놀로지가 인류에게 사랑의 실천을 보여줄 수 있는 토대가 되리라고 전망했다. 그는 다음과 같은 구절로 시를 맺고 있다.

아, 나의 용감한 영혼이여!
아, 멀리, 더욱 멀리 배를 내보내라!
아, 용감한 희열, 그러나 안전하다! 그것들은 모두가 신의
바다가 아닌가.

아, 멀리, 멀리, 더욱 멀리 배를 내보내라!

　　　　　　　　　　　　　—「인도로 향한 항로」 부분[72]

　필자는 앞서 4장에서 '거미'에 대한 상반된 해석을 통해 김수영과 휘트먼 사이 분명한 차이가 있다고 서술하였다. 단자화된 점과 점을 연결하는 '거미'의 모티브는 김수영 문학에서 그 생명력을 잃고, 정념과 고독의 문제에 골몰하고 있었다. 하지만 김수영 문학에 있어 '사랑'이라는 주제가 형상화되는 방식을 살펴본바, 단자와 단자들이 수평적인 이동을 통해 점진적으로 이어지고, 세계 보편을 꿈꾼다는 점에서 휘트먼적 '거미'의 모티브가 구현되고 있다고 볼 수 있다.

6. 나가며

　지금까지 네 개의 요점을 통해 김수영과 월트 휘트먼 간 비교를 했다. 이를 다시 두 가지로 나눌 수 있을 것이다. 우선 첫째, 1인칭 화자 강조-성인 페르소나의 설정 문제와 육체성의 강조 문제를 통해 김수영 문학 위에 월트 휘트먼 문학을 겹쳐봄으로써 김수영 문학에 끼쳤을 월트 휘트먼의 영향력을 추리해보았다. 물론 각각의 쟁점들은 '너무 헐렁한 양복'이어서 누구나 맞춰 입을 수 있다는 단점을 보였다고 본다. 하지만 1인칭 화자 강조-성인 페르소나와 육체성의 강조 문제는 월트 휘트먼 고유의 개성으로 평가받는 주제들로 이 두 요소가 김수영 문학에도 동시에 나타나고 있다는 것은 김수영에 대한 휘트먼의 영향력을 증명한다고 볼 수 있다.

둘째, 분명한 차이점과 유사점을 발견하는 작업도 시도하였다. 주로 자연 찬미나 이웃에 대한 외향적인 사랑을 능동적으로 표현하는 월트 휘트먼 문학에 비해 김수영 문학은 고독이나 설움 같은 현대적인 주제에 열중한 면이 있었다. 반면, '사랑'이라는 주제가 수평적인 이미저리로 펼쳐지는 양상에서는 양자 간 분명한 유사성이 드러났다고 할 수 있다. 카탈로그식 열거는 월트 휘트먼 고유의 양식이라 할 수 있는데, 이는 단순히 리듬이나 수사적 효과를 위해 도입된 것이 아닌 '사랑'이라는 내용이 형식적으로 구현된 것으로 평가된다. 김수영의 경우도, 이는 마찬가지로 「사랑의 변주곡」이나 「풀의 영상」, 「거대한 뿌리」 등의 비교적 후기의 걸작들이 이러한 수법을 보여주고 있다고 하겠다.

본 연구의 한계는 김수영과 월트 휘트먼 간의 영향 관계를 실증적으로 추적하지 못했다는 점이다. 하지만 바로 이 점 때문에 휘트먼 문학의 주요한 특징들을 김수영 문학에 전체적으로 겹쳐 읽어보는 작업을 할 수 있었다. 그동안 김수영과 독서 목록 간의 관계를 규명하는 실증적 논리의 완성은 주로 작가 본인의 고백, 구체적인 작가의 사숙의 증거 즉, 번역물이 구비되어야 가능했다. 하지만 이러한 증거들을 통해 양자 간 관계를 규명한 연구들이 김수영 문학의 부분과 비교 대상 문학가의 작품 한 부분의 퍼즐 조각을 맞추는 일 그 이상이 되었다고 보기는 또 어렵다. 본 연구는 정황적 증거의 충분함에도 불구하고 실증적 근거의 빈약함 때문에 돌입하지 못한 김수영과 월트 휘트먼 비교 연구를 그들 각자의 문학이 가진 큰 특징을 중심으로 수행했다. 이에 도출된 결론을 통해서 김수영이 월트 휘트먼적이라고 평가하는 데에는 모자람이 없다고 판단한다.

그렇다면 이제 김수영 문학에 월트 휘트먼 문학을 겹쳐보았을 때의 의미가 무엇인지 논평하며 마무리 지어야 할 것이다. 김수영 문학에 월트 휘트먼 문학을 겹쳤을 때 드러나는 것은 자기 윤리와 현실 긍정성, 사랑이라는 주제들이다. 이는 그동안 김수영과 여타 문학가, 철학가들과의 비교 연구가 도출하지 않았던 영역의 것이다. 선행 연구들은 대개는 죽음 의식, 초현실주의, 존재 의식 등의 주로 현대적인 주제들을 독서 목록과의 관계 속에서 구체화하는 데에만 열중했다. 이에 반해 김수영과 휘트먼 양자 모두에게 드러나는 '성인 페르소나'나 '육체성 강조'의 문제는 이들에게 시인이란 세상의 어떤 의무를 떠안은 채 실천하는 존재였음을 의미하고 있다. 이것은 이들의 문학이 애초 존재론적이면서 동시에 윤리론적인 기반 위에서 있음을 말한다. 김수영의 경우, 그의 참여시적 경향은 현실의 구체적인 풍경에 눈뜨기 앞서 예비되었던 것이다. 이 글의 문제 제기를 통해 김수영과 독서 목록 간의 관계는 1:多라고 논평한 바 있다. 아마도 김수영과 휘트먼 간의 관계도 견강부회하지 않는 방식으로, 수많은 독서 리스트의 하나로서 이해되어야 할 것이다. 본 연구에서 결론으로 내세우는 문학적 특질들 각각은 블레이크나 엘리엇, 예이츠를 통해 구성된 것일 수도 있다.

　　하지만 김수영 문학 안에서도 개별적으로 도드라져 보이는 작은 그림이 있는가 하면 그의 문학의 밑바탕이 되는 큰 그림도 있는 것이다. 김수영이 '월트 휘트먼'적이라고 평가할 할 때 해명되는 주제들은 바로 그 큰 그림에 해당한다고 판단한다. 김수영과 월트 휘트먼의 관계에서 드러나는 특징들, '성인으로서의 나'와 '비루한 타자의 육체성을 발견하는 일', '단자들을 잇는 거미의 모티브―사랑'은 두 문학가의 윤리론적 지평이 담긴 주제들이다. 이러한 김수영 문학의 윤리론적 특질에 대해 제대로 설명하지 않고, 그가 보여준 존재론·인식론적 측면만을 골몰히 해명할 때, 우리는 김수영 문학만의 개성이 무엇인가를 간과하게 된다. 그러니 김수영 문학을 '월트 휘트먼'이라는 틀을 통해 보는 일은 그의 수많은 독서 목록 중 하나를 증명한 것이 아니라 '사랑'이라는 김수영 문학의 핵심적 주제의 형성 과정에 대해 말하는 일이 되는 것이다.°

° 이 글은 『국제어문』 58권(국제어문학회, 2013)에 게재된 논문을 부분적으로 수정한 것이다.

4부
다시, 백 년의 시인 김수영

4부에서는 이 책의 기초가 된 김수영 탄생 100주년 학술대회 '다시, 100년의 시인—김수영학을 위하여'(2021. 11. 20)의 발표 논문들에 대한 논평을 모았다. 이는 현장에서는 종합토론의 형식으로 진행되었는데, 개별 발표문에 대한 논평 형식이 아니라 현재까지의 김수영론과 관련하여 좀 더 보충되어야 할 영역이라고 판단된 것들에 대해 논평자들이 전반적인 생각을 제시하는 방식으로 이루어졌다. 4부의 논평들은 그러므로 앞으로 진행될 김수영 연구의 밑바탕이 될 수 있을 것으로 기대된다.

'온몸'의 시인 김수영의 오직 한 편

김상환

나는 문학 계간지 『대산문화』(2021년 봄~겨울호)의 연재 지면을 통해서 김수영 시론의 중심에 있는 '온몸'을 집중적으로 돌아보았다. 이는 서로 밀접하게 연관된—그러나 아직 완전히 성취했다고 보기 어려운—두 가지 목적을 위해서였다. 하나는 온몸을 구심점으로 놓고 김수영의 시 세계를 체계적으로 재구성하는 것이다. 다른 하나는 온몸을 존재, 사유, 작시作詩, 윤리라는 4면체 구조의 개념으로 재조직하는 것이다.

사실 김수영의 온몸은 단순히 시학적 용어로 그치지 않는다. 그것은 철학의 근본 물음, 즉 '존재란 무엇인가?', '사유란 무엇인가?', '시란 무엇인가?', '윤리란 무엇인가?'라는 물음을 끌고 나가는 복합적인 개념이다. 게다가 김수영의 온몸은 동아시아 사상의 전통(특히 유가 전통)과 서양 사상의 전통(특히 모더니즘의 전통)을 연결하는 교량적인 개념이기도 하다. 나는 이 점을 『김수영과 논어』(2018)라는 저서를 통해 자세히 언급한 바 있고, 2021년 7월부터 12월까지 매주 이어진 『한겨레』 신문의 장기 김수영 특집 지면에 참여하여 약술한 적이 있다. 온몸의 시학은 동서 사상의 차이를 넘어서야 한다는 문제의식을 배경으로 탄생했다.

이렇게 보면 온몸은 4면체 구조가 아니라 5면체 구조의 개념이 된다. 우리는 이 5면체 구조 각각의 단면에 김수영의 주요 작품을 엄선하여 배치할 수 있을 것이다. 가령 나는 온몸의 존재를 대표하는 작품으로는 「풀」을, 온몸의 사유를 집약하는 작품으로는 「먼 곳에서부터 먼 곳으로」를 꼽고 싶다. 온몸의 시학을 위해서는 「설사의 알리바이」를, 온몸의 윤리를 위해서는 「공자의 생활난」을 들고 싶다. 그리고 마지막으로 동서 횡단적 작시법의 대표작으로는 「폭포」를 추천하고 싶다.

그렇다면 이 모든 구분을 떠나 김수영의 대표작으로 오직 한 편의 작품만을 꼽을 수도 있을 것이다. 유종호 교수를 비롯한 많은 평론가는 「사랑의 변주곡」이나 「풀」을 든다. 그러나 나로서는 「공자의 생활난」을 지목하고 싶다. 앞의 두 시에 비하면 기교나 감동이 떨어지기는 하지만, 이 시만이 주는 매력이 있기 때문이다. 그 매력은 '김수영다움'의 함량을 그 어떤 시보다 듬뿍 담고 있다는 데서 온다.

꽃이 열매의 상부에 피었을 때
너는 줄넘기 작란作亂을 한다

나는 발산한 형상을 구하였으나
그것은 작전 같은 것이기에 어려웁다

국수 — 이태리어로는 마카로니라고
먹기 쉬운 것은 나의 반란성일까

동무여 이제 나는 바로 보마
사물과 사물의 생리와
사물의 수량과 한도와
사물의 우매와 사물의 명석성을

그리고 나는 죽을 것이다

—「공자의 생활난」 전문

이 시는 김수영이 시인으로서 첫발을 내딛는 시기(1945년)의 작품인 데다가 앞으로 펼쳐질 그의 시 세계를 관통하는 주요 상수常數를 대다수 포함한다. 생활난, 꽃, 발산한 형상, 줄넘기 작란, 나의 반란성, 국수-마카로니, 바로 보마(직시), 죽음 같은 시어가 그런 상수에 해당한다. 왜 그런 것인지 이것들을 일일이 열거해가며 설명한다는 것은 지면 관계상 제약이 많으므로 일단 가장 중요한 '나의 반란성'에만 주목해보자.

김수영은 교통사고로 생을 마감한 1968년, 그의 마지막 작품「풀」을 발표했다. 이 시에서 풀은 바람의 힘에 종속되어 있다가 거기서 점차 해방되어 자율적인 힘을 얻어간다. 그리고 마침내 "바람보다 늦게 누워도/바람보다 먼저 일어서고/바람보다 늦게 울어도/바람보다 먼저 웃는다". 결국 김수영의 마지막 걸작은 바람에 대한 풀의 반란성에 대한 노래임을 알 수 있다. 그것은 최초의 시에 등장하는 '나의 반란성'을 반복하는 노래다.

이런 반란성은 「사랑의 변주곡」이 그리는 복사씨와 살구씨가 사랑에 미쳐 날뛰는 황홀경 속에서도 반복된다 할 수 있다. 반란성은 해방의 몸부림을 가리키는 시어이자 우리에게 주어진 가능성, 더 정확히 말해서 불가능한 가능성을 실현하려는 충동이다. 그 반란성을 김수영은 1968년에 발표한 시론 「시여, 침을 뱉어라」에서는 '온몸에 의한 온몸의 이행'으로 표현했다. 그리고 역시 같은 해 이어령과 벌인 논쟁에서는 그 반란성을 '불온성'으로 옮겼다.

"모든 전위 문학은 불온하다. 그리고 모든 살아 있는 문화는 불온한 것이다. 그것은 두말할 것도 없이 문화의 본질이 꿈을 추구하는 것이고 불가능을 추구하는 것이기 때문이다."[1] 이 유명한 문장에서 불가능의 추구로 정의되는 불온성은 「공자의 생활난」에 나오는 반란성의 다른 말이다. 이렇게 보면 김수영의 시 세계를 이루는 처음과 마지막이 하나의 원환을 이루듯 만나고 있음을 알 수 있다. 반란성, 불가능한 가능성의 추구, 불온성, 이것이 김수영의 기본적 충동이다.

우리는 김수영의 시나 시론에 자주 등장하는 자유 같은 시어는 물론 죽음이나 사랑 같은 용어도 이런 충동에서부터 이해해야 한다. 왜냐하면 온몸의 시학에서 죽음은 정확히 불온성을 정의할 때 나오는 불가능 혹은 불가능한 가능성을 가리키기 때문이다. 온몸의 사유를 추동하는 '먼 곳' 또한 그 불가능한 가능성을 의미하는 다른 용어다. 김수영에게 사랑은 그런 불가능한 가능성(죽음, 먼 곳)을 넘어가는 기술로, 그 기술은 다시 '온몸에 의한 온몸의 이행'으로 정의된다.「공자의 생활난」에 나오는 '줄넘기 작란'은 이런 온몸의 운동(온몸의 자기 함량 운동)을 대입해서 읽어야 할 시어다.

이상의 여러 이유에서 우리는 최초 시기의 작품이 김수영의 시 세계를 특징짓는 주요 주제나 시어들을 대거 배치하고 있음을 확신할 수 있다. 그런데「공자의 생활난」을 김수영의 대표작으로 꼽을 만한 이유는 이런 점 말고도 다른 점에서도 얼마든지 찾을 수 있다. 이미 언급했던 것처럼 이 시는 온몸의 윤리를 대표할 만한 작품이다. 이 점은 공자를 시적 인생의 동반자로 끌어들이는 작품 전체의 구도에서부터 근거를 찾을 수 있다.

사실 김수영은 '시란 무엇인가?'를 끊임없이 묻고 그 물음을 종종 시 자체의 주제로 삼기도 했다. 그러나 그에게는 시의 본성을 묻는 물음보다는 '시인이란 누구인가?' 혹은 '시인이란 어떤 삶을 살아야 하는가?'라는 물음이 더 중요해 보인다. 김우창 교수가 지적했던 것처럼 김수영의 생애 자체가 '예술가의 의미'를 밝혀줄 '하나의 전형'을 이룬다. 그만큼 치열한 삶을 살아낸 시인이 김수영이다.

그 뜨거운 삶에 끊임없이 동력을 불어넣은 자극은 바로 시적인 삶의 본성에 대한 물음에서 온다.「공자의 생활난」은 그 근본 물음을 심각하게 제기하는 작품이라는 점에서 김수영의 대표작으로 꼽을 수 있다. 온몸의 윤리를 여는 열쇠로 정직, 양심, 자유 같은 용어가 거론되는 비평계의 관행을 따르더라도 마찬가지다. 이런 용어들은 김수영이 시인의 '생활난'에 대해 던지는 물음 속에서 이해되어야 한다.

물론 이때의 생활난은 경제적 궁핍 같은 생활고를 말하지 않는다. 그것은 다만 해방 후의 열악한 현실 속에서 시인이 걸머져야 할 과제 때문에 빚어지는 압박의 크기를 말할 뿐이다. 그 무거운 과제는 '바로 보마'로 표현되는 직시直視의 이념에 있다. 김수영의 시 세계 전반을 돌아볼 때 여기서 직시는 세 가지를 의미한다는 점이 드러난다. 즉 그것은 한편으로는 첨단의 이론과 경쟁하는 지성의 역량을, 다른 한편으로는 현실에 대한 비판의 역량을, 그리고 마지막으로는 자신의 내면을 바로 세우는 경건의 실천을 말한다.

　그러나 「공자의 생활난」에는 이런 직시의 이념보다 더 무거운 과제, 그러므로 거의 불가능해 보이는 과제가 암시되고 있다. 그것은 '국수-마카로니'라는 표현 속에 숨은 문명학적인 과제다. 명확히 부연하자면 그것은 국수로 대변되는 동양 문화(유교 전통)와 마카로니로 대변되는 서양 문화(모더니즘 전통)의 거리를 가로지르는 과제, 가로질러 양자의 차이가 무색해지는 지점으로 달아나는 과제다. 김수영은 이후에도 여러 시에서 유사한 형태의 표현을 통해 이런 창조적 문명 횡단의 과제를 반복해서 암시한다.

　김수영이 자발적으로 받아들인 생활난은 이 요원한 과제를 감당할 수 있을 만큼 자신의 내면적인 역량을 키워가는 문제에서 온다. 즉 생활난은 자기 도야 및 형성이 통과해갈 시련을 의미한다. 하늘과 땅만큼이나 멀어 보이는 것이 당시의 한국과 서양의 역사·문화적 차이였다. 김수영은 공자에 의해 이미지화된 부단한 자기 형성의 길―가령 극기복례克己復禮의 길―을 통해 뒤떨어진 한국 문화와 앞서간 서양 문화 사이의 차이를 넘어서고자 했다. 그리고 감당하기 어려워 보이는 그 과제에 짓눌려 수시로 우울과 좌절에 빠져들기도 했다.

　익히 알려진 것처럼 1950년대까지 김수영 시 세계의 기본 정서가 설움과 비애에 있다는 것은 이런 관점에서부터 이해해야 할 것이다. 그러나 어떤 시점에서부터 김수영은 그 불가능해 보이는 과제 앞에서 일말의 자신감을 보이기 시작한다. 무언가 해볼 만하다는 생각을 표명하는 것인데, 우리는 이 점을 「미스터 리에게」라는 1959년도의 시에서 읽을 수 있다.

> 그는 재판관처럼 판단을 내리는 것이 아니라
> 구제의 길이 없는 사물의 주위에 떨어지는
> 태양처럼 판단을 내린다
> ─월트 휘트먼

나는 어느 날 뒷골목의 발코니 위에 나타난
생활에 얼이 빠진 여인의 모습을 다방의 창 너머로 별견瞥見하였기 때문에
다음과 같은 쪽지를 미스터 리한테 적어놓고
시골로 떠났다

"태양이 하나이듯이
생활은 어디에 가 보나 하나이다
미스터 리!

절벽에 올라가 돌을 차듯이
생활을 아는 자는
태양 아래에서

생활을 차던진다

미스터 리!

문명에 대항하는 비결은

당신 자신이 문명이 되는 것이다

미스터 리!"

—「미스터 리에게」 전문

　이 시는 김수영의 다른 시들과는 달리 미국 시인 월트 휘트먼에게서 따온 인용문으로 시작한다.[2] 게다가 김수영은 1964년 펭귄 문고 『현대 미국 시가집』 편집자 서문의 발췌 번역을 내놓은 적이 있는데, 여기에도 '휘트먼의 전통'을 길게 서술하는 대목이 보인다.[3] 이런 정황을 놓고 우리는 두 가지를 지적할 수 있다.

　하나는 휘트먼에 대한 김수영의 관심이 상당히 오랜 시기 지속됐다는 점이다. 1959년도의 시에서 휘트먼을 거명했고 1964년도에는 휘트먼을 길게 논하는 텍스트를 번역했다는 사실이 이 점을 말해준다. 다른 하나는 김수영이 휘트먼에게서 자신의 오래된 과제를 해결할 예시를 얻었으리라 짐작해볼 만하다는 점이다. 사실 번역문에 나오는 '휘트먼의 전통'이란 영국이나 유럽의 문학을 추종하는 것을 그치고 미국 고유의 문학 세계를 열고자 하는 의지의 전통이다.

　김수영은 "내 시의 비밀은 내 번역을 보면 안다"[4]고 했을 만큼 창작과 번역을 병행했다. 때로는 자신을 번역가로 소개할 정도로 다양한 외국 문학 텍스트를 우리말로 옮겼다. 그 가운데 하나가 1956년 옮긴 에머슨의 저서 『문화, 정치, 예술』이다. 에머슨은 상류 가정에 태어나 엘리트 교육을 받고 성장하여 당대의 미국 문단을 대표하는 위치에 올라섰다. 그렇지만 그가 이룩한 위대한 문학과 사상은 영국 문화의 연장선에 자리한다. 반면 휘트먼은 독학으로 공부했고 평생 목수 일을 하면서 시를 썼다. 그렇지만 미국 문화의 활력과 아메리카 대륙의 지리적 환경을 노래한다.

이런 휘트먼의 생애나 그가 열어놓은 전통은 김수영을 사로잡기에 충분했을 것이다. 그 스스로 독학으로 일어섰고 일찍부터 문화적 독립성을 생각해왔기 때문이다. 특히 휘트먼의 전통은 일본이나 서양의 언어에서 벗어나 한국 고유의 언어 세계를 열어야 한다는 김수영 세대의 문학적 과제를 환기해주었으리라 짐작할 수 있다. 이런 관점에서 보면 김수영의 마지막 작품 「풀」은 휘트먼의 시집 『풀잎』(1855)에 대한 오마주가 아닐까 하는 의심도 든다.

이것이 사실이 아니라 해도 적어도 「미스터 리에게」의 마지막 문단("문명에 대항하는 비결은/당신 자신이 문명이 되는 것이다")은 「풀」이 노래한 반란성이 결국 새로운 문명의 창조라는 상위의 이념을 향한 몸부림임을 말해준다. 그런 김수영의 몸부림이 하나의 전형을 이룬 뒤에 그것을 이어가고자 하는 수많은 몸부림이 있었기에 오늘날의 한국 문화가 제법 뿌리를 내리기 시작했을 것이다. 요즘 지구촌의 관심을 사로잡고 있는 한국 대중문화의 성공이 이런 한국 문화의 성취를 알려준다.

2021년 옥스퍼드 영어 사전에는 한류와 관련된 26개의 단어가 등록되었다는 소식도 전해온다. 우리의 문화 콘텐츠 생산능력이 권위 있는 기관을 통해 세계적으로 공인받게 된 셈이다. 당신 자신이 문명이 되라는 김수영의 명령이 이제 우리 쪽을 지나 주변국으로 전해질 기세다. 그러나 고급문화의 수준에서는 아직도 외국의 이론을 수입하여 소비하는 데 급급한 것이 우리의 실정이다. 우리가 여전히 김수영의 뜨거웠던 삶을 기려야 하는 이유는 여기에 있다.°

° 2021년은 김수영 시인 탄생 100주년이어서 그를 기념하는 행사가 다양하게 이어졌다. 나는 과거 두 권의 김수영 관련 저서를 낸 덕분인지 뜻깊은 추모의 자리에 몇 차례 초대를 받았다. 2021년 김수영연구회에서 주최한 기념 학술 행사도 그런 자리 중 하나인데, 무엇보다도 김수영 시인에 대해 아직도 알고 배워야 할 점이 많음을 깨닫는 계기였다는 점에서 개인적인 의미가 컸다. 한국 근대문학사 안에서 김수영이 차지하는 위상을 한 편의 드라마처럼 그려낸 염무웅 교수의 발표를 비롯하여, 2천 년대 김수영 연구의 동향에 대한 박성광 교수의 발표와 번역가로서의 김수영을 다룬 오길영, 고봉준 교수의 글은 특히 김수영을 계속 붙들고 늘어져야 할 이유를 일깨워주는 것 같았다. 이 글은 이런 배움의 자리에 참여하면서 무언가 덧붙이고 싶은 생각이 들어 정리해본 것이다.

김수영 문학의 심연을 탐사해가는 길

—김수영 번역 연구 20여 년의 성과와 과제

▲

박지영

1. 번역 연구의 시작, 그 도정

　김수영 번역 연구는 1998년 조현일의 「김수영의 모더니티관에 관한 연구」[1]로부터 출발한다. "김수영 문학의 재인식"이란 통권의 기획하에 게재된 이 글은 김수영의 번역 텍스트를 주요 연구 대상으로 삼은 첫 연구라고 볼 수 있다. 여기서 연구자는 김수영의 세계관이 그가 번역한 라이오넬 트릴링이 이끄는 뉴욕 지식인파 그룹의 주요 활동 매체였던 잡지 『파르티잔 리뷰』 수록 텍스트에서 보이는, 서구식 민주주의도 소련식 공산주의도 아닌, 자유주의적 상상력과 깊은 연관이 있다는 점을 밝힌 바 있다.

　이 연구 이후, 김수영 번역 텍스트 전체를 연구 대상으로 삼은 본 연구자의 박사논문[2]이 나오기도 했지만, 번역 텍스트를 연구 대상 텍스트로 바라보지 않았던 당대의 보수적인 연구 풍토에서 김수영 번역 연구는 추동력을 갖지 못한다. 그러다가 2005년 김명인, 임홍배가 엮은, 『살아있는 김수영』(창비) 단행본 출간 기획은 위의 두 연구를 호명하며, 김수영 연구에서 번역 텍스트를 중요한 연구 대상으로 부각시킨다. 또 이 연구서 발간 이후 2008년 5월, 부인 김현경이 소장하고 있었던 김수영 미발굴 작품 소개(『창작과비평』)를 계기로 열린, '김수영, 사후 40년: 김수영 40주기 추모 학술대회'(김수영 40주기 추모사업회 준비위원회)에서 번역 연구 성과는 하나의 독립된 장으로 기획 발표된다.

이후 한국의 문학(화) 연구장의 이식 문학사적 관점에서 번역을 도구적으로 바라보는 시각에서 벗어나, 문명사적 발전을 추동하는 매개로 바라보는 인식적 전환이 이루어지면서, 김수영 번역 연구는 추동력을 얻게 된다. 그 안에서도 특히 김수영 번역 연구는 번역이 문화 발전, 나아가 제국과 식민의 경계를 뛰어넘는 하나의 사상적 무기가 될 수 있다는 시각에 결정적인 논거를 제공하게 되면서, 한국문학(화) 더 나아가 지식사상사 연구에 중요한 역할을 수행한다.

그 과정에서 김수영의 인식 세계를 탐사한 수많은 번역 연구가 진행되었고, 굳이 '번역'이란 키워드가 담긴 주제가 아니더라도 김수영 연구에서 번역 텍스트는 시와 산문 못지않은 중요한 연구 대상이 된다. 이후 '사후 50주기 학술대회', 또 이번 '김수영 탄생 100주년 기념 학술대회' 기획에서도 잘 드러나듯, 김수영 번역 연구는 시와 산문에 등장하는 용어들이 내포하고 있는 의미 탐색은 물론 이중어 세대로서 김수영이 보여주는 실증적이면서도 심층적인 인식 문제, 그 외에 그가 그 시대를 경유하면서 고뇌했던 시 의식과 사상적 탐색 과정에 대한 연구에 이르기까지 그 저변이 점차 확대되고 있다.

2005년 단행본 기획자 김명인이 「책 머리에」에서, 『살아있는 김수영』 책의 기획이 김수영에 관한 "협동적이고 축조적인 방식의 공동 연구가 절실한 이때에 그 초석으로 놓여질 만한 글들을 한데 모음으로써 앞으로 본격적인 김수영학學이 마련될 수 있게 했다"고 소개한 것처럼, 본 연구서의 번역 텍스트 연구 또한 '김수영학'으로 가는 길목에서 중요한 역할을 하기를 또 한번 기대해본다.

2. 번역 연구의 난제와 그 의미

김수영 번역 연구에 대한 관심은 모든 번역 연구에서 인용되고 있는, 그의 「시작노트」의 "내 詩의 비밀은 내 번역을 보면 안다"는 의미심장한 한 구절에서 출발한다. 이를 증명하듯 과연 김수영의 시와 산문 곳곳에는 그가 독서하고 번역한 텍스트와 용어들이 빈번하게 등장한다. "트릴링은 쾌락의 부르죠아적 원칙을 배격하고 고통과 불쾌와 죽음을 현대성의 자각의 요인으로 들고 있으니까 그의 주장에 따른다면 나의 현대시의 출발은 「병풍」 정도에서 시작되었다"(「연극을 하다가 시로 전향」)와 같은 구절은 이미 김수영 연구자들에게는 잘 알려진 것들이다. 이외에도 '긴장tension(「시작노트 6」)'의 의미는 김수영이 이상옥과 공동 번역한 『현대문학의 영역』(중앙문화사, 1962) 중 「詩에 있어서의 텐슌」(1955)이라는 논문을 통해서 논할 수 있었다. 이후 김수영의 시와 산문에 등장하는 난해하고 신비로운 용어들은, 번역 텍스트와의 교차 연구 속에서 차차 그 상징의 숲에 다다를 하나의 실마리를 얻게 된다.

특히 김수영 시론의 종착역으로 일컬어지는, 「반시론」에서 "반시"의 의미는 김수영이 번역한 클로드 비제의 「반항과 찬양」에서 "진정한 시는 무시無詩와 반시反詩가 되지 않으면 아니 된다.(죠오지 바테이유가 지극히 적절하게 말한 것처럼)"는 구절에서 그 의미를 구체적으로 증명할 논거를 얻기 시작한다. 이를 통해 번역 연구는 '반시'가 어떤 고정된 의미를 지향하는 '언어의 조합인 시'란 '개념'을 이야기하는 시에 반反하여 끊임없이 고정된 사유 체계를 미끄러지며 만들어낸 형상이 된다는 점을 밝혀낸다. 이를 통해 그는 모든 억압적 이념과 사유의 경계를 뛰어넘은 아나키한 혁명적 시공간, '반시反詩'의 경지에 도달한다.

그런데 그는 "스승 없다. 국내의 선배 시인한테 사숙한 일도 없고 해외 시인 중에서 특별히 영향을 받은 시인도 없다"(「시작노트 2」)고 말한다. 또 그는 "죠쥐 바타이유의 「문학의 악」과 모리스 브랑쇼의 「불꽃의 문학」" 같이 정작 마음에 드는 책은 "너무 마음에 들어서 읽고 나자마자 즉시 팔아버렸다"(「시작노트 4」)고 하고, 시 「엔카운터지」에서는 그가 관심을 갖고 구독했던 이 매체가 전달하는 지식(이오네스코)이 아니라, 거기서 깨달은 "시간의 연관"이라는 의미가 더 중요하다고 말한다. 본서에 실린, 고봉준의 「김수영의 '번역'과 시(론)변화의 상관성」이 밝힌 대로, 이오네스코 등 전위 예술 텍스트를 번역하면서 그는 「반시론」에서 주장한 것처럼 시간이 지남에 따라 언어의 의미가 끊임없이 미끄러지는 부조리극의 언어 의식을 지향하게 된다. 『엔카운터』지 텍스트 번역에서 얻은 지식보다 '시간에 대한 인식'이 더 중요한 것이라는 깨달음도, 시간이 지남에 따라 그 지식에 대한 자신의 생각이 달라졌고 또 앞으로 달라질 것이기 때문인 것이다.

이런 점을 분석해보았을 때, 그는 하나의 작품과 작가의 영향에 머무르지 않고 이를 끊임없이 자기화시키면서 자신의 시 의식을 발전시켜나간다. 이는 이론의 수용, 혹은 변용이라는 개념을 뛰어넘는 차원의 작업이다. 즉, 그의 시적 도정 자체가 늘 고정적인 개념을 뛰어넘는, 의미 생산의 진행형인 '반시'적인 것이다. 그렇기 때문에 번역 연구를 수행하면서 연구자는 이들 텍스트의 깊이 있는 인식 체계를 제대로 파악하기도 어려운데 이후 한 개념에 대한 실마리를 얻은 순간, 그걸 알아낼 수 있겠다는 연구자로서의 성취감을 곧바로 경계해야 하는 난제에 봉착하게 된다. 김수영의 시 세계 전반에 등장하는 '죽음'의 개념이 텍스트마다 매 순간 달라진다는 점을 예민하게 알아차려야 하는 것이 그 예이다.

대개 작가들의 경우, 자신이 수용했던 외국의 문학이나 사상 체계에 대한 언급을 숨기거나, 이렇게까지 섬세하게 드러내지 않는데, 자신의 독서 목록과 그것에 대한 사유 과정을 일일이 읊어대는 김수영의 자신감의 근원이 무엇일까를 생각하면, 그것은 이렇게 한 가지 사유에 오래 머물지 않았다는 자의식에 있다고 본다.

또한 휘트먼, 예이츠, 엘리엇, 오든, 스펜더 등과 트릴링 등 뉴욕 지식인파의 비평가들을 품고 있는 영미 문학장은 물론 장 콕토, 말라르메, 보들레르, 발레리, 브르통 등 프랑스 문학과 릴케, 브레히트 등 독일 문화사, 마야콥스키, 도스토옙스키, 파스테르나크 등과 해빙기의 러시아 문학, 『시와시론詩と詩論』 동인지와 니시와키 준자부로西脇順三郎, 히시야마 슈조菱山修三 등 일본 문학. 네루다 등 남미의 문학 등 그리고 주지주의부터 초현실주의까지의 여러 문화 사조와 철학 또 마르크스와 프로이트주의(포스트주의를 포함해서)는 물론, 하이데거, 사르트르, 블랑쇼, 바타유 등 서구 철학자와 함석헌 등 한국의 사상가, 임화, 이상, 박인환, 신동엽 등 한국의 작가, 또 C. 라이트 밀즈, 라스키, 레몽 아롱 등의 정치사상가. 쇠라, 자코메티, 헨델 등 조각가, 미술, 음악, 영화 등 예술 작품, 펄 벅 등의 작가와 공자, 맹자, 중용 등등 동양철학까지 그가 관심을 갖고 연구했던 대상은 마치 파노라마를 보고 있는 듯, 이루 말할 수 없이 드넓다. 주로 그의 인식은 반공주의적 입장에서 당대 매체들이 다루고 있는 그 시대 전 세계 지식의 판도는 물론 가뿐히 뛰어넘는다.[3]

거기에 바타유와 블랑쇼, 하이데거의 텍스트를 일본어 번역판본으로 보았듯, 이중어 세대로서 식민지 시대부터 제국 일본의 지식장을 거쳐 유입되었던 수많은 텍스트들에서 섭렵했던 그의 지식의 양은 이루 다 파악하기 어려울 정도이다. 게다가 그가 보고 있었던 『엔카운터』, 『파르티잔 리뷰』, 『보그』 등 외국 잡지들의 양도 만만하게 볼 수 없다. 그는 또 번역을 생업으로 삼기도 했던 탓에 노벨상 수상 작품들은 물론, 당대 서구의 베스트셀러들이나 주요 잡지들에도 관심에 두고 있었을 것이다.

이외에도 아마 검열을 의식하여 김수영이 스스로 차마 밝히지 못한 텍스트는 또 무엇일까 짐작할 수 있을 따름이며, 연구를 하다 보면 그가 자신의 심중을 일본어 일기에 남겼듯이, 일본어 텍스트로 읽은 것들이나 어쩌면 중요한 번역 텍스트 중 일부는 언급되지 못했을 수도 있겠다는 생각이 들기도 한다. 그야말로, 그의 텍스트 자체가 식민지 시대를 경유해서, 탈식민 이후 한국의 지식 사상 문학(화)사의 총체적 집합소라는 점을 무겁게 인식하는 데서, 번역 연구가 시작되었던 것을 김수영 연구자들은 잘 알고 있을 것이다.

김수영 번역 연구는 마치 하나의 언어를 우리의 언어로 번역해내는 과정과도 닮아 있다. 번역가들은 원텍스트와 번역 텍스트의 언어만을 잘한다고 해서, 제대로 된 번역이 이루어지지 않는다고 전한다. 원텍스트와 그 작가에 대한 깊이 있는 이해, 또 이를 둘러싸고 있는 콘텍스트의 시공간을 제대로 이해하고, 또 우리 언어가 어떠한 시공간에서 발화하는 것인지에 대한 이해, 거기서 발화되는 언어와 번역가와 독자 주체들의 인식 세계에 대한 깊이 있는 이해가 있어야 한다고 한다. 그런 것처럼 김수영의 번역 연구에서도 역시, 김수영이 번역한 원텍스트에 대한 이해만 갖고서는 김수영의 번역 연구를 제대로 하기 어렵다. 대개의 경우, 김수영은 원텍스트에 대한 깊이 있는 이해를 수행하면서도 이를 대하는 정치사상적, 혹은 미학적 입장이 분명한 번역 주체이기 때문이다. 그의 시와 산문이 보여주는 난해의 장막은 단지 검열을 피하기 위한 테크닉에 불과한 것은 아닐 것이다. 그가 자신의 텍스트, 특히 산문에서 보여주는 번역과 연관된 키워드에는 이미 그 대상에 대한 자신의 입장이 내포되어 있다고 볼 수 있다. 그렇기 때문에 그의 언급에는 원텍스트의 의미 외에 김수영의 내면적 인식이 겹겹이 쌓여 있어, 마치 양파 껍질이 겹겹이 싸여 있는 모양새처럼, 쉽사리 그 언술의 내막을 알아내기 어려운 것이다.

이를 안다면, 그가 번역한 원텍스트의 입장을 그대로 수용했다고 바라보거나 그 번역문의 내용을 곧이곧대로 그의 시와 산문에 대입하여 그의 심중을 알아내려는 시도를 하기 어려워질 것이다.

그러나 그럼에도 불구하고 지금까지의 번역 연구가 수행하면서 알아낸 것처럼, 그의 번역 텍스트는 그가 차마 말하지 못한 것들을 열어 보여주는 희미한 빛의 역할을 할 것이다. 그래서 끊임없이 그의 시와 산문, 번역 텍스트, 그리고 그가 살았던 시공간과의 대비 속에서, 지금도 김수영 텍스트의 가장자리가 연구자들의 수많은 손끝에 닿아가고 있는 것이다.

부족하지만 그 노고에 힘을 보태고 또 함께 고민하고자, 이제 우리가 그의 사유가 가진 깊이의 심연에 좀 더 가까이 다가서려면, 그의 시와 산문 그리고 번역 텍스트를 감싸고 있는 한국문학 사상사 전반에 대한 통찰력 있는 이해가 필요하다는 점을 공유하고 싶다. 김수영의 텍스트에만 시야를 한정하지 말고, 번역 사상사 전반의 흐름이나 그가 살았던 시대의 역사, 무엇보다도 현재 우리 사회의 문제점에 대해서 고민하다가 다시 김수영의 번역문에 다가갔을 때, 이전에는 보이지 않았던 문맥이 읽히는 경우가 있을 수 있기 때문이다.

3. 현 단계 김수영 번역 연구의 쟁점, 그리고 가야 할 길: 젠더(섹슈얼리티), 검열, 한국문학 번역 사상사의 문제[4]

앞서 언급한 대로, 김수영 번역 연구는 현재 활발하게 진행 중이다.[5] 이제는 김수영 번역 평론집(『시인의 거점』, 박수연 엮음, 2020)이 발간되었으니 좀 더 수월하게 번역 텍스트 연구가 수행될 것으로 보인다. 특히 연구 자료에 대한 접근성이 높아져, 연구자의 지반이 좀 더 넓어질 것으로 기대한다. 번역 연구를 하면서 외국 문학 전공자들이나 정치 · 사회 사상, 철학, 사학 연구자들의 글에서 김수영에 대한 언급을 보는 것은 경이로운 일이었다. 앞으로도 한국문학 연구자들이 보지 못한 영역을 이 연구자들이 열어서 보여줄 수 있을 것이라 기대한다.

현재 번역 연구에서는 김수영 시와 많은 연관성을 보여주는 테이트, 예이츠, 트릴링, 하이데거, 휘트먼, 예이츠, 자코메티, 라스키, 바타유 등 주요한 작가나 작품에 대한 연구는 상당 부분 진행되었거나 진행되고 있는 상황[6]이다.

그간 김수영의 사상적 토대에 대한 연구로는 주로 사르트르, 라스키, C. 라이트 밀즈, 네루다, 크리스토퍼 코드웰 등, 주로 마르크스주의의 자장 안에 있는 원텍스트 저자들을 중심으로 이루어졌다. 그가 한때 꿈꾸었던 세계관의 전환, 혹은 균열의 문제를 다루는 데 있어서, 마르크스주의와의 연관성에 몰두했던 것도 사실이기 때문이다. 그런데 이 단행본에 실린 오길영의 글에서도, 향후 주목할 만한 연구 대상으로 '프로이트' 사상이 언급된다. 본 연구자 역시 최근에 프로이트주의와의 연관성에 대한 고민을 수행하고 연구 논문을 작성한 바가 있기 때문에, 이 내용에 대한 언급이 반갑게 다가온다.[7]

김수영 연구에서 이 언급이 중요한 것은 이 사상이 그간 김수영의 진보적 이념 성향을 바라보는 관점을 다소 확장시켜주기 때문이다. 그간 김수영 연구, 특히 미완이지만 유일한 소설인 '의용군'과 최근에 발굴된 한국전쟁기 포로수용소 관련 텍스트를 다루는 논의에서는 빼놓을 수 없었던 것이 사상적 전향의 문제이다. 이 문제에 대한 우리 연구자들의 보편적인 입장을 결론적으로 말하면, 그의 사상적 행보는 전향이라기보다는 좀 더 급진화된 것이다. 여기에 탈식민 이후, 한국문학 사상사에서 김수영의 사유가 갖는 가장 중요한 쟁점이 놓여 있다고 생각한다.

그런 점에서 연구자들이, 늘 그 급진화된 사상의 정체에 대한 탐색을 놓치지 않았던 것도 사실이지만, 프로이트주의는 김수영 사상의 급진성을 해명하는 과정에서 우리가 놓치고 있었던 김수영의 드넓은 사상적 스펙트럼 중 일부의 조각을 발견하게 해준다. 한국에서 프로이트주의는 문학계에서만 살펴볼 때, 해방 이후 서구적 사유체계가 들어온 이후에서야 본격적으로 수용되기 시작한다.[8] 식민지 시대부터 비교적 일찍 저항 담론으로 번역되었던 마르크스주의보다 이 사상의 번역은 훨씬 시기적으로 늦은 것으로 보인다. 이는 진보 담론 내부에서도 개별자의 '욕망'이라는 문제에 상대적으로 보수적이었던 우리 사회의 역사적 편향성과 연관이 깊은 문제라고 볼수 있다.

김수영은 '온몸의 시론'을 개진하면서 산문 중에서 '프로이트' 초기 사상을 언급하고(「참여시의 정리」), 본서에 실린 고봉준의 논의에서 다룬, 김수영이 번역한 이오네스코의 텍스트 「벽」 중 일부가 프로이트주의를 대사 내용으로 담고 있지만, 김수영의 산문과 번역 텍스트를 살펴보면, 프로이트를 직접적인 번역 대상으로 바라보았다기보다는, 포스트-프로이트주의를 통해서 프로이트와 마르크스주의(소비에트 사회주의)를 동시에 사유했다고 바라볼 수 있다. 이는 김수영 후기 번역에서 가장 많은 분량을 차지하는, 트릴링, 알프레드 케이진 등, 『파르티잔 리뷰』를 중심으로 활동했던 뉴욕 지식인파 비평가들이 바로 포스트 프로이트주의자들이라는 점을 보았을 때도 그러하다. 김수영이 산문에서 언급했던 트릴링의 「쾌락의 운명」

이 다루고 있는 것이 프로이트의 죽음 충동이고, 조현일은 이 '불쾌'를 김수영이 모더니티의 주요 징후로 포착했다는 점을 정확하게 지적해 낸 바 있다.

사실 김상환의 지적대로,[9] 1960년대 중반 김수영이 포스트 프로이트주의자인 이들을 번역해냈다는 사실 자체도 매우 특이한 것이다. 게다가 김수영이 『파르티잔 리뷰』를 통해 번역했던 트릴링 등 이들 포스트 프로이트주의자들에 대한 번역은 우리 번역사를 통틀어 그 영향이 미미한 편이라 한다. 「반시론」으로 가는 도정에서 김수영이 만난, 이 텍스트들은 『파르티잔 리뷰』의 일원들이 개인의 삶에 대한 인식적 자유를 추구하는 과정에서 탐색한 급진적 사유의 결과물이다. 이들 포스트 프로이트주의와의 만남은 김수영에게 '성性' 문제에 대한 탐색을 수행하는 데 큰 역할을 한 것으로 보인다.

김수영이 「반시론」에서 다루고 있는 내용의 주요 키워드는 '자본, 노동, 그리고 성'이다. 불온시 논쟁을 통해서도 겪었던 검열의 문제가 주로 '정치 검열'의 문제라면, 이즈음에 또 하나의 검열 문제가 김수영의 세계에 들어온다. 그것은 바로 '성'과 연관된 풍속 검열이었다. 김수영은 이 텍스트(「원죄」) 검열 경로를 자신의 산문(「반시론」)에 기록해두는 방식을 통해서 그 제도에 저항한다. 그리고 이 과정에서 그가 몰두했던 것이 자본주의와 싸우는 방식으로 에로티즘의 문제를 사유하는 것이었다. 이 경로에서 그는 『파르티잔 리뷰』에 실린, 뉴욕 지식인파의 비평 텍스트 중 '쾌락(불쾌)'와 연관된 텍스트를 집요하게 번역했던 것이다.

김수영이 일찍이 '육체성'의 문제에 대해 사유했다는 흔적은 예이츠에 대한 번역 텍스트[10]에서도 드러난다. 이후 꾸준히 이에 대한 번역의 경로를 거쳐, 사유를 발전시켜 나갔던 것이다. 그러다가 종국에는 「반시론」에서 그는 "프티 부르조아적인 〈성〉을 생각하면서 부삽의 세계에 그다지 압도당하지 않을 만한 자신을 가"졌다고 한다. 이는 그가 바타유의 에로티즘적인 사유, 즉 절대로 자본화되지 않는 '사랑'의 합일의 순간(죽음)을 통해, '성'의 통제를 통해서 노동 시스템을 강제하고자 했던 근대 자본주의 체제에 대응하려 했다는 점을 보여준다. 그리고 이 에로티즘의 세계는 개념화되지 않는 아나키한 코뮌적 세계이기도 하다. '반시'의 세계 역시 그러하다면, 이 두 세계가 만나, 시 「풀」의 경지가 만들어지는 것이다. 아무것도 말하지 않는데, 그것을 말하는 경지. 「반시」는 사랑(에로티즘)의 경지이자 죽음, 즉 혁명의 경지이다.

이 에로티즘의 경지에는 사랑의 대상을 소외시키거나 함부로 '대상화'하지 않는 인식적 태도가 반드시 필요하다. 이를 김수영은 시 「미인」에서 창문을 열어놓고 욕망이란 연기를 내보내는 형상을 통해서 표현하고자 했다. 그가 산문 「원죄」에서 "한 사람의 육체를 맑은 눈으로 보고 느꼈다"고 말한 것도 이러한 맥락에서 나온 것이다.

이런 점에서 본 학술대회에서 중요하게 부각된, 젠더의 시각에서 바라본 김수영 문학에 대한 논의에도 세심하게 다른 맥락을 부여할 수 있으리라 본다. 물론 실제적으로 김수영이 가정 폭력을 행사한 것이 분명한 사실이기 때문에, 그 죄과를 감쌀 생각은 추호도 없다. 다만, '폭력'의 주체가 자신임을 만천하에 알린 시 「죄와 벌」이, 대낮에 자신의 아내를 두들겨 패고도 전혀 뉘우침이 없이 그저 두고 온 우산과 아는 사람이 그 현장을 목격하였는가만 신경 쓰는 후안무치의 태도, 그것이 바로, '폭력'의 민낯이라는 점, 자신의 아내를 소유물처럼 대상화시키고, 누군가의 '죄'를 '벌'한다는 의미로 수행하는 '폭력'도 그저 폭력일 뿐이라는 점을 고발한 시라는 그 아이러니를 그대로 직시하는 태도가 필요하다는 점을 말하고 싶다.

더불어 앞서 말한 대로, 최근에 미투 운동 등 우리가 직면했던 여러 상황과 이에 다른 문제들을 바라볼 때, 한국에서 섹슈얼리티 문제를 진지하게 논의하며, 김수영처럼 대상화 혹은 그 어떤 위계화 없이 상대를 바라보는 시선, 그것을 바탕으로 폭력과 억압이 없는 자유로운 상상력을 꿈꾸는 것은 지금도 거의 힘든 일이라는 점을 알게 된다. 이러한 점은 한국 사회 내부에서 김수영이 보기 드문 지식인이라는 점을 증명하는 데 부족함이 없는 것이다.

또한 검열의 역사에서 바라보았을 때, 그의 에로티즘에 대한 사유는 중요한 의미를 갖는다. 흔히 김수영 시의 '불온성'을 논할 때, 주로 '불온시 논쟁'에서 불러낸 서랍 속 시의 정치적 의미를 중심으로 논의하는데, 실제 그가 산문에서 고발한 검열의 흔적은 '성'과 연관된 풍속 검열이었다는 점을 주의 깊게 보고 강조할 필요가 있다. 한국에서 섹슈얼리티 관련 검열이 얼마나 강고한 것인가는, 이념적인 서적에 대한 검열이 다소 완화된 1990년대 이후에도 '성' 표현과 관련된 필화 사건들이 발생했다는 점이 말해주는 것이다.

이를 볼 때에도 김수영이 1960년대 자신의 글에서 표현했던 에로티즘의 사유가, 현재까지 한국문학사 전반에서 매우 급진적인 것이라는 점은 우리가 인식해야 할 것이다. 그리고 이 검열과의 사투를 통해서, 그가 반어적으로 새로운 문학적 경지를 열어나가는 과정, 여기서 번역이 수행한 역할은 한국문학(화)사 전반에서, 매우 중요한 전범적인 사례로 기억될 것이다. 그것은 검열, 젠더(섹슈얼리티)

연구, 전향 등 한국문화 사상사 연구와 결합된 번역 연구가 있었기에 알아낸 결과라고 볼 수 있다. 앞으로도 우리 역사에서 김수영 문학의 심연이 보여주는 경이로움을 증명하는 데 그의 번역 텍스트 연구가 중요한 역할을 할 것이다.

내 시는 모두 사기다!

—김수영과의 대화

김명인

김수영 선생을 만났다. 그의 53주기(2021년)였던 지난 6월 16일, 토요일이었다. 긴 초여름 해가 조금씩 산 그리매를 짙푸르게 만들어갈 무렵 도봉산 아래 그의 묘소를 찾았다. 그에 관한 책을 두 권이나 내고도 그의 묘소를 찾지 못했었는데 그날은 그냥 심상하게 집을 나와 마치 오래전부터 계획되었던 것처럼 내 발길이 그에게 향했다. 그곳에서 그는 자신의 묘석 위에 그 술 덜 깬 퀭한 눈을 하고, 목 늘어난 흰 러닝셔츠에 국방색 작업복 바람으로 맨발에 흰 고무신을 신고 앉아 있었다.

명인 　선생님을 뵙게 될 줄은 몰랐습니다. 아직 살아계셨군요!

수영 　웅, 아직 죽지 않고 있어. 아니 정확히 말하면 산 것도 죽은 것도 아니지.

명인 저, 저는…….

수영 자네가 누군지 알고 있어. 거기 가져온 술이나 내놓게.

　나는 가져간 소주병을 따서 종이컵에 한 잔 따라 그에게 건넸다.
그는 전작이 있었는지 눈 주위가 붉어 있었다. 낮에 가족도 다녀갔
을 테고 어쩌면 김수영 병에 걸린 친구들이 몇몇 더 일찌감치 다녀
갔는지도 몰랐다. 여든여덟의 노인이었지만 머리숱은 여전히 짙었
고 아직 반백이었다. 그는 종이컵에 담긴 소주를 단숨에 비우고 입
맛을 다셨다. 나도 덩달아 소주 한 잔을 비웠다.

수영 내가 이렇게 멀쩡히 살아 있어서 놀랐나? 언젠가 백낙청이
가 내 시 선집을 묶고 나서 해설에다가 '살아있는 김수영'이라고 쓴
적이 있었지. 그때 나는 그 친구가 내가 살아 있다는 사실을 정말 알
고 썼나 해서 조금 당황했었어. 그러더니 자네도 임홍배란 친구하고
같이 낸 책에다 같은 제목을 붙였더군. 그래서 이건 젊은 친구들의
습관적인 레토릭이군, 하고 웃고 말았지. 사실은 자네가 찾아오는
걸 알고 기다렸네. 내가 자네를 찾아간 적은 없지만 자네가 온다면
한번 만나봐야겠다는 생각은 했었네.

명인 저 따위를 기다리셨다니 많이 외로우셨던 모양이군요. 벌
써 50년이 다 되어가는데 그간 어떻게 지내셨습니까?

수영 늘 살아 있었던 것은 아니야. 때로는 몇 달이고 무덤 속에

드러누워 긴 잠을 잘 때도 있었고 때로는 몇 달 동안 백일몽만 꾸고 지냈던 적도 있었지. 전태일이가 죽었을 때, 유신체제가 시작되었을 때, 박정희가 죽었을 때, 광주 사람들이 죽어나갔을 때, 박종철, 이한열이가 죽고 6월항쟁의 함성 소리가 여기까지 들려왔을 때, 문익환 목사, 임수경이가 이북에 갔을 때, 천안문 사건이 일어나고 소련이 망했을 때, 남북 정상 회담이 열렸을 때, 세월호 사건이 일어났을 때…… 그럴 때는 몇 달씩 잠을 못 이루고 직접 세상으로 나가서 사람들 곁에 있기도 했네. 그런데 요즘엔 깨어 있을 때보다는 잠들어 있을 때가 더 많아.

명인 그러시겠지요, 그러실 것 같았습니다. 이 한반도 남쪽의 삶이란 게 어디 미련도 아쉬움도 없는 죽음을 허락할 리 있겠습니까. 하물며 선생님처럼 창졸간에 고혼이 되신 분이야 오죽하실까요. 제가 무슨 도움이 되겠습니까마는 그래도 절 기다리셨다니 잠시나마 말동무로나 삼아주시지요. 저도 그간 선생님께 궁금했던 것들 생각나는 대로 여쭙는 기회로 삼고 싶습니다.
가장 궁금했던 것 먼저 여쭙겠습니다. 선생님, 마르크스주의자는 아니셨지요? 저도 아니시라고 판단했지만 혹시나 해서요. 워낙 서슬 퍼런 냉전 시대의 한복판을 사시다 가셨으니까 어쩌면 그저 시치미를 뚝 떼고 있었을지도 모르겠다는 생각이 듭니다.

수영 얼치기 마르크스 보이라더니 역시 그게 제일 궁금했던 모양이군.

그는 빙긋이 웃었다.

수영   난, 마르크스주의자는 아니야. 이런저런 책은 몰래 기웃거
려 보았지만 평생을 풍문으로만 들었지. 병약했던 소년 시절을 지내
고 조금 세상을 알 만한 나이가 되니까 일제의 군국주의 전쟁이 시
작되어 조선에서 마르크스주의자들은 설 자리를 잃어 공식적인 활
동을 못하게 되었고, 일본으로 건너가 봐도 전향이 대세였던 전쟁기
에 변변히 그 '주의'를 접할 기회를 가질 수 없었어. 무엇보다 기질적
으로 나는 늘 '혼자'여서 마르크스주의가 펼쳐 보이는 어떤 집단적,
전체적 감각과는 거리가 멀었던 것 같아.

명인   그럼 해방 후 서울에서 임화와 가까이 지냈다거나, 의용군
에 지원―그렇죠, 지원이지요―한 것, 그리고 「허튼소리」 같은 데
서 보이는 북한에 대한 노골적인 동경이나 쿠바혁명에 대한 열렬한
지지 같은 것도 공연히 확대해석할 필요는 없겠군요.

수영   임화는 개인적으로 너무 좋아했어. 그가 얼마나 멋있는 인
간이었는지 자네도 잘 알잖나. 만일 그 사람과 좀 더 오래 같이 있을
수 있었다면 아마 나도 그를 따라 진짜 마르크스주의자가 됐겠지. 의
용군에 지원한 건 마르크스주의자라서가 아니라 썩어빠진 해방 직
후 남한 사회에 대한 반발과 사회주의 사회에 대한 호기심 때문이었
다고나 해두지. 그런데 그런 심정적 끌림이 감당해내기에는 전쟁기
사회주의 북조선의 불안정한 모습과 의용군대의 피폐한 일상적 현실
이 내게 주는 실망과 공포의 실감이 너무 컸다고나 할까. 아, 4·19가

나고 나서 내가 일기에다 경제학 공부를 해야겠다고 썼을 때, 그리고 북에 간 김병욱이에게 「저 하늘 열릴 때」라는 편지를 썼을 때, 다시 마르크스주의, 아니 사회주의에 크게 기울었다고 할 수는 있지만, 나는 근본적으로는 자유주의가 끝까지 간 곳에 마음의 유토피아를 설정해둔 급진 리버럴이었다고 봐야지.

명인　저도 그러시리라 짐작했습니다. 생각해보면 마르크스의 유토피아와 급진자유주의의 유토피아 간에 얼마나 먼 거리가 있겠습니까. 중요한 것은 실천의 문제이고 그보다 더 중요한 것은 그것을 실천하는 인간들의 문제 아니겠습니까. 선생님이 늘 말씀하신 양심, 혹은 제정신이란 것이 바로 모든 외적 실천에 선행해야 할 내적 실천에 해당하는 것 아닐까요? 선생님의 시들이 40년이 다 되어가도록 여전히 현재형인 것은 바로 그 내적 실천을 추구하는 격렬한 정신의 운동을 적나라하게 보여주셨기 때문일 겁니다.

수영　그렇게 봤나? 그래…… 그런데 그거 사실은 별거 아니야. 외적 실천에 선행하는 내적 실천이라고 했지만 정확히 말하면 외적 실천이 불가능한 상황에서 외적 실천을 두려워했던 형편없는 작자가 할 수 있는 일이라곤 자기를 학대하는 일밖에 없었거든. 나는 그 옹색하고 비겁한 자기 학대에다가 양심이라는 이름을 붙여 사기를 친 셈이지. 난 겁쟁이였어. 문인간첩단에 걸린 사람들 석방 요구 서명에도, 월남 파병 반대 성명에도 참여하지 못했지. 다시는 의용군 대열에도 포로수용소에도 들어가고 싶지 않았던 거야. 너무 무섭고 참담했거든. 그런데 한편으론 내가 겁쟁이라는 사실이, 거리에 나서

거나 감옥에 가지 못하고 그저 글이나 쓰고 있다는 사실 또한 너무 부끄러웠지. 내 삶은 공포에 늘 납작 짓눌린 형상이었고 내 시는 부끄러움으로 늘 벌겋게 달아오른 형상이었지. 그게 격렬한 정신이었다고? 흐흐…… 내 글, 내 시는 모두 사기야, 사기!

명인 선생님, 또 자학하시는군요! 사기 치셨다고 하셨지만 그렇게 말하면 모든 글 쓰는 인간은 전부 사기꾼입니다. 선생님은 사기를 치셨는지는 모르지만 적어도 사기 치고 있다는 사실을 숨기지는 않으셨지요. 바로 그 점이 '김수영 표'가 아닐까요. 만일 그런 자학적 정직함이 없었다면 「꽃잎」이나 「풀」이 보여주는 휘황한 엑스터시의 세계가 그렇게 아름답게 느껴지지는 않았을 겁니다.

수영 「풀」에서 엑스터시를 봤다고?

명인 그럼요, 해탈하는 자의 엑스터시였지요.

그때, 잠깐 바람이 불었다. 동풍이었는지는 모른다. 하지만 무덤가 풀잎들이 일제히 몸을 뉘었다 일어났다. 선생의 헝클어진 머리칼도 일순 가르마 저편으로 일제히 젖혀졌다가 다시 흩어졌다. 빈 종이컵들도 쓰러져 굴렀다. 그래도 비가 올 것 같지는 않았다. 그는 잠시 말이 없었다.

수영 「풀」에서 엑스터시를 봤다니 자넨 시를 잘못 읽었네. 그건 해탈도 황홀도 아니고 발광이었거든? 오죽하면 울다가 웃다가 그난리였겠나? 내가 선禪이나 할 놈으로 보였나? 자넨 「풀」 바로 앞에 「의자가 많아서 걸린다」가 있었다는 걸 잊었나?

명인 제가 왜 잊었겠습니까. 저도 늘 의자에 치여서 살고 있는 걸요. 발을 옮길 때마다 의자가 걸리고 걸음걸음마다 마룻장이 울려 온갖 사물들이 귀에 징징거리는걸요. 이십여 년 전 체코 여행에서 돌아올 때 보헤미아 크리스탈 한 세트를 사 짊어지고 오다가 선생님의 그 '노리다케 반상 세트'가 생각나서 혼자 쓴웃음을 지었던 기억이 납니다. 「의자가 많아서 걸린다」가 없었다면 「풀」의 아름다움은 그야말로 사기가 되었겠지요. 땅에 뿌리박혀 꼼짝 못 하는 존재, 온갖 진드기와 개미 떼들에 뜯겨도 단 한 걸음도 몸을 비키지 못하는 풀들이 바람에 머리카락 풀어헤치고 고통스러워하는 모습, 선생님 말씀대로 발광인지도 모르겠습니다. "삼팔선을 돌아오듯 테이블을 돌아갈 때/걸리고 울리고 일어나도 걸리고/앉아도 걸리고 항상 일어서야 하고 항상/앉아야 한다 피로하지 않으면"이라는 의자와 찬장 사이를 헤쳐 나아가는 생활과 "바람보다 늦게 누워도 바람보다 먼저 일어나고 바람보다 늦게 울어도 바람보다 먼저 웃는다"는 풀의 움직임은 참 많이 닮아 있습니다. 하지만 발광과 엑스터시에는 종이 한 장 차이밖에 없습니다. 그렇지 않은가요? 대지에 발 묶인 풀들의 눕고 일어섬은 발광이지만 대지에 뿌리내린 풀들의 너울거림은 해탈의 엑스터시 아닌가요? 「풀」에는 '묶인 자'에서 '뿌리내린 자'로의 존재론적 전환이 있습니다. 그걸 자유라고도 할 수 있겠지요. 그렇게 보는 게 틀렸습니까?

수영　자네 좋을 대로 생각하게. 나는 다만 내 생애 마지막 시라고 오만 의미를 덕지덕지 붙여대는 자들이 마뜩잖았을 뿐이네. 그건 나를 완전히 보내버리자는 수작들이지.

명인　어이쿠, 저도 똑같은 부류로군요!

어느새 땅거미가 서서히 내리기 시작했다. 팔에 선뜻 소름이 돋았다. 이제 일어서야 할 시간이다.

명인　선생님, 마지막으로 한 가지만 더 여쭙고 싶습니다. 지금 세상은 많이 변했습니다. 아직도 국가보안법이 살아 있기는 하지만 정치적 자유는 이제 아주 쉬어 꼬부라질 정도로 흔해졌습니다. 언론 자유가 없어서 시를 못 쓰던 시대는 거의 지나갔습니다. 현실 사회주의권은 다 망해버렸고 남북통일도 그야말로 시간문제처럼 되어버렸지요. 그리고 무엇보다 선생님이 그토록 무서운 속도로 따라잡고자 했던 근대, 혹은 근대성은 이제 혹독한 성찰과 비판의 대상이 되어버렸습니다. 지금도 어딘가 「네이팜 탄」이나 「폭포」처럼 그렇게 빠른 속도로 날아가거나 내리꽂힐 곳이 있는 겁니까?

수영　이렇게 대답하지. 시는 움직이는 것이라고. 정신은 움직이는 것이라고. 돌아가는 것은 가는 것이 아닌가, 반성은 운동이 아닌가? 머무르는 모든 것은 시가 아닐세. 그리고 이 시대는 아직도, 아니 오히려 더 '명령의 과잉을 요구하는 밤'이네. 이만하면 되었다는 말을 내가 못한다는 사실을 잘 알지 않는가. 나는 아직도 순교할 곳에 이르지 못해 이렇게 눈 못 감고 세상을 떠돌고 있네. 현문우답인가? 대답은 자네 속에 있네. 이 얼치기 비평가 선생! 어서 세상으로 돌아가 더 공부하게. 오늘 반가웠네.

산자락 짙은 땅거미가 그의 무덤에 걸쳐지는가 싶은 순간, 그는 그림자처럼 그 땅거미와 한 몸이 되어 홀연 무덤 속으로 사라져갔다. 6월의 밤이 시작되었고 나는 휘청휘청 산길을 걸어 내려왔다. 아직 못다 한 물음이 너무 많았지만 그 물음에 대답하는 것은 그가 말한 대로 그의 몫이 아니라 내 몫이었다.°

° 이 글은 『대산문화』 2007년 가을호에 게재되었던 것을 약간의 수정을 거쳐 재수록한 것이다.

박성광 ── 김수영, 생성하는 텍스트

1   김승희, 「편자 서문」, 『김수영 다시읽기』, 김승희 엮음, 프레스21, 2000, 9쪽.

2   김명인, 「왜 아직 김수영인가: 90년대 김수영 연구의 문제」, 『문예미학』 제9호, 2002. 2, 57쪽.

3   대표적인 평자는 오세영이다. 그는 김수영을 '60년대 한국 시의 한 해프닝' 이라고 평가절하하고 있는데 그가 김수영을 비판하는 논지를 들여다보면 크게 참여시와 난해성의 문제로 요약된다. 전자와 관련해서 김수영의 시는 사건이 중심이 되며 메시지 전달에 치중하여 시보다는 산문에 가까운 형태를 지니게 되었다는 점 그리고 이는 장르적으로 존재를 형상화하는 시의 특성이라기보다는 인간의 행위를 형상화한 소설이나 드라마에 가깝다는 점을 지적했으며, 후자와 관련해서는 그의 시가 지닌 난해성으로 인해 작품 해독이 불가능할 정도이며 이는 시적 형상화와 관계없이 독자를 속이기 위한 방편이거나 어떤 미적 가치를 창출할 수 없을 정도로 김수영의 언어가 조악한 데 따른 결과라고 판단했다.(오세영, 「우상의 가면: 김수영론」, 『현대시』, 2005, 1~3쪽)

그러나 오세영의 김수영 비판은 상당히 협소한 문학적 스펙트럼 내에서 작동하여 그 안에 포섭되지 않은 양 영역을 소거해버린 혐의가 없지 않다. 그의 논의를 뒤집어보면 참여시의 문제는 오히려 한국 현대시의 외연을 확장한 측면이 있고 난해성의 문제는 기존의 감각이 미처 포착하지 못한 대상을 형상화하는 과정에서 비롯된 것일 수 있다.

4   유종호,「다채로운 레파토리: 수영洙暎」(1963), 김수영 외,『김수영의 문학: 김수영 전집 별권』, 황동규 엮음, 민음사, 1983.

　　김현승,「김수영의 시적 위치」,『현대문학』, 1967. 8.

　　＿＿＿,「김수영의 시사적 위치와 업적」,『창작과비평』, 1968 가을.

　　백낙청,「김수영의 시세계」,『현대문학』, 1968. 8.

　　＿＿＿,「역사적 인간과 시적 인간」,『창작과비평』, 1977 여름.

　　＿＿＿,「살아있는 김수영」,『사랑의 변주곡』해설, 창작과비평사, 1990.

　　염무웅,「김수영론」(1976), 김수영 외,『김수영의 문학: 김수영 전집 별권』.

　　김지하,「풍자냐 자살이냐」,『시인』, 1970. 6/7.

5   김현,「자유와 꿈」(1974), 김수영 외,『김수영의 문학: 김수영 전집 별권』.

　　황동규,「정직의 공간」(1976), 위의 책.

　　김우창,「예술가의 양심과 자유」(1978), 위의 책.

　　정현종,「시와 행동, 추억과 역사: 김수영의 시를 읽으면서 생각해 본 시의 문제」(1981), 위의 책.

　　유종호,「시의 자유와 관습의 굴레」,『세계의 문학』, 1982 봄.

　　이상옥,「자유를 위한 영원한 여정」,『세계의 문학』, 1982 겨울.

6   김승희,「편자 서문」,『김수영 다시읽기』, 9~10쪽 참조.

7   서우석,「김수영: 리듬의 회열」,『문학과지성』, 1978 봄.

　　김혜순,「김수영 시 연구: 담론의 특성 연구」, 건국대학교 박사학위 논문, 1993.

　　이민호,「현대시의 담화론적 연구: 김수영·김춘수·김종삼의 시를 대상으로」, 서강대학교 박사학위 논문, 2000.

　　황정산,「김수영 시의 리듬: 시행 덧붙임과 의미의 상호 변환」, 황정산 편,『김수영』, 새미, 2003.

　　노지영,「김수영 시의 다의미성 연구: 이원적 수사를 통한 '사랑'의 의미 생성 과정을 중심으로」, 서강대학교 석사학위 논문, 2004.

　　장석원,「김수영 시의 수사적 특성 연구」, 고려대학교 박사학위 논문, 2004.

나희덕, 「김수영 시의 리듬구조에 나타난 행과 연의 문제」, 『현대문학의 연구』 37집, 현대문학회, 2009.

오형엽, 「김수영 시의 언술과 구조화 원리 연구」, 『한국시학연구』 43집, 2015.

8   이은정, 「상반된 수용의 문제: 김수영 시의 수용 양상」, 『김수영 다시읽기』.

김홍수, 「김수영 산문에 나타나는 특화 독자 및 특정 독자 표현의 양상」, 『어문학논총』 37집, 국민대학교 어문학연구소, 2018.

김용희, 「독서 공간 안에서 독자의 계보학적 유형에 대하여」, 『네러티브』 7호, 2003. 8.

9   남진우, 「김수영 시의 시간의식」, 『살아있는 김수영』, 김명인·임홍배 엮음, 창비, 2005.

여태천, 「김수영 시의 장소적 특성 연구: "방"과 "집"을 중심으로」, 『민족문화연구』 41집, 고려대학교 민족문화연구원, 2004.

최금진, 「이상과 김수영 시의 몸 연구」, 한양대학교 박사학위 논문, 2014.

우유진, 「김수영 시에 나타난 몸의 의미 연구」, 명지대학교 박사학위 논문, 2015.

10 김수이, 「김수영 시에 나타난 우울증의 양상과 치유기제: 현대성을 기원으로 하는 우울증의 세 차원을 중심으로」, 『한국시학연구』 28집, 한국시학회, 2010.

김승희, 『애도와 우울(증)의 현대시』, 서강대학교출판부, 2015.

박군석, 「김수영의 초기시에 나타난 '우울'의 양상」, 『한국시학연구』 38집, 한국시학회, 2013.

박동숙, 「김수영 시 주체의 변모 과정 연구: 라캉의 네 가지 담론 유형을 중심으로」, 서울시립대학교 석사학위 논문, 2007.

박성광, 「김수영 시의 나르시스적 주체와 자유주의 이데올로기 연구」, 서강대학교 박사학위 논문, 2017.

박태건, 「김수영 시 연구: 무의식적 욕망을 중심으로」, 원광대학교 석사학위 논문, 2000.

최면정, 「김수영 시의 정신분석학적 연구: 지젝의 잉여쾌락 개념을 중심으로」, 『현대문학의 연구』 53집, 한국문학연구학회, 2014.

한명희, 『김수영 정신분석으로 읽기』, 월인, 2002.

_____, 「〈오이디푸스 콤플렉스〉를 통해 본 김수영, 박인환, 김종삼의 시세계」, 『어문학』 97집, 2007.

11 장인수, 「전후 모더니스트들의 언어적 정체성: 박인환, 조향, 김수영의 경우」, 국제어문학회 학술대회 자료집, 국제어문학회, 2011. 5.

12 강계숙, 「김수영 문학에서 '이중언어'의 문제와 '자코메티적 발견'의 중요성: 최근 연구 동향과 관련하여」, 『한국근대문학연구』 27호, 한국근대문학회, 2013. 4.

13 홍성희, 「김수영의 이중 언어 상황과 과오·자유·침묵으로서의 언어 수행」, 연세대학교 석사학위 논문, 2015.

14 김용희, 「김수영 시에 나타난 다중언어와 혼성성」, 『서정시학』 20호, 2003 겨울.
    조연정, 「'번역체험'이 김수영 시론에 미친 영향: '침묵'을 번역하는 시작 태도와 관련하여」, 『한국학연구』, 38집, 한국학연구소, 2011.
    한수영, 「'상상하는 모어'와 그 타자들: '김수영과 일본어'의 문제를 통해 본 전후세대의 언어인식과 언어해방의 불/가능성」, 『상허학회』 42집, 상허학회, 2014. 10.
    최호진, 「60년대 김수영 시의 탈식민성과 이중언어」, 『문예연구』 91호, 2016. 12.

15 조현일, 「김수영의 모더니티관에 관한 연구: 트릴링과의 영향 관계를 중심으로」, 『작가연구』 5호, 1998. 5.

16 박지영, 「김수영 시 연구: 시론의 영향 관계를 중심으로」, 성균관대학교 박사학위 논문, 2002.

17 강웅식, 「김수영의 시 의식 연구: '긴장'의 시론과 '힘'의 시학을 중심으로」, 고려대학교 박사학위 논문, 1997.

18 한명희, 「김수영시에서의 고백시의 영향」 『전농어문연구』 9집, 서울시립대학교 국어국문학과, 1997. 3.
    권오만, 「김수영 시의 고백시적 경향」, 『전농어문연구』 11집, 서울시립대학교 국어국문학과, 1999. 2.
    이승규, 「김수영의 영미시 영향과 시 창작 관련 양상: 비숍, 로웰, 긴즈버그의 영향을 중심으로」, 『한국현대문학연구』 20집, 한국현대문학회, 2006. 12.
    진은경, 「김수영과 로버트 로웰의 '고백시' 비교연구」, 『우리어문연구』 55집,

우리어문학회, 2016. 5.

19 오영진, 「김수영과 월트 휘트먼 비교연구」, 『국제어문』 58집, 국제어문학회, 2013. 8.

20 한명희, 「김수영 시의 영향 관계 연구」, 『비교문학』 29집, 비교문학회, 2002. 8.
이승규, 「김수영 시에서의 '긴장'의 구현 양상: 앨런 테이트의 시론과의 관계를 중심으로」, 『우리어문연구』 31집, 우리어문학회, 2008. 5
조연정, 「'번역체험'이 김수영 시론에 미친 영향: '침묵'을 번역하는 시작 태도와 관련하여」, 『한국학연구』 38집, 한국학연구소, 2011. 9.
박연희, 「1950-60년대 냉전문화의 번역과 '김수영'」, 『비교한국학』 20집, 국제비교한국학회, 2012. 12.

21 윤미선은 김수영 번역 연구의 현황을 정리하는 논의에서 김수영이 번역한 자료 목록을 상세히 제시하여 김수영의 번역 텍스트 연구에 도움을 주고 있다.
윤미선, 「번역학 관점에서 바라 본 김수영 번역 연구」, 『T & I review』 9집, 이화여자대학교 통역번역연구소, 2019. 6.

22 김수영, 『시인의 거점』, 박수연 엮음, 도서출판b, 2020.

23 Joseph Pucci, *The Full-Knowing Reader: Allusion and the Power of the Reader in the Western Literary Tradition*, New Haven and London: Yale University Press, 1998, pp.39~40 참조.

24 이찬, 「김수영 시에 나타난 "전통" 이미지와 방법론: 『주역』을 중심으로」, 『한국문학이론과 비평』 91집, 한국문학이론과 비평학회, 2021.

25 김혜순, 「문학적 『장자』와 김수영의 시 담론 비교 연구」, 『건국어문학』 21·22 합집, 건국어문학회, 1997.
권지현, 「김수영 시에 나타난 '죽음'의 문제 연구」, 『인문과학연구』 32호, 덕성여자대학교 인문과학연구소, 2012.
김순아, 「현대 여성시에 나타난 '몸'의 상상력과 노장사상적 특성: 김수영, 김선우의 시를 중심으로」, 『여성문학연구』 33집, 한국여성문학회, 2014.

26 김지녀, 「김수영 시에 나타나는 타자의 "시선"과 "자유"의 의미: 사르트르와의 상관성을 중심으로」, 『한국문예비평연구』 34집, 한국현대문예비평학회, 2011.

27 최현식, 「곧은 소리의 요구와 탐색」, 『작가연구』 5호, 1998. 5.
이미순, 「김수영 시에 나타난 바타이유의 영향」, 『한국현대문학연구』 23집,

한국현대문학회, 2007.

28 이미순, 「김수영 시론과 '죽음': 블랑쇼의 영향을 중심으로」, 『국어국문학』 159호, 국어국문학회, 2011. 12.

윤승리, 「김수영 시와 번역의 비인칭성: 말라르메·블랑쇼와의 비교를 통하여」, 『비교문학』 85호, 비교문학회, 2021.

29 유종호가 「공자의 생활난」에서 『논어』의 「이인里仁」 제8장의 인유가 드러난다는 것을 처음으로 제기했고 「풀」이 『논어』의 「안연顔淵」 제19장의 인유를 거느린다는 것은 정재서가 처음으로 간략하게 제기한 후 성민엽에 의해서 본격적으로 다루어졌다.

유종호, 「시의 자유와 관습의 굴레」, 『세계의 문학』, 1982 봄.

정재서, 「다시 서는 동아시아 문학: 중국 소설의 기원을 찾아서」, 『상상』, 1994 가을.

성민엽, 「김수영의 「풀」과 『논어』」, 『현대문학』, 1999. 5.

30 임상석, 「'도道'와 '덕德'으로 읽는 김수영 시의 변천: 『논어』와의 상호텍스트성 시론」, 『어문논집』 52집, 민족어문학회, 2005. 10.

31 김상환, 『김수영과 〈논어〉』, 북코리아, 2018.

32 일례로 「사랑의 변주곡」에서 "복사씨와 살구씨"가 원래 도인桃仁과 행인杏仁의 비유를 통해 인仁을 설명하는 유가 사상에서 유래했다는 지적은 타당하다. 그러나 해당 원문이 있는 『상채어록上蔡語錄』을 통해 직접적으로 김수영이 이를 확보했을 가능성은 없다. 김수영은 함석헌을 매개로 상기 비유를 알게 되었다는 것이 타당한 추측일 것이다. 졸고, 「김수영 시의 나르시스적 주체와 자유주의 이데올로기 연구」, 183~184쪽 참조.

33 이승훈, 「김수영의 시론」, 『한국현대시론사』, 고려원, 1993.

성지연, 「김수영 시 연구」, 연세대학교 석사학위 논문, 1996.

김동규, 「죽음의 눈: 김수영 시의 하이데거적 해석」, 『철학탐구』 16집, 중앙대학교 중앙철학연구소, 2004.

서준섭, 「김수영의 후기 작품에 나타난 '사유의 전환'과 그 의미」, 『한국현대문학연구』 23호, 한국현대문학회, 2007.

최금진, 「김수영 초기시에 나타나는 '몸'의 하이데거적 의미」, 『비교문학』 49호, 비교문학회, 2013.

임동확, 「궁색한 시대, 김수영과 하이데거: 「모리배」 전후를 중심으로」, 『국제어문』63집, 국제어문학회, 2014.

홍순희, 「김수영 시에 나타난 하이데거의 '시적 진리'에 관한 연구」, 서울대학교 박사학위 논문, 2015.

성지현, 「김수영 문학과 하이데거의 존재론: 초기시에서 후기시까지」, 추계예술대학교 석사학위 논문, 2017.

임동확, 「근본기분으로서 "설움"과 "절망"의 변주곡: 하이데거 관점으로 본 김수영의 시세계」, 『국제한인문학회』21호, 국제한인문학회, 2018.

박옥순, 「김수영의 시에 나타난 발언의 양상과 말하는 주체: 하이데거의 언어 철학을 중심으로」, 『인문학연구』39호, 조선대학교 인문학연구소, 2019.

김예리, 「김수영의 시간과 시의 비/존재론」, 『한국시학연구』63호, 한국시학회, 2020.

34 김유중, 『김수영과 하이데거: 김수영 문학의 존재론적 해명』, 민음사, 2007.

35 이미순, 「김수영의 반시론에 나타난 키에르케고르 아이러니의 영향」, 『현대문학연구』59집, 현대문학회, 2019, 12쪽.

36 맹문제, 「金洙暎의 詩에 나타난 '여편네' 認識 고찰」, 『어문연구』33권, 2005.

유창민, 「김수영 시에 나타난 여성에 대한 시선 연구」, 『겨레어문학』45집, 겨레어문학회, 2010.

박지혜, 「김수영 시에 나타나는 '아내'와 '여편네'의 정치학」, 『한민족어문학』65집, 한민족어문학회, 2013.

오채운, 「김수영 시의 관계적 측면에서 본 여성」, 『인문연구』72집, 영남대학교 인문과학연구소, 2014.

37 조영복, 「김수영, 반여성주의에서 반반의 미학으로」, 『여성문학연구』6집, 한국여성문학회, 2001.

38 박지영, 「혁명, 시, 여성(성): 1960년대 참여시에 나타난 여성」, 『여성문학연구』23집, 한국여성문학회, 2010.

39 조연정, 「'무능한 남성'과 '불온한 예술가', 그리고 '여성혐오': 여성주의 시각으로 김수영 문학을 '다시' 읽는 일」, 『한국시학연구』57집, 한국시학회, 2019.

40 윤리는 개별화된 주체의 성격을 규정한다. 이를 토대로 자유의 행사와 타자에 대한 관계 정립이 결정된다. 김수영 텍스트의 주체가 자신마저 대상화하

며 끊임없이 성찰하는 것은, 그것이 '윤리적 주체'임을 상정하게 한다.

41 권경아, 「김수영 시에 나타난 도시의 시간과 공간 인식」, 『수행인문학』 35집, 수행인문학회, 2005.

42 노용무, 「김수영 시에 나타난 속도의 의미」, 『국어국문학』 131호, 국어국문학회, 2002.
    여태천, 「김수영의 시와 속도의 정치학」, 『비교한국학』 25집 1호, 국제비교한국학회, 2017.

43 조강석, 「김수영 시에 나타난 시간의식 연구: 근대성과의 관계를 중심으로」, 연세대학교 석사학위 논문, 2001.

44 고봉준, 「김수영 문학의 근대성과 전통: 시간 의식을 중심으로」, 『한국문학논총』 30집, 한국문학회, 2002.

45 이광호, 「김수영 시에 나타난 도시적 시선의 문제」, 『어문논집』 60호, 민족어문학회, 2009.

46 김수이, 「김수영 시에 나타난 '시선의 기술'의 전개 양상: 근대적 '피로/우울', '휴식'과의 상관성을 중심으로」, 『한국문예창작』 25호, 한국문예창작학회, 2012. 8.

47 김승희, 「김수영의 시와 탈식민주의적 반反언술」, 『한국문학이론과 비평』 5집, 한국문학이론과 비평학회, 1999.

48 노용무, 「김수영과 포스트식민적 시읽기」, 『한국시학연구』 3호, 한국시학회, 2000.
    곽명숙, 「김수영의 시와 현대성의 탈식민적 경험」, 『한국현대문학연구』 9집, 한국현대문학회, 2001.
    고현철, 「김수영과 김지하 시의 탈식민주의 전략 비교 연구」, 『한국시학연구』 25호, 한국시학회, 2009.
    방인석, 「김수영 시의 탈식민성 연구」, 경희대학교 박사학위 논문, 2011.
    이연화, 「한국 현대시에 나타난 탈식민성 연구」, 강원대학교 박사학위 논문, 2014.
    김성수, 「김수영 시의 탈식민적 담론 연구」, 가천대학교 석사학위 논문, 2014.
    김미정, 「김수영 시의 '시간성' 연구: '탈식민적 위치성'을 중심으로」, 『비교문학』 33호, 비교문학회, 2009.

49 조연정, 「'시민'으로서 말할 자유, '시인'으로서 말하지 않을 자유: 김수영의
    탈민족주의적 '자유'」, 『비교문학』 45호, 비교문학회, 2012.
50 이경수, 「'국가'를 통해 본 김수영과 신동엽의 시」, 『한국근대문학연구』 6집
    1호, 한국근대문학회, 2005.

임동확 — '세계의 촌부' 김수영과 댄디, 그리고 선비

1   참고로 박일영이 1955년 6월 4일 그린 김수영의 초상과 메모를 보면, 김수
    영이 자신을 일종의 스승으로 받아들이고 있는 것을 부담스러워 하고 있는
    것 같다. 그런 것을 염두에 두면서 박일영은 김수영에게 짐짓 "잃었다니, 무
    엇을? 얻었다니 무엇을? 자넨 아무것도 잃을 것도, 나에게 보답할 것도 없
    는데. 말하자면 '뭔가 거래하는' 세상 따위 딱 질색일세. 김수영 자네는 절대
    로 영원성 추구에 전념하게나.(Lost, What? Gained, what? My Sooyoung? —
    You have nothing to lose. Nor to give me. Or this god damn world of "Give and
    Take." Sooyoung must commit ETERNITY…….)"라고 말하고 있다. 박일영은
    이런 메모와 함께 불안정한 곡선의 만년필화를 통해, 김수영의 부담감이나
    부채감을 덜어주려는 듯 그의 두 눈과 입가에 미소가 배인 얼굴을 보여주고
    있다.
2   김수영, 「나에게도 취미가 있다면」, 『김수영 전집 2: 산문』, 이영준 엮음, 민
    음사, 2018, 80쪽. 이하 김수영 관련한 시와 산문의 인용은 이영준 엮음의
    『김수영 전집 1 · 2』에 의지함을 밝혀둔다.
3   김수영, 「낙타과음」, 『김수영 전집 2: 산문』, 55쪽.
4   김수영, 「가냘픈 역사」, 위의 책, 60쪽.
5   김수영, 「나와 가극단 여배우와 사랑」, 위의 책, 65쪽.
6   대표적으로 김수영은 그의 산문 「흰옷」에서 한국인의 '정신과 양식'을 보여
    줄 '옷'이 없다고 개탄하고 있다. 또한 그의 시 「파자마 바람으로」, 「후란넬
    저고리」 등을 통해 '옷'에 대한 예민한 자의식을 선보이고 있다. 김수영의 솔
    직한 내면을 들여다볼 수 있는 그의 글의 하나가 미완성작이자 미발표작인
    「다방 카나리아」다. 그는 여기서 "맵시나게 옷을 입어야 한다. 모양을 내는
    데 돈을 아끼지 말아야 한다"고 말하고 있다. 김수영, 「일기초抄 · 편지 · 후
    기」, 위의 책, 690쪽.
7   김수영, 「마당과 동대문」, 위의 책, 169쪽.

8   김수영, 「박인환朴寅煥」, 위의 책, 161쪽.

9   김수영, 「이 거룩한 속물들」, 위의 책, 190쪽 참조.

10 위의 책, 191쪽 참조.

11 위의 책, 186~189쪽 참조.

12 위의 책, 190쪽 참조.

13 김수영, 「김이석의 죽음을 슬퍼하면서」, 위의 책, 127~129쪽 참조.

14 Charles Pierre Baudelaire, *The Painter of Modern life and Other Essays*, trans. Jonathan Mayne(New York), Phaidon Inc Ltd, 1995, pp.26~29.

15 참고로 유실했다가 부분적으로 기억해낸 김수영의 시 「거리」는 다음과 같다. "마차마車馬야 뻥긋거리고 웃어라/간지럽고 둥글고 안타까운 이 전체의 속에서/마치 힘처럼 소리치려는 깃발……/별별 여자가 지나다닌다/화려한 여자가 나는 좋구나/내일 아침에는 부부가 되자/집은 산 너머가 좋지 않으냐/오는 밤마다 두 사람같이/귀족처럼 이 거리를 걸을 것이다/오오 거리는 모든 나의 설움이다"(밑줄은 인용자)

16 김기림은 김수영의 시 「거리」를 본 후 '귀족'이라는 시어를 '영웅'으로 바꾸면 어떻겠느냐고 조심스레 제안한 바 있다. 하지만 김수영은 해방 정국의 민족 지도자의 이미지와 연관된 '영웅' 대신 다소 시대착오적이라고 할 수 있는 '귀족'이라는 단어를 고집하며 끝내 수정하지 않았다. 이 사건은 당시 그가 모든 것을 넘어서는 차이와 구별을 목표로 하는 댄디적 시인을 지향하고 있었다는 것을 잘 보여주는 사례라고 할 수 있을 것이다. 최하림, 『김수영 평전』, 실천문학사, 2001, 97~98쪽 참조.

17 김수영, 「일기초抄·편지·후기」, 『김수영 전집 2: 산문』, 721쪽.

18 김수영, 「무제」, 위의 책, 87쪽.

19 김수영, 「생활의 극복: 담뱃갑의 메모」, 위의 책, 159쪽.

20 김수영, 「자유란 생명과 더불어」, 위의 책, 234쪽.

21 김수영, 「이 거룩한 속물들」, 위의 책, 191쪽.

22 김수영, 「일기초抄·편지·후기」, 위의 책, 687쪽.

23 김수영, 「생명의 향수를 찾아: 화가 고갱을 생각하고」, 위의 책, 228쪽.

24 김수영, 「멋」, 위의 책, 205쪽 참조.

25 김수영, 「무제」, 위의 책, 86쪽. 이탤릭 처리는 인용자.

26 김수영, 「생활 현실과 시」, 위의 책, 355쪽.

27 김수영, 「시의 뉴 프런티어」, 위의 책, 317쪽.

28 김수영, 「신비주의와 민족주의의 시인 예이츠」, 위의 책, 378쪽.

29 김수영, 「시여, 침을 뱉어라」, 위의 책, 503쪽.

30 졸고, 「'민족적인 것'과 구체적 보편성: 김수영과 한국문학의 윤리」, 『푸른사상』, 2019 겨울, 26~35쪽 참조.

31 김수영, 「책형대에 걸린 시」, 『김수영 전집 2: 산문』, 230쪽.

32 김수영, 「모기와 개미」, 위의 책, 151쪽.

33 김수영, 「일기초抄·편지·후기」, 위의 책, 724쪽.

34 김현경, 『김수영의 연인』, 책읽는오두막, 2013, 232~233쪽 참조.

35 김수영, 「들어라 양키들아: 쿠바의 소리」, 『김수영 전집 2: 산문』, 253쪽.

남기택 ─ 김수영 시와 여행, 모빌리티

1 노용무, 「김수영 시에 나타난 속도의 의미」, 『국어국문학』 131, 국어국문학회, 2002. 5.

2 여태천, 「김수영의 시와 속도의 정치학」, 『비교한국학』 25권 1호, 국제비교한국학회, 2017. 4.

3 피터 애디, 『모빌리티 이론』, 최일만 옮김, 앨피, 2019, 31~37쪽.

4 알랭 드 보통, 『여행의 기술』, 정영목 옮김, 이레, 2004, 18쪽.

5 김수영, 「나에게도 취미가 있다면」, 『민주경찰』 47, 1955. 1. 15. 인용은 김수영, 『김수영 전집 2: 산문』, 이영준 엮음, 민음사, 2018, 81쪽.

6 김수영, 「시작노트 4」, 위의 책, 540쪽.

7 2021년 10월 2일 도봉산 농장터 답사에서 필자와의 대화.

8 폴 비릴리오, 『소멸의 미학: 시간과 속도의 여행』, 김경온 옮김, 연세대학교 출판부, 2004, 15쪽.

9 김수영, 「나에게도 취미가 있다면」, 『김수영 전집 2: 산문』, 82~83쪽.

10 HARPER'S MAGAZINE(https://harpers.org/about) 참조.

11 데사피오는 시칠리아에서 온 이탈리아 이민자인 부친과 2세대 이탈리아계 미국인 어머니 사이에서 1908년 태어났다. 뉴욕 맨해튼 출신인 그는 태머니 홀(Tammany Hall, 세인트 태머니 협회) 조직에서 심부름을 하는 소년과 선거구 대장의 메신저로 경력을 시작했다. 태머니홀은 1786년에 설립된 뉴욕시의 정치 조직이었다. 데사피오는 지역 태머니 클럽을 대신하여 석탄과 칠면

조를 배달하는 동안 명성을 얻었고, 1949년에 태머니의 최연소 보스가 된다. 데사피오의 등극으로 인해 아일랜드계 미국인에 의한 오랜 지배 역사가 끝나고, 최초의 이탈리아계 미국인 정치 지도자가 되었다고 한다.

https://en.wiki-pedia.org/wiki/Carmine_DeSapio.

12 이에 주목하여 김수영의 생애 구성에 있어서 여행의 의미를 강조한 언급은 남기택, 「김수영 평전의 문제」(『한국시학연구』 61, 한국시학회, 2020. 2)를 참조.

13 김수영, 「나에게도 취미가 있다면」, 『김수영 전집 2: 산문』, 82쪽.

14 이하 작품 인용은 김수영, 『김수영 전집 1: 시』(이영준 엮음, 민음사, 2018)에 따른다.

15 김수영, 「나에게도 취미가 있다면」, 『김수영 전집 2: 산문』, 80쪽.

16 김수영연구회, 『너도 나도 스스로 도는 힘을 위하여』, 민음사, 2018, 320쪽.

17 「여기에 걸다, 내 필생의 작업: 김수영 씨의 번역에 대한 분방한 야심」 『동아일보』 1967. 2. 4.

18 이 기사로부터 논의를 시작하여 김수영의 번역이 대상에 대한 정신적 유사성을 찾는 미메시스 행위라는 점을 강조하는 입장은 박수연, 「세계문학, 번역, 미메시스의 시: 번역자로서의 김수영」(『한국문학이론과 비평』 81, 한국문학이론과 비평학회, 2018. 12)을 참조.

19 김용권, 「한국문학에 끼친 미국의 그 영향과 연구」, 『한국문화에 미친 미국문화의 영향』, 고려대학교 아세아문제연구소 엮음, 현암사, 1984, 139쪽. 이 글의 원문은 김수영이 생존했던 1967년에 작성된 것이다. 김용권, 「한국문학에 끼친 미국의 그 영향과 연구」(『아세아연구』 통권 26호, 고려대학교 아세아문제연구소, 1967)가 그것이다. 그런데 원문에서는 "그들을 애써 소화시키려고 하는 한국 시인은 단 한 명뿐"(10쪽)이라고 쓰여 있다. 아마도 현역 작가여서 이름을 생략했던 듯한데, 오랜 시간이 지난 이후 단행본으로 재수록하면서 '김수영'을 명시했다.

20 김수영, 「내가 겪은 포로 생활」(『해군』 1953년 6월 호), 『김수영 전집 2: 산문』, 34쪽.

21 최하림, 『김수영 평전』, 실천문학, 2001, 308쪽.

22 김수영, 「생명의 향수를 찾아: 화가 고갱을 생각하고」(『연합신문』 1955. 1. 26), 『김수영 전집 2: 산문』, 227쪽.

23 이영준, 「김수영과 한국전쟁: "민간 억류인"이 달나라에서 살아남기」, 『한국

시학연구』 67, 한국시학회, 2021. 8, 137쪽.

24 『김수영 전집 2: 산문』에는 「김이석의 죽음을 슬퍼하면서」의 말미에 출처가 『조선일보』(1964. 9. 23)로 소개되는데(132쪽) 이는 잘못 표기된 것이다. 『김수영 전집 2: 산문』의 글은 『조선일보』가 아닌 『현대문학』 1964년 12월 호의 '고 김이석 특집'에 수록(22~25쪽)되어 있다.

25 대담 「김송·안수길·김수영 제씨가 말하는 한국적 비애 이것저것: 김이석 씨 급서를 슬퍼하며」, 『조선일보』 1964. 9. 23.

26 김수영, 「나에게도 취미가 있다면」, 『김수영 전집 2: 산문』, 82쪽.

27 김수영, 「소록도 사죄기」, 『김수영 전집 2: 산문』, 100쪽.

28 지도로 보는 대한민국 철도 역사(1945~2020), https://www.youtube.com/watch?v=jzBctjSLOXg&t=15s

29 김수영연구회, 『너도 나도 스스로 도는 힘을 위하여』, 341쪽.

30 김수영, 「민락기民樂記」, 『김수영 전집 2: 산문』, 198쪽.

31 이은실, 「김수영의 시 「미농인찰지」에 나타난 주체 의식」, 『동아시아문화연구』 76, 2019. 2, 145쪽. 이 글은 「미농인찰지」에 대한 기존 언급을 종합하며 김수영의 부정 정신과 시적 주체의 의식을 집중적으로 분석한 사례에 해당된다.

32 김수영, 「시여, 침을 뱉어라: 힘으로서의 시의 존재」, 『김수영 전집 2: 산문』, 498쪽.

33 위의 글, 499쪽.

34 위의 글, 501쪽.

35 김수영, 「김이석의 죽음을 슬퍼하면서」, 『김수영 전집 2: 산문』, 130~131쪽.

36 수잔느 라방, 『황하는 흐른다: 홍콩 피난민의 비극』, 김수영 옮김, 중앙문화사, 1963.

37 윤영도, 「김수영과 문화냉전: 『황하는 흐른다』의 번역을 중심으로」, 『중국어문논역총간』 39, 중국어문논역학회, 2016, 150~151쪽.

38 김수영, 「반시론」, 『김수영 전집 2: 산문』, 506쪽.

39 김수영, 「생명의 향수를 찾아: 화가 고갱을 생각하고」, 위의 책, 229쪽.

40 김수영, 「시여, 침을 뱉어라: 힘으로서의 시의 존재」, 위의 책, 500쪽.

이경수 ― 경계의 시인 김수영

1 최원식, 「'리얼리즘'과 '모더니즘'의 회통」, 『문학의 귀환』, 창비, 2001, 52쪽.

2 김수영, 「시여, 침을 뱉어라」, 『김수영 전집 2: 산문』, 이영준 엮음, 민음사, 2018, 503쪽.

3 여러 작품 중 이 작품을 선택해 실은 조지훈의 취향을 반영한 것이라는 이야기부터 이 작품을 실은 후 박인환을 비롯한 동료 문인들에게 놀림을 당한 이야기까지 전해지고 있다. 이런 일화를 고려하지 않더라도, 그리고 초기작임을 감안하더라도 김수영의 시라기에는 낯선 작품으로 여겨져 왔던 것이 사실이다.

4 김수영연구회, 『너도 나도 스스로 도는 힘을 위하여』, 민음사, 2018, 184쪽.

5 『신시학』(1959. 4. 10)으로 출전이 밝혀져 있는 이 글은 김수영, 『김수영 전집 2: 산문』(이영준 엮음, 민음사, 2018) 315~316쪽에 수록되어 있다.

6 김수영, 「시작노트 6」, 『김수영 전집 2: 산문』, 553쪽.

7 이경수, 「미리 심어놓은 사랑의 씨앗」, 『Littor』 31, 민음사, 2021. 8/9, 41~42쪽.

8 위의 글, 42쪽.

9 김수영연구회, 『너도 나도 스스로 도는 힘을 위하여』, 37쪽.

10 일차적으로는 1945년 8월 15일을 가리킨다. 해방과 동시에 북위 38도선을 기준으로 남과 북으로 나누어 미국과 소련이 각각 주둔하였고 결국 남북은 분단되고 말았다.

11 김수영, 「시작노트 8」, 『김수영 전집 2: 산문』, 570쪽.

12 위의 글, 570쪽.

13 위의 글, 570쪽.

14 화자이자 풀이 눕는 자연 풍경을 관찰하는 주체의 발목과 발밑으로 해석하는 선행 연구의 견해가 있었지만 이 글에서는 그보다는 풀을 신체성을 지닌 대상으로 사유하며 자연스럽게 발목과 발밑이라는 비유가 등장했다고 해석하는 편이 더 설득력이 있다고 보았다.

김응교 ― 김수영 글에서 니체가 보일 때

1 김수영, 「시작노트 2」, 『김수영 전집 2: 산문』, 이영준 엮음, 민음사, 2018, 531쪽.

2 김수영, 「모더니티의 문제」, 위의 책, 576쪽. 밑줄은 인용자. 이하 인용문에 나오는 밑줄과 강조 표시는 모두 인용자가 한 것이다.

3 김응교, 「김수영 시와 니체의 철학: 김수영 「긍지의 날」, 「꽃잎 2」의 경우」, 『시학과 언어학』 31권, 시학과 언어학회, 2015.

4 1997년, 필자가 유학했던 고마바 도쿄대 종합대학원의 비교문학 연구실에는 '영향' 관계를 논하는 교수는 이미 사라졌고, 수업은 대부분 '차이'에 주목하는 내용이었다.

5 박노균, 「니체와 한국문학(2): 이육사를 중심으로」(『개신어문연구』 제31집, 개신어문학회, 2010. 6)와 김정현, 「1930년대 한국 지성사에서 니체사상의 수용」(『범한철학』 63, 범한철학회, 2011)을 참조 바람.

6 김정현, 「1940년대 한국에서의 니체수용: 이육사, 김동리, 조연현의 문학을 중심으로」, 『니체연구』 26권, 한국니체학회, 2014.

7 김수영, 「시작노트 4」, 『김수영 전집 2: 산문』, 542쪽. 김수영이 읽은 책은 'モーリス・ブランショ, 『焔の文学』, 重信常喜訳, 紀伊国屋書店, 1958'이다.

8 ハイデッガ, 『ニーチェの言葉・「神は死せり」ヘーゲルの「経験」概念: ハイデッガー選集』, 細谷貞雄訳, 理想社, 1967. 독일어 원서 Martin Heidegger, *Nietzsches Wort 'Gott ist to'*(1943)를 일어로 번역한 책이다.

9 "Homo sum, humani nil a me alienum puto." Terentius, *The Self-Tormentor(Heauton timorumenos)*, New York: CHARLES SCRIBNER'S SONS, 1885. 이 책은 좌측에 영어, 우측에 라틴어로 인쇄된 양면대역 희곡집이다.

10 "선과 악에 대한 의논을 하고, 레오 톨스토이를 논박하고, 초인을 설법하고, 초도덕주의와 니체주의를 변호한 스크랴빈"이라며 니체를 언급한 경우도 있다. 김수영, 「도덕적 갈망자 파스테르나크」, 『김수영 전집 2: 산문』, 393쪽.

11 김수영, 「죽음의 해학: 뮤리엘 사라 스파크의 작가 세계」, 위의 책, 517~518쪽.

12 "상주사심常住死心은 1968년 6월 16일 사망하기 몇 달 전에 서재 책상 뒤 달력에 김수영 시인이 써놓은 글이에요. 돌아가시고 중요한 성어라고 생각해서 사망한 그해 겨울인가에 서예가에게 부탁해서 글을 받아 표구를 만들었어요. 그 표구가 지금 문학관에 걸려 있지요." 2021년 7월 14일 김현경 여사의 증언이다.

13 김덕수, 「기원전 3~1세기 로마의 헬레니즘 수용과 '로마화': 테렌티우스에

서 베르길리우스까지」,『지중해지역연구』, 제18권 제1호, 부산외국어대학교 지중해지역원, 61~83쪽.

14 프리드리히 니체,『아침놀』, 박찬국 옮김, 책세상, 2004, 62쪽.

15 이후 필자는 '위버멘쉬'를 초능력자로 오인될 수 있는 초인이나 슈퍼맨 등으로 번역하지 않고, '위버멘쉬' 그대로 쓰려 한다.

16 Jonathan Z. Smith, "Nothing Human is Alien to Me", *Religion* 26, 1996. pp.297~309.

17 표도르 도스토옙스키,『죄와 벌』, 홍대화 옮김, 열린책들, 2009. 410쪽.

18 Terentius, *The Self-Tormentor(Heauton timorumenos)*, pp.22~23.

19 김덕수,「기원전 3~1세기 로마의 헬레니즘 수용과 '로마화': 테렌티우스에서 베르길리우스까지」, 67쪽.

20 프리드리히 니체,「204. 광신자들과 어울리는 것」,『인간적인 너무나 인간적인 2』, 김미기 옮김, 책세상, 2002, 128~129쪽.

21 김수영,「모기와 개미」,『김수영 전집 2: 산문』, 151쪽.

22 김수영,「시의 뉴 프런티어」, 위의 책, 319쪽.

23 김수영,「로터리의 꽃의 노이로제」, 위의 책, 280쪽.

24 한국전쟁 전에 니체나 하이데거를 떠올리게 하는 작품은「토끼」(『신경향』, 1950. 6)다. "토끼는 태어날 때부터/[…]/그는 어미의 입에서 탄생과 동시에 추락을 선고받은 것"이라는 표현은 니체의 '몰락(沒落, Untergang)'이나 하이데거의 '기투(企投, Entwurf)'를 떠올리게 한다.

25 "누구의 힘보다 강하다고 믿어오던"(「기자의 정열」), "큰 힘을 가지고 있으면서/여기에 밀려 내려간다"(「나비의 무덤」), "너는 너의 힘을 다해서 답쎄버릴 것이다"(「65년의 새해」), "이다지도 힘이 들지 않는다는 것을 처음 깨달은 것은/우매한 나라의 어린 시인들이었다"(「헬리콥터」), "그는 사지에 관절에 힘이 빠져서"(「적2」) 등 여러 시에 '힘'이 나온다.

26 프리드리히 니체,「머리말 3」,『차라투스트라는 이렇게 말했다』.

27 ハイデッガ,『ニーチェの言葉・「神は死せり」ヘーゲルの「経験」概念: ハイデッガー選集』, p.22.

28 위의 책, p.31.

29 위의 책, p.36.

30 프리드리히 니체,「세 변화에 대하여」,『차라투스트라는 이렇게 말했다』,

40~41쪽.

31 위의 책, 361쪽.

32 프리드리히 니체, 「제4부 341번」, 『즐거운 학문 · 메시나에서의 전원시 · 유고 (1881년 봄—1882년 여름)』, 안성찬 · 홍사현 옮김, 책세상, 2005.

33 위의 책, 499쪽.

34 '동일한 것의 영원회귀'는 물리학적으로 불가능하고, 니체가 학문적으로 증명하는 데 실패했다(이정우)고 여러 연구자들이 지적했다. 백승영은 '힘에의 의지'가 영원회귀 한다고 해석한다.(백승영, 『니체, 디오니소스적 긍정의 철학』, 책세상, 2006, 368~373쪽) 니체의 영원회귀를 들뢰즈는 생성하고 있는 것의 동일한 것이 회귀하는 '차이의 반복', '차이나는 것의 영원회귀'로 설명했다.(질 들뢰즈, 『들뢰즈의 니체』, 박찬국 옮김, 철학과현실사, 2007, 57쪽)

35 프리드리히 니체, 「즐거운 학문」, 『즐거운 학문 · 메시나에서의 전원시 · 유고 (1881년 봄—1882년 여름)』, 276쪽.

36 프리드리히 니체, 「건강을 되찾고 있는 자」, 『차라투스트라는 이렇게 말했다』.

37 김응교, 「김수영, 고독한 단독자들의 혁명」, 『비평문학』 제65호, 한국비평문학회, 2017.

38 김수영, 「시작노트 1」, 『김수영 전집 2: 산문』, 528쪽.

신동옥 ─ 김수영 시의 자본 담론

1 오규원, 「한 시인과의 만남」(1976), 김수영 외, 『김수영의 문학: 김수영 전집 별권』, 황동규 엮음, 민음사, 1983, 136~137쪽.

2 김인환, 『새 한국문학사』, 세창출판사, 2021, 886~907쪽 참조.

3 남기혁, 「한국 전후 시의 형성과 전개: 1950년대의 한국 시문학사」, 이승하 · 이명찬 · 전도현 외, 『한국 현대시문학사』, 소명출판, 2019, 190~191쪽.

4 문혜원, 「4 · 19혁명 이후 우리 시의 유형과 특징」, 위의 책, 216~219쪽.

5 김수영, 「미인」(1968. 2), 『김수영 전집 2: 산문』, 이영준 엮음, 민음사, 2003, 146쪽.

6 김수영, 「이 거룩한 속물들」(1967. 5), 위의 책, 119쪽.

7 김수영, 「마리서사」(1966), 위의 책, 107~108쪽.

8 염무웅, 「김수영론」(1976), 김수영 외, 『김수영의 문학: 김수영 전집 별권』,

146~147쪽.

9   슬라보예 지젝, 『시차적 관점』, 김서영 옮김, 마티, 2009, 43쪽, 62~63쪽.

10   박순원, 「김수영 시에 나타난 '돈'의 양상 연구」(『어문논집』 vol.62, 민족어문
     학회, 2010, 253~277쪽)에서는 김수영 시에서 '돈'을 포함해 '원', '환', '값',
     '이자', '차압', '사재', '~세', '~비', '~어치', '돈보따리', '돈지갑', '지폐',
     '입장권' 등의 단어가 포함된 시를 총 36편으로 계량화한 다음, 의미론적 단
     위로 분석한 바 있다. 본고에서는 의미론적 분류가 아니라, 담론 분석에 집중
     한다. 이를 위해 '돈' 및 '돈 관련 어휘'뿐 아니라, 소비-생산 구조의 조건이
     되는 '노동, 사무 공간, 도회, 소비와 교환 공간' 등을 묶어서 분석할 것이다.

11   박지영, 「자본, 노동, 성性: '불온'을 넘어, 「반시론」의 반어」, 『상허학보』
     40호, 상허학회, 2014, 277~337쪽.

12   조연정, 「'무능한 남성'과 '불온한 예술가' 그리고 '여성혐오': 여성주의 시
     각으로 김수영 문학을 '다시' 읽는 일」, 『한국시학연구』 57호, 한국시학회,
     2019, 239~281쪽. 조연정의 논리는 김수영 시의 생활, 소비, 가족 공간이
     시인 스스로 전복하고자 했던 전통적 '가족 구조' 안에서 사유되며, 재생산
     의 몫이 향하는 수혜자, 수신자는 노상 '아들'이라는 점에도 고스란히 적용
     될 수 있다. 김수영의 시에서 '동일성의 재생산'은 온전히 여성(아내, 식모,
     처제, 친구의 처 등등)의 몫으로 전가되고, 시인은 오롯한 '생성'에 복무한다.
     노동의 '기이한 분할'이 재현되고 있다고 가정할 수도 있는 지점이다(노동의
     기이한 분할 문제에 대해서는 브뤼노 라투르, 『나는 어디에 있는가?』, 김예령
     옮김, 이음, 2021, 59~61쪽 참조). 본고에서는 김수영 시의 '자본 담론' 내부
     구조에 한정하여 논의를 전개한다.

13   김영희, 「김수영 시의 알레고리 연구: 시어의 다의성과 발화의 비인과성을
     중심으로」, 『비교한국학』 24권 2호, 국제비교한국학회, 2016. 8, 11~51쪽.
     특히 주목할 부분은 논고의 3장 '대상과 의미 사이의 간극' 대목이다. 김영희
     는 「백의」(1956), 「네 얼굴은」(1966)을 해석하며 김수영 시의 난해성이 대상
     과 의미 사이의 간극으로 심화/봉합되는 양상을 확인한다. 김영희는 「백의」
     가 문명, 자본주의, 미국 주도의 원조 경제 현실 등이 은유적으로 중층화되
     는 양상을 드러낸다면, 「네 얼굴은」에서는 '돈'을 매개로 생활과 이데올로기
     의 문제를 드러낸다고 해석했다. '자본 담론'이 토대와 진리 구조를 은유적으
     로 서서화한다는 전제 아래, 해당 장은 본고의 문제의식을 선취한 부분이다.

14 프레드릭 제임슨, 『단일한 근대성』, 황정아 옮김, 창비, 2020, 137쪽.

15 최하림, 「60년대 시인 의식」(1974. 8), 『시와 부정의 정신』, 문학과지성사, 1984, 40~44쪽.

16 염무웅, 「서정주와 송욱: 1960년대 한국시를 개관하는 하나의 시선」(『시인』, 1969. 12), 『모래 위의 시간』, 작가, 2002, 111쪽.

17 김수영의 외서 번역, 특히 『엔카운터』, 『파르티잔 리뷰』 구독을 둘러싼 당대의 정치적·역사적 역학과 구도를 면밀히 추적한 연구로는, 정종현, 「『엔카운터』 혹은 빌려드릴 수 없는 서적: 아시아재단의 김수영 잡지 구독 지원 연구」(『한국학연구』 56집, 인하대학교 한국학연구소, 2020. 2, 9~28쪽)를 참조할 수 있다.

18 김수영, 「밀물」(1961. 4. 3), 『김수영 전집 2: 산문』, 42쪽.

19 피에르 바르베리스, 『리얼리즘의 신화: 발자크의 소설세계』, 배영달 옮김, 백의, 1995, 283~292쪽 참조.

20 토마 피케티, 『21세기 자본』, 장경덕 외 옮김, 글항아리, 2014, 131~146쪽.

21 게오르그 짐멜, 『짐멜의 모더니티 읽기』, 김덕영·윤미애 옮김, 새물결, 2005, 11~33쪽 참조.

22 죠지 쉬타이너, 「맑스주의와 문학비평」, 김수영 옮김, 『시인의 거점』, 박수연 엮음, 도서출판b, 2020, 317쪽.

23 김현, 「염상섭과 발자크」, 『염상섭』, 김윤식 엮음, 문학과지성사, 1977, 108쪽.

24 김수영, 「일기초 1」, 『김수영 전집 2: 산문』, 484쪽.

25 김수영, 『김수영 전집 1: 시』, 이영준 엮음, 민음사, 2018, 82쪽.

26 위의 책, 83쪽.

27 마이크 페더스톤, 「포스트모더니즘과 일상생활의 미학화」, 스콧 래시 외, 『현대성과 정체성』, 윤호병·차원현 옮김, 현대미학사, 1997, 318~319쪽 참조.

28 김수영, 「예술작품에서의 한국인의 애수」(1965), 『김수영 전집 2: 산문』, 351쪽. "최근의 것으로는 염상섭廉想涉 씨의 만년의 단편들이 서민 생활의 페이소스를 그린 대표적인 것이 아닌가 하는 생각이 든다. 페이소스는 쉽지만 예술은 어렵다."

29 김현, 김윤식은 『한국문학사』에서 염상섭 소설이 선취한 박진성은 '새로운 이념에 대한 탐구와 부정 정신'에서 연유한다고 썼다. 『한국문학사』는 1970년대 중후반 이후 염상섭에 대한 견해가 본격적으로 제출되는 와중에 집필되었

다. 지엽 말단에 치중하는 쇄말주의, 이론적 취약성에서 연유하는 부박한 현실의 나열 등 '주제의 빈곤'으로 평가 절하되었던 '염상섭론'에 대한 당대적인 재고를 요청하는 역사적 재평가다. 김윤식은 평면적 내러티브, 납작한 캐릭터가 아니라 '가장 치열하게 현실을 살아내고 있는 인물들의 삶'을 그려낸 드라마라는 면에서 염상섭 소설을 고평했다. 염상섭은 식민지 초기에서 한국전쟁에 이르기까지 한국 사회를 관류하는 일관된 주제에 천착했는데, 그것이 바로 '돈과의 고투라는 근대의 드라마'라는 것이다.(김현·김윤식, 『한국현대문학사』, 민음사, 1996, 250~252쪽)

30 에티엔 발리바르, 「상품의 사회계약과 화폐의 마르크스적 구성: 화폐의 보편성이라는 문제에 관하여」, 『마르크스의 철학』, 배세진 옮김, 오월의봄, 2018, 401~416쪽 참조.

31 김수영, 『김수영 전집 1: 시』, 146쪽.

32 김수영, 「휴식」(1954. 10. 1, 『동아일보』 1954. 10. 17), 위의 책, 77~78쪽.

33 위의 책, 87쪽.

34 위의 책, 65쪽.

35 위의 책, 71쪽.

36 위의 책, 105쪽.

37 김수영, 「거리 2」(1955. 9. 3, 『사상계』 1955. 9에는 「거리」로 게재), 위의 책, 108~110쪽.

38 아르준 아파라두라이, 『고삐 풀린 현대성』, 차원현·채호석·배개화 옮김, 현실문화연구, 2004, 145쪽.

39 위의 책, 122~125쪽.

40 조르조 아감벤, 『예외상태』, 김항 옮김, 새물결, 2009, 21쪽.

41 위의 책, 36쪽.

42 위의 책, 60쪽.

43 김수영, 『김수영 전집 1: 시』, 225쪽.

44 「뛰어오른 쌀값 조절책: 정부미 배급키로」, 『매일신문』 4969호, 1961. 1. 13, 3쪽 참조.

45 김수영, 「아직도 안심하긴 빠르다: 4·19 1주년」(1961), 『김수영 전집 2: 산문』, 173쪽.

46 김수영, 「육법전서와 혁명」(1960. 5. 25, 『자유문학』 1961. 1), 『김수영 전집

1: 시』, 200~201쪽.

조르조 아감벤,『예외상태』, 30쪽.

김수영,『김수영 전집 1: 시』, 192쪽.

위의 책, 194~195쪽.

김수영,「가다오 나가다오」(1960. 8. 4,『현대문학』1961. 1), 위의 책, 209~211쪽.

에티엔 발리바르,「상품의 사회계약과 화폐의 마르크스적 구성: 화폐의 보편성이라는 문제에 관하여」,『마르크스의 철학』, 436쪽.

프레드릭 제임슨,『마르크스주의와 형식』, 여홍상·김영희 옮김, 창비, 2014, 423쪽.

자넷 풀,『미래가 사라져 갈 때』, 김예림·최현희 옮김, 문학동네, 2021, 75쪽, 84~92쪽 참조.

김수영,「만용에게」(1962. 10. 25. 초고,『자유문학』1963. 2),『김수영 전집 1: 시』, 282~283쪽.

김수영,「양계 변명」,『김수영 전집 2: 산문』, 64쪽.

위의 책, 440쪽.

김수영,「반시론」, 위의 책, 408쪽.

위의 책, 411쪽.

김수영,『김수영 전집 1: 시』, 277쪽.

위의 책, 162쪽.

위의 책, 289쪽.

김수영,「후란넬 저고리」(1963. 4. 29,『세대』1963. 7), 위의 책, 288쪽.

김수영,「시작노트 3」(1963),『김수영 전집 2: 산문』, 437쪽.

위의 책, 126쪽.

위의 책, 81쪽.

"나는 무슨 일이든 얼마가 남느냐보다도 얼마나 힘이 드느냐를 먼저 생각하는 버릇이 있는데, 아내는 아직도 나의 이 '역경주의力耕主義'에는 그리 신뢰를 두지 않고 있는 모양이다."(「토끼」〔1965〕, 위의 책, 78쪽)

데이비드 하비,『마르크스 자본 강의』, 강신준 옮김, 창비, 2011, 109~121쪽 참조.

이영준 ─ 김수영 시의 시간

1 황동규, 「시의 소리」, 『사랑의 뿌리』, 문학과지성사, 1976, 156~157쪽. 김수영 연구자들 사이에 「풀」에 대해 오래 연구한 것으로 널리 알려진 강웅식도 누가 이런 해석을 시작했는지 알려지지 않았다는 점을 그의 논문에서 표나게 지적하고 있다. "「풀」에 관한 우의적 해석은 흔히 민중주의자들의 견해로 알려져 있다. 그러나 누가 언제 어떤 지면을 통해 그러한 의견을 개진했는지에 대해서는 구체적으로 밝혀진 바가 없다. 그럼에도 그 해석은 「풀」을 게재한 고등학교 문학 교과서들이 모두 채택하고 있을 만큼 작품에 관한 유효한 통찰로서 폭넓게 수용되고 있다." 강웅식, 「김수영의 시 「풀」에 나타난 상징적 의미와 그 초월성」, 『민족문화연구』 제40호, 241쪽.

2 백낙청, 「참여시와 민족문제」, 『김수영의 문학』, 민음사, 1983, 168쪽. 이 글은 「역사적 인간과 시적 인간」, 『창작과비평』, 1977 여름호에서 발췌한 것이다.

3 최원식, 「김수영학을 위한 시론: 병풍, 누이, 그리고 풀」, 『50년 후의 시인: 김수영과 21세기』, 도서출판b, 2019, 11~31쪽.

4 김수영 시인의 작고 50주년이었던 2018년의 학술 행사 기조 강연을 한 최원식 선생은 「풀」에 대해 그와 같은 주장을 누가 시작했는지 아는 사람이 있느냐고 청중을 향해 던졌다. 김수영 연구자들이 모인 학술 행사였으니 전문가들 수십 명에게 질문한 셈이었다. "풀은 민중이고 바람은 민중을 괴롭히는 외세라든가 압제 권력이라고 하는 단면적인 해석이 민중문학을 대표하는 해석으로 알려져 악명을 떨치고 있는데 도대체 누가 그런 주장을 했는지 여기 오신 분들은 혹시 아세요?" 그 자리에 임석했던 도종환 당시 문화체육관광부 장관을 비롯한 수십 명의 청중 모두 고개를 저었다.

5 이 책의 판권지를 확인해준 서지학자 오영식은 이 책이 출간된 뒤 베스트셀러가 되었고 자신이 각별히 좋아해서 여러 판본을 소장하고 있으며 여분의 책을 구입해서 주위의 문학 애호가들이나 애서가들에게 증정하기를 즐겼다고 증언했다. 그리고 자신이 국어 교사가 된 것에는 이 책의 영향도 있었음을 덧붙였다. 국문학계에서 서지학자 오영식 선생의 도움을 받은 사람이 부지기수이겠지만 필자 또한 지금까지의 김수영 연구에서 도움받은 적이 한두 번이 아니다. 이 자리를 빌려 다시 한 번 고마움을 표한다.

6 이 출판사 발행인 김승우의 자제와 통화한 결과 이 책이 상당 기간 참고서로서 권위를 누렸다고 한다. 책의 판매를 증진시키기 위해 초판에는 포함되지

않았던 교과서 수록 시 해설을 추가했는데 이 과정에서 외국 시도 포함되었 다가 나중에는 다시 뺐다고 한다. 이 책에 관련한 일화로는 서정주의 「국화 옆에서」에 관한 이야기를 들려주었다. 서정주 자신이 그 시를 어느 여성에 관한 기억을 떠올려 쓴 것이라고 한 것에 대해 김현승이 시인 자신이 자신의 시를 더 잘 안다고 볼 수 없다면서 자신의 해석을 제시했는데 나중에 서정주 가 김현승의 해석이 옳다고 한 것이 화제가 되었다고 전했다. 이 책에서 김 현승은 「국화 옆에서」는 하나의 생명이 탄생하기 위해서는 자연이나 우주의 현상들이 관여한다는 "생명의 신비성과 존엄성"이 이 시의 주제라고 제시했 다. 서정주가 이 해석이 더 낫다고 한 것이 당연해 보인다. 그가 제공한 일화 는 사실 이 책의 「국화 옆에서」 해설에도 나와 있다.

7   김현승, 『한국현대시해설』, 관동출판사, 1972, 248쪽.

8   2013년판 『다형 김현승 전집』에서는 문제의 '4연'을 그대로 둔 정도에서 더 나아가 "정말 희한한 일이다"를 독립된 행으로 처리하고 있다. 기저 판본의 실수를 교정하지 않은 데 그치지 않고 새로운 실수를 하나 더 추가해서 원작 을 마음대로 바꾸어놓았다.

9   김현승은 참여문학에 대해 관심과 이해를 보였고 김수영의 시 세계를 높이 평가했지만 참여문학에 대해 일정 정도의 유보를 보인 측면도 있다. 가령 그 는 참여문학이 왜 공산주의에 대해 침묵하는가를 두고 다음과 같이 비판한 바 있다.

"참여문학에 대하여 어딘가 석연치 않은 점이 있다. 우리 문단의 참여문학 은 공산주의에 대하여는 왜 그런지 입을 다물고 있는 것 같다. 사회 정의에 입각하여 삶의 태도를 비평하고 사회악을 고발한다는 우리의 참여문학이 공 산주의의 죄악에 대하여는 입을 다물고 있다. 〔…〕 38선을 넘어 국내에 침범 하고 있는 공산주의의 빈번한 죄악상마저도 체험 밖의 일이던가? 그러면 우 리의 시인이나 작가는 어두운 심야에 대통령 관저를 침범하려던 공산주의 의 공포를 체험하지 않았으며, 버스를 습격하여 무고한 시민을 학살하는 공 산주의의 만행을 목도하지 않았던가?"『월간문학』 1970. 11, 144쪽; 김지 선, 「김현승 시의 현실 인식 양상 연구」(『어문학』 115집, 한국어문학회, 2012, 321~348쪽)에서 재인용.

1968년 1월에 김신조를 포함한 북한 공작대가 청와대 근처까지 침범했던 일 을 두고 참여문학파가 침묵을 지키고 있다고 비판한 것이다.

10 이남호, 「김수영의 시 '눈'의 해석에 대한 연구」, 『아시아문화연구』 23집, 2011.

11 『현대문학』 1967년 7월 호에 게재된 「꽃잎」은 1974년에 발간된 시 선집 『거대한 뿌리』나 1981년에 발간된 『김수영 전집』 초판에서 모두 「꽃잎 1」, 「꽃잎 2」, 「꽃잎 3」의 세 편의 시로 따로 분리되어 독립된 시로 수록되었다. 2018년에 발간된 전집 3판에서 세 편으로 분리했던 시를 다시 합쳐서 최초 발표된 형태의 「꽃잎」으로 출판했다.

12 「풀」의 연구사는 여러 번 정리되었다. 최근의 정리는 장철환 참조. 장철환, 「김수영의 '풀의 시학' 연구」, 『한국시학연구』 49집, 2017, 147~183쪽.

13 최원식, 「김수영학을 위한 시론: 병풍, 누이, 그리고 풀」, 『50년 후의 시인: 김수영과 21세기』, 도서출판b, 2019, 11~31쪽.

14 김현승의 생애와 문학 세계에 대해서는 박몽구와 김지선 참조. 박몽구, 「시적 기법과 발언의 조화: 김현승의 문학론 연구」, 『한중인문학연구』 10집, 2003, 56~79쪽; 김지선, 「김현승 시의 현실 인식 양상 연구」, 『어문학』 115집, 2012, 321~348쪽.

15 EBS 편집부, 『EBS 국어 독해의 원리 현대시』, 한국교육방송공사, 2019, 102쪽.

16 최원식, 『창비 고등 국어 자습서』, 창비, 2017. 「눈」 해설은 242~245쪽.

17 고창균, 『해법 문학 현대시』, 천재교육, 2019년 6월 1일 초판 발행, 본고는 2020년 9월 15일 4쇄를 참고. 「눈」 해설은 154~155쪽.

18 조회 수가 가장 많은 강의는 '수지쌤의 국어시간'의 것이다.
https://www.youtube.com/watch?v=jyMFSu26h1w

19 이남호, 「김수영의 시 '눈'의 해석에 대한 연구」, 『아시아문화연구』 23집, 2011; 박수연, 「강요된 개성과 미완의 보편: 김수영의 「눈」과 「사랑」에 대한 교육에서 제기되는 문제를 중심으로」, 『한국문학논총』 78, 한국문학회, 2018. 4.

20 김수영의 시 이해에 시간성의 인식이 중요하다는 점을 처음 지적한 것은 남진우다. 그리고 시간성이 자유와 죽음의 이해에 핵심적 역할을 한다는 것을 밝힌 연구는 오문석이다. 김예리는 김수영의 시간이 아직 도래하지 않은 '비/존재'의 시간이라는 관점을 제시했다. 남진우, 『미적 근대성과 순간의 시학: 김수영·김종삼 시의 시간의식』, 소명출판, 2001; 오문석, 「김수영의 시간 의식 연구」, 『한국시학연구』 5집, 2001, 135~154쪽; 김예리, 「김수영의

시간과 비/존재론」, 『한국시학연구』 63집, 2020, 115~153쪽.

21 이영준, 「꽃의 시학: 김수영 시에 나타난 꽃 이미지와 '언어의 주권'」, 『국제 어문』 64집, 2015, 155~191쪽.

22 김수영, 「생활의 극복」, 『김수영 전집 2: 산문』, 이영준 엮음, 민음사, 2018, 159쪽.

23 장철환, 「김수영의 '풀의 시학' 연구」, 『한국시학연구』 49집, 2017, 147~183쪽.

24 조강석, 「김수영의 시의식 변모 과정 연구: '시적 연극성'과 '자코메티적 전환'을 중심으로」, 『한국시학연구』 제28집, 한국시학회, 2010; 장석원, 「김수영의 시적 전회轉回와 세 편의 「눈」」, 『우리어문연구』 제62집, 우리어문학회, 2018, 45~70쪽.

25 김수영의 시에서 "떨어진" 것은 죽음과 관련이 있다. 「폭포」에서 물은 "떨어진다". 「꽃잎」에서 꽃잎은 "떨어진다". 1966년에 쓴 「눈」에서 눈은 떨어지지 않고 "내린다".

26 T. S.엘리엇의 「황무지」는 다음과 같이 시작된다. 겨울 동안 망각의 눈 아래 덮였던 생명이 깨어나는 장면이다.

April is the cruellest month, breeding

Lilacs out of the dead land, mixing

Memory and desire, stirring

Dull roots with spring rain.

Winter kept us warm, covering

Earth in forgetful snow, feeding

A little life with dried tubers.

오길영 ── 이식과 변용

1 김수영, 『시인의 거점』, 박수연 엮음, 도서출판b, 2020. 이하 이 책의 인용은 본문에 『거점』으로 표기하고 쪽수를 병기한다.

2 김수영, 『김수영 전집 2: 산문』, 이영준 엮음, 민음사, 2018. 이하 이 책의 인용은 본문에 쪽수만 병기한다.

3 신승엽, 「이식과 창조의 변증법」, 『민족문학을 넘어서』, 소명출판, 2000.

4 번역 문집인 『시인의 거점』에 묶인 글에 더해 김수영은 다양한 장르에 걸친 작품을 번역했다. 아스투리아스의 「대통령 각하」(소설), 예이츠의 「데어드

르」(시극), 「임금님의 지혜」(산문), 「사라수 정원 옆에서」(시), 「이니스프리의 호도」(시), 버나드 쇼의 「운명의 사람」(희곡), 엘리엇의 「문화와 정치에 대한 각서」(산문), 「공허한 인간들」(시), 「앨프릿 프루프로크의 연가」(시), 헤밍웨이의 「싸우는 사람들」(산문), 파스테르나크의 「空路」(소설), 「後方」(소설), 「코카서스」 외(시), 「셰익스피어 번역소감」(산문), 제임스 볼드윈의 『또 하나의 나라』, 뮤리엘 스파크의 『메멘토 모리』, 매리 맥카시의 『여대생그룹』, 벌 아이비즈의 『아리온데의 사랑』, 호손의 『주홍글씨』, 괴테의 『젊은 베르테르의 슬픔』 등. 이들 작품 외에도 『세계전후문제시집』(신구문화사, 1964)과 『현대세계문학전집』(신구문화사, 1968) 번역에도 김수영은 참여했다. 김수영이 번역한 작품 정보를 알려주신 박수연 교수께 감사드린다.

5 레이먼드 카버 외, 『작가란 무엇인가 1』, 김진아·권승혁 옮김, 다른, 2014, 322~323쪽.

6 김수영 시에서 '자코메티적 변모'에 대해서는 다음 글을 참고할 만하다. "이 핵심을 다시 압축하면, 자코메티는 한 사람을 그림으로써 광대한 인간관계를 그린다는 것이다. [⋯] 그는 '실물', 다시 말해 '실재', 즉 리얼리티를 그리고자 하는 것이다. 실물을 그리고자 한다면, 화폭에 한 사람 이상을 그릴 수는 없는 것이다. 그러나 그는 한 사람만을 그리는 것이 아니다. 그는 한 사람을 그림으로써 그가 관계를 맺고 있는 외부들 전체와 그 관계의 양상들 전체를 그린다는 것이다. [⋯] 그러니까 그는 한 사람을 그려서 다양한 인간관계를 형성하는 것이고, 고독을 그려서 우정을 구축하는 것이다. 그게 정확한 의미에서의 자코메티의 '실재'이다."(정과리, 「김수영의 마지막 회심」, 『한국적 서정이라는 환을 좇아서』, 문학과지성사, 2020, 286쪽)

고봉준 ─ 너머를 상상하는 '번역'과 변화하는 시론

1 이에 대해서는 정일준, 「미국의 냉전문화정치와 한국인 '친구 만들기'」, 『우리 학문 속의 미국』, 학술단체협의회 엮음, 한울, 2003 참고.

2 김수영, 「히프레스 문학론」, 『김수영 전집 2: 산문』, 이영준 엮음, 민음사, 2018, 374쪽.

3 김용권, 「한국문학에 끼친 미국의 그 영향과 연구」, 『아세아연구』 10권 2호, 고려대학교 아세아문제연구소, 1967, 144쪽.

4 이봉범, 「1950년대 번역 장의 형성과 문학번역」, 『미국과 아시아』, 권보드래

엮음, 아연출판부, 2018 참고.

5 「정열의 시인 고 김수영 씨의 발자취」, 『경향신문』, 1968. 6. 17.

6 김수영, 「시작노트 6」, 『김수영 전집 2: 산문』, 553쪽.

7 박수연, 「세계문학, 번역, 미메시스의 시: 번역자로서의 김수영」, 『한국문학이론과 비평』 81집, 한국문학이론과비평학회, 2018.

8 박지영의 연구(『'불온'을 넘어, '반시론'의 반어』, 소명출판, 2020)가 대표적이다.

9 조연정과 조강석의 연구가 대표적이다.
   조강석, 「김수영의 시의식 변모 과정 연구: '시적 연극성'과 '자코메티적 전환'을 중심으로」, 『한국시학연구』 28집, 한국시학회, 2010.
   조연정, 「'번역체험'이 김수영 시론에 미친 영향」, 『한국학 연구』 38집, 고려대학교 한국학연구소, 2011.

10 박연희는 김수영의 번역을 '문화 번역'으로 해석한다. 박연희, 「1950~60년대 냉전문화의 번역과 "김수영"」, 『비교한국학』 20권 3호, 국제비교한국학회, 2012.

11 곽명숙, 「김수영의 문학과 현대 영미시론의 관련양상 (1)」, 『국어국문학』 184집, 국어국문학회, 2018.
   _____, 「김수영의 문학과 현대 영미시론의 관련양상 (2): 「히프레스 문학론」과 앨런 테이트 번역을 중심으로」, 『한국현대문학연구』 56집, 2018.

12 박수연, 「세계문학, 번역, 미메시스의 시: 번역자로서의 김수영」, 『한국문학이론과 비평』 81집, 한국문학이론과비평학회, 2018.

13 "순전히 담뱃값 벌기 위하여 어쩌다가 얻어걸리는 미국 잡지의 번역물을 골라 파는 일이다. 은행 뒷담이나 은행 길모퉁이에 벌려 놓은 노점 서적상을 배회하여 다니며 돈이 될 만한 재료가 있는 잡지를 골라 다니는 것은 고달픈 일이 아닐 수 없지만 그래도 구하려던 책이 나왔을 때는 계 탄 것보다도 더 반갑다." 김수영, 「일기초」(1954. 12. 30), 『김수영 전집 2: 산문』, 691쪽.

14 "을지로 네거리나 남대문통 상업은행 뒷담에서 판자 위에 놓고 파는 노점 상인의 것을 사서 보는 것이 나의 구미에 똑 알맞은 일이라고 생각하기 때문에 나는 잔돈푼을 아까운 줄 모르고 이것을 사 보는 버릇이 여지껏 남아 있다. [⋯] 서적 장사들이 나를 부르는 별명이 있으니 그것은 '애틀랜틱'(미국 월간 잡지 이름)이다. 내가 언제나 물어보는 것이 『애틀랜틱』 나왔느냐는 말이요, 그들의 대답은 한사코 없다는 것⋯⋯". 김수영, 「나에게도 취미가 있다면」,

『김수영 전집 2: 산문』, 80쪽.

15 한국문인협회, 『해방문학 20년』, 정음사, 1971, 178쪽.

16 김옥란은 「오영진과 반공·아시아·미국」에서 오영진이 1952년에 반공서적 전문 출판사로 중앙문화사를 설립했다고 밝혔다. 실제로 중앙문화사에 출 간한 책 가운데 『적치 6년의 북한문단』(1952)에는 발행인이 오영진으로 표 기되어 있다. 하지만 김수영이 번역한 단행본의 판권지에는 발행인이 '중앙 문화사'로 표기되어 있을 뿐 오영진의 이름은 등장하지 않는다. 그리고 원 응서의 죽음을 알리는 일간지 기사(「번역문학가 원응서 씨 사망」, 『조선일보』 1973. 11. 6)에는 그가 중앙문화사를 설립, 운영했다고 소개되어 있다. 1962 년 11월 9일 『경향신문』에는 "중앙문화사(사장: 원응서·을지로 2가 116)에 서도 24권의 책을 본사에 기탁"이라는 알림 기사가 게재되었다. 김이석이 사 망한 후 신문에 조사弔詞를 발표할 때에도 원응서는 '중앙문화사장'으로 소 개되고 있다. 이러한 사정을 종합하면 중앙문화사를 처음 설립한 것은 오영 진이었으나 어느 순간부터 원응서가 운영을 맡은 것으로 보인다.

17 이봉범, 「1950년대 번역 장의 형성과 문화번역」, 『미국과 아시아』, 101쪽.

18 윤영도, 「김수영과 문화냉전: 『황하는 흐른다』의 번역을 중심으로」, 『중국어 문논역총간』 39집, 중국어문논역학회, 2016, 146쪽.

19 김수영, 「일기초 2」, 『김수영 전집 2: 산문』, 725쪽.

20 앨런 테이트의 글이 김수영에게 끼친 영향에 대해서는 곽명숙의 연구가 자 세히 분석하고 있다. 곽명숙, 「김수영의 문학과 현대 영미시론의 관련양상 (1)」과 「김수영의 문학과 현대 영미시론의 관련양상 (2)」을 참고.

21 김수영, 「생활 현실과 시」, 『김수영 전집 2: 산문』, 355쪽.

22 좌담 「한국적 비애 이것저것」, 『조선일보』 1964. 9. 23; 김종욱 편, 『책형대 에 걸린 시』(아라, 2013)에서 재인용.

23 김수영, 「모기와 개미」, 『김수영 전집 2: 산문』, 152쪽.

24 이에 대해서는 최진석, 「전후 문학장의 재구성과 '번역문학'」, 성균관대학교 석사학위 논문, 2014 참고.

25 이 시기 한국문학 전집 발간에 대해서는 이종호, 「1950~70년대 문학전집의 발 간과 소설의 정전화 현상」, 동국대학교 박사학위 논문, 2013, 21~31쪽 참고.

26 김수영, 「벽」, 『김수영 전집 2: 산문』, 180~181쪽.

27 "불란서의 전위적인 작가들 '사뮤엘·벳켓트' '이오네스코' '아다오브' '쟝·

즈네'등은 지난 '씨즌'에도 여전히 기세를 올리고 있다. 반反연극이라는 이름으로 '크로즈 · 업'된 이들 전위적인 작가들은 오랜 관습에 젖은 관객들로부터 적지 않은 비난과 야유를 받고 있는 것도 사실이지만 〈이오네스코〉의 〈강의〉와 〈대머리 여가수〉 같은 작품이 비록 백 석밖에 없는 소극장이지만 〈유쉐트극장〉에서 사 년째 속연되고 있으며……." 김정옥, 「해외연극」, 『동아일보』, 1961. 12. 23.

28 김수영, 『시인의 거점』, 박수연 엮음, 도서출판b, 2020, 660쪽.

29 위의 책, 665쪽.

30 위의 책, 666쪽.

31 위의 책, 675쪽.

32 위의 책, 686쪽.

33 이에 대해서는 고봉준, 「임화와 김수영의 '언어관' 비교」, 『한국문학논총』 80집, 한국문학회, 2018 참고.

34 김수영, 「시작노트 7」, 『김수영 전집 2: 산문』, 563쪽,

35 이미순은 '반시론'이 키에르케고르의 아이러니에서 영향을 받은 것으로 해석하고, 오주리는 '반시론'이 비진리의 폭로를 통해 진리의 효과를 내는 실험시라고 해석한다. 그리고 김태선은 '반시론'이 질서라는 이름의 동일성 체제가 은폐했던 존재의 운동이라는 본질적인 차원으로 나아가기 위해 선택한 실천적 방법으로서의 '반어'를 의미한다고 해석했다. 이미순, 「김수영의 「반시론」에 나타난 키에르케고르 아이러니의 영향」, 『한국현대문학연구』 59집, 한국현대문학회, 2019; 오주리, 「포스트-트루스 시대, 김수영의 반시론反詩論의 의의」, 『문학과 종교』 제23권 3호, 한국문학과종교학회, 2018; 김태선, 「부정否定에서 부정不定으로: 김수영 '반시론의 반어'에 관한 연구」, 『어문논집』 83권, 민족어문학회, 2018.

36 이 표현은 서준섭, 「김수영의 후기 작품에 나타난 '사유의 전환'과 그 의미」, 『한국현대문학연구』 23집, 한국현대문학회, 2007에서 원용하였음.

37 박지영은 첫째, 김수영이 번역한 클로드 비제의 「반항과 찬양」에 바타유가 언급되었고, 둘째, 김수영 또한 바타유의 『문학과 악』을 일본어로 읽었다고 쓴 적이 있으며, 셋째, 그 책에 '시의 역逆'이라는 표현이 나온다는 것을 근거로 '반시'라는 개념이 바타유의 '시의 역逆'에서 가져온 것이라고 주장했다. 박지영, 「김수영의 「반시론」에서 '반시'의 의미」, 『상허학보』 9집, 상허학회,

2002, 290쪽.

38 "귀납과 연역, 내포와 외연, 비호와 무비호, 유심론과 유물론, 과거와 미래, 남과 북, 시와 반시의 대극의 긴장. 무한한 순환. 원주의 확대. 곡예사와 곡예의 혈투. 뮤리엘 스파크와 스푸트니크의 싸움. 릴케와 브레히트의 싸움. 앨비와 보즈네센스키의 싸움. 더 큰 싸움, 더 큰 싸움, 더, 더, 더 큰 싸움… 반시론의 반어." 김수영, 「반시론」, 『김수영 전집 2: 산문』, 516쪽.

오영진 ─ '사랑'의 방법론

1 김명인 외, 『살아있는 김수영』, 김명인·임홍배 엮음, 창비, 2005, 217쪽.

2 홍기돈, 「현대의 순교와 부활하는 사랑: 김수영 문학에 대하여」, 『작가세계』, 2004 여름, 52쪽.

3 정과리, 「왜 김수영인가?」, 『현대시』 188호, 2005. 8, 55쪽.

4 유종호, 「다채로운 레퍼토리: 洙暎」, 『김수영의 문학』, 민음사, 1983; 유종호는 이 글에서 김수영의 레퍼토리를 동심과 아버지의 세계가 공존하는 페이소스, 自嘲적 분노, 反俗적 에피그람, 無妨法의 方法 등으로 열거하고 있다.

5 김현승, 「金洙暎의 詩的 位置」, 『김수영의 문학』, 민음사, 1983, 36쪽.

6 박주현, 「김수영 문학에 나타난 내면적 자유 연구」, 서울대학교 박사학위 논문, 2003.

7 신형철, 「김수영 시에 나타난 '사랑'과 '죽음'의 의미 연구」, 서울대학교 석사학위 논문, 2002.

8 조현일, 「김수영의 모더니티관과 『파르티잔 리뷰』」, 『살아있는 김수영』, 308쪽.

9 박지영, 「김수영문학과 번역」, 『민족문학사연구』 Vol.39, 2009, 210쪽. 이 논문에서 박지영은 이사벨라 버드 비숍 여사의 『한국과 그 이웃나라들』에 대한 번역-독서 체험이 그의 시 「거대한 뿌리」와 관련을 맺은 양상, 네루다, 마야코프스키에 대한 번역 체험이 시와 혁명의 관계 의식에 끼친 영향 등에 대해 논하면서 독서-번역 체험을 최대한 자기 것으로 소화하려고 했던 김수영에 대해 논하고 있다. 이러한 노력은 일종의 번역의 시학으로 평가될 만큼 김수영 문학에 있어 중요한 기제라는 것이다. 또한, 이런 관점에서 김수영 번역 리스트에 있어서도 자발성과 비자발성의 구별을 두어야 한다는 조연정의 의견이 첨언되어야 할 것이다.(조연정, 「'번역체험'이 김수영 시론에 미친 영향」, 『한국학연구』 38, 고려대학교 한국학연구소, 2011. 9)

10 임동확,「왜 우린 아직도 김수영인가: 김수영의 시와 하이데거」,『문학과 경계』, 2005 여름.

여태천,「김수영의 시와 존재사건학」,『語文研究』Vol.50, 2006.

김유중,『김수영과 하이데거』, 민음사, 2007.

11 김지녀,「김수영 시에 나타나는 타자의 "시선"과 "자유"의 의미: 사르트르와의 상관성을 중심으로」,『한국문예비평연구』Vol.34, 2011.

12 이미순,「김수영의 시론에 미친 프랑스 문학이론의 영향: 조르주 바타이유를 중심으로」,『비교문학』, 한국비교문학회, 2007.

13 이미순,「김수영 시론과 '죽음': 블랑쇼의 영향을 중심으로」,『국어국문학』159호, 2011.

14 이승규,「김수영 시에서의 "긴장"구현 양상: 앨런 테이트를 중심으로」,『우리어문연구』Vol.31, 2008.

15 그 외 여타 김수영과 독서-번역 리스트와의 관계를 다룬 논문들은 다음과 같다. 이승규,「김수영의 영미시 영향과 시 창작 관련 양상: 비숍, 로웰, 긴즈버그의 영향을 중심으로」,『한국현대문학회 학술발표회자료집』2006.12; 쉬르머 안드레아스,「번역가로서의 김수영」,『문학수첩』2006 겨울; 한명희,「김수영 시의 영향 관계 연구」,『比較文學』Vol.29, 2002; 한명희,「김수영 시와 보즈네센스키 시의 비교」,『우리말글』Vol.27, 2003.

16 황동규,「良心과 自由, 그리고 사랑」,『김수영의 문학』, 민음사, 1983, 8쪽.

17 김용권,「한국문학에 끼친 미국의 영향과 그 연구」,『亞細亞研究』Vol.10 no.2, 1967, 146쪽. 강조는 인용자. 이하 인용문에 나오는 강조 표시는 모두 인용자가 한 것이다.

18 황동규,「良心과 自由, 그리고 사랑」,『김수영의 문학』, 9쪽.

19 박지영의 앞의 논문에서, 그는 김수영의 산문에 언급된 텍스트를 정리한 결과를 설명하면서 "외국의 경우 200여 개 이상, 소월·영랑 등 국내의 작가와 작품을 합하면 400여 편이 넘는다"고 진술하고 있다.

20 김수영,「반시론」,『김수영 전집 2: 산문』, 이영준 엮음, 민음사, 2005, 410쪽.

21 라이오넬 트릴링, 앨런 테이트, 쥘 쉬페르비엘, 로버트 프로스트, 조르주 바타유, 라이너 마리아 릴케, 하이데거, 사르트르, 그레이브스, 보리스 파스테르나크, 자코메티, 안드레이 시냐프스키, 셍키에비치 등이 있다.

22 정작 중요한 것은 이러한 인터뷰의 흔적이나 산문에서 보여지듯 스쳐지나가

는 언급의 신빙성이 아니다. 그러한 사료들은 단지 가설을 세우고 진입하는 데에만 의미가 있을 뿐, 작가 개인의 짧은 진술이 실제 작품에서 그 영향력을 발견하는 일을 가능케 하는 것이 아니기 때문이다. 때때로 우리는 이러한 진술에 너무 과도하게 의미를 부여하여, 자신도 모르게 김수영과 특정 작가 간의 관계를 미리 강하게 틀frame 짓는 오류를 범한다.

23 황동규, 「良心과 自由, 그리고 사랑」, 『김수영의 문학』, 9쪽.

24 박연희, 「1950-60년대 냉전문화의 번역과 "김수영"」, 『비교한국학』 Vol.20 No.3, 2012.

25 배개화, 「김수영 시에 나타난 양가적 의식」, 『우리말글학회』 36집, 2006.

26 이 논문은 김수영의 시와 에머슨의 시를 비교하지는 않았다. 대신 에머슨의 '양가적 의식'이란 사유 구조를 김수영의 시에서도 확인하는 것만을 목표로 하고 있다.

27 *The Basic Writings of America's Sage*(edited by Eduard C. Lindeman, The New American Library of World Literature, 1947)의 국내 번역을 김수영이 한 것이다.

28 허윤회, 「김수영 지우기: 탈식민주의 논의와 관련하여」, 『상허학보』, 상허학회, 2005, 120쪽.

29 랄프 왈도 에머슨, 「시인론」, 『에머슨 수상록』, 김충선 옮김, 청아출판사, 1985, 176쪽.

30 "I was simmering, simmering, simmering; Emerson brought me to a boil." John Townsend Trowbridge, *Reminiscences of Walt Whitman*(As originally published in The Atlantic Monthly, 1902. 2)의 디지털 공개판.
    http://www.theatlantic.com/past/docs/unbound/poetry/whitman/walt.htm

31 Walt Whitman, *Notebooks and Unpublished Prose Manuscripts 1*, ed. Edward Grier, New York University Press, 1984, p.353.

32 월트 휘트먼, 『나 자신의 노래』, 윤명옥 옮김, 지만지, 2010, 26쪽. 아직 국내에는 휘트먼 시 전집을 번역한 사례가 없고 부분적인 에디션만이 때때로 간행되었다. 그러나 본고의 휘트먼 시 인용은 큰 문제가 없는 한 가능하면 이들 국내 번역본을 인용할 것이다. 번역본과 원본의 확인을 위해 필자가 사용한 휘트먼 시의 판본은 Walt Whitman, *The Complete Poems*(ed. Francis Murphy, Penguin Books, 2004)임을 일러둔다.

33 Walt Whitman, *The Complete Poems*, ed. Francis Murphy, Penguin Books,

2004. p.744.

34 월트 휘트먼, 『나 자신의 노래』, 74쪽.

35 명령법과 1인칭 화자의 강조에 대한 적절한 지적과 해설은 장석원, 『김수영의 수사학』(청동거울, 2005)을 참조.

36 월트 휘트먼, 『나 자신의 노래』, 21쪽.

37 위의 책, 131쪽.

38 월트 휘트먼, 「브루클린 도선장을 건너」, 『풀잎』, 이창배 옮김, 혜원, 1987, 118~119쪽.

39 김수영, 『김수영 전집 1 : 시』, 이영준 엮음, 민음사, 2005, 19쪽.

40 '조롱'이라는 뜻의 일본어.

41 이승훈, 『모더니즘의 비판적 수용』, 작가, 2002, 263쪽.

42 황준걸, 『일본 논어 해석학』, 이영호 옮김, 성균관대학교출판부, 2011, 380쪽.

43 김수영, 『김수영 전집 1 : 시』, 26쪽.

44 주자는 『논어집주』에서 '천명'에 대해 다음과 같이 해석하였다. "천명은 바로 천도가 유행하여 사물에 부여된 것으로, 바로 사물의 당연한 원리이다. 이것을 알면 앎이 그 정미함을 다할 것이니, 불혹은 또한 말할 것도 없다.(天命, 卽天道之流行, 而賦於物者, 乃事物所以 當然之故也. 知此, 卽知極其精, 而不惑又不足言矣). 황준걸, 『일본 논어 해석학』, 394쪽에서 재인용.

45 위의 책, 384쪽.

46 김수영, 『김수영 전집 1 : 시』, 73쪽.

47 위의 책, 243쪽.

48 이 작품의 발표연도인 1961년을 떠올리게 한다.

49 월트 휘트먼, 『나 자신의 노래』, 158쪽.

50 위의 책, 69쪽.

51 월트 휘트먼, 『풀잎』, 26쪽.

52 이광운, 『휘트먼의 시적 상상력』(정림사, 2007)에서 부분 번역된 『일기와 비망록』, 128~129쪽을 재인용.

53 월트 휘트먼, 『나 자신의 노래』, 77쪽.

54 랄프 왈도 에머슨, 『위인이란 무엇인가/자기신념의 철학』, 정광섭 옮김, 동서문화사, 2010, 207쪽.

55 월트 휘트먼, 『나 자신의 노래』, 26쪽.

56 김수영, 『김수영 전집 2: 산문』, 141쪽.

57 김수영, 『김수영 전집 1: 시』, 285쪽.

58 김수영, 「멋」, 『김수영 전집 2: 산문』, 138쪽.

59 김수영, 「문단추천제 폐지론」, 위의 책, 190쪽.

60 김수영, 「미역국」, 『김수영 전집 1: 시』, 306쪽.

61 김수영, 「죄와 벌」, 위의 책, 281쪽.

62 김수영, 「설사의 알리바이」, 위의 책, 331쪽.

63 월트 휘트먼, 『월트 휘트먼』, 김천봉 옮김, 이담, 2012, 367쪽.

64 조규택, 「19세기 미국 초절주의 시」, 『신영어영문학』, 1998, 150쪽에서 소개
    한 에머슨과 휘트먼 간 관계에 대한 로젠필드의 의견을 재인용.

65 김수영, 『김수영 전집 1: 시』, 64쪽.

66 월트 휘트먼, 『풀잎』, 112~113쪽.

67 월트 휘트먼, 「자는 사람들」, 『월트 휘트먼』, 349~351쪽.

68 김수영, 『김수영 전집 1: 시』, 324~325쪽.

69 김수영, 「현대식 교량」, 위의 책, 297쪽.

70 김수영, 「어느 날 고궁을 나오면서」, 위의 책, 313쪽.

71 김수영 시에 나타난 수사법을 연구한 장석원은 다음과 같이 지적하고 있다.
    "'지금, 여기'의 현재적 맥락을 끌어들이면서 새로운 의미를 형성하는 김수
    영 시의 환유적 양상은 반복과 열거라는 수사적 특성에 기반을 둔다." 장석
    원, 『김수영의 수사학』, 78쪽.

72 월트 휘트먼, 「인도를 향한 항로」, 『풀잎』, 195쪽.

김상환 — '온몸'의 시인 김수영의 오직 한 편

1 김수영, 『김수영 전집 2: 산문』, 이영준 엮음, 민음사, 2018, 304쪽.

2 어떤 연구자는 이것이 잘못된 인용이라 했다. 원래는 동시대의 시인 R. W.
   에머슨의 문장을 휘트먼의 문장으로 오인했다는 것이다. (배개화, 「김수
   영 시에 나타난 양가적 의식」, 『우리말글』 제36집, 우리말글학회, 2006) 그러
   나 잘못된 것은 오히려 이 논문 저자의 주장이다. 김수영은 휘트먼의 『풀
   잎』(1855) 초판 서문에 나오는 문장을 정확하게 번역하고 있다. 원문은 "He
   judges not as the judge judges but as the sun falling around a helpless thing."이
   다.(Walt Whitman, *Leaves of Grass and Other Writings*, Michael Moon · Sculley

Bradley, New York: Norton, 2002, p.620, 171~172행) 이런 자료를 처음 찾아 밝히고 친절히 가르쳐준 이영준 교수에게 감사드린다.

3   김수영, 『시인의 거점』, 박수연 엮음, 도서출판b, 2020, 341~345쪽 참조.

4   김수영, 『김수영 전집 2: 산문』, 553쪽.

박지영 ─ 김수영 문학의 심연을 탐사해가는 길

1   조현일, 「김수영의 모더니티관에 관한 연구」, 『작가연구』 5호, 새미, 1998.

2   졸고, 「김수영 시 연구: 詩論의 영향 관계를 중심으로」, 성균관대학교 박사학위 논문, 2001.

3   이러한 점은 본서의 오길영, 「이식과 변용: 김수영 시론과 번역」에서도 잘 드러난다.

4   이하의 내용은 학술대회 당일 좌담의 장에서 발언된 내용을 수정·보완하여 작성된 것임을 밝혀둔다. 그리고 그중 일부는 졸고 『'불온'을 넘어, '반시론'의 반어: 김수영 문학과 번역·검열·섹슈얼리티』(소명출판, 2020)와 「「반시론」으로 가는 길, 급진적 '에로티즘' 탐색의 경로: 김수영의 『파르티잔 리뷰』 수록 텍스트 번역에 대한 재탐색」(『비교어문연구』 59, 비교어문학회, 2021)에서 발췌, 요약, 정리한 내용이라는 점을 알린다.(그러므로 혹 인용하실 때에는 이 두 연구 텍스트도 활용해주실 것을 정중히 부탁드린다.)

5   졸고 외에도 지금까지 수행된 김수영 번역 연구로는 허윤회, 「김수영 지우기: 탈식민주의 논의와 관련하여」, 『상허학보』 14, 상허학회, 2005. 2; 박수연, 「故 김수영 산문」, 『창작과비평』, 2001 여름; 박수연, 「세계문학, 번역, 미메시스의 시: 번역자로서의 김수영」, 『한국문학이론과 비평』 81, 한국문학이론과비평학회, 2018; 쉬르머 안드레아스Schirmes Andreas, 「번역가로서의 김수영」, 『문학수첩』, 2006 겨울; 박연희, 「1950-60년대 냉전문화의 번역과 "김수영"」, 『비교한국학』 20(3), 국제비교한국학회, 2012; 연구집단 '문심정연', 『김수영 연구의 새로운 진화』, 보고사, 2015 등 이외에도 다수가 있다. 분량상 다 다루지 못한 점이 안타깝다.

6   이에 대한 연구로는 강웅식, 「김수영의 시의식 연구: '긴장'의 시론과 '힘'의 시학을 중심으로」, 고려대학교 박사학위 논문, 1997; 김유중, 『김수영과 하이데거: 김수영 문학의 존재론적 해명』, 민음사, 2007; 이미순, 「김수영 시에 나타난 바타이유의 영향」, 『한국현대문학연구』 23, 한국현대문학회, 2007;

이미순, 「김수영 시론과 '죽음': 블랑쇼의 영향을 중심으로」, 『국어국문학』
159, 국어국문학회, 2011; 임지연, 「1960년대 김수영 시에 나타난 국가/법의
의미」, 『겨레어문학』 50, 겨레어문학회, 2013; 오영진, 「김수영과 월트 휘트
먼 비교연구」, 본서 수록; 곽명숙, 「김수영의 문학과 현대 영미시론의 관련
양상 (2): 「히프레스 문학론」과 앨런 테이트 번역을 중심으로」, 『한국현대문
학연구』 56, 한국현대문학회, 2018 외 다수. 김수영, 번역 등 연관어를 검색
하면, 거의 80여 편 이상의 논문이 검색된다.

7   오길영의 논의는 본서의 「이식과 변용: 김수영 시론과 번역」 참조. 위의 주
4번에서 밝힌 이 학술대회 종합토론이자 좌담 패널인 김상환은 이 내용에 대
한 논의 중 김수영의 트릴링 번역과의 연관성을 정확하게 짚어내면서, 김수
영만큼 '프로이트의 죽음 의식'을 제대로 이해한 사람이 없다고 하였다. 시간
이 부족하여 논의를 좀 더 들어보지 못한 것이 매우 아쉽다.

8   프로이트 번역사에 대해서는, 이정민, 「한국의 프로이트 이론 수용 양상 연
구: 일반 이론과 특수 이론 개념을 중심으로」(성균관대학교 박사학위 논문,
2017)를 참조.

9   위의 주 7번에서 언급한 학술대회 발언 중.

10   데니스 도노휴, 「예이츠의 시에 보이는 인간영상」, 『현대문학』, 1962. 9~10.

김수영에서
김수영으로 ✎ 시 생활 번역

1판 1쇄 인쇄 2022년 5월 25일
1판 1쇄 발행 2022년 6월 3일

지은이   김수영연구회
펴낸이   임양묵
펴낸곳   솔출판사

편집장   윤진희
편집   최찬미 김현지
디자인   이지수
경영관리   이슬비

주소   서울시 마포구 와우산로29가길 80⁽서교동⁾
전화   02-332-1526
팩스   02-332-1529
블로그   blog.naver.com/sol_book
이메일   solbook@solbook.co.kr
출판등록   1990년 9월 15일 제10-420호

© 김수영연구회, 2022

ISBN   979-11-6020-174-1 (03800)

· 잘못된 책은 구입한 곳에서 바꿔드립니다.
· 책값은 뒤표지에 표시되어 있습니다.

＊ 이 도서는 한국문화예술위원회의 2021년도 문학비평 및 연구지원사업에
  선정되어 발간된 연구서입니다.